陶士凯先生

孙淑香女士

张荣先生

张曲先生

胡学华先生

方福顺先生

赵明环女士

张俊华先生

彭运国先生

林尚岳先生

胡光先生

胡会东先生

梁春云女士

吴龙海先生

李结实先生和夫人

黄显德先生

常亮女士

林英法先生

贾川疆先生

鲁文彦先生

郑书晓女士

吴翔先生

李大军先生

周通泉先生

王长贵先生

刘鹏先生

文光清先生

方定中先生

当代文学大典

"华语杯" 国际华人文学大赛获奖作品选

陶士凯　孙淑香◎编著

当所有的人都模糊了背影
唯有你
在心底伫立

线装书局

图书在版编目（CIP）数据

当代文学大典："华语杯"国际华人文学大赛获奖作品选 /
陶士凯，孙淑香编著 . —北京：线装书局，2023.8
　　ISBN 978-7-5120-5613-8

　Ⅰ . ①当… Ⅱ . ①陶… ②孙… Ⅲ . ①诗词—作品集—
中国—当代②散文集—中国—当代 Ⅳ . ① I217.1

中国国家版本馆 CIP 数据核字（2023）第 152180 号

当代文学大典："华语杯"国际华人文学大赛获奖作品选
DANGDAIWENXUEDADIAN: "HUAYUBEI" GUOJIHUARENWEN
XUEDASAIHUOJIANGZUOPINXUAN

编　　著：陶士凯　孙淑香
责任编辑：林　菲
出版发行：线装書局
　　　　　地　　址：北京市丰台区方庄日月天地大厦 B 座 17 层（100078）
　　　　　电　　话：010-58077126（发行部）010-58076938（总编室）
　　　　　网　　址：www.zgxzsj.com
经　　销：新华书店
印　　制：廊坊市海涛印刷有限公司
开　　本：880mm×1230mm　1/32
印　　张：26.25
字　　数：612 千字
版　　次：2023 年 8 月第 1 版第 1 次印刷

线装书局官方微信

定　　价：258.00 元

序 言

淡墨赋你，落字生香

刘　清

　　人生是一本无字的书，执笔于心，岁月为笺，落字生香。生命的长卷，柔情眷眷，涓涓细语，为谁书写？又为谁留白？用诗的韵脚，平仄出人间烟火；用梅的风骨，撑起生命的高度；用上善和悲悯，丰盈着生命的厚度；用爱的色彩，晕染出"执子之手，与子偕老"的唯美画卷。生命之书，封面无须华丽，内容则须真实而饱满，用最素雅的色调，把人生四季的点滴温暖与感动装帧成永恒的经典，芬芳而隽永。淡墨赋你，眉眼如初，深情如故。

　　和一团水乳交融的面，揉一个魂牵梦萦的梦，梦里梦外全是眷恋；水岸相隔永远割不断的亲情被反复搓揉，搓成绵长的记忆；扯不断的乡愁被拉长，拉成临行密密缝的丝线；一圈圈的思念绕在手上系在心上，一匝匝的乡味翻滚在心海弥漫在天涯；时光不复，香甜依旧。白发苍苍，岁月难留；茶徽如梳，梳理着岁月，梳理着剪不断理还乱的情丝，也梳理着团圆日子的浓浓思念。让我们循着时光虽老，茶徽味依旧的文字走进江苏诗人胡光的《鼓楼茶徽》，去品尝这份浓得化不开的游子愁，念在心中，爱在心口，梦何圆？

"和面／揉一团缠绵的梦／梦里全是对游子的眷恋／亲情被搓揉／搓成遥远的记忆／乡愁被拉长／拉成细细的丝线／一圈一圈／绕在手上捆在心里／一匝一匝／漂在锅里香在天涯／多少年过去了／茶馓还是这么香甜／沧桑的白发／再也留不住岁月的脚步／一把茶馓／像一把金黄梳子／总是在团圆的节日／梳理海峡的思念"

我在荒凉的戈壁闻到了醉人的花香，那是江南的你寄给我的爱的芬芳；我让清风捎给你我浓浓的思念，策马奔腾在爱的方向，你的远方；青石板上嗒嗒的马蹄声是你梦中最甜蜜的微笑，相信终有一天我会真正出现在你的身边。让我们循着"花开风有信、两地相思梦中圆"的文字，走进江西诗人周寸心的《风与马》，去感受这份不论南北相距多远，心却一直紧紧靠在一起的双向奔赴的爱情。两情若是久长时，又岂在朝朝暮暮？相信有情人终成眷属！

"你在戈壁策马奔腾时／江南的花正好盛开／我采一束最美的寄给你／你让风带来回信／思念成风／爱是奔马／青石板上传来嗒嗒的马蹄声／我在梦中睡得安稳"

山顶独立，落日余晖暖，回望千年风云变幻。时局骤变如大雨倾盆，遍地疾苦四处饥寒交迫，一梦觉醒救国求，热血壮志赤子心，青山忠骨埋英魂。前仆后继为天下，一路深情满征程。山河相依凯歌奏，倚旗热泪洒，回首繁荣盛景一片，心潮澎湃亦盎然。让我们循着薪火相传的足迹，走进四川诗人黄显德的诗词，在俯瞰历史中去重温先辈英烈们用热血铸就的岁月，加倍珍惜用无数人的生命换来的山河无恙。如今这盛世，如你所愿，盛世中国，有你，有我，有我们！让我们一起欣赏红色经典《临江仙·国庆感怀》：

独立峰巅横落照，千年惯看风云。

忽如一夜雨倾盆。

苦寒凝大地，觉梦锁忠魂。

为念苍生接续力，归途情寄深深。

山河杳映凯歌频。

倚旗挥泪眼，回首竞芳春。

　　云天白鹭飞，江水染霞红。花发虽生性似童，溪泉垂钓落日尽，若闲云野鹤自在悠。漫天雪絮飘柳岸，片片落红随波流。流光容易把人抛，覆水难收无须叹，诗书伴酒度春秋。让我们循着云淡风轻的文字，走进湖北诗人胡学华的诗词，在静享时光中去感受一颗恬淡而不老的诗心。一起欣赏经典诗词《巫山一段云·诗酒醉年华（毛文锡体）》：

白鹭排云上，江声送晚霞。

溪泉野老冀霜麻。钓尽夕阳斜。

岸柳飞残絮，清波逐落花。

流光瞬逝不须嗟。诗酒醉年华。

　　秋，是用一抹金黄色晕染的唯美画卷，饱满着生命的果实，希冀着梦的希望；秋，是一壶陈年老酒，愈久弥香，醉了枫红，醉了流年；秋，是一阕动人的诗，浪漫着情怀，诗意着烟火；秋，是一首生命的赞歌，超然着生死，回归着自我。让我们循着一叶知秋的文字，走进吉林作家伊永华的《醉在仲秋》，去感受秋之韵、秋之静、秋之美，欲说还休醉清秋！

　　"登高远望，尽赏层林尽染的美画，当一切景色尽收眼底，将自己置身于空灵的天地。枫叶，它傲立于清霜冷雾中，展示风采之韵与静雅之美，寄托了心灵深处美好的向往与情怀。在红尘中，我寻觅着生命的热烈与忘我的超然，如红叶一般，把握真实的自己，珍惜拥有的一切。”

“与秋默然相对，体会那超越于悲秋、悯秋之外的永恒之美，感知出叶之成熟而悄然离去背后的超然释怀之美。由此，更加懂秋、惜秋、爱秋、恋秋……”

教育，是播下一粒粒种子，培土育苗，静待花开的过程。好的教育不是培育温室的花，而是培育一批真正接地气的孩子，让教育回归本真、回归自然是当务之急。世界上最好的教育是自然，大自然是最好的老师，而劳动是最好的亲近自然教育和锻炼孩子的方式。让我们循着大自然泥土的气息，走进湖北作家梁春云的《梦想庄园——有感于一次劳动课》，去欣赏一幅用稚嫩的小手播种梦想，用劳动开创自己未来的美好画面。根植沃土，苗壮成长。今天的付出就是明天的收获，今天的小苗，明天的参天大树！用爱浇灌，灿烂绽放！

“一双双稚嫩的小手变黑了，一双双眼睛清澈了，一个个脑门上露出了汗珠，背部衣服汗透了，可他们看到自己亲手翻耕的土壤泡松了，亲手种下的菜兜、菜苗，绿了一片，都开心地笑了。当老师问道：‘你们累不累？’同学们异口同声地回答：‘不累！’”

“老子曰：‘千里之行，始于足下。’蒲松龄也告诫道：‘书痴者文必工，艺痴者技必良。’就让我们在梦想庄园里，一一探索大自然的奥秘吧。”

人生的画卷需要自己书写，不同的颜色描绘不同的人生；人生之路需要自己一步步踏出，不同的选择成就不同的人生。每一个人都是自己命运的主宰，心中藏着梦想，手中握着未来，脚下踏着希望。以梦为马，兰亭落墨，奔赴山海。生命的着色无须太浓，用大自然最纯净的色彩，渲染出最夺目的画卷；人生之路不必喧哗，在人迹罕至中，走出与众不同的人生。淡而生香，静而思远，岁月执笔，脚步丈量，一路生花，一路芬芳；一路星辰，一路豪迈。

　　是为序。

目　录

▶ 诗词曲赋

第二部 "华语杯"国际华人文学大赛获奖作品选

▶ 现代诗歌

▶ 古体诗词

▶ 散文小说

第一部　当代文学大典

▶ 现代诗歌

天津诗人孙淑香

【作者简介】

孙淑香，女，笔名香儿，天津人，著名诗人、作家、文学评论家。现为中国诗歌学会会员、中国散文学会会员、中华诗词学会会员、中国楹联学会会员、经典文学副总编。

曾任《新时代诗人作家文选》《“当代影响力”诗人作家文选》《实力派诗人作家文选》《“蝶恋花杯”国际华人文学大赛获奖作品精选》《“华语杯”国际华人文学大赛获奖作品精选》等20多本书籍主编及《当代文学人物大典》《当代文学先锋人物大典》《当代影响力诗人作家文选》《中国当代知名诗人诗选》《中国当代知名作家文选》《中国诗歌名家》《中国诗词名家》《中国散文名家》等100余本书籍副主编。以上书籍均由国家正规出版社出版。

诗歌5首

1. 少女情怀

一滴雨
遁寻紫鸢的脉络流动
婉约着，女儿家的情怀

拈一指春风
别于发间
采一束阳光
挂在眉梢
谁的笛声
温婉了少女容颜

水样的温柔
抚平眉间忧愁
从此，天上人间

2. 五月乡情

五月，绵绵细雨
在窗上蜿蜒
穿梭着熟悉或陌生的面孔

当所有的人都模糊了背影
唯有你
在心底伫立

乡音，随风而起
岁月已苍老
归程依然迷离

月明之夜
让笛声带去如水的思念

3. 青春感怀

暮雨敲窗
斑竹摇曳
帘角的西风，摇撼
风尘仆仆的岁月

风沙漫天
你已厌倦百花争艳
平淡一如秋水
喧杂终归宁静

残缺的不是梦
是年轻的风景
憔悴的不是容颜
是亘古的心

青雾中
看你的眼睛
如中秋明月
路灯下
读你的笑容
如一首伤感的长诗

青葱的岁月
已翻到了末页
心已不再潮湿

重温你逝去的痕迹
一如，青涩的梦

4. 守望

你的眼
是一泓脉脉的泉
淹没了我的羞涩

你的指
穿过我的发际
湿润了我的相思

守望
不需要言语
所有的空间
都是桂花的香味

5. 红烛泪

花开花落
雁字南北
几度轮回之后
只剩下日月星云

西风萧萧
卷走，萧瑟的落叶
卷走，飘零的青春

却卷不走
一弯残月如钩

指间韶华
恰便似红烛垂泪
心长焰短

江西诗人张俊华

【作者简介】

张俊华，男，生于1989年11月17日，江西省丰城市杜市镇大屋场村人。中国诗歌学会会员。获经典文学网2019—2021年度"十佳精英诗人"荣誉称号、"盛世中华杯"国际文学创作大赛现代诗歌一等奖、"蝶恋花杯"国际华人文学大赛现代诗歌一等奖。作品入选《新时代诗人作家文选》《当代文学百家》《实力派诗人作家文选》《"盛世中华杯"国际文学创作邀请赛作品精选》《"当代影响力"诗人作家文选》《"蝶恋花杯"国际华人文学大赛获奖作品精选》《"经典杯"华人文学大赛作品精选》《中国当代优秀诗选》等几十部诗合集。已著有4本个人诗集《春堂诗话》《青年之章》《诗艺》《丰华正茂》。

诗歌 10 首

1. 心

心可入药
我的苦
真爱我的人会来同受

心可入骨
我的爱
伤害我的人会来后悔

从娘胎里长的那一刻
心注定劫难自愈，悲苦自理
从不信天命的那一刻
心注定世俗自悟，冷暖自知

困境之时，心生自强
千锤百炼中巩固所长之处
顺意之时，心生自谦
居安思危中反省不足之处

2. 诗艺

对于我来说，写诗是一种享受
享受一个人的时间
一个人挥墨出一首首作品
心里无比兴奋

对于我来说，写诗是一种惬意
享受一个人的世界
一首首流淌出一种种意象
心里无比甜蜜

每次枯燥忙碌的工作之后
写一写，放松身心
是一种无比释怀的快乐
更是接近梦的状态

每次诗韵灵活地输出之后
读一读，情感流畅
是一种无比释怀的幸福
更是接近梦的意识

3. 薛定谔的猫

如梦的平行世界是否存在
肉眼的我们看不见
潜意识在感官上具象化
地平线上的夕阳带着沉重的忧郁

人类的精神世界是否存在
二维的蚂蚁看不见
叠加态在理论上形式化
太平洋上的雨水带着不安的遗憾

微观世界的随机性

局限于物理意义
无法逾越的万年的禁锢
怀揣着无解的科学

宏观世界的随机事件
局限于日常现象
无法解释的黑色的安息
拥有着无尽的美好

4. 库有引力

是否持球，他的出现
总能牵动对手整条防线
为队友营造更舒适的进攻空间

是否持球，他的出现
对手都得忌惮他的三分
为队友制造更宽阔的终结视野

持球进攻，他的出现
总能吸引多人包夹
消耗对手的防守资源
包夹待遇是联盟前茅

无球掩护，他的出现
能击破对手的战术策略
瞬间出手，他的出现
成为全联盟的研究课题

5. 尼莫点

在此地，有苍茫之感
不可知善恶得失
爱情与幸福毫不在意
不可知的仍然丝毫不知

在此地，同样的道理
成功却毫无意义
金钱与权力毫无作用
可言传的仍然无人言传

没有青鸟飞鱼
这是世界上最孤独冷寂的地方
没有战乱纷争
这是三百余艘退役飞船的公墓

没有鸟语花香
这是最宁静、最平安的世外坍落之地
没有是非恩怨
这是离任何大陆都有着 2600 公里之地

6. 赋尘

拿酒来
我心里有事
一个彻夜难眠的事
只有忠贞的爱，方可平息

拿笔来
我心里有事
一个伯虑愁眠的事
只有高节的笔，方可宁人

失败的例子
生活中一串一串
悲伤的雄心
夜空中一颗一颗

哪个帝王后嗣富可敌国
终是凡夫俗子
哪片天空不是人间疾苦
终将归于尘土

我的胸怀如此宽广
为何还历尽沧桑
生命之舟可否掉头
带我去梦开始的地方

我的心灵如此明亮
为何还饱经忧患
青年之章可否重序
带我找寻最初的梦想

7. 无负今日

在无边无际的夜空中
笔尖的诗歌，就是我的道路
悲凉与孤寂用不尽我的墨
一张一张的白纸等待着留下字迹

在无拘无束的风雨中
手中的砖刀，就是我的粮食
艰难与困苦用不尽我的默
一日一日的不语等待着留下难处

昨日已过，逝者如斯
不爱之人由她去
日月星河，皆在我心
而我的心在等待着忠贞之人

明日未至，前程不知
不屈之心由我来
至善至忠，皆在我心
而我的心在等待着真爱之人

8. 凌烟阁二十四功臣

彰显功臣事迹的"纪念堂"
唐太宗深谋远虑的政治意图和政治策略
用图画的形式永久性地表彰
成为后人规范和塑造忠臣的榜样与楷模

凌烟阁成为集初唐文采

书法和绘画最高成就的"三绝"之作

凌烟阁位于唐朝皇宫内

三清殿旁的一个不起眼的小楼阁

追想金戈铁马的开疆景象

这风在千百年来的历史之中

叨念气吞万里的拓土岁月

这声在满腔热血的瞻仰之中

庶念功之怀，无谢于前载

痛乎，凌烟阁消失在历史长河之中

旌贤臣之义，永贻于后昆

惜乎，为后世不少朝代借鉴与仿效

请君暂上凌烟阁，若个书生万户侯

该有这非分之想令我悲壮

悄悄成为后人实现功成名就的标志

该有这献身之勇令我无悔

9. 诗文书画

一个创作诗文之人

灵魂在自己笔下

一个创作书画之人

美感在自己手上

带着超越的目光
感受着壮丽山河的气魄
那空灵属于诗和画

带着无尽的想象
感受着乐不思蜀的趣味
那永恒属于诗和画

梦想的风景
在创作者的诗画里
梦想的生活
在创作者的心境中

贤者之诗文
后人视为珍宝，一字千金
奸人之书画
后人视为粪土，一钱不值

颜鲁公书虽不工
后世见者视宝

10. 麻雀

两道横斑状，淡条纹羽缘
活动于村前屋后

嘴虽短，粗而强壮

觅食于果园菜田

易近人，勇而团结

筑巢于草丛疏林

麻雀活泼，故事很多

却不知什么是孤独

小体形，行云流水

自由自在地飞翔在希望的田野

麻雀虽小，五脏俱全

却不知什么是病痛

小世界，天生机警

无时无刻地浪漫在人类的视野

不考虑经济的压力

什么时候我有这般实力

不去追城市的喧哗

什么时候我有这般洒脱

江苏诗人胡光

【作者简介】

胡光，江苏淮安人，1981 年入伍，1985 年毕业于武汉军校，2002 年转业到淮安市住房和城乡建设局工作，发表诗歌散文近 200 首（篇），现为淮安市作家协会会员。

诗歌 6 首

1. 老屋

是一本
破旧的线装书
不知道书名
也没有人翻阅
平常百姓人家的故事
任凭岁月的尘埃
落满乡愁

是一口
废弃的老井
没有人打水
也没有村姑的嬉闹
寂寞的井口

还有绳索打磨的痕迹
像奶奶脸上的皱纹
刻着乡村记忆

是一幅
故乡的简笔画
没有炊烟
也没有鸡犬相闻
窗户上蜘蛛网提醒我
那曾是父母渴望的眼睛
如今所有的期盼
化作一阵轻风
和先辈坟头飘动的茅草

是一场
被季节风干的梦
没有远去
也走不出故土
常常在夜深人静的时候
敲打我的门扉
叩问回不去的童年

2. 稻谷熟了

——怀念一位老人

沉甸甸金灿灿
一片片金黄的稻田

迟迟不愿收割

秋天最后一个节气

是等待一位老人

还是留念这个秋天

一排排一行行

站成无边无际的思念

秧苗落谷的时候

你走了

稻谷成熟的时候

你还没有回来

这是你走后第一个秋天啊

稻花开过了

你的汗水已融入大地

你的身影已随风而去

可是

你的草帽还在阳光下行走

你的笑声还在田野里荡漾

一串串稻穗悄悄讲述

丰收的故事

一粒粒稻谷默默烙上

金色的记忆

沉甸甸金灿灿

你抚摸过的田野

你深爱着的土地

稻子熟了

3. 生命的叹息

麦克风嗓子沙哑
席位卡都表情凝重
千叮咛万嘱咐
戴好安全帽系好安全带
总有人如流星一闪
划过恐怖的夜空

事故现场
可怜的安全帽
脸上布满疲惫的尘埃
像做错事的孩子
胆怯地趴在垛口
它后悔没有尽到责任
没有保护好主人
鲜血流成一条红线
这是生命最后的灿烂
也是人生最后的警示

事故现场
僵硬的安全带
失去往日的欢乐
多少次万无一失
这一瞬一失万无
放任了太多的隐患

必定有意外发生
是谁辜负了生活
是谁抛下了遗憾
让安全带百思不解

事故现场
我已经历几十个春秋
多少哭泣的家庭
让人心疼不已
多少血染的教训
让人扼腕叹息

4. 大哥走好

——写给我的哥哥胡明

这个秋天
桂花刚刚飘香
你就走了

你说你
就喜欢和我说话

你说你
最记得小时候
我们一起钓鱼
我们一起掏雀子窝
我们一起滚铁环上学校
……

你说你
再也没有力气和我说话了

大哥啊
你的手这么凉
你的脸庞这么凉
唢呐这般哭喊
大鼓这般动魄
亲朋这般泪雨呼唤
你怎么也听不见
你怎么也不回答啊

大哥啊
我不敢看
白发哭诉黑发
颤抖抚摸安详
你怎么这么狠心
还没尽完孝道
就抛下年迈的至亲
走向永恒的远方

大哥啊
工友们没来得及
摘下安全帽
没来得及
卸下身上的疲惫

一双双带着老茧的手
握紧慰问
握紧这个多变的世界

大哥啊
你就是一棵
平常的小草
没有花香没有树高
在人生的底层
拿最低的薪水
干最苦的工作
顽强而又乐观地生活

大哥啊
你的世界
就像那艘泰坦尼克
带着无限的遗憾
永远地沉没了
那边的世界冷吗
那边的世界很黑暗吗
但愿天堂没有病痛

大哥啊
同学们来看你了
战友们来看你了
乡亲们来看你了
单位领导和同事们

也来看你了
鞠躬是对生命的敬畏
是对你的不舍
也是人生最后的告别

大哥啊
不要孤单
松林云雾伴随你
日月星辰伴随你
每一个秋天
都有桂花飘香纪念你
不经意的时候
我们常常想起你

大哥啊
我们代你谢谢了
谢谢大家前来悼念
谢谢邻里经常关爱
心意收下了
眼泪也收下了
收拾好悲伤
一任时光匆匆

这个秋天
已经越来越冷
外面的风很大
多穿点衣服

大哥走好

5. 彩玉石

出土
就像分娩
孕育了八亿年
一朝诞生

红红的小脸
还带着母亲的血迹
厚厚的包浆
全是生命的呵护

轻轻一弹
哇的第一声啼哭
多少年默默等待
石破天惊

一路风尘
带着地球的胎记
带着历史的变迁
来到人间的唏嘘

入室
典雅的气质
美化了生活
装扮了无数的梦

注：彩玉石是灵璧石的一个种类，不仅像磬石敲出清脆的声音，而且颜色多样，一般以黄色为主、红色为辅，其密度高于一般奇石。

6. 三河闸

一定要把淮河修好
浓浓的湖南乡音
像春天里的一声惊雷
回荡在祖国大地

勇敢的苏北人民
以铁锹为笔
以汗水为墨
在洪泽湖大堤上
书写壮丽诗篇
刻进国家永恒的记忆

磅礴的洪泽湖
悬在西边的云天
长龙似的大闸
像一排忠诚的卫士
坚守水上长城
让洪水不再泛滥
农田不再干旱

镇水的铁牛

丢掉了祖传的职业

砌堤的石刻

还记录着无数的祈祷

里下河地区

不再有水患

不再有哀鸿遍野

脚下月亮湖

静如处子

只有鸥鹭的翅膀

和仙鹤的歌声

打破景区的宁静

东边的白马湖

远方的高邮湖

都是人间最美的风景

多少年过去了

伟人和他的战友们

早已离去

但他们思想的光辉

和崇高的形象

就像三河闸的塔楼

高高耸立在洪泽湖大堤

江苏诗人余镇淅

【作者简介】

余镇淅，男，汉族，江苏镇江人，工程师。现为中国诗歌学会会员，中华诗词学会会员，中国楹联学会会员，中国诗歌网会员，《中国诗歌报》会员。曾获"当代精英杯"全国文学大赛诗词曲赋一等奖、首届"蝶恋花杯"国际华人文学大赛二等奖、"华语杯"国际华人文学大赛一等奖、"盛世中华杯"国际文学创作邀请赛现代诗歌一等奖、第二届"蝶恋花杯"国际华人文学大赛一等奖、第二届"经典杯"国际华人文学大赛一等奖。获经典文学 2019 年度"十佳文学精英"、经典文学 2020 年度"十佳精英诗人"、经典文学 2021 年度"十佳精英诗人"荣誉称号，第二届"中华情·水晶心杯"全国诗词书画大赛古体诗金奖。《中国诗歌报》2020 纸刊（上）封面人物。

诗歌 5 首

1. 浮桥

两岸联姻，不想让桩主插手
拴住自由自在的翅膀

不想给磐石当标杆
树立所谓高大的形象

省得别人戳穿可笑的关系网

甩掉感恩戴德的累赘

两岸情缘，因水而萌发
难解难分的默契

一盏盏灯，如点点星火的梦
多少故事映射在水中

脊梁，托起流连忘返的回忆
牵动彼此的血脉

收不住阳光风雨往来的脚步
何不相依为命

2. 我把寂寞种成一棵树

我种过一棵树
从青春长到起皱的额眉
那些若即若离的伙伴
各怀其心
长着长着就越来越陌生
远的无影近的无语

同一个阳光下
彼此晒得原形毕露
长高的无奈
弯不下腰来拉一把
那几个长不高的

在自卑中度日的当初

我不明白
茫茫人海中找不到一个
做不完的梦
生命是一颗贪婪的种子
接受欲望无止的审判
寂寞

3. 印象七月

对火的崇拜有一种期待
改变血液温度
烧烤红尘落在皮肤上的污浊

脱去时尚虚荣
让世俗眼光扫描
赤膊汉子凹凸不平的骨架

沐浴清凉的湖水
叶扇侍者把主当天外来客
引入荷仙子眼帘

小蜻蜓妒忌得像苍蝇
不甘心眼前的掠夺
释放自作多情的干扰

为两个陌生的心灵设局

飞来飞去挑拨
距离是一段切割不掉的渴望

没有梦的生命是一具僵尸
有恋的血肉不怕残忍
不要辜负七月一次次忠告

4. 穿过寂静是鸟鸣

鸟鸣，穿过树林
自由之声
鸟之翼从一棵树飞到另一棵树
从一国飞到另一国
没有一个国王能主宰其命运

它在黄昏与伙伴相聚
分享夜幕下寂静的酣睡
它在黎明唤醒寂静的大地
自主选择度假村落
不会为一日三餐埋单

鸟鸣，穿过笼子
宠物之声
从笼子东边跳到西边
翅膀只是飞行象征
它的命运掌控在主人手中

我在寂静中听见两种鸟鸣

一种是处处无家处处家
一种是谁养锁谁家

5. 一片流浪的叶子

叶子，总要离开根
命运难赌拍卖行交易
换回难以常青的自私自利

风儿，不收一分钱旅差费
承载厚厚的担当

顾不上回眸，各打各的主意
疑似来年备好的预案

阳光，花无数金币
买一年收成，为汗水张罗回报
一次次被秋风窃听

月光，守财库无数个夜晚
给秋后算总账，存一笔赎金
省得满城是非难辨

叶子，终归淡定
所落之处都是流浪者的归宿

四川诗人张曲

【作者简介】

张曲，男，四川成都人，中共党员，公务员，现已退休。爱好文学历史，喜欢声乐、阅读、书法、收藏。崇尚自然，敬畏文字。先后有 20 多篇作品在全国大型文化传媒官网文学平台上发表。

诗歌 15 首

1. 故乡的江

你来自雪域高原
穿越万壑千山
百折不挠
勇往直前

你把地下的泉水吸进河床
你把雪化的琼浆拥入胸怀
你聚世间万物的灵气滋润大地
你集自然宇宙的精华祷告苍天
你卷起惊涛汹涌澎湃
你荡漾清波宛如绿毯
你充满大森林的味道
你流着回不去的从前

波涛中潜伏着灾难
你总期盼人类能够降伏孽龙治理水患
浪花里蕴含着甘甜
你真希望人间能早日闻到稻花的芳香
享受丰收的狂欢

啊，岷江
你是我故乡的江
祖祖辈辈都生长在你的岸边
雪山是你的发小
雨滴是你的伙伴
奔腾是你的性格
涛声是你的祝愿
为迎接你进入川西平原
为改变古蜀郡贫穷荒蛮
两千多年前的李冰父子
用火攻把玉垒劈成两半
因势利导无坝引水
低作堤堰深淘河滩
鱼嘴分流宝瓶限水
自流灌溉互控共管
从此都江堰的水脉遍布了千里原野
把四川西部的土地浇灌成肥沃良田

啊，岷江
你是我心中的江
无论我走到哪里

都会把你思念
你流淌着岁月的风霜雪雨
你见证了人间的疾苦辛酸
你流传着多少凄美的故事
你记录了千年的都江古堰
你惠泽了广袤的川西坝子
用泥土的厚爱点燃了炊烟
你孕育出华夏的天府成都
你把生命之源发挥到极限

啊，岷江
你是我梦里的江
无论什么时候
你仿佛总在我的眼前
我觉得你是来自上天
也知道你会奔向大海
你不仅仅流过了山川平原
你更深深流进了人民心间

啊，岷江
你是一条骄傲的江
没有什么语言能形容你的壮丽
没有哪首诗歌能抒发你的情怀
你是苍天赐予人类的吉祥哈达
你是人类智慧凝结的传奇经典
你是世界水利史上绝无仅有的伟大创举
你是人类与大自然和谐共生的最美画卷

2. 永远的故乡

我去过很多很远的地方
越走越近的却只有故乡

凡尔赛宫再炫目辉煌
也没有杜甫草堂历经沧桑的红墙
世界上的女人再漂亮
也不如浣花溪的纱女回眸一笑
法兰西美男靓女再浪漫
也没有相如文君相爱琴台的酒坊
威尼斯的小船满城穿梭
也没有少城公园湖上荡舟的老桨
拿破仑在滑铁卢再悲壮
也没有三国争雄留下的武侯祠堂
埃及金字塔再神奇
也没有望江楼对锦水的依恋遐想
日本的樱花再美丽
也没有芙蓉花重锦官城灿烂芳香
尼亚加拉瀑布再大
也不如都江堰的水惠泽四面八方
欧洲中世纪的古堡再多
也没有安仁古镇厚重的历史包浆
阿尔卑斯山的风光再旖旎
也没有青城山缭绕千年的道教火香
安徒生的童话写得再好
也没有母亲教的儿歌唱得那么响

啊，故乡啊故乡
那是永远的念想
我常常像孩子想念妈妈一样
满含热泪
思念故乡

啊，故乡啊故乡
它总是挂在我的心上
让我忘不了它的模样
在我忧伤的时候
抚慰我的心灵
让我变得坚强
在我欢乐的时候
让我感受生命
心中充满阳光

我去过很多很远的地方
越走越近的却只有故乡

3. 母亲

小时候
我常睡在母亲的怀里边
母亲最爱吻我的脸
长大后
我走上了母亲教会的路
母亲最爱拍我的肩

我身上流着母亲的血
每一片肌肤都感受着母亲乳汁的甘甜
我心神连着母亲的缘
在远行千里的路上
每走一步母亲都会拉紧儿时背我的肩带
母亲总希望我离她很近
生活却老让我隔她很远

母亲曾是巾帼学霸
清华园前定格过她青春的倩影
荷花池畔留下了她甜蜜的爱恋
她把心血凝结在江河大坝、水库长滩
她用智慧点亮万家灯火、光明黑暗

母亲的慈爱
已刻进了我的脑海
让我记住了什么是人间最深的依恋
母亲的叮咛
常回响在我的耳边
让我总想回到那些难以忘却的从前
母亲的泪水
全存放在我的心里
让我看到了人生的惆怅和世间的苦难
母亲的白发
被岁月的风霜浸染
让我感叹生命是怎样一步一步地走向蹒跚

我是母亲抱大的孩子
却从未拥抱过自己亲爱的妈妈
我是浪迹天涯的游子
却不曾亲吻过母亲那双守望的眼

母亲走的那一天
我含泪抱着母亲冰冷的遗像
感觉她还像生前一样的温暖
她化作的那一缕青烟
带走了我全部的怀念
她飘然远去的身影
让我把一生的眼泪流干

母亲在时
我的每个生日充满了幸福感
母亲走了
我的余生归途瞬间变得暗淡

我多想重新躺回母亲的怀抱
再一次感受她的体温
再一次贴近她的柔软
再一次抚摸她的脸颊
再一次看看她的双眼

可惜一切都太晚太晚
让我留下了无法释怀的内疚

使我铸成了无处安放的遗憾

我只能用心灵呼唤天堂里亲爱的妈妈

遥寄对妈妈无限的思念

妈妈啊妈妈

来生我还做你的儿子

再也不让你受累

再也不让你孤单

再也不让你忧愁

再也不让你挂牵

让爱再续母子情缘

用心再陪母亲百年

看春风又吻母亲笑脸

让夏花再与母亲做伴

裁秋霞重缝母亲衣裳

化冬雪温暖母亲永远

4．你的声音

你的声音

像在大海上空飞翔

像穿透森林的阳光

像挂在山前的瀑布

像清泉自在地流淌

任飞翔去拥抱蓝天

让阳光去亲吻土壤

用瀑布去汇成深邃

听清泉去流过心房

你的声音
静谧时像平湖的秋月
激荡时像万马的奔放
忧伤时像一江的春水
欢乐时像百灵的歌唱
你那磁性空灵的声音
抑扬顿挫韵律的铿锵
声情并茂用心的演绎
塑造无数艺术的形象

你的声音
经历雪雨风霜的洗礼
披着三月明媚的春光
充满万物复苏的喜悦
吐露百花袭人的芬芳
讲沧桑岁月里的故事
忆如歌生命中的梦想
是那么委婉温润优雅
是那么美丽真诚善良

你每一篇诵读
都是细琢精雕
以人间的大爱
抚平所有创伤
你天籁的声音

复制如烟过往

用修炼的灵魂

吟唱诗和远方

让那芸芸众生

向善向美向光

5. 中秋的月亮

中秋的月亮

高挂在天上

望着你安静的样子

心却在深沉的夜空飞翔

你穿越古今的时空岁月

幻化了人间的不灭梦想

你裹着永远的离愁别绪

筑起了心灵的爱情天堂

中秋的月亮

你见过太多人类的离散惆怅

故从来都清冷得不作声响

你目睹无数世间的团圆幸福

却从来都静谧得毫不张扬

中秋的月亮

你曾照着王昭君

走向大漠的荒凉

浸湿她的眼睛

哭倒塞外的城墙
你曾看着昭君
用胡服的衣袖
擦去思汉的泪水
遥望长安的方向

中秋的月亮
你曾照着杨玉环
翩跹的霓裳羽衣
舞得玄宗心旌摇荡
重色轻国不理朝纲
一朝胡马乱中原
马嵬坡下香消玉殒寸断肝肠
比翼的鸟儿没双飞
连理的枝木接不上
国色天香花落去
长恨哀歌成绝唱

中秋的月亮
曾照在李清照憔悴的脸上
千古才女词中女王
背井离乡落难迷茫
孤灯残酒独饮寂寥
凄凄惨惨忧忧伤伤

中秋的月亮
你演绎过遗恨千秋的悲怆

你透视着岁月深处的苍凉
你像一首曼妙忧伤的小夜曲
又像一支抒情激昂的咏叹调
浩瀚的星空是你的舞台
遥远的银河陪着你歌唱
阴晴圆缺是你的节奏
悲欢离合是你的交响
你让天下有情人都在仰望
从你似水的柔情里寻找爱的星光
你打捞抚慰了多少凄美的故事
你成全拥抱过无数甜蜜的过往

啊，中秋的月亮
让人类分离的痛苦
随着你身边的流云渐渐远去
让世界团圆的美好
像你那洒向苍穹的永恒光芒

6. 恋故乡

故乡在地图上
就那么一小点
但在我心中它却是
全世界最舒服的地方

岷江的水啊
源远流长
孕育了天府

美丽了故乡

浣花溪水静静流淌
杜诗成就千年草堂
青羊宫里道法自然
相如文君琴台绝唱

远眺可见西岭雪山
近处飘来青城焚香
望江楼过东吴商船
武侯祠里松柏苍苍

薛涛井的那汪泉水
制造过唐时的诗笺
暑袜街邮局的那枚邮戳
为清代留下家书的印章

昭觉寺的晨钟充满禅意
春熙路的繁华尽显时尚
锦里古街像三国的集市
宽窄巷的照壁写满沧桑

人民公园的少城湖
荡漾着儿时的梦想
鹤鸣茶馆冲泡百年
盖碗茶怡人的清香

麻婆做的豆腐
流传着一段佳话
夫妻拌的肺片
让爱的味道张扬
赖家包的汤圆
甜成温馨的日子
麻辣烫的火锅
煮着生活的模样

故乡在地图上
就那么一小点
可在我心中它却是
全世界最快乐的地方

7. 我歌唱

我歌唱晨曦
把黑暗轻轻吹散
奉献崭新的一天
托一轮喷薄的红日
为天空梳妆打扮
让大地悄悄苏醒
任生命尽情撒欢

我歌唱白云
让蓝天变得更蓝
让天空显得更远

让青山带着仙气
让绿水绕着平安
我歌唱船帆
它不畏狂风巨浪
哪怕大海再宽
前路多么艰险
也会把信念理想
带向希望的彼岸

我歌唱江河
那是一首永远
也写不完的诗篇
讲述古老的传说
流淌凄美的浪漫
回响岁月的叹息
酝酿天地的温暖
我歌唱家乡的小路
它陪伴了我的童年
儿时梦想曾随着它飞得很高很远
那个当初离家时告别母亲的路口
无论我走多远
不管什么时候
它都是留在我心底最深的思念

我歌唱岁月
怀念那些再也回不去的从前
收藏那些难忘珍贵的生命碎片

见证无数善良真诚的力量
感恩今生今世所有的遇见

我歌唱音乐
让我的想象拥有无穷的空间
让我的灵魂受到美丽的震撼
忧伤时
让我看到生活的希望
欢乐时
让我品味人生的甘甜

我歌唱爱情
它阅尽人间最美的故事
筑起心灵甜蜜的港湾
它擦去多少苦恋的泪水
点燃幸福升起的炊烟

8. 多情的小草

我是一棵无名的小草
满山遍野自由地流浪
感恩苍天大爱无疆不离不弃
让我看到了自己存在的模样

土地是我的温床
雨露是我的奶娘
阳光是我的依恋
清风常为我梳妆

我吐出滴翠的嫩芽
报答大地的滋养
我景仰山川的壮丽
吮吸花朵的芳香
我欣赏森林的浩瀚
喜欢草原的宽广
我享受成长的快乐
珍惜生命的时光

春天我把绿色撒遍原野
夏天我陪百花蓬勃生长
秋天我像落叶一样融进泥土
冬天我甘愿自己被雪花埋藏

即便我渺小得没人看见
我也会悠然地摇曳在自己的梦乡
尽管我的心思无人顾及
我总会想着天涯的伙伴从不忧伤

你若是小溪
我会陪在你的身旁
你若是泉水
我会聆听你的歌唱
你若是天边
我会随你到遥远的地方
你若是海角

我会守在岛上把你眺望

9. 怀念音乐大师谢忆生

你是《毛主席派人来》的原唱
句句都在藏族人民的心中飞扬
你是新中国家喻户晓的明星
声声都在各族人民的记忆里存放

你的歌声
曾经穿越千山万水响彻祖国的四面八方
它不知让多少翻身农奴
欣喜若狂地跳起了锅庄
它不知给多少劳苦大众描绘了幸福的景象
它不知给多少善良的人们带来快乐的时光
它不知伴随过多少青春少年
健康茁壮地成长

你的歌声
像甘甜的泉水在人民的心中流淌
像吉祥的哈达连接着拉萨和天安门广场
像青稞酿的美酒芬芳了半个世纪
像天籁的神曲一代一代地经久传唱

你是军人
战旗文工团是你成长的营盘
高原雪域净化了你的思想
你像迎风飘扬的战旗

你有中国军魂的担当

你是大师
拉开了成都群众合唱事业的序幕
把全部心血凝聚在手中的指挥棒上
你夜以继日用汗水写下诗一样的乐章
你殚精竭虑用情怀演绎着生活的交响

你是儒将
血气阳刚
威武雄壮
儒雅睿智
风流倜傥
你用经典丰富了
中国音乐的宝库
你用生命抒发了
戎马军旅的辉煌

10. 难忘苏福比

我依依不舍地离开
是为了重逢的到来

你像一棵美丽的榕树
吸引着东西南北候鸟
飞越千山来到北部湾
栖息在你葱茏的树冠

哦

你就是北海之滨的苏福比酒店

你就是迁徙候鸟群冬天的依恋

那面包树的样子

那旅人蕉的绿干

那鸡蛋花的芬芳

那三角梅的花瓣

那小巧玲珑的庭园

那彩灯闪烁的夜晚

那海上飘来的清风

那快乐绽放的笑脸

悉心的服务

彰显着你们敬业的精神

无微不至的关怀

充满了你们内心的温暖

放风筝唤起儿时的记忆

用兰香熏陶精神的田园

把身影留在旧城的老街

任脚印撒遍柔软的银滩

让歌声复制青春的时光

随心灵拥抱大海的湛蓝

这是岁月里难得的缘分

这是生命中有幸的陪伴

哦，苏福比
你不仅仅是一个酒店
你更像是寒冬的暖巢
人们纷至沓来的福地
中国候鸟梦中的春天

我依依不舍地离开
是为了重逢的到来

11. 红旗颂

你告别瑞金的城墙
前路云遮雾障
你登上井冈的山峰
红军有了方向

五次"围剿"血洗了你稚嫩的身躯
湘江鏖战你被鲜血浸染进出火光
你一次次地被战火撕裂
又一次次地用血肉缝合百孔千疮
你一次次被重创扑倒
又一次次用信念燃烧生命如钢
你在枪林弹雨中穿梭
你在炮火硝烟里飞扬
四渡赤水突破乌江
身经百战浴血成长

茫茫雪山中你红了千里

无边草地上你从不彷徨
无论你爬过的山有多么艰险
哪怕你走过的路是多么漫长
你都不曾停下脚步疗一疗伤
只把理想写在自己的旗帜上

你洞穿黑暗拯救民族危亡
你背负使命为了民族解放
你传承着华夏民族的精神
你成为复兴中国的脊梁

高举你
成千上万的先烈赴汤蹈火
捍卫你
前赴后继的英雄血染沙场
凝视你
我的脸颊上总会流下泪滴
走近你
就像依偎在母亲的臂膀
依恋你
经历那么多苦难却从不说放弃
抚摸你
犹如看见了开满映山红的山冈
拥抱你
感受你大爱无疆的温暖怀抱
祝福你
未来一定会比今天更加漂亮

你用旗帜的柔软

抚慰着人间受伤的心灵

你用血色的刚毅

挺起了民族不屈的胸膛

当共和国的晨曦出现在东方

灿烂的朝霞映红了你的脸庞

人民迎来了心中最美的春天

中华大地充满了明媚的阳光

我总会看见你飘在蓝天的英姿

回忆你曾经浴血奋战的过往

我总想去亲吻你那可爱的样子

相信你会永远飘扬

12. 岁月记得

春风吹过

大地记得

驱走冬天的寒冷

把绿的色彩撒播

春雨飘过

种子记得

让生命吮吸甘露

把希望铺满阡陌

百年悲歌从未断过

苦难记得

破碎山河丧权辱国
列强欺压民生痛苦
南湖驶出的航船
风帆被鲜血染红
万里征途一路肉搏
从来没有停息片刻
黄河怒吼过
民族记得
铁蹄践踏哀鸿遍野
漫漫长夜何是尽头
血肉筑起救亡壁垒
誓死保卫中华国土

星星闪耀过
晨曦记得
哪怕是瞬间
也让黑暗无处藏躲
长路走过
岁月记得
炊烟袅袅生活吉祥
时光不老日子红火
北疆草原唱着悠扬的牧歌
南海渔火照亮湛蓝的收获

秋风吹过
金黄记得
走上小康得到更多

崭新时代人民欢呼
颂五彩斑斓的共和国
歌骄艳美丽的新山河

冬雪飘过
梅花记得
霜冷长河几度困惑
历尽沧桑情怀如歌
初心不改信念执着
冬去春来柳绿花红
民族复兴砥砺奋进
国强民富生机蓬勃

13. 耿达恋歌（组诗之一）

当三伏的滚滚热浪来临
我就会想起耿达的绿荫
当大地被七月流火烧烤
我就想飞到耿达的山里

那里的松柏翠绿花儿遍地
那里的河流清澈雪峰耸立
那里的白云悠悠环绕森林
那里的青山妩媚一望无际

那里的野花开得离天最近
那里的天空蓝得特别纯净
那里的土地都是水美草肥

那里的雪域都特别的神奇

那里的牛车唤起儿时记忆
那里的寨子传承藏家风情
那里的锅庄跳得热烈欢快
那里的篝火红得吉祥如意

岷江流水带走岁月的痕迹
青春的旧梦像格桑花美丽
在我的梦里你都成了神女
飘逸在四姑娘山的彩云里

14. 耿达恋歌（组诗之二）

龙潭沟的水静静地流淌
远方飘来格桑花的芳香
山雀欢喜着翻飞在天空
树梢摇曳着轻轻地歌唱

白云依恋了蓝天去流浪
林海翩跹着清风的模样
群山巍巍那是爱的凝聚
岷江悠悠那是情的绵长

望不尽那坡上的牛羊
听不够那崖边的泉响
风吹过去满怀的草香

雨洒下来滋润了心房

公路像绸带绕着山梁
村寨似星星闪着灯光
勤劳播下丰收的种子
藏家充满了幸福吉祥

山雨洗万绿鸟儿叫晨窗
花间一壶茶神清气又爽
让放飞的歌随云彩远去
让心灵的梦去看看天堂

你教会了人类热爱自然
你呼唤着世间追求善良
你就是高原圣洁的宠儿
你就是雪域神化的地方

15. 耿达恋歌（组诗之三）

青山连绵张开翠绿臂膀
迎我回到你迷人的身旁
岷江悠悠泛起微波碧浪
催我奔向你圣洁的远乡

蓝天蓝得那样的高朗
让我梦里也总在仰望
白云白得多么的明亮
让我爱你像情人一样

清风吹过森林像无边海洋
我多想看看你壮观的景象
野花在山岗上妖娆地绽放
我多想走进你爱恋的阳光

公路像哈达绕着山梁
牧笛在坡上放着牛羊
雪域风水洗礼着心灵
岁月如歌飞向那远方

四姑娘圣山的旖旎神奇
颠覆了人类的审美遐想
传说中的仙女不在天堂
就在去凡间赶集的路上

热烈的格桑花盛开
在离天最近的地方
这一片山水充满了
人间最美丽的善良

江西诗人周寸心

【作者简介】

周寸心，江西九江人，现居上海。教师、译者。性情烂漫，热爱阅读与写作。多次参加国际翻译比赛和文学比赛并获奖，诗歌作品入编《当代影响力诗人作家文选》，经典文学网签约诗人。

我们将独自前行（组诗）

1. 恰如其分的遇见

今天的我
遇见了今天的你
恰如其分
无关昨天的好坏
今天的我在怀念
那份倒映在水中的美好
与青绿色的时光
渐渐老去

2. 风与马

你在戈壁策马奔腾时
江南的花正好盛开

我采一束最美的寄给你
你让风带来回信
思念成风
爱是奔马
青石板上传来嗒嗒的马蹄声
我在梦中睡得安稳

3. 亲爱的时光

亲爱的时光
挥挥你的翅膀
淡去悲伤

亲爱的时光
停下你的脚步
延长思念

4. 月儿不弯

穿透五彩暖阳的斑斓
细数银河繁星点点
暗黑的夜里
月儿不弯即是圆满

闷热的惆怅跳动着
情人眼角的可爱
轻呼着流水般的空气
倚靠着岁月安稳

5. 胡桃集市

我想，等我老了

愿意唠叨的时候

会告诉孩子们，我们是怎么遇见

胡桃集市上两个年轻人

喊住了同一辆马车

车夫呵呵地笑了

不期而遇

我从那一刻开始幸福

6. 远行

那是我们最后一次离别

也是你最后一次远行

你走后，我记得天冷添衣

记得把钥匙放在砖缝里

日子过得慢

麻雀在屋檐下筑了巢

铁锹生了锈

今年的春茶味道好

邻居送来了一筐柿子

我想写信告诉你

云南诗人刘春林

【作者简介】

刘春林，男，笔名版纳大牛，热爱生活，喜欢文字，乐于赏玩奇石，衷情中华诗文。

秋季酝酿的小诗（外1首）

勤劳的汗水悄悄蒸发喜悦
似秋的冷气带来清气十足的热望
温暖有滋有味的生活

秋的凉意被老天爷的瞌睡弄晕了头
稀里哗啦的风
将几片雨云送到遥远的天边
渴望秋雨的心又提起来

意外还是来了
一场雨突然降临
清凉之意不期而遇
舒爽的情绪煞费苦心
直接迸发活力
一首小诗应运而生

一夜新雨润物清
惹笑早莺恰恰啼
稻生饱粒清香味
光和日柔金秋迟

嗡烦

听到嗡嗡声响
知道你不怀好意地来了
为你要咬我
为我要打你
咬得我为你献血
打得你为我解气
谁说不是
物竞天择适者生存
这大自然规律
于此天经地义

山西诗人李清山

【作者简介】

李清山，笔名雅伤，山西山阴史家屯人，知名诗人，中国网络诗歌学会会员。曾被多家平台、纸媒聘为特约撰稿人、诗人、编委、评委等，作品曾入选20多部专集，出版个人诗集4部。

午夜未眠（外1首）

午夜未眠，孤独游走
你遗落网络，冰冷只言片语

曾经温存出双，寂寞陪伴入对
梦中呢喃梦醒挂牵，身边
萦绕的，不是温情便是浪漫
好像全世界都为我们的爱恋醉
而今寒夜倚愁，人比月憔悴

深夜里执着，睡梦中坚守
只是不想让瘦弱的誓言
寒风冷雨中，失落飘零
孤独凝望中
枯萎沉沦

空留清泪两行

一堵黑暗中的墙

一堵黑暗中的墙
于幽怨沉痛间
阻挡了情爱荡气回肠

曾经花丛翩跹之柔情
只能在凄苦中
十八里相送
伴着旋律如泣如诉
泪流成河，痛彻心扉

独留千古绝唱
化成出双入对蝶
琴音间，萦绕迷离
于冰冷街头巷尾

传唱间，从钱塘风流
一直传到塞外
孤雁哀婉回眸

在文人墨客笔下
生不同衾死同穴
只能在黑暗阻挡下
无助地破碎

新疆诗人贾川疆

【作者简介】

贾川疆，男，新疆乌鲁木齐市人，《文学与艺术》签约作家。荣获"经典杯"国际华人文学大赛三等奖，作品入编《百家诗文》《加拿大海外作协名家精选》《中国新诗百家名作鉴赏》《中国当代诗人谱》《大美中国》《文脉中国》《中国诗歌百佳精英作家》《中国诗文百家》等书籍及《九天文学》《三角洲》等杂志；国画作品入选《华风书画精品赴日展》《大国诗文选粹》等。

纠缠彷徨的爱情

1

飞鸟掠过，那忧郁的丛林
苦涩的枝条，缠绕着相思
一缕阳光温暖了，寂寞的忧愁
传情与久别的情缘，在雨夜漂泊

执着的芳心，飞过寂静的心海
清晨的山谷，小河流淌着无奈
那一束樱花，掩盖了艳丽的笑脸
情感却在，思念的树梢上耸立

爱溢满了激情，情意缠绵而愉悦
误解的迷雾，弥漫了苦涩的相思
何时能消融那淡淡的忧郁

忐忑不安的情爱，徘徊在梅雨中
小河如诗意般，在河边伤感
掩面的花瓣，在落花流水中，远去异乡

2

当一切无须再用言语来表达
我将爱隐藏在心中，不再提起，不愿说起
就这样，在细雨绵绵的无眠之夜
独自消隐在了，一片翠绿的山谷

一段情、一世缘，失落在纠缠彷徨的心中
如那情海的一叶舟，不知要去何方
那就交给时间吧！让命运去左右未来的日子
无助之时，情海波涛涌入心中

潮起又潮落，卷走了希望，又给予了希望
如那梅雨绵绵，飘落了满地的幽怨
雨如爱、情如河，涌入了小溪，汇成了情海

昨日的暖阳，温暖不了今日的忧伤
爱情的永恒
是彼此呵护，相拥到永久

3

你娇媚的面容和美丽丰韵的玉体
透着爱情的气息，醉倒在柔情蜜语中
绵绵细雨，像浓情爱意的情感
有述说不完的真情，还有相思的愁苦

每个无眠的雨夜，我将芳心放飞在树梢
涌动的寂寞冲洗着，往日的希望和爱情
春又回大地，我们携手，在百花艳丽的花海
恋爱的季节，看那欢快的爱情小鸟，在寻找港湾

一枝高傲的花朵，露出可爱的笑容
掠走了我的温情，缠绵在树梢上的圆月
我扇动着炽热的爱情，慢慢爬上了你的芳心

小鸟别再彷徨，在忧郁的丛林，迷失了自我
扬起你久别的笑容，穿越忧苦的迷雾吧
迎接那温暖的爱情，让我的爱温暖你的心

4

朦胧的夜幕，拉下了，喧闹的一天
思念也在悄然地，爬上我孤独的心
那圆月般的皎洁，像你娇柔的容颜
撩开了迷茫的雾霾，是一片幽静的月湖

爱情总是在离别之后，堆积成爱

又在激情之后，汇涌成河

美丽的花朵，只为伊人盛开

清晰的小河，流淌着我的忧伤

红红的枫叶，诉说着秋的美

翠绿的山谷，激荡着我俩的爱

满目的山河，因爱而艳丽

总是在匆匆中迷失了方向

美好的时光，请用心来呵护和珍惜

我已将你封存在，柔情万丈的心海

辽宁诗人赵明环

【作者简介】

赵明环，女，中国诗歌学会会员、辽宁省作家协会会员、沈阳市作家协会会员，《世界诗人》、经典文学网签约作家，著有国家级出版社出版的个人专集《赵明环诗文选》。中华文艺 2017 年度十佳卓越作家、经典文学网 2018 年度十佳签约作家、经典文学网 2019 年度十佳签约作家、经典文学网 2020 年度十佳精英作家、经典文学网 2021 年度十佳精英作家。180余篇作品选入 50 余部国家级出版社出版的书籍和发表在有关媒体刊物及微刊。荣获过多种奖项和荣誉称号。

我们这一辈（外1首）

我们这一辈
和共和国同年岁
在新中国的怀抱里成长
见证了祖国母亲
从一穷二白走向繁荣富强

我们的童年虽然苦了点
但和父母的童年相比
我们有书读
生活在和平环境里
旧中国那兵荒马乱民不聊生的苦难岁月
我们不曾经历
这是我们的幸运、我们的福气

20世纪60年代
国际风云多变幻
在共和国艰难的岁月里
青春年少的我们
分担母亲的忧患

上山下乡，去草原边疆
广阔天地刻苦磨炼
务农生产不忘备战
报名参军、民兵训练
边疆还有生产建设兵团

保卫祖国我们随时准备参战
建设新农村我们辛勤躬耕挑重担

招工回城，读书创业
投身改革开放
我们这一辈万难不屈，劈波斩浪
拼搏奋斗在各个工作岗位上

喜看祖国顶天立地真正站起富起强起来
喜看人民脱贫致富达小康
我们实现了第一个百年奋斗目标的梦想
感恩伟大的祖国、伟大的党
我们的生活充满阳光

在今天新长征的道路上
那催人奋进的时代号角
令人热血沸腾倍增力量
向第二个百年奋斗目标进军
亿万人民团结一心，斗志昂扬

我们这一辈自知已是夕阳晚
余热虽有限，壮志仍不减
生命不息，奋斗不止
赤子之心，乐在奉献

致敬我们的青春

——为集体户同学赋诗

当年下乡小山村
难忘同学友情深
辛勤躬耕苦磨炼
团结互助度时艰

广阔天地显身手
献血救人解危情
护理老人五保户
为民理发安电灯

同学好事说不完
穷乡僻壤爱心献
系民疾苦多服务
激流搏后尽开颜

如今华发童心在
归来仍是一少年
相聚言欢同回首
第二故乡一梦牵

辽宁诗人薛媛

【作者简介】

薛媛，辽宁大连人，中国诗歌学会会员。曾获"新时代作家""中国诗歌百家"等荣誉称号，诗歌作品参加全国文学大赛多次获奖。学术论文曾获首届全国高校影视教改论文三等奖。

诗歌3首

1. 幸福是什么

幸福是什么
谁能告诉我
是曾经的拥有
还是对梦想的执着

若是有人来问我
幸福是什么
我该如何对你说
当面对大千世界的某一刻
你的心香四溢
感念生之神奇曼妙
愿将这大美
向人间撒播

就在此时
幸福的花蕊已为你吐露芳泽

2. 再相逢

第一次见到他
是春分的晌午
我偶然从那座苗圃经过
一个蓝衫的小伙儿正俯身培土
起身拭汗间
那画中人一般的侧影
印在我心中

夏日，他为那片土地浇水除草
中秋到来，那苗圃里开出了紫红的花簇
常有游人流连拍照
馥郁的香氛引得我驻足了好久

此去数年
花开荼蘼
却再不见园丁的身影

多少年后的一天
我出差路过春城
为那座肃穆的陵园敬献花圈
一座英雄墓碑映入眼帘
镌刻着那张熟悉的面庞
墓碑前一捧纤朱缀紫的玲珑花卉

无论回忆里，还是梦乡

多少次我在苗圃里徜徉

沉醉于这无名花友的绚丽芬芳

墓碑前伫立着一位小战士

轻声对我讲

这是他生前心心念念记挂的

他唤它"相思梦"

3. 烛光

当我在异乡

失意彷徨

你摇曳希望的火焰

指引我方向

你，一支小小的烛光

当我在寒夜

冷清迷茫

你绽放温暖的光华

照亮我心房

你，一支小小的烛光

母亲的希冀

幸福的理想

都在你的辉焰里蕴藏

不曾泯灭

永远闪亮

在我心里
在我梦里
一支小小的烛光

浙江诗人聂树林

【作者简介】

聂树林，喜欢文学，曾任小学老师，现从事服装工作。作品散见于报纸杂志和网络媒体。

诗歌9首

1. 一生留恋

我把心交给你，留在你的身边
这份爱永远伴随着你
当你忧伤的时候
想起我
生活有多苦你都会感到甜蜜

我把我的梦，留在你的身边
让美好的梦想陪伴着你
当你感到困惑的时候
想起我

前方的风浪有多大都无畏惧

我把我的思念，也留在你身边
当你正想念起我的时候
无尽的思念之情升起
想起我
便不辞辛苦历尽艰辛亦无悔

生活经历不同，生活品尝烟火
我从眼里看懂了你的心
虽然我们都历尽艰辛
想起我
生活的动力支撑着你的坚强

不忘我们约定，不忘三生相见
心都寄存在各自的心里
为那一刻坚守着诺言
想起你
生活的动力引领我勇敢前进

2. 思念

荒山远峰
淡淡的忧伤萦绕
想念远方的朋友
如前世停在画中
肠断处，泪水流
相思久，盼相守

行无归处

寒月悬心

零乱的朝思日暮

如山积满愁绪

夜已深

灯将残

人如初

3. 等待

我不等风

我不等雨

我等你

我等来了风

我等来了雨

我等不到你

4. 雨季回忆

我们相识在这个雨季

我们分手在这个雨季

今天看见了雨

我又想到了你

以前那段甜美的时光

卿卿我我的欢笑

如今只剩孤影
独倚窗前

春光明媚百草碧翠娇
花前月下柳岸桥头笑
流水潺潺双影
紫燕飞舞缠绵

时过境迁忆情起波澜
甜蜜欢乐心间时常涌
时光如水飞逝
心间不灭情义

相识携手不畏风雨欺
并肩同行何惧霜雪伴
美好残留记忆
海誓山盟风逝

阴天雨又飘在了眼前
烦愁的心缠绕在心间
我们雨中相识
我们雨中分离

一切成为美好回忆
一切回忆成为记忆
人生徒留悲伤
人生空剩回忆

5. 灰色的人生

总有些这样的时候
心中慵懒无所事事
如平湖秋月无风无浪
一切平淡如初

无牵无挂无忧也无虑
日子似乎很是潇洒
其实红尘行走已疲倦
多想停停歇歇

过一段舒坦安静生活
置身桃源无人问津
把烦恼抛弃于千里外
向往所有美好

天空中灰色的云铺满
着色一片淡淡清辉
无风无雨无阴也无晴
有时亦如心情

灰色云层包裹着一切
回看人生来时路
一切回忆终将成过去
把握珍惜眼前

灰色的人生有时如天
平淡中充满了向往
只是一切只在储蓄中
未来终将改变

6. 那片花那片海

曾经的那片花那片海
我们一起携手走过
如今那片花依旧开
那片海依旧在
只是少了往日的欢声笑语

曾经的那片花那片海
我们一起风雨相伴
如今不见你的身影
徒留回忆
忧伤着一个人的风景

以前的那片花那片海
成了我们一生回忆
那片花为你而盛开
那片海为你而湛蓝

那片花那片海
成为心中最好的景
那个纯真时代
成为心中最美的画

7. 人生随意

云有云的随意
风有风的自由
让我们像云儿
一样飘洒自如
让我们像风儿
一样随意自在
花有花的芬芳
草有草的秀丽
树有树的高大
木有木的风姿
山水缠绵相依
生活随意舒适

我从不去仰仗
高山矗立多高
我自己的心中
就是一座高山
跨越心中一切
便成了最高峰

我从不去攀比
得到失去多少
只要曾经努力
人生便是逍遥
我从不去奢求
生活知足便好

8. 孤单的情人节

一个人走在这熟悉
而又陌生的大街上
美好的往事
又浮现在眼前

往日的甜言和蜜语
卿卿我我
海誓山盟
如今化作过眼烟云

只是烟云眼前浮现
又一次我想起了你
花前和月下
变成了我一生的美梦

一个人过着情人节
没有陪伴
听着忧伤的歌谣
在这孤寂的世界里

往日的情遗留心间
盼望心中的天使
再来我眼前
走出一个人的孤单

9. 假如生活欺骗了你

假如生活欺骗了你
你不必忧伤，不必忧郁
悲伤的日子总会过去
快乐的时光总会到来

假如生活欺骗了你
你不必哭泣，不必气馁
坚强地挺起胸来做人
一切困难都会迎刃而解

假如生活欺骗了你
你也不必垂头，不必丧气
坚强地抬起头来做人
拼搏奋斗创出一片天地

假如生活欺骗了你
你不必自私，不必吝啬
风雨过后总会见彩虹
一切困难终将会过去

假如生活欺骗了你
你不必抱怨，不必哀叹
自信地抬起头来做人
美好的明天总会到来

四川诗人吴德勇

【作者简介】

吴德勇，男，1969年6月生，四川成都人，成都空港公交驾驶员。爱好文学，作品散见于报纸杂志和网络媒体。

随父回乡探亲（外1首）

秋分时节
一早被父亲叫醒
一看时钟五点半
父亲早已备好回乡的物品
父亲和母亲加上我
一行三人就往新南门车站赶
来到了车站还很冷清
用过了早餐
人潮慢慢开始
熙熙攘攘

我们乘上了
成都至中江的班车
一路上风景如画
途中父亲给我们

讲述了他在家乡时的场景

在中途大家下了车

吃过午饭

继续乘车赶路

下午四点半左右到达了目的地

一下车四周的清新空气

扑鼻而来

父亲对这里的一切

太熟悉不过了

因少年远出创业

很难回家一次

今天带着母亲和我

一起回乡看看爷爷婆婆

这里的一草一木

还有水土空气

都让父亲百感交集

父亲儿时的伙伴

鬓发都已染成霜色

还有一半已驾鹤西去

乡人听说父亲是曾经的小伙伴

大家聚在一起

叙述童年时

互相追逐时的童趣

说得津津有味

回味无穷

真是光阴似箭

岁月催人老

留下白头翁

爷爷婆婆都已仙逝

我们来到坟前

摆上祭祀用品

向长卧青山的祖辈叩拜

真是树欲静而风不止

子欲养而亲不待

父亲伫立在那里

久久不愿离去

忆吴家寺学校

懵懂的少年

学校离家很近

一早起来

吃过母亲做好的早餐

背起书包

来到母亲跟前

母亲再三叮嘱

路上注意安全

上课时要专心听讲

放学了早点回家

不要贪玩

我一一点头

走过一片田庄

穿过茂盛的竹林

就看到了学校

旁边有一条河流穿过

走进学校大门

校园内的花草树木

仿佛是在

欢迎学子归来

又仿佛是在催促

别又迟到了

教室里传来

琅琅的读书声

跑进教室

老师已经上课了

多年以后

一幕幕校园景象

依然浮现在眼前

让我没齿难忘

上海诗人柳燕梁

【作者简介】

柳燕梁，女，中学教师。上海师范大学汉语言文学本科毕业，从事教育事业多年，爱文学，爱诗歌，尤喜现代诗。不追名逐利，善书写生活中感受到的诗的意境。

花季雨季致青春（外1首）

青春是春天青翠的新叶
朝气蓬勃，充满希望
青春是夏日火热的骄阳
满怀热情，激情四射
青春是秋天多情的风雨
含情脉脉，落叶归根
青春是冬季纯洁的雪花
轻盈浪漫，美丽无瑕

青春不是易逝的年轮
青春是满怀梦想的心境
梦死，如同坠入人生暮年
梦在，你我皆风华正茂

惊艳时光的相遇

在那个特别的日子
那样特别的时刻
他出现在她的世界
触及目光的那一刻
她惊异于他的品位与纯然
像极了她的特性

匆匆一见
是那样发自心底的愉悦
默契是心与心的相似
告别之时
他回眸望向她的那一刻
惊艳了所有的时光

谁曾想到
他与她被封印在不同的领地
想念在暮霞的时光里
在春朝的清辉中
在深夜心潮澎湃的时刻
读他读过的书
回味他望向她的眼睛
感受她曾在他生命里出现过

他与她的相遇
应该就是上天注定的缘
在万万年之前

于今世的人海
匆匆相遇
匆匆告别
匆匆期待

湖北诗人张春林

【作者简介】

张春林，男，笔名梦之羽，中共党员，夷陵作家协会会员、文艺作家协会会员、九州《先锋诗人》主编，1965 年 11 月生于重庆万州，现居湖北宜昌，自幼爱好诗歌、散文写作。1984 年开始发表作品至今，作品散见于《青年文学家》《新三峡》等杂志和中国作家网、中国诗歌网等网络媒体。常常戏称自己为：当代通俗派情感诗人。

今夜，又见十五的月亮（外 1 首）

文豪东坡
为你手持金樽问过青天
太白诗仙
把你当成铺满他乡之夜的白霜
一边高高在上
独饮亿万年孤寂
一边阴晴圆缺
走进每个世人的心房

回不去的老屋
破败的篱笆墙
装满多少悲欢离合的故事
装满几代人的青春梦想

今夜无眠
面对远方的老家
我将满杯的乡愁
高高举过头顶
一饮而尽

山中，那些无名野花

生长在田间、地头、悬崖边
扎根在无情的乱石丛林

没有刻意栽培
完全顺其自然
不需要专门修剪
一生平凡岁月
尽情书写在荒山野岭

不希求路人的赏识
不计较有无名分
不在乎别人如何评点

春夏秋冬

与河谷旷野为伴

寒来暑往

与庄稼人的命运

心心相连

世人都羡慕你

如此短暂的一生

开得那么自信

笑得如此灿烂

甚至毫不经意的洒脱

依然点亮

无数路人的双眼

广东诗人林剑华

【作者简介】

林剑华，笔名玫敏，广东汕头人，教师，汕头诗歌协会会员。爱好阅读、写作、播音、绘画、唱歌、舞蹈。作品散见于报纸杂志和网络媒体，曾获第二届中华文艺全国文学大赛铜奖、首届"精英杯"全国文学大赛优秀奖、"经典杯"华人文学大赛二等奖、当代华人爱情文学创作大赛二等奖，并荣获"经典文学百强诗人"荣誉称号。

人生信条：人生之路，止于至善，享受追求的快乐！

诗意三月

诗意三月
陌上花开
几笔勾勒即是婉约画面

燕子斜飞
点亮一池春水的明艳
悦鸣声剪开料峭的春寒
新桃粉黛悦君兮
暖融眸底的凉薄

此刻我提笔
词句安分落座
而春雨是一串活泼的动词
诗化陈词滥调的闲情

若春天的音符已然飘起
则绿波的漾舞便可成韵
初春款款，待繁花烂漫
与君携手信步
折柳、落墨相惜

浙江诗人许哲雷

【作者简介】

许哲雷,笔名越斐,网名瓯越儒生,温州瓯海人氏。1977年3月5日生,18岁进京就读大学美术专科,开始为文字做组合式的码字工程,21岁进入中央工艺美术学院(清华大学美术学院前身)进修室内设计专业。

1998年8月进入北京同颐研修学院,出任招生办副主任。

1999年12月进入温州亿邦媒体传播有限公司,出任总经办主任。

2003年3月进入温州天音信息技术有限公司,出任市场部总监。

2007年5月进入温州瑞泰装饰设计工程有限公司,出任副总经理。

2012年5月创立上海希腾文海传播有限公司,出任董事长兼CEO。

2016年9月创立琅轩书舍社区,出任网站站长。

2017年6月创立素思文学网,出任网站统筹站长。

2018年4月创立希腾文艺联谊会,组织并开通希腾网站,出任网站站长。

2016年8月第一次参加文学赛事,作品《象牙塔中的一缕温柔》获得第三届世界华人爱情文学大赛诗歌类优秀奖。作品《心火》入选《芙蓉国文汇》第四卷,并入围第二届芙蓉杯全国文学大赛初选。作品《畅想未来的你》入围中国最美情诗文学大赛。

在经典网络文学评选中获得"百强才子""中华诗歌名家""当代诗歌精英"等荣誉称号,被纳入经典文学网名人榜、经典文学网签约诗人。在诗文艺联合会的创世纪诗会中获得"中国十大杰出诗人"称号并出任诗文艺联合会的温州分会会长。在作家报文学院创作班、高研班招生活动中,任浙江区域负责人；在燕京诗刊主编的《中国当代诗歌大辞典》、经典文学主编的《当代文学先锋人物大典》等书籍中，出任编委；现为《芙蓉国文汇》签约作家、中国互联网文学联盟特约作家、中国诗书画家网高级诗词家。

诗歌作品被收录在《当代诗文典藏》《华人爱情文学大赛获奖作品集》《中国当代知名诗人诗选》《芙蓉国文汇》《世纪经典·"国学杯"华人文学大赛获奖作品精选》《当代百强华语诗人诗选》《中国诗歌名家》《当代文学精选》《第二届"中华杯"全国文学大赛获奖作品精选》《中国当代诗歌大辞典》《中国当代文艺名家名作年鉴》《中国新时代文艺名家大辞典》等书籍。

诗歌 5 首

1. 跌落凡间的星辰

失落的星辰
总在凡尘中流转
失落的人生
只在俗世里翻滚

人终其一生，不外乎
出生时，顺产
幼年时，无忌
成长中，无忧
功成日，有实
失意时，有伴
壮年时，留名
垂暮时，悠闲

这应是我们的不朽人生
只应我们是
跌落凡间的星辰

2. 岁月黄花

儿时见黄花，喜其色
然只知其形，未知其名
少不更事，知其名，但已不喜
年纪稍长，识得许多花色
花儿各个不同，各有其绝

年届不惑，领悟了花儿自有其不同凡响的特色
有以形著世者
有以色惊尘者
有以药理用世而骄者
有以食疗用世而安者
然，黄花，形未特异，色不惊心
却有药理品性
既可入药，更是食疗佳品

黄花——岁月黄花
人生如黄花倥偬
既然是如黄花般人生
那么，可知是立世不显，处世不惊
落于俗世凡尘中
不艳不鸣，寂寂无声，落落大方
存于人世，持而不骄

行于社会，知耻而进
施于人间，不谋一利
方为岁月黄花之本性

人生如黄花
与人不争、不欺
不谋虚名浮利
唯求天道自然
振一方乡风，扬一处正气
人生当如岁月黄花
开过，便无怅然
人生当如岁月黄花
来过，便无遗憾

愿万众之心皆以岁月黄花为高度
不争一时长短
不欺一人智愚
不谋一刻私欲
不图一迹感恩

3.　五月之春

春光灿烂，山花朵朵
映山红已渐渐消失在视线里
夺目耀眼的是春天的野百合
花丛里一枝独傲

花秆上缀着三朵野百合

五角形的花瓣合围着花蕊
粉红花蕊带着气场
由中心向五瓣花萼粉饰开来
色彩的渐进感层次分明
花色在紫红色向玫瑰色转化
而后形成星点褪色于纯白

野百合开得如此艳丽、妖娆
三朵并蒂缀在纤指粗的枝干，煞是冷艳
两三丛的野百合母株上
各有一秆花枝，长短不一
与艳放的野百合不远的一株
枝干上的花蕾已呈完美
渐显苞之欲放的圆满
略矮一截的花枝秆上
花骨朵的花萼也已开裂
离含苞待放之期亦不会久远
只有那最短小的花株
花枝秆上方初孕花苞
只是在枝秆尖上形成一个小骨苞
略带锥形的骨苞与枝秆色差无异

正如人之少年，初长成，青涩略带憧憬
离含苞待放未远
此如人之青年，刚成型，血性尚存幼稚
离骨苞欲放尚久
此如人之壮年，方成器，傲气却携素思

离花朵盛开、惊世尚早

此如人之盛年，且成梁柱，刚烈余存温婉无限

人生中最值得追忆的四个年轮

在花丛里如此的相似

让我们感慨大自然的深奥、通透

生命的相似，一如花草，瞬间物语明心

人的生命何尝不是如花草

轻贱时，草芥未如

高贵时，万金难访

渺小时，目不存瑕

浩大时，高山仰止

4. 春之殇

春风习习临大地

未见春之好光景

盼春春未艳

惜春春未圆

皆言春色三月好

谁知春来几多恨

春的季临

留下了去岁的悲情

悲家门不幸

悲人情淡薄

悲瞎了双眼未识得人面

悲蒙了心智未识得大体

但蒙天不弃
唯求自多福

5. 山那边的世界

举目东望，连片青山
穷尽所视，雾海无边
大学城，四面环山
四处可遇水泽
典型的江南水乡风韵
被青山所拥

越过东边的大罗山山脉
便是东海
在温州沿海的岸基线上
有祖国的前哨军港

温州在港口城市中
成就屈指可数的荣耀
温州文脉源远流长
有诗之岛——江心屿
有抗倭城——永昌堡
有红色老区——红十三军驻地
有女子民兵连——洞头北岙岛
有国际大学城——环大罗山学区

湖北诗人唐湛

【作者简介】

唐湛，湖北仙桃人，1981 年入伍，1986 年参加对越防御作战，荣立三等功。从军后，200 多篇诗歌、散文、微小说、报告文学等散见于《解放军报》《空军报》《北京日报》《湖北日报》《鸭绿江》《警笛》《怀柔文艺》等报刊及网络媒体。为仙桃市《红色记忆》副主编、仙桃市作家协会会员。

诗歌 5 首

1. 寂寞

散架在沙发上

茶几的棱角金色包裹

杯子空荡着孤独

天花板闪闪昏花

守着所有的思绪

守着不敢裸露的梦

等待你的叩击

白天的月亮溜了进来

带着遐想

缓缓推窗

依稀看见

潇潇秋雨中自己的孤影

2. 别后

岁月重重叠叠

把往日的荣耀压到箱底

只有花白的发丝

挂着别后的风风雨雨

即使脸朝黄土

也不曾开箱索取

因为

硝烟雕刻了绿色的誓言

战火染透了殷红的忠诚

我老了

但，不会倒下

我的心

始终沿着你的聚焦运行

一身橄榄绿

仍然在大地高高挺立

3. 浮桥

捆绑两棵大树

横亘在无名之河

无论惊雷闪电

还是暗潮汹涌

流淌着英雄渗透的殷红

依然拼命托起

因为你知道

射向对岸的子弹
也是周全自己

4. 早市

浪漫的夏
飘摆起少女的裙裾
飘摆起帅哥的吆喝

汽笛声中
城管搀扶着老人
寻找她的地盘

龙虾在红色的盆中翻滚
挣脱小伙子的摆弄
欲与隔壁的藕带亲吻

掀开雪白的纱布
一声"老面馒头"
带来原野的麦香

评头论足声
讨价还价声
树叶沙沙声
熙攘声
挑开了黎明
等待着辉煌的日出

5. 别了，我的小屋

我的小屋

在襄阳

在顺安山脚下

鸡鸭猫狗

不屑高楼和富有

与你风雨同走

桃梨柿橘

偎依你左右

孩儿

在静谧清幽中

寻觅梦的滋味

酷暑的夜晚

月光穿透千疮百孔

一缕清凉

抚摸着蚊虫叮咬的红肿

腊月寒冬

遍体鳞伤的身躯

撑起积雪的厚重

挡着风寒的刺骨

即使痛

也是默默托举

面对落叶

攥着母亲的梦

不舍对你的依恋

别了，襄阳

别了，我的小屋

重庆诗人陈琼

【作者简介】

陈琼，笔名雪之梦，1972 年 12 月 15 日出生于重庆市北碚区东阳镇，毕业于西南财经大学，1994 年 7 月 26 日参加工作，2022 年 12 月底从国有企业退休。重庆市沙坪坝区作协会员。

诗观：我手写我心，用文字滋养灵魂。

追梦（外2首）

半烛残影
映我一帘幽梦
凄美的乐曲滑过耳畔
跃动在沉香袅袅的秋沱
萋萋芳草
唤醒天籁之弦
往事寻音而至
许多旧梦的遗痕
穿过古老的枷锁
沉浮于心灵的池畔

幽幽一曲荡魂的追梦
枯瘦成一首殇词

坠落在半阕的段落中

揉皱了眼里的清水

泻落千年的情怀

凝成缠绵的歌声

流淌在清冷的寒塘中

恍然间音停歌住

梦，化作一缕飘散的烟云

隐退于荒原深处

寄雪

窗外，雪花飞扬

季节里走失的背影

在这个飘雪的日子

渐次清晰

我轻盈成一朵雪花

在你的世界里

娟娟飞舞

舞尽一生的洁白无瑕

舞尽前世的情怀

舞尽今世的红尘眷恋

当你怀揣一颗炽热的心

拥我入怀

你可看见

我喜极而泣的泪

雪凝梅蕊窥暗香

冬雪的深情
羞红了梅花的笑脸
一场旷世之恋
雕塑爱的永恒
捻一抹暗香
凝一首圣洁的小诗
静静聆听
春天的足音

陕西诗人常亮

【作者简介】

常亮，原名常林侠，陕西省西安市人。系中华诗词学会会员、陕西诗词学会会员、陕西散文学会会员、西安碑林区作家协会会员。

诗歌20首

1. 清晨的窗

清晨的窗
每时都在想
让屋里拥抱阳光
窗帘吻着东方

旭日照，朝霞笑，温暖了庭房
雨雪会带来莫名的忧伤
却无法阻挡
内心深处的希望

2. 心知道

是真实，还是伪装
醒着，还是睡了
只有心知道

飞鸟
掠过窗前，掠过云烟袅袅
才明白苍穹的玄妙

千山万水也隐藏着烦恼
昼夜行走，探索奥秘，仰望星空美好
岁月，一路哭哭笑笑

3. 懂

心有灵犀一点通
不用说透，必有回响
回眸里有懂
一份倾诉，一回聆听
一个给予，一次赞颂
看似简单，却最温暖

4．苦瓜

吃到腹中才知有清热疗效
管他苦甜，管他哭笑

黄昏清晨想着长空碧宵
让自己也舞出妖娆

无数茎叶蔓枝在渴望着风姿而骄
尘世风雨锁在菜架上，从年少到暮老

安身立命自己要把自己当成宝
在苦中活得精彩才是最好

5．幽兰

幽兰一处静听风
碧叶浓浓
身在庭台，心向苍穹

多少人羡慕我的从容
但我却碎碎念地想成为一棵青松
敬仰英雄

花朵和枝叶做了个梦
送给许多真挚深情的感动
一份慈悲，一个回眸
一份力量，消除无数的痛

6. 轻盈回眸

回眸中的轻盈
一笑百媚生
唤醒
彼此之间相近的心灵

眼里深情
带着希望寻找真诚
四季悲欢，草木唱和
细数时光，游览千山万水高峰峻岭

7. 落叶

秋天
随着风翩跹
落在地上红黄色光明、枯萎色黑暗
色彩交织在一起缤纷斑斓

归根是落叶乡愁的宿命
世世代代一直在传承
飘飞的自由是为了追求本真的自在
是对山川大地深深的思念

8. 深秋的枫叶

（1）
枝头上尽染成红
沿着寒山石径摇曳出一阵风

绕着深秋的手掌飘动

（2）
白云深处，践行千年之约
浓烈的红色成为火焰
眺望出翅膀

9. 喜鹊

喜鹊，以乐观的模样
站在舞台中央
遇到苦，从不抱怨
仿佛在拥抱阳光

喜鹊迎着风雨，迎着日月飞翔
一路带着欢乐，带着花香
种下善意，种下理想
飞过千山万水，到处都有努力的回响

喜鹊，撷一缕清风前航
让声音对着碧空歌唱
歌于喜悦，舞于明亮
爱着故乡，热恋美好希望

10. 落日的语言

落日是一只鸟
要回巢了

落在西山顶上，还在叫

逼近的黑暗让他痛苦，抓住余晖让他快乐

谁懂落日的语言

从年少到苍老

即使埋没自己，即使面对死亡

都要一直笑

11. 清晨念经

晨起念佛经

投入深情

排除所有混浊

填加纯正的黎明

顿悟出自省

红尘是一杯茶，自律让人宁静

沉默的慈悲，让茶水瑞气盈盈

12. 城墙根

邻居们都知道的地方

就靠着我们的古城墙

曾与母亲在此唱过歌

那声音还留在心窝

这里四季草绿花香

我们晨练时在一起唱秦腔

母亲去了很远很远的地方
从此，我再也没有去过那个地方

13.　穿过芦苇看故乡

蒹葭苍苍
穿过芦苇看见村庄

炊烟袅袅的故乡
泥土、露珠、果实、粮仓

喊出岁月摇橹的桨
一直摇不出外婆桥，微波轻漾

芦苇在风雨中不停摆动飘扬
母亲的白发如水如霜

14.　秋季红枫

雁阵洒下了点点云影绕着苍穹
落进山岭的脊梁上浸出一片片枫

牵着藤脉的纤细
驮着叠叠层层的丹红飞扬
露珠依偎
等待着那一束尽染浓烈的霞光

15. 我家窗外

推开窗
就能看见城墙

能听见吼一声秦腔
整个护城河碧水荡漾

16. 偶感

距离一米之间
壬寅这个春夏有点冷
需要一个口罩护身保安
热情的火在心里点燃
居家读书做饭也是一种修炼

17. 西风吹来

西风卷起叶黄
沉思过往
独自凉

萧瑟疯狂
吹得到处心伤
思念娘

18. 近与远

无缘的人，即使近在咫尺

也如万里之遥，视而不见

彼此牵挂的人，即使相隔天涯
两颗心也贴得很近，能听到呼吸

19. 秋色

艳丽迎接秋阳
热烈，长出翅膀
旭日东升，月落清辉
秋色，万山红遍飞扬

问苍茫大地谁主沉浮，回声嘹亮
亘古不变的情怀，守护生命的华章
遥望，远山藏锦绣
近闻，五谷飘香

20. 秋天是透明的

秋天是透明的
眺望，云卷云舒

山坡，没有抱怨的牛羊
岭上，没有无奈的沧桑

天空看得很清楚了
大地收获稻田瓜果红枫菊花的笑

风好像是尝到人间悲欢
古道热肠仿佛不停地呼唤

浙江诗人应满云

【作者简介】

应满云，系中国诗歌学会会员、浙江省作家协会会员。在《文学港》《文学报》《人民日报》《诗潮》《诗歌月刊》《星星》等报刊发表诗歌200余首，并有作品入选中国年度诗歌等选本并获奖。由上海文艺出版社出版诗集《闲云记》。

不曾忘却的纪念（组诗）

1. 金桥柔石

一个笔名，喜欢生长在
浙东有桥有石的地方
像一枚乌青的胎记
有清柔的母爱滋润自己

先贤的遗风，一吹
院子就有了方正的形状
小草依着卵石构思
风雨过后，阳光会不会

温暖成春天的生机

注定这是一粒文学的种子
会遭遇严冬和春寒
但金桥、柔石和洋溪
以及文峰塔影，给予生命
另一种注脚

这是一种基因，能够传承
否则，笔名何以像雪莲
高洁临崖，绽放信仰

2. 一师，晨光依稀

隔着夜色，一条新文学的河
被晨光社的橹桨摇响
浪花中，一双近视的镜片
聚焦早醒的书声

晨光依稀，一袭衣衫
飘出寒风中的凛然。潮头
叶圣陶、朱自清的背影
像篝火引领着夜行
而家乡南门，白茫茫一片
家书中，有浙江新潮

孤山不孤。新青年的思想
连起断桥和残雪

迎着那缕晨光，激昂的声音
从湖畔回旋至家乡
与隐秘的刀锋，不期而遇

3. 故居

临窗，将彷徨交给旧时代
迎接一场风暴
那些最年轻的思想，不会
轻易低下自己的头颅

三合院，飘出进步的书香
为疯人的桎梏，呐喊
血性、檄文，怒向刀丛
有方孝孺的骨气

二楼书房的灯光，亮着
一个主义的光芒
然后，将猴城乌云
用亭旁起义的枪声，划破
弥漫成杜鹃一样的红

门户吱呀，那是黎明前
一个转赴上海的声音
空中的鸟翅，紧贴着真理
回眸时噙晶莹的泪滴

4. 景云里 23 号

许多陌路，似曾相识
像景云里 23 号，虽远犹近
因为，信念会延绵道路
并让鲁迅和柔石成为挚友

这里，有语丝、朝花
涌动一种新文学的力量
先生种下的那片阳光
分娩出血和痛中的啼哭

乌漆大门，走出肖涧秋
二月里重叠着影子
旧信箱守着时光，有来自
为奴隶的母亲那种期盼

景云里 23 号，小巷扬起
"左联"的帆，向着
镰刀和斧头导航的方向
一个年轻的拳头举起

5. 龙华，雪花飘起

雪花，一朵一朵飘来
想征服寒夜的黑暗
而母亲失明的目光，盼着
除夕团聚的时刻

那是龙华桃花的信息
枝头有学习德文的模样
饥寒、青肿、狱书
系着二十斤重的镣铐

阴森森的荒场，大烟囱
屏住呼吸，倾听
呼喊的口号开成六角雪花
掩埋另一场雪痕

身中十弹，罪恶的枪口
对准革命的靶心
留给雪夜的，唯有那火种
等燎原大地

▶ 诗词曲赋

湖北诗人胡学华

【作者简介】

胡学华，笔名深山朽木，湖北省罗田县人。中共党员，退伍军人，中石化江汉油田退休职工。崇尚国学，爱好写作。作品散见于报纸杂志及网络媒体。有200多首诗词入选《世界诗歌作家选集》等书籍。著有个人诗集《人生留痕》。现为中华诗词学会会员、中国楹联学会会员、中国翰院作家协会理事、《世界诗歌作家选集》古诗词主编。

诗词100首

一、七绝34首

1. 七绝·醉春光（新韵）

醉摇红日韵书斋，帘外春风拂案台。
几缕乡心花引动，新词一曲鸟啼来。

2. 七绝·春思

破晓鸡声柳树烟，黄鹂隔叶唱庭前。
东风不锁乡关梦，一夜春愁伴枕眠。

3. 七绝·忆童年（一）

曾记儿时盗石榴，穿林上树捣雏鸠。

而今反怕推窗坐，一夜春山白了头。

4. 七绝·忆童年（二）

卷腿弓腰乐不归，淤泥深处鳜鱼肥。

人生若只童年在，好向湖边放鹤飞。

5. 七绝·梨花（新韵）

流莺低唱话春寒，咏尽东风二月天。

薄暮梨花一树雪，人生能有几回看。

6. 七绝·清明

梦破初更杜鸟啼，故园荒冢草萋萋。

蓼莪一卷思亲泪，流到阶前入小溪。

注：杜鸟，指杜鹃鸟。蓼莪，《诗经·小雅》篇名。读《蓼莪》诗而动哀思。"蓼蓼者莪，匪我伊蒿。哀哀父母，生我劬劳。"

7. 七绝·醉春光

美景烟霞透绮栊，满园百卉咏东风。

平生愿化穿花蝶，且趁春熙历乱红。

8. 七绝·庭园春色

庭前翠竹舞东风，燕子飞檐细语融。

岸柳柔丝千树绿，桃花春暖万枝红。

9. 七绝·夏日风情（一）

日照川原似火光，风摇绿竹动微凉。

荫浓夏木蝉声急，玉雪栀花送艳香。

10. 七绝·夏日风情（二）

惊雷骤雨洗炎光，偶得新词午枕凉。
燕子楼前翻翩翅，芙蓉水上送清香。

11. 七绝·夏日书香

莲荷摇影动风凉，静品奇书字有香。
野草闲花迷蛱蝶，蝉鸣古木送斜阳。

12. 七绝·长夏（十字回文诗）

香栀绿竹柳丝长，竹柳丝长水草芳。
芳草水长丝柳竹，长丝柳竹绿栀香。

13. 七绝·梦里青山

白鬓禅床月似弓，半枝华烛影摇红。
悠悠往事随云荡，醉抱青山入梦中。

注：禅床，宋代佛印禅师曾有诗句"大千世界一禅床"。

14. 七绝·月下荷花

风摇玉伞逐浮尘，洁貌仙容沁世人。
翠色侵帘香入袖，粼波映月照禅身。

15. 七绝·醉中赏蝶

蝶舞香栀点细霏，莺啼小院落墙薇。
三杯酒入庄周梦，驾得清风带醉飞。

注：墙薇，即蔷薇。李时珍曰：此草蔓柔靡，依墙援而生。故原称墙薇。

16. 七绝·江村夏景

渔歌舟楫晚霞明，碧水莲池瑞气清。
渺渺烟波江鹭唳，幽幽古木夏蝉鸣。

17. 七绝·春秋梦

茶方半盏日沉西，坐听残红坠野泥。
浮世光阴随眼转，春秋一梦鸟空啼。

18. 七绝·咏荷仙

翡翠仙盘托瑞香，从容淡定展芬芳。
平生只逐凌波梦，送与人间一夏凉。

19. 七绝·荷池仙子

鱼戏清波鼓玉鳃，芙蓉出水坐莲台。
翠盘浥露滋明月，碧伞擎香引蝶来。

20. 七绝·咏夏

风摇翠竹入窗纱，半缕轻烟柳影斜。
莫道春归花事尽，香莲碧水满塘霞。

21. 七绝·秋（一）

稻熟橙黄橘满枝，仙姑赐锦下瑶池。
丰年美酒金樽艳，醉了农家说梦时。

22. 七绝·秋（二）

凉风送暑鸟啼枝，鱼影秋波动藕池。

碧水蓝天霞掩映，淡妆硕果韵丰时。

23．七绝·秋（三）

捉笔闲情韵竹枝，秋风剪彩醉瑶池。
莫悲岁月摧霜鬓，正是人生筑梦时。

注：竹枝，指竹枝词。

24．七绝·秋夜

霜摇岸柳草虫惊，月入秋江带水明。
一阵凉风敲半榻，满阶红叶唤诗情。

25．七绝·中秋赋

银蟾似镜耀神州，金曲酣歌起画楼。
小苑清风裁秀色，桂花香动楚天秋。

26．七绝·品茶

琼浆玉液润千家，暖雨摧开茗碗花。
身健都缘君子意，诗清只为有香茶。

27．七绝·送秋（一）

晚烟斜日白云悠，水荡残香浅浅流。
绿浦蓑翁抛细线，一竿钓尽楚江秋。

28．七绝·送秋（二）

送走金秋晒福阳，人生四季亦寻常。
莫嗟寒雨侵楼榭，且待红梅吐艳香。

29. 七绝·美丽潜江

百啭莺声绕凤楼，水乡如画动高秋。
龙虾美味香天下，万氏佳名贯九州。

注：万氏，曹禺原名万家宝。

30. 七绝·书山探宝

——写在教师节

碾碎荣华向海滨，书山探宝授新人。
一窗昏月通香霭，两手浇来万木春。

31. 七绝·铸栋梁

——写在教师节

秋夜深深阅卷忙，墨花湛露字生光。
炼成锋锷真英杰，历尽艰辛铸栋梁。

32. 七绝·初冬

红消绿减御冬衣，薄日滋身照影微。
彩菊含霜迎醉客，江天白雁送秋归。

33. 七绝·咏梅（一）

凌寒傲骨笑冬隆，裹素呈芳映日红。
洁韵高怀超世俗，赤心挹雪唤春风。

34. 七绝·咏梅（二）

冰肌玉骨洁无瑕，笑傲寒冬世所夸。
捧出丹心烹瑞雪，换来春色到千家。

二、律诗 33 首

1. 五律·月酌

落日惊飞鸟，霞光映碧波。
江风梳白发，树影拂寒河。
客路踪无定，人生梦几何。
心驰明镜里，把盏唤嫦娥。

2. 七律·故乡山水（一）

清风茂竹枕泉流，翠涌诸峰一眼收。
夹道芳茵仙蝶舞，参天古木乱莺啾。
溪边美女含情笑，林上樵夫春意稠。
几束兰枝捎下岭，奇香满院馥云楼。

3. 七律·故乡山水（二）

层峦叠嶂势嵯峨，石上飞流泻碧波。
云拥梯田飘玉带，月移清涧泳嫦娥。
山花倒影侵瑶草，野果悬窗绕绿萝。
古木参天啼百舌，嘹音竞唱盛时歌。

4. 七律·懿德慈恩

——写在清明节

遥思先辈忆家乡，幻影萦回在草堂。
懿德遗风清俗耳，慈恩未报断柔肠。
孤亭柳叶含悲露，古木梨花裹素装。
心似虚舟无所系，倚栏抛泪送斜阳。

5. 七律·惆怅诗怀

——写在清明节

黄鹂踏柳拨春风，百草含姿绿映红。
三月清明桃李笑，异乡游子叹飘蓬。
穿林沐雨侵遥浦，夹岸梨花过涧东。
惆怅诗怀何处寄，凄怆醉眼望飞鸿。

6. 七律·人生几度春秋

东风过岭雁声遒，极目平川草色柔。
紫燕园中移竹影，黄鹂树上竞歌喉。
新雷送雨惊乡梦，玉柳凝烟动客愁。
世事年光随眼转，人生美景几春秋。

7. 七律·诗酒醉年华

翻空白鸟驾云霞，涧水无痕送落花。
野渡孤帆摇日暮，客心归梦荡天涯。
青山笑我披霜鬓，淡月怜君入牖纱。
目睹芳亭春逝尽，忘情诗酒醉年华。

8. 七律·黄昏踱步

杖藜柳岸沐余霞，笑赏河边草蔓花。
日暮凫雏欢泽畔，云连野雁啸天涯。
啼鹃泣血穿林树，翠竹摇头拂牖纱。
雅性抒怀抛俗事，清心淡泊咏年华。

注：草蔓花，又名口红花，常绿藤本，花期夏季。

9. 七律·题湖南石槽村

仙乡萝径石槽村，碧瓦朱甍富贵门。
瑞日松风晴霭灿，慈云芝露凤栖屯。
十分春色千峰秀，一带炊烟万象昆。
枉慕瑶池多美景，原来此地烁乾坤。

10. 七律·书斋悟（新韵）

连宵风雨洒江天，落尽深红荡柳泉。
野鹤孤云翔自在，溪流白发钓清闲。
人生富贵春庭草，世味荣华曙岸烟。
细品书香濡淡墨，新词独向美禅参。

11. 七律·夏日风情

小院荼蘼亮雪妆，檐牙燕雀筑巢忙。
清池始泛凌波影，芍药初开带露香。
一树枇杷撩客眼，榴花千朵映东墙。
笔颠莫笑春心老，醉点流晖入画囊。

注：颈联为错综对。

12. 七律·夏日狂歌

手倦抛书望皓穹，浮云过眼复西东。
人生世上汀前草，客路流霞岁月匆。
回首青山终是梦，沉思往事叹飞蓬。
狂歌一曲向天啸，浊酒三杯醉夏风。

13. 七律·雨后天晴夕阳红

莲荷摇曳动香风，雨送浮凉夏簟融。

黄鸟歌吟高柳上，青蝉声入砚池中。
烟波散尽云归岫，白鸽翻霞驾碧空。
向晚诗情憨翠墨，余生好趁夕阳红。

14．七律·醉酒话余生（新韵）

荷风拂槛柳丝青，日暮川霞带水横。
树色侵帘诗意满，波光绕户酒盈罂。
闲来把盏邀明月，醉后挥毫韵世情。
放眼长空存浩气，心收镜里话余生。

15．七律·清风明月

婉转莺歌醉客楼，闲云野鹤自悠悠。
门前绿树分凉榻，枕畔江声画里流。
白浪千层吞落日，红霞万丈送归舟。
清风助我吟诗句，明月悬楣照玉瓯。

16．七律·乡心

碧水仙山唱锦秋，雕霞秀彩挹云楼。
梧桐满院风尘瘦，橘柚千枝丽色稠。
戛戛蝉声惊醉客，丝丝柳影欲迷鸥。
孤城夜啸南飞雁，抖落乡心一地愁。

17．七律·雪夜吟

茗碗烹茶韵素光，漫天银蝶竞飞翔。
空心绿竹侵帘影，傲骨红梅送暗香。
一夜萧风惊客梦，半枝残烛漏声长。
吟诗把盏歌余景，何处琴台是醉乡。

18. 七律·笑韵今朝

静坐书斋听野鹃，轻涂淡墨送流年。
风吟拙语三行字，柳挂虚词五百篇。
笔下诗心空有梦，镜中白鬓独堪怜。
多情酌韵今朝事，曳住斜阳醉海天。

19. 七律·修身养性

仰视苍穹意渺然，斜阳蒲柳暮生烟。
静窥冷露摧黄叶，醉赏云霞耀楚天。
聊借松风梳白鬓，偶寻拙句韵流年。
清茶一盏明心目，养性修身结善缘。

20. 七律·秋草

世事悠悠东逝水，浮沉一梦到斜阳。
功名利禄三秋草，富贵荣华午夜霜。
闲气争来终是幻，多情自古断柔肠。
心抛杂念求真乐，独坐贫斋笑举觞。

21. 七律·咏金秋

秋江过雁泊汀葭，碧浪渔歌唱晚霞。
风动桂香清院落，月移竹影上窗纱。
山川似画披金彩，五谷丰登感物华。
火树银瓯欢畅夜，农夫把酒话桑麻。

22. 七律·教师节感吟

晓露滋秋菊蕊芳，教师节里续尊章。
浇花植木涂肝脑，尽瘁身心托浩茫。

民族复兴担大任，菁莪润雨育贤良。
风帆学海酬勤苦，日照儒林粉墨香。

23. 七律·粉笔豪情

三尺讲台书汗青，如梭粉笔寄豪情。
秋光月色眉间绕，灵感春潮眼底生。
案上分笺星点缀，窗扉秉烛夜敲更。
长游墨海寻金贝，乐与中华育俊英。

24. 七律·寒秋往事

雨洗枯荷汉水凉，寒风过院逐秋光。
疏林落叶惊飞鸟，老菊枝头送暗香。
着眼烟姿诗未就，萦心往事梦难忘。
感时忽觉年华暮，夜半空吟鬓发苍。

25. 七律·倦客思乡

寒风衰草又黄昏，倦客他乡忆旧屯。
夜过飞鸿惊枕梦，霜摧白鬓暗销魂。
归舟泊岸孤灯影，蒲柳疏林老树身。
静坐书斋牵往事，重温古训缅先人。

26. 七律·咏菊

独拥疏篱展艳妆，娇姿熠烁秀孤芳。
饱经凉露甘平淡，更著寒风傲冷霜。
日暖君心晨送笑，月融诗意晚来香。
只将夙愿传梅友，不向青山问短长。

27. 七律·立冬感怀

冬山欲睡野风摩，浪击流年日似梭。
锦瑟秋容今去远，芳姿梦幻影婆娑。
身居市井衰颜老，千里乡心白发多。
静夜煎茶茶当酒，醉邀凉月到烟萝。

28. 七律·国庆颂（一）

火树银花遍楚川，旌旗招展画楼前。
鹤鸣小院祥云拥，凤舞新城淑景妍。
菊秀芳姿争袅娜，歌酣十月唱尧年。
金樽美酒迎华诞，笔涌豪情韵逸篇。

29. 七律·国庆颂（二）

谷满金仓帛满川，红枫醉把楚秋燃。
楼台箫鼓灯争艳，亭榭丹香月影圆。
凤舞京城歌善政，鸾翔玉宇颂尧年。
军民喜拓中华梦，万缕熙光照牖前。

30. 七律·故乡情

大别山名贯九州，东坡赤壁枕江流。
青鸾岭上云移树，白鹤峰前月满楼。
户外和风梅蕊笑，园中古木鸟声啾。
乐居仙境身心健，何必他乡公与侯。

31. 七律·晚菊

玉露盈株沐艳妆，仙姿秀体馥芬芳。
冰魂弄影呼春动，傲骨凌寒入夜凉。

静里抒情邀月色，风前带韵引晨光。
痴心不弃东篱下，唤得红梅报岁香。

32. 七律·贺二十大闭幕

点缀江山聚俊才，群英献策画图开。
红船跃海旌旗动，丹凤翔云瑞气来。
玉树株株皆硕果，城乡处处是瑶台。
金镰闪烁千畴绿，又见遄征战鼓摧。

注：瑶台，神仙居住地。这里借指城乡美景。

33. 七律·老秋羁途

日尽沙洲荡晚烟，江平浪静打鱼船。
红霞阁畔青莺舞，碧水湖中白鸪跹。
露洗枯枝摧鬓发，风敲落叶送流年。
羁途弩蹇秋光老，且趁余晖奋逸鞭。

三、排律 6 首

1. 五言排律·六月秋

凫雏哀苦暑，热雾锁江洲。
野港孤帆暮，荷塘六月秋。
风吹鱼子落，日照水东流。
蝉噪惊乡梦，莺飞动客愁。
沉浮来往事，静坐捧茶瓯。
自笑炎歊下，清霜满白头。

注：鱼子，即米兰，因其花似鱼子，俗称鱼子兰。

2. 五言排律·汉水农家（新韵）

汉水连楼榭，江云恰意闲。

黄莺歌小院，白鹭竞蓝天。

布谷催农事，耕牛驾野田。

绿竹迎户立，红杏对窗悬。

霞映双溪浪，轻波一钓船。

渔灯依古岸，皓月照蔬园。

福润群花灿，春融百卉妍。

和风摇柳色，日暖泛桃烟。

展目游仙景，舒眉赋素笺。

3. 五言排律·夏日风情

绿色当轩牖，溪流过眼明。

暑风烟杳霭，斜日半阴晴。

古树鹃啼急，檐牙燕语轻。

鱼游莲叶动，蝶舞乱蛙声。

雨后霞云灿，岚光带水横。

慵眠送热浪，静坐听蝉鸣。

意效虚心竹，俞然朔吹生。

注：朔吹生，北风。心若安然淡定，自有凉风吹来。

4. 五言排律·家园梦里牵（新韵）

绿鬓辞乡土，银丝已改颜。

江湖劬苦桨，客困野桥湾。

朽木寻根蒂，家园梦里牵。

深林呈瑞果，峻岭漫香兰。

曲径蜂蝶舞，人来鸟语欢。

奇石临槛外，瀑布泻庭前。

古树环村路，霞云荡碧天。

清风摇翠柳，淡雾袅炊烟。

院静蝉声唱，花开四季妍。

鸡鸣芳草下，犬守暮墙边。

山远音书杳，斜阳影自怜。

归程隔汉水，月落夜光阑。

搁笔东回首，忧思对枕眠。

5. 七言排律·初心永驻

——喜迎二十大

红船奋桨缚妖鳞，引领东风扫旧尘。

地接九州归一统，天连五岭画图新。

乾坤盛世明霞灿，社稷升平瑞霭臻。

锤锻金山昌国运，镰柯玉穗阜人民。

群龙击水千帆起，双凤巢枝万木春。

雅性长怀松节志，初心永驻鹤精神。

迈开大步追前骥，投入彤潮献此身。

6. 七言排律·再绘宏图

——喜迎二十大

酣歌万曲唱亨通，日月增辉架彩虹。

四海祥云涵润雨，五湖烟景汇春融。

朱赢带笑承甘露，玉树分香绕舜风。

北斗神星航宇宙，南疆巨舰展豪雄。

极天战鼓三山啸，福地旌旗九域红。

牢记初心担使命，扬鞭策马著新功。

千秋盛会宏图展，再棹征帆碧浪中。

注：朱赢，菊花的别名。

四、词 27 首

1. 巫山一段云·诗酒醉年华（毛文锡体）

白鹭排云上，江声送晚霞。

溪泉野老鬓霜麻。钓尽夕阳斜。

岸柳飞残絮，清波逐落花。

流光瞬逝不须嗟。诗酒醉年华。

2. 念奴娇·大别山风光（陈允平体）

奇峰峻岭，看层峦金嶂。福地仙乡。

黛色参天高万丈，林深松鹤飞翔。

百鸟调音，画眉清唱。野果挹秋窗。

丹楼霞阁，银河泻映晴阳。

群英满院生香，山泉如镜，竹翠夏风凉。

美妇桃溪砧衣笑，醉了樵牧情郎。

地质公园，名登金榜。游客沁心房。

谱词联韵，逸歌绝胜风光。

3. 水仙子·春愁（张可久体）

春愁一树柳丝长。镜里苍颜两鬓霜。

萧风昨夜穿楼扬。庭园落暗香。

子规啼尽凄凉。

青纱帐，月瞰窗。梦醉山乡。

4. 水调歌头·笑韵夕阳红（毛滂体）

辗然一笑老，举目望青山。

柔风烟景，一竿霞日照林泉。

莫叹人生苦短，乐对霜花鬓镜。泼墨绘新篇。

雅步松涛下，诗韵竹梅兰。

粗布衫，农家饭，玉瓯圆。

闲情逸致，畅抒楚水乐余年。

雁啸江空掠影，鸟语隔帘倾听。春意几缠绵。

斟满樽中酒，邀月共清欢。

5. 武陵春·送春归（一）（李清照体）

帘外飞红春已老。远树泣啼鹃。

一夜东风别楚川。陌上野花残。

闻说瑶台春意灿，未见有真仙。

莫把流光错等闲。枉却了、美髯年。

6. 武陵春·送春归（二）（李清照体）

风扫残香春意尽。暮雨沥寒楼。

慢煮清茶洗客愁。岁路梦悠悠。

凄楚鹃声惊宿鸟，泣血语无休。

好个年华似水流。叹物候，恨难留。

7. 西江月·送春（柳永体）

笑送庭前春老，喜观物候雕新。
落红满树荡烟尘。慢把诗歌和韵。

往事东流逝水，闲愁淡似浮云。
昙花枕上梦消魂，一醒霜生两鬓。

8. 八声甘州·夕阳情（柳永体）

对斜阳喜挂楚江天。古木唱新蝉。
笑吟乡情曲，孤村独忆，梦断魂牵。
柳岸桑榆晚景，水月照苍颜。
回首红尘路，往事如烟。

莫道凝愁须酒，错把金樽满，酣醉堂前。
妙俏春光老，观野鹤云闲。
想人生，酸甜参半。算归途，顺世事常欢。
修身性，畅游书海，墨韵仙山。

9. 醉太平·修禅（辛弃疾体）

斜阳待堕。闲愁暗锁。
借来明月照孤舸。静中常思过。

经年往事终成破。花下坐，松间卧。
笑捧禅心积因果。把余生唱和。

10. 风入松·梦里山乡（晏几道体）

梦回故里踏崇峦，势耸苍天。

奇峰壁立挨楼近，藤萝绕，野果斑斓。

古木葱茏盖岭，瑶花异草争妍。

黄鹂飞舞唱清泉。锦缎春烟。

情知月是家乡美，鬓如霜，风冷云寒。

独剪西窗夜烛，归程已计余年。

11. 西江月·小园仙景（柳永体）

荷净鸳鸯戏水，竹深燕雀穿云。

海棠庭院秀姿裙，蜂蝶唇亲香粉。

古木参天如盖，奇花异草争芬。

瑶台淑女也销魂，暗把凡尘思忖。

12. 西江月·夏日风情之阵雨（柳永体）

午后飙风劲扫，庭前修竹狂摇。

可怜墙外绿芭蕉，折断姿容碧貌。

入暮彩云缥缈，密林聒噪昏螺。

簟凉枕上客愁抛，一醒东窗破晓。

13. 一剪梅·中秋夜

皓月盈圆照楚江。云淡风轻，竹影摇窗。

画楼西畔笛声扬。丹桂飘香，谷酒飘香。

寂寞家园汉水长。痴抚银丝，几缕恓惶。

天涯游子独思归，赋韵填词，梦寄山乡。

14. 西江月·修身（柳永体）

有意求仙拜佛，无心淡看红尘。
眼前香火四时熏，偏把僧家全信。

总叹人生如梦，都言世事纷纭。
敬神须当自修身，方可无灾无恨。

15. 西江月·醒悟（柳永体）

春去繁花落尽，秋来百草凋零。
古今利禄两无凭，多少世人不醒。

天上韶光易逝，山川荒冢高陵。
浮名身后有谁评，莫负眼前佳景。

16. 西江月·流年（柳永体）

世事茫茫烟雨，红尘滚滚波涛。
流年似水把人抛。已是韶光逝了。

好梦空随云荡，乡愁借酒酣浇。
寒风拂面柳丝摇，又把鬓斑吹老。

17. 瑞鹤仙·"八一"颂（周邦彦体）

五洲红旆漫，绮霞灿，百万雄师骁悍。
钗裙虎背汉，俏年华，乐把青春酬献。
鲲鹏翅展，镇海疆，航母赫显。
看雄姿劲健，骊马雕鞍，猎鹰金眼。

谁把乾坤扭转，八一惊澜，浴血奋战。

井冈望隽，春风剪，花枝展，皓月圆。

万里江川明艳，欣眸神州巨变。

喜中华瑞鹛，时代强军凯燕。

18. 水调歌头·人民军队（毛滂体）

红星拱北斗，伟绩耸高天。

青春交给社稷，披甲枕戈眠。

抗疫忠心赤胆。抢险冲锋陷阵，总是凯歌传。

擒边防顽贼，战海上狼烟。

强军梦，开盛世，鼎新元。

威师劲旅，惮赫宇宙震瀛寰。

坚固长城如铁，疆土金瓯无缺。刀剑势铿然。

看霓旌招展，丽日照江山。

19. 蓦山溪·大美潜江（程垓体）

曹禺故里，碧水江霞绮。

沃土稻粮丰，鸥鹭飞，花繁树蕙。

饶乡富镇，楼宇接天梯。

祥光阁，华灯灿，玉笛箫声起。

龙腾碧野，商客寻芳地。

清馥翠盘圆，棹扁舟，游人痴醉。

鲜虾嫩藕，禾壮蟹鲈肥。

访仙景，步瑶台，最是潜江美。

注：树蕙，喻仁义。这里指市民高尚的品德。龙腾碧野，指火车在田野上奔驰。

20. 西江月·秋思（柳永体）

雁啸千行酸泪，莺啼百啭柔肠。
斜风暮雨打幽窗。洗尽铅华惆怅。

往事如云过岭，流年似水漂江。
凭栏望远举酣觞。梦醉清凉枕上。

21. 醉花阴·笑咏夕阳红（毛滂体）

野径寒菊冰姿秀。秋风摇暮柳。
醉步水杉林，欲觅幽香，香在黄昏后。

朔光入涧涓涓溜。岸上耆英瘦。
得句咏斜阳，露洗禅心，笑抚银丝首。

注：水杉，全国稀有树种，江汉油田特色景观。

22. 临江仙·笑韵清风（贺铸体）

婆娑岸柳秋江水。滩头雁啸苍穹。
疏帘声细落梧桐。夜来添绿蚁，往事入杯中。

一曲酣歌欹枕唱，笑谈明月清风。
画屏摇影鬓霜浓。人生如梦幻，莫使桂樽空。

23. 醉太平·欢度国庆·饮水思源（辛弃疾体）

莺歌盛世，中华崛起。

物丰天宝瑞霞绮，万民昌乐喜。

红船奋桨溯新制，山河丽，香波里。
幸福源泉饮羁思，把英烈铭记。

24. 一剪梅·梅（一）（周邦彦体）

素有沉鱼落雁容，身披冰雪，傲斗苍穹。
轻盈洁朗露华浓，满载痴情，亮靓寒冬。

引渡春山万点红，卸却香姿，逸隐芳踪。
欢娱缥缈向林丛，无愧人间，笑别东风。

25. 一剪梅·梅（二）（周邦彦体）

独倚庭园展艳妆，胭脂带雨，蕊染冰霜。
不同百草竞芬芳，喜泳隆冬，硬骨柔肠。

飞雪压枝风亦狂，飘然漫舞，情自凄凉。
娉婷一世放清香，落泥无怨，唤醒东皇。

26. 西江月·赞经典文学网（柳永体）

经典腾龙起凤，奇才挥笔翔麟。
名山事业绘图人，万代留香和韵。

学海同舟奋桨，书山凿路情真。
雕成碧玉靓千春，满目熙霞颜舜。

27. 西江月·辞旧迎新（柳永体）

笑语欢声辞旧，华灯爆竹迎新。

珠帘光动锦城春，玉笛笙歌和韵。

昨夜东风入户，今朝祥霭盈门。
红梅报喜酒香醇，万户财源广进。

湖北诗人梁春云

【作者简介】

梁春云，现为中国散文网高级作家、高级诗人、中华诗词学会会员、中国楹联学会会员、湖北省作协会员、黑龙江省青年文学家作家理事会理事。出版散文集 4 部，担任散文集丛书《东栏弄雪》主编，担任多部书籍副主编和特约编委，多篇散文作品获奖。

曾任经典文学网散文学院副院长，获经典文学网授予的 2020 年度"十佳精英版主"和"每周一文"金牌教练称号，获得经典文学网授予的 2021 年度"十佳精英作家"称号。

咏枝江匠人匠心20首

1. 临江仙·巧慧布鞋传技艺

——咏取材天然、口口相授十八道制作工序，其精湛的手工技艺已被列为国家非物质文化遗产保护名录、央视《北纬 30 度·中国行》多次寻访报道，并作为"中国元素"亮相上海世博会的枝江步步升纯手工布鞋传承人。

巧慧布鞋传技艺，蒲昌做底千层。

锁边棉索绞花棱。

画楼凝晓露，玉履逗春荣。

工序繁复精作细，女红嘉美清宁。

轻便舒适爽腾声。

人情留古道，厚礼赠良朋。

2. 临江仙·粗细武文雷番鼓

——咏起源于东汉、形成并流传于隋唐时期、流行于湖北省枝江地区的传统民间音乐艺术——枝江民间吹打乐，被列入国家级非物质文化遗产，其传承人杜海涛、李从海。

粗细武文雷番鼓，民间艺术非遗。

山歌小调鼓梆齐。

表清歌渐喜，源闹舞香怡。

打击乐器缤纷奏，纯情财富农依。

乡音版画内涵辉。

称贤惊晓日，并美在弦丝。

3. 临江仙·击奏乐器砰砰响

——咏源于清末，流传百年，被列入湖北省非物质文化遗产的枝江楠管，其传承人杨和春，从艺56年，现已80岁高龄，他从27岁起，先后带出四代徒弟，曾登上央视《夕阳红》栏目。

击奏乐器砰砰响，旁言念技高功。

韵文说唱赞时通。

雅开从岸柳，俗盛过云鸿。

妙趣诙谐鞭打恶，灵台扬善明瞳。

引观众静赏安躬。

端阳烟盛烈，正化雨丹忠。

4. 临江仙·醉心民调真维稳

——咏民调标杆，"全国模范人民调解员""宜昌市第二届十大法治人物""枝江楷模""宜昌楷模"，并出版了 3 部侦探小说、编撰了第一部《枝江公安志》的李绪才。

醉心民调真维稳，平遵法理谐宜。

析因疏导保双回。

道传观好事，行满意佳期。

出钱搭物诚交友，部门联动相依。

怨憎化解卷称奇。

尚关情共喜，常带病容怡。

5. 临江仙·若水明镜恭仁厚

——咏历时 10 年，促使黄柏河水库—当阳市泉河周转水库—枝江鲁港水库安全饮用水"引鲁入城"项目建成，解决枝江城区居民饮用水安全问题的刘传法。

若水明镜恭仁厚，迂回虔志低姿。
躬亲改水任心师。
路渠长素秀，泉库汇龙池。

环评论证跟踪紧，市民康健鸿施。
科规监管保工期。
留晴光信美，咏正派无私。

6. 临江仙·文史黑马唯德富

——咏宜昌市炎黄文化研究会理事、三峡大学兼职研究员、湖北省三峡文化研究会会员，公开出版文史著作 16 部、发表文史研究文章数 10 篇的文史专家周德富。

文史黑马唯德富，园丁培育佳苗。
业余学术涌泉滔。
慨功名已近，研著作诚遥。

起早睡晚巡阅述，惯常幽古神交。
注详解意度清宵。
喜春方绕树，言品尚峰高。

7. 临江仙·方志瑰宝编修紧

——咏退休后主编《宜昌商务志》《宜昌妇联志》《宜昌优抚医院志》《枝江兵要地志》《百里洲志》等志书 10 余部的修志专家杨尚成。

方志瑰宝编修紧，盈科文献存留。

脉根梳理现金鎏。

掌珠玑调作，揭玉律传流。

镜鉴教化蓝图构，历程经验媒游。

助推发展有来由。

齐吟对盛事，聚养分功谋。

8. 临江仙·媒人业余修谱志

——咏寻根 6 省、历时 9 年、行程 3 万里，追溯考证、独立编著《枝江毛氏族谱》，记载了 599 年至 2016 年，枝江毛氏历代始祖 1400 余年，共 51 代的迁徙繁衍历史，被宜昌市民政局聘为"宜昌市地名文化专家"的毛启国。

媒人业余修谱志，前贤先祖宗源。

繁昌迁徙保根缘。

有声名献赋，凭揽业传宣。

血脉承凸彰世系，典书生命开源。

厚醇隽永味皆全。

随循良对酒，寄惠爱逢元。

9. 临江仙·中国古泉窥历史

——咏古钱币收藏大家、鉴赏家，襄阳收藏家协会首任会长，襄阳市收藏文化研究会会长，襄阳市珠宝玉石首饰行业协会副会长，曾任湖北省收藏家协会副会长，1991 年参加编写钱币工具书《中国古泉目录》编写,藏品被《中国民间藏珍》收录,传略被《中国收藏家名人辞典》等十多部辞书收录的熊新发。

中国古泉窥历史,顽迷货币潜行。
秦皇大统半钱轻。
醉江河雅望,观世宙端形。

战国孔布明珠摘,收藏交易人情。
五坊幸第一珍名。
鸣真传慧业,获至宝精灵。

10. 临江仙·有声语言歌善美

——咏国家一级播音员、获中华全国新闻工作者协会颁发的从事新闻工作 30 年荣誉证章和长江读书节"十佳评选暨领读者"荣誉称号的熊维红。

有声语言歌善美,媒融策划丹心。
推怀乡土享温寻。
每惊瞻妙画,唯爱颂真忱。

悦读领跑传技巧,亲和规整清吟。
国珍光耀奏言金。
老师重事业,大众特欢歆。

11. 临江仙·筹资植树围屏障

——咏守江护堤 33 载,筹资在江滩栽植 18 万株榆杨,自发组建了顾家店关洲珍稀动植物和珍贵文物管护站，投身疏花水柏枝、江豚和关洲地下文物保护，现在生长着 2000 多亩"植物大熊猫"——疏花水柏枝的"关洲"小岛，义务担任"护花使者"，筹资建设关洲江滩公园"好人广场"的"中国好人"薛传根。

筹资植树围屏障，迎难除险民安。
考评管护计周全。
复春融水面，更日暖心端。

濒临灭绝花枝守，倾其凡有和丹。
每天登岛去瞻观。
知承长未解，创典重犹然。

12. 临江仙·舍家孝老播撒爱

——咏近 20 年，为 100 多位孤寡老人养老送终，被誉为"大爱大孝的儿子"，获得全国"优秀服务标兵""全国农村五保供养工作先进个人""全国孝老爱亲之星"，入选中国好人榜的枝江市仙女镇中心福利院书记、院长李云海。

舍家孝老播撒爱，担扶相伴终年。
送餐劳作缕罗千。
敬行书妙墨，虔奉谱新篇。

两秩岁月根植院，贤心亲子生怜。
百余孤老送归天。
飘萦回梦里，团列坐樽前。

13. 临江仙·巧手仁心明家智

——咏拥有烧伤、烫伤粉及皮肤病等五项专利技术,研制"抑菌液"产品并成功认证,被誉为治疗烧伤烫伤和顽固性皮肤病的民间中草药药师,注册成立了田氏生物科技有限公司,仁心济世,积善成德,为家境困难的烧伤烫伤病人减免药费,口碑甚好的田明家。

巧手仁心明家智,民间施药轩渠。

除顽疾患者诚呼。

积恩高节士,厚泽笃恭夫。

追梦蓝图清气绕,长期匡济穷孤。

钻研科技获专都。

叠雄词淡赋,重雅誉丰储。

14. 临江仙·生命情感冲击力

——咏用两年半时间,完成北宋画家张择端的《清明上河图》剪纸作品(长10.8米、宽0.72米)的枝江剪纸艺人肖光耀。

生命情感冲击力,光鲜耀剪新奇。

简端形式写苍怡。

寄千秋道正,镂妙象云移。

炽烈奔放浓技巧,练功张腻神禧。

自然本质美娱祺。

雄清流冠骏,魅艺苑舟旗。

15. 临江仙·神聚天然珈玛瑙

——咏专注捡、购、加工玛瑙达 49 年，现拥有精品玛瑙石 15 万枚、旱玛瑙石 6 万斤、水玛瑙石 8000 斤，玛瑙石作品多次在全国文化和旅游部门举办的展览中获奖，拥有玛瑙石品牌"丝纹天绘"的玛瑙皇后杨玉芹。

神聚天然珈玛瑙，斑斓叠翠生姿。
珠光点缀苑丹溪。
赋闲身渐喜，醉幻境心怡。

驰骋水域寻珍品，波轻云影称奇。
精灵镶彩炫风披。
瞻年华锦绣，绘客梦香丝。

16. 临江仙·逐梦星辰奇技悦

——咏象岛烘焙工作室、宜昌壹度可可职业培训学校有限公司法人，获第 22 届全国焙烤职业技能竞赛"安琪酵母杯"全国面包技能比赛金奖，并于 2022 年 7 月 22 日至 24 日，提供宜昌壹度可可职业培训学校场地，成功举办第四届意大利国际烘焙杯中国选拔赛暨第二届世界面包大使中国青年精英赛总决赛的邓晓康。

逐梦星辰奇技悦，全神焙烤赢尊。
攻关献艺匠如云。
看无尽感慨，贵自创争新。

安琪酵母飞天梦，五年军旅忠勤。

漳州糕手竞亨人。

有于倾盛馔，信美致嘉宾。

17. 临江仙·岩峭魂根乾大地

——咏现已 90 岁高龄，自掘根坯、造型设计、打磨、上色、命名的 400 多件根艺作品，以制作根艺为乐，以根艺为伴，并在全国根艺展中多次获奖的严汉录。

岩峭魂根乾大地，含情凝视群鹰。

楚魂石笋傲灵精。

竞登临客路，争抖擞才卿。

有缘遇月中仙桂，洞开仁兽飞莺。

潜龙慧眼品真经。

殷勤功又见，雕琢匠方名。

18. 临江仙·专精手工装裱术

——咏家族成员口手相传相授，百年传承手工书画装裱技术传统工艺，进行书画作品的装帧、旧画翻新、破损修补等拯救工作的手工书画装裱技术传统工艺师胡志伟。

专精手工装裱术，经年口授传承。

调匀湿透画心呈。

上千古过眼，尊众誉唯诚。

破旧巧翻新处理，古宣修饰勤耕。

丹青益寿饮仙羹。

将灵珠固应，与绢宝相称。

19. 临江仙·口里接气童子艺

——咏现年 95 岁，为子女亲友、为左邻右舍、为消防官兵，做绣花鞋垫不计其数，常年坚持做绣花鞋垫的袁连珍。

口里接气童子艺，勤虔苦练相宜。
软装织物绣鸳怡。
更留功尽胜，与日技真奇。

拓样铺底糊面垫，银针佳妙珍稀。
茎花伸展缀苞依。
凝冰清意蕴，锁玉润心仪。

20. 临江仙·矢志耕耘争造化

——咏在枝江长期从事奇石、金银铜瓷器、古玩、酒瓶、烟标、徽章、古钱币邮票字画收藏、摄影、园林园艺等艺技高、懂鉴赏的良工巧匠。

矢志耕耘争造化，须臾奉献平生。
探求珠玉磨收成。
静凌空百感，常度远乡征。

物象灵动无尽美，归心如化甜羹。
淘盆零壁俏眉棱。
铭天行共拜，艺地道方呈。

福建诗人黄玉明

【作者简介】

黄玉明，笔名遥想天涯，福建省泉州市惠安县人，惠安县人民调解员协会副会长、惠安县孝文化交流协会副秘书长兼办公室主任。爱好旅游，喜欢古体诗词，现为中华诗词学会会员，中国楹联学会会员，福建省泉州市作家协会会员，泉州市惠安县作家协会会员，惠安县莲馨诗社、崇武诗社社员。2015 年以来，在《伊人文学·古风》《惠安文化》《惠安乡讯》《海韵》《莲馨诗抄》《华光诗抄》等发表诗词，16 首诗词参加第二届"经典杯"国际华人文学大赛，获得诗词曲赋类二等奖，并入编《"经典杯"华人文学大赛作品精选》，10 首诗入编《"当代影响力"诗人作家文选》，8 首诗入选《中国诗文百家》，获得 2022 年"雅文杯"全国诗词大赛银奖。

诗词8首

1. 七绝·深秋

风寒漫道萧疏意，叠叠山峦染黛红。
虽是霜天鸿雁过，煮茶掬露味方浓。

2. 七绝·中秋

薄云散却月华浓，况与清风恰一逢。
欲尽吴刚新酿酒，广寒此去天几重？

3. 七绝·小满

春梦依稀夏若烟，芳菲绚灿碧池莲。
妍桃痴念酿新意，笑面听蛙醉月前。

4. 七绝·壶口瀑布

一壶收尽浪涛倾，奔放天河寄逸情。
最恋苍茫黄土地，悬崖独立共风声。

5. 七绝·八达岭长城

群峦满目自生豪，足下雄关谁试高。
今日偷闲充好汉，江山一览滚心潮。

6. 七绝·五台山

霞飞若楫摇云海，环抱巅峦紫气来。
且驭凉风趋胜境，佛门圣域此仙台。

7. 七律·岳阳楼

登楼望远状分明，远处渔帆云里横。
鲁肃阅兵长纪实，洞宾醉酒欲寻轻。
湖光山色皆留影，湘地楚天倍有情。
忧乐在心难尽意，千秋总仰仲淹名。

8. 水调歌头·夏

荷色满池韵，柳碧几多澜。

细丝斜织阡陌，闲看夏花蕃。

清静安暖禅意，恬淡生香馥郁，浅笑弄琴弦。

不惧尘灰漫，且共万江船。

流年醉，丹青妙，暗芳传。

纷飞舞袖，痴念翻尽在人间。

拙笔难描思绪，浓墨可书眷梦，往事若云烟。

岁月尚堪恋，信步度山川。

黑龙江诗人李结实

【作者简介】

李结实，笔名油城之春，男，黑龙江大庆人，油气田开发高级工程师，现为中国石油学会会员，中国科学技术协会会员，中华诗词学会会员，中国楹联学会会员，经典文学网会员，中国散文网会员，经典文学网签约诗人、作家，经典文学网 2020 年度十佳精英诗人、2021 年度十佳精英作家。共取得省部级等各种科技奖 28 项、省市局管理现代化成果奖 8 项、国家发明专利 1 项、国家级 QC 成果一等奖 1 项。发表论文 20 余篇，任副主编、编委并参与写作的专著 9 部。获"盛世中华杯"国际文学创作邀请赛一等奖、全国文学艺术大赛一等奖、"羲之杯"当代诗书画家邀请赛一等奖、中外诗歌散文邀请赛一等奖、全国诗书画家创作年会一等奖各 1 项，全国诗书画印联赛金奖 2 项，全国诗歌散文联赛金奖 1 项，庆祝建党 100 周年全国文艺家创作峰会特等奖 1 项。作品发表在《羲之书画报》《大庆日报》《作家报》《山西科技报》《中华诗园》等报刊及多种网络媒体，入编《当代文学百家》《"盛世中华杯"国际文学创作邀请赛作品精选》《全国文学艺术精品集》《全国诗歌散文作品选集》《中外诗歌散文精品集》等十多部文集。

诗词五首

1. 七绝·秋日感怀

漠漠云天收夏色，阴阴木叶动秋声。
上苍巧理人间事，恩典成全处处行。

2. 七绝·秋思（一）（新韵）

一片秋声何处闻，夕阳弄影满秋林。
登台目送南飞雁，不尽相思万里寻。

3. 七绝·秋思（二）

一夜西风凋碧树，万家灯火对星河。
秋凉人远情思近，几度相逢梦里歌。

4. 七绝·聚（新韵）

满城风雨近重阳，扑面菊香入画廊。
雅友如约来相聚，吟诗泼墨话衷肠。

5. 七绝·牧归

满树寒蝉声切切，一湾碧水映山红。
凭栏伫望苍茫里，牛背横笛几牧童。

6. 七绝·丰收在望

日照千重山野绿，风吹十里稻花香。
农家院里欢歌起，如见秋粮又满仓。

7. 七绝·四季（一）

莺飞草长柳丝长，映日荷花分外香。
叶落金风惊飒飒，雪花漫舞换银装。

8. 七绝·四季（二）

桃红柳绿杏花扬，雨洗荷塘菡萏香。
稻浪千重金满地，皑皑白雪话冬藏。

9. 七绝·中国航天

长征呼啸起金风，探月飞船耀碧空。
大国雄心寰宇客，星河踏遍入天宫。

10. 七绝·贺神州十三回家

探索神州向太空，三杰一径入天宫。
青山不见追星月，半载遨游驭好风。

11. 七绝·祈愿

踏歌四海平风浪，尽扫残云万里翔。
祈愿人间皆是爱，和谐美善若天堂。

12. 七绝·退休乐

淡名薄利不虚玄，看水登山别有天。
苦乐成章无憾事，属灵侍奉享陶然。

13. 七绝·秋愿

茫茫沃野翻金浪，漫漫馨香满处盈。
但愿年年秋色好，青山不老水常清。

14. 七绝·咏梅（新韵）

玉骨仙风腊月魂，生来自爱雪冰身。
凌寒独放星千点，羞隐天宫月一轮。

15. 七绝·赠友人

天长路远聚如鸿，万种相思叠梦中。
几度望残心底月，关山何处与君逢？

16. 七绝·夜宿毡房

天山小住牧人家，夜倚秋窗望壁崖。
风劲难吹天上月，寒来不落雪莲花。

17. 七绝·祈愿（新韵）

天女飞针缝夜幕，月光照海作霓虹。
人间万里迎元日，云影天光透九重。

18. 七绝·春到农家

树上冰花莺啄去，堂前春色燕衔来。
平田机舞农人笑，一任清风伴月回。

19. 七律·思乡

沿江漫步透酥麻，碧草生香近酒家。
鱼戏舟行桥下水，蜂鸣蝶舞岸边花。
藤攀老树藏啼鸟，雁抖斜阳引落霞。
日暮乡关何处是，炊烟万里向天涯。

20. 减字木兰花·出嫁（新韵）

春霞映旭，柳岸莺啼千树绿。
蝶舞蜂鸣，鹊唱桃园万点红。
邻家少女，凤冠霞帔妆镜里。
花轿迎仙，寻梦大唐别有天。

21. 减字木兰花·夜听《二泉映月》（新韵）

清风孤月，一曲深沉情切切。
幽怨通神，直荡星河醉月魂。
悲凉苍劲，揉碎人间多少恨。
回味悠长，激愤依然挥泪扬。

22. 太常引·游西湖有怀

晨霓璀璨映山洼，鳞浪碎银花。
杨柳绽新芽。细听去、莺啼树丫。

苏堤览胜，断桥念故，追梦忆韶华。
壮志向天涯。举头望、流云醉霞。

23. 太常引·游东湖有怀

瞻红赏翠倚江楼，花影映桥头。
鹤舞自悠悠。荷香处、鹅追彩舟。

湖光万点，烟波百顷，绿道漫芳流。
醉里不思愁。正风暖、情如水柔。

24. 太常引·井冈山（新韵）

井冈山势气恢宏，松啸满天风。
竹海浪千重。重峦障、潺潺水萦。

彩虹瀑布，温泉溶洞，十里杜鹃红。
毓秀地钟灵。回梦里、犹闻炮声。

25. 玉蝴蝶·有感于河南水灾

银河翻浪滔天，泽国患中原。
几处荡楼轩，谁家觅渡船。

无思淹什物，尤盼露平川。
帮救众家园，万民同凯旋。

湖北诗人文光清

【作者简介】

文光清，原宜昌三峡广播电视总台编辑退休、副研究员职称。晚年咏诗田园。

诗词20首

——慈化中学毕业50年庆

1. 七绝·慈化中学校友聚长坂

韶华易逝鬓微霜，半世别离各远方。
长坂雄风倏聚首，千言万语寄杜康。

2. 七绝·慈化中学校花

校花朵朵开心上，历久弥新四季芳。
豆蔻年华曾入梦，笑纹几缕又何妨？

3. 七绝·文河村乡亲小聚

我借秋天一壶酒，乡亲欢聚醉乡愁。
青丝曾笑愁白发，老大方知莫笑鸥。

注：莫笑鸥，化用辛弃疾《菩萨蛮·金陵赏心亭为叶丞相赋》中"拍手笑沙鸥，一身都是愁"。

4. 七绝·视频望老家

隔山隔水在天涯，微信直播望老家。
阡陌泥巴成马路，藏娇村墅几枝花。

注：几枝花，指在文家河文世香村墅为毕业庆典排练节目的女同学。

5. 七绝·拜访张多文烤肉店

慕名拜访多文店，勿惧高温不为鲜。
海味山珍均秀色，同学宾客尽开颜。

注：多文店，中学同桌张多文父子入股经营的伍家岗崔事员烤肉店。

6. 七绝·情景再现节目送光和从军

红花五好寄回家，送友从军守际涯。
岁月峥嵘驰半世，军官蝶变齿专家。

注：红花五好寄回家，即50年前，同窗表演节目《五好红花寄回家》，送文光和从军。慈化中学毕业50年庆，同学们情景再现式表演了这个节目。

7. 七绝·友兵赠民俗志当阳卷

一池笔墨写民俗，长卷鸿篇字字珠。
风土人情传盛世，友兵功绩古今殊。

注：当阳卷，即中国文联出版社出版的《中国民俗志湖北宜昌市卷·当阳卷》，同窗王友兵总纂。

8. 七绝·登门拜访钟耀先

村墅洋楼竹晃曳，温棚连片漫瓜茄。
抚琴歌唱栽花草，垄上苏河看俊杰。

注：苏河，即当阳市苏河村。

9. 七绝·咏文世香

灵秀村花指世香，身形高挑辫儿长。
勤劳质朴欢歌舞，既下厨房又大堂。

注：又大堂，意指又能登大雅之堂。

10. 七绝·中学同窗赵成平

伶俐活泼如少女，载歌载舞唱桑榆。
抖音创作怀诀窍，擘画高光有大局。

注：高光，即高光时刻，特指慈化中学毕业 50 年庆典活动。

11. 七绝·做客李英家

灵芝珍贵长山窝，敦厚家风远客多。
银杏金黄枝坠果，采撷欢笑几竹箩。

注：李英家，同窗李英老家住当阳庙前镇石马槽村。

12. 七绝·梦系慈化

沮水文河千古镇，平畴沃野设新村。
牧笛渔火雎鸠鸟，一菜一瓜总系情。

注：慈化，原慈化老街坊，设立慈化寺社区；原红一村、
文河村、童河村合并为慈化村，主产蔬菜。

13. 七绝·重访慈化老街

残垣断壁正消亡，不见乡亲窥败窗。
苦辣酸甜年少事，梦乡伴我毕生长。

14. 七绝·师生同游慢漫园

新创东山慢漫园，农家旷野话悠闲。
师生联袂寻陶令，盛世华颜度晚年。

注：慢漫园，宜昌东山运河公园内新设农家田园风情"慢
漫园"。张尚杰老师邀请部分城区学生同游。

15. 七绝·信步关雎河

关雎河畔鸟和鸣，桥榭廊阁几纵横。
校友相约浏沮水，轻歌靓照满河情。

注：关雎河，即当阳关雎河风景区。

16. 七绝·一夜寒秋

一夜寒秋树叶黄，峡江南北披红装。
同窗学友今何处？惦你添衣莫受凉。

17. 七绝·母校群网

慈化中学情感岛，斜阳照耀更妖娆。
离乡游子皈依处，微信群聊夙夜陶。

18. 七律·慈化中学毕业 50 年庆

五十庆典脚生灵，沮水长流脉脉情。
拜谒恩师祈百寿，重逢校友吐心声。
南征北战烟云散，姹紫嫣红梦境春。
慈化中学联你我，乡愁优老累年增。

19. 七律·慈化中学毕业 50 年眸

文河宛宛向江东，半世回眸忍道庸。
抡磅开山学大寨，推车修库试蛟龙。
悬梁刺股迎科举，直撞横冲索战功。
几许人生何定数，桑榆非晚二春荣。

20. 清平乐·寻访慈化中学旧址

土墙灰瓦,母校如灯塔。

年少不知天地大,捣乱调皮犯傻。

小学替换慈中,琼楼错落玲珑。

红场足球总角,媪翁嬗变顽童。

河南诗人高晓先

【作者简介】

高晓先,笔名高高、子凡,河南省固始县人,在京从商十数载,后回乡创办实业。历红尘缤纷,不想丢了内心的笃定与初愿,平日所思、所想、所悟付诸笔端,心生欢喜,浅唱低吟。

诗词25首

1. 五绝·童趣

小儿不懂累,院里戏青苔。

眼泪腮边挂,偷嘴笑起来!

2. 五绝·秋深

秋深买醉归,孤月映星稀。

人事难相顾,浮尘是与非。

3. 七绝·午后小雨

幽幽细雨叩窗帏，浅浅莺啼点翠微。
闲眺远山烟起处，云深雾绕两相依！

4. 七绝·灵山寺

蜿蜒曲径梵音深，雾色氤氲寂寂吟。
可许尘埃缘自度？佛前念念泪沾襟。

5. 七绝·灵山寺礼佛

斜晖檐角挂枝横，倦鸟凄凄孑孓茕。
祈愿上山听宿命，梵音几度渡浮名。

6. 七绝·龙王寺

桑葚石榴涧水潺，龙王寺外尽苍山。
梵音耳畔声声慢，觅处清欢顾自怜。

7. 七绝·观音寺遇雨

一入高门了悟生，石堤九曲水清清。
满池红藕相残意，听雨听风钟鼓声。

8. 七绝·霜降

北窗一夜为秋歌，霜降娇怜屋后荷。
许是风霜丝雨后，渐深渐次渐蹉跎。

9. 七绝·中秋闲赋

半塘旧荷一湖秋，摇落花红一扁舟。
相忘浮萍多少事，拱桥斜坐钓清幽。

10. 七绝·回乡晨起

金鸡晓唱早曦来，桂树高枝映镜台。
翠鸟临窗惊喜跃，秋光画上叶香腮。

11. 七绝·春雪

可是雪娘记俗尘，银装素裹恋初春。
风于拐角偷偷问，一处相思两地人。

12. 七绝·晨起散步

春风斜雨桃花落，池下清波砾石闲。
一脉幽香留漂泊，流年却忘水云间。

13. 七绝·落红

落红一地起闲愁，旧事无题哽咽喉。
冷雨苍凉归去路，朔风吹尽寄枝虬。

14. 七律·登临峨眉山之金顶

峨眉行愿愿诚虔，金顶慈颜叩普贤。
云海苍穹时变幻，佛光护佑众生怜。
千阶处处禅音起，万木葱葱数百年。
净土尘埃多少问？且观智者上山川。

15. 七律·回乡有作

房前屋后尽芬芳，轻嗅秋荷泥土香。
垂柳岸边帘重重，鸭鹅水里几行行。
犬摇不记原乡客，鹊弄高枝叶间望。
袅袅炊烟随意去，乡愁一任泪痕长。

16. 如梦令·老屋

老屋秋窗灯浅，顶漏寒风四现。
常记少儿时，喜乐愁忧相伴。
可叹，可叹，蒿草遮拦眷恋。

17. 临江仙·暮雨潇潇酣畅

暮雨潇潇酣畅，晚风琴瑟如期。
回望光景染成诗。
浅思人难寐，帘外伴轻雷。

今夜乡关牵绊，烟尘戏外迷离。
往时春日返家归。
沿河枝蕊绽，小院沁芳菲。

18. 江城子·中秋处处是匀霜

中秋处处是匀霜，杏枝长，李花黄。
端月镶空，银汉似汪洋。
庭院景深依禁奈，清影碎，好迷茫。

醒来幽梦又揪肠，对相忘，誓言殇。

啼泣三更，幽怨最凄凉。

纵是千般如叩问？眉褶皱，泪划伤。

19. 诉衷情·月残宿醉忆迷茫

月残宿醉忆迷茫，楼角罩银光。

蓦然回望悯叹！斜影映西窗。

秋暗淡，念纠肠，独思量。

阴晴多变，冷寂来时，红树凌霜。

20. 暗香·雾尘成滴

雾尘成滴，又冷冬彻骨，枯枝残壁。

雪裹叶飞，细说纷繁与幽寂。

湖岸寒梅静立，思旧日，清香难觅。

空负了，星转轮回，迷醉最勾忆。

执笔，正妆饰，念建盏萦怀，润物恬谧。

暗香匿迹，相对无言叹今昔。

长叹唯人事变，低默默，凝眸茶溢。

落雨促，都去也，莫言惋惜。

21. 疏影·虬枝突兀

虬枝突兀，任斜横吐蕊，清傲孤子。

夜雪冰纷，疏影斑离，时空拐角残缺。

寒梅风薄春光尽，都付与，粉红清冽。

萼片轻，翠鸟徘徊，又压故园枝折。

犹似经年旧事，雾尘漫月色，霏雨轻啜。
满室茶香，满目曾经，短笛音低难捺。
只今一片随风去，又匆促，雪花如屑。
怎禁得，流水潺颜，陌上暗香清绝。

22. 醉蓬莱·正氤氲紫陌

正氤氲紫陌，叆叇青天，近山如绘。
渐变霓虹，恰痴人愁积。
后海深冬，攘熙惊吵，望朔风披靡。
夜露清凉，晨曦久远，几番推置。

数载浮萍，雨滋初愿，夜色迷茫，奈烦难寄。
红叶飘零，暗望凝罗绮。
故里清新，梦寐萦绕，叹许期无计。
暂与芳樽，低吟寒月，借之聊慰。

23. 江城子·青松秋晚尽荒茫

青松秋晚尽荒茫，挂枝霜，冠昂扬。
秋暮寒来，墨绿胜花黄。
纵是雪冰身覆裹，心未变，性如钢。

别乡十载误从商，景光长，暗愁肠。
回眼相望，人事好凄凉。
何惧苍穹阴影密，横利剑，斩疏狂。

24. 望江南·深秋雨

深秋雨，低落化凄凄。
尘雾山崖遮漫壑，烟霞熏染一天悲。
相忘戏嬉追。

晨对镜，两鬓恨霜时。
初伴春心仍咽怨，又随秋思恨新词。
不去问和谁？

25. 蝶恋花·秋夜阁楼风雨后

秋夜阁楼风雨后。青石斜铺，阶小相厮守。
拨弄水池鱼应旧，秋千左右残灯莠。

只叹平时多浊酒。眷念难酬，误入从商久。
云散云开何苦纠，可怜霜鬓人偏瘦。

四川诗人勾文静

【作者简介】

勾文静，四川盐亭人，现为四川省诗词学会、中华诗词学会、中国楹联学会会员。作品入编《中华诗词大系》《庆祝北京申奥成功诗词书画作品集》《中华丰碑,民族脊梁》《中华六十年诗人大典》《当代诗歌先锋人物大典》《当代诗词先锋人物大典》《中国诗文百家》《当代影响力诗人作家文选》《当代文学大典》等书籍。曾出版个人作品专刊。获"十大古体诗人"、当代诗歌诗词先锋人物等荣誉称号,摘"经典杯"国际华人文学大赛（诗词）"一等奖"。创作歌曲23首,其中《同学情怎会忘记》《故乡情》荣登全国音乐金曲榜,《美人香草》被歌坛誉为经典歌曲。

诗词20首

1. 七绝·幽兰

弥江闸坝东崖下，寂寂凌空傍路开。
堤上无穷来往客，有谁停足拭尘埃！

2. 七绝·蝉

自视清高不住啼，由来聒噪一枝栖。
休装羽化神仙态，本是虫儿沙裏泥。

3. 五律·野趣

一坝起拦湾，悠悠波照颜。
垂纶饶逸趣，对岭独清闲。
鹤立浮枝上，莺鸣度叶间。
风前观碧浪，雨后看青山。

4. 五律·金沙遗址

河畔柳枯斜，蓉城未见花。
东西横碧水，南北坼金沙。
邈邈蜀王盛，悠悠古物华。
文明光骇目，远去杳无涯！

5. 五律·夏日行吟

避日故行幽，长廊草木稠。
晴光时漏影，翠色竞迎眸。
石径林荫覆，芳埼碧水流。
清风扶短袖，移步上桥头。

6. 五律·晨炊

觉来平旦起，洗手做晨炊。
水放原留印，粮加不满卮。
防糊休结底，止沸画圆规。
离坎同相济，清香散入帷。

7. 五律·秋游凤凰湖

馥馥桂花香，微微秋气凉。
波翻滩口急，鹭立岸边藏。
漫步芳林下，欹身水石旁。
阴阴天欲雨，湖上景苍茫。

8. 七律·茶聚

行来堤上正三春，聚得知心几散人。
弥水岸边聊董令，凤凰山麓慕芳尘。
明堂雅洁添诗兴，嫩叶清香惬玉津。
云淡莺飞风细细，廊桥波影碧粼粼。

9. 七律·开闸

西梓干渠闸一开，金峰水库白波来。
可供人畜千村饮，堪保禾田万顷栽。
润泽膏腴如网状，蜿蜒曲折傍山隈。
溶溶漾漾浇原野，换得丰收五谷醅。

10. 七律·春游

滚滚人潮醉美乡，春风满面笑声扬。
芬芳果树弥山野，锦色桃花似海洋。
冉冉红霞江映绮，翩翩紫燕蝶迷香。
车流迤逦穿林过，天水园中览物忙。

11. 七律·春游天水园

且与春光一路偕，嫘乡风景旷人怀。

明霞映水分朱碧，美女如云似御街。
燕子穿空双翼剪，桃花夹道两边排。
芳香伴我来民宿，笑语欢声接上阶。

12.　七律·自适

问渠焉以得心宽，守法循规身自安。
谋事营生勤四体，读书悟道正三观。
何辞粝食餐刚饱，但饮清茶兴未阑。
漫步如车微雨岸，风波江上任垂竿。

13.　七律·观光

缤纷芳圃是谁栽，七里花香扑面来。
淑气氤氲浮陌野，霞光铺洒映亭台。
琉璃谷雨才滋润，诗意春风任剪裁。
最是董园清景异，赏心悦目久徘徊。

14.　七律·生日感怀

落地生来芒种初，芳菲闰月正扶疏。
牙牙学语强爬路，渐渐成人苦读书。
事遇难时思广宇，家临囧日擦银锄。
一朝改革风云变，从此情怀万里余。

15.　七律·新居有感

入住华居景物鲜，蓉城在眼梦终圆。
朝朝瑞气添余庆，岁岁舒心读圣贤。

室雅花香挥翰墨，家和事顺感尧天。

而今盛世来非易，唯愿时平一万年！

16. 七律·归休

岁月无情去不留，轻飘一纸告归休。

五湖四海随潇洒，万岳千峰任旅游。

嘹唳断鸿星耿耿，盘桓孤鹤水悠悠。

波翻云涌尘间事，却道风凉好个秋！

17. 七律·采椒

清风拂面白云间，自驾翻来又一山。

满眼花椒香翠叶，半霄仙女响银环。

飞飞飘带随腰美，采采流霞见月弯。

笑语欢声传广袤，新村新景换新颜。

18. 西江月·初夏

布谷声中陌野，熏风架下蔷薇。

无边春色转头非，万种繁华消退。

莫讶乾坤变异，须迎节物回归。

莺飞草长翠条肥，满眼张扬菁萃。

19. 西江月·遣兴

忙里闲中问道，千辛万苦修身。

一生都想做完人，丁点不招人愤。

怎奈清纯如水，无端净植同尘。
一枝摇曳出清新，看取荷塘风韵！

20. 一剪梅·采花椒

片片红椒映碧丛，颗颗如珠，枝上玲珑。
轻拈红玉指如葱，环佩冷然，衣染香浓。

笑语欢声借好风，飞向云天，洒向千峰。
丰秋更喜见明虹，峻岭苍苍，清水溶溶。

广西诗人梁妙玉

【作者简介】

梁妙玉，笔名诗香约，广西玉林市人，系广西楹联学会会员、玉林市作家协会会员、玉林市诗词学会会员，现任陆川县诗词楹联学会副秘书长、陆川县温泉女子诗社副秘书长，供职于陆川县实验中学。酷爱古诗词，笔耕不辍，作品散见于《千家诗词》《群英会》《英子评诗》《心心诗社》《中华诗学会商海诗潮》《中国大九华》《八桂诗会》《万花楼》《老年知音》《玉林日报》《金田杂志》《九洲江文艺》《曲苑吟坛》等杂志诗刊，发表作品300多首。

与诗香约，夜美如诗！

格律诗 20 首

1. 七绝·乡恋

绿荫墙里秋千架，摇晃当初桂子香。
那朵白云依旧在，年年盼我返家乡。

2. 七绝·无题

月影西移寂寞深，琴声独奏晓星沉。
风情万种何须说，自有春风慰我心。

3. 七绝·赞东风

难见晴空唤日来，霏霏细雨总徘徊。
东风不似西风懒，早赶春花处处开。

4. 七绝·秋霞

四季行装各不同，山河画卷入眸中。
惊人还是秋风手，抹出霞光万里红。

5. 七绝·上弦月

清辉淡淡影柔纤，偷染寒凉寂寞沾。
君是弯弯上弦月，相思十万透心尖。

6. 七绝·牵牛花之梦（新韵）

一丛峭壁乐攀登，彩梦织成赖紫藤。
再借阳光为动力，把花开上最高层。

7. 七绝·粽香情浓（新韵）

遥望家山水色长，每逢端午动柔肠。
相思裹在粽心里，开叶飘出满室香。

8. 七绝·龟岭谷之春

轻携紫燕掠春风，龟岭芳菲自不同。
借得丹青施妙手，胭脂抹上脸腮红。

9. 七绝·望月感怀

三秋不见影空虚，何日归来共结庐。
一种相思分两地，银辉片片作情书。

10. 七绝·江岸吟怀（新韵）

座座青山入晓川，谁携碧玉到跟前。
千金难买一江绿，我愿千金买一闲。

11. 七绝·春恋（新韵）

纵使孤单也不慌，跟随莺燕舞春光。
风敲黄蕊纷纷落，染我红裙两袖香。

12. 七绝·吟谢鲁山庄

白云投影水中央，古木深沉故事长。
但见高墙春有色，人间聚爱此山庄。

13. 七绝·水月岩之水

千年凝望几时休，跌落人间画彩秋。
画得重重山叠翠，一方水碧又丰收。

14. 七绝·七彩诗画

蘸来秋水画秋山，写罢犹思尚少颜。
一抹长虹添一角，赤橙黄绿紫青蓝。

15. 七绝·相思红（新韵）

一树花开寂寞红，多情此刻叹长风。
愿君能解相思意，同把馨香酿酒中。

16. 七绝·彩霞满天（新韵）

色盘倾倒染谁家，红透姑娘俏脸颊。
手捧云绸情万缕，裁来一段做婚纱。

17. 七绝·秋思（新韵）

又至深秋雨后寒，苍茫月下久凭栏。
不知如剑西风里，多少芳菲已换颜。

18. 七律·中秋

每逢佳节舞霓裳，宝镜磨圆赠予郎。
桂子花开情酿酒，秋声叶落梦凝香。

银辉洒地相思绕，玉指弹琴雅韵扬。

回望蓬山君万里，一湾水月动柔肠。

19. 七律·无题

春临举目醉青洲，芳意盈怀不抱愁。

陌上桃花开绿野，田间父老酿金秋。

蘸来月影研成墨，剪下烟云弄达幽。

相约晴天寻鹤去，江河湖海荡扁舟。

20. 七律·菊韵（新韵）

秋风几度蕊初开，紫粉青蓝竞艳来。

不问红尘多少意，应思晓月古今怀。

清幽帘卷香罗帕，淡雅书挥碧玉台。

把盏东篱消寂寞，轻拈菊露染霞腮。

四川诗人黄显德

【作者简介】

黄显德，笔名青山依旧、青山古韵风，四川富顺人，地质学研究生毕业，中共党员，系中华诗词学会会员、中国楹联学会会员。

诗词 11 首（新韵）

1. 七绝·白衣寺遗址有寄

昔日山圆古寺兴，一炉香火几多情。
如今已是无寻处，借问何时钟复鸣。

注：白衣寺，为富顺龙万乡白英村一古寺，已毁。

2. 七绝·白英小学校遗址感怀

横生草木鸟悲啼，满目凋残落照凄。
不复当年玩去处，书声又起待何时。

注：白英小学，为富顺龙万乡白英村一小学校，已废弃。

3. 七绝·龙硐传说新编

欲羡农家万象新，谁言烟火不红尘。
龙呼风雨酬千古，一硐传说赋到今。

注：相传在古老山硐里有一龙，护佑一方，消灾降福，风调雨顺。后来，人们在此建场，名曰龙硐场，现属富顺县龙万乡。

4. 七绝·回澜塔寄怀

孤影横江欲断流，澜崖几度暮云愁。
若非风浪曾相伴，谁解红尘一塔收。

注：回澜塔位于富顺县邓井关镇大佛岩上，建于清朝道光年间，属于楼阁式汉化砖石塔，高56米，九层八角形，攒尖铜制宝珠顶。

5. 七绝·富世盐井寄思

谁掘此地及泉涌，添作锅中故事来。
但看一江帆影转，不知咸淡几兴衰。

注：富世盐井，又名古井咸泉，开凿于东汉初年，是富顺因盐设县和辉煌盐业文化的历史见证。

6. 七绝·富顺西湖一别

碧水横窗一棹空，画桥烟雨莫匆匆。
几曾回首当年似，梦绕湖心谁与同。

7. 七绝·富顺文庙感吟

三层殿宇矗森森，回望千年赞誉频。
忆与寒窗多少梦，老来还看泮池深。

8. 七绝·富顺千佛寺一拜

幽岩如月佛来会，半座山藏古寺深。
最是钟鸣禅榻夜，欲添香火照红尘。

注：富顺千佛寺，始建于晚唐，位于县城玛瑙山中岩，中岩形如半月。曾毁于兵燹，清初重建。现为川南佛教活动场所和旅游胜地。

9. 七绝·富顺古县衙一游

瑶阶赫赫郁峥嵘，明镜高悬照碧空。

寄此钟声依旧杳，孤城合入暮江中。

注：古县衙位于富顺城中神龟山顶，山上钟鼓楼为古县城之地标，千里沱江穿城而过。

10. 七绝·富顺玛瑙山登高

穷览孤城一水收，云回峰顶渺江流。

鸟啼荒垒悲风起，日落雄关几度秋。

11. 临江仙·国庆感怀

独立峰巅横落照，千年惯看风云。

忽如一夜雨倾盆。

苦寒凝大地，觉梦锁忠魂。

为念苍生接续力，归途情寄深深。

山河杳映凯歌频。

倚旗挥泪眼，回首竞芳春。

甘肃诗人王明谦

【作者简介】

　　王明谦，笔名月言，甘肃庆阳市环县人，中共党员，系中华诗词学会、中国诗歌学会、中国楹联学会、甘肃省诗词学会会员。7000余首作品散见于《中华颂》《北京写作》《中国诗歌》《中华诗词》《环江》等报纸杂志及网络媒体。

诗词20首

1. 七律·桃花

三月桃花正粉红，惹人陶醉溢香中。
蜂鸣蝶舞青山笑，鸟语莺飞绿树丛。
紫燕呢喃窗外静，和风细雨暖心融。
嫩枝娇草生天梦，古苑相思总恋翁。

2. 七律·清泉

谷雨轻风春将尽，山花遍地碧水流。
玉泉静面涟漪去，绿叶多情翠柳悠。
菡萏摇枝望曲径，紫燕冲天视野舟。
时光太快留伤感，月影楼台鸟不休。

3. 七律·柳絮

杨花柳絮落青蒙，如雪似云满地疯。
玉卷堆霜春惬意，金山积绿夜鸣虫。
清塘画面涟漪白，石岸垂丝紫燕雄。
夜雨风轻天画梦，温馨总是达苍穹。

4. 七律·秋山

庭院闲情望远山，秋风细雨雾连关。
蝉悲泣涕零声碎，草换浓妆戴紫颜。
硕果枝头香玉宇，大江南北绣人间。
花残叶落枫红急，何时柳翠燕轻还。

5. 七律·怀念父亲

风轻月夜有星明，我拥恩情伴远声。
可惜楼台并不静，焉知院里独蛙鸣。
父亲已去经年外，母泪难留岁月平。
酌酒三杯斟满念，伤心压抑度余生。

6. 七律·中秋夜

曾经暗绪暖心头，却照沟渠不罢休。
玉镜高悬凝客远，金饼满桌带乡愁。
去年叶落留枯木，今日花开乱绿洲。
想等嫦娥提桂酒，谁知月夜怕中秋。

7. 七律·教师节怀序

三尺讲台育少年，精心读写画校园。
披星戴月秋风静，执夜孤灯暑九天。
正气新书桃李叙，轻云旧路赋乡贤。
千秋笔墨青山梦，妙语横生有于阗。

8. 七律·乡愁

晚霞暗淡苑风凉，呈送明星挽月光。
绿菊黄花依树醉，青山雾气漫秋香。
长城古道兰栅远，大漠胡杨旧雁殇。
败叶残枝盛满目，何时雨水润芬芳。

9. 西江月·小寒曲

雪落长城内外，阴云密布西空。
梅花苦涩嫩芽丰，月色如霜正冻。

小鸟悲鸣屋下，高楼冷漠长风。
琼花昨夜又兴隆，暖被重新做梦。

10. 乌夜啼·腊月赋

腊月严寒问九，年关已近城楼。
微风一笑寒霜走，只见月温柔。

万境新春报喜，梅花正对忧愁。
相思昨夜绵延至，往事却难休。

11. 阮郎归·西北寒

梅花粉色秀腮边，寒风走近年。
繁华盛世疫情传，人间却是难。

西北冷，月光寒，丝绸之路连。
黄河古道万千山，谁知大漠天。

12. 少年游·蜡梅影

长亭古苑尽兴时，月夜冷风陪。
望远金城，琼花飞舞，独不见红梅。

枯枝败叶残留絮，陌野鸟悲啼。
面对寒流，相思苦海，只是品茶诗。

13. 武陵春·闲情赋

举笔书诗三百首，岁月别初时。
墨蘸春秋碧水池，雪雨赋成诗。

昨夜无风霜似雪，露冷冻冰移。
树挂浓妆三九威，总是有相思。

14. 望江东·寒梅叙

二九寒风古城雾，月光静，弯牙素。
长亭古苑琼花住，小溪岸，梅花树。

相思遇到无情苦，守望里，寒云舞。
孤烟乱动梅花吐，昨夜冷，谁来数。

15. 桃源忆故人·和平夜

寒云遇九金城丽，明月冷风难会。
季节心倾往事，梅影枯枝寐。

小寒冬夜梅花泪，遍野冰封无意。
同是雪临时季，独觉春光醉。

16. 摊破浣溪沙·校园静

学子回家放假中，年期一度满楼空。
吵闹一时春作梦，去如风。

玉蝶飘飞花逝水，校园又是落尘封。
借得寒门依旧月，伴梅红。

17. 太常引·思东归

校园学子满心归，昨夜雪花稀。
小路落乌啼。对不起，苍天树威。

东归已去，车摇万里，似箭坐云飞。
路上带春晖。长天急，青山也低。

18. 踏莎行·楼台赋

昨夜寒流，楼台已静。琼花朵朵依山岭。
风云二九问寒霜，何时可去看楼景。

万丈高楼，楼盘市井，长亭古韵繁华定。
年关已近等窗花，红梅泪洒长天冷。

19. 蝶恋花·夜雨人深

细雨轻风淋翠柳，夜晚人深，寂寞空庭酒。
暗淡灯光围我就，闻听雨打荷花瘦。

嫩叶依窗摇摆手，汽笛长鸣，陌野伤心透。
一纸墨香人却朽，谁知醉意跟情守。

20. 浪淘沙·夏日小满

细雨载轻风，水影鱼宫。繁华落幕叶留葱。
昨夜多情闻旧雨，世事朦胧。

夜鸟晚来中，黯淡鸣虫。乌云却是锁苍穹。
玉露晶莹黏叶嫩，万物兴隆。

湖北诗人彭运国

【作者简介】

彭运国，笔名老树着花。曾经商海沉浮，现赋闲于山野之间。笔耕青绿，玩文弄字，怡情养性，悠度余生。现为中华诗词学会会员、中国楹联学会会员、经典文学网签约诗人。曾获"经典杯"华人文学大赛二等奖、"当代影响力诗人"称号。诗词 200 余首入编《黄浦江诗潮》《上海滩诗叶》《当代影响力诗人作家文选》《"经典杯"华人文学大赛作品精选》等书籍。

词20首

1. 浣溪沙·游洪湖十里荷塘

汗透晕裙日影长，风含晚荷几丝香。
一群红粉戏横塘。

冷艳知心消酷暑，冰姿媚我递清商。
撩人仙子六时芳。

2. 捣练子·游桂林象鼻山

湘水月，桂江滩。浪拍峰根象鼻山。
莫道餐英焉得意，是时打卡算收官。

3. 鹧鸪天·游桂林刘三姐大观园被掷绣球

老桂摇枝拂砌阶，忽然绣带束人怀。
相牵老掘干婚否，可与娇娃许嫁来。

抛紫授，逐青鞋，随心七字戏诙俳。
悠悠我本风尘客，何教归人乱自猜。

4. 鹊桥仙·织女怨

——游桂林刘三姐大观园逢七夕

相思沉病，泪痕缄锦，抱枕泣孤鸳帐。
剑河拍浪阻牛郎，恨王母、凭幺弄障。

七襄无计，青鸾有意，总把幽期合畅。
离分容易见时难，经年里、妆楼凝望。

5. 月上海棠·游土司城向妃宫有感

初分瓜字从君宠。蝶乱飞、明珠掌中捧。
帐煖流苏，漏声迟、夜穷兰梦。
芳容谢，亦老终无玉种。

冷宫把臂和谁共。怯月影、香尘自相拥。
暗灯昏雨，咫尺遥、恨郎衔痛。
问青天，何处奴家遗冢。

注：向妃宫，张家界土司城偏寂处有向妃宫。

6. 月上海棠·登神农坛

迹穷无偶寻孤兴。一气儿、登上紫云顶。
我的天呀，好像是、隗俄仙境。
神农老，请谒灵宫览胜。

黎元疾苦君为秉。辨百草、承恩一何幸。
何立坛宇，救天命、舍身消害。
青山祭，只为苍生八证。

注：八证，中医学名词。

7. 新雁过妆楼·夜宿后河客栈

未睹风流。今了个、终期夙愿英猷。
野径山溪，空水愈静悠悠。
谷底风摇千尺柳，松间露浥一双鸠。
夜何求。竹声夕湛，山色晨浮。

三辰蛙鸣犬吠，似星垂步障，月动帘钩。
倩影招取，生话未尽还留。
才兼泪痕梦醒，叹侵晓萧森寒气飕。
回眸处，恰窦泉珠落，桑土情惆。

8. 暗香·读白居易《三游洞序》

阴岑拾迹。忆风流荡子，寂寥穷律。
弃棹掘荒，长枕溪泉梦生笔。
元白三人偶遇，结伴游、摩崖危壁。

从此过、一洞成名，惊倒下牢客。

今日，得安逸，看绿水画桡，斜风鸣笛。
往来绝陌。盘谷经行肃清跸。
都说天开福地，最好处、共淘风脉。
叹长亭、收暮景，恋情滞抑。

9. 祝英台近·暮春兴叹

雀声喧，花事尽，春暮夕阳晚。
岸仄沙墟，轻霭罩琼巘。
户开烟袅芳菲，隔窗相赏，不堪问、野情何恋。

看云幻。安宅又是经年，愁生机有限。
新燕还回，枉绿柳丝软。
请炉漫煮东风，了空娱兴，只好个、遥屏兴叹。

10. 氐州第一·野餐大溪景区

炎夏如蒸，停云似盖，焦心燥灼荼苦。
渴鸟收声，群芳敛色，天也留风不住。
三面围城，剩一道、仓皇逃路。
漫漫黄尘，昏昏紫陌，野凉谁许？

邂逅深山溪上浒。浪纹簇、游人无数。
倦客行歌，髫儿戏水，更半滩闲趣。
佐流霞、开合宴，炊烟里、香飘浦溆。
缀拾斜阳，滞相思、迟回狱圄。

11. 踏歌·解粽

乐颂。倚罗筵、十里浓香送。

嫩娃子、瞥眼星眸动。更村翁杖疾青毡重。

解粽。剥包衣、启拆丝栅笼。

香炊玉、绿酒清樽共。笑馈殢未口涎先涌。

三角黍，五两瓮。知珍惜、粒粒持矜宠。

常祭汨罗魂，弄几船头供。江底人幻醒槐梦。

12. 疏影·重游翟家岭

翟家土屋，说千年故事，百世荣辱。

积藓丛蒿，剪燕流莺，冬青古树新绿。

烟村蓬户开圭窦，柴荆锁、旧檐新木。

剩些些、寡嫂衰翁，守着半庭孤独。

苍老终成缋画。看林嶂黛染，鳞瓦幽筑。

汲井炊烟，吠犬人家，绝世寂虚空谷。

虬枝邃岙寻芳客，麻姑约、弄风吟曲。

与郎度、小隐云山，作介布衣宵夙。

13. 东风第一枝·初夏再游车溪

才送芳春，又迎溽夏，孔明车旋莺啭。

一湾细水潺湲，千树浮烟妍茜。

廊桥舞榭，渔歌飞、篙长舟短。

酒旆坠、阙迥台高，土寨客心交赞。

石屏前、红袖偶见，丝柳下、白衣相伴。

方惊云外桑鸠，几误上林社燕。

重逢不是，故经过、难为遮恋。

再到来、勿负流觞，赚得鹤瓢赊愿。

注：车溪，以水车（也称孔明车）为主题的民俗风景区。

14. 祝英台近·春暮登金刚山逢杜鹃花谢

翠蓬蒿，苍榆柳，几簇茶蘼树。

空壑啼音，谁愿共与语。

曾经一片霞红，万花殂谢，谁记得、映山红炬。

黯凝伫。蜀帝泣血忘归，化泪更眉诩。

不敢相思，怕说断肠句。

叹嗟春尽斜阳，适逢未易，杜宇唱、把春留驻。

15. 祝英台近·金刚山眺远

倚危峰，穷远岫，俗客乱松影。

踏破金刚，欢惬买光景。

那川那岭如茵，寂然苍翠，怎奈也、暮春已憬。

望山静。愁绪且寄行云，心事凭谁省。

向野临风，解得柔肠病。

夕阳留醉游人，情丝待剪，多谢了、子鹃三请。

注：金刚，指湖北省宜昌市西郊金刚山。

16. 风流子·春末逢劳动节

朝曛夜幕尽。笙歌起、万鸟唱崆峒。

叹花谢杏靡，澍濡林茂，黛青山远，春意无穷。

大千界、岫霓云凤翥，七彩蔚韶红。

龙脉永延，梦情伊甸，走词笔颂，王土惟恭。

九州承钟鼎，全凭那些个、死士劳工。

百二隘关今在，血溅存踪。

庙堂德厚载，兼蕲浩荡，圣施雨露，泽被耕农。

怀恫号元宗礼，留驻毛公。

17. 烛影摇红·追花人

为赶花期，信风频作烟霞旅。

沉香蜜友侍巢蜂，嚼蕊天香吐。

安识徙游艰苦。伴山水、闻韶饮露。

石饴何许，渥味未穷，谁能入趣。

注：1. 追花人，指养蜂人。2. 沉香蜜友，暮春荼蘼花的别称。
3. 石饴，蜂蜜的别称。

18. 天香·船过神女峰

——题慧眼三峡游轮照

浪击山根，烟浮石罅，昃曜阳台神女。

风笛长鸣，客舟问渡，促遽江鸥骞翥。

凭谁诉苦。寂寞了、芳心莲步。
不羡天宫尚好，倾慕人间鸳侣。

化作红裙如炬。软如痴、唯嗟无数。
斜曳裾翻庄蝶，凤旋鸾舞。
波上寻他百度。不归去、相逢复几许。
渔父惊欤，情郎遇否？

19. 霓裳中序第一·堂鼓关

惊秋暑未歇。
野树蜩螗山邑渴。赤日炎风正烈。
更十瓮蒸濡，三焦烦热。
泽川涸竭。石壁关、形胜摧兀。
听堂鼓，山回路绕，客旅滞天末。

苍郁，清凉蓦忽。
扑人醉、山清水澈。烟溪如镜千叠。
渡涧双凫，盘云孤鹘。点篙浮小筏。
红袖舞、清波弭楫。
苔泉濯，尘嚣湔浣，夕景赏心惬。

注：堂鼓关风景区位于秭归杨林西端。

20. 忆江南·南街忧思

南街忆，忧喜锁眉头。
见说绮罗频笑语，曾经烟月最风流。

风蕙蔽田畴。

南街忆，红翠慰双眸。
信爱众心歌未必，公平天目气方遒。
情为后人留。

南街忆，谁解杞人忧。
朱殿不开青锁闼，弱枝难舣木兰舟。
心逐五云浮。

南街忆，春谢幸还秋。
大世若非天日再，南街犹解小窗愁。
重策砥中流。

湖北诗人吴龙海

【作者简介】

吴龙海，中共党员，通城县卫健局退休干部，省、市、县诗联学会及中华诗词学会、中国楹联学会会员。酷爱诗词、书法、写作，著有《韵海梦舟》诗集并被国家图书馆收藏，作品还入选《当代文学人物大典》《实力派诗人作家文选》《新时代诗人作家文选》等书籍。诗词及书法作品偶有获奖。

诗词曲一组

一、五绝·题锡山奇石（8首）

1. 五绝·石趣寻

夏日锡山登，兴来觅石琼。
凝眸多巨磊，半夜赋难成。

2. 五绝·燕窝石

远眺凤窝真，何须燕现身。
孤存奇石卧，觅玉几秋春？

3. 五绝·乌龟石

犹疑龟欲动？可惜困山中。
设使能穷力，虽爬也自雄。

4. 五绝·马背石

形仪马背弓，巨璞岂争风？
日久难腾跃，无能咋建功。

5. 五绝·椅子石

疑来天外石，娲女助雕成。
弄座银山上，风光耀眼明。

6. 五绝·棋盘石

玉琢棋盘靓，求仙几度躬。
输赢常乐事，尽付笑谈中。

7. 五绝·金鸡石

咏石忆杨公，金章盖锡峰。
愚今悬胆效，欲唤凤鸣嗤。

8. 五绝·仙人石

问石再投笺，偏怜不见仙。
但凡今约是，小憩醉钧天。

二、五绝·天岳幕阜山（10首）

1. 五绝·过山门

天子三经地，皇王九谒门。
叹今逢改革，四海客常尊。

2. 五绝·乘缆车

胜地吉时升，福门欣此登。
腾天惊索道，宛若九霄鹏。

3. 五绝·步一峰

危峰接昊穹，也在足间终。
远眺山门外，三湘入画中。

4. 五绝·沸沙泉

不雨山常润，无云水自阴。
龙涎衔日月，沙沸女娲钦。

5. 老五绝·母殿

殿立凌峰顶，钦崇始母尊。
慈光恒普照，世念祷神门。

6. 五绝·轨道车

盘龙舞岳霞，轨枕半山斜。
小坐知风劲，惊疑后乐嘉。

7. 五绝·接天福

登天逸兴坚，接福觉心圆。
独遇炎嚣逼，闲游此效仙。

8. 五绝·通行便

绕山畅若龙，曲衍向巅峰。
有险非关险，通途悦客容。

9. 五绝·吃住安

小吃听吆声，寝君宾馆琼。
俭奢随客意，友善侍诸卿。

10. 五绝·游后思

幕阜关湘鄂，旅游争早着。
嗟今分地天，问政谁皆搏？

三、七绝·壬寅农民丰收节（2首）

1. 七绝·大旱保丰

艰辛日逐压灾魔，节舞丰歌壮楚歌。

饭碗端牢酬国愿，袁公种福遍嘉禾。

2. 七绝·喜中也忧

时见农桑翁媪作，田园难觅后生哥。

荒芜岂奈增无减，问策何能发黍禾？

四、七绝·林家大湾游（5首）

1. 七绝·赴林家大湾

细雨轻车半日还，空怀拾取向林湾。

游驰胜地何须票？释后方知己造颁。

2. 七绝·军事展览馆

最幸征尘饱眼瞳，尤其影拓凛雄风。

诸多战事军书满，足证当年岂易攻？

3. 七绝·回龙庭展馆

三面环居锁岫青，回龙庭里觅先声。

弟兄几个传奇史，是是非非待世评。

4. 七绝·瞻帅门偶思

仰像威生帅府中，尤怜昔日战尤匆，

叹功不朽名颓朽，难保残身一梦终。

5. 七绝·林育南故居

寻求真理举旗遒，洒血江城志竟酬。
工运挥拳携我辈，林公笑对挽神州。

五、七绝·题吴忠贤民俗文化博物馆（6首）

1. 七绝·题博物馆

坚穷博物越多年，文化赓歌大似天。
馆内长储皆世宝，功隆鲤港颂忠贤。

2. 七绝·红色文化馆

红色根追何处问，唯余物证溯分明。
翻思革命难言易，致力安邦待厉兵。

3. 七绝·民俗文化馆

情痴民俗话秋春，衍世生还赖自珍。
为仆为官徒怅惘，叹窥展物几人申？

4. 七绝·农耕文化馆

稼事欣赏入眼眶，人间不乏惜麻桑。
春来夏悦秋冬实，牵动农耕细究详。

5. 七绝·酒文化馆

杜康首造醉千年，罐罐坛坛映眼妍。
窖酿多藏风雨事，桩桩刻在展厅前。

6. 七绝·茶文化馆

兴来品茗觉神清，惬爽皆聆陆羽声。

独爱生香邀饮客，尤欣此馆倍添情。

六、七律 4 首

1. 七律·赞文化传人吴忠贤

一代忠贤唱大风，沧桑历阅践初衷。

私营诊所开先路，力作经书励道崇。

博物春秋明史老，圆功岁月醉颜红，

悠悠鲤港乡愁恋，且枕荣辉傲世雄。

2. 七律·汉瑶情牵药姑山

民族和谐龙运火，仙山笑傲喜高歌。

偏逢盛世开新韵，独占鳌头扬彩波。

合力追潮潮涌日，同心赶月月飞梭。

汉瑶兄妹成双舞，地北天南客赞多。

3. 七律·放歌二十大

凤翥龙翔十月红，欣承盛会决征融。

谋猷重启冲天啸，民族高歌动地雄。

致力维新甘澍雨，凝情守正恰和风。

擎旗治国趋时进，逐梦全球唱大同。

4. 七排·赞《通城徐氏宗谱》面世

半宵品读夜无眠，瑰宝欣赏感慨然。

古色古香惊俗目，如诗如画醉心田。

创新守正合时著，卓越追求写史篇。

四载精修何惧苦，一书序列倍增妍。

字酌句酌千秋鉴，述祖弘恩万代延。

借问高人躬执事，尤钦东海举才贤。

七、词8首

1. 卜算子·吾邀同窗情壬寅春日欢聚

百花俏争春，莺闹衔欢悦。

幸喜惊堂醉开怀，且复燃情悭。

薄款愧我心，戏语飞梁越。

犹把清音送哥们，益寿勤安帖。

2. 卜算子·同窗聚相思人腊味馆感怀

又聚时来欢，惬意清交境。

媪劝男人莫贪杯，可解盘中令？

美酒似御泉，兴起诚怀敬。

笑逸筵前声声高，白叟风流竞。

3. 卜算子·歌颂党的二十大

金风唤贤昂，镰锤神州竞。

共决新征誓发坚，赓续炎黄圣。

四卷雄文宣，特色良猷定。

逐梦人天乐和谐，大国春偕咏。

4. 卜算子·丰收节重回坪山

锣鼓震云霄，蜂拥歌潮俏。
四十年圆梦故乡，节慨心倾了。

难忘垄上情，更羡台中笑。
授赏披红励群英，礼乐三农傲。

5. 巫山一段云·庆祝党的二十大

十月京城爽，襟怀满驰弓。
聚焦双百号声隆。令旨抖雄风。

四海钦龙梦，人民一统恭。
雄文齐捧释初衷。执政党旗红。

6. 西江月·喜迎党的二十大

笑靥飞扬人面，欢歌响彻苍穹。
人民执政百年红，惠雨和风频送。

耿耿初心永在，为民又建新功。
铮铮使命更谁同，强国丰碑高耸。

注：此词参加湖北省第十七届中老年人才艺大赛（诗词类）获优秀奖。

7. 西江月·题抗旱减灾保丰

末伏炎蒸不歇，塘干田裂蝉喧。
尤怜农者甚辛艰。问了心中何愿？

抗旱减灾号起，保丰定胜前年。

逆行堪勇劲冲天。再把粮安奉献。

8. 西江月·丰收节会赶大集

昨喜甘霖微漾，百年大旱稍凉。

农家过节抖新腔。赶集陡添花样。

几许农渔品眺，货吆客问端详。

大灾减损复丰穰。饭碗端牢手上。

八、曲5首

1.【仙吕】一半儿·寒露瑶乡采风行

秋高气爽又兹逢，县托成团到内冲。

寻觅瑶乡歌入梦，采风倾，一半儿吟怀一半儿衷。

2.【仙吕】后庭花·重阳节卫健老干聚会善源谷（一）

最羡翠菊黄，尤欣丹桂香。

善源幽谷奂，开怀赏景忙。

又重阳。笑逢几度，桑榆共宠光。

3.【仙吕】后庭花·重阳节卫健老干聚会善源谷（二）

相师百里长，虎形千载昂。

笑迎闲怀客，童心伴夕光。

话重阳，悠悠情寄，黄花格外香。

注：相师，山名。虎形，原村名。

4.【仙吕】后庭花·重阳节卫健老干聚会善源谷（三）

谁叹秋凋凉？我怜陈酿香。

回首当年路，人夸歌满腔。

唱重阳，耄怀岂弃，希图百岁康。

5.【越调】天净沙·秋思

蝉噤却倚疏桐，悄然秋影连丛。

忽敛清凉暮风。街头舞弄，问谁歌荡秋红？

河北诗人吴占平

【作者简介】

吴占平，笔名自然，河北省石家庄市正定县人。现为中华诗词学会、中国诗歌学会、中国楹联学会会员。

七律·晚秋（6首）

（一）

云海波涛向四方，山河瘴雾望迷茫。

暮秋万里遥新月，寒夜千川落早霜。

堪叹芳枝风扫绿。奈何古木叶摇黄。

不愁景色谁人暖，自有春光过岁香。

（二）

薄暮青峦添夕露，深秋老树挂斜阳。
山川点缀疏枝绿，草木凋零密叶黄。
落照苍霞含感慨，清流碧水伴凄凉。
不烦细雨风生冷，自有寒潮雾带霜。

（三）

溪边弱柳存残绿，岭上垂杨在返黄。
偶有云霞浮暗雾，久经风雨染寒霜。
深秋雁影南迁季，晓露枫林北处香。
落叶归根天变化，繁英恋树暮飞翔。

（四）

落花一夜始新凉，残照千山起雾霜。
晓露枫林侵翠色，斜阳桂树染霞光。
菊生傲骨随风舞，秋老痴情伴雨狂。
何苦伤心无密叶，未妨明岁又飘香。

（五）

烟浮气爽登山处，露重天高望远方。
九月霞晖悬细浪，三秋树杪挂残阳。
风摇曲径清霜玉，雾洗疏林绿叶黄。
云染金菊香满院，雨寒墨客醉中堂。

（六）

阶前桂树随风舞，篱畔菊花透雾香。

曲径寒霜浮落叶，疏林冷露过斜阳。

南飞雁影腾空去，北望松涛满地黄。

意向天涯寻翠色，愁从梦里借霞光。

浙江诗人应雅君

【作者简介】

应雅君，笔名温文儒雅，浙江宁波人，现为中华诗词学会会员、众创诗社会员、黄金航诗画歌舞社诗人、众创网校副校长。

格律诗5首

1. 五律·初秋

凉风邀雨到，暑气驾云飘。

促织晨欢唱，蜩蝉暮渐消。

枝垂甘果盛，蔓越水芝寥。

沃野金童乐，危峰玉女描。

2. 五律·欢聚

季夏莲姿俏，同窗又喜逢。

杯交而兴兴，语会且喁喁。

拥尔真情显，回眸面色彤。

当年常促膝，羞涩几分钟。

3. 七律·江南春

和风吹绿柳枝芽，细雨濡红树杪花。
勤快黄莺歌唱季，愉怡紫燕适舒家。
河中凫鹜戏柔水，岸上鸳鸯睡暖沙。
明媚阳光亲美景，江南更显妙妍华。

4. 七律·茶

连绵玉岭起逶迤，浓翠梯林布满坡。
农户栽培汗流背，姑娘采摘手穿梭。
香腾茗饮清清水，色展旗枪碧碧螺。
小呷甜甜侵肺腑，无穷回味唱欢歌。

5. 七律·东钱湖

清波浩渺水粼粼，几叶轻舟往返频。
专注老翁春榭钓，缠绵情侣画廊亲。
杨堤似黛围青峭，纹浪如蓝戏白鳞。
旖旎风光招旅客，流连赏景在湖滨。

湖南诗人刘昌平

【作者简介】

刘昌平,笔名原禾,男,汉族,1957年2月出生,湖南华容人,中学高级教师,退休教师。数十首作品入编《当代文学百家》《新时代诗人作家文选》《"经典杯"华人文学大赛作品精选》《"当代影响力"诗人作家文选》《中外诗歌散文精品集》《夕雅文集》《人生几味》《"中华情"全国诗歌散文作品选集》等书籍。在"经典杯"国际华人文学大赛中,作品《我的祖国》荣获三等奖。曾荣获"二十一世纪诗人""新时代诗人""当代影响力诗人""国粹艺术名家"等荣誉称号。被聘为经典文学网、中华文艺微刊签约诗人。现为中国散文网会员。

七律5首

1. 七律·滕王阁

洪城屹立滕王阁,千里迎朋智溢楼。
唱晚渔歌闻鸟语,报国鸿志著春秋。
三江入怀檐凝燕,五湖牵手棹荡舟。
霞鹜齐飞收眼底,水天一色亮心头。

2. 七律·洞庭湖

浩瀚洞庭八百里,争流舟舸疑叶飘。

豚飞鱼跃鸟欢啼，鹿逐花香芦藏娇。
桥轨飞架通东西，车马熙攘穿云霄。
生态风带景旖旎，青螺岳楼月弯腰。

3. 七律·桂林山水

桂花俊逸香千里，林果丰熟醉亿家。
山如册叶牵丽日，水似平镜伴丹葩。
甲冠江湖浮客影，天空鹄鹤戏云裟。
下拢飞流怀若谷，揶揄风雨度年华。

4. 七律·安居乐业

悠闲漫步公园里，气爽天高景极迷。
垂柳池杨蛙耍戏，繁花绿树鸟鸣啼。
红歌阵阵道心谛，雅琴声声遣蔼霓。
盛世太平生烨熠，安居乐业为诗题。

5. 七律·爱的旋律

懂得唯美情渗骨，缱绻无声爱入魂。
体恤辛劳心默契，担当苦难意依存。
少些呵斥涵包容，多点关心逸暖温。
惊艳时光天地久，同舟偕老耀庭门。

辽宁诗人王金涛

【作者简介】

王金涛,男,笔名春华忽现,生于1966年,辽宁抚顺人。作品散见于《青年文学家》《鸭绿江》等报纸杂志和网络平台。

词8首(新韵)

1. 临江仙·流年

借问人生啥最好? 有工做更风光。
爱国思想闪金光。
花开思奉献,花落一身香。

昨夜星辰犹在线,拳拳心又飞翔。
梦回青涩变金黄。
童心依旧在,叶落是重阳。

2. 浪淘沙令·中国梦

好梦是金牌,世界看呆。怡人春色最合拍。
华夏文明放异彩,处处英才!

又见百花开，岁月留白。和平共处美情怀。
富贵总关天下事，恭喜发财！

3. 摊破浣溪沙·春望

大爱无疆一脉承，良田千顷用心耕。
烟火红尘须近看，醉东风。

虎啸龙吟天地阔，春回好梦又出征。
雨露阳光今尚在，喜相逢。

4. 清平乐·雪咏

花开华夏，风靡全天下。
盖过了秦砖汉瓦，击败西方神话。

读你意气风发，赞你美玉无瑕。
喜见万千广厦，安居百姓人家。

5. 浪淘沙·评李煜

国破不能还，牢狱无边。心无良策恨当年。
学富五车全作废，愧对江山！

才气太缠绵，诗意空前。家国不忘也徒然。
阶下犹谈皇帝梦，龙犯天颜！

6. 鹧鸪天·芒种

荏苒光阴四扇屏，围城冲破一身轻。
篱笆不锁风扑面，遍野乡音布谷声。

爬半夜，起三更，牛郎织女也追星。
神农用上高科技，爱把时空撵透明。

7. 捣练子·化蝶

听鸟唱，看春耕，羽扇纶巾入画中。
芒种不知人累坏，卧龙又要借东风。

8. 采桑子·晚秋

年年岁岁来淘宝，一点情操，四季煎熬。
霜降满头未退烧。

光阴荏苒擒不住，血染征袍，荣辱皆抛。
落日风光饮一瓢。

四川诗人陈雪梅

【作者简介】

陈雪梅，学名陈莹，笔名思伊，四川成都人，原籍重庆，现于北京工作。系中国诗歌学会、中华诗词学会、中国楹联学会、中国纪实文学研究会会员，经典文学网、中华文艺微刊签约诗人。东方作家（北京）文化出版传媒编辑总部副主编，北京红楼梦博物馆书画藏品微拍、文案策划主管，竹山书画院事务部主任。作品散见于各级报刊和中国诗歌网、文学网、作家网、都市头条等网络媒体。作品曾获“金延安杯”百年辉煌回首延安新锐诗人奖、首届延川乾坤湾红诗朗诵会创作金奖及朗诵金奖，荣获第二届“蝶恋花杯”国际华人文学大赛二等奖，作品入编《“蝶恋花杯”国际华人文学大赛获奖作品精选》等书籍。

格律诗5首

七绝·三月梅

疏影虬姿原野上，飞红落俏化馨香。
不争春色清风去，待傲寒霜气自芳。

七绝·甲子欢

俊良朗韵刻眉间，甲子光阴飘鬓颊。
心结珠花乐自生，青衿木橹桑榆闲。

七绝·听老师解语立冬

冬初暖霁走寒秋，甲子相逢好彩头。
池水含章清世念，远山解语熠明楼。

七绝·人间烟火（组诗）

（一）

人走尘缘言不狂，间歌袖舞热心肠。
烟飞雾散阳关路，火炽神清大业昌。

（二）

酒祝神州谷满仓，色飘四海万家香。
财源百业时清顺，气盖千川拓八方。

（三）

柴山葱绿枝繁茂，米面白花堆满仓。
油润地肥丰岁节，盐田晶玉泛金光。

（四）

吃食美材田野藏，穿花绸布赛冬阳。
住家温故句中意，行走江湖兴致昂。

（五）

闲逛灵山花语香，情融美景忘时光。
逸怀去扰留余步，志远平心细思量。

（六）

风送远山百果香，花开金麦千层浪。

雪飘香蕊宾朋来，夜饮月辉曲赋唱。

七排·醉秋

红叶好时驴友欢，长城内外满坡妍。

霜开露白树梢隐，日丽风清花影翩。

偶歇山头枫木阁，髯翁展齿酒樽边。

须眉窃喜杯声落，谈笑微言醉眼穿。

欲效从容形放野，深惭烦恼倦心田。

遥看草色连青霭，尚觉韶光一阵烟。

徒尔赠吾千两肉，未曾留指半文钱。

浅狂自做京华客，浔沐秋阳旅食缘。

安徽诗人王冶

【作者简介】

王冶，男，1943年10月生，笔名青峰居士，安徽省池州市贵池区人，池州市贵池区市场监督管理局退休干部。现为安徽省诗词协会会员、安徽省池州市杏花村诗社会员、中华诗词论坛江淮风雅版版主。著有诗词集《浪花集》《青峰诗词集》《青峰细语》。

七律 24 首

1. 七律·欢度国庆

五星旗帜迎风扬，笑语喧天华夏昌。
绿水青山空气鲜，蓝天云白福龙长。
航天科技嫦娥舞，潜海探求世界彰。
圆梦小康成大道，休闲娱乐喜洋洋。

2. 七律·十月吟

十月空闲出外游，渐凉天气已深秋。
鸥翔鱼戏追舟舸，云白蓝天映大楼。
伴侣青春情影俏，成双老少笑声稠。
文明华夏又丰岁，娱乐休闲又一瓯。

3. 七律·重阳节

重阳九月菊花香，望远登高看北方。
绿水青山秋草老，成群结队雁声长。
五湖四海魂牵尔，六水三山梦绕乡。
外出旅游胜地好，农家饮酒入愁肠。

4. 七律·天气骤变

温度降低下肃秋，桂花绽放可生愁。
旅游外出登高岭，娱乐休闲坐满楼。
绿水青山随处有，蓝天云白与谁收。
神州大地心犹倦，饮酒重阳久唱酬。

5. 七律·暮秋吟

九州已到遇重阳，绽放菊花篱下香。
竞秀千岩归化境，争流万壑话炎凉。
山清水秀随风扬，云白蓝天觉夜长。
奔月嫦娥天上去，兔儿捣药玉仙堂。

6. 七律·初冬游杏花村

游杏花村见老乡，暖阳冬照绿波长。
梅洲晓雪千秋镜，杜牧诗堂百草章。
白浦荷风秀丽景，唐茶村落韵香藏。
文人墨客流连地，山水小城生活庄。

7. 七律·寒露吟

寒风刺骨冷驱凉，水露凝珠晨变妆。
水秀山清春画伏，层崖日映乐声堂。
乡村四野新机盛，城市八方宾客狂。
丰收在望农喜事，勤劳致富是良方。

8. 七律·喜迎二十大

祖国五年图景优，子孙万代放歌喉。
航天科技五洲会，潜水工程四海游。
信息创新联世界，电光导向耀神州。
脱贫致富民心喜，华夏文明祥瑞流。

9. 七律·秋思

水露生寒山下堆，高峰冷寂喜欢开。
才闻打鼓连天响，又见飞刀共地来。
墨客骚人庄蝶梦，佳人才子凤凰台。
唐诗宋韵翻经典，元曲三星吊汉才。

10. 七律·秋兴

秋风萧瑟悦心田，水秀山清靓眼前。
四海宾朋都亮相，五洲好友定当先。
乡村建设相偕往，城市规划赞许连。
丰收在望均硕果，文人墨客出诗篇。

11. 七律·吟秋

十月阳光明艳天，游人湖滩渺云边。
文人墨客诗题命，绿水青山星月眠。
蝶舞蜂飞迷老树，鸥翔鱼戏对炊烟。
千岩竞秀凝溪谷，万壑争流亦惘然。

12. 七律·秋乐

金秋风雨度苍穹，绿水青山带碧空。
湖泊池塘摇白苇，峻峰山顶伴红枫。
嫦娥奔月追云朵，鸥和鱼游戏稚童。
饮酒赋诗歌盛世，文人墨客写新风。

13. 七律·赞黄山飞来石

远看云横透彩霞，近望脊上绽奇葩。
虚无缥缈来天外，扑朔迷离何处家。
山上矗天平地立，云端傲首石悬斜。
不知绝壁来何处，当属乾坤造化嘉。

14. 七律·黄山光明顶

翠竹奇松怪石珍，云霓凌空罩峰屯。
群林紧簇和谐睦，崖畔娇姿幻出尘。
风水招阳多妙处，神龟望月少邻人。
光明顶上观风景，顿觉神清气爽新。

15. 七律·八月吟

阳光驱雾意深沉，桥旁桂花香味寻。
水远山高云路断，西来东去石潭深。
休闲娱乐人无语，圆梦小康吾独吟。
七十人生蹉跎处，翠微楼上喜登临。

16. 七律·秋天吟

八月江南灿烂天，河边杨柳起轻烟。
鸥翔莺唱声声脆，蝶舞蜂飞叶叶鲜。
峻岭高山惊玉笛，落霞孤影韵流年。
乡村四野东风暖，绽放荷花谱曲篇。

17. 七律·乡愁

情怀故土念乡愁，恰似长江日夜流。
水绿山青游子意，天蓝云白故园秋。
一朝折柳枝悬泪，几度思亲梦做舟。
墨客骚人空寂寂，休闲娱乐两悠悠。

18. 七律·山河闲吟

一石奇川空气清，高林翠峪叠山城。
流泉飞瀑身肌爽，玉露凝岚心眼明。
兰蔻棹歌香有韵，风梳径竹叶无声。
春江潮水喜堪恋，娱乐休闲弄晚晴。

19. 七律·处暑

荷花绽放又今秋，处暑浮云染岭头。
四野乡村辞矮屋，八方城市见高楼。
星驰月兔诗人醉，风逐江烟俗子眸。
幽梦初醒嬉拜舞，休闲娱乐钓恩愁。

20. 七律·人生抒怀

秋日阳光灿烂天，旅游外出独依然。
蹉跎岁月常思念，虚度年华费纠缠。
白发愁生三百丈，红尘梦恋八千年。
流觞曲水添雅兴，明月清风溪谷边。

21. 七律·迎中秋

八月中秋明月圆，赋诗饮酒醉高天。
嫦娥仙子月宫上，玉兔尝鲜桂树前。
春水一江流九域，红霞四海耀千年。
青山绿水良宵度，娱乐休闲胜似仙。

22. 七律·八月闲吟

已到江南八月天，桂花绽放起轻烟。
鸥莺歌唱声声脆，柳树抽枝叶叶鲜。
蝶舞蜂飞惊玉笛，蛙停蝉息润流年。
湖池水面东风暖，月色荷塘莲叶篇。

22. 七律·咏睡莲

水面罗裙千点泪，素娥跳舞几人邀。
池塘湖畔浮云漠，乡野田园细雨萧。
明月南湖生白塔，阳光北寺卧波桥。
睡蓬浪曲荷塘岸，西子湖边望二乔。

23. 七律·吟夏天

七月阳光过觉匆，蓝天云白两飘篷。
乡村四野摇雷雨，城市八方游客风。
岁月春秋催鬓白，青春伴侣送霞红。
休闲娱乐吟余日，墨客文人陆放翁。

24. 七律·吟初秋

江南炎热去来匆，大地烟霞漫雨风。
外出旅游归梦里，回家路上没云中。
登高望远方愁近，过坎爬坡已见雄。
绿水青山朝暮促，休闲娱乐息劳躬。

山东诗人王德靖

【作者简介】

王德靖，山东阳谷人，现居北京，现为全国书画教育协会书法专业委员会委员，中国硬笔书法协会会员，中国国际书画艺术研究会会员，中国教育学会会员，山东省书法家协会会员，安徽省书法家协会会员，中国国际书画研究会甲骨文分会会员，书法、美术高级培训师，聊城市书法家协会会员，烟台市硬笔书法家协会楷书专业委员会委员。

诗词20首

1. 五绝·风（新韵）

西风推叶浪，雏菊抱丝黄。
夕照空林里，乡音梦绕梁。

2. 五绝·花（新韵）

野草有枯荣，花无百日红。
人皆生与死，何事泪秋风？

3. 五绝·雪（新韵）

寒夜雪纷纷，无声净世尘。
远处几窗亮，许是思故人。

4. 五绝·月（新韵）

冷冷清宵月，泠泠水上痕。
忧思山阻断，未照远别人。

5. 五律·夏晨

最爱是晨风，春秋不与同。
因携清露冷，为送彩云匆。
迤迤生朝雾，萧萧乱碧桐。
徘徊轻拂衣，曲径更朦胧。

6. 五律·学诗有感（新韵）

惶恐犹惶恐，诗囊几度春？
枯肠滋老句，拙笔负虚心。
苦仰建安骨，何窥李杜门。
先贤长指路，小子未登临。

7. 七绝·咏梅（新韵）

寒彻冰天屹铁梅，花开笑看北风吹。
向来霜雪凝严地，力斡春回竟是谁？

8. 七绝·咏兰（新韵）

叶沐春晖花典雅，兰心蕙质洁无瑕。
身居幽谷香飘溢，君子之风点赞夸。

9. 七绝·咏竹（新韵）

亭亭玉立碎岩中，郁郁葱葱四季青。
节亮风高人敬仰，惠民竹子有深情。

10. 七绝·咏菊（新韵）

秋菊独立东篱下，宁与俗芳分两家。
傲视风霜心益壮，花开灿烂映朝霞。

11. 七绝·秋思

窗外冷月对白霜，帘卷西风秋草黄。
秋去冬来泪不尽，夜深无处诉凄凉。

12. 七绝·游仙岳山（新韵）

崎岖小径野山中，翠柏苍松绿意浓。
慢步寻芳观胜景，回头远望已朦胧。

13. 七律·菊花

久待重阳即面临，含苞欲放动芳心。
仙姿傲骨堪梅比，圣洁坚贞令竹钦。
浅醉晨曦斟露酒，酣眠午夜卧霜衾。
嫣然一笑酬知己，又赠陶翁满院金。

14. 七律·咏菊

东篱碟舞逸馨香，抬眼方知菊蕊黄。
冷冷寒霜清骨傲，潇潇梦客醉魂伤。
西风猎猎英姿俏，衰草萋萋秀色藏。
红褪阴干新焙茗，静轩慢品入诗章。

15. 七律·秋分（新韵）

无边烟雨罩前村，江上重波涌雾津。
一旦飘尘连月隐，八方霜气解秋分。
半生犹许三生梦，非是兼修亦是身。
黄鹤凌风辞望帝，便梳双羽下夔门。

16. 七律·中秋（新韵）

中秋满望古江传，坐赏随风赋美篇。
桂酿三杯花锦簇，饼藏五味意团圆。
天涯许愿流星过，月色迎宵点指连。
网海滑屏邀万里，嫦娥是否赞人间。

17. 七律·徽州纪行之屯溪老街

画里新安璀璨诗，深街老巷客称奇。
千年古镇连仙迹，数盏宫灯照酒旗。
有意传承心梦逐，含情问墨砚边痴。
飞檐翘角雕梁栋，绮丽徽州绝胜姿。

18. 七律·土木堡怀古

燕赵春来草木深，边楼古道觅残痕。
胡风吹冷城头月，燕塞哀鸣战士魂。
百里京华星未陨，千秋功业血犹存。
奈何天子真英物，先丧国门后叫门。

注：土木堡，位于河北省张家口市怀来县境内的一个城堡。

19. 沁园春·书法

话说填词，仔细斟裁，略表存衷。
以字形刚正，陶情适性，韵言风骨，刻意求工。
撇捺弯钩，点横竖直，笔下生花按淡浓。
谈书法，似百无聊赖，乐在其中。

仙翁潇洒从容，对子曰诗云有独钟。
看颜黄苏柳，妙于翰墨，隶行篆草，矫若惊龙。
顺手腾挪，随心旋转，斗折蛇移借密宗。
闲吟客，自开天辟地，惯走偏锋。

20. 摊破浣溪沙·春怀

且倩闲云送雁归，尚无柳色润春眉。
野雀哀鸣湖淡淡，草凄凄。

莫问红尘谁恋我，幽香折尽一枝梅。
自是东君偏有意，梦难回。

江西诗人傅斌

【作者简介】

傅斌，现为江西省书法家协会会员、江西省南昌市经开区作家协会会员，喜爱诗词书法，诗以言志，书以怡情，近体诗与散文等散见于省市级刊物。

诗词20首

1．五绝·咏竹

拔地空心起，成林碧叶连。
不惶风雪雨，劲直薄云天。

2．五绝·咏莲

长在烂泥中，亭亭劲直通。
天生成圣洁，我愿与它同。

3．五绝·咏梅

百花凋谢后，唯有此花开。
傲骨凌寒立，幽然报暖来。

4. 五绝·咏春兰

身藏幽谷地，细叶不忧霜。
但使历风雨，可生淡雅香。

5. 五绝·壬寅元宵夜赏梅

久等月难来，浓云静不开。
寒风惆怅走，却见数清梅。

6. 五绝·湾里翠岩假日有感

窗含山水画，风过响铠音。
独享圣人语，难生造作心。

7. 五绝·游滕王阁

滕阁秋风在，名篇万古传。
欣然观胜景，犹爱此晴川。

8. 五绝·游云居山真如禅寺有感

踏入空门地，方知生死流。
鼓钟催我老，常省几时休？

注：1. 空门，指佛门，亦指寺院；2. 生死流，指生死流转，佛法告诉世人，因无明而在六道中生死流转，要想了脱生死，就要明心见性。

9. 五绝·中秋十五夜赏月

月满挂枝头，相邀喜上楼。

清辉依旧在，谁可解思愁？

10. 五绝·喜迎二十大有感

深秋聚首都，描绘未来图。

赓续百年史，再书天下殊。

11. 五律·宁夏之行有感

千里取真经，难求十二行。

恰逢初雪至，喜看白云生。

课下游名胜，心中觉气清。

问君何所得？善作自光明。

注：十二行，指 2019 年 12 月前往宁夏学习考察，共 12 人。

12. 七绝·敬弘一法师

半生风雨半生闲，浊酒一杯敬逝年。

世出世间缘分事，觉知了悟定成贤。

注：弘一法师，俗名李叔同，人生前半生在红尘中历练，艺术成就卓越，后半生皈依佛门，成就律宗第十一代世祖。

13. 七绝·中秋十五夜赏月有感

银盘夜色挂天低，遍洒清辉万物瑰。
月缺月圆多变化，亲人再聚几时回？

14. 七绝·横渡琼州海峡

一张泳令选精华，横渡琼州万众夸。
浪遏飞舟何所惧？波涛声里比哪吒。

15. 七绝·夏夜游栖贤寺后山

暮色清风为做伴，虫啾溪水自欢闲。
繁星愈净钟声远，不觉登临高处间。

16. 七绝·游滕王阁抒怀（新韵）

古色连廊矗水边，凭栏远眺渺长天。
盛宴难再无常事，唯有江声诉子安。

注：子安，初唐诗人王勃，字子安。

17. 七绝·壬寅初观庐山雪景

青山未老鬓先霜，松竹枯藤尽素妆。
飞雪漫天遮望眼，不知何处是家乡。

18. 七律·人民警察颂

脚踏征途未洗尘，才回居所又街巡。

披星戴月因肩任，卧雨餐风为众民。

但愿城中无乱事，更期乡野尽韶春。

忠诚耿耿谁能鉴？一片丹心情义真。

19. 七律·建党百年抒怀

南湖星火漫空燃，照亮中华一百年。

推倒三山除旧制，开承五代赋新篇。

惠风遍绽千乡锦，神箭遨游万里天。

回首征途行致远，初心不忘梦能圆。

20. 浪淘沙·叹花

何处问西东，独自匆匆。

一垂杨柳起凉风。

难觅当时双雁影，望断云踪。

碌碌已成翁，往事成空。

天边月似去年蒙。

却见今朝花失色，谁忆曾浓。

湖南诗人杨坚

【作者简介】

杨坚，男，湖南省会同县人，湖南省委党校毕业。系怀化市会同诗词协会会员、怀化市中方诗词协会会员。曾获"古艺杯"全国诗词大赛三等奖、"兰雅杯"文学大赛优秀奖，作品散见于《中国乡村》《博雅诗词选刊》等报纸杂志和网络媒体。

诗词20首

1. 五绝·风

瘟疫绝尘去，风吹紫气来。
安知当下事，黎庶话贤才。

2. 五绝·花

寒暑百花枯，烟霞月影孤。
琼楼问沧海，怅惘醉西湖。

3. 五绝·雪

飞雪迎宾客，举杯登庾楼。
遥观寒岭外，风景醉人愁。

4. 五绝·月

清秋守月轮，倍感念亲人。
遥寄姮娥影，吴刚献桂醇。

5. 五律·咏雪

旷野凛风紧，梨花满树开。
晚秋观雁去，残月照窗来。
影动笙歌舞，云深霜雪催。
邀君怀故旧，把酒上琼台。

6. 五律·咏竹

葱茏秉节坚，瘦骨傲寒天。
傍水见青竹，依山呈紫烟。
雪消流翠影，日照列嘉筵。
幽径摇风雨，琼楼咏絮篇。

7. 七绝·梅

凌霜傲骨芳姿绰，点点新红带墨香。
待得梅花添喜气，清风携韵铸文章。

8. 七绝·兰

深藏幽谷亦芬芳，绿叶清颜淡雅妆。
不与百花争媚艳，平身孤赏气昂扬。

9．七绝·竹

四季翠微千叶绿，三冬历暑更风骚。
莫言清馥儒生喜，方觉斑筠节节高。

10．七绝·菊

花谢枫红菊盛开，清香淡雅蝶飞来。
饱观黄蕊诗千阕，醉酹楼台酒一杯。

11．七律·咏菊

清晨含露报君之，却是深秋几晏时。
飒飒风中花落泪，悠悠烟外叶离枝。
闲情羌笛歌千首，逸兴笙箫酒一卮。
点缀尘间添美景，伊人舞墨好吟诗。

12．七律·中秋寄怀

天涯共舞庆中秋，明镜当空照九州。
酿酒拾芳添几许，举杯邀月忆同酬。
嫦娥乘兴奔仙境，玉兔闻声作伴俦。
步韵婵娟挥翰墨，伊人何处赋清幽。

13．七律·沅河登诸葛台怀古

天高风急昼惊雷，雁叫长空春欲回。
血染青山埋义骨，魂归绿野落仙台。
丹心照影千秋颂，碧海争辉百卉开。
祭奠英灵迎盛世，香随浊酒入金杯。

14. 七律·三峡大坝

筑坝拦河锁巨龙，长江滚滚卧霓虹。
群峦叠翠怒涛上，峭壁猿啼明月中。
喜见大堤横碧水，又闻开闸浪声隆。
宏图霸业今朝现，华夏风流震鬼雄。

15. 七律·咏环卫工人

戴月披星四季忙，风吹雨注透身凉。
冬除冰雪清衢路，夏迎骄阳污物装。
竹帚埃尘万民颂，街头阡陌百家香。
苍颜换得人间景，辛苦赢来写华章。

16. 七律·观西柏坡有感

冀中腹地风光秀，赤帜镰刀咏玉钩。
西柏坡前谋远计，滹沱河畔忆同舟。
挥戈驰骋震寰宇，策马扬鞭到燕州。
擘画蓝图砥砺行，伟人寄语展鸿猷。

17. 七律·壬寅初秋赋

壬寅转瞬已初秋，把酒凭栏忆同俦。
杨柳随风池畔舞，丁香空结雨中愁。
凤凰台上几声笛，鹦鹉湖滨一苇舟。
竹影敲窗惊梦醒，坐看帘外月如钩。

18. 鹧鸪天·壬寅三月踏春官舟

三月桃花香满楼，峰峦翠绿醉官舟。
当年屡失空传喜，弱冠无知不识愁。
从别后，日增忧，几回魂绕梦中游。
长歌当哭随波去，泪迹时时枕上流。

注：官舟，指会同团河官舟。

19. 蝶恋花·秋去冬来残日照

秋去冬来残日照。枫染层林，鸿雁双飞了。
泪眼问花花已掉，梦中寻觅开怀笑。

待把想思灯下报。浊酒高歌，强乐驱烦恼。
疏影横窗谀美好，只将心愿诗情表。

20. 秋风清·咏秋

风变冷，雨生凉。玄蝉鸣绿野，过雁赴南疆。
风光奇丽清凉处，酣畅吟诗歌乐章。

荷叶绿，菊花黄。田间禾鼓穗，陌上果飘香。
微风吹送丰收景，玄醴佳肴邀汝尝。

安徽诗人陈德升

【作者简介】

陈德升，男，1970 年 11 月出生，本科，中共党员，系山村教师，家庭教育指导师、心理咨询师，中国研究型校长共同体成员、皖西作家协会会员。喜徒步登山，爱摄影玩石，业余看书爬格子。偶有作品散见于《人民教师》《语言文字报》《新教育时代》《风华文学》《安徽市场星报》《皖西日报》《皖西风采》《六安诗联》《光慈文学》《金寨报》《金寨》《金寨文艺》等书籍。

诗词20首

1. 五绝·风

撑开五洲月，倾覆七洋船。
又绿江南岸，再红川北巅。

2. 五绝·花

绿叶衬花红，佳人掩柳丛。
众邻来祝贺，才子喜相逢。

3. 五绝·雪

寒雨带风冷，晨星披晓霜。
松梅铮傲骨，冰冽着琼装。

4. 五绝·月

耳悦泉流曲，月寒山露肌。
林幽归倦鸟，路静别征师。

5. 五绝·戍边

月冷千山静，风寒边塞清。
钢枪手中握，银甲鬓梢铮。

6. 五律·壬寅冬暖有感

壬寅冬十月，无雪也无霜。
叶残存枝上，河枯剩库央。
温晴树惆怅，干涸鸟思量。
天有反常日，人难再少狂。

7. 五律·银杏巷

故乡银杏巷，贴在我书房。
海角朝朝共，天涯暮暮藏。
离家途坎坷，背井道彷徨。
回首来时路，征程见曙光。

8. 七绝·梅

江岸千层飘瑞絮，梅花万朵斗芳菲。
经霜历雪盼春暖，接雨迎风送雁归。

9. 七绝·兰

峡谷幽深鸟鹊鸣，绿林喧闹芷兰馨。
玉枝馥郁怡神气，琼蕊冰心明性灵。

10. 七绝·竹

根利须坚耘厚土，心虚节韧破长空。
饱尝春夏秋冬雨，历尽东南西北风。

11. 七绝·菊

秋风送雨擎天地，金菊携枫傲露霜。
铁骨铮铮立花蕊，玉颜默默诉衷肠。

12. 七律·秦淮河怀古

秦淮画舫赏秦淮，灯影桨声入梦来。
雾霭迷蒙桃叶渡，烟云浩渺瓮城开。
江南贡院聚芳草，亭北楼台汇俊才。
六国古都多少事，繁荣时代拨尘埃。

13. 七律·菊

曲径静幽枫叶红，一丛一簇露华容。
隐妍富贵韵千态，含媚娇羞姿万重。
细蕊金丝随雨骤，粉颜傲骨历霜浓。
无心桃李争春色，只效松梅战酷冬。

14. 七律·咏雪

冷云密布阴霾妄，朔雨寒风纣孽猖。
百卉凋枯无艳色，千林肃杀少荣光。
银蜂玉蝶斗魔魇，翠竹红梅斩暴狂。
洗秽清污润苗壮，骄阳和畅化琼浆。

15. 七律·外公百岁生日感怀

百岁外公身矫健，不甘寂寞赋清闲。
一生阅世似云鹤，数载持家如淑娴。
春暖荷锄来种豆，秋高赶犊去巡山。
勤劳简朴心平淡，乐享康宁福寿攀。

16. 七排·乡村傍晚

古树老藤相竞发，小桥流水有人家。
路边田绿碧波漾，塘里荷红锦鲤遐。
屋后林深归倦鸟，楼前烟袅溢香花。
翁除庭院坛中草，媪摘菜畦棚上瓜。
无赖顽童尽情舞，知趣宠狗放声夸。
王维诗意今铺卷，居易愁怀现掩霞。
陶潜不思寻隐地，乡村处处靓奇葩。

17. 忆秦娥·秋归

西风悴，长空雁叫人难寐，人难寐。
菊黄霜降，叶红荷萎。

江天辽阔惹人醉，青丝白发征夫泪，征夫泪。
苍山如黛，马蹄声碎。

18. 长相思·春宵

风萧萧，雨萧萧。良景春宵月洒蕉。
思乡夜寂寥。

路遥遥，情遥遥。试问庭前槐柳梢。
客愁何处消？

19. 忆江南·梅山

梅山翠，观景即空灵。
云雾蒸腾如梦幻，碧波缥缈赛天庭。
能不醉银屏？

20. 梧桐影·春景

蝴蝶翩，芳菲滟。
林静涧幽飞鸟欢，溪流奏曲桃花焰。

山东诗人刘鹏

【作者简介】

刘鹏，字南山，1977年出生，上海同济大学毕业，现居山东济南，目前就职于中化学交通建设集团有限公司，毕业以来曾从事于工程施工、经营投标、加油站管理、矿山开采、马术射箭俱乐部等，涉及行业颇多。业余爱好弹古琴、吹洞箫、打篮球等，闲暇时文学亦有涉猎，作品在第二届"经典杯"国际华人文学大赛中获得诗词曲赋类一等奖，在"蝶恋花杯"国际文学大赛中获得诗词曲赋类一等奖，在"华语杯"国际华人文学大赛中获得诗词曲赋类二等奖，在"盛世中华杯"国际文学创作邀请赛中获得诗词曲赋类三等奖。有多篇作品入编《第二届"经典杯"国际华人文学大赛获奖作品精选》《第二届"蝶恋花杯"国际华人文学大赛获奖作品精选》《"华语杯"国际华人文学大赛获奖作品精选》《"盛世中华杯"国际文学创作邀请赛作品精选》《实力派诗人作家文选》等书籍。

词20首

1. 惜分飞·驿路浮沉谁曾见

驿路浮沉谁曾见，几两碎银贪恋。
惹尽愁肠断，奈何半百凄凉惯。

酒浓欲醉人行慢，月下挑灯拔剑。
拟把红尘怨，此生长恨风吹散。

2. 烛影摇红·重逢别院

曾记黄昏，送君杨柳凄凄怨。
孤身无语泪先流，睹物相思乱。

今又重逢别院，止亭台、羞眉看遍。
两行粉泪，一点红唇，只为君愿。

3. 祝英台近·偶遇

坠凡尘，寻芳草，贪酒知何处。
兴尽归来，踉跄疑无路。
醉入别院花丛，巧逢红袖，怎奈是、擦肩而去。

脚轻住，转身欲上西楼，只是徘徊渡。
想造重逢，又怕红颜误。
道里却问行人，归途何在？眉目间、偷偷回顾。

4. 新雁过妆楼·风动帘钩

风动帘钩，听细雨、门外惹尽春愁。
燕子归来，难舍旧处高楼。
烛下卿卿言细语，阁中艳艳抚红绸。
对双眸，此生看惯，几度风流。

从来风华易逝，忆曾经晓月，只剩孤舟。
蛰居别院，相思涕泪悠悠。
窗寒月下寂寂，问多少山盟海誓休。
魂归去，叹残垣萧瑟，断壁空幽。

5. 鹧鸪天·忆

岁月唯留旧梦中。当初年少喜相逢。
伴君山下赏孤月，携手花前弄晚风。

乌篷内，小桥东，光阴似水几匆匆。
双眸羞涩盯无处，别样红霞照远峰。

6. 清平乐·谁人搞事

谁人搞事？惹得雄心弃。
待到窗前风声起，吹落残红一地。

形影孑立谁怜，独对陋室秋寒。
年少铮铮长啸，老来诺诺微言。

7. 阮郎归·羞对红颜

近寻春色远寻山，风波过小园。
当年壮志对谁言，半生一瞬间。

引祸水，觅红颜，盈盈几蘖缘。
羞羞昨夜伴谁眠，镜前理翠鬟。

8. 阮郎归·江山独守

江山独守一身贫，寂寥问故人。
初心不改为谁勤，笑中带泪痕。

莫赌气，易伤神，兢兢守院门。
平沙落雁倚黄昏，何妨酒一樽。

9. 西江月·笑对风霜

梦里锦衣罗缎，醒来陋室空房。
苦寻银两费神伤，皆是空空欲望。

亭下闲观雨露，台前笑对风霜。
一生碌碌又何妨，尽在随波逐浪。

10. 画堂春·苍苍两鬓已深秋

苍苍两鬓已深秋，当年壮志难酬。
一杯残酒向谁谋，欲语无由。

莫笑庭中枯坐，应怜月下神游。
平生对错不强求，自顾风流。

11. 喜迁莺·叹

明主弃，故人留，移步上高楼。
轻纱帐里自封侯，云鬓盖红绸。

时光匆，风云散，回首情缘已断。
如今白发卧孤床，易老叹冯唐。

12. 生查子·不解相思味

冷暖本自知，夜夜单层被。
鼾声少人听，绮梦他乡泪。

起床觅双鱼，鼓瑟寻芳岁。
独嗅旧香囊，不解相思味。

13. 如梦令·皮囊记

夜半琼林居处，笑对一身愁绪。
无意揽纷争，能向何人倾诉。
扔去，扔去，空剩皮囊一副。

14. 巫山一段云·南昌怀古（新韵）

扬汉波涛水，洪都烟雨风。
浪花淘尽忆长征，铁马纵歌行。

起义先贤何处，热血欲寻红路。
滕王阁下带吴钩，收复五十州。

15. 南乡子·烛夜照无眠

烛夜照无眠，窗外疏枝不耐寒。
风掩小楼应有泪，涟涟。
回首生平几孽缘。

繁锦付云烟，碌碌何为半百年。

陋室独身孤赏月，谁怜。

只向书中觅旧颜。

16. 忆江南·思君

斜阳照，烟笼俏佳人。

沧海桑田寻旧影，巫山云雨念芳魂。

何处不思君。

17. 风光好·情人节忆

雨绵绵，水潺潺。

客住庐州忆少年，起波澜。

曾经红帐多情问，谁人信?

陋室他乡夜色寒，立窗前。

18. 卜算子·山色染霜浓（新韵）

山色染霜浓，高处观云鹤。

湿地寒巢知多少，都是飘零客。

闲来饮清茶，细品其中涩。

此去经年近黄昏，错把因缘灭。

19. 卜算子·君子箭

一张斩妖弓，数把除魔箭。

行侠江湖不留名，归隐山林畔。

型行正身体舒，气满风邪散。

翎羽蛇游谁似我，屑与黄忠战。

20. 卜算子·相思

囊开闻旧香，枝落听新雨。

一去经年无音讯，错把卿卿负。

曾住闺阁中，今别天涯处。

望断西风雨霖霖，满腹相思绪。

江苏诗人周荣华

【作者简介】

周荣华，男，笔名随风，江苏淮安人，退伍军人，现为中国诗歌学会会员、中华诗词学会会员、中国楹联学会会员，慈爱张家港助学团队发起人。荣获当代华人爱情文学创作大赛一等奖、"蝶恋花杯"（国际）华人文学大赛二等奖、"华语杯"国际华人文学大赛二等奖、"经典杯"华人文学创作大赛三等奖。荣获当代诗歌先锋人物、当代百强签约诗人、当代知名诗人、经典文学网 2019 年度十佳文学精英等称号。作品被多家出版社出版。

诗词38首

1. 五绝·慈爱张家港

碧海抒情怀，沙滩展美态。
芳姿醉万人，柔心满慈爱。

2. 五绝·慈爱张家港

尊前伴栋梁，庭院喜添妆。
岁岁归初地，双双歌吉祥。

3. 五绝·慈爱张家港

一生不染尘，风雨守纯真。
待到百花散，人间来扮春。

4. 五绝·慈爱张家港

拂衣一片云，弹指洒甘霖。
千里不言远，天涯视近邻。

5. 五绝·慈爱张家港

宫中来美仙，掌上助云边。
里外不辞苦，一生奉少年。

6. 五绝·慈爱张家港

娇身在吴地，慈爱向滇黔。
山谷慰孤老，学堂助少年。

7. 五绝·赠徐梦华女士

使命千钧重，柔肩照样扛。
城乡频往返，为民送书香。

8. 五绝·赠刘华老英雄

荣成好儿男，挥刀敌胆寒。
支前能自卫，建设不辞难。

9. 五律·中国好人王明华

冬天送温暖，夏日换清凉。
前后挡风雨，东西递口粮。
常闻陪夜月，不惧立危墙。
古道八千里，初心从未妨。

10. 五律·诗咏最美江村

江宽百舸航，岸翠菊初黄。
稻熟芦花舞，鱼肥桂子香。
枫林红醉眼，鸿雁影成行。
天地似书卷，田园如画廊。

11. 七绝·慈爱张家港

网逢介绍乐开花，五百年前是一家。
约见连言他日后，先将善爱向天涯。

12. 七绝·慈爱张家港

美食健身两不误，思维缜密有深度。
乐于学习敢担当，巾帼须眉皆少遇。

13. 七绝·慈爱张家港

字号凡人胜美仙，不声不响款频捐。
远山陋室送温暖，峭壁荒村助少年。

14. 七绝·慈爱张家港

日思夜想向山岗，无意沿途好风光。
执着心中助学梦，儿童不再苦寒伤。

15. 七绝·慈爱张家港

貌美如花眸子亮，爱心善意像耶娘。
得知偏远侗苗苦，频送春风慰两乡。

16. 七绝·慈爱张家港

醉心碧海舞仙姿，绰约轻盈惹人痴。
岛屿波涛因你韵，沙滩乱石也成诗。

17. 七绝·慈爱张家港

又闻天使学童慰，拈朵彩云化棉被。
从此秋冬暖到春，冰霜风雪都无畏。

18. 七绝·慈爱张家港

过去三年里外忙，今宵歌舞竞飞扬。
红包携手烟花和，共祝民丰国富强。

19. 七绝·慈爱张家港

岁月如流水逝东，繁华梦远亦随风。
余生执念颂仁爱，沉醉天涯唐宋中。

20. 七绝·兔年元宵赏灯归来

万盏灯笼报吉祥，人来人往喜洋洋。
蓝波又许一轮月，照我回家入梦乡。

21. 七绝·赠丰翎女士

犹如仙子伴朝霞，字正腔圆音色佳。
携手电波游四海，传播文化到天涯。

22. 七绝·赠姚健王丽婷夫妇

积善之家续祖风，心怀仁爱记初衷。
巧逢大白病区困，买净烘房送院中。

23. 七绝·义工大姐刘建荣

港城雨雪送安慰，云贵风霜亦共悲。
年迈依然心向远，山童从此爱包围。

24. 七绝·陈永标老先生爱心永存

远山孩幼在呼唤，近水孤灯须护助。
不仅人间天使来，上仙神道也垂顾。

25. 七绝·一片兵心

企业社团关爱浓，老兵现役乐融融。
身心沐浴春风里，感谢常逢志愿红。

26. 七绝·诗咏最美江村

江村醉客不需酒，软语柔仪更解忧。
自古重阳话高远，若来永兴两无求。

27. 七绝·诗咏最美江村之秋荷

枝枯叶败又何妨，儿已安居睡梦香。
待到明春百花后，仙姿齐展舞池塘。

28. 渔歌子·慈爱张家港

七彩颜料巧安排，栩栩如生美景来。
鱼戏水，百花开，锦绣山河纸上栽。

29. 渔歌子·慈爱张家港

天地万物任君拍，纵横交错镜前排。
构思巧，美图来，诗情画意众惊呆。

30. 七律·慈爱张家港

善爱情怀似海深，交流互动亦诚真。
薄绵宣纸留诗意，锦玉茗台杯酿春。
座上时来文艺友，卷中常会古贤尊。
琴棋书画皆精妙，四面八方聚雅人。

31. 七律·慈爱张家港

帮困助学情意真，红包如雨落纷纷。
风起万里无常定，鸿递千金光照人。
地远山高从不问，东南西北未曾分。
平时忙碌难寻影，公告一出秒现身。

32. 七律·诗咏最美江村

保护长江爱自然，沿途禁捕整十年。
碧波万里一湾揽，烟雨两河唯我绵。
宾至田园朋共醉，童呼伙伴鸟先言。
主人出入忙台后，骚客题诗咏岸前。

33. 七律·诗咏最美江村

自古逢秋多悴颜，江枫渔火伴愁眠。
五朝难遇开新史，四海争来赋雅篇。
民宿老街忧客满，长廊栈道醉群贤。
村翁更懂水乡梦，笑对游人话变迁。

34. 七律·晚餐后信步暨阳湖

夕阳西下影长留，皓月东升径意幽。
莲荡波中香满路，帆扬浪上载归鸥。
童来浅滩戏湖水，客借堤围舞彩绸。
放眼夜空星万里，静看冬夏阅春秋。

35. 鹧鸪天·爱心之旅

喜闻帮困谱新篇，为君来赋鹧鸪天。
山高路远未谋面，村古愁多需外援。

工厂订，众筹捐，物资频送上峰巅。
课桌又显深深意，一片爱心两地牵。

36. 鹧鸪天·爱心之旅

又向云贵助学童，餐桌新购课桌同。
欢声传入云天外，笑脸飞来胜彩虹。

迎朝露，伴晚钟，孜孜不倦课堂中。
奋发努力争逐梦，不负江南善爱浓。

37. 鹧鸪天·慈爱张家港

牛走虎来又一年，助学来赋鹧鸪天。
港城爱心遍四海，云贵园丁寻善援。

缺绘本，梦谁圆？众筹购买寄刚边。

不言地僻人烟远，只愿娃儿笑靥甜。

38. 鹧鸪天·张家港公园中秋赏月

玉盘皎洁挂天空，嫦娥对镜广寒宫。

众人赏月庆团聚，妙舞欢歌悦耳瞳。

桂香溢，诱枫红，水中锦鲤意相同。

轻舟悠荡依仙侣，如醉如痴如梦中。

广东诗人胡会东

【作者简介】

胡会东，男，笔名胡之悟，网名泉水阁，1968年7月出生，广东翁源新江镇双星村人，广州市公安局交警支队处级干部，现居广州。现为中华诗词学会会员、国内多家诗社社员。业余爱好诗词创作，作品散见于国内各专刊和网络诗词平台。曾荣获第二届中华文艺全国文学大赛优秀奖、第五届中原杯全国诗词创作大赛特别优秀奖，有作品入选《当代诗词名家》《当代诗人词家汇编》《中国当代诗词大典》等书籍。

诗词56首

1. 五绝·敕勒川草原秋行

苍烟笼四野，霜变路人稀。
草色横天远，秋黄塞雁飞。

2. 五绝·白庙怀先贤胡来臣

清明怀先祖，故事何其多。
古村传名句，一举一登科。

3. 五律·游韶关张九龄纪念公园并步"望月怀远"韵

地杰生名相，开元献韫奇。
三江横井邑，六岸碧秋期。
楼角飞云雁，乡园寻古诗。
苍山伴明月，望远寄幽思。

4. 五律·翁源兰韵

南岭生名卉，幽香引远亲。
忠贞屏俗欲，静淑拂心尘。
持节思高士，居家结善邻。
一朝君子伴，触目尽成春。

5. 五律·回乡居

闲退逐轻车，悠然返故庐。
林园今夕近，泉石旧情疏。

倚杖看溪鸟，闭门观史书。

流光疑是梦，山月复如初。

6. 五律·南沙望虎门大桥

入海三江汇，飞桥四面通。

碧流天地接，山色片云融。

郡邑连樯远，渚鸥翔彩空。

身闲逢好日，留醉此城中。

7. 五律·游双月湾

东海片云飞，登台观岭巍。

棹歌随浪起，浦口筑城依。

碧色空晴阔，春颜客况违。

轻车驰万里，双月送人归。

8. 五律·无题

残杯月影孤，何鸟宿庭梧。

骨瘦知风露，星晴游五湖。

感时天地老，闻道释儒殊。

清夜犹怀怨，杂尘心了无？

9. 五律·无题

平生少鸿运，退隐了前非。

旧事烟霞去，江湖鬓白归。

闲家枕书梦，霁雨观岚霏。

缘契结知己，无求便息机。

10. 五律·过梅兰谷

长空飞独鹤，时逐疾风鸣。

已去江湖远，方知岩壑清。

碧山烟景晚，幽谷道心生。

回首来时路，春云又一程。

11. 五律·夜宿梅兰谷

猿鸟亦何愁，梅庄入夜幽。

凤鸣山谷寂，月满水云流。

栖隐真吾意，安贫独自游。

江湖归梦远，曾泛逆行舟。

12. 五律·游贵州仙人街景区

白日远山明，云霞足底生。

青峰欲浮海，银汉直连城。

宿鸟穿琪树，踏歌飞玉声。

黔中多好景，莫笑我痴情。

13. 五律·游梵净山

中岁喜闲游，梵山正是秋。

凡身思恣放，绝景自消愁。

天地收明镜，风烟纳寸眸。

杳然忘尘世，心共白云浮。

14. 五律·游新疆天山天池

霖雨始开晴，苍苍万物生。
人闲多日倦，风吻一身轻。
野静山湖阔，涵虚天地清。
匆匆观景客，为乐此中行。

15. 五律·闲游太姥山

三十六峰奇，横天草木萋。
石泉流不止，岩洞望犹迷。
谷尽川通海，春空鸟唤栖。
风生幽景绝，俯首白云低。

16. 五律·壬寅端午胡姓千一郎后裔春万、建明组队参观宗祠有感

明代迁南祖，根深枝叶繁。
纵横云万里，零落古荒村。
高第刻梁栋，功名励子孙。
后人须努力，兰桂齐芳门。

17. 五排·秋赏阿尔山天池

天光澄碧满，心旷雨初晴。
荡荡秋山染，悠悠野鹤鸣。
片云昂首近，景影倒湖清。
草色欲迷眼，波寒频落英。
悬峰藏胜境，渌水得嘉名。
滟滟非能测，日临边客迎。

18. 七绝·乡下闲居

闲来乡下听鸣蝉，梁燕双双飞绿田。
莫道山村人境僻，风光尽在白云边。

19. 七绝·中秋节羊城赏月

风清江畔玉盘圆，故里海涯微信牵。
大地金秋人共乐，良宵守望月中天。

20. 七绝·梅兰谷即兴

闲游谷地喜回观，最爱岩林生墨兰。
风送幽香迷远客，花开云净月清欢。

21. 七绝·姜太公钓鱼

——有感于梅兰谷山洪暴发石移树倒姜太公钓鱼塑像溪中岿然不动

谷溪垂钓显神通，风雨无妨姜太公。
鱼未上钩身不退，铮铮铁骨抗山洪。

22. 七律·白庙怀先贤胡来臣

先贤学识传千古，白庙龙门忆美名。
科举一鸣开世运，寒窗几度问前程。
烟山寂寂藏尘事，卉木萋萋念墨卿。
涧水弯弯循旧迹，沧沧月色听钟声。

23. 七律·梅兰谷

玉泉澄澈洗心尘，幽谷花香倍自亲。

明月相邀无俗客，灵禽每爱伴闲身。

浮云岭下梅争艳，曲径林中兰放春。

独占风光天地近，临高千里景俱新。

24. 七律·游粤北山水

夏游南岭焱炎天，往事随风心淡然。

芳草流云厌俗眼，蓬庐来客识儒贤。

残昏微醉山庄里，静夜轻寒江月边。

渐老多愁怀旧梦，光阴如水惜余年。

25. 七律·驱车途经南华寺

曹溪山脉景葳蕤，古刹千年话传奇。

万里晴云腾紫气，一川烟色化幽悲。

穷通问佛可如愿？邪佞讹心切莫为。

好运无须朝夕拜，人怀善念物恩慈。

26. 七律·游新疆赛里木湖

天穹一望尽蛮荒，塞外风寒古道长。

沉寂草原烟渺渺，青苍天际水茫茫。

湖边入座观高鸟，树下凝眸赏野芳。

不与红尘争旦暮，沙鸥滩上任翱翔。

27. 七律·清远金碧天下居

半岭闲门恋桂馨，桑村曲径接阶庭。
青蛙塘里清吟乐，野鸭溪边捻泛萍。
知己相逢酒为伴，秋山不觉夜犹泠。
苍云归思存高格，钓月追风易忘龄。

28. 七律·游内蒙古五当召

苍松翠柳谷溪寻，白色层层耸古今。
北靠阴山连地气，南望灵鹫听禅音。
炉炉香火求如意，朵朵莲花见素心。
猎猎经幡恭送客，依依日落晚云深。

29. 七律·敕勒川草原参观成吉思汗广场

草原莽莽奏铙歌，铁骑弯弓尚武戈。
西讨亚欧嫌国小，东征四海幸兵多。
军容石像余威在，剑气旌麾后解何。
换代兴衰谁复得？江山天道倡人和。

30. 七律·游内蒙古响沙湾

江南远客草原行，初见沙丘眼特明。
猎猎朔风吹不乱，蓝蓝空色洗还清。
星辰云汉欲垂地，塞气漠浪能发声。
曾梦飞仙任来去，天人合一觉身轻。

31. 七律·秋游呼伦贝尔

天低地阔手摸云，塞北秋来正待君。
河道弯弯林染色，金光灿灿景成群。
曾鞭牧马西风劲，欲度关山边月分。
朝出行尘人不见，回头只看客纷纷。

32. 七律·秋游呼伦贝尔白桦林

驱车结伴追风月，莎草桦林秋景长。
黄绿相依分远近，横斜互掩往前昂。
川原已见霜天白，星斗方移驿道冈。
不问起程随北去，谷空地籁野茫茫。

33. 七律·阿尔山秋游

北国之秋且入关，驱云千里约朋攀。
有心留住天池月，边地轻寒树色斑。
潭峡清幽尘客醉，驼峰丽影物灵闲。
萦愁苍岭谁能诉？高望瑶林尽解颜。

34. 七律·蘑阿公路秋景

云天百里沐烟津，一路金黄候众宾。
塞上空幽摹画久，镜头变幻录音频。
忽惊芦荻飞仙鹤，谁遣霜风染曲尘。
秋色轻狂萦惹景，江湖相忘得闲身。

35．七律·广西圣堂山登望

仰视山巅显壮心，景云邀我勇登临。
千姿神石观沧海，一径高枝铺绿荫。
长柱牛鞭顶天地，远岩猴兔拜观音。
呼之即出还迎客，朗日清风洗俗襟。

36．七律·礼佛光孝寺

深巷繁华飘紫烟，高云一塔引人前。
众生礼佛释尘累，僧殿传经接日圆。
圣地独幽方入静，恒沙无量可参禅。
诚心求得来生梦？守道忘筌俗作缘。

37．七律·羊城闲日

谁能避俗不缁尘，独爱花城日日新。
茶馆论诗迎夏夜，知音把盏伴星辰。
云山珠岸萋萋绿，南国丘园处处春。
市隐如莲心自净，浮华深巷愈逡巡。

38．七律·早春游

诗酒年华寄此身，寒梅簇簇喜迎新。
花红草绿随过眼，乡国襟怀念远人。
路境天长多旅梦，风高蜀道识迷津。
善缘造化结三友，不老青山作富邻。

39. 七律·悼念师友丘景科

遥望乡山独自哀，长天失色月无来。

凌云万丈谁留住？学海儒生可授才。

良马不辞千里路，英名犹耀众星台。

桐枯凤去三光暗，空叹庭花半未开。

40. 七律·闲探堂兄胡全双

抱艺怀才早避贤，坐林垂钓已陶然。

竹松片片围山墅，溪水弯弯绕稻田。

夜宿花香蝴蝶梦，晨晴春色白云边。

拥金此地无多用，独向澄心度月遭。

41. 七律·与刘兄志维夫妇同游山水

度日那堪长住家，同登高处占烟霞。

闲身有幸君赢得，世事无常岁未赊。

掩映松筠云里舞，流连山水日西斜。

清虚但愿如斯境，莫问前程向海涯。

42. 七律·英西峰林行

新绿披山眼欲收，霞生野水去悠悠。

峰峰牵手迎来客，路路通村促接丘。

半岭亭台宜望月，何人玉笛引飞鸥？

影孤必有心归处，别样风光消万愁。

43. 七律·与诸友游崳山岛

岛峰环供绿荫披，错落高低各斗奇。
渡岸回廊疏雨歇，沙鸥幽树远山移。
贫游始觉心无忘，新梦何妨世所知。
不畏嶂云催海暗，半轮明月满船诗。

44. 七律·霞浦三沙游海

海平千里望云开，心荡神摇堤柳栽。
山水留芳人易老，红尘恨晚客方来。
行舟浪急风追月，断渚烟轻色染苔。
身过中年恋清景，早将书剑赠良才。

45. 七律·乡居泉水阁

野田一片欲安身，四面群峰树作邻。
亭阁浮香花饮露，竹溪堆翠鸟鸣春。
意行鸿远持高节，梦入芳魂崇至仁。
幸得家山留归客，抚琴煮茗隔风尘。

46. 七律·壬寅岳母八十大寿吟祝

嗟叹时光忆昔年，几经风雨志弥坚。
持家温饱亲情满，教子春秋周礼贤。
淡利芳名留节气，洁身白发得心圆。
人生厚重怀仁爱，鹤寿绵长续世缘。

47. 七律·夜思

醒来残梦夜空遥，杯酒缠绵更难消。
偏易中年怀旧事，为谁北斗伴今宵。
三霜落叶思无尽，只影疏灯怨已消。
久住闲庭须慎独，常随月下自吹箫。

48. 一叶落

一夜雨，风花舞，翌晨远岭半含雾。
倚楼绿野平，春光寻佳句。
寻佳句，静思人生路。

49. 西江月·回家度春节

过眼千峰织翠，沿途一路和风。
人生几度又重逢，游子还乡相拥。

聚散古来有恨，悲欢谁复无穷？
生涯得失也从容，莫问天涯倥偬。

50. 浣溪沙·春节乡村遣怀

欢庆灯笼挂屋梁，四方宾客喜归乡。
李桃争艳院生香。

佳节有人心落落，浮生何日发苍苍？
守初心，还夙愿，慰高堂。

51. 浣溪沙·初夏

雨歇云开春已辞，香花吻面夏风吹。
树蝉溪岸独鸣之。

得失心情难细说，去留风景应成诗。
青山绿水使人痴。

52. 鹧鸪天·秋游扎龙自然保护区

秋到扎龙诗味浓，无边芦苇客迎风。
镜湖入眼水天合，岸树浮舟霜露重。

云去去，地空空，双双白鹤乐交融。
几回梦幻飞鸿境，阅尽天涯不类同。

53. 鹧鸪天·春盼

百草飘香已洗尘，小桥流水客纷纷。
山间近报桃花放，门侧催生柳叶新。

城乡色，岭南春，几回好梦欲成真。
一年之计忧虚度，却笑而今半百贫。

54. 鹧鸪天·喜迎首个警察节

卫国征途不畏艰，历经风雨守江山。
一声号令即冲阵，几度惩凶若等闲。

担使命，保平安，长城内外更昌繁。

警徽威武除邪气，屡建奇功夺卓冠。

55. 摸鱼儿·壬寅端午粤北胡姓千一郎后裔烈辈春万、锦才组队白庙怀先贤胡来臣

问苍天、素怀谁懂？悠悠岁月风雨。

豪情万丈西风里，阅尽诗书名著。

朝夕度，人道是、功名应数寒窗苦。

几多愁旅，更成败谁怜？圣人修性，孤胆探尘路。

青山外，望尽繁华日暮，东方古屋长驻。

京城科考终魁取，儒士传奇千古。

君记否？碧溪畔、庙香袅袅心曾许。

一方水土，承载祖先恩，临风把酒，佳句为贤赋。

56. 水调歌头·癸卯年春节与梁万江、郑雪颜夫妇畅游广州

岁去鬓增白，珠水日流长。

王朝南越何在？江阔渺茫茫。

富贵无缘与我，待到中年留恨，庸碌度时光。

丝竹且陶性，良友竞酬觞。

评水浒，论三国，品茶香。

岭南自古春早，风月与花香。

天近云山生色，烟树无边佳处，传说愈绵长。

大地河山美，高处赋诗章。

福建诗人黄新坦

【作者简介】

黄新坦，笔名身坦，号永福山人，福建省福州市人。中学时代就开始发表文学作品。20世纪80年代至90年代初期，曾在报刊上发表过小说、散文、诗歌、文艺评论等作品。入载《中国当代青年作家名典》《中国当代艺术界名人录》等多部辞典。

词 12 首

1. 天仙子·游三清山

突兀擎天呈毕现，巨蟒出山惊目眩。
东方神女下凡间，杜鹃绽。
云海幻，碧涧流泉飞浪溅。

苍劲奇松诸壑遍，日出晚霞时万变。
高空栈道壁崖悬，三清殿。
钟声漫，福地仙山心底羡。

2. 定风波·游徽杭古道

怪石崚嶒崖壁钦，雄关游赏迹痕寻。
杂草乱梯艰辛迈，路隘，蜿蜒古道伴新音。

望眼群峰苍翠处，无数，放歌举步向丛林。
到得溪边休局促，盈掬，欲将溪水洗尘心。

3. 鬲溪梅令·游天山天池

雪山六月抱天池，碧波移。
翠柏苍松葱郁、遍悬崖，草茵花叶蕤。

玉峰湖水映称奇，景添姿。
画卷天开舒展、美如诗，客人心醉迷。

4. 眼儿媚·乌镇夜景

灯火柔和笼河桥，载月短篷摇。
霓虹闪烁，画船添秀，伴有笙箫。

粉墙黛瓦波光映，夜色正多娇。
石坊宝塔，流金溢彩，诗意轻撩。

5. 临江仙·西塘古镇

烟雨长廊诗画入，青溪小巷深幽。
乌篷载客意悠悠，拱桥弯似月，岸柳水波柔。

越角吴根千古镇，明砖清瓦园楼。
唐风宋韵迹遗留，田歌连社戏，淡淡酒香浮。

6. 一丛花·游那拉提草原

银峰碧草万人迷，闻有马鸣嘶。
毡房雪白如琼伞，格桑花、开遍坡畦。
松林如涛，群山俊秀，冰水汇流溪。

天高云阔鸟翔低，雨霁吐虹霓。
风轻不见纤尘染，巩乃斯、耀眼惊眉。
绿茵苍翠，风情别种，酣醉在伊犁。

注：巩乃斯，指那拉提草原又名巩乃斯草原。

7. 鹧鸪天·河西走廊行

锦绣河西胜景迷，苍茫辽阔岭逶迤。
祁连雪水春城绕，戈壁风尘骏马驰。

黄漠隐，绿洲蕤，果蔬鱼米味珍奇。
葡萄美酒衔杯醉，流连徘徊心忘归。

8. 浪淘沙令·游寒山寺

觅胜访寒山，枫叶丹翻，参禅赏景畅心欢。
曲榭青堤环碧水，古塔林园。

香火至今延，岁月绵绵，钟声依旧耳边传。
华夏诗碑雄屹立，姿态巍然。

9. 阮郎归·登岳阳楼（李煜体）

平湖风卷浪排空，渔舟逐水中。
巍巍楼阁古今崇，范公肝胆忠。

巴陵美，洞庭雄，波清山色葱。
登台望远阔心胸，风光未可穷。

10. 风入松·庐山游

缥缈雾海绕奇峰，岛映湖中。
云深林密藏幽谷，飞瀑喧、气势如虹。
五老汉阳庞突，通天拔地姿雄。

山川葱翠顶穹隆，万壑松风。
佛手崖峭传神道，仙人洞、吕祖龛供。
秀雅匡庐秘境，景观惬意无穷。

11. 蝶恋花·登九华山

佛国仙城神妙景，万木参天，花草深幽静。
松壑烟霞融圣境，天河绿水芙蓉映。

地藏道场香火盛，显赫声名，古刹通山径。
普度众生菩萨敬，晨钟暮鼓千年兴。

12. 一剪梅·登蓬莱阁

仙境丹崖临海边，磅礴壮观，势欲飞天。

檐牙画栋鬼神工，曲径通幽，草木荣繁。

身到蓬莱即是仙，去除尘俗，梦里追攀。
凭栏远眺好风光，海市如烟，思绪翩跹。

▶ 散文随笔

北京作家郑书晓

【作者简介】

郑书晓，女，现为中国诗歌学会会员、中国楹联学会会员、中华诗词学会会员，有作品发表于《参花》《散文诗》《绿风》《当代文学精选》《当代实力派作家文选》《当代文学百家》《中国诗歌范本》《"精英杯"文学大赛获奖作品精选》《"华语杯"国际华人文学大赛获奖作品精选》《"盛世中华杯"国际文学创作邀请赛作品精选》《"蝶恋花杯"国际华人文学大赛获奖作品精选》等杂志和选本。荣获经典文学网 2019 年度十佳文学精英、2021年度十佳精英诗人荣誉称号。已出版诗文集《我的花园》《时光吟》《时光诗册》等。

散文二则

1. 秋天里的一场雨

我记得那场雨是在黄昏时开始下的。那时，天空的云层已经遮住了阳光，屋子外忽然暗了起来。越是空旷处，越没有视线的阻挡，灰黑的云层，密密实实地压在近处，乌云压顶的感觉，莫过于此。

向远而望，远处的几栋高楼似乎更加高耸入云，二十多层楼竟有五十层楼的感觉，因为距离远，加上是高楼的侧面对着窗，远远看去，竟然像一根棍子，准备随时戳住这"摇摇欲坠"、越堆越厚的云。乌云的铺展已经遮住大半个天空，而天空，已被厚厚的乌云塞着几乎只剩下了"概念"。"危楼高百尺，手可摘星辰。"只是，楼不是危楼，但似乎此刻若有一颗星星飞过，仿佛这颗星星真的会飞入掌心。因为隔着一扇窗，我只能看到路对面的树木枝叶摇晃，但由于不是太猛烈，所以，窗户是没有因风的呼号发出声响。可是，天地间的颜色在变化，黑色的浓烈让黑夜提前来临，就那么片刻间，在黄昏中行走的白天的尾声就这样被硬生生地隔开，夜似墨，窗前一闪而过的私家车亮起了灯。没有灯光，这黑沉的夜，恐怕是要有些磕碰的吧。

不多时，雨纷纷落下。这是一场有声的大雨，在玻璃窗上发出嗒嗒的响声。雨声渐密，远方已朦胧，那栋大楼隐没于大雨之中，竟然看不到了，仿佛就这样从视线里抹去。雨声越来越大，整个城市都是哗哗的声音，像一条河流。然后，出现了惊人的一幕：雨点开始凝固，仿佛小雪籽砸在玻璃窗上。细看，竟然是冰雹！印象之中，秋天的雨中很少有冰雹出现的。若不是亲眼所见，总觉得难以置信，像一则幻想。冰雹越来越大，有一块冰雹就像小石子（大概半个鹌鹑蛋那么大）一样"铛"的一下砸在玻璃窗上，玻璃窗震了一下，那一刻，我真担心之前的玻璃窗裂缝会因这块小小的冰雹碎裂。还好，这种事后来没有发生，再也没有大一点的冰雹出现。

书桌台灯闪了一下，我以为会有闪电和打雷。但后续什么也没有发生，几分钟后，雨渐渐停了。没有了大雨，天地间慢慢亮了起来。远方，天空是略有一些焦黄的颜色，像极了油画，天边，也出现了一道彩虹。彩虹薄薄的，但由于卡在两栋建筑物之间，所以，看上去真的像一座拱形的桥。

"空山新雨后，天气晚来秋。"虽然不是在山中，但雨水之后的尘世，总能找到相似的风景。比如：被雨水洗过的秋天，黄昏更加清幽澄净。走在小区的园子里，路过之前盛开的太阳花，发现它们呈关闭的状态，但并未凋零。上网查询太阳花，发现它的学名是大花马齿苋。它是太阳花，也是午时花。它们，在太阳灿烂时绽放，在太阳落山或者没有太阳时收拢花朵。我想：明天就没有雨了呢！晴空万里、秋高气爽之时，依旧会在一片小小的草地、一片寂静的园子的一角路过它们，看它们绽放。

没有走不过的风雨，如果一场雨之后不曾遇到天边的彩虹，不妨路过一片小小的花园，有的花会因一场雨凋零花瓣，有的花朵则是等待又一次与灿烂的阳光相逢。

2. 小区里的猫咪

最初，在这小区里，我看到的猫咪是一只白颜色的。它胖乎乎地，却十分喜欢走在小区的池塘边沿。池塘虽浅，但是，如果猫咪掉了进去，绝不是一件开心的事。更何况，池塘周围还铺了一些细碎的鹅卵石，这更不是平直的路。可是，这只猫咪却十分喜欢，它虽然很胖，可是，当它在鹅卵石和池塘的边缘脚步尖尖地行走，却丝毫不会担心什么时候，它脚一滑，掉入池塘。有一回，它似乎看到前方有什么，竟然"唰"地一下，向前飞奔，一下子窜入了树丛，不见影踪。

如果你以为它从此消失，那就错了。因为第二天，它又出现在池塘边，继续迈着它细碎而轻盈的步伐，就这么走啊走，走啊走，是一只地道的、轻盈的小胖猫。它憨态可掬，周围人想逗一逗它，可它丝毫不理会。偶尔地，它会在小区的楼栋之间游走。有一天晚上，它可能是不小心，在垃圾桶附近踩中了一个凸出来的石块或是别的什么东西，它一下子失去了平衡，就听到"哐啷"一声，石头掉到了地上，然后，它惊吓得"喵喵喵"，再之后，一切恢复平静。那天，我为此笑了很久。"喵喵啊喵喵，没想到你也有今天！"虽然没有亲眼瞧见，但一想到它胖嘟嘟地踩在石块上，然后，石块和它从并不高的地方一起向一边掉落，就觉得十分好笑，而那样的意外不至于使它受伤，所以，也不用担心。第二天，它又回到了池塘边，它优雅的样子仿佛昨天的狼狈之事从未发生过，再之后，它没有出现在我们这栋楼。

一整个春、夏、秋，它都在池塘边徘徊。即使深秋的落叶徐徐飘下，池塘的萧瑟将夏天的一朵人工荷花凋零成一朵残荷，树叶与落花，乃至小区绿化带旁边的苹果落满了地。这只白色的猫猫，依旧我行我素。它甚至在冷风遍野时，淡定地在池塘边梳理着它的毛发，天地间，只有它自己，行人匆匆而过——那样的温度，已经无人在户外玩耍或乘凉了。

它在冬天会如何自处呢？我曾想过这个问题。它似乎是一只流浪猫，从未有过家和主人。当北风在寒冷的冬天飞舞，雪花与冰棱如画，它会像那些流浪猫那样，瑟缩在私家车的车轮之间，或是在大楼的走廊躲避风雨吗？

它再没有出现。冬天，没有它的踪迹，就连一串小脚印也没有出现在雪地里。又一年春天来临，桃花、梨花、紫薇等花朵竞相绽放。微风吹拂了新绿，小区的池塘绿水悠悠，它没有出现。接下来，四季飞速更迭，它不知所终。它的身影消失在池塘，消失在小区，消失在某个无人问津或能够忆起的时光。

黑龙江作家周平

【作者简介】

周平，1957年生于黑龙江省绥化市北林区，当过知青、教师、机关干部。1980年开始文学创作，散文、诗歌、歌词作品散见于省内外报纸杂志及网络媒体。

又见小荷塘

北林小城东南约十里，有一处森林植物园，是由老苗圃改扩建而成，是人们夏季纳凉游玩的好去处。三年前，我曾来过这里，整个园子里最让我留恋的仅仅是一个小小的荷塘而已。

记得那是深秋季节，我和老伴要去广州看候鸟了。临行前对故乡有些依恋不舍，说去植物园逛逛，便遇上了园中西南角的小荷塘。说它小，只有半亩之大，是我见过的最小荷塘，那模样虽算不上大家闺秀，也可谓是小家碧玉，挺招人怜爱的。只见那荷塘里的荷花已经开过一半，开过的荷花失去了光华，干枝枯叶让人心生怜悯，而后开的荷花仍然保持着自己的本性。那秆也挺直，那花也艳丽，似乎抓住了青春的尾巴，怒放着生命的光彩。那红色的蜻蜓，成双入对地在荷塘里自由自在地上下翻飞，跳着舞，跳累了，便在荷花尖上歇歇脚。有时也到芦苇细细的高挑的秆上站立一会儿，微风吹来，那秆轻轻摇动，那蜻蜓也随着左右摇摆，像是荡秋千，是那样轻闲自在，扬扬得意。两只黑色的蝴蝶也来了，飘飘欲仙，缠绵于菏花周围，不知疲倦地飞舞。绿色的荷塘、粉色的荷花、黑色的蝴蝶，加上一弯碧水映衬，构成了一幅多姿多彩的画面。这美好的情景，多想把它保存起来带走，于是就有了“半亩荷塘半池花，蜓飞蝶舞陪伴它。白露已过霜将至，装入行囊走天涯”的小诗。

今年中伏头一天，我又到了森林植物园，哪里都不看，一头扎在小荷塘，看看我的老朋友有无变化。

夏天的小荷塘，那是另一番景象。只见小荷塘被盛开的荷花塞得满满的，那荷花比前两年更艳丽更多彩。有红色的，有粉红色的，有紫色的，还有乳白色的。高低不同，错落有致，争奇斗艳，有的已经开过，结了果实，头平平的，上面有序地排列着很多孔，每个孔下面藏着一粒种子，被称为莲子。莲子做粥营养极佳。有的荷花正含苞待放，两个骨朵，并蒂生长，花骨朵包得很严很结实，像在孕育着一个生命，终有一天，以强大的爆发力，冲破一切束缚，一开惊人，艳丽无比，去向人们展示迟来的爱。

那躺在水面上可爱的荷叶，甘当荷花的陪衬，默默无语，尽量做好自己。它知道，叶子越大越圆，那花就开得越大越鲜艳。它也很痛苦，它和荷花是一对“恋人”，花开花落，叶绿叶黄，总有一天要分离的，眼瞅着花秆托着花骨朵一天天长高长大，离自己越来越远，花儿早晚有一天要绽放光芒，而自己还是躺在水面上没有任何高度。唉，算了吧，只要花儿快乐幸福就好。晨醒，叶子上还有一滴水珠，太阳光一照，晶莹剔透，恰似昨夜叶子向花儿倾诉衷情的一点相思泪。

那荷叶底下还有避暑的青蛙。小青蛙头顶着荷叶，蹲伏在水中，圆圆的眼睛鼓鼓的腮，透过荷叶与水的缝隙，窥视着外边的世界，它知道现在不是它的世界，只好蛰伏于此，等到夜幕降临的那一刻，它就会立马从荷叶底下跳到荷叶上面，大声歌唱，先是独唱，然后二重唱，最后大合唱，唱出小荷塘仲夏夜最美妙的歌声，听吧。到那时，小荷塘就会蛙声一片。

夏荷它爱幽静，它爱独处，它楚楚动人，它出淤泥而不染。夏荷是夏天的标配，缺少了荷花的倩影，夏天是不完整的夏天。山不在高，有仙则名；水不在深，有龙则灵。塘不在大，有荷则美，斯是陋塘，唯吾难忘。

胡杨礼赞

世上哪一种树能生而三千年不死，死后一千年不倒，倒后一千年不朽？如果要寻找答案，那你就去内蒙古阿拉善的额济纳，看一看胡杨林的美吧。

可爱的胡杨，春天的叶子是浅绿色的，在荒漠里绽放着青春的光彩。夏天暴晒，它毫不退缩，更加吸收阳光给予的养分，叶子由薄变厚、由浅绿变成深绿。到了秋天则渐渐变黄，从稚嫩走向成熟，经秋霜一打，很快变成了金黄色，可以说“满树尽带黄金甲”。一片、两片、三片，乃至千万片叶子都是金灿灿的，秋风染透了整片林子，那时，万人瞩目，敬仰你迷人的风采，由此，叶子走向了生命的辉煌。深秋，可爱的叶子呀，借助风的力量，从树枝上旋转落下来，跳一曲华尔兹之后，便投入大地的怀抱，化作泥土去滋养回报它的母亲树。

胡杨林的枝干与其他的树不同。它不是垂直向上，也不向同一方向生长，而是活得自由自在、无拘无束，时而向上、时而向下、时而向左、时而向右，构成了虬枝网络，错综复杂，奇形怪状，细品，极具特色，活得很潇洒，即使枯死的枝干，仍然不折，展示着各种姿态，让人心生遐想，赞叹不已。三千年倒下了，人们将它雕刻成工艺品。有的像一只下山的猛虎，显示它的雄威；有的像一只木船，等待着远足的客人划向幸福的彼岸；有的像一头大象，低着头，用长长的鼻子在晨光中饮水河边。这枝干呀，继续在画廊和博物馆里展示它的美和对生活的眷恋。

胡杨的根是有力的。树生下来与人一样托生哪里就拥有哪里的命运。有的树，生下来就掉到了福堆里，有人浇水，有人剪枝，有人杀虫，有人呵护，自然是绿意盎然，得意扬扬。而胡杨的种子则被风吹、鸟衔，落在了最为贫瘠的荒漠之上，它全然不顾，它用根去向下挖掘，穿透沙层，绕过岩石，一直向下，直到找到水源为止，把水分提供给了树干、树叶，让它们变成了参天大树。根深才能叶茂。但根一点都不张扬，让那树叶、树干尽全力去炫耀，去露脸，它却甘作无名英雄，默默地去做好自己。我用手轻轻抚摸着裸露的根，根有多长，我的爱就有多长。

胡杨的内心是充实强大的。把我生在荒漠，不抱怨、不气馁、不悲伤，昂然屹立于天地之间，风沙干旱，土地贫瘠，雷击雪压都无所畏惧，始终具有非常强大的抗争精神。多彩多姿，洒脱超然，从生到死，都把最美好的一面展现于人类，最终成为不朽。为什么人们从四面八方，不远千万里来仰慕你、追求你，都是为了你那美好和不屈不挠的奋斗精神？一棵树尚且如此，何况我们这些有血有肉、充满智慧的人呢？

我要说胡杨之美，美在叶，美在枝干，美在根，美在内在的精神世界。

入夜，窗外大漠的风刮得特别凶，声音噪噪的，让人久久不能入睡。索性翻开手机，写首诗算是表达我对胡杨的钟爱之情："狂风怒吼叫如狼，枕漠难眠郁满床。我慕胡杨情未了，秋言古树爱绵长。英雄亮剑黄金甲，侠女吹箫赤紫装。捡叶当签藏记忆，随君入梦不忧伤。”

默默的海礁

它是当年女娲补天失手遗落在海边的一块奇石，也是这片海边最大的一块黑色石头，它最有形，最有灵性，硬生生地活在天地之间。

那海风天天光顾这位沉默的海礁，似乎总想让它动一动，哪怕是一丝一毫。开始，海风轻轻地吹，那样温柔，未果，海风动怒，变成12级台风，狂风挟着暴雨，向它发起最猛烈的攻击，它仍岿然不动，那头还是高傲地扬着。

海浪则换了另一种方式，水滴石穿，每天都借用潮汐的规律，发起一次又一次的冲刷，试图从根上动摇海礁钢铁般的意志，彻底打败强大的对手。但毫无起色，千万次的冲刷打击，使得海礁更光滑、更坚挺，没办法，海浪只得捧出浪花，向海礁致敬。

一群可爱的海鸥啊，时不时地飞落到海礁的头顶，站立着，歌唱着，是那样自由快乐，临走时干了一件不光彩的事，粪便流淌了礁石整个额头，它沉默不语，期待着下一次更大的潮水来临，冲刷得干干净净，还它一个清白的名声。

海礁的肩头来了一对恋人，左一个、右一个，牵手合影，让它做证，海枯石烂不变心。海礁默不作声，但一脸庄重。

海礁站在海岸边像一个守岛的哨兵，忠于职守。第一个发现远方来的船只，第一个经受狂风暴雨的考验，第一个感受到旭日东升带来的欢乐。

小螃蟹也想征服大海礁，站得高高的去看远方，去发现美好。那只小螃蟹，伴随着海潮冲到岸边，退潮时留在了礁石中。

它试图慢慢地爬上大海礁，但都因正面被海水冲刷得太光滑、太陡峭，几次都失败了。又涨潮了，它悻悻地退回大海，等待下一次再攀登。几十次攀登，几十次失败，它选择从后面进攻，终于成功了。它赢了，它高兴地站在大海礁上，巡视四周，第一次看见远方，太美了！站在海礁上，它觉得比谁都高大。它索性来了个高台跳水，从海礁上飞身而下，汇入了茫茫大海之中，不见踪影。海礁默默地为它祈祷祝福。海礁也为自己能够作为别人的平台而欣慰。它坚信，一定还会有勇敢者到这个平台上一试身手。

不知何时，在礁石与礁石的缝隙中长出一株不知名的小花，那花儿鼓着花骨朵就是不开，憋足了劲，一直向上猛蹿，直到超过海礁的肩头。一天早晨，迎着海岛第一缕霞光，它终于绽放了。借助海风，它把头伸向大海礁刚毅的脸庞，做了一个亲吻，似乎在说，大丈夫，沉默是金，你默默地隐忍，默默地坚守，默默地付出，真了不起，请接受我的爱慕。瞬间，蓝天、碧海、朝霞，默默的黑礁石，白色的小花融为一体，成为最美的一幅海景图。

贵州作家袁玉刚

【作者简介】

袁玉刚，字庆得，号皓寒，又号蚕雪，别号高枧居士，大学本科文化，中共党员，政工师。现为贵州省诗词楹联学会会员，中国诗歌学会会员，中华诗词学会会员，贵州作家网、经典文学网等多家媒体签约作家，贵州省习水县袁世明世家历史文化研究会副会长兼副秘书长。诗文多散见于报纸杂志和网络媒体，部分作品入选《当代文学百家》《当代影响力诗人作家文选第二卷》等多部文学选集。

故乡的老屋

“你们走了，什么时候回来？过去后要好好读书，多识几个字，这里是你们的根，要记住你的家乡。”乡亲们的叮嘱让我时过三十多年仍然记忆犹新。

八岁半那年，由于母亲病故，我和弟弟不得不随部队转业分配在赤水工作的父亲迁居赤水生活。临别的那天早上，乡亲们一大早就来到院坝里和奶奶、爸爸道别，他们有的泣不成声，有的拉着我和弟弟的手语重心长地嘱咐我们，说得最多的就是要我们记得常回家乡看看。

我的故乡在贵州省黔西市永燊乡打底村龙井组袁家寨，这是一个彝、苗、汉多个民族杂居的贫瘠小村庄。提起打底的由来，至今在当地老人中还流传着我先祖们艰辛创业的故事。从老屋背后不远处有碑记的先祖袁公讳国忠老大人祖坟来看，我的列祖列宗派衍到我这一代，我家至少在这个地方生活了二百多年了。

与乡亲们依依道别，望着泥土夯筑的残破老屋，我的眼泪早已模糊了双眼，乡亲们一步一步地送着我们走到老屋背后的垭口停住了脚步，深情的目光使我第一次感受到故土难离的撕裂般的疼痛。

来到村后的公路口，回头看着我曾经砍过柴的松坡林，再远远望了望那口我和弟弟三天两头担水的水井，送行的人群已经看不到了，但我仿佛感觉到他们仍在垭口张望。

我们大包小包拿着行李一路沿着公路往甘棠走，准备在甘棠去坐车到黔西，从黔西转车到贵阳，再从贵阳坐车到赤水。快走到甘棠的时候偶遇开货车路过的表伯伯郑登文，我们爬上了货车，在那个年代能够坐上货车都是很奢侈的事。货车沿着崎岖的公路颠簸，车里晃荡得很厉害，奶奶不停地喊我要使劲抓紧车厢拦板。我低着头紧紧地抓住坚硬的拦板，眼泪一刻也没有停留，车轮滚滚向前，而家乡渐行渐远。

到了黔西县城后，我第一次住进了旅馆，第一次走进公共浴池，看见澡堂里的人光溜溜的，我久久都脱不下裤子，第一次穿上崭新的劳动布衣服，也第一次去到电影院，看见屏幕上晃动的人影，我看不懂，也听不懂，坐在椅子上脑海里浮动的都是乡亲们送别的身影和残破而温馨的老屋。漫过心际的孤独，早已蔚然成冰，我知道，这样的温馨不会再有。想着想着，我悄悄地走出了电影院，凭着来时的记忆，我径自往家乡的方向走。不知穿梭了多少个小巷，就是找不到回去的路。走着走着，不知不觉地又走到了电影院那个街口，看我不见了的爸爸和堂叔这时也在电影院附近找我。当发现我那一刹那，爸爸急奔过来，一把拉住我，狠狠的就是一个耳光。"叫你乱跑，你去哪儿了，为什么不听话？"爸爸严厉地教训着，一旁送我们的堂叔眼中噙满泪水，连忙说，"没事了，没事了，找着了就好。"他们哪知道，我是不愿到新的地方，更不舍得离开家乡故土。

就这样，我们从黔西坐班车到贵阳，又从贵阳坐上开往赤水的班车。这是我人生第一次离开家乡的长途乘车之旅，也是人生历程上最失落的低谷。旅途中每翻过一座山，每越过一条河，甚至穿过一个山洞，我都悄悄记在心里，努力记着从家乡出来，先从哪儿往哪儿走，在哪个位置坐车，在哪个位置有什么形状的山，甚至在过仁怀境内时看见车窗外远处有一户人家门口挂着望山钱在置办丧事，我都记住这个地方离我家乡已经走过了大致两天的距离，生怕模糊了家乡的记忆。到了赤水汽车站下车已经是第三天下午，看着那辆我们从贵阳乘坐而来的白底红色环边车顶上有个气包的班车，我都在想什么时候能够坐这辆车再回去。在以后的很多年，我都在悄悄打听那个开车的师傅叫什么名字，有一次听说有个开贵阳到赤水车的师傅姓何，大家喊他何公公。从此，好多次我都站在贵阳回赤水的公路边上看着是否有贵阳过来的班车，特别想看见那辆白底红色环边车顶上有气包的班车，渴望何公公能够带我回贵阳，回到黔西故乡去看看我临走前几天在放学的路上捡回的那条小狗是否还在，我喂的那头小黄牛是不是又长高长大了。

到赤水定居后的日日夜夜，我时刻想念自己的家乡。特别是奶奶陪我和弟弟在赤水气矿家属院公路边住了一年不到后，决定要回黔西的那几天，我多么渴望能够和奶奶一起回去。奶奶临走那晚给我讲的话，我至今都记在心里。哪知奶奶一去竟然和我成了永别。1985年冬天的那个深夜，无意得知奶奶辞世的噩耗，我在被窝里不知流了多少泪。从此，对故乡的记忆，不仅有母亲在月色中带着染病的身躯背着我路过故乡袁家湾苞谷林的身影，有乡亲们送别时的深深依望，更增添了对奶奶的思念和抹不去的乡愁。

随着岁月的变迁，光阴慢慢地淡化了心中的伤痛，但对家乡那份思念从未停息。这么多年来，每每听到身边有人说着毕节那个地方的口音，我都要赶紧过去套套近乎，问是不是黔西的人，即使来人说是毕节的我也觉得十分亲切，若得知是黔西过来的乡亲，更是在熟悉的乡音里找着儿时的记忆。故乡的山、故乡的水、故乡的一草一木早已深埋在我心里，随着我的心肺一起呼吸，伴着我的脉搏一起跳动。

时光如白驹过隙，指间滑落的岁月悄悄爬上了额头，染白了我的双鬓。八年前，已近不惑之年的我带着妻子和女儿回到久别的黔西，一踏上永燊故土，走进打底村寨，看见更加残败且已经荒废了的老屋，我长跪在长满青草的堂屋里，记忆中全是斑斓的光影，曾经心动的声音仿佛在梁上回绕。我激动地点燃香烛默告妈妈、奶奶以及列祖列宗我回来了。久违的泥土芬芳沁人心脾，泪水早已模糊了我的双眼，湿透了汗水交融的衣襟。

有妈的地方就是家，有奶奶的地方就有温暖，有列祖列宗的地方就有根魂。故乡的老屋像一根亿万年都不会断的仙绳拴在我的心里。这份挥不去的思念，是远在他乡的游子对故乡的依望，是树叶对根的执着，更是泪水对大地的深情。

如今我即将进入知天命之年，儿女双全。如果再让我做一次选择，我还是情愿儿时选择留在永燊故土。如果那样，或许我进不了体制内单位工作，也成不了夜晚伴着青灯爬格子的文字爱好者，但至少不会和敬爱的奶奶别离造成一生的遗憾和愧疚。我更愿生活在那个有列祖列宗魂灵守护的家园，或许一生一事无成，但内心安然。

故乡的老屋，永远在我心里。

辽宁作家赵明环

【作者简介】

赵明环，女，中国诗歌学会会员、辽宁省作家协会会员、沈阳市作家协会会员，《世界诗人》、经典文学网签约作家，著有国家级出版社出版的个人专集《赵明环诗文选》。中华文艺2017年度十佳卓越作家、经典文学网2018年度十佳签约作家、经典文学网2019年度十佳签约作家、经典文学网2020年度十佳精英作家、经典文学网2021年度十佳精英作家。180余篇作品选入50余部国家级出版社出版的书籍和发表在有关媒体刊物及微刊上。荣获过多种奖项和荣誉称号。

追寻雷锋成长的足迹，与时俱进学雷锋

——纪念雷锋同志牺牲60周年

伟大的共产主义战士雷锋（1940年12月18日至1962年8月15日），一生虽然只度过了22个春秋，但他实现了“把有限的生命投入到无限的为人民服务之中去”的人生意义的升华。他的英雄事迹和崇高精神激励着中华儿女。为了学习和践行雷锋精神，让我们从雷锋生活工作过的家乡望城、鞍钢、部队，三个时间、地点来追寻雷锋成长的足迹，探索雷锋精神产生发展的轨迹，挖掘雷锋资源，进一步感知雷锋、了解雷锋，从而更好地学习雷锋。

一、在家乡望城

当我们翻开《雷锋日记》和雷锋写的诗歌散文，有谁会相信雷锋在学校只念了六年的书。

是的，雷锋的学生时代在小学毕业后就结束了。当时他已考上了初中，却没有去念。

其实雷锋是多么想继续上学呀！

雷锋是孤儿，他的父亲、母亲、哥哥和弟弟都被旧社会夺去了生命。新中国成立后彭德茂乡长（湖南省长沙市望城县安庆乡）找到了衣不遮体的雷锋，他送身上长满疮疥的小雷锋去医院治疗，过年还给他换了新衣服，雷锋感动得直流泪。

彭乡长是雷锋父亲的生前好友，也是新中国成立以前就参加革命的地下党员。

雷锋上小学是乡政府资助他免费上的，第一天是彭乡长送他上的学。

当10岁的小雷锋接过老师发给他的书时，一直担心没钱念书的雷锋，知道自己没钱也能念书了，他趴在老师怀里哭了。他打心眼儿里感谢毛主席，感谢共产党。（资料来源：抚顺雷锋纪念馆里雷锋生前的讲话录音）

雷锋念书克服了许多困难。上五年级时，他寄居的堂叔家离学校有20多里地远，可他从来不迟到。

雷锋是新中国少年先锋队第一批少先队员，他非常珍惜这个光荣称号，他把《中国少年先锋队队章》一直保存在身边。（此遗物已保存在抚顺雷锋纪念馆）

雷锋是一个品学兼优的好学生，他考上了中学。但他想到再上学会增加彭大叔和亲戚们的经济负担，他也不想让国家再为他花钱，他要挣钱回报党和亲人。

1956年7月，16岁的雷锋主动要求下乡当农民，建设社会主义新农村。

雷锋在生产队当了近三个月的秋征助理员。他在认真工作的同时，还自编教材教农民识字。

后来彭乡长调他到乡政府做了一名通信员，雷锋努力做好每一件工作。

大约有两个月的时间，一个偶然的机会，雷锋人生中又一个重要机遇出现了。县委机关的一名通信员参军去了，需要有人顶替他的工作，县委书记张兴玉从彭乡长和下乡去物色人员的组织干事那里，知道了雷锋的苦难家史和他立志报国报恩的理想，决定试用这个小伙子。

1956年11月17日，雷锋正式调到县机关当公务员。雷锋很勤快，他除了干好自己的工作，还帮助别人。

1957年2月8日，雷锋到县委工作不到三个月就加入了共青团。这时望城县委机关正在开办干部业余文化补习学校，好学的雷锋恳求加入正在开办的初中班学习。他白天工作，晚上刻苦读书，并把在此之前他没学到的课程全补上了。有时他因工作需要随领导下乡，回来后就补课，他最终完成了初中学业。

冯健当时是望城县知名人物，她高小毕业后回乡参加农业生产，带头为社里养猪，18岁入党，两次上北京见到了毛主席。县委号召向她学习，那时雷锋刚刚小学毕业，一直把冯健当作自己的榜样，1956年雷锋和她相识，雷锋对冯健能见到毛主席非常羡慕，说她是“最幸福的人”。

冯健后来在《我又见到了可爱的弟弟》中写道：“那天我问雷锋家里的情况，他说他是孤儿，没有家，现在县委就是他的家，并介绍了他的苦难童年，我对他说：‘你不要难过，如今是新社会，到处有亲人，我比你大几岁，今后我们就像姐姐和弟弟一样，你有什么需要我帮忙的事就找我.'雷锋听了很激动，含着眼泪叫了声：'姐姐！'"

1957年全国各地兴修水利。望城县也做出了治理沩水的决定，成立了专门指挥部。

在雷锋的强烈要求下，他被安排去做赵阳城总指挥的通信员。

在堤坝上做通信员尽管非常艰苦，雷锋还是利用在坝上穿行送信时间，主动检查工程质量，被称为编外质检员，受到指挥部的表扬，被评为"治沩模范"。

1958年望城县委在团山湖创办了农场，农场准备购买一台拖拉机，因资金不足号召大家捐款。雷锋一次捐了20元，成为捐款最多的人，鉴于他捐款最多以及他一贯的良好表现，望城县委决定派他去团山湖国营农场学开拖拉机。

雷锋多高兴啊！他跟着师傅勤学苦练，终于能独立操作了，他每天起早贪黑地驾驶着拖拉机在田野里作业。虽然辛苦，但他的心比蜜还甜，他满怀感恩和激动的心情写下了生平第一篇散文：《我学会开拖拉机了》，发表在1958年3月16日县里的报纸《望城报》上。

雷锋在繁忙工作的同时，挤时间看书学习。他在看完了《钢铁是怎样炼成的》以后，对怎样度过自己的一生，有了深刻的思考，他深情地在日记中写道："如果你是一滴水，你是否滋润了一寸土地？如果你是一线阳光，你是否照亮了一分黑暗？如果你是一颗粮食，你是否哺育了有用的生命？如果你是一颗最小的螺丝钉，你是否永远坚守在你生活的岗位上？"

这段时间雷锋写过一些对劳动施工现场的报道，他还写了一篇小说《茵茵》和一些诗文，赞美劳动者，赞美家乡变化，其中《南来的燕子啊》是一首长诗，让我们来欣赏两段吧："南来的燕子啊！／新来的候鸟，／从北方飞到了南方。／轻盈地掠过团山湖的上空，/我听清了呢喃的燕语，/像是在问：为什么荒芜的团山湖，今年变了模样？"

"南来的燕子啊，/你可不用惊呆。/不是青天里响起了春雷，而是拖拉机在隆隆地开；/不是沟渠里的水能倒流，而是抽水机在把积水排。/为什么草坪上格外喧腾？/那是饲养员在牧马放牛！"

满怀青春理想的雷锋，是多么热爱生活啊！

1958 年 8 月，雷锋从团山湖农场转到新成立的五星人民公社不久，鞍山钢铁公司到望城来招收青年工人，雷锋经领导同意，报名去鞍钢，雷锋在去鞍钢之前，名字叫雷正兴，就是在去鞍钢的招工表上，他郑重地写下了"雷锋"二字，他要去建设祖国，要当个排头兵。

二、在鞍钢

1958 年 11 月 15 日，雷锋来到了祖国钢都——鞍山。他被分配在鞍钢化工总厂洗煤车间当推土机手。当时车间有两种型号的推土机，一种是小型号的，一种是大型号的。领导考虑到雷锋个子矮，想让他开小型号的，但雷锋非要开大车，说这样能多干活。他虚心请教师傅，每天早来晚走，刻苦学习技术，一个多月就能单独驾驶了，领到了推土机"安全操作允许证"。

1959 年 11 月，全国各地青年到鞍钢学习技术。车间主任派给雷锋一个任务，让他带三个学员。

雷锋怕教不好，他变压力为动力，认真备课，主动向他的老师请教，耐心细致地给学员讲解机械构造和操作。组织学员互相研究探讨，4 个月就带出了这三名学员，当厂里把带徒弟费 36 元钱发给他时他没要，他说自己的技术是党培养的结果，今天告诉别人是应该的。

那个年代工人文化水平比较低，有的甚至是文盲，当时厂里举办扫盲学习班，雷锋见到缺少老师，就主动报名担任兼职教师。每次上课他都早早到达，课讲得很好，被评为优秀兼职语文教师。

雷锋很节俭朴素，上下班总是穿着一套工厂发的劳动服和大头鞋。当时许多鞍钢年轻工人流行穿皮夹克，工友们劝他也去买一件。雷锋开始不同意，后来在几个老乡的再三鼓动下，雷锋终于买了一件皮夹克、一件深蓝色的料子裤、一双黑皮鞋。

但同事们却很少见到雷锋穿他的新衣服。原来雷锋来鞍钢之后，仍向望城县委的领导写信汇报思想和工作情况，就在新衣服买回不久，他收到了县委领导的一封信，说希望雷锋在伟大的工人阶级队伍中艰苦奋斗，永不忘本，把自己锻炼成为一个具有共产主义觉悟的真正的工人……雷锋看了这封信，心里很不安，觉得自己工作还谈不上贡献，不应该讲究穿戴，于是就把这身衣服压箱底儿了。

1959年夏天，鞍钢化工总厂决定在弓长岭矿山附近新建一座焦化厂，动员职工去那里工作。弓长岭是个大山沟，条件极差，雷锋主动报名，带头出征。

那里环境的艰苦，是人们想不到的。没有宿舍只能暂住在几间破旧的土屋里，用水要跑两三里路去挑，雷锋是推土机手更是青年骨干，他在日记里写道："只要我们有能叫高山低头、河水让路的气概，是没有战胜不了的困难的。"

一个寒冷的日子里，雷锋看到水泥搅拌不匀，他第一个光脚跳下去搅拌，其他人也跟着跳到冰冷的泥浆里搅拌起来。

在建厂施工的艰苦日子里，雷锋以饱满的热情和充沛的干劲工作每一天，影响和带动了工友们。雷锋在日记里不断地鼓励自己，严格要求自己，其中有一段堪称至理名言："青春啊，永远是美好的，可是真正的青春，只属于那些永远力争上游的人，永远忘我劳动的人，永远谦虚的人……"

1959年11月14日夜间10点多钟，天气突变，已经下起了豆粒大的雨点，焦化厂调度员陈兴禄急得直打转，正在调度室看书的雷锋，见到他着急的样子忙问有什么事，陈调度说在建筑焦炉工地上还散放着7200袋水泥。在这紧急关头，雷锋将自己的被子雨衣拿出来去盖水泥并动员全宿舍的20多名职工抢运水泥，找雨布、苇席，盖的盖抬的抬，经过一场紧张的战斗，水泥全保住了，避免了重大的经济损失。这个事迹还登上了当时鞍山市的《共青团员报》。

雷锋乐于助人，经常帮助工友解决困难，他捐助老乡刘大兴20元给他家庭困难的老母亲。他捐助10元给失窃的工人马大维。他还帮助工厂附近村庄里生活困难的吕大爷干活，送给他衣服。雷锋做的好事儿是说不完的。

雷锋在鞍钢工作仅一年零两个月的时间，就获得多种奖项和荣誉：多次被评为先进生产者、节约能手、标兵、红旗手以及优秀兼职语文教师等，并出席了鞍钢青年社会主义建设积极分子大会和共青团鞍山市委召开的青年积极分子代表大会，成为鞍钢的知名人物。

在鞍钢，雷锋留下了他成长历程中坚实的足迹。他把老模范孟泰、王崇伦等英雄模范人物当作学习的榜样。此期间他学习了《毛泽东选集》一卷至三卷。政治理论的学习和生产实践、英雄模范人生坐标的确立，雷锋实现了向具有高度觉悟的产业工人的转变，为他向共产主义战士的转变奠定了坚实的思想基础。

雷锋不忘家乡老领导的告诫，艰苦奋斗，严以律己，防微杜渐。

鞍钢产业工人队伍，工人阶级大公无私的情怀和集体主义的力量，对雷锋精神的形成产生了重要的影响。

党的培养教育，让心怀感恩埋头苦干的雷锋眼界更加开阔，干劲儿更高了。

在鞍钢这片热土上，雷锋还写下了他的诗篇和美文，其中一首《可爱的工厂》，让我们来欣赏一段吧："汽笛，对着初升的太阳，/ 情不自禁地高声歌唱，/ 迎接英姿焕发的工人走进工厂。/ 啊！钢铁的心脏——鞍钢，/ 为了祖国的工业化，/ 你永远不知疲倦地繁忙。/ 你那高大的厂房，建筑在数十里的土地上，/ 你红彤彤的铁流，像滚滚的长江水一样，/ 昼夜不停地奔忙……"

三、在部队

1960 年 1 月 8 日，雷锋开始了他人生道路上的一个重要新起点，他光荣地参加了中国人民解放军，实现了他从小就渴望的梦想。他把这无比的幸福和激动，还有他的决心都写在了当天的日记里。

雷锋参军很费周折，因为他的身体达不到当兵的标准，但雷锋铁了心要当兵，他的《我决心应征》的决心书登上了《矿山报》。

雷锋的决心和表现，感动了负责征兵的领导同志，他们对雷锋入伍问题做了最后一次研究。一致认为雷锋入伍动机好、政治思想好，能培养成一个好战士，虽然身体条件差点，但青年人正是长身体的时候，很快就能够锻炼合格的，便破格征收雷锋入伍了。

在工程兵第 10 团欢迎新兵大会上，雷锋代表新兵讲话，大会是在军营露天操场上召开的，那天风很大，雷锋拿的讲稿被风吹乱，他索性把稿收起来，拿起话筒即席讲话，他声情并茂的演讲博得了台下热烈的掌声。

雷锋在新兵连首先遇到的是投手榴弹这一关。

雷锋身小力单开始投弹不合格，夜晚他悄悄爬起来穿上衣服，戴上棉帽，拿上一颗教练手榴弹悄悄走出营房的门，走向月光下的大操场，练习投弹，直到累得投不动了才回营房。

第二天雷锋见到指导员，他敬礼时手臂明显抬不到位，指导员高士祥心疼地说："练得过猛了吧？浑身的劲儿要匀着使，一锹挖不成井，一口吃不出一个胖子，一宿也练不出一个投弹能手。在困难面前不退缩、不服输比什么都重要……"

指导员的话使雷锋感到很温暖，同时也给了他力量，他在日记中写下："雷锋同志，愿你做暴风雨中的松柏，不愿你做温室中的弱苗。"

雷锋利用晚上自由活动时间悄悄走向大操场练习投弹，班长薛三元也来陪他练，帮他捡回手榴弹，雷锋对班长充满了感激。

功夫不负有心人，雷锋终于在实弹投掷考核中获得了优秀的成绩。

按照部队新兵分配原则，雷锋被分配到了运输连学习汽车驾驶和修理。

在运输连汽车训练场，30多名新手只有一台教练车，不够用。

雷锋入伍前开过拖拉机、推土机，因此对汽车基本原理理解得快，他对没学懂理论的战友耐心地辅导。

雷锋看到指导员高士祥的桌子上放着一个很精致的解放牌汽车模型，车身虽小，但仿佛是一个缩小的真车，雷锋对它动起脑筋来。

高士祥告诉雷锋，这是去年他参加长春第一汽车制造厂时工厂送给他的纪念品，除了车小以外，其他构造都和真车一样。

雷锋想用这个汽车模型制作一个汽车教练台，造一个没有篷的驾驶室，弄好了等于造了一台教练车，除了开不走，操纵起来，和驾驶真车一样，学员先在这个台上练习基本操作，再上教练车学，可以节省上教练车的时间。指导员高士祥赞同雷锋的想法，为他需要的器材找材料员给开了绿灯。

几天的时间，雷锋和战友们试制的模拟汽车教练台终于做好了。

雷锋经过理论和实践的勤学苦练，最先出徒，按照领导的命令登上了分配给他的汽车。

雷锋的心情无比激动。晚上，他回想自己从入伍到苦练杀敌本领成绩优秀，到当上汽车驾驶员，开着汽车奔驰在国防建设第一线。他实现了梦寐以求的愿望，练就了保卫祖国、建设祖国的真本领，此时雷锋像快乐的小鸟一样。是啊，伟大的时代真是天高任鸟飞，海阔凭鱼跃啊！他在日记里用这样一首优美的诗来表达自己的心声，题目《穿上军装的时候》：

"小青年实现了美丽的理想，/第一次穿上庄严的军装，/急着对照镜子，/心窝里飞出了金凤凰，/党分配他驾驶汽车，/每日聚精会神坚守在机旁，/将机器擦得像闪亮的明镜，/爱护它像爱护自己的眼睛一样。"

1960年夏天，雷锋在街上看到抚顺市望花区红旗招展、锣鼓喧天，原来是望花区新成立了一个人民公社。在这样的日子里，雷锋很想表达一下自己的心意，他把自己两年来在工厂和部队积存下的200元钱，从储蓄所里取出来送给公社，可是公社不肯收，经过雷锋再三恳求，才留下了100元。

同年8月，辽阳地区遭受了水灾，雷锋不允许自己袖手旁观，他把公社没有收的那100元钱，连同他写的一封慰问信，一起寄到了中共辽阳市委。

雷锋在 1960 年 8 月 20 日的日记里，写下了这两件事儿，并对有人说他傻，写下了自己的看法："有人说我是'傻子'，这样说是不对的，我要做一个有利于人民有利于国家的人。如果说这是'傻子'，那我是甘心情愿做这样的'傻子'的，我就是长一个心眼，我一心向着党，向着社会主义，向着共产主义。"

辽阳市委办公室是在 1960 年 8 月 28 日接到雷锋从部队寄来的捐款和信的。根据当时担任市委办公室副主任的张万江所写的《他心中时刻装着人民》一文记载："领导看过汇款单和信件很受感动，但同时认为部队战士每月的津贴只有几元钱，他们实在不忍心收下雷锋寄来的钱，经研究决定：对雷锋关心家乡灾情表示感谢，心意收下，款项返回，给所在部队及其本人写一封感谢信。"

雷锋把辽阳市委退款和回信的事，写进了他在 1962 年 3 月 6 日的讲话稿：《做毛主席的好战士》。这个讲话在有的《雷锋日记》版本里也曾刊载。

雷锋在 1961 年 9 月 11 日，还有一次 100 元的捐款，但雷锋只在日记里写过，在讲话稿里没提过，可见他做过的许多好事都是不说的。

在抚顺雷锋纪念馆的一块展板上，写着这样一段雷锋日记："9 月 11 日，我接到河南省巩县驻驾庄公社干沟民办小学一位老师的来信，因河南省近两年遭受了自然灾害，给民办学校造成了一些暂时的困难，要求我给予他们经济援助，人民的困难就是我的困难……我把自己在部队一年零 9 个月所积存的全部津贴，（壹佰元）寄给了干沟民办小学，我为人民尽力了，心里也快活了。"

部队领导知道了雷锋捐款的事，了解到他的苦难家史。当时全军正在开展"忆苦思甜"教育，雷锋的"忆苦"报告打动了很多人。

　　鉴于雷锋一贯的突出表现，部队党委批准了运输连党支部吸收雷锋入党的决议，入伍才 10 个月的雷锋入党了。

　　雷锋的入党介绍人之一，连队指导员高士祥生前曾在《他是思想上进的好小伙子》一文中讲述他通知雷锋入党时的情景："雷锋在门口喊着：'报告。'他进来了，立刻敬礼报告：'我来了。'

　　"我从柜里拿出他的入党志愿书给他看，他的眼睛紧紧盯着挪不开。

　　"'雷锋，从现在起你就是中国共产党的党员了。'我严肃地说。他好像久别母亲的孩子扑到妈妈怀里一样，'哇'地哭了，我们在场的几位指导员都被雷锋对党的赤诚感情所感动。雷锋用手翻动着他的入党志愿书，哽咽着断断续续地说：'我终于是共产党员了，党是我的再生父母，今后我坚决听您的话。'"

　　雷锋把党和人民比作母亲，把周围的人都看成他的亲人，知道谁有困难就主动帮助。他的战友乔安山在《他是我的好兄弟》一文中讲述，雷锋瞒着他三次给他家寄钱，共 60 元。乔安山的母亲告诉乔安山，钱收到了，她还以为是儿子寄的呢。乔安山想这一定是雷锋干的，因为他平时让雷锋给他写家信，雷锋知道他家的困难。他找到雷锋不让他再寄了，雷锋平静地说："我是孤儿没有家，安山的妈就是我的妈，母亲有困难，做儿子的能不管吗？"

　　看到不认识的人有困难，雷锋也满腔热忱地伸出援手。

　　1962 年 5 月 2 日的下午，突然天下大雨。雷锋看见路上有一位妇女，左手抱着一个小孩，右手拉着一个五六岁的孩子，左肩上还背着两个行李包，吃力地走着。

　　他立刻跑上前去帮助他们。他把自己的雨衣给这位妇女披上，脱下身上的衣服给走在地上的孩子穿上，把孩子抱起来，走了十多里路，才把他们送到家，雷锋又冒雨返回营地，天已经很晚了，但十分疲劳的雷锋，心里却很高兴，他在那天的日记里写道："我是人民的勤务员，自己辛苦点，多帮人民做点好事，这就是我最大的快乐和幸福。"

从 1961 年开始，雷锋经常应邀去外地做报告，他出差的机会多了，奉献爱心的机会也就多了，人们流传着这样一句话："雷锋出差一千里，好事做了一火车。"在出差途中雷锋主动帮助列车员打扫卫生，给旅客倒水，有一次还帮助和他一同下车的老人寻找到了亲人。

有一次雷锋出差，在车站看见一群人围着一个背小孩的中年妇女，原来这位妇女把车票和钱都丢了。雷锋立刻用自己的钱给她买了车票。大嫂含泪问他："大兄弟，你叫什么名字？是哪个单位的？"雷锋笑着说："我叫解放军，家就住在中国。"像这样解人燃眉之急、助人为乐的事儿，雷锋做过很多，寒冷的冬天，雷锋把自己的手套送给冻得直用嘴呼热气来暖手的不认识的老大娘。中秋节发月饼、过节发水果，雷锋舍不得吃，把月饼水果送给医院的病人。

雷锋把帮助他人，视为自己最大的快乐，正如他在《做一个有益于人民的人》一文中所写的那样："几年来，每当我为人民做了一点好事的时候，也就是我最幸福最快乐的时候。"

20 世纪 60 年代初，国家经济困难，雷锋想国家之所想，带头勤俭节约。

部队每年发服装，他总是少领一套军装、一套衬衣，其他物品也少领，他对司务长说："我领一套就够了，剩下的一套交给国家，以减少国家开支，支援国家建设。"

雷锋在日记中写道："我们是国家的主人，应该处处为国家着想。"

雷锋出差从来不报补助，司务长催他快点儿报了，雷锋说：

"我去对方单位已安排食宿了，部队这份出差补助我就不要了，给部队节省开支。"

雷锋的衣服袜子破了补了又补，袜子成了"千层底"。

雷锋在班里做了个节约箱，号召全班战士把捡到的螺丝钉、牙膏皮等废品放到节约箱里，能用就用，不能用就卖掉，做班里的文化活动经费。

雷锋出车拉水泥，每次回来卸车，都把撒在车上的水泥用笤帚扫起来，积攒多了再送回工地。

雷锋节约每一分钱，把他积攒的钱都用来捐款和帮助别人。他在日记里勉励自己："我要永远愉快地帮助别人，要不计较个人得失……"

在部队期间，雷锋更加努力学习毛泽东著作和政治理论，重点文章反复读，写了许多学习心得和书眉式笔记。

没时间学习，他就发扬钉子挤和钻的精神，早起点，晚睡点，饭前饭后挤一点，行军走路想着点，出差开会抓紧点，星期假日多学点。（1961年4月×日日记）

他还在日记中这样写下学习的重要性："毛主席著作对我来说，好比粮食和武器，好比汽车上的方向盘，人不吃饭不行，打仗没有武器不行，开车没有方向盘不行，干革命不学习毛主席著作不行。"

在部队期间，雷锋还被聘请为抚顺市望花区建设街小学和本溪路小学校外辅导员，他利用业余时间和节假日休息时间，帮助学校少先队开展一些有益的活动，给小朋友们讲英雄的故事，讲新旧社会的对比，启发他们要好好学习做革命事业接班人。雷锋还检查他们的学习情况，帮助他们建立了节约箱、针线包、储蓄箱等。小朋友们都非常愿意和雷锋在一起。过去爱吵架的，后来也都变了样，几个纪律不好的同学听了雷锋讲邱少云的故事后也都变得文明守纪律了，一个同学丢了钢笔不能做作业了，雷锋就把自己的钢笔给了他，雷锋和孩子们建立了深厚的感情。

孩子们永远也忘不了 1962 年 8 月 13 日他们最后见到雷锋叔叔的那一天，当时雷锋叔叔正在检修汽车，他从车底下出来，摘下沾满油泥的手套，高高兴兴地和喜笑颜开的他们一一握手。孩子们永远也忘不了，雷锋叔叔笑着答应他们，后天一定会去参加学校的开学典礼。可是那一天等来的却是痛彻心扉的噩耗：雷锋叔叔牺牲了！同学们都失声痛哭起来。

雷锋叔叔的牺牲是他们也是我们心中永远的痛。

如今，当年的红领巾都已是晚年夕阳，他们都成为国家的有用人才了，至今许多人还热心于奉献爱心的事业中，雷锋影响了他们一生。

雷锋在部队期间，获得了很多荣誉，被树立为节约标兵、模范共青团员、五好战士，当选为抚顺市第四届人大代表、工程兵团代会代表，被共青团抚顺市委授予少先队优秀辅导员，荣立二等功一次、三等功两次。

在部队的岁月是雷锋实现人生价值的关键阶段，在解放军革命大熔炉里，雷锋百炼成钢，实现了平凡而伟大的共产主义战士的精神升华。

四、与时俱进学雷锋，感恩奋进新征程

雷锋以短暂的一生、无私的奉献诠释了人生的价值，为我们树立了永远的榜样、道德的丰碑。自 1963 年 3 月 5 日伟大领袖毛泽东题词"向雷锋同志学习"，半个多世纪以来，学雷锋活动在中国大地上从没有停止过。尽管曾经处于低潮，甚至有人诋毁雷锋，但是被雷锋感动过的广大民众，雷锋生前的老领导、老战友、老工友，以及他生前辅导过的学生，人们心中始终充满了对雷锋

的怀念和敬意，许多人站出来反击对雷锋的恶意歪曲。

党的十八大以来，习近平总书记多次对学雷锋做过许多重要讲话和指示。人民群众中学雷锋活动层出不穷，学雷锋志愿者队伍不断壮大。

是的，我们虽然和雷锋还有很大差距，但在我们心里，一直想缩短和雷锋的距离。我们越走近雷锋，就越被他的精神和事迹所感动、所激励。

（一）学习雷锋爱岗敬业、对工作精益求精的精神

雷锋一生经历了农、工、兵三条战线。他无论在哪个岗位上工作，都是干一行、爱一行、精一行，做一颗永不生锈的螺丝钉。我们学习雷锋，就要从爱岗敬业做起。各行各业都是整体事业的一部分，要干好本职工作，要保证自己这颗螺丝钉不生锈、不松扣。时代呼唤工匠精神，让我们重拾工匠心，重塑匠人魂，脚踏实地，积跬步以成千里，实现伟大的中国梦。

（二）学习雷锋全心全意为人民服务

全心全意为人民服务是中国共产党的根本宗旨，是共产党人思想和行动的准则，也是雷锋精神的核心，雷锋是全心全意为人民服务的光辉典范。他赋予"人民"二字实实在在的内涵。他把自己看成人民的儿子、勤务员。他说："我活着只有一个目的，就是做一个对人民有用的人。"

我们学习雷锋，就要像雷锋那样对人民满腔热忱。在工作岗位上优质服务，争创一流水平。在业余时间，为弘扬社会正能量，为促进社会和谐，为帮助弱势群体，为有困难的人奉献我们的爱心。"雷锋精神，人人可学；奉献爱心，处处可为。"

新时期国内外环境的复杂性也使我们认识到：只有树立正确的人生价值观，把国家和人民的利益放在第一位才能拒绝金

钱和私利的诱惑及消极影响，保守国家机密，抵制不良风气，对人民尽职尽责。

（三）学习雷锋锐意进取、勇挑重担的精神

雷锋总是奋斗在时代的前沿，他小学毕业就响应国家大办农业的号召，走向农业生产第一线；1958 年在国家发展工业大炼钢铁时，他又走进了鞍钢；1960 年初，国家经济困难，台湾叫嚣反攻大陆，雷锋又告别了工资待遇较好的鞍钢，毅然参军。1962 年夏天，东南沿海形势骤然紧张，雷锋向领导递交了请战书，要求到福建前线去。

当艰苦的工作需要摆在眼前，雷锋总是奋勇当先。

学习雷锋就要学习他强烈的国家责任感和担当意识，勇于做时代的中流砥柱，即使是平凡的工作，用锐意进取、勇挑重担的精神去从事，也会孕育出不平凡来，"苔花如米小，也学牡丹开"，于平凡处见精神。心中有信仰，行动不迷航。

（四）雷锋的勤俭节约精神在新时代仍有着重要的意义

勤俭节约是中华民族的传统美德，也是我们应该具备的优点。

"勤以修身，俭以养德""历览前贤国与家，成由勤俭破由奢"，这些至理名言无不说明了勤俭节约在任何时候都不能丢。不具备这种立身立家立业的美德，就不能发展进步。

当今时代，物质条件与 20 世纪五六十年代相比，已有了极大的改善，我们合理追求和享受着物质文明及精神文明都非常丰富的美好幸福生活。但我们反对享乐主义，反对铺张浪费。要学习雷锋严以律己勤俭节约的精神，让我们每个人从自身做起形成习惯，让勤俭节约在全社会蔚然成风。

（五）刻苦学习理论，坚定理想信念，像雷锋那样知行合一

雷锋从 1958 年开始学习《毛泽东选集》，几年来学完了当时出版的一卷至四卷，雷锋精神的源头在于毛泽东思想。

通过学习，雷锋感受最深的是"懂得了怎样做人，为谁活着"。

通过学习，雷锋树立了正确的世界观、人生观和价值观，确立了崇高理想和信念。这是雷锋精神的根本。

全心全意为人民服务是雷锋实现理想信念的落脚点，是雷锋精神的核心。

我们要发扬雷锋刻苦学习理论和践行无私奉献的精神，努力学习掌握习近平总书记新时代中国特色社会主义思想，要学懂弄通，理论联系实际。要坚持以人民为中心的根本立场，全心全意为人民服务。

《雷锋日记》是雷锋理论联系实际知行合一思想精华的结晶，是雷锋留给我们的宝贵思想财富，其中雷锋对人生价值的哲思、对理想信念的诠释以及催人奋进的激情、自我约束的谦虚，对美好生活的珍惜，如散文诗一般跃然于纸上，闪耀着雷锋共产主义思想的光辉。此外，雷锋还写过一些诗歌、小说、讲话稿、书信、散文，还有他在学习《毛泽东选集》一卷至四卷时，在书中写下的许多书眉式笔记，这些都是我们学习和弘扬雷锋精神的宝贵资源。

2018 年秋天习近平总书记在视察东北参观抚顺雷锋纪念馆时，对进一步开展学雷锋活动、弘扬雷锋精神又做了精辟的阐述和重要指示。

"雷锋是时代的楷模。""雷锋精神是永恒的，是社会主义核心价值观的生动体现。""雷锋精神是中华民族五千年优秀传统文化和红色文化、社会主义文化的结合，积小善为大善，善莫大焉，这和我们党为人民服务，做人民勤务员是一脉相承的。

我们在实现两个一百年奋斗目标的征程上，需要凝聚力量，需要见贤思齐，向楷模看齐，把雷锋精神代代传承下去。”“我们既要学习雷锋的精神，也要学习雷锋的做法。把崇高的理想信念、道德品质追求，转化为具体行动，体现在平凡的工作生活中，作出自己应有的贡献。”

新时代学雷锋“贵在真学真懂真信真用……”

习近平总书记的重要讲话为全国人民新时代学雷锋指明了方向，令人备受鼓舞。

在新时代的伟大实践中，无论是“干惊天动地事，做隐姓埋名人”的国家精英、民族脊梁，还是在平凡工作岗位上拼搏攻坚、默默奉献的无名英雄，无论是逆行奔赴抗疫前线救治病人的白衣战士，还是在抗灾抢险中奋不顾身的人民子弟兵，可敬的奋斗者们都在演绎着新时代的雷锋故事，丰富和发展着雷锋精神的内涵。

我们中华民族历经沧桑磨难而不衰，前辈们和奋斗者们用生命和血汗铸就了祖国今天的繁荣富强和人民的幸福。在实现社会主义现代化和中华民族伟大复兴的新时代、新征程中，我们中华儿女理当接过继往开来的接力棒，不负盛世，感恩奋进，再创新的辉煌。

雷锋精神永远激励着我们！

雷锋永远与我们同行！

“雷锋啊，活着！雷锋啊，永生！……”（引自贺敬之长诗《雷锋之歌》）

本文参考资料：《雷锋日记》《雷锋传》《见证人讲述雷锋日记》，百度百科等。

浙江作家吴焕宰

【作者简介】

吴焕宰，笔名蓝色天堂，浙江台州人，在上海经商多年，现定居上海，空闲时参与做些宗族传统文化事业。

爱好文学，20世纪80年代初曾参加鲁迅文学院、《诗刊》组织的函授学习，时有诗歌、散文发表于期刊，作品也散见于经典文学、中国散文网、短文学等十几家文学平台，并与同好合集出版各类文集十多本。散文《岁月如刀，生死似梦》获得经典文学"当代精英杯"一等奖，散文《吃大闸蟹有感》荣获中国散文网诗歌散文第六届"中华情杯"一等奖，并荣获经典文学2019年度"十佳签约作家"。

我家门前有三棵半年轻香樟树

我家门前的院子墙边有四棵香樟树。

院子东墙有十六七米长，墙外是一棵脸盆大的香樟树，几乎独当一面，带领着石榴、樱桃、白玉兰、红枫、金橘什么的，高低参差不齐。它们齐心合力连成"东方防线"，迎接朝阳，遮挡风雨，一年四季，尽心尽责，雷打不动。

院子正南墙外有三棵香樟树，大碗口般粗细，树形挺拔俊朗。院门左右各站立一棵，像尽忠职守的门卫。另外一棵香樟树位于与西边邻居家的中轴线上，树身有多半偏向我家，而枝丫确是一家一半，往各家的院子里生长，仿佛怕两家会争夺产权名分似的，枯叶也几乎均匀地落在各家的院子里，只能算是半棵。

所以，这么算起来，属于我家的香樟树只有三棵半，而不是四棵，再多算，便显得有些小气，有占了人家小便宜之嫌。它们尽心尽力地为我家抢夺着阳光、空气和空间。

早晨在院子里散步，见地上铺着一层似木屑的细碎东西，脚轻踩上去有沙沙声作响，好像踩碎了什么不禁踩的小玩意儿似的，可看上去又似成群结队的小蚂蚁，让人不敢落足。但晨风轻轻拂过，一阵浓郁香气扑鼻而来，清脑爽心，知是香樟树的特有味道。

新春里，香樟树刚刚长出一层鹅黄色的新叶，羞羞涩涩、柔柔弱弱地正在迎风招展，仿佛在展示着鲜活生命的骄傲。新叶间密密麻麻一球一球的米黄色小星星似的花朵，虽然是花朵，还成球成球地开满枝头，但不仔细看，一点儿也不起眼。由于花太小，站在树下几乎看不清花苞和花朵的模样，只等闻到香樟树所特有的浓浓的香味时，我才蓦然觉醒过来，原来香樟树也有花开，还那么浓郁芬芳。地面上铺着的厚厚的那一层小东西，应该便是香樟的残花败蒂了。

香樟树的花我从来没有仔细欣赏过，连想都没有去想过，更没听人赞美过，甚至赞美过的文字也没有，或许是我孤陋寡闻的缘故。在我的记忆里，只记得香樟树有果实，成熟后黑得油亮，貌似蓝梅，样子很吊人胃口，但不能直接食用它。我小时曾经偷偷地品尝过，它薄薄的皮，果浆很少，苦而涩，里面籽的分量占比很大，滚圆滚圆地，一颗颗像极自行车轴承里的钢珠子。至于有没有毒，却没有仔细查验过资料，反正我品尝后没中毒，只有满嘴的苦涩。

听人说它可以入药，也可以制作成蚊香驱蚊子，但我从来没有使用过它制作的蚊香，也没有服用过它配制的药。用香樟树制成的樟脑丸倒是用过，放在衣柜里防蛀虫，特别是放毛衣的箱子里。有时候，也放些在书架子上，既可当作香料，也顺便防防虫蛀。

我20世纪90年代初期便进了上海，算是比较早进沪城的人。在三十多年来的有限记忆里，上海好像并没有特别巨大古老的香樟树，如果有，都是近几十年栽种的小区路道旁绿化用的香樟树，专为城市添香去尘用的。到现在也就三五十年光景树龄，很少见几百年树龄的独霸一方的古老香樟树，要有也只在古宅豪园里佛殿庙宇中深深珍藏着。

而我记忆里的香樟树，都是古老的香樟树。记得乡下老家古宅边平坦的地上有几棵很大很大的古老香樟树，不是用碗盒之类粗细可以形容的，而是三四五人合抱粗。树身上长满厚厚的树壳，仿佛将军身上的铠甲，还长满碧绿的苔藓和寄生的藤蔓。矮矮的一段树身都空透了，能钻进去三五个人，再往上生长就没有了主干，几乎只剩薄薄的一层树皮，好像战后余下的残垣断壁。那种时间遗留下来的苍老痕迹，让你肃然起敬，对古老生灵骤生敬畏之意。

你不要看它们苍老年迈，一脸沧桑，枝干却圆润结实，虬枝交叉灵动，生机勃勃地大大方方舒展开来，像蛟龙腾蛇，遮天蔽日，高高的枝丫中还有许多鸟雀的窝巢。它们自然地长大成一村一院一户的标志，长大成一村一院一户的守护神。

老家是个古村落，人口比较稠密集中，那时有村办小学和区办中学，现在都合并迁移到镇上去了。记得小学和中学门前的操场上，都有几棵很有象征性的既巨大又古老的香樟树。因为学校前身是三个宗族祠堂，明清时就存在了，新中国成立初期做了革命的场所，后来转变成为中小学校。两个临近的祠堂做了一所小学，另一个祠堂是后来农业中学的前身。

我在里面读书那会儿，有时几个被留学补做作业或搞卫生的同学，天晚了，昏暗的祠堂里阴森森的很瘆人。开始没有电灯，后来就算有了电灯也像鬼灯一样忽明忽暗，还不如没有。大家便悄悄约同背起书包，喊一二三飞也似的一块儿逃出校门，头也不回。再后来添建了新的教学楼，祠堂的恐怖就慢慢地被人淡忘了，那几棵孤零零的香樟树，却一直照旧经历着人间风风雨雨，年年月月日日时时刻刻矗立在那里。

再后来，中学小学都陆续迁移走了。现在小学又变成了幼儿园，中学变成了一家破败不堪的工厂，又想改成一所职业中学，都没有成功。而几棵古老香樟树不知什么时候被人买走熬了樟树油，或做成了樟木箱子，再不见了踪影，只深深地刻画在我的记忆里。每棵古老香樟树下都有许多古老的故事和传说，到此，故事没法再继续传说下去了。大概这便是人世间所谓的沧海桑田吧。

我正站在院子里看着蓝蓝的天空发呆，思想着自己的前世今生。听见妻子在露台大声喊叫我："有空傻呆呆地站在那里，看见院子这么脏了还不扫一扫？"

我回过头来看了看妻子，又看了看这大地，倒觉得这样子挺好，也很自然。一地的败花落叶随风飘扬，一树的新叶在空中招展。轻风抚拂漫卷，浓郁的芬芳里，既悟见了生命的过往和因果轮回，也敬仰了生命的新生和延续。这有什么不好呢？为什么一定要把大地打扫得干干净净呢？装作好像什么都没有发生过一样。

湖北作家陈耀锋

【作者简介】

陈耀锋，男，大专学历，湖北省孝昌县人，现就职于孝昌县王店镇人民政府。爱好文学，作品散见于报纸杂志及网络媒体。

萤火虫

忙碌到半夜，揉着生疼的眼睛，出门透透气，呼吸着新鲜的空气，惬意极了！灰蓝的天空中，月儿羞答答地从云层中露出半边脸，夏季的夜晚，北风微吹，让人清醒了不少，心情也开朗了起来。但总感到夏天的夜空缺少点啥东西，忽然面前一亮，忙看，不相信自己的眼睛，原来是几只萤火虫从眼前飞过，任由我的眼睛四处搜索，但映入眼帘的仅仅是几只萤火虫而已，且不一会儿，再也不见了踪影。

我打开手机闪光灯，便有一只萤火虫自投罗网，得意之际闪现儿时的记忆：

四十年前，正当我们少年时，每到夏天的晚上，伙伴们三五成群，手拿着自制的纸灯泡，到野外边唱着"亮黄虫，挂灯笼，飞到西，飞到东，飞到我的家门口"的儿歌，边将萤火虫一一捉住，放到纸灯泡里。然后用它作为照亮我们前进的路灯，去五里外的集镇上看电影。我记得电影名是《三打白骨精》，那时影片很稀缺，等到看完电影后，已是半夜了，伙伴们争先恐后地在池塘里游泳，渴了，直接在池塘里喝水。池塘里的水甘甜可口，据老人们说，常喝池塘里的水，牙齿很白，也很瓷实。也不知是不是，但只知道，那时伙伴们大多没有蛀牙。由于我们村庄没有电灯，回家之后将纸灯泡放在床上，居然能照亮一小片天地，而我们就是在这一小片天地之中慢慢长大，一晃就是几十年。

成年后，为了生活，伙伴们都在自己的天地里耕耘，很少再去野外捉萤火虫，慢慢地淡忘了小小的萤火之夜，只是从歌曲《枫桥夜泊》里听到了点点的繁星之夜。

待到我们的孩子天真淘气时，天天待在家里看电视，不再对野外生活感兴趣，更不用谈去野外捉萤火虫了。

孙子去年五岁了，好像对所有的电子产品都特别感兴趣，并且无师自通，有款游戏的英文字母很复杂，我根本不知道是什么意思，不敢轻易动手按键，生怕锁了手机，可孙子竟能够将该款游戏玩得溜溜转。我带他去体验农村的生活，半小时就待不下去，哭着嚷着要回家。天空是灰蒙蒙的，大路边杂草丛生；湾间楼房很漂亮，但大多参差不齐。虽说垃圾桶已放到家家户户门口，但池塘里依然到处是漂浮的白色塑料袋。儿时常见的白鱼条不见了，取而代之的是龙虾横行。水田里的竹叶漂没有了，蚂蟥也很少见了，萤火虫就更少得可怜了，夜晚的星空能够看到的是一个字：灰。

我们的生活水平在不断提高，而有些东西在逐步消失；我们的文明在空前发展，而我们的眼光有时却渐行渐远。

注：1. 亮黄虫，即萤火虫；2. 竹叶漂，长在水田里的一种植物，现在很少见了。

福建作家张荣

【作者简介】

张荣，男，74岁，退休教师。近几年以写回忆录来打发时间，作品有《沧桑老人的童年故事》60篇，以及其他散文、小说40篇，其中有些作品参加过全国散文比赛，获过大奖。

让孩子的人生少走弯路

——我用微信指导初出茅庐的孩子

初出茅庐的孩子，对社会的认知度犹如一张白纸。那么，这张"白纸"在社会的大染缸中，究竟会被染成什么样的颜色，父亲的教导是不可或缺的，正如中国的传统启蒙教材《三字经》所说的"子不教，父之过"。

人品是一个人最硬的底牌，是一个人立身于社会的根基，也是一个人最宝贵的财富，所以我十分重视孩子人品的塑造。当然，孩子的培养是立体的、多方位的、多能力的。因而我在加强孩子的品德教育的同时，也非常重视其他方面的指导。比如，自信心的树立、审时度势的能力、人际关系的处理等，应该说是无微不至的了。

也许有人认为，大学毕业的孩子，有自己的生活轨迹，有一定的判断能力，做父亲的没有必要干涉他的选择了。可我却认为，人生就像是一个十字路口，随时都面临着抉择。对于初出茅庐的孩子来说，父亲的指导是必需的。再说了，父亲是过来人，一般都有一定的生活积淀，如果能把自己感悟到的生存智慧传授给孩子，让他的人生少走弯路，有何不可呢？

思想决定行为，只要是孩子在工作和生活中所遇到的棘手问题，我就以短信的形式，及时地予以指导。单单从孩子刚步入社会的 2007 年 7 月，到他工作生活基本稳定的 2013 年初的一段时间里，我给孩子留下了二万五千多字的文字资料。下面，我把那些尘封已久的短信拿出来晒一晒，想必对其他孩子也是有所裨益的。

　　小适，你说"三十六行，行行出状元"，对整体而言无疑是正确的。然而对个人而言，也不尽然，因为人各有千秋，同样一个人，在这个工作岗位上朝气蓬勃，奋发有为，而在另一个岗位上，就有可能一筹莫展，成绩平平。

　　人生就像弈棋，一步失误，全盘皆输。你是读法学的，口才也不错，怎么想去应聘"德克士店长"一职呢？这平台虽好，但很不适合你。亲戚朋友知道了，一定会认为你老爸也少根筋。我坚决反对！

　　孩子，心急吃不了热豆腐。老爸坚信，功夫不负有心人，只要你有自信，有耐心，就一定能找到一个可以张扬个性、展示才华的工作岗位。

2007 年 6 月 2 日

　　寻找工作，少不了面试。老爸想提几点供你参考。

　　一、不要紧张，举止落落大方，神态自信谦和。

　　二、不要急于问待遇的问题。待对方有初步聘用意向时，才可委婉地提出来。

　　三、不要在考官面前夸夸其谈，把自己吹得天花乱坠。

四、不要和考官套近乎，不拉任何的人际关系。

五、回答问题，一定要抓住重点，简明扼要；提问时，一定要把自己的位置摆正，不超出你该问的范围。

请好好领会一下，对你应该有所裨益。

2007 年 7 月 6 日

面试结束前，主考官很可能会让你提问题，其用意在于试探你的决心与热情。老爸说几点供你参考。

一、您认为我今天的表现如何？录取的概率有多大？（可表现求职的决心）

二、贵公司对这个职务的工作内容和期望目标是什么？有哪些部分是我可以努力的？（可表现工作的热情）

三、在这份工作的分工上，是否有资深人员带领新进者，并让新进者有发挥的机会？（可表现求教的态度）

四、贵公司是否鼓励员工在职进修？有哪些鼓励在职进修的举措？（可表现求知的愿望）

五、贵公司能超越同行业其他公司的最大优势是什么？（可表现远大的目光）

可提的问题当然很多，届时你根据面试场合的实际情况，用自己的语言来说上一两点就行了。

2007 年 8 月 9 日

首先祝贺你走上了工作岗位！这是你人生的一个转折点，也是你开始走向辉煌的一个里程碑。

现在找工作多不容易，你一定要珍惜这来之不易的机会，好好把握，干出样子。

做人成功才是真正的成功。在单位里，你一定要尊敬领导，听从指挥，团结同志，遵纪守法，绝不做任何对集体有害之事。以后遇到自己不好解决的问题，请多和老爸商量，尽量避免在工作、生活上走冤枉路。

近朱者赤，近墨者黑。你千万不能和好吃懒做、自由散漫、不求上进的人交朋友。

2007 年 9 月 3 日

在见习期间，应该好好地向领导学习、向同事学习、向一切有经验的人学习。

你学的是法学专业，现在干的是建筑房产之事，可谓风马牛不相及，一切得从零开始，真的勉为其难。然而，世上无难事，只怕有心人，只要你肯付出努力，世上真的没有学不会的东西。姨丈借给你的书，一定要好好钻研。我坚信，张氏子孙是好样的，你肯定会超过那些不学无术的人。

自信是成功的第一秘诀，相信自己"我能行"。成功在等待着你，努力吧，孩子！

2007 年 10 月 13 日

你刚走上工作岗位，必然会遇到诸多问题，比如，工作问题、待遇问题、感情问题等，然而我们都要面对现实，脚踏实地，一一解决，绝不向困难低头。

一个人，心不要太大，只要找到合适自己的位子，就得恪尽职守，埋头去干，不能斤斤计较个人得失。缺少奉献精神的人，是一个没出息的人；一个小肚鸡肠的人，永远干不了大事，这是亘古不变的真理。

今后，在工作中务必做到：在挫折面前要坦然，在荣誉面前要淡然。

2008 年 3 月 18 日

生活中最使人精疲力竭的事是弄虚作假，所以评职称之事，你一定要脚踏实地，一步一个脚印，来不得半点的虚假，否则会让自己身败名裂。

你老爸是职称的老评委，对这"游戏"规则是很清楚的。

害人之心不可有，防人之心不可无。现在处处有陷阱，你时时都要小心，请永远记住口蜜腹剑的故事，千万不要轻信他人的甜言蜜语。

2008 年 5 月 13 日

要使自己能好好地工作与学习，就必须学会做人。德行是立身之本，才识是处世之先。你现在要争取时间，努力掌握好业务知识，兢兢业业地工作；诚实厚道，低调做人。

千万不要在他人面前说假话，尤其是在女孩子面前，因为谎言不能持久，早晚会被人识破，给自己带来不必要的思想负担。

2008 年 9 月 25 日

姨姨虽是你的继母，但她是个毫无私心的人。她所做的一切都是为了我们，你知道吗？然而，她又是一个很有个性的人，有时又像孩子一样，你不能太计较她的态度，应该以孝心去理解、包容姨姨。我相信，你有绅士风度，一定会做得到。记住，一个有作为的人，是能够与各种不同性格、不同层次的人和善相处的。你老爸，水平不比他人高，靠的是以诚实为人、宽容待人取胜。记住，善待别人，有益自己。

2008 年 9 月 30 日

张适，你交给姨姨的 5000 元，我已收到了。这是你给老爸的第一笔钱。我从中看到的不单是你的孝心，更是你的能力。这让我感到非常高兴。

人生的快乐在于付出，而不在于索取。你现在能挣钱孝敬父母了，想必你一定会感到很高兴。老爸希望你再接再厉！

2008 年 10 月 13 日

在工作中，绝不能患得患失，一定要尽力做好本职工作。一个人的辉

331

煌是干出来的，不是他人施舍的，千万不可在任何人面前夸夸其谈。请记住，你高调地展示自己的才华，老爸很欣赏你的能力，但做人务必低调，也就是说，取得一丁点儿的成绩，不可在他人面前沾沾自喜，高兴只能放在心里，而表露的却是谦虚。否则，一个有能力的人，将会被嫉妒所吞没。

2008 年 12 月 16 日

婚姻是两个相爱的人生活在一起，它美满与否，决定着年轻人是否能过上好日子。可见，婚姻是人生的一件大事，来不得半点的马虎。宗教是一种文法现象，绝不能成为婚姻的障碍。你一定要把握好，千万不要委屈了自己，也不要辜负了真情。

2009 年 1 月 13 日

幸福是靠劳动创造的，急功近利的思想一丁点儿都要不得。炒股、赌博必然会分散人的注意力，它们无疑是创业青年的死敌，万万不可为。请好自为之，走好自己的路。

2009 年 1 月 18 日

现在肚子还有问题吗？健康是人生的最大财富，一定要彻底根治，否则会变为慢性病，那麻烦事就多了。做人在道德修养上要明白"小洞不补，大洞叫苦"的哲理，在健康方面也是一样的，万万不可掉以轻心！

2009 年 2 月 16 日

小适，你遇到困难时，一定要用自信战胜困难，战胜自己。无论在什么困境中，不管什么人只要有"自信人生二百年，会当水击三千里"的气魄，就一定会战胜困难。我相信，张家的子孙是无坚不摧、顶天立地的男子汉，绝不会向困难低头的。

2009 年 3 月 22 日

做人的八条准则

一、尊敬领导，尊重长辈，诚恳待人。

二、工作踏实，谦虚谨慎，戒骄戒躁。

三、一心为公，讲求奉献，不图名利。

四、明辨是非，不贪小利，安度人生。

五、适量喝酒，绝不抽烟，珍爱生命。

六、发财有道，杜绝赌博，勤劳致富。

七、热爱生活，善待朋友，知恩图报。

八、遵纪守法，作风正派，诚实为人。

——与孩子共勉

2009 年 3 月 26 日

生活处处有风险。你去旅游一定要注意安全，最好跟旅游团去。不管是白天还是黑夜，都不能到偏僻的地方。据说有一对大学生情侣，夜晚只在离校 50 米的树林里，就被人谋财害命了。安全不是小事，千万不能掉以轻心。

2009 年 4 月 14 日

张适，听说你要到浙江横店电影城去考察。如果是单位组织的集体活动，老爸很高兴，否则你要三思而行。正在创业的你，心中应该只有领导的重托与亲人的期盼，绝对不能有一丁点儿贪图享受的思想。总之，现在的你，一切都要以工作为重。想必你会懂得"奋发图强创佳绩，乘风破浪会有时"这一道理。

2009 年 4 月 14 日

现在"猪流感"传染的速度快、面积广，是比"非典"还要可怕的疾病。它在潜伏期即可传染。世卫组织将它的流行警告提到五级（最高六级）。我们的邻居韩国已发现17例，中国香港4例。你务必注意，不要到人多的地方，不要在外面乱吃东西。切记：没有了健康的身体，就没有了一切。

2009 年 4 月 30 日

建立一个幸福的家庭，不在于对方能赚多少钱，更不在于人长得多美，而在于双方般配与否。老爸提醒你三点，只要有其中一点，都是幸福之家的隐患。一、本人多病或家族有遗传病史，如癫痫、精神分裂、聋哑、侏儒、先天性近视等；二、没有文凭，又没有正当且稳定的工作；三、父母没工作，无所事事，家庭关系复杂，家风败坏。当然，建立家庭不会就这么简单，你一定要把握好。碰上疑难事，请多和我商量。记住，不管是在工作中还是在生活中，都要经常请教有经验的人，尽量使自己少走弯路，少一些后悔。

2009 年 5 月 5 日

张适，在单位里该怎么做人、工作、生活，老爸都已不厌其烦地跟你说过了，今天再强调一遍，一定要尊敬领导、团结同志、低调做人，杜绝和有不良习惯的人来往；一定要有奉献精神，要有上进心，淡泊名利，决不抽烟赌博，不贪图小利，不乱花钱。现在生活处处有陷阱，你事事都要小心。

2009 年 5 月 21 日

老爸手表很多，没必要再花钱买。我把表带换一换，就很好了。我知道你的心意，很高兴。你奶奶经常告诫我们说，有钱有吃的时候，要想到没钱没吃之时。她意在告诉我们，要勤俭节约，不随意花钱。请谨记奶奶的教导。

2009 年 5 月 24 日

在生活的道路上，绝对不能患得患失，一定要有绅士风度。赚钱有道，必须一步一个脚印，绝对不干违法之事，绝对不做有损集体利益或他人利益的事情。坚信一个道理：天上绝不会掉下馅饼。不要理会他人所编造的能使人迷糊的故事。

2009 年 6 月 2 日

收到你的礼品，老爸甚感高兴。我高兴的不只是礼品的精美，更重要的是你懂得孝敬父母了。百事孝为先，孝顺的孩子福报大，前途远大。作为父亲，有什么能比这个更让我感到高兴呢？

2009 年 7 月 4 日

小适，你能上报纸，这是公司对你的成绩的肯定。老爸向你表示祝贺！这只是你人生的开始，务必戒骄戒躁，继续努力，争取更好的成绩。请记住老爸的话，在荣誉面前要淡然，因为上报不是你奋斗的目标，你的最终目的是：尽自己的努力，为集体做出更大的贡献，做一个有所作为的人。

2009 年 7 月 6 日

健康是工作的本钱。夏季天热闷热，你白天工作很辛苦，晚上又要去学开车，人能受得了吗？因此我建议，是否改为秋季去学习。今后每做一件事，自己都要把握好，千万不可急于求成，欲速则不达，心急吃不了热豆腐。

2009 年 7 月 23 日

小适，工作一定要安安心心，踏踏实实，千万不可心猿意马而影响进步。如果你采用以退为进的办法，对于没有深厚基础的人来说是愚蠢之举。一个人不管取得多大的成绩，都没有什么可值得骄傲的。单位领导最讨厌的，就是夸夸其谈的人、不安心工作的人、不尊重领导的人。一个领导岗位的试用期一般为两年，可你只干了一年半，已经取得一定的成绩，老爸为你感到高兴。一切顺其自然，不要轻言放弃。请记住，命里有时终须有，命里无时莫强求。

2009 年 8 月 6 日

　　孩子，不管《任命书》什么时候下达，工作都要尽职尽责，千万不可有患得患失的思想，因为人品是生存的通行证。

　　据说，女孩的父母不同意你们的婚事，而且态度强硬。这没关系，因为我们的条件不差，更何况"教"之不同，我们也不是很满意。做人不能有傲气，但不能没有傲骨，被人嫌弃了，你应该变懂得退出。天涯何处无芳草，凭你的个人条件，完全可以找到更合适的对象。

　　为人处世要把握分寸，张弛有度。她的父母不顾女儿的感受，一意孤行，那是人家自己的事情，而我们却要有礼有节，不使姑娘受到太大的伤害。切记！

2009 年 8 月 24 日

　　社会是个大染缸，你一定要把握好自己，千万不要被染黑了。为此老爸告诫你两点：一、工作务必踏踏实实，赚钱务必有道，不义之财一分都不能要，损人利己的事一点都不能干；二、君子之交淡如水，朋友之间不能有金钱来往，否则情谊亡。

　　你要提防口蜜腹剑的人，千万不贪小便宜，不上小人的当。

2009 年 9 月 6 日

　　打铁需要自身硬，作为一个主管，首先要学会用人的本领，不仅懂得用和自己意见相同的人，而且还要懂得用和自己意见不同的人，甚至反对过自己的人。其次，要有度量，宽容待人，绝不可给任何人穿小鞋，或表里不一，给自己造成精神负担。最后，要以身作则，用自己的实际行动来带动他人，感染他人，使自己在他人心中树立一个良好的形象。请记住，

336

沉默是金，没有经过深思熟虑，不要随便发表意见。做事务必稳重。

2009 年 9 月 8 日

你认为顶头上司是个女的，脾气大，不好相处，那是大错特错的了，因为她往往能够与男同事完美合作。

当然，默契配合是双方的事，不管领导脾气怎样，你首先要做好本职工作，即使取得好成绩，也不居功自傲，让她感到满意；其次，遵守部门的规章制度，听从分配，让她认为你是个服从管理的人；最后，给她足够的领导尊严与优势感，以满足她的自尊心与控制欲。想必，你能做到以上三点，和女上司相处应该不会有问题了。

2009 年 9 月 10 日

小适，人生之路是不平坦的，既有鲜花与掌声，也有荆棘与坎坷，难免会在工作中遇到很多困难，但你一定要坚强。请打开搜狐网站，点击搜狗，搜索你老爸的散文《只有经受过严寒的人，才知道阳光的温暖》，看看你老爸儿时到底有多坚强。这对你应该有所裨益。姨姨交代，秋天到了，千万不可洗冷水澡。切记！

2009 年 9 月 11 日

世上钱财世上用，旧的不去，新的不来。更何况，破财可以免灾。一辆即将淘汰的电动车，又算得了什么？一个人不赌博就算赚钱了。只要我们没有不良的习惯，平时的一丁点儿损失，就像生活中的一个小插曲，增添了我们的生活内容，丰富了我们的生活经验。吃亏是福，感谢小偷。

2009 年 9 月 18 日

小适，北京冷吗？一定要注意身体。你和老总一起去出差，这正是融洽上下级关系的极好机会。但一定要把握好分寸，不亢不卑，不能因紧张

· 337 ·

而凝固了思维，使自己显得机械不灵活了。你要注意两点：一、手脚勤快，办事诚实；二、不说别人的短处，也不吹嘘自己。你要知道，在领导面前搞小动作的人是卑鄙小人，会被领导所不齿。只要能给领导一个求真、务实、谦虚、谨慎的印象就好了。

2009 年 9 月 19 日

孩子，你的口气重，会影响你的形象，一定要根治。我认为，你的症状有两个原因：一是胃有实火，二是睡眠不足。治疗办法很简单，一是饮食清淡一点，尽量少吃油炸和烧烤的食品；二是不喝饮料，多喝白开水，每天不少于三大杯；三是不能熬夜，睡眠要足，一天不少于七个小时。切记！

2009 年 9 月 30 日

孩子，在走向成功的路上，肯定有坎坷，肯定有荆棘，肯定有"拦路虎"，这是人生的必然。你千万不可因为他人的刁难、白眼、讽刺而沮丧，且放弃了努力。你可明白，人的劣根性就是不希望身边的人比我好。这是人自私的一面，只要有人的地方，就有这种现象。你不应该为此而难过，而应该把它当作刺激自己前进的动力，毫不动摇地继续往前走。当你的本事练成了，底气夯足了，大家就会对你刮目相看，谁还敢轻视你呢？

2009 年 10 月 7 日

在生活中，我们时时处处都要小心谨慎，千万不可疏忽大意。你的身边有同事、有外单位的人，血汗钱一定要保管好，千万不可随意扔在抽屉里。你想啊，万一丢失了一些钱，会给和你经常来往的人带来尴尬，更重要的是，给自己的精神带来负担，给人生带来缺憾，很不值得。现实生活告诉我们，害人之心不可有，防人之心不可无。妈妈被骗的教训，你一生一世都不能忘。

2009 年 10 月 13 日

姨姨特意给你炖的黑木耳，即使很难吃，你也要吃下去。黑木耳是人体垃圾的搬运工，对你绝对有好处。另外，凉药也要按说明吃，不得有半点马虎。健康是幸福的基础，为了保护好自己的身体，有什么做不到的呢？

2009 年 10 月 13 日

做工作，我们不仅要有高度的责任感，而且还要有诚实为人的性格、遵纪守法的作风、谦虚谨慎的态度。一切都得讲求实事求是，不做任何小动作。记住，在同事当中，倘若有人各方面的能力都强过你，我们应该虚心地向人家学习，不断给自己"充电"，慢慢地提高自己。只有这样，你才有远大的前途，否则你只能是个昙花一现的人物，显赫一时。

2009 年 10 月 18 日

如果今天体温正常了，那是一般感冒，应该没什么问题；若是发烧不退，务必上医院，宜早不宜迟。凡病都要及时治疗，绝不能拖。据说，近期甲型流感十分猖獗，连柘荣这样的小地方也有 10 多例，更何况大城市。美国医疗水平可谓是世界一流的了，但患者的死亡率很高，现在已有上千人，美国居民风声鹤唳，草木皆兵，极为恐慌。你一定要提高警惕保护好自己，没什么重大的事情，不外出；尽量不到饭店吃饭；不到人口密集的地方。我给你的凉药，可以清热解毒，一天吃两次，一次两片。切记！

2009 年 10 月 31 日

常言道，三分亲赢别人。表嫂是个很睿智的人，专程到福州找你，当然是出于一片好意。你应该热情接待，少说多听。回答问题必须谦虚谨慎，万万不可夸夸其谈。"听君一席话胜读十年书"，你必须多多听取她的意见。

2009 年 11 月 19 日

小适，当今社会处处有陷阱，到处充满着欺诈，你要投资，务必慎之又慎。老爸给你三个"不能"和三个"不要"，以供参考：一是不能参加任何个人的投资；二是不能把钱投进表面风风火火、冠冕堂皇，实际没有什么资质的皮包公司；三是不能委托朋友炒股或其他形式的投资。一是不要轻信他人的花言巧语；二是不要被眼前所谓的高额回报冲昏头脑；三是不要做有风险的任何事情。

请记住老爸的话"踏实做人，勤劳致富"。

2009 年 11 月 27 日

孩子，妈妈天真善良，被自己最好的朋友骗了，而且还背着我，以致铸成了大错。我苦苦挣扎着生活了十多年，至今尚未替她还清债务。这一惨痛的教训是刻骨铭心的，也使我对欺骗行为疾恶如仇。老爸的承受能力已到了极限，如果你重蹈覆辙，老爸的精神会彻底崩溃，即便你赚再多的钱，也于事无补。老爸是你最值得信任的人，也是一个饱经风霜、阅历极为丰富的人。不管什么事，多听老爸的，你就会少走很多弯路。孩子，幸福没有十全十美，知足就好；人生没有十全十美，快乐就好。

2009 年 11 月 30 日

小适，你白天忙于工作，常在晚间吃水果，这是生活之大忌。老爸在总务处当主任的时候，也和你一样常在晚间吃水果，结果得了糖尿病（现在注意了，不在晚间吃糖类食品，已好多了）。这种病很可怕，它可引发心脏病、高血压等多种疾病。请记住，水果在上午吃是金，下午吃是银，晚上吃是垃圾。对此，老爸深有体会。今后，晚上连饮料也不喝，若肚子饿，可吃少量少糖少油的食品。健康是 1，财富、地位、荣誉等是 0，倘若没有健康，人生的一切也都是 0。孩子，请记住老爸的叮嘱。

2009 年 12 月 4 日

与人为善，温暖他人，快乐自己。老爸单位有很多同事想买房子，若

· 340 ·

有人找你问房产之事，回答问题一定要实事求是，耐心细致；若有委托办事，一定要认真负责，有始有终。这些都是做人最起码的要求，你务必做到。

2009 年 12 月 7 日

选择终身伴侣，人品与家境，两者必须综合考虑，那些附加有赡养、培养等义务，以及对方经济不能独立的婚姻，都属于残缺婚姻，很难美满。在婚姻问题上，与平时的逢场作戏不同，在还不了解对方的情况下，万万不可凭一时的冲动，做出愚蠢的事情。当然，遇到自己心仪的人，我们必须以诚相待。一个心猿意马、见异思迁的人，是永远找不到真爱的。老爸的这些看法供你参考，万万不可置若罔闻，坏了自己的好事。

2009 年 12 月 12 日

诚信就是诚实守信，讲究信誉，履行承诺，遵守约定，表里如一，言行一致，说到做到。只有这样，才能在人与人之间建立起一种互相信任、互相尊重、和谐可靠的关系。你向领导汇报工作时，倘若缺少了诚信，就会失去领导对你的信任，即使本事再大也只能是昙花一现的人物。老爸希望你永远做一个诚实的人。

2009 年 12 月 16 日

人决不能做钱的奴隶，你务必按自己的能力办事，除了每月还住房贷款之外，还能做什么事情必须有一个计划，量力而行。如果条件不允许我们一步到位的话，不急的事可以缓一缓，比如买车之事。我们要做钱的主人，让自己活得轻松快乐一点。记住，万万不可动歪脑筋，万万不可委托他人投资，万万不可去做任何有风险之事。

2010 年 1 月 3 日

一个人的好口碑，是由平时的好表现积累而成的。你平时对生活中的一些细节问题不够注意。比如，你工作忙的时候，没接朋友的电话，当然无可厚非，但有空的时候就必须回过去，说明原因并表歉意，以免误会。否则，人家对你就有看法，甚至连朋友都做不成了。孩子，习惯改变命运，细节成就未来。生活中的小事不小，我们也不能掉以轻心啊！

2010年1月6日

孩子，对投资一事，你有自己的想法，是很正常的，老爸本不应该横加干涉。但是，在诚信匮乏的当今社会，老爸很不放心。你也知道，你腰缠万贯的表叔，生活过得有滋有味，可因交友不慎，导致倾家荡产。切记，投资务必自己做主，万万不可把钱交到任何一个人的手上。

老爸是一个饱经风霜、见过世面的人，有许多生活感悟，现提醒你三点：一、急功近利的思想要不得；二、过分激进的行为不可取；三、道听途说的话不可信。

2010年1月13日

小适，你知道吗？劳动会给明天带来欢乐，团结会给明天带来胜利。所以，你必须做好本职工作，必须处理好和同事的团结关系，万万不可因听了几句让你不爽的话而仇恨人家。一个人事业的成功与否，和人际关系的好坏是有很大关系的。还有人认为，一个人的成功，其中为人处世和生活技巧占百分之七十以上。虽说做人是一门很深的学问，但只要你有了真诚与宽容，就可以融洽人际关系。

2010年1月26日

孩子，一个锱铢必较的人，是绝对没有出息的。常言道，量大福大。今后不管做什么事，都必须先人后己。作为一个企业职工，应该把集体利益放在第一位，如果春节领导要你留下值班，你不能以任何理由来推卸，而且不计时间长短，不计个人得失。你要明白，只有一心为公的人，才会得到领导的信任与重用。

2010 年 2 月 1 日

福州五四路华林路口，发生出租车撞飞电动车事故，想必你已知道了。一个花季少年，就这样在瞬间灰飞烟灭了，太可惜了。看来，被称为"生命线"的斑马线，也不是绝对安全的，你过斑马线时务必注意，万万不可在骑车时思考问题或看手机，一定要集中精力，一定要遵守交通规则，时时处处都要记住"安全第一"。

人的生命是无价的，也是脆弱的。它承载着你的亲人、朋友和整个社会赋予你的责任，绝不仅仅是你一个人的，所以我们都必须珍爱生命。

2010 年 3 月 22 日

当局者迷旁观者清，你身上存在不少不良的生活习惯，比如长期熬夜、常吃夜宵、不吃早餐、不爱喝水、过度疲劳等。孩子，习惯决定性格，性格决定命运啊！为了培养自己的良好性格，你必须时常对自己的习惯进行"体检"，尽量克服性格中的劣势，发挥性格中的优势，运用性格的力量去争取幸福的人生。老爸相信你，一定会做得到。

2010 年 4 月 2 日

在生活与工作中，一定要谦虚谨慎，万万不可自高自大，用实际行动给人留下好印象。今后说话，要将"我的手下"改为"我的同事"。切记！

另外，在与同事相处当中，务必宽容，即使被误解了，也不生气、不动怒。因为生气是用别人的错误来惩罚自己；冲动是魔鬼，它会让你说错话，做错事。记住，用时间来澄清误会的人，一定会得到更多的尊重。

2010 年 4 月 28 日

孩子，最近你对客户或同事的误会都能忍，不会像过去那样动不动就生气。老爸很高兴，因为你长大了，心理素质提高了。"宽容"是融洽同事关系的润滑剂，"容忍"是化解矛盾的溶化剂，如果你心中有了这两个词，你就会有快乐了。否则，你永远活在痛苦之中，因为我们不是活在真空里。

2010 年 5 月 15 日

小适，如果我们想编织一个良好的社会关系网，亲戚关系是不可或缺的，所以我们和亲戚必须有来往和沟通，不管是大事还是小情，都必须相互关照。听说你要去拜访姨夫，说明你懂事了，老爸很高兴。我想，你事先必须以电话预约姨夫，以示尊重；在姨夫家你话不要太多，纯粹地聆听他的教诲，以示崇拜；搞送礼的俗套可以不要，但可给小姑娘买高中女生的学习用品或学习参考书，以示爱其所爱。当然，老爸的想法，仅供参考。

2010 年 5 月 26 日

昨晚，你给老爸介绍女朋友时，有一句话"她一切都听我的"，我认为不大合适，因为此话含有轻视她没主见之意，以后不能再说了。试想，在她的父母面前，如果她也这么说你，你肯定无地自容了。我想提醒你，尊重他人，就是尊重自己，因为爱是相互的，你播下爱的种子，收获的必然是爱的果实。

2010 年 6 月 8 日

小适，老爸想问你，驾照拿到手了吗？车牌按规定上了吗？保险都做了吗？该办的手续都必须办理，一切都得按部就班，不能有一丁点儿的侥幸心理。

一个人想获得心安理得，就必须遵纪守法。请记住，只有心灵充满阳光的人，才不会有患得患失的担忧与烦恼。

2010 年 6 月 18 日

小适，自己开车去上班当然方便多了，但务必小心谨慎。首先，思想一定要集中，驾驶时务必全神贯注；其次，必须时刻保持清醒的头脑，绝对不能疲劳驾驶；最后，必须严格遵守交通规则，不能有一丝一毫的麻痹思想。老爸还要特别提醒你，不再熬夜了，早点起床，早点上班，车开慢一点，注意安全。切记！

2010 年 7 月 1 日

昨晚在咱家乡，有一辆小轿车"投河自尽"，五个花季少年，转瞬间灰飞烟灭了。这几个鲜活生命逝去的原因不言而喻。老爸感慨万千，今天再嘱咐你两点：

一、一定要遵守交规，绝不超速开车；

二、车绝不借给会开车而无驾照和有驾照但少开车的人，以避免"好心办坏事"的现象发生。

2010 年 7 月 23 日

昨晚，我看了《电信诈骗大揭秘》觉得，不是骗子的骗术高明，而是被骗人太贪、太傻了。之所以有那么多人受骗上当，甚至还有教授、企业家，是因为，人性的弱点"贪"字被骗子抓住了。"贪"是祸根，它会使人变得很傻、很残忍。老爸在此提醒你两点：一、身份证号码、信用卡密码等个人信息，一定要绝对保密；二、不管是电信，还是亲戚、朋友所提供的"赚钱捷径"都一律不理，哪怕是抱着试试看的思想也要不得。

2010 年 7 月 28 日

小适，刚才接你的电话时，听到你的身旁有轻浮且不严肃的女孩之声。可见，你的工作环境存在"安全"隐患，一定要有防范意识。德行是人的立身之本，一个员工优秀与否，品德是衡量的第一标准。作风不正派的人，进步必然与之无缘，甚至还会给他的婚姻生活和工作抹上一层阴影。切记！

2010 年 8 月 1 日

小适，你想为女友做调动之事，我认为时机尚未成熟。就凭你们现在的关系，我们是不会花代价去为她办理此事的，何况她父母还认为你老爸出身剥削阶级家庭，对你有点看法。其实我们对阶级觉悟这么高的家庭，也非常害怕，不同意你和她走在一起。但凡做事，分寸必须拿捏有度，既然人家父母不是很喜欢你，我们也不要强人所难了。

天涯无处无芳草，只要你传承了张氏"勤劳善良"的家风，就一定会得到爱神的青睐。

2010 年 8 月 30 日

小适，你要再买一套小户型的房子，我知道你的想法，而且为你的投资方式感到高兴。但是，我们要权衡一下自己的经济实力，不要太为难自己了。你想想，我们现有的房子要装修，而你又要买小车，还有什么能力再买房子呢？虽说有的赚钱机会稍纵即逝，但对有城府者而言，机会随时都有，请别着急，慢慢来。你工作没几年，凡事都不能太张扬。万丈高楼平地起，只有根基坚实了，才有雄伟的大楼。孩子，先打好你人生的根基吧！

2010 年 9 月 18 日

中央十二套播放《搭便车之祸》，正是给有车族敲响警钟。一个丈夫开车去接在小学教书的妻子，同时有三个妻子的同事要求上车，因面子的问题，不敢拒绝，结果发生车祸，三名同事受了重伤，自己受伤不说，而且还赔了五十来万，又被判了一年。

好心办坏事，在生活中是常有之事，你一定要把握好，绝不做有风险的好事，比如，开车约朋友去玩，或把车借给他人，等等，都有可能发生意外，你千万要小心。

2010 年 11 月 13 日

鱼知水恩，乃幸福之源也。明天是感恩节，你一定要给培养你的有关

346

领导发"感恩短信"。知恩图报是人应有的美德，也是人的幸福之源。

下面我拟一则供你参考："某某，谢谢您扶着我走到了今天。祝感恩节快乐！"

2010 年 11 月 24 日

小适，从你的电话可知，你的心情不大好。心态决定一切，在任何时候，你都要保持"有信心、有希望、讲诚信、肯吃苦"的积极心态，因为它是一种有效的心理工具，可以发挥你的潜能。什么"运气不好""做不做都一样"等悲观失望的心理，都是会导致失败的。

老爸再强调一下，面对问题、困难、挫折、挑战，你都必须从正面去想，从积极的一面去想，从可能成功的一面去想，采取积极行动，努力去做。切记！

2010 年 12 月 12 日

生活在人事关系纷繁复杂的集体中，偶尔与同事发生摩擦，是在所难免的。然而，你必须忍让与克制，绝不能让敌对的怒火烧得自己晕头转向，肝火旺盛，和同事发生冲突而失去了绅士风度。今后，如果你遇上不被理解的事，必须提醒自己，不要陷入"敌对心理"的旋涡，不能有任何的偏激行为。

心底无私天地宽，只要你站在集体的利益之上，即使受到一点伤害或委屈，请别放在心上。有时，沉默是最好的反击办法。

2010 年 12 月 18 日

对于能力来说，没有教训和没有经验是一样的，都不能使你成为大器。在工作中遇到一点挫折，是在所难免的，但你不能灰心丧气，应该从失败中吸取教训，以提高自己的能力。孩子，竹子为什么在一年内会长得那么高，你知道吗？那是因为它每升高一段，都会做一个小结。同理，你每做好一件事，都必须总结经验与教训。这样，成功一定是属于你的。

2010 年 12 月 21 日

小适，只要你能取得点滴成绩，老爸都会很高兴。为了你能成为更出色的员工，老爸送你三句话：

第一句：多干事，少说话，绝对不能在任何人面前讲公司或某个人的不是。

第二句：骄傲是进步的恶性肿瘤，无论在什么场合，都不能有所表露。"有好的单位，你可以去。"领导的这一句话，意在告诉你，公司多你一个不多，少你一个不少。

第三句：干一行，要爱一行，不管发生什么事，都要把集体利益放在第一位。只有如此，才会得到公司的喜爱重用。

2010 年 12 月 23 日

今天是新年的第一天，是国家法定的假日，大家欢欢喜喜过新年之际，却是你最忙碌之时。我从你的言谈中得知，你好像有点不乐意这样工作。看来你的人生目标还不明确，因而工作态度就不够端正了。心态决定一切，你既然选择了这份工作，而且还取得一定的成绩，就必须努力去做，从中体会到工作的乐趣。老爸祝你工作认真负责，生活一帆风顺！

2010 年 1 月 1 日

我们不是生活在真空里，难免会遇到许多磕磕碰碰的事情。我想啊，只要我们能以换位的心理去思考，就一定可以把大事化小，小事化了。切莫为过几天就会忘记的小事和不值钱的面子而难过。

我相信，你没有解决不了的问题和过不去的坎，因为你是心胸开阔、为人豁达老爸的孩子。

2011 年 1 月 21 日

小适，倘若以我之名购房不行的话，只好转让，绝对不可用朋友的名誉或不正当的手段购买，因为种下蒺藜，绝不会长出玫瑰，所以说违规的

348

做法就是"定时炸弹",总有一天会给你带来诸多麻烦。

　　诚实是人生永远最美好的品格,我希望你做一个诚实守信的人。

2011 年 1 月 25 日

　　小适,你一接到购房贷款利息提高的通知,立马向朋友借了 50 元,再打进去。这种把信誉看作比金子还要珍贵的行为,着实让老爸感到欣慰,为你点赞。做人嘛,就应该注意自己的形象,绝不让它染上一丁点儿的污点。

　　好朋友也要明算账,那 50 元必须及时送还,否则就会影响朋友之情。

2011 年 2 月 13 日

　　没有父母祝福的婚姻是不完美的。老爸支持你放弃。

　　虽说分手是因女方父母的反对,不是你的责任,但你也要安抚好她,不能让她受太大的伤害。对她父母你也不必责怪,人家有人家的道理。

　　天涯何处无芳草,你的自身条件与家庭情况都很好,可能很快就有女孩追求你,你可不能因一次的失败而自暴自弃,要相信自己可以找到一个更合适的姑娘。

　　婚姻的质量决定生活的好坏。你今后找对象,老爸提几点供你参考:一是健康状况(是否有像癫痫、精神分裂、聋哑等家族遗传病史),二是工作情况,三是家庭成员情况,四是为人处世的情况,五是过去的恋爱情况,等等。这些你都要有真实的了解,否则绝不可有任何的承诺,以免给双方带来莫名的伤害。

2011 年 2 月 18 日

　　舅妈在福州已两年了,可你一次也没有去过。可见,你还是一个不谙世事的孩子,不懂得如何去建立自己的"关系圈"。

　　亲情是一株永不凋谢的玫瑰,在人生漫长的旅途中,是会为你送去温馨和祝福的。你身在异乡,还有谁能比舅妈更亲更爱你呢?

349

自古以来都是长辈疼晚辈，你越亲近她，她会越高兴，会说你懂事，心中有亲人。反之，她会认为你是个无情无义的外甥。请你权衡一下得失，就知道该怎么办了。

当然，你很忙，老爸理解你，别人会理解吗？今后，你有什么难事，可以多多请教她，一定会得到很大的帮助，因为她是你足智多谋、精明能干的舅妈，你老爸也很佩服她。

2011 年 3 月 18 日

小适，你虽已年届而立，但生活经验还很不足，应该多听取别人的意见，尤其是婚姻大事。

姨姨已到福州。她为你想得多，当然也说得多，你要好好地听讲，不能流露出一丁点儿"烦"的表情，因为长辈是一本书，一旦打开就会读到人生的事理，读到传统的积淀，读到时代的印记，等等，对你是很有帮助的。

记住"良药苦口利于病，忠言逆耳利于行"。但凡听不进他人的意见，自命不凡的人，绝对是成不了大器的。

2011 年 4 月 12 日

小适，你的发式有点标新立异。但是，很不适合你。

一个有上进心的青年，哪一个的发型会和社会上的无业青年或娱乐界的明星一样呢？人的外表是他内在素质的展现，没有一个领导会喜欢你的发型。

既已如此，老爸指责再多也于事无补，仅要求你下一次一定要理像你表哥那样端庄稳重的发型。

细节决定成败，你懂吗？孩子。当你朝着既定目标前进时，工作、学习、生活等都要以最佳的状态表现出来，缺一不可。切记！

2011 年 4 月 18 日

今天虽是法定的节假日，你却依然忙碌在工地上。老爸为你点赞！

劳动是世界上一切欢乐和一切美好事情的源泉。你在为集体而辛勤付出的同时，其实也在为自己酿造甘醇的美酒。

祝小适五一节快乐！

2011 年 5 月 1 日

小适，你的性格中有一个很明显的弱点，那就是办事很会"拖"。在人的一生中，"今天"是最重要的，办事总想寄希望于明天的人，将会一事无成，你知道吗？

一个懂得如何利用今天的人，才会在今天创造成功的奠基石，孕育明天的希望。可你对"今天"的态度让老爸很担心！

有的事及时办好了，有可能会把你推向成功的彼岸，如果被你拖延了时间而错过了机会，有可能会让你触礁覆没在险滩。老爸再次提醒你，切不可掉以轻心。

2011 年 5 月 7 日

小适，你遇到一点点的困难就想打退堂鼓，老爸又要批评你了。

你应该知道，困难是一块石头，对于强者，它是铺路石；对于弱者，它是绊脚石。孩子，你如果在困难面前退缩了，那你就甘当弱者了。每个人在工作中都会遇到困难。老爸这一路走来，不知遇到过多少困难，有来自外界的，也有来自领导与同事的压力，但我都顽强地走过来了。以老爸的感受来说，只要有坚强的意志，就不怕任何困难。

我希望你，像老爸那样，坚强地面对任何困难。

2011 年 5 月 18 日

在单位里，工作不能分什么大事或小事，只要是必须做的事，都是大事。比如，文明检查团要来了，可你的地板脏兮兮的，这时领导叫你去扫地，你说是大事还是小事？小事都不在乎的人，怎么会成大事？很多首富，包括伟人，他们每一件小事都做得很好。老爸不知和你讲过多少次做人的道理，可你依然以"小事一桩"为"懒惰"找借口。孩子，一屋不扫，何以扫天下？

想吃核桃，就得首先敲开它坚硬的外壳，如果你不付出劳动，怎能吃得到呢？老爸希望你明白"有付出才有收入"这一道理。

2011 年 6 月 2 日

台湾的"塑化剂"风波愈演愈烈，整个海岛搞得沸沸扬扬，问题企业有几百个，受污染产品有大几百种，单单饮料就有几十种。我们不得不防，可你却将饮料当水喝。错！错！错！

从今天起，你每天早起喝一杯白开水，然后每隔 2 个小时左右喝 300 毫升水，不能等到渴了才喝，因为口渴信号出现时，身体的缺水情况已比较严重了。

欧洲现在正肆虐着出血性大肠杆菌，特别是德国，不知吞噬了多少原本健康的生命。预防办法有如下三点：一是饭前便后要洗手，二是食品必须煮熟吃，三是水果一定要洗净或削皮吃。切记！

老爸不图你为家做多大贡献，只要你保护好自己，就是最大的贡献了。

2011 年 6 月 6 日

每个人都有自尊心，不管是高高在上的企业老总，还是沿街乞讨的流浪者。因此，在待人处事上，我们不能只强调自己的自尊心，而忽视了别人的感受。

阿姨严格要求你，有时可能是批评多了一点，让你感到自尊心受到伤害。可你要知道，良药苦口利于病，忠言逆耳利于行。她是长辈一切都是为了你好啊，作为小字辈的你怎么可以不接她的电话呢？这让她情何以堪，你想过了吗？

孩子，爱是相互的，你冲着别人笑，别人也会冲着你笑；你冲着世界笑，世界也会冲着你笑。我们在生活中必须学会关心别人、尊重别人，只有如此，我们才能得到别人的关心与帮助。

2011 年 7 月 9 日

老爸批评了你，你在回信中大叫"晕死"了。俗话说，不听老人言，吃亏在眼前。老爸历尽沧桑，具有丰富的生活经验，我所提的意见，是值得你学习借鉴的。

我在职时，不论是领导，还是同事，都喜欢和我一起工作。你知道是为什么吗？其实很简单，只要你遵循与人相处的生活法则：不管对待什么人，都要尊重对方，理解对方，并乐于帮助对方，就可以得到大家的喜欢。请记住，那些只考虑自己、不考虑他人的人，是永远不受欢迎的。

2011 年 7 月 10 日

昨天，我从中央十二套《社会与法》栏目中得知，有一人将私家车借给有驾照的朋友，而朋友又转借给另一个有驾照的朋友。因朋友酒驾撞死了人，给车主带来了诸多麻烦。这"帮蝶破茧"的傻事，给我们敲响了警钟。

为此，老爸再次与你约法三章：一、车原则上不外借，特别是没有驾照或赴宴喝酒的人；二、珍爱生命，开车不喝酒，喝酒不开车；三、绝不违反交规，行车务必小心谨慎，宁停一分钟，也不争一秒。

当然，做人又不能无情无义，实在无理由推托的内亲与挚友，你应该了解清楚，并叮嘱他不可转借，以免节外生枝，给自己招惹麻烦。

2011 年 7 月 13 日

孩子，上午你向老爸袒露心扉，我理解你，因为做人是一门很高深的学问。

然而，于你而言，又何难之有？你长期接受的是老爸的良好教育，具有一定素质与涵养，应该会知道，"少于责怪别人，多于自我批评"可以

• 353 •

消除人与人之间的思想隔阂；按"尊重、理解、孝顺"这六字去做，可以理顺你和姨姨之间的关系。何况，她是个心地极为善良而又十分关心你的人。

心量狭小，则多烦恼；心量广大，智慧丰饶。你是一个有度量的孩子。我希望你，遇事多往好处想，尽快调整好自己的心理，快乐地工作与生活。

2011 年 7 月 25 日

真正关心你、在乎你的人，才会为你付出，且不图回报与感恩。对于你而言，就应该学会感恩，懂得回报。在姨姨批评你的时候，一定要学会控制自己，学会调节自己的心情，万万不可因她的在乎而放纵自己的情绪，也不可因她的真爱而肆意宣泄自己的心绪，亵渎了亲情。

孩子，你要明白人生的一个道理，感恩是一种处世哲学，是生活中的大智慧，它可以消解人们心中的所有积怨，可以涤荡人世间的一切尘埃。

2011 年 8 月 3 日

小适，你是否有听过这个故事——有一只小鸟，从北方飞到南方过冬，不料被冻僵了，躺在地上。这时来了一头牛，大便正好拉到它的身上。在牛屎里得到温暖的小鸟，慢慢地苏醒过来，还觉得挺柔软舒适，便高兴地唱起了歌儿。甜美的歌声，把一只野猫吸引过来了。野猫循声而来，发现牛屎里有一只小鸟，便把它拉出来吃掉了。这故事告诉我们一个道理：往你身上拉屎的人，不一定是敌人；把你从粪堆里拉出的人，不一定是朋友。

常言道，多一个朋友多一条路，老爸并不反对你交朋友。但是，你应该要谨慎，善于明辨是非，懂得交什么样的朋友。那些经常请你去吃饭唱歌的人是好朋友吗？工作上让你感到有压力的竞争对手是敌人吗？非也！所以你一定要先接触接触，让时间告诉你可交否。请记住老爸所说的交朋友的第一标准"诚实守信"，因为诚实永远是人生最美好的品格。

2011 年 8 月 13 日

你花了一万多元，给姨姨买了一只金手镯，她一定会高兴的，我支持你。当然，处理好人际关系，物质固然是很重要的，但更重要的还是你的言行。

老爸常对你说，世间万物都是相互作用的结果，你冲着别人笑，别人也会冲着你笑；你冲着世界笑，世界也会冲着你笑。不论什么人，只要你以"真诚"的言行对待他，就可收获"真诚"。正如你小时候常念的顺口溜，"种豆得豆，种瓜得瓜；谁不知道，就是傻瓜"。

我相信，你一定会按老爸所说的去做，也一定能做到。

2011 年 8 月 20 日

你送姨姨的手镯，我也看到了，金灿灿地，十分精美。她看了又看，爱不释手。

你知道她喜欢金器的东西，于是便投其所好，慷慨一回，让她开心以达到和谐母子关系之目的。好！好！好！

生活往往是这样，你帮助别人获得他们需要的东西，你也因此而得到自己想要的东西，而且你帮助的人越多，自己得到的也就越多。

孩子，"帮助别人就是强大自己"，你知道吗？老爸要把它刻在你的心扉上。

2011 年 8 月 27 日

孩子，相信一个人固然很重要，实事求是更为重要。我们自己买房，万万不能以亲戚或朋友的名誉购买。生活是个大舞台，悲剧与喜剧总是交替出演，何况现在世风日下，人心不古，你有必要给悲剧准备素材吗？

算算用用，一世不穷；不算光用，海干山空。生活必须有计划，量力而行，千万不做钱的奴隶，而影响了自己的生活质量。"知足常乐"是你老爸的座右铭，你可别忘了哟。

2011 年 9 月 6 日

听说你和一位同事有点矛盾纠纷，我觉得很正常。一种米养百种人，且性格各异，在工作中不磕磕碰碰反倒是不正常的。那么，你怎样正确面对矛盾，化解矛盾，不使它激化呢？老爸以为：

首先，要把集体利益放在第一位，不能有一丁点儿的私心杂念。

其次，要严于律己，常问问自己，你要求别人做到的事，自己做到了吗？

最后，要宽以待人，懂得怎样以"宽恕"来解放自己，还心灵一份宁静。

另外，老爸还得告诉你，当你不知道应该说什么的时候，你必须保持沉默；当别人不想听你说的时候，你必须保持沉默；当想到你的话会伤害到别人的时候，你必须保持沉默。很多时候，保持沉默比开口说话更管用。所以老爸要求你记住"沉默是金"的至理名言，慢慢培养自己的控制力。

2011 年 9 月 10 日

听姨姨说，你最近心情不好，老爸想给你讲一则故事。有一天，农夫的驴掉进了枯井里，发出凄惨的叫声。农夫很心疼，为了让它快点解脱，叫人来把枯井填掉，反正驴年已老，也该寿终正寝了。当人们把土倒到驴身上时，它反而不叫了，而是把身上的土抖到下面，让自己的脚踩上去。人们的土倒得越多，它升得越高，最后爬出了枯井。孩子，这故事对你有启示吗？他人说了几句你不爱听的话，对你的进步反倒是好事，有必要生气吗？记住，良药苦口利于病，忠言逆耳利于行。

2011 年 9 月 11 日

过去，老爸强调"做人"多于"健体"，你自己也忽视了锻炼。据姨姨说，你的肚子还抢了孕妇的风头。这是个很可怕的信号。

青年人大腹便便，伴随他的必定是"三高"（高血糖、高血压、高血脂），势必慢慢摧残着他年轻的生命。如此这般，金钱、名利、地位又有何用？

· 356 ·

坚持适当的运动是代价最低的"补品"。从今天起,你要定出锻炼计划,且尽量不吃夜宵。从今开始少喝饮料,多喝白开水,因为白开水不仅能减肥养颜,而且还能提高人体的免疫力。切记!

2011 年 9 月 14 日

你已定出了锻炼计划,老爸很高兴。不管你一天做仰卧起坐和俯卧撑多少下,也不管你一周去健身房多少次,我只想告诉你,运动量应视自身的身体状况量力而行,适度掌握并持之以恒。切忌张弛超度、动静失衡。请记住你的主攻方向——去掉大肚皮。

大丈夫顶天立地,一言九鼎,掷地有声,说话算话。你也知道,老爸最讨厌只武装在牙齿上的人。

你的锻炼效果如何,有待于春节团聚时接受老爸的验收。

2011 年 9 月 16 日

孩子,老爸与你相处了十多天,发现你的脾气较过去好了很多,不管姨姨怎么说,你都能忍得住。可见心理素质不错,我着实感到高兴。不过,还有三个问题,老爸有必要提醒你。

一是不懂得爱惜自己的身体,一下班就坐在电脑前玩游戏,使身体更加肥胖了。你要知道,身体是革命的本钱,健康是幸福的基础。建议请将玩游戏的时间挤出一半来锻炼身体。

二是你对待工作总是这山望着那山高。这种三心二意的思想要不得,因为我们的生活目标是安居乐业。你所在的公司很有潜质,希望你安心地生活,愉快地工作。三百六十行行行出状元,老爸相信你的能力。

三是对婚姻大事优柔寡断没有主见,我担心你的生活会被爱情所累。爱情只不过是世间寻常事,对待寻常事,最好就是用平常心,不过分看重,也不消极贬低。记住,平常心,平常心,平常心。

2011 年 9 月 28 日

爱情不是商品，说买就买、说卖就卖这么简单，尤其是初恋之情，不可能说断就断。她的父母不喜欢你，并横加干涉，置你们于进退两难的尴尬之地，老爸会理解你们。你是男人，就应该多多安抚她，不能使她受太大的伤害。

你的家庭条件好，又没有抽烟、喝酒、赌博等不良嗜好，工作能力与环境也不错，不怕找不到好姑娘。如果她父母硬要把你们拆散的话，我们也不能强人所难，老爸同意你们分手。做人嘛，就应该勇敢地面对现实，不怕任何打击或挑战。

老爸提醒你，万万不可"明知不可为而为之"，给自己今后的生活蒙上一层阴影。天涯何处无芳草，我相信你还会遇上更好的姑娘。

2011 年 10 月 8 日

小适，我今天见到她了。原本的红润小脸蛋，已被面如死灰所取代，那光洁的皮肤，仿佛蒙上了一层灰，真的判若两人啊！这你也有责任，是你没有安抚好她。

她父母已铁了心，不顾女儿的幸福，不让你们走在一起，那你一定要把她当作亲妹妹一样，百般呵护，不让她太过难过。老爸见了她也很心疼，绝不能让她受到来自我们这一方的任何伤害。

孩子，世事无常，造化弄人，你也不要责怪她父母，时间一定会让他们后悔的。

2011 年 10 月 19 日

听说，有人知道你的情况，已开始为你物色对象了，这当然是好事，但不要太声张，慢慢了解对方的工作、生活、家庭等情况。如果遇上了清新脱俗、温文尔雅、乖巧懂事的漂亮姑娘，你千万要淡定，不能信口开河，随便承诺。你要知道，太痴情于一个女孩，那么你在她面前就没价值了。

你已年近而立，见多识广，应该会知道，女孩子都喜欢举止儒雅、品行端正、作风正派、活泼开朗的男孩子。我相信你会把握好分寸的。

2011 年 11 月 17 日

昨晚，你给奶奶和小姨打电话，表明了自己尊重女友父母的意见，选择放弃另物色一个，不知她们的意见如何？想必和我是大致相同的。你的婚事由你自己做主，我们不宜过多地指手画脚，让你无所适从。不过，婚姻是人生的三大事（婚姻、建房、做墓）之一，而且是第一大事，它的美满与否，会直接影响到你幸福与否，所以你必须慎之又慎，那些泄气、沮丧、将就、凑合的消极思想，一丁点儿都要不得。

记住，有波折才有精彩，一定要从恋爱失败的阴影中走出来，去迎接更加甜蜜的生活。

2011 年 11 月 22 日

小适，找对象不等同于选美，只要家庭情况好，职业稳定，身体健康，品行端正，性格温和，我看就行了，不可太注重长相。你有读过《三国演义》吧，诸葛亮是非常有才能的军事家、发明家、书法家，可他的妻子黄夫人，是当时的四大丑女之一，长相丑陋，黄头发，黑皮肤，但他们婚后的生活很幸福。可见，我们一定要找美在骨子里的女孩子。

木秀于林，风必摧之。我们绝不找会招惹苍蝇的女子，给自己的生活带来麻烦与痛苦。

2011 年 11 月 25 日

小适，听说小姨给你介绍一个对象，老爸很高兴。小姨是一个聪明睿智、独具慧眼的人，且又是一个办事丁是丁卯是卯、毫不含糊的人，你务必慎重考虑。

在约女朋友的时候，你举止要稳重，说话要得体，不要她问你什么，你就说什么，显得没有丝毫的绅士风度。好事多磨，你起初不能有太多的

· 359 ·

承诺或决定，有待于和她接触一段时间后视情况而定。

老爸得提醒你，找对象容貌固然重要，但比起健康与品格，其可次之。

2011 年 12 月 1 日

昨晚你和小姨讲跳槽之事，我有不同看法。不管哪一家公司，都有一本难念的经，每到一个新单位，都会遇上新问题。再说，我们没有什么特技，无论在哪一个部位，都是一个可有可无的员工，倘若在单位里没人护着，工作会更加艰难。"这山望着那山高"是年轻人的普遍思想，你可要不得。

孩子，汗水的浇灌，才能孕育出胜利的花朵；辛勤的劳作，才能结出财富的果实；努力的拼搏，才能填满你的钱包。请定下心来好好工作吧。按你目前的状况，一个月给你 5000 元就很不错了，何况……

知足常乐！

2011 年 12 月 8 日

婚姻是爱情的结晶，若从另一个角度看，就是两个人的契约，甚至可以说是合同，所以"合则相处，不合则离"是正常的。你不要去追究谁的责任。双方的父母或亲戚，都各自站在自己孩子的一边，当然有其道理。再说，清官难断家务事，没有什么绝对的对与错，你如果去责怪对方或其父母，那都是苍白的，毫无意义。

百年修得同船渡，千年修得共枕眠，倘若你与她无缘，那就让她成为美好的回忆吧。

2011 年 12 月 13 日

漂亮的女孩眼界高，对男朋友的要求不同凡响，往往会在多人中挑挑拣拣。而普通的女孩追求的是一生一世的爱，一旦有了男朋友，一般会用心来维护感情的持久，会让你感受到她内心的可爱、感情的细腻，很好相处。对于"爱情"和"美丽"，你选择什么？请孩子好好把握。

· 360 ·

　　老爸谈些个人看法，你可能还会以为我很迂腐。不过，我坚信：用心的爱情是永恒的。请孩子别嫌弃我啰唆。

2012 年 1 月 3 日

　　你昨天问我，"生意兴隆通四海，财源广进达三江"哪一个是上联？门的哪一边为大？老爸在电话上没说清楚，今以书面形式告知。

　　判定上下联，主要有两种方法：一是"仄起平落"法。如果最后一字是"仄"声（上声、去声）为上联，最后一字为"平"声（阴平、阳平）是下联。"海"是上声，"江"是阴平，你就可以判断上下联了。二是根据相对的词或整体意思来判断。没有"生意兴隆"哪有"财源广进"？这样你同样也可以判断上下联。不过，现在人不讲究仄平，你要灵活运用。

　　面正对门，右边为大，贴上联。这个是肯定的。

2012 年 1 月 6 日

　　听姨姨说，你的车尾在社区门口被人剐了，你很心疼，老爸很理解，名车嘛，谁不爱护呢？其实也没什么，人安全就好，不就是破财免灾吗？人家也是不小心碰了，完全可以原谅，不必和人家去争吵，因为宽容是我们最完美的所作所为。

　　成大事者乃心胸宽广之人也。世间根本没有用不坏不旧的东西，一切想开了，人就不会难过了。

2012 年 1 月 18 日

　　跳槽之事，非同儿戏，应该经过多方考证之后，才能做出决定。老爸不了解情况，当然不置可否，但我想给你讲一个故事。乌鸦和喜鹊各占一个山头。乌鸦那边有奇花异草，喜鹊那边绿树成荫，双方都很羡慕对方的环境。有一天，乌鸦向喜鹊提出对换的要求。这正中喜鹊下怀，它俩高高兴兴地搬家了。起初它们都有新鲜感，但没过多久，双方都觉得很不适应，

·361·

乌鸦没了嬉戏的花丛，喜鹊没了栖息的大树，都觉得很难过。然而，这是你甘我愿之事，谁都不想说出来，只好哑巴吃黄连有苦说不出，双方都默默地承受着。

孩子你听了这故事之后，应该知道老爸的用意吧。世间没有绝对恰如人意的工作，只有可能选择一个更接近你成功的出发点。你知道吗？

2012 年 2 月 3 日

路在你自己的脚下，由你自己走，老爸相信你的判断能力。即使你得到了别公司领导的赏识与认可，是被跳槽的，也没有什么值得骄傲，一定要淡定。我对你有三点要求：

一、在走之前，一定要去拜访有特殊身份且很睿智的小姨。

二、好头不如好尾，务必善始善终，做好你的本职工作。

三、你的根在泰禾，你的能力是它培养的。在离开前，一定要守口如瓶；离开后，决不能说泰禾的半句坏话。倘若泰禾领导有问什么，你只说，我出去学习他人的管理模式。切记！

2012 年 3 月 1 日

你到一个新的公司，一切都得从头开始，一定会遇上很多新的问题，面临更大的压力与挑战，因为每个公司都有一本难念的经，你必须学会支撑，坚定自己心理的承受能力。

你既然去了，老爸叮嘱你的还是那句老话："凡事都必须遵循这样的一个原则——先做人，后做事。"一个人的人品好了，别人自然会尊重你，相信你，愿意和你来往，否则你能力再强，也得不到领导的信任和同事的支持。试想，谁又愿意和一个品德低下的人深交呢？

2012 年 3 月 4 日

虽说健康不是一切，但没有了健康就没有了一切，因为它是干事业的本钱，所以你务必善待自己的身体，保护好它。可你的病尚未痊愈，就停止吃药，太没生活经验了。一定要按照老爸所说的方法吃药，万万不可麻痹大意。

孩子，人的一生可以干很多蠢事，但最蠢的一件事，就是忽视健康。你懂吗？

2012 年 3 月 5 日

首先祝贺你当上了销售经理！

听说你明天和老总一起去长乐，但有一个原则：少说话，多办事。如果到那边非说不可的话，你可不能逢场作戏，随便说说，而是要先打好腹稿，把话讲好，因为语言最能暴露一个人，只要你说话，人家就能知道你有几斤几两了，所以马虎不得。讲话时要自信一点，身体挺直，全身放松，眼睛要看着听话人，并把他们权当作你的债户，有求于你的宽限与宥免，那么你就有足够的胆量和自信，话一定会讲得好。

2012 年 3 月 20 日

小适，你在和女友谈恋爱的时候，有三句话不能说：一、我会爱你一辈子；二、我永远不会骗你；三、在我心中你永远是最美的。因为对于高水平的女子来说，这些"永远"的话只是求爱时敷衍应付的台面词，但凡所有不成熟的男孩都会这么说。当然，话本身没有错，也许有些女子会把它们当作男友的承诺而产生好感。可是，你不行，因为你本身是有水平、有地位的成熟男子，对方又是一个高学历且睿智的女孩，她不会轻信这些不负责任的轻率之语。老爸给你有同样意思的三句话：一、我会珍惜我们相爱的分分秒秒；二、我保证对你的一辈子负责；三、你一定会成为我心中最完美的人。

2012 年 4 月 20 日

不知是环境原因，还是工作的需要，你最近经常在外边"花天酒地"，老爸不得不给你敲响警钟。这是创业青年之大忌，这是热恋情侣之大忌，这是组建温馨家庭之大忌。

"小事成就大事，细节成就完美"，我不知说过多少遍，可你置若罔闻。你一定要珍惜领导对你的信任，珍惜让你怦然心动的情感，对得起自己的承诺。下不为例，删掉手机中一切应该删除的短信、电话号码，竭力把握好事业与爱情的好机遇。

孩子，一个人的形象靠自己塑造，路靠自己走，他人是无法替代的，请好自为之。

2012 年 4 月 28 日

小适，恋爱的双方是平等的，不是谁指挥谁、谁控制谁，你知道吗？你的女朋友学历高，既聪明又纯洁，不是一般的女孩可比的，你不能以一般女孩的标准来要求她。难道，你要娶一个条件一般、没有主见、可以被你指挥得团团转的女孩吗？

老爸认为，能够容忍丈夫有"大男子主义"的女子，一般是"依赖型"的人。这种女性没什么大作为，也培养不出优秀的孩子，是不可娶的。

婚姻不意味着占有对方，独占心理发展到最后就是彻底的失去。你必须继续"充电"，不断提高自己的素质，学会和真正优秀的女孩融洽相处生活之道，使自己的婚姻能美满幸福。

2012 年 5 月 26 日

爱情是一个五彩缤纷的气球，很脆弱，一刺就破了。你应该懂得这一道理，一个小小的误会、一句不经意的谎言、一个不该接的电话等，都有可能使原本相爱的人分道扬镳，甚至会变为仇人。

谨慎能捕千秋蝉，小心驶得万年船。老爸再次提醒你，无论做什么事，都务必小心谨慎，恰如其分，千万不可因一时的疏忽而失去一个值得你去爱的女朋友。

2012 年 5 月 28 日

孩子，老爸在午夜醒来，得知你尚未回家时，如果还能安然入睡的话，那我就不是你的老爸了。

当然，对于一个当经理的人来说，晚上偶尔有应酬，是工作需要，情理之中，我会理解，但你应该要有"家庭责任感"，不能经常让关爱你的人操心。父母之爱是纯真的、无价的、永恒的，还经得起折腾一两下子，将来你有了家庭，她经得起吗？只有有良好习惯的人，才有美好的工作和温馨的家。你知道吗？

老爸都在为你担心，如果遇上酒肉朋友，氛围的潜移默化使你染上抽烟、赌博、酗酒等任何一种的不良习惯，于我而言还有什么值得骄傲呢？请把"认认真真做人，踏踏实实工作"作为你的座右铭，倘若你没有做到，老爸的心血就白花了。

2012 年 6 月 1 日

小适，你在工作上，虽有一点成绩，但离老爸的要求还差得很远，必须继续充电。哈佛有一个著名的理论："人的差别在于业余时间，而一个人的命运决定于晚上 8 点到 10 点之间。如果每晚抽出 2 个小时的时间来阅读、进修、思考，或参加有意义的演讲、讨论，你会发现，你的人生正在发生改变。坚持数年之后，成功定会向你招手。"当然，我不能完全按这理论来要求你，但总不能把业余的时间都花在人际的交往之上。

孩子，踌躇满志也是人生的悲剧之一，你知道吗？日常生活请低调一点，业务知识请多学一点，本职工作请做好一点。我相信你一定能做得到。

2012 年 6 月 3 日

小适，你现在才是一个部门经理，经常晚间在外消费，总经理有像你那样吗？若也有的话，这公司好景不长了。世上没有白吃的饭局，即使是别人请你，其实也是吃你自己的。另外，你常在外面吃喝，不仅会吃坏脾胃，也会吃坏品格。这些谁都会明白的道理，你怎么就听不进去呢？

凡事都有因果，你种下荆棘，它会长出玫瑰吗？因此，你想追求更好的位置和完美的婚姻，务必先丰满你的人格，用真、善、美来充盈你的灵魂。

老爸再次强调指出：你要择善人而交，择善书而读，择善言而听，择善行而从。做一个真正的你，不要再让我们操心了。

2012 年 6 月 6 日

一杯纯净水，如果滴入一点污水，就不再纯净了。同理，一个优秀人才，如果遇上一个绯闻，就不再优秀了。你最近夜间活动较频繁，老爸真的很担心，万一受骗上当，你的前程将黯然失色，我的期待就化为乌有了。

人在逆境中要学会坚强，在顺境中要学会克制。孩子，你学会克制了吗？晚间不到外面吃吃喝喝，你能做得到吗？

2012 年 7 月 5 日

你最近不是去平潭，就是去南平，确实很累。但是，对于你来说应该是好事，因为这可以说明公司重用你，也充实了你的生活内容。可是你有一个不良习惯，总爱在我们面前说"累死了"。

孩子，你年届而立，怕挑重担吗？不怕。人累心不累，你可以通过各种方式来做好自我调节。今后不管有多累，你都不要在任何人面前叹气。老爸怕人家误认为你做点事情就觉得了不起，爱标榜自己。

孩子，轻松是苦难的种子，苦难是快乐的种子。我们应该做一个不怕吃苦乐于奉献的人。

2012 年 7 月 13 日

在生活中，往往是那些给你带来烦恼和不幸的人或事，会促进你不断进步。所以说，你在工作或生活中遇到不如意的事情，不是一味地担心与烦恼，而是要用积极的态度去吸取教训，以便以后不会重蹈覆辙。

人往往是要经过一些挫折的历练而聪明起来的，所以说痛苦、失误、寂寞、灾难、眼泪等，对人生都是有用的，因为它们能使人的生命得到升华。但是，你如果把它们一直藏在心里，那就成了你的思想包袱。放下它吧，孩子！生命不能太负重，过去的事情就让它过去，千万不要为那点小小的过失而难过。

2012 年 7 月 19 日

最近晚间，我经常听到一个男中音，打电话叫你出去唱歌什么的。他是什么人？他那样慷慨，钱是哪里来的？如果像你那样赚的血汗钱，会随便花吗？也许他父母还不知道，你应该帮助他，不能让他如此乱花钱。

孩子，君子之交淡若水，小人之交甘若醴，酒肉朋友是万万交不得的。如果受潜移默化，你也像他那样染上了坏习惯，谁还会说你优秀呢？江山易改本性难移，倘若你改变不了他，那就请你远离他。

2012 年 7 月 25 日

你这一段的表现还不错，晚上少出去，我们放心了。但整夜抱着电脑不放，这也是个问题。姨姨早就说你的肚子抢了孕妇的风头，再这样下去那还了得。人应该至少要有一个健康的爱好，比如，游泳、跑步、打球等。可你除了工作，就是玩电脑，这对健康很不利。从明天开始，你安排个时间，每天做"瘦腰健身器"三百下。我会叫姨姨加强监督。

孩子，健身的好处很多，一是可以减肥，增加人体肌肉的含量；二是可以让人的心理压力减轻，变得更加自信；三是能够让人更有毅力，使事业得到提高。所以你必须坚持锻炼。

2012 年 8 月 3 日

人的相貌是天生的，但人的仪表却是后天的，是可控制也可以转变的。妈妈给了你一个漂亮的脸蛋，可是和你那便便大腹很不协调，务必加强锻

367

炼，使身体结实一点。考量一个人，业绩固然很重要，但仪表是不可或缺的。你知道吗？

关于口气重的问题由我负责解决。藿香清胃胶囊，可帮助消食并清除胃部的湿热；浓替硝唑含漱液，可消除口腔内的炎症。双管齐下，效果一定很好，几天之后，你会满意的。请按老爸的吩咐用药，不得有误。

2012 年 8 月 8 日

据说，又有公司用高薪来挖你，这说明你在工作上还有点魅力，老爸为你高兴。但万万不可再跳槽了。你要知道，两个人在能力相等的情况下，专心工作的人必定会获胜。不管什么人，只要做事专心一意，必定会胜过能力虽强但用心不专的人。那些这山望着那山高、工作不专心的人，是缺乏人生经验的呀。再说，你现在的公司是全国百强企业之一，有实力，不能轻易放弃。

孩子，在一个有潜质的企业里，只要你付出大于得到的，让领导和同事们真正看到你的能力大于你的位置，你还会有更多的机会，何必多此一举，又要一切从头开始呢？

2012 年 8 月 16 日

昨天，我从中央 12 套《天网》栏目中看到，在浙江温岭的一家宾馆里，两个保安杀死一对入住的青年男女，抢走了八千多元，开走了奔驰小车。保安被抓到时供认，因看到男的包有钱，车又漂亮，一时鬼迷心窍，起了歹念。真的防不胜防，叫人心惊肉跳。

事故出于麻痹，安全来于警惕，我们不可麻痹大意。晚上如果公司有事，你也不能太迟回家，身边尽量少带现金，时时处处都要注意安全，实实在在地保护好自己。

2012 年 8 月 21 日

孩子，你最近工作很忙，连吃饭的时间都有很多电话，老爸看在眼里，疼在心里。我想，你不必"事必躬亲"，可以通过适当的授权，让你的同事充分发挥他们的积极性和创造力，从而达到你的目的。

作为一个经理，应该不是怕工作忙，而是怕无事可干。关键的问题，在于你的"领导艺术"。请记住老爸的话：人与人之间，只有真诚相待，才是真正的兄弟姐妹，才能为你真心付出。你再忙再累都要注重对下属的态度和说话的语气。

2012 年 9 月 13 日

世间最有魅力的人是"犹抱琵琶半遮面"者。你天天晚上和朋友们在一起"放松"，把自己暴露无遗，失去了自我，就没有什么新奇可言了。一个没有新奇感的人能得到尊敬与拥戴吗？何况，你身边也有小人。

官场人情薄如纸，一张更比一张薄。和朋友相处要知轻重，切不可随意放纵，让自己失去了尊严；和上级领导来往，更要把握好分寸，切莫过于机警，使自己变得呆板了。

成大事者，不仅要有自信，也要有克制。你现在是自信有余而克制不足。你明白吗？

2012 年 10 月 15 日

选择对象，应该把内心美摆第一位。那些以貌取人者，往往是以悲剧收尾的。你本周若有见面，老爸提三点供你参考。

一、第一次见面觉得对方不讨厌，即可来往；

二、来往后觉得还可以，即可交心；

三、交心后觉得值得信赖，即可定下来。

孩子，虽然你自身条件不错，家庭条件也很好，但是我们也有不足之处，请不要太挑剔了。人不能总是昂首往前走，有时也要看看自己的脚。

2012 年 10 月 19 日

老爸今天买回三份《东南快报》，并认真读之。读后感有三：

一、你的穿戴虽然休闲一点，但符合"江湖茶馆"的具体环境。当然，外行人不懂得这些。

二、你讲话的内容，能扣紧记者的发问，条理清楚，语言简洁，重点突出。

三、你的神态活泼开朗，且体现了"微笑的文明行为"，合符"江湖茶馆"的轻松氛围，比神情凝重和惊讶的那两个，更富有人格魅力。

建议，今后讲话时，要多用些行语和网络语，以增加语言的色彩。

2012 年 11 月 16 日

孩子，在工作中遇到阻力，这是很正常的。但不管遇到什么阻力，你都不能泄气，一定要勇往直前。

成功需要朋友，更大的成功需要敌人。这是人生哲理。你有了对立面，其实是个好事，它可以促进你更好的工作。

老爸对你有两点要求：一是一定要在工作中养成优良的道德品质，因为事业成功的根本是品德；二是应该及时充电，弥补不足，不断强大自己，因为知己短者才可成完人。

2012 年 12 月 2 日

自信是成功的第一秘诀。人有了自信，才会落落大方；有了大方，才有绅士风度；有了风度，才能得到尊重。听说明天又有记者来采访你，你可要自信一点。当然，自己肚子里也要有点墨水，才可应付自如。老爸给你买的书《领导方略》《营销圣经》等，你抓紧时间看，争取在采访前学到他人的一些成功经验，然后结合自己的实际情况来回答问题。

孩子，他山之石可以攻玉。每个人都必须通过学习来掌握一些技能和技巧，才能在社会上立足。

2012 年 12 月 16 日

企业的老总，可分为两种。一种是高素质的管理者，他采用人性化的管理方法，以人为本，爱惜人才，尊重人才，用多种激励机制，充分发挥每一个员工的积极性，为自己创造更多的财富。另一种是低素质的管理者，有军阀作风，对员工呼来唤去，根本不体会他人的感受。你有业绩，他会和你打哈哈；你业绩不佳，他就没有好脸色给你看。如果和这种人共事，你会觉得压力大，心情不好。

打铁需要自身硬，只要你是一个名副其实的人才，就会适应不同类型的领导。

对于销售经理而言，卖好房子是硬道理。不管你采用什么方法，能多推销房子，就是好方法。一百个读者，就有一百个哈姆雷特，你应该多听取他人的意见，不断完善自己的思路，万万不可"老虎屁股摸不得"，也不可为一点小失误而过于自责。

2013 年 1 月 1 日

辽宁作家薛媛

【作者简介】

薛媛，辽宁大连人。现为中国小说学会会员、中国诗歌学会会员。微型小说作品获得第五届全国微型小说年度评选三等奖。个人肖像照和创作的鸟虫篆以及纳西文字艺术作品登上联合国邮票和法国、德国、比利时、尼德兰、奥地利五国邮票，入选《国礼·世界珍邮集》。获得联合国非遗保护基金会授予的"国际和平艺术家"荣誉称号。在核心和专业期刊发表学术论文近 30 篇。

却话云起时

"叮咚"一声清脆的铃响，正闭目养神的我低头扫了一眼手机，是一位海外朋友发来的自拍。最先映入眼帘的是朋友指间那枚古意盎然的戒指，宝光内蕴，一看就是来自异域的稀罕物。"出乎意料的收获。"朋友在配图文字里这样写道，"为了换取我们车里的一小瓶饮用水，卡拉哈里沙漠的一个牧民从手上摘下这枚古戒赠给我。当时，他赶着羊群穿越大漠，遇风沙耽搁了行程，随身带的水囊已经空了，他一昼夜都没沾过一滴水。就这样，他宁愿拿祖传宝戒相换……"正讶异感慨间，身边咔嚓一声响，邻座的旅客用手机抓拍着什么。我循着他的视线望去，车窗外，蜿蜒着一条靛色的湖，在远山的映衬下，静美得好似一张明信片。这载着天地密讯的精灵——水，总是不离不弃，无声地陪伴在人类身旁。

当一个人孤单落寞时，常想去看海。坐在松软的沙滩上，望着无涯的海水。晴空下，海鸥翩然展翅，自由飞舞，风中送来大海特有的气息。恍然间，忆起初心：生命个体不就是人生海洋的一粟吗？又何不放下执念、顺应自然？漫步于沙海，浪花浸润着脚踝，偶尔会捡拾到贝壳或是海螺这些令人惊喜的海宝。缱绻的海浪一次次拍打着礁石，不知那传说中的美人鱼何时会在飞波浪心中现身。在海天的经纬中，忧烦已随着海面上那忽而漾起，又逐渐消散的涟漪化退而去，犹如逝去的光阴。这时的水，是一个通天接地的摇篮，能够令人卸下心灵的枷锁，与自然脉搏相应和，于自在无为中，得到神志的安适，获得心力的重生。

当你憧憬未来，期盼永恒的真情，一池历经数百年岁月洗礼的碧波就在古老的罗马静候有缘人的到来。许愿池边的游人从来络绎不绝。人们带着虔诚的祈愿流连在池畔，默默祝祷后，向池中抛出那枚寄寓着幸福理想的硬币。小巧的币身在水面泛起轻柔的波晕，如同许愿池水的回声："我读懂了你的心语，会将你的秘密永远珍存。愿你好梦成真。"相传这许愿池底曾汇集了数十个国家的硬币，一泓小小的碧水蕴藏了多少美好的期许。这时的水，化身为凝聚善愿的悲悯慈航，为人们助燃希望之光。

思绪翩跹间，高铁到站了。我临上车时买的那杯咖啡还未开封呢。这次旅行选定的农家乐位处潇湘之南，其客舍朴素且充满乡趣。庭院里桂花飘香，院落的四周树荫繁茂，花果葱茏，是一个远离尘世喧嚣的恬然小居。堂屋靠墙的位置摆着一只颇富时尚气息的长包，在这布满木质家具的乡居里很是醒目。"这是我儿子在全国滑雪锦标赛中赢得的奖品。"农家乐的主人小心地打开这背包，从里面取出一副紫色滑雪板。"这次他去瑞士集训，说是会带当地特产的葡萄酒回家。要是你们赶上了，也一起尝尝雪国葡萄酒的滋味。"主人热情相邀。那是多么豪情畅意的一幕啊，我不禁想到，厚云密布的天穹下，雪如凝雨漫舞纷飞。那一个个身披铠甲的健儿挥着雪杖御风而行，任风雪呼啸过耳际，撇开一个又一个路障，感受"雪中飞"的速度与豪迈，向着远方的目标一往无前。这时的水以雪精灵的样貌降临人间，激发勇者挑战自我、突破极限的激情与魄力。

在我心中，雪不仅是唤起勇士豪情的神秘使者，也是空灵唯美的谜之存在。还记得在那个即将迎来世博会的跨年之夜，窗棂外飞雪飘舞。书房里，一缕檀香袅袅缭绕在《兰亭序》的书帖旁，电脑里回漾着古筝曲《云水禅心》的悠远乐音。我轻挥着手中的狼毫，行文走笔间墨纸留香，香、雪、墨、乐这中华文化里不可或缺的元素交会在一个奇妙的时空里。若有倪瓒那般的妙笔，可据此绘出一幅自然与人文交会、意蕴隽永的水墨佳作吧。

未及品尝到那冰雪酿就的葡萄酒之味，三天的农家乐之行就已告了尾声。初秋的傍晚，我坐在农家乐小院的木桌旁，桌上放着一杯热气腾腾的云雾茶，那是乡间朋友送别客人的茶。茶香氤氲在大自然的芬芳里，令人醺然似醉。我沉浸在对这几日复返自然的乡趣回味中，都市的记忆似乎已是一个遥远的世界了。

几团乌云恍分惚分间聚涌在骄阳的四围。不远处，金灿灿的麦田里，三五个农耕的好手奔忙在田埂间，要赶在落雨前收麦入仓。正凝望着眼前的农忙景象，不知不觉间，几滴秋雨落入我的茶盏里。茶桌上那本已翻得起毛边的《镜花缘》也沾了雨。我合上书，放回背包里，又将那余下的半杯茶轻洒在木桌旁的绿茵间……就让这原本来自天地间的水之精灵，重归自然吧。

　　两个月后的一天，我接到朋友的微信，在我洒下云雾茶水的那片草丛里，生出几朵不知名的小花，姹紫嫣婷、生意盎然的样子。她家的宠物猫小橘很喜去嗅呢！

今古边界的玄思

　　在一个微风拂面的秋日黄昏，我独自漫步在豫中那个古朴静谧的博物馆。厚重绵远的历史芬芳氤氲而来，恍然间仿佛踏上了时空隧道，回到了过去的时光。年代久远的水车、旧迹斑驳的织布机，还有那汉代的画像石静默伫立。当中原大地的秋风再起、浓云卷舒之时，我的眼前出现了一幅机趣自然、人天交融的图景：

　　山脚下的溪涧里，水流欢快地冲刷着滚圆的水车往复转动，车上的水斗时刻不停地承载着流水，之后又将它们导入田间。远山雾霭的环抱中，人文与自然在这里谱出了完美的和弦。素朴的农舍里，在一架织布机前，一位主妇手握木梭，脚蹬踏板，如抚琴一般在织布架上编织着经纬。根根彩线就这样交织错落成绚丽的锦绣，光阴从掷梭中无声地滑走，一家人的美好未来就在这七彩锦线化作美丽布匹的奏鸣曲中日渐清晰。

　　当历史与现实相逢的一刻，该是怎样的动人心弦？那一块块镌刻着生动画面的石板呈现在游人面前，汉代的历史便不再只是书中的文字，被岁月遗忘的往事复活了。在手机与网络可轻易送走流光的 e 时代里，千百年前的那些历史火花就此鲜活地与 21 世纪的你我共处于同一个时空中。如果说被无数人忆念的圆明园凝聚了一个皇朝的富丽华美，汉代的画像石就如一缕古远乡风，悄然默立于博物馆的一隅，但那份千年不散、似曾相识的华夏文化基因与汉代风韵却也是这世间的无二风景。当如织的游人们忙着用手机为它们留影，那汉代的画像石是否会暗自称奇——那一个个闪着光亮的平板可是仙人的符箓？而凝望着古老的民俗文物，我亦纳罕：瞬间与千年，究竟哪个更长久？

夜幕降临，落叶飘满小径。我仰望苍穹，去何处寻觅永恒？遥望无际的渺茫星河里，大熊座向我眨着眼睛……历史从来不曾从这星球消亡，只是无声地追随着后世，地久天长。

竹侠

竹溪镇的里仁巷是一条百年古巷。民国二十三年的除夕之夜，这里家家户户点爆竹、放孔明灯，一派热闹喜庆的景象。里仁巷尽头的张老汉家里，郑画师正帮着张老汉将一幅二郎神君的年画挂到墙上。郑画师入座，他的左手边是一张木桌，上面端放着一只长筒形竹袋，前面供着香烛。郑画师问起这竹袋的来历，张老汉道出一段往事：

"两年前是我这一生的坎儿。磨坊的生意一天比一天难做，债主天天上门催债，我的老寒腿也越来越重，可没钱找郎中看病。那一年的除夕，我这个孤老头子跟跄到五丈崖边，想着自己今后的日子还有什么奔头，眼一闭就要往下跳。这时一根棒子挡在我胸前，硬是将我拦了回去。一个头戴斗笠的人握着一根竹藤站在我跟前，天色晚了，看不清模样，只记得他那双眸子炯炯迫人，就像这年画里二郎神君的双目一样。"郑画师接茬儿道："我当初怎么也勾勒不出二郎神君的眼神，这时突然想起咱们镇舞灯技艺一流的滚灯王那双眼睛，星目灼灼，锐利凛然。就仿着他的眼神，成了这幅画。"张老汉仍沉浸在回忆中："那恩公问我为什么想不开，我道了自己的难处。他没言语，从怀里取出一个竹袋递给我，转身就不见了，跟传说中那些神出鬼没的

侠士一样。我大声喊他'日后能否再见？'夜色中隐隐传来'只
要风过竹海，我就在……'回到家，我打开这个用细竹丝编的
长筒袋子，里面掉出来两个沉甸甸的银锭。靠这两个银锭，我
治好了病，还上了债，只是再没见过那个恩公，唯有这竹袋做
念想……"说到这里，张老汉眼有泪光。从此，竹侠的故事传
遍了整个竹溪镇。

一个秋日的夜晚，耀目的火光从竹溪镇的一栋三层洋房透
射出来。阵阵啼哭声在冷寂的夜里格外刺耳。三两个路人已聚
拢在楼下，用力拍打着上锁的大门，想帮忙灭火。三层楼的阳
台上出现一位老妇人，抱着一个四五岁的娃娃。烟火熏得两人
不停地咳嗽，那娃娃边咳边嘤嘤哭泣。就在这万分焦灼的时刻，
一根颀长的竹藤被一个男子竖立在洋楼侧壁，那男子飞快地顺
竿爬升，眨眼间就已攀到三楼阳台，男子手扒台沿，跃身跳入
阳台。老妇人忙将那孩童背在他的肩上："快带孩子走！"男子
背着孩童从阳台纵身跃下，楼下围观的人发出一阵惊呼，男子
已稳稳将那娃娃放在地面。回转身，他重又顺竿攀上三楼，以
同样的办法将那老妇人送到地面。老妇人一把扯住男子的衣袖：
"屋里没人了，我儿子儿媳都在北平，恩人……"老妇人正欲拜
谢，那男子已提着竹藤飞身远去，不见了踪影。

竹溪镇的近郊是一大片葱郁峭拔的竹林。每当风吹过的时
候，竹枝婆娑起舞，竹叶嗦嗦作响，人置身其中如返天籁，宠辱
皆忘，当地人称之为"忘忧林"。忘忧林旁的沁河中央是一小块
凸起的丘地，仅凭一条窄路与河岸相连。平日里，常有人在那里
闲坐钓鱼。这日晌午，天色昏蒙，土丘上只一个男子坐在那里垂
钓。不多时，微雨霏霏而落，那男子并不以为意，犹自全神贯注
在渔趣上。雨势越来越猛，河水不停上涨，眼看那条连接土丘与
河岸的小路就要被水浸没了！男子慌了神，开始向岸边大声呼救，

但这倾盆的雨瀑里，僻静的河岸边哪有什么行人？时间一分一秒地过去。突然，岸边闪出一个瘦削的身影，这人将他背负的一捆青竹抛在地上，从里面挑出一根最长的竹藤朝河中心土丘的方向用力抛去。竹藤快速地漂向河中心，在距土丘还有几米远处停住了。岸边这男子脚尖点地，一个"鹤冲九天"拔起身形，飞掠过重重雨雾。当他的身形即将落在青竹之上，他又以足尖轻点一下那竹藤，借势再次腾起，落在了河心的土丘上。暴雨与恐慌已将那钓鱼的人击垮。他双手抱着头，颓然地坐在泥地上，不敢看仍在暴涨的河水，甚至没看到那飞侠的出现。那侠士箭步之间已到钓鱼男子跟前："我来背你过河！"他将瑟缩在泥地的男子背上肩，再次以竹为桥跃回到岸边。钓鱼男子被放在地上，他抹去脸上的雨水，刚想道谢，那侠士早已没了踪影。不知过了多久，暴雨终于停歇了，一阵山风吹来，忘忧林的竹枝随风起舞，整个竹林有如一个波翻浪卷的绿色海洋。

民国二十七年，战火打破了竹溪镇原本平静的生活。接下来的两年，竹溪镇又遭洪水袭扰。忘忧林的那一片茂林修竹或是因战祸被砍伐，或是被洪水连根冲走，原本临风飒飒的竹海胜景如今只剩一片疮痍……竹侠从此销声匿迹。民国三十年，新四军在竹溪镇招募的新兵整装向抗日前线进发。

夜归人

如墨的四周悄无声息。猛地，脚心被什么利物戳了一下，赞布几乎蹲在了地上。要是有一线光亮，哪怕一星点萤光也好啊！否则，照这样的速度，12点以前是无论如何也到不了卫生站了！略有些焦灼，赞布拨开又一片挡在脸前的干树叶……忽然间，周围的一切豁然分明了：自己正踏在一条砾道上，不远处，矗立着几间低仄的平房，其中一间的窗格里透出柔和的灯光，照亮了这段静寂的小路。赞布兴奋得小跑起来，转眼间，那扇灯光已到了近旁。那一方柔光笃定地映照在空漠冷寂的路旁，从小小的一隅放射出强烈的辉亮与暖意。"要是那个山坳里也能有这样的光亮，扎西多杰一定不会……"想到这里，赞布的心又沉落了下去。当那泓光的港湾就要淹没在夜色之中时，赞布回首立定，向它远远地行了一个军礼。

已是日喀则的深冬季节，朔硬的寒风时不时灌注在这荒凉的便道，冷得令人心悸。一连十几个晚上，赞布都要在这条小路上度过他一天中最难熬的时光。所幸的是，行不了多远，砾道旁的那扇灯光就会守候在那里，即便夜已深沉，纵使雪覆砾道，它总是安静而坚定地辉映在路旁，为路人驱散心底的寒冷，抵御着夜的侵袭。有了它的陪伴，赞布的任务完成得很顺利。只是，聂日雄之行一天天过去，那份沉甸甸的嘱托依然没有着落，扎西母亲的住址始终没有找到。"替我交给阿妈……"赞布永远不会忘记，扎西多杰把那个红布包交给自己时的神情，那是英雄在这个世界上最后的微笑。

卫生站的工作已接近尾声。晚星的寒辉洒在头顶，沿着熟悉的路径，赞布又一次走进那片光意朦胧中。他回想起在贡嘎驻扎的那无数个夜晚，兵站的灯火如星星闪耀，扎西多杰时而会哼起他的家乡小调："雪莲花盛开在贡嘎山上，白云深处鸟语花香……"多么优美的旋律，赞布轻声哼唱起来。身边的光雾在逐渐扩大，不远处，那间民居的门开了，一个身影缓缓从光中走来。"你回来啦！"一个热切而苍老的声音响起，赞布愕然地立在那里。那个身影移近了，一位瘦小的老奶奶，扶着手杖，身体向前微探着。"酥油灯每晚都为你点着，你从小怕黑！""可……我不是您要等的人，我只是从这里路过！"赞布稍稍回过神来。"你……不是！"老人的声音低沉下去，"可你唱着他的歌，"她慢慢转过身去，"贡嘎的任务快完成了吧！怎么还不回家来啊，扎西！"门从老人的身后关上了。赞布静静地站在夜雾里，良久，良久。那扇灯光依旧氤氲在暗夜里，朦胧的光雾漫溢在四野，无声地陪伴着路过那里的人们。

湖南作家于成艳

【作者简介】

于成艳，女，笔名米薇蓉，湖南人。没有文字天赋，但偶尔与文字为伴。

亮光

失业已经两个月。在这期间，李淑格试着在各个招聘点应聘了六次，三次被拒；两次是要上通宵班，自己最终放弃；还有一次是一家5G手机店聘导购员，只是月工资不到4000元，她还在犹豫中。在这陌生的南方城市里，最大的好处，是不觉天气冷。在冬天的时候常常用一件风衣和薄款羽绒服，便可度过。这也是她一直愿意留在这里的原因。

新的一天，她在街边徘徊，渐渐地感觉有些饿了。她进了一家茶馆，点了一份豆角茄子煲仔饭，拿出手机，事先付了账，便选了一个卡座，坐了下来。

茶馆很大，占据了一家超市二楼的全部空间。里面的设施虽然很简约，但是古色古香，很有格调。她经常来这儿吃点什么。茶馆里没几个顾客，服务生统一着装，白衬衣，花色蝴蝶结，藏青色短裙或长裤，双手动作标准规范。一位女服务生小心翼翼地端上来一份煲仔饭，还赠了一小碗紫菜汤，并叮嘱她慢用。淑格享用着午餐，茶馆里萨克斯的音乐，总让人沉入某种思绪，令人放松下来，忘却生存的艰辛。

这时又进来一个高个子男子，头发理得很好，双耳之上的头发剃过，后脑到头顶的头发都剪得很有创意。他戴着墨色边框的眼镜，超级帅，身穿墨色的休闲夹克、一条有七匹狼标志的长裤，一双黑白夹杂的休闲鞋。他只进来用眼睛扫了一下，她抬头正好对上他的眼睛，感觉他的眼神一亮，泛着柔光。她心里一怔，看来自己的颜值不差，但还是对他这个陌生人横了个白眼。他讪讪地用东北话和服务生询问了几句就出去了，并没有要求喝点什么或是吃点什么。不过他的帅气令服务生连连惊叹。她下意识地看着自己的一身衣裳。昨天刚买的，一件淡蓝色的薄毛衣、一件灰色风衣，花了 850 元，是为了这个冬天买的。买完之后，又多少有点惆怅。卡上只剩 500 元了，当月的房租、水电费还没交。想想那些有钱人，不由得沮丧起来。她匆匆把饭吃完，走出了茶馆。

她继续在街道上，漫无目的地逛着，眼睛扫着各个店铺的铺名和陈设，想有一天自己也盘个门面，开个服装店，但这是未来的计划。此刻，还是先找份工打。她已降低要求，不上夜班、有 3500 元薪水就行。这个要求不高，很容易找到事做。先做一段时间，顺便学点销售方面的知识。以后可以自己创业，找一位良人去嫁。

于是她眼中泛起了亮光，脚步轻快地奔向那家 5G 手机店，那家店十天前已许诺接收她在那里做导购员。她仿佛看到了希望在远方招手，而她，在慢慢地向未来的目标靠近。

湖南作家陈永江

【作者简介】

陈永江，湖南永州人，大专学历，退伍军人、书画家、诗人、文学爱好者。涉猎诗词曲赋、写作、篆刻、书画等。利用业余时间，主要从事写作与书画创作。

呼唤远方的爱人（外1篇）

天气渐冷，远方的游子诉说着凄凉、痛苦，以泪洗面；悲恸声撕碎了黑夜一道亮光，我心在滴血，无奈、迷茫、惆怅，痛不欲生的爱；还有那飘落的相思雨，滴滴答答，使我精神崩裂，痛断肝肠。

我爱的人在远方，两颗星星如同游子的心飘浮在天空中闪烁游离，等待春暖花开；却不知孤立在楚河汉界离别之苦，隔地相望，遥相呼应，厮守终身；难以释怀胸中波浪之悲凉，只能在远隔千山万水中祈祷，眺望这无奈的世界；她手握着一束冰凉的玫瑰花，向远方的游子撕心裂肺般地呼唤，浪迹的心，在痛苦中挣扎呻吟，与风雨结伴同行，泪流而奔。

风雨飘摇使我内心深处反而促成了爱情的邂逅，回首往事，仿佛是一道难以愈合的伤疤重新开启，这段闪电式的短暂爱情，不知何时落魄，魂不守舍，难以启齿的柔弱。沸腾的热血在高涨，漂泊的灵魂面向大海，思绪如同乌云翻滚，岁月苍老了容颜，青春经不起折腾，寂寞的心何时安放，才使我停靠爱的港湾和归宿？

昔日的时光让我们手牵手，让两颗久违的心落定尘埃，不再四处漂泊流浪。爱情这扇大门从此被打开了心灵的窗户，上苍赐予了我们神圣的爱情天堂，披上了人世间一道亮丽的光环。爱情的种子在两个人的世界里，生根发芽，开花结果。冷落的心经过无数次波浪壮阔的洗礼，我想走过风雨便是晴天。让爱情的火花点亮前途一片光明，让海枯石烂的誓言转化成地久天长的承诺和永久不变的烙印。

我被蒸上了小馒头

炎热的天空，丝毫不给人留下喘气的机会。树上的两只知了把声音抬得老高，刚想中午入睡的我被它吵醒，这该死的知了真烦人。

夏天闷热的天空光芒四射，绿叶被灼伤低下了头，这炎热的鬼天气不知何时散去。

回到卧室又听见两只知了在窗外发出响亮悦耳的声音，我从阳台上拿着竹竿子想教训它一番，可仔细想来，它也是一条生命，于是，我心存怜悯，决定放过它。

下午的太阳照耀着房顶，冒出了一缕白烟。室内的热气好像蒸小笼包一样，使人喘不过气来。除了汗流浃背，只有闷热和烦躁，汗珠就像滚豆子似的落在地上，备受煎熬。

不一会儿，天空渐渐地笼罩着一层乌云，火辣辣的太阳消逝在地平线上；接着，不远处传来了雷鸣电闪的声音，乌云密布，外面一片漆黑的景象。瞬间，狂风骤雨吹来，把叶子掀翻了天。两只知了被吓得早已飞走，不见了踪影。

站在阳台上，我凝视着狂风暴雨大作，雨哗哗地倾落在地上，溅起了一朵朵雨花。

不知什么时候起，一阵凉风吹散了夏天的乌云，雨也逐渐地停了下来。天空渐渐地恢复了往日的平静，一道弧形的彩虹挂在天边，显得鲜艳夺目，七彩斑斓，让人感到心旷神怡。

傍晚，西边的太阳落下了山，月亮也露出了笑脸。星星在天空中闪烁游离，我被蒸上小馒头的心情落下了帷幕。

浙江作家郑忠华

【作者简介】

郑忠华，笔名山人，1971年4月生，杭州建德人，国家一级书法家、当代著名书法家、国礼艺术家、中国新时代诗人。现为中国教育学会会员、中国书法家协会会员、中华诗词学会会员、中国诗歌学会会员、中国楹联学会会员、中国国画院书法研究院秘书长、中国剑光书画院理事、中国新时代档案库会员等。

不要忘了回家的路（外1篇）

有人道，条条大路通罗马；又有人说，你走你的阳光道，我过我的独木桥；鲁迅讲得更精彩，其实地上本没有路，走的人多了，也便成了路。如此等等，都是给路从多角度多方面做了一定诠释。

人生之路得靠自己走，没有谁能一路陪你走到终点。幼小时，父母扶着走路，那是因为你不会走；上学的时候，学着走。有路就会有路口，城里就会有红绿灯，要按规矩行走。人生的十字路口，更要有所选择，犹如红灯停绿灯行，自己要掌握人生行走的节奏。什么时候快什么时候慢、何时转换方向，都是你自己的事。有些人，走出去，就走不回来了；有些人走远了，就根本找不到回家的路。

前些年，网上读到一篇文章，有一对农村夫妇，勤俭节约，含辛茹苦把两个儿子培养到大学毕业，都去了美国留学，在异国他乡娶妻生子定居。这对夫妇，一直是乡里乡亲们眼中成功的教育专家，更不用说他们两个儿子左一个优秀右一个优秀。说到这里，大家是不是都很羡慕啊？如此荣耀，落到谁家是不是都很开心？祖宗十八代都有面子。没钱的时候，漂洋电话一个，票子齐刷刷，脸上的笑容一阵一阵，就像钱塘江潮水般一波一波，真正所谓神仙般的生活，和每天还为生存而奔波劳作的普通百姓相比，简直是天壤之别！他们好日子过了几十年，两位老人年逾八十，两个儿子依旧在美国。有一天，老头子病危，老妈子打电话给两个儿子，都说没有时间回来，老头子下葬那天，他们也没有回来。又过了若干年，事情发生在老妈子身上，她死了，亲戚打电话给她那美国的两个儿子，居然也没有回来，还好是邻里乡亲让她入土为安。两位老人的结局，是所有人都难以想象的，如此悲惨，如此不知痛苦。这或许是东西方人的文化差异吧！葬送了我们中国古文化养儿防老一说。作为有血有肉、有思想的你，怎么看待这一问题、这一现象呢？

如今，又有哪个不希望自己的子女成才，有个好的归宿呢？归根结底，做父母的也难，儿子有出息，自然是好事，但幸福吗？其中的心酸，只有年迈的父母心里知道。孤独的守候、日夜的思念、话到嘴边又咽下的不自然，有苦无处说，有泪暗地流……

写了这么多的文字，唯一希望的是唤起做子女的我们，不管你有多大的成就，不管你走得有多远，不管你事业有多么辉煌，抽点时间回家看看，就像有首歌《常回家看看》。父母的日子会越来越少，千万不要给自己留下遗憾，不能让上面的故事重写！最后还是提醒外乡游子，千万千万千万不要忘了回家的路！

度

凡事讲度，100 度是开水，99 度就不算开水，那上限是几度呢？仔细看看电热水箱的刻度，最高的指示刻度为 110 度。也就是说，110 度是个节点，那是告诫我们，超过 110 度，电热水箱会自动跳闸的，正是电器设计师设计好的。假设没有讲究，没有设置，继续烧，120 度 130 度，会出现什么结果？我们学过化学的都知道 H_2O_2 这个化学分子式，这个就是双氧水，严格意义上讲是不能喝的，通俗地讲，失去了开水的营养价值，从深处去理论是否有毒，我是不得而知了，还得请专家分析。实际上，也没有太大的必要，因为，超出了开水所谓的度，似乎不是很妥当，那是常规，那是常理。

再说说恋爱，为何有人说，谈了七八年的恋爱，结果还是分道扬镳，那又是为什么？犹如前面讲的开水，是一个道理，超过了度，人人敬而远之的。所以年轻人必须明白，感觉适时即可。金无足赤，人无完人。千万别刻意追求与寻找完美的爱情与婚姻，如果你沉浸在其中，那你得到的结果，往往是不如意的。笔者认为，恋爱半年，即可谈婚论嫁了，好比炒菜，该出锅就得出锅。

再聊聊婚姻吧，如今为何离婚率如此之高？这是社会造成的吗？不完全是，自身还是有原因的。很多家庭，将就着过，没有之前的热度，没有之前的感觉，甚至成了陌路，最后走向民政局或法院。由于大家很难把握这个度，导致这种结果的产生。

对于孩子也是一样，过于关心，过于问寒问暖，反而可能让孩子们反感。掌握适时、恰当的问候，或许才能得到你想要的结果。

我不是教育专家，不是情感专家，也不是化学专家，只是一个热心的思考者，所言未必绝对有理。

度，掌握好了，也就度好了自己的人生。

新加坡作家周通泉

【作者简介】

周通泉，笔名乔舟人，祖籍重庆。重庆大学毕业，日本横滨国立大学工学博士，曾任日本清水建设公司研究员，首位拥有新加坡专业土木工程师执照的中国新移民，设计了世界上最大的海水淡化厂和新加坡最大的垃圾焚烧再生能源发电厂等。现任新加坡某土木工程顾问公司董事经理。

2015 年以笔名乔舟人发表在新加坡出版的长篇纪实小说《野心蓝图：一个"工程大侠"的真情告白》，其经历与所获成就获新加坡《联合早报》大篇幅专题报道。该书也由中国大陆出版社用《重庆小子下南洋：一代"工程大侠"创赢新加坡》书名发布，在海内外流传，在中国大陆文章吧里颇获好评。两本书名均已被百度百科收录为词条。《野心蓝图》也被收录在新加坡新华文学大系长篇小说集内。部分作品入编《"经典杯"国际华人文学大赛获奖作品精选》。

散文三篇

把数理公式转化为经典建筑的美学设计

什么？一言不合就写起了 C 程序？这不是一个典型的工程案例，但这却是一个典型的创意思维案例。这个例子生动地演示了像《生活大爆炸》的理工男们一样，人们如何把数学物理知识、编程的能力转化为解决实际问题的答案。

1994 年快速建设私人有限公司在乌节路兴建中的 Orchard Parksuites 宾馆主要入口处的椭圆形上翘式玻璃华盖的设计任务落在乔治周博士的手中。当时乔治周在快速建设公司担任工程与系统经理。

这个玻璃华盖最新的概念图源自业主在海外旅行途中所抓拍的几张照片。业主认为快速建设既然有留学日本的工程博士操刀可以很容易搞定此事。

事已如此不用多说，乔治周对着有限的几张照片反复琢磨，很快做出了用钢管支撑玻璃华盖的结构计算书并画出了二维结构图。

但是当这套设计图交到快速建设常用的钢结构分包商手里施工时问题出来了。

他们声称无法制作，因为这个椭圆形上翘式玻璃华盖是由在两个面方向投影都形成曲线的平面的玻璃块构成的。这种三维形状的结构通常只有那些专业的具有电脑三维建模能力的公司用电脑切割开料安装，才能最终达到几个面都呈曲线立体造型。当然专业公司要价不菲，与常用的分包商材料加安装费才 8 万新元左右相比，至少得贵出 3~4 倍。

那时才真正体会到知识就是金钱的道理！要知道在 20 多年

前，三维画图软件 RIVIT 等还远远没有诞生呀！

乔治周大学本科就读于现在称为重庆大学的土木建筑工程系的"力学师资班"，是为改革开放初期工业与民用建筑土木专业大学老师青黄不接特别设置的专业。所以大学一、二年级学的都是与纯数学专业一样的课程。再加上他在日本留学的数年间也为日本通商省旗下的公司写过一些应用软件，所以为了给公司省钱，乔治周决定放手一搏，用自己各方面的综合知识来解决这个难题。

1. 化整为零

把椭圆形华盖分成 13 片平板玻璃框架，每片玻璃框架上选 8 个坐标控制点。

2. 三点一面

利用同一个平面上的点，必须满足同一个空间平面的数学方程式的基本数学原理，再利用 Excel 试算表，逐步推出 13 片平板玻璃框在空间的 x、y、z 的三维坐标。

3. 写三维立体图形程序验算

用 C 语言写出一个输入三维坐标在电脑屏幕上显示图形的程序来验算推算出来的坐标的正确性。因为实践是检验真理的唯一标准。

几个星期后，乔治周博士史无前例地在一般的二维结构图上列表标出了全部控制点的三维坐标。

最后快速建设的常用钢结构分包商，照着这个带有控制点三维坐标的结构图，先制钢架，然后把玻璃割好嵌起来，用 8

万新元的造价圆满地完成了这个椭圆形上翘式玻璃华盖。

妙用老子"治大国若烹小鲜"

老子曰：治大国若烹小鲜。真是举重若轻的千古名言。

短短的 7 个字就概括了处理世间大小事之诀窍：一是火候的拿捏，二是力度的掌控。

从凌波微步到街道、家、三连书房

2020 年 4—5 月，在新加坡"居家办公"期间，每周日都没有机会和小伙伴们一起打羽毛球，我就开始每天早上练练在江湖上久违的"凌波微步"。我搬进加东的这条街已经十多年了。第一次可以静下心来好好看看这个地方。为了驱散一个人跑步的孤独和无聊，我终于测量了这条街道的长度。我迈出了一米左右的有力一步，从新加坡艺术中心的建筑物开始，每隔 100 米就拍一张建筑物的照片。我的脚测量的总长度大约是 1240 米，街道尽头的房子最后融入了加东的传统街道，那里有各种各样的商店。我们这条街上大约有 120 栋房屋，其中 3 栋是我公司做的结构设计。

新加坡加东的私人住宅区是一条古老的街道，没有统一设计之类的东西。新居民向老居民购买土地和房屋，建筑师和工程师需要根据房主喜欢的风格设计新房。当然，建设者必须遵守规定和计划进行设计。别墅与房屋之间的总高度和层数以及相邻房屋之间的距离都是法律要求的，但风格不受限制。所以说到底，虽然风格不同，但因为别墅彼此之间适当的距离，似乎并没有违和感。

作为一名结构顾问，平素我们总是希望遇到非常规的、大胆先进的建筑，让我们的结构知识大放异彩，借机在江湖上扬名立万。但十多年前，当我在加东别墅洋房社区拥有一亩地的时候，我就变得叶公好龙了。虽然我的建筑师朋友们都在热情地倡导和劝说我把别墅的风格建设成前所未有的"结构师之家"，比如悬浮在别墅中央的超级支柱，或者像俄罗斯方块一样诞生等，我收到了很多奇怪的建筑概念草图。但是，作为房主的想法是不同的。在土地非常昂贵的新加坡，永久业权的别墅非常有价值。除了自己的住宅用途外，还必须根据其长期财富价值进行选择。建筑风格是重要的考虑因素之一。

仔细想想，一亩地相当于我出生长大的重庆嘉陵江畔刘家台"宋家大院"二层院落的总面积。那是一个大院子，曾经住过十几户人家。我童年和少年时期的大部分记忆都发生在那里。因此，必须仔细考虑如何设计一亩地的房屋。考虑到"经典"永远好看，在重建时，我们最终选择了"时尚经典"作为这栋别墅的追求风格。建筑师朋友没有辜负我们的期望。别墅建成后，室内设计师于2008年4月将其发表在时尚杂志《CUBES》上。我对结构知识的有效运用，让200多平方米的大堂宽敞大气且看不见结构柱和梁。曲线优美的螺旋楼梯的天然木台阶和欧式黑铁栏杆，让人从大堂看到二楼和三楼，形成了空间与空间的生动对话，这在同类别墅中是罕见的。新视电视剧拍摄部多次来函希望借用这座别墅拍摄新电视剧。

在整个房子里，我最喜欢的地方也是我逗留时间最长的地方就是书房。一楼大堂旁边，推开两扇大大的木框玻璃推拉门，就是一间书房，装修简单而优雅。两米多高靠墙的优质木质书架，搭配欧式书桌和沙发、黑色网状流体收发器、五金收纳盒，构成舒适经典的21世纪书房。

书房工作虽然孤独寂寞，缺乏与办公室同事头脑风暴的机会，但它有一个独特的三连胜：10 步之内，有一个小花园，你可以慢慢闻花香，喝一杯小茶。18 步之内，即可跳入凉亭旁的游泳池，进入体育锻炼模式。36 步台阶内（三楼），有乒乓球桌可以挥拍抽杀乒乓球。

每天早上 7 点左右，喝着早茶读完《联合早报》大张纸版国内及国际新闻之后（娱乐版则放在一边待会儿配着早餐一起享用），我就进入书房打开冷气空调机，开始了"秀才不出门一网联天下"的工作。为防冷气溢出方式书房，木框玻璃滑门是关着的，但是一会儿，我家的黄金猎犬小汤匙君总是不请自来，轻车熟路地用嘴拱开滑门，然后选一个自己最喜欢的地方大咧咧地趴下蹭冷气。滑动门垂直地推是推不开的，必须有侧向推力才能滑开。小汤匙的物理知识哪里来的，莫非偷学了书架上的力学书？

近两个月的闭关结束，虽然天天在书房早九晚五，但是没有逼出一本像《十日谈》类似的书。作为新加坡作家协会的一员，略微遗憾。自从 2015 年长篇小说《野心蓝图》出版以来，似乎有点江郎才尽的感觉。

哲学家说："人不能两次踏入同一条河流。"

一天，我读到一则太空军招募广告，精神为之一振——也许你的使命不在这个星球上！如果我们能放下手中的一切，在太空中飞来飞去，现在一切似乎都是鸡毛蒜皮的小事。这则广告引发了很多关于我人生使命的联想。

旅居海外 35 年，日月星光闪烁。在日本横滨和东京，似乎除了阅读和写作，什么都没有留下。幸运的是，在新加坡，我转向了工程设计行业，参与设计并且已经形成了一道独特建筑结构风景线。尤其有幸负责了北非阿尔及利亚世界最大的海水淡化饮用水项目，以及新加坡第六个也是最大的垃圾焚烧发电厂项目在新加坡的建设和结构设计。这两个项目似乎暗示了我的人生使命，在中国、日本的研究员和新加坡的专业工程师的生活中将数学、力学、编程知识和专业工程师知识相结合的独特体验。我应该用我的专业知识来改变世界，让世界变得更清洁、更美好。

事实上，自 1998 年亚洲金融风暴后，公司成立以来一直很忙。所以咱公司的网站在发布十年后没有改变。这次"居家办公"让在家练习"凌波微步"成为可能，所以我趁这个机会重组了团队，设计了一个新的网站——客户不用点击就可以被我们温柔地做广告。本网站基本属于王语嫣的"口述武功"，只对喜欢上网的客户有效。今时今日当大家都可以简单地将公司的宣传册进行彩印的时候，要有效地搞定客户就一定要用乔峰的"降龙十八掌"式的重磅宣传资料——动用出版社来制作公司完成项目分门别类的专辑书。"居家办公"之后，江湖必然重新洗牌，现在为重出江湖留下先手，说不定可以多做几个让世界生活更美好的项目。

湖南作家方福顺

【作者简介】

方福顺，1962 年 12 月出生，本科学历，湖南衡阳县渣江人。喜爱读书，与书结缘，卖了 40 年书。童年、少年住过部队营房、大院。当过工人、经过商。生于农村，骨子里流淌农民的血液，下乡驻村工作 20 多年，生活追求平平淡淡才是真。

夜过雪峰山

（一）

20世纪90年代初，沿海广东等地经济高速发展，而中部地区的湖南、湖北等省市相对缓慢。

素有"鱼米之乡、天下粮仓"的两湖两广，活跃着一群长途运输专业户。他们披星戴月、日夜兼程、不辞辛劳，专门从事生猪长途贩运。

这种生意，投入大、周期短、回本快，遇上市场价格浮动，自负盈亏，风险也大。

运气好，回程货源足，道路畅通，人车平安，日积月累就是一笔不菲的收入。

往返一趟快至两天，他们既是老板又是司机。

曾经，最火的生意就数这种短平快。因此，这个特殊群体引得世人羡慕，在众人眼里就是"大款"。

最初涉猎这种生意的算是这个特殊群体中的"狠"角色。这个"狠"是指比同行起步早、交接广、路子熟，驾驶技术过硬，待人实、讲诚信。

这天一大早，在牲畜收购站排队、抽检、过磅、交货、开票、结账，清洗完整车。一阵紧张的忙碌后，直到中午，一车在湖北与湖南交界处湘南农村收购的生猪，经过两天一夜，800多千米的长途运输，像往常一样在广州沙河完成交易。

午饭时光，一高一矮的两个人从小饭馆里正往外走，矮的叫胡敏，挺着个胖肚腩，一边用牙签剔着牙，一边与高瘦身材的贺志文朝不远处的停车场走去。

在停车场货车边徘徊的人，大多是找车主调车的货主。还未等两位走近，货主就笑脸相迎，客气地又递烟又递槟榔。

经过一番讨价还价，他们达成协议，去顺德装运一车电冰箱返回湖南湘潭。

胡敏把车启动，侧身推开右车门，让货主坐在副驾驶带路，贺志文则躺在驾驶室后座休息区，准备美美地眯上一会儿。

从顺德某家电设备厂货仓出来，车上高速跑两个多小时后，下高速路出口，进入 107 国道，不一会儿转 315 省道，朝雪峰山方向行驶……

（二）

秋冬，倦鸟归巢，落日余晖、残阳如血。山区砂卵石路有些窄，路面虽然平坦，但遇上对面来车，会车时刚好两车擦身而过。

107 国道修路，省道又在铺沥青路面。那段时间，公路建设成为各地发展经济的重要基础投入。因修路而引起交通堵塞日益严重，也成了民众关注的热点问题。

为了抢时间，他们决定绕开堵塞路段，借道宜章的一条县道，绕道至汝城，再到韶关上 107 国道返回湖南。凌晨 1 点，车在山路上缓慢爬行，车前大灯的两道光柱，穿透白色晨雾，划破四周的黑暗，时而射向星空，时而照亮幽深寂静的山谷。

胡敏右手握住方向盘，左手用打火机点燃叼在嘴上的一支白沙烟，深深吸了一口，又缓缓朝车窗外吐出一股浓烟。

胡敏注意到，路上极少遇到过来的车辆，凭以往经验，他担心前方某个路段堵车。

车跑完一个下坡路，他喊醒贺志文：“师傅！我找个地方下车屙尿，你接手开一截哈，我有点盯不住哒！”

车靠在路边停下，胡敏打开双闪灯，推开车门猴急地窜了出去，在车边撒了一泡憋了很久的尿。“天气有点冷”。他说，全身一哆嗦，声音就不由自主地发颤，贺志文下车也稀里哗啦撒了一泡尿。

胡敏钻进休息室，贺志文拿起水杯喝了两口，然后启动车、关闭双闪灯继续行驶。

车下到山的谷底又往上爬，险峻陡峭的上坡路。左边有一条宽不过 8 米的干枯小河，两岸芦苇、杂草丛生，河床乱石嶙峋。河水形成一支小溪，向远方奔流。约十分钟路程，车转弯处，路面视角逐渐开阔。

山区盘山公路，多是荒野，人烟稀少，得跑很远的路程，才能看到临时搭建的加水小屋。

车越往上走，坡度越大，路左边渐渐形成一个悬崖绝壁。小河不知不觉消失在绝壁的黑暗里无影无踪。路右边斜坡，大小不一的杉树、马尾松在车前灯的光芒里一闪而过……

（三）

贺志文全神贯注握着方向盘，手脚灵活地换挡踩油门。

到了山顶，可以看见山下汽车爬坡时的远光灯，在黑夜中一闪一闪、时隐时现。显然，山路崎岖，晚上跑车的司机很少。

贺志文在广东当兵时，部队搞长途拉练。汽车连运送物资，广东跑湖南，两边来回跑过不知多少趟，对这条路段情况基本较熟。此时，有猪发出凄厉的尖叫声，此起彼伏由山谷深处传来。

这凌晨 3 点时分，寂静的山谷里，任何声响都会令人非常敏感和警觉，特别是猪发出歇斯底里撕裂夜空般的嗥叫，令过往车辆司机也不禁毛骨悚然。

"莫不是有拉生猪的车翻下山谷？"贺志文闻声不敢细想，一边加快车速，循前方声音方向驶去，一边亮着嗓子喊："敏砣！敏砣！快起来！快起来！前面可能有车出事哒！"胡敏听了，一骨碌爬起来问："在哪里？"贺志文答："你听！"声音却停了下来，胡敏又问："没听到什么东西声响呀？"

车行驶十多分钟，贺志文就察觉到前方路面出现异常，同时又听到低沉的猪叫声，便立马减速停住。他没让车发动机熄火，继续保持着车灯照明。

两人下车弯腰察看，见右边山下，一辆车侧翻在二十来米深的地方。车的下方，幸好有几棵碗口粗的杉树，牢牢地把车卡住，车灯一闪一闪，像是在向他们发出求救信号。

两人见状，神情高度紧张。"你在高处打呼救电话，注意拦车求人帮忙，我先下去看看司机什么情况！"贺志文边说边从驾驶室门侧拿出手电筒，侧着身子战战兢兢往山下挪。

一根烟工夫，他好不容易靠近驾驶室，用手电筒来回照了几遍，发现没人。

侧翻的车上，猪在一格一格的铁栏栅里，奄奄一息不能动弹，毫无挣扎，喉咙里发出筋疲力尽的呻吟……散落的几头受伤严重的猪，一动不动地躺在地上，肚子一起一伏不停地喘着粗气。

空气中弥漫着一股难闻的猪屎、尿臊臭。

（四）

贺志文仍不放心，用手电筒在车的周边和山下更深的地方通通照了个遍，还是不见人的踪迹。

正迟疑，胡敏头戴一顶平常夜间钓鱼用的头灯，也小心翼翼下来，口里嚼着槟榔急切地问："师傅找到人了吗？我打了救助电话！"接着又狠狠地骂道："拦车找人帮忙哈！好不容易过来两部车，狗日的停都不停一下！"贺志文只顾自言自语："嗯！怪了，找不到司机！哪去哒！"仍不死心继续用电筒四处寻找。

两人东找西找，额头冒出汗来，山风一吹，又冷又饿。

胡敏就不耐烦，大声嚷道："师傅，走呀！再不走！来人了就走不成哒！"又说，"反正没有见人，不如扛一头还没死的猪回去。"说着两手拖起地上一头尚有气息的猪前腿，就往上拖。猪有三百来斤，胡敏一个踉跄，身子失去平衡，差点没滚下山去。

他不甘罢休，贺志文拗不过他的死心眼儿和犟脾气，犹豫了一下，腾出一只手抓住猪的一只后腿，用力一提，两人就选一侧障碍少的地方往上挪。

四周漆黑，只有胡敏头灯的光，随着他们吃力地挪移，上下左右地晃动。

正打算停下来歇一会儿，黑乎乎的草丛里，一只手扯住了胡敏的一只裤腿，胡敏心一紧，低头一看，头灯照射的地方，是一张鲜血模糊的脸，胡敏"呀"的一声大叫，连滚带爬如撞了鬼，丢魂落魄瘫坐在地上。后面的贺志文也被这突如其来的一幕吓了一大跳。

稍后，他冷静下来，向前几步蹲下身子，两手扶住那人，对方像是抓住了救星，虚弱地喊"救救……"话没说完，人就晕了过去。贺志文就用大拇指按压对方人中。一刻，那人醒来半睁开眼，吃力地发出微弱的声音："水……"贺志文忙问："其他人呢？怎么就你一个？"对方无力地点点头，贺志文安慰道："你脑壳出血，能爬出这么远，说明手脚没什么问题。"

见伤者极度虚弱，刚松一口气的贺志文，心又提了起来，他知道对摔伤者不能盲目施救，怕造成不可逆转的二次伤害，影响到伤者的康复和生命安全。他知道伤者头部受伤，出血过多，导致身体出现严重虚脱，如果得不到及时有效的抢救，同样会有生命危险。

时间就是生命，他不再犹豫，果断反手托住伤者的两腋，弯腰用背稳住对方的背，让胡敏用手臂夹紧伤者的两腿，向上吃力挪步……

好不容易挪到车边，两人大汗淋漓喘着粗气，胡敏抢前一步拉开车门，才发现驾驶室位置较高，要把150斤左右的伤者弄进去，实属不易。

贺志文在部队学过救护知识，随机从腰间抽出皮带，绕住伤者的胸围扣紧，用手夹住对方两腋，托起伤者，胡敏提起皮带，费了九牛二虎之力才算成功。

贺志文加大油门朝前方县城方向疾驶……

县城人民医院手术室里，医务人员全力以赴，投入一场与生命赛跑的抢救……

当护士大声问谁是伤者的家人，需要在抢救单上签字时，贺志文没有丝毫的犹豫，帮伤者垫付了医药费，并在抢救单上签了字。

胡敏在医院附近的小宾馆开了间钟点房。两人匆忙洗过热水澡，换下救人沾上血迹的衣服。

贺志文又赶回医院，靠在急救室外的长椅上，焦虑地等待抢救结果。

小宾馆里，胡敏倒床就睡，直到吃过早餐，独自驾车去了湘潭交货。

（五）

清晨，医院热闹起来，排队挂号看病的人络绎不绝。

手术室门一打开，医生刚探出头，贺志文连忙起身，医生递给他一个小电话本和刘秋生的身份证。是伤者送进急救室时，护士从衣服口袋里发现的。

医生带贺志文来到护士站，并吩咐值班护士："尽快找到伤者家人，告知其家属伤者经抢救，暂无生命危险，但伤势严重，脑颅少量出血，还没度过危险期，需要住进ICU重症监护室观察，继续接受治疗。”贺志文听到伤者获救，心里松了一口气。此时，他只想尽快与伤者家人取得联系，拿回他垫付的医药费走人，那可是他和胡敏结回的一万元生猪货款。

护士站，护士按小本记载的姓名电话逐个联系。

小护士很快得到信息，刘秋生的同事和前妻下午会赶过来。

贺志文估计，伤者家属从另一个城市赶到这个县城医院至少有 260 千米，最迟也要大半天……

下午 5 点左右，贺志文见到一个身材高挑、性感、面色红润、皮肤细嫩，身着一套浅蓝色开领西装，颇有职场白领女性气质，一头秀发衬托出几分清新淡雅，左手拎着手工制作的精致手提包，一看就是一个特别令男人动心那种爱打扮的女人。

在急救中心走廊里，这个看上去三十岁的女人，大方地朝贺志文点点头问：“您是贺师傅？谢谢您救了老刘，护士电话里跟我讲过，我都记住了。”贺志文看着对方：“你是？……”女人说：“我是他朋友，你就叫我王姐吧！”接着又问，“秋哥在哪间病房？”贺志文答：“在左边走廊转角 ICU 重症监护室，你跟我来。”贺志文在前面引路，心想：“他俩关系不一般吧！”又不好冒昧地问。

女人进入重症监护室之前，朝他礼貌地竖起手掌，示意他回避一下，他点头知趣地退在外面等候。

不久，王姐从重症监护室出来，表情凝重情绪低落地走近贺志文，从手提包里拿出一个纸包递给贺志文，很感激地说：“医生告诉我，您不仅救了秋哥一命，还帮他垫付了一万元的医药费，您是个好人！这钱还您，我和秋哥非常感谢您的救命之恩！”又说，“我得尽快赶回去帮他联系保险公司处理后面理赔的事情，这里就暂时辛苦您了！”

贺志文一心只惦记着手里的纸包，尽快拿回自己的钱，这才是他最想要的结果。

当着王姐的面点钱觉得有些尴尬，王姐刚一转身，他有点迫不及待地开始点钱。等他发现多出好几千元，再抬头看时，女人已经消失在走廊转角，他立马朝女人离去的方向追去……

然而，在住院部和门诊大厅，他再也没有看见王姐的身影……

他知道王姐是刻意回避自己。他心里寻思，一定是主治医师把伤者的身体状况一五一十地告诉了她，伤者生死未卜，使她心存顾虑。

贺志文心想，既然钱已经到手，还是尽早赶回去。但转念一想，他救的人还在 ICU 重症监护室，家人没有赶来就走，有点不仗义，况且，多出来的 6000 元也得退回去。他拿定主意，决定再等一等。

半小时后，贺志文等来了匆匆忙忙赶到的伤者前妻和合伙司机。

他打量着眼前的女人，年龄不超过四十岁，瘦小个，五官清秀的脸上略显憔悴，一身蓝色工装干练利落，像是没来得及换下，就匆匆赶来的样子。

陪同女人一起来的还有伤者合伙司机肖运良。

贺志文看过伤者身份证，知道刘秋生比自己大 10 岁。见女人紧张、着急、担心的表情都写在脸上，心里就明白了几分，他上前叫一声："嫂子。"对方立马就上前抓住贺志文的手，声音带着哭腔："老刘在哪里？怎么样啦？"说着两腿一软就站立不稳。贺志文一把抱住，扶她进了重症监护室。

在重症监护室，隔着玻璃，里面是戴着氧气罩、头上包着纱布、身上插着管子，静静躺在床上的刘秋生；外面是极度压抑自己情绪，两手扒着玻璃，低声哭泣的女人。

贺志文不忍直视这种极度压抑情绪的场合，他静静地守护在一边，默默地看着这个情绪失控的女人，生怕她悲伤过度而发生意外。

一旁的肖运良铁青着脸，使得原本黑色的脸越发显得黝黑。

此刻的他，内心十分内疚自责，目睹着刘秋生的惨状，最终没能控制住自己的情绪，突然“哇哇”哭出声来。立马就有护士过来制止，三人在护士的劝阻下出了重症监护室。

“嫂子！都怪我昨天没能和秋生一起出来，出了事都怪我，我要是不和老婆赌气打架，也不会害得秋生兄受这么大的罪呀！”肖运良一边说，一边用手掌在脸上来回“啪啪”扇自己耳光。

贺志文第一次见偌大的男人稀里哗啦哭得像个孩子，他知道任何安慰对这个男人都徒劳无用，他不知如何是好，默默地看着两个既陌生又过度伤心的人。此时，他发现男人的半边脸青一块紫一块，两边一大一小成了阴阳脸，明显不对称，他甚至不敢想象女人下手如此狠毒，会是个怎样彪悍的妻子。难怪肖运良窝在家里不敢出门，才搞得刘秋生冒险千里走单骑……

（六）

出了重症监护室，贺志文如释重负地呼出一口气。从刘秋生的身上，他仿佛看到了 10 年后自己的影子……

高中毕业，19 岁当兵，23 岁转业回到家乡，进了一家半死不活的企业。25 岁成家立业结婚生子，妻子在市里一家大型超市当营业员，两个人靠微薄的工资收入，租住在一个老旧小区的不足 60 平方米的小房子里，勉强维持生活。

女儿刚两岁，需要请保姆照顾，每月为女儿买奶粉。亲戚朋友同事结婚、生日、小孩满月随礼，更别说买件自己喜欢的衣服，还没到月底，钱就不够花。

那年夏夜，女儿闹着要吃西瓜，妻子翻遍口袋里的零钱，没凑足几块钱，妻子顿时崩溃得掩面哭泣，吓得两岁的女儿抱着妈妈乖乖地不再吵闹。

生活捉襟见肘的日子，人快中年的贺志文夫妻，常常被柴米油盐酱醋茶弄得狼狈不堪。

父母在农村，贺家是二代单传，每次回乡下探望父母，二老总是督促儿子，莫让贺家到了第三代断了烟火。贺志文是个大孝子，也不好违背父母心愿。

妻子在超市上班，早晨要提前半小时到，晚上要推迟半小时下班，长期三班倒，起早贪黑。

自己在家，妻子在上班；妻子在家，自己却在外打拼。白天晚上两头见不着面，成了常态。

生活一天天过，家自然而然不像个家。好不容易两人在一起，妻子劳累过度，身体健康又出了点问题，怀孕一检查，结果宫外孕，手术终止三个多月的妊娠，妻子手术引起大出血，还差点丢了性命。从此，一心想要个儿子就成了他的心病，夫妻俩就此产生了隔阂，经常为生活琐事烦恼斗嘴吵架，日子过得一地鸡毛。

为了摆脱困境，寻找出路，27岁那年，他选择了停薪留职自谋出路，开始风餐露宿、四处奔波、动荡不堪的日子，吃尽苦头。

一年不到，不仅把向父母和亲朋好友借来的钱赔了一半，还受够了别人的冷眼、妻子的冷嘲热讽。

他生性固执，不甘就此放弃，1991年用房屋抵押银行贷款，与发小胡敏合伙买车跑广州，做起了生猪长途贩运。

1994年他与胡敏生意合伙做得风生水起，不仅换了新车，而且还清银行贷款，搬进了大新房，买了家用轿车，过上了人人羡慕的生活,成了别人眼里手握"大哥大"的老板。有句俗话:"人走运不过,鸡飞鸟不赢。"生意越来越红火,生活越来越顺心。

贺志文就有点飘飘然,开始与身边的朋友吃喝玩乐图享受,干他这一行的打牌赌博、洗桑拿、逛舞厅,纸醉金迷及时行乐比比皆是。

贺志文身陷其中,乐此不疲。当初还有新鲜感,久而久之,内心深处的空虚、迷茫让他无所适从,迷失了自我。没钱时他信了《增广贤文》"贫穷夫妻百事哀",下海拼命赚钱,如今有了钱,人却快乐不起来,所谓的幸福生活成了水中月、镜中花。家失了温暖,夫妻成了陌路人。原来,有钱人的世界不一定幸福快乐,金钱也不是用来衡量幸福的标准。

女儿小学送进了全托学校,自从老婆升了超市主管,就一心一意扑在工作上,对他也就很少关心,他与老婆的关系也日渐疏远。

想要个儿子的事情一直窝在心里,也曾动了离婚再娶生个儿子的念头,只是一直没找到合适的机会跟老婆挑明罢了……

当年在部队里那种青春火热的军营生活,随着时间的流逝,当年意气风发、青春飞扬的军人英姿,在现实生活中消遁得无影无踪……

夜过雪峰山的救助,与其说贺志文亲历了救援同行又有着自己同样经历的刘秋生,不如说是一次翻越修行者内心的自我救赎。

曾经朴实的心和纯真的感情,会与自己的灵魂在残酷的现实社会碰撞中渐行渐远……

刘秋生面对着两个女人,既放不下又拥有不了,深深地陷入感情的旋涡不能自拔,这种两难选择,也曾经困扰过贺志文,让他痛苦不堪,精神世界空虚得如同没有灵魂的稻草人。

从某种意义上来说，他救了刘秋生，不如说是救了他自己。是他那颗善良的心，犹如一团尚未泯灭的火苗，在拷问他驿动的灵魂。贺志文已过而立之年，七年后也要步入不惑之年，四十将会是人的一生最宝贵、最黄金、最值得珍惜的年龄。

有时候，夜深人静，他会觉得自己的内心世界缺少无法言表的孤独寂寞感，萎靡颓废、现实的残酷甚至让人怀疑人生。难道这就是自己想要的幸福生活？

（七）

少年时代的贺志文是个理想主义者，青年时期的他胸怀大志，人过中年对美好生活的热爱与追求欲望异常强烈。经过多年的不懈打拼，生活富裕了，心却疲惫不堪，物质的富裕根本填不了精神上的贫瘠，人的自信心却反而被中年危机消磨殆尽。他一度困惑自己会堕落成金钱的奴隶！可怜的享乐主义！庸俗的拜金主义者！

当贺志文在现实生活中，历经了许多年的风雨，尝过了世间酸甜苦辣，看穿了所有的人情世故，明白了人性的弱点、本质，对人生有了不同的看法，有了对这个世界的重新认知。

人一辈子没钱世人看不起！活着拼命想赚钱，发大财！有钱世人皆羡慕！难道这就是现实社会的真相？做人的归宿？

他之所以与胡敏成了合伙人，也是出于对胡敏的同情。两人同村是发小，知根知底，父辈又是世交。

高中毕业，他入伍参军，胡敏去了沿海广东打工。

父亲病逝，母亲残疾无人照顾，姐姐远嫁，胡敏只能在离家近的菜市场卖肉，淘一口饭吃。

在社会上混久了，年少轻狂血气方刚的胡敏，被生活的无奈打磨得棱角全无，随着年龄的增长，为人父后，在忍辱负重中学会了一套生存之道，在社会上与各类人物打交道见风使舵，游刃有余，生意场上如鱼得水。

贺志文处在人生低谷期，正是胡敏找到他，两人一拍即合成了合作伙伴。

胡敏每当想起在广州失业流落街头不堪回首的一幕，在他举步维艰如丧家之犬时，靠捡夜宵摊上客人吃剩下的残菜剩饭渡过难关，正是吃尽了生活不易的苦头，才成就其为一个成熟的中年男人。谁的人生没有过至暗时刻呢？自从他跟了贺志文驾驶着自己喜爱的汽车走南闯北，用自己勤劳的双手创造属于自己的财富，追逐着自己的梦想和人生价值。

夜过雪峰山的经历不能不说对他们各自的思想有所触动，贺志文庆幸自己人生中有过当兵的历史，那是属于他曾经的荣耀，人活在世唯有一颗金子般善良的心才是做人的根本。让贺志文在这个五彩缤纷的世界，真正找回了做人的本真，也让他对生命意义的认知，有了一次质的飞跃，一次精神上的嬗变和道德品质的回归。

激情燃烧的岁月

（一）

17 岁，高中毕业，那一年的金秋十月，我进县氮肥厂当了一名工人。一踏入社会就进了企业，算是那个时代的一名幸运儿。

两年美好而充满激情燃烧的工厂岁月，一直令我骄傲、自豪、热血沸腾。那是一段值得珍藏的青春美好时光。1979 年 12 月 15 日，进厂报到时的情景，依然历历在目，40 年弹指一挥间，仿佛就在昨天。

当年 4 月，70 多名青工，先我们一批进厂，算上我们第二批 30 多名青工一起，同一年招进 100 多名 20 岁左右的小青年，县氮肥厂因这群姑娘、小伙的到来，显得更加朝气蓬勃，充满了青春活力。

三天的培训结束，要求新员工填写岗位志愿表，为了早点转正，我去了锅炉车间烧锅炉。锅炉工属特殊工种，实习期一年转正，比起后工段操作工岗位转正要早一年。

新车间新添四台 2 吨的锅炉正处在安装调试阶段，我被临时调配到包装车间干了两个月，又去了锅炉房拖了半个月炉渣。

新锅炉调试完毕，我正式上岗。为满足来年春耕农村化肥市场的大量需求，新、旧车间两套系统，开足马力满负荷运行。

一天，零点交接班，锅炉房一声汽笛响起，便开始了我的锅炉工生涯。

我身高 168 ㎝，体重不过百斤，挥动 180 ㎝ 的大铁锹，往炉膛里不停地添加烟煤。倘若烟煤在炉膛内燃烧不充分，结成硬块，还需背负 25 ㎏ 重、长 240cm 的粗钢钎，探入炉膛内使出浑身力气进行打块清理。

可以想象，18 岁的我，需要克服多大的困难和怎样的意志力，才能如此负重坚持下去。

实习期工资 18 元，加三班倒夜班补助、卫生、洗涤费等，也就 26 元 8 角。学徒期满，工资涨到 34 元 8 角。

每月 10 日是发工资的日子，青工们格外兴奋，脸上露出期待和满足。

与如今社会上的小青年比，我们生活上既没有过多的物质享受，也无更多的个人欲望，完全没有现在"打工人"脸上那种心累、满是沧桑的负重感。

一身印有"氮肥厂"字样的崭新工装，往街上走一圈，那种自信很容易让 18 岁的小哥哥产生一种自我陶醉、自我欣赏的自恋……

春风得意马蹄疾的日子，很快就被工厂平淡无奇的三班倒累得精疲力竭，新鲜感、嘚瑟劲儿消失得无影无踪。

（二）

最令人窒息的事——生疥疮，晚上睡觉失眠。大宿舍青工染上疥疮，那滋味！三生三世难忘。

寒冷的冬夜，睡在暖被窝里，全身会莫名其妙地发痒，你禁不住去抓痒痒。越痒越抓，越抓越痒。

即便是痒得抓破皮肤那种难受，抓久了甚至会抓上瘾。

那感觉，似乎让你产生一种奇妙的快感，简直痒得你灵魂出窍，恨不得把身上一整块皮给揭下来，精神几乎崩溃到怀疑人生……

漫漫冬夜，我就在整夜失眠里熬到零点接班，严重的睡眠不足困扰着我，身心俱疲。

就连上班时，也有工友边推着斗车，边打瞌睡，一不小心栽倒在地上爬不起来，呼呼大睡，呼噜声如雷贯耳。

本来身体就单薄的我，日渐消瘦，实在坚持不住，只得上医院就诊。

偶然间揭开一个谜底，惊得我目瞪口呆。下班准备去澡堂，发现晒在走廊里的内裤不见了，一定是被室友误收。

当年，经济还处于发展初期，物质没现代丰富，十几个人的宿舍，大家穿的几乎是差不多款式、颜色单调的衣裤，特别是短内裤，晒出去，收回来时又无法分辨，穿错实属难免。

晚上娱乐玩牌的工友们累了，又随意卧在上夜班工友床上睡觉。

我索性回家睡，把闹钟调至接班前半小时响铃，才匆忙骑着自行车，往离家 3 千米远的厂里赶。

虽然辛苦，但不至于在宿舍整夜失眠，治愈的疥疮，不怕再一次感染。

我发现睡在大宿舍里的十多个工友，晚饭后，精神格外充沛。有三五成群围在一起扯字牌，玩扑克跑得快的；还有人被吵得睡不着，索性打起祁东渔鼓，有腔有调唱得有滋有味。

某日零点，寒风凛冽，下班归来的一帮工友边敲碗，边歌声依旧，正唱得兴起。

终于等到一个是可忍、孰不可忍的室友暴跳如雷破口大骂，要不是众人劝阻，避免不了一场同室操戈的窝里斗。

后来，在大宿舍睡的人越来越少，只剩下孑孓而行几位勇士，敢于直面如此惨淡的人生，实在是令我佩服得五体投地！

不同班次的员工住在同一个宿舍里，安排不合理，缺乏人性化，相互干扰是不可避免的。

好在厂里很快就解决了一个宿舍安排十几个人住的问题。

一年的学徒期，从 2 吨、4 吨，大到 20 吨的锅炉，我不仅全部掌握了操作技术，而且还通过培训考取了司炉工执照。

特别是在锅炉班师傅董梅初手把手地调教下，可以独自操作 20 吨大锅炉。

当时厂里最先进的沸腾式锅炉，只须坐在操作台上操纵。

（三）

最尴尬的事——喜宴上多吃同席老者一个鸡蛋。

进厂吃的第一次喜酒，是一同进厂同事冯吾结婚酒宴。与几位同事相约去老玻璃厂冯吾的新房，帮忙迎接新娘，从小货车上搬卸嫁妆。

那时结婚嫁娶没有现在高档。春夏秋冬几床被、两个热水瓶、一张双人床、一个挂衣柜、一张写字台、一个梳妆台、一张小饭桌、一辆自行车、女方一块手表。根本没有现在青年人结婚时一笔不菲的女方彩礼，也没有房贷车贷、子女读书上名校的压力。

院子里摆上十桌酒席，左右邻居、亲朋好友 2.6 元至 5 元的随礼。简简单单，欢天喜地，大家相互问候，举杯向一对新人祝福。

一碟冷盘后，上的是土头碗。虽然，不久前在老家渣江老乡生日酒宴上吃过，但在江西别说吃过，连见都不曾见过。

土头碗里内容丰富：蛋片、猪肝片、猪腰片、鱼丸子、薯条面粉油炸坨、鸡蛋、红枣、红豆之类甜品，其他鸡呀，鱼呀，假羊肉、猪脚等我都可以不吃，唯独土头碗是我的最爱。于是，我就有多拿多吃多占之嫌！

在老家乡下，因为多吃了一个鸡蛋，同桌的表舅以为我偏爱土鸡蛋，就把土头碗里的鸡蛋几乎全拨到我碗里。而其他的菜，在端上桌不到三秒钟，就已经被席间的婶子、嫂嫂们一人一碗给瓜分了。

也难怪，那年月乡下缺衣少食，人人都难得吃上一顿好的。

城里不同于乡下，席间吃得斯斯文文，彬彬有礼，互相谦让，待年长的慢条斯理地动过筷子后，大家才客客气气地夹菜。我来时忙事情，还没吃早餐，临近中午肚子早就腾空老大一块等着，我就着玉兰片蛋片肉汤，连吃了两个鸡蛋。

席间，依我坐着的一位老者，操着生硬的衡阳话嚷道："我呷咯蛋嘞？"同席都愣住了几秒，一时面面相觑，我立马反应过来，一边从衣兜里掏出帮忙时主人给的一包简白沙烟，双手递给老者，一边连忙表示自己不抽烟，还请大伯笑纳。

那一次喜宴，让我在 18 岁真正懂得了"没有规矩不成方圆"的道理。

（四）

最令人难以忍受的事——氮肥厂里的那股氨气味儿！

人们打你身边走过，就知道你在哪个厂子工作，等你下班后，无论你走到县城哪个角落，你身边的人都会拿一种眼神看你，然后悄声冒出一句："氮肥厂人来了，快走！"那种礼遇，让你生无可恋！

这是化肥厂上班一线工人身上，独家散发出来的味儿。那个年代，人们很容易就能分辨出你在造纸厂、氮肥厂，还是合成药厂上班。

那种特殊气味，无论你怎么洗都很难除去，哪怕你在水里泡上一整天，只要上一回班，那味儿如影随形。它藏在你的头发里、衣服里、皮肤汗腺毛孔里，无处不在，几乎成了那个年代化工厂工人们的无形名片。

压缩车间的四台机器与变换车间的罗茨风机同时运转，噪声大得震耳欲聋、晕头晕脑、心跳加速。与人面对面交流，即便你有少林嘶吼功，也无法让对方听清。

不像如今现代化的化工厂，无粉尘、无气味、无噪声。

最恐怖的事——工友上夜班中毒。两年间，我上夜班，遇上过几回工友因化工废气中毒意外险情。发现中毒昏迷，中毒的工友立马被人送到厂部医疗室抢救。

像这种惊心动魄的事情，偶尔会发生几次。庆幸的是每次都发现及时，才没有发生人员伤亡事件。

最快乐的事——相约工友在工厂附近农村钓鱼、钓青蛙、摸田螺、抓泥鳅、打鸟，自力更生、丰衣足食搞聚餐打打牙祭。

几个耍得来的工友，轮休会相约搞一场聚餐，一箱啤酒、两瓶回雁峰白酒、一盘辣椒炒青蛙、一锅八角、干椒、大蒜闷唆螺，麦乳精炖麻雀，或是一盘水煮鱼。

那年月，社会上流行一种段子文化，各种段子满天飞，于是涌现的段子层出不穷，幽默风趣发人深省，自然而然成了大家茶余饭后最欢迎的大众娱乐文化。人人堪称段子手，兴起时，工友们也会来上许多段子，和桌上的菜一样，有荤有素。

酒过三巡，大家兴致高涨，有人会将厂里食堂的饭菜编成段子："三两米二两六，一份菜有滴油，一块钱有得肉……"

原氮肥厂厂长、书记欧鑫，一次在食堂排队买早餐，要了一两稀饭、两分钱咸菜、一个馒头（二两），接过窗口工作人员递过来的馒头时说："你们又让大家吃鹅卵石啊！"那时的面粉差，做出来的馒头没有发酵，又黑又硬。

有工友开玩笑打赌，两米之内，扔出去可取人性命，真是岂有此理！

那年月，厂长不搞特殊化，与工人一样吃食堂饭，了解和关心工人们的生活。

（五）

最有趣的事——帅哥澡堂里光屁股飙歌。

那年月，影视剧大行其道，电影明星家喻户晓，流行歌曲响遍大江南北，大街小巷耳熟能详。

李谷一的《乡恋》《知音》、邓丽君的《甜蜜蜜》《小城故事》、侯德健的《龙的传人》、潘安邦的《外婆的澎湖湾》、周润发《上海滩》的粤语主题曲等不胜枚举。

于是，下班后的澡堂里，那是最热闹不过了！你方唱罢我登场，澡堂里时不时响起热烈的掌声和高亢激昂的喝彩声，交织在一起，那气势绝不比卡拉 OK 包间里的气氛逊色。

谁是氮肥厂最靓、最帅的哥，从嗓音里就能听得出来！

最激动人心的事——领工资后，还发奖金。

厂里最鼎盛时期，碳化车间主塔几位主要操作工，最是受到全厂关注的明星。

本班次产量是否夺冠，除了各岗位工人尽职尽责外，碳化主塔操作工的操作技术水平、操作经验才是最关键。

各班明里暗里，较着一股劲儿，你追我赶促产能：拼技术，争贡献，比产量，求质量。

每天打擂台，每班凭出产包数最多、合格率最高上英雄榜。新老车间同时运转，火力全开。全厂生产呈现你追我赶、热火朝天的新高潮。

工人阶级价值观的充分体现，工厂超产创新高，评上省、市、县先进集体荣誉。厂长、书记会组织干部员工披戴大红花，敲锣打鼓上县委、县政府、县经开委报喜。

工资外，奖金分甲乙丙丁几个等级分配，甲等奖金比工资高出一倍到二倍的都有，那是厂里工人最值得期待的日子。

最值得敬佩的事——干部蹲点下工厂一线与工人们一起上夜班。

县政府分管企业生产的副县长、经委主任、厂长，与工人们一道值夜班。

经委主任冯善守，经常来厂里检查工作，他的口头禅："发火坶乱话"，其神态、语气，工人们学得惟妙惟肖。

那时的干部下基层与工人打成一片，深受劳动人民的欢迎和爱戴。

零点交接班后，变换操作室的长铁凳上，会端坐着一位戴鸭舌帽、国字脸、中等个头、五十开外的微胖男子，时不时起身靠近师傅盯着温度监测仪问这问那。一连几天都按时出现在我们的零点班上，至少要待上两个小时，后来，我才知道是分管企业生产的副县长。这样的领导干部才是真正与工人阶级打成一片的好领导，深得工人们的尊敬。

苦乐人生，有得有失——是你我曾经朝夕相处过；岁月如歌，你我相随——是你我的人生轨迹有过世人不一般的交集。

我非常珍惜在氮肥厂奋斗过的时光，度过了痛苦并快乐着的两年工厂生活。

曾经，氮肥厂、造纸厂、柴油机械厂、彩印厂、人民瓷厂都是县里有名的支柱产业、纳税大户，如今都成了过眼云烟。

明日黄花，最终在市场经济发展的大潮中，因产能过剩、高能耗、技术过时被淘汰。

国家抓大放小，关、停、并、转等，以改制重组，私人承包、收购、破产拍卖拉上了剧终的帷幕……

岁月如流，那段蹉跎年华、火红的年代、美好的青春时光，将长留在我们慢慢老去的记忆长河里。

如今，已经当上爷爷奶奶外公外婆的我们这一辈工人阶级，既是那段历史的践行者，又是那段历史的见证人。

那段平凡而又艰苦的工厂岁月，值得我们永远铭记于心……

南岳雾凇

2022 年 2 月 21 日，应朋友邀约驱车南岳看雾凇，这样具有诱惑力的好事，谁会拒绝呢? 登高望远，爬山越岭，呼吸山里的新鲜空气，放飞一下蜗居在家的郁闷心情……

简单整理好行装，已经是深夜 11 点。原想早睡早起，养足精神，迎接第二天七个多小时的户外徒步，结果辗转难眠，凌晨 3 点才似睡非睡。或许，是为期待已久的一场冰雪奇缘兴奋失眠。

在冰天雪地里挑战自我，算是给自己人生即将步入花甲之年的一份礼物吧！从南岳后山徒步而上，是观雾凇的绝佳线路。每年冰雪季节都有很多各地的户外运动爱好者前来朝拜，这是上天赐予南岳衡山冬季独特的南国景致。

早晨 8:15，从县城西渡上南岳高速，到南岳后山东湖镇老兵山庄集结点只用 50 分钟。9:40 与另一群户外驴友会合，在网友向导"漫步者"带领下，从右边一条小路进入景区，天空雾色朦胧有小雪飘零，白雪皑皑的山峰在此静候已久。

大家穿好防滑冰爪，投入自己精彩的一天。我们十来个队友呈"一"字行进，冒雪穿过一片树林。老树枯枝经不住厚雪的重负，横七竖八地挡在前面，狭窄处几乎要低头爬行。

满山遍野的树木被清澈透亮的冰衣裹住，树的枝干纵横交错如人体脉络清晰可见。我想那一定是树木在严寒下坚韧个性的彰显，向世人展示着。即使是一株植物，其旺盛的生命力也有一种超凡脱俗的风骨。

犹如林海雪原中的一支小分队，我们沿着一条蜿蜒曲折的小径蛇行。整山的树木千奇百怪，仿佛一只硕大的北极熊，挥舞着利爪仰天长啸；又似一匹古战场上发出嘶吼奔驰的战马栩栩如生……

立足群山之巅，俯瞰众山小，风轻雾薄处茶树成梯；氤氲之气朦胧而又虚无缥缈，层林青黛，竹海逐浪。驴友们如山的精灵，欢声笑语给山带来活力，我不停地按下相机快门，沿途有拍不完的风景，我被大自然雾凇的神奇魅力所征服！

一番跋涉，深入银装素裹的林海深处，驴友们被一路碧雪连天之奇妙世界吸引得大呼小叫，完全陶醉在旷世美景里，忘记这世间的所有！

不知不觉来到一块开阔地，眼前豁然开朗，一间白雪覆盖的矮房出现在视线里，只见屋檐一溜冰凌有半尺长。

屋前不远处有一圆形小池塘，用篱笆围住像个小菜园，在洁白的雪地里，池塘如传说中仙女的一面小镜子，给小屋增添了几分神秘色彩。这冰天雪地，给人以"千山鸟飞绝"的意境。

正好屋里走出一位中年男子，我好奇地冒出一句："您是神仙还是人？"对方望着我笑而不语，屋子里腾腾地冒出一股热气，我自言自答："是人，神仙才不食人间烟火。"

如果不是向导的提醒，大家几乎忘了这里是中午休息的落脚点。午饭后，美女帅哥们又精神饱满地在雪地里恣意拍照，有谁心甘情愿让这美丽的风景与美好的时光在这短暂的停留中流逝呢？

稍加休整，队友们继续向磨镜台进发，越往上走，通幽小径变成平坦小路，此时空中下的小雪似乎不过瘾，干脆大雪纷飞起来，像是一场接力赛，给这场雪地中的雾凇又增添了别样的风情与浪漫。

这亘古名山，拥万般宠爱，颂千古传奇，访百年古寺。此情此景，如梦如幻；此时此刻，我尽情享受这份美好与宁静，心中无存他念……

在后山龙池藏经殿的路上，三位打着彩色花伞，着唐装汉服结伴踏雪而来的清纯少女，朝我走来，我迅速调好相机，抓拍下仿佛从另一个时空穿越过来的画面。

好似上天的安排，她们为何而来？我想象出她们抱着一股信念，怀揣诚意，来到神圣的龙池藏经殿前，虔诚跪拜在两棵晶莹白玉般的菩提树下，许下我们伟大的祖国国泰民安、繁荣昌盛的美好祝愿！

雪景与雾凇融为一体，身处其中，会是一种怎样的体验？温润如玉的真实、冰浸过人的透爽、麻酥酥抚触心田的感觉，这般滋味，不得不由你为之倾倒！万千感慨与回味！这也是我为什么会对南岳雾凇之美情有独钟！余生很贵，把握机会，学会寻找幸福与喜悦。

人生就是一场苦旅，在你负重前行的路上，布满荆棘坎坷，历尽沧桑付出努力，难道不是为了追求幸福、健康、快乐，寻觅人的本真与生命的意义？

"忽如一夜春风来，千树万树梨花开。"清晨，当人们从梦中醒来，整个大地一片洁白，这是大自然蓄谋已久的一场迎春雪，洗净世间繁华，涤净人之心灵……

我与班主任王文甲老师

（一）

从小学到高中，我的班主任很多。而高中文科班主任王文甲老师，是我人生中最有影响的老师之一。说来惭愧，在家长和老师眼里，我不是一个会读书的孩子。因为诸多原因，我对上学不感兴趣。

全家随军福建，部队调防，父亲工作频繁变动。小学到高中的几年时光，转学如走马灯，最长不足两年，短的只有半年，可想而知，这种无休止的搬家生活，有多么困扰。

记得有一次与同学逃学，跑到抚州郊外 10 多千米的货运北站，看轰隆隆鸣笛喷着蒸汽呼啸而过的火车，依着抚河码头眺望波涛滚滚南来北往的货船，数着大大小小的风帆。在摇摆不定的浮桥上，来回寻找惊险刺激。现在回想起当年为满足好奇心，做出的幼稚愚蠢的冒险体验，真是年少无知。

公园、电影院、体育馆、百货商店、汽车站成了我逃学的逍遥地。老师也拿我没办法，父亲自然成了班主任请去的常客。为此，父亲回家总板着脸一言不发，我因逃学没少挨过打，父母亲也常常罚我做家务。

读到三年级，兄弟姐妹背书包、吃饭的多，稍微懂点事，知道父母养家糊口不易，我瞒着父母，用平时买的近百本连环画，在人多的车站候车室里摆起了小人书摊。星期天赶早，在汽车站候车室找一方角落，用报纸铺地，摆上小人书，然后，静静等待着候车室里，候车人花上一分钱看一本连环画，运气好的话，一天能赚到 0.3 元左右，直到车站车空人静才归家。

平时上学路上顺手捡的破铜烂铁、每次用完的牙膏空壳，加上父亲民兵军训打靶时带给我三五颗手枪、步枪弹壳，我积少成多忍痛割爱拿去废品店换钱。后来，我用这些积攒交学费，买学习用品。

（二）

父亲来南城，全家的生活才算稳定下来。姐姐进了工厂，买菜、煮饭、扫地成了我的生活日常。那个近五年的稳定期，也正好是我从建国小学升入南城中学。这时，我已不再逃学，但兴趣还不全在读书上。

那时"文革"刚结束，人们的文化生活贫瘠，社会上青年人流行看手抄本，中学生也不例外，《第二次握手》《一双绣花鞋》《梅花案》《蓝色的尸体》《半夜歌声》等，同学们竞相传阅。

手抄本远远满足不了我对书的渴望，不知不觉我爱上了看小说。姐姐从工厂图书室或工友处借的《红楼梦》《三国演义》《西游记》《水浒传》四大古典名著，我趁姐姐看的空隙偷来读，虽然年少，书中的世界似懂非懂，久而久之，也能一知半解。

从此，看小说的爱好一发不可收拾。《红岩》《青春之歌》《三家巷》《巴黎圣母院》《三个火枪手》《呼啸山庄》等，每一本书都为我打开一个全新的世界，书中主人翁的喜怒哀乐、爱恨情仇、坎坷人生，命运的起起伏伏都会牵动着我的每一根神经，每一个英雄人物都撞击着我小小驿动的灵魂。一个喜动贪玩的中学生，在潜移默化中渐渐嬗变成一个独处安静、充满幻想、多愁善感的孤独少年。

高中学校实行文理分科，说到文理科分班，当时社会上流行着一种说法："学好数理化，走遍天下都不怕。"学习成绩稍好的读理科，学习成绩一般般的读文科。学生凭自愿分班。学理科的学生多，当年学制改革，我们这届最后分成两届，各六个班。一半上初三，一半上高一，学文科的只有一个班，60多名同学。

新课本发下来，第一天上数学课纪律涣散，学习不自觉。迟到、早退、旷课，上课不听讲、说小话、大声喧哗、丢纸团，完全成了"无政府"状态。

第二天选班干部时，一位中高个头、国字脸、浓眉大眼、肩宽背圆、头发修饰干净、发型三七分缝有度、皮肤略显茶色、举止温文尔雅的中年人走进教室，他就是我们文科班的班主任——王文甲老师。短短几分钟的交流，同学们就被王文甲老师的言谈举止、说话洪亮、朗朗笑声、幽默风趣、极富感染力的人格魅力所吸引。

出乎意料，经过全班同学投票我被选为班长，一位女同学选为副班长，突如其来地当上班长，全班响起的掌声搞得我一时不知所措，平时缺乏自信心、自尊心极强而自卑心理又深藏不露的我，竟然呆若木鸡。直到老师点名，上讲台发表班长当选承诺时，我才六神无主地回过神来。站在讲台上，我当着众人木讷地发言表态，眼神在同学与老师之间飘浮不定，王老师咧嘴慈祥地朝我微笑，他像是看透我内心底气不足，一边鼓励我，一边向我点头示意。从他关切的眼光里，我读懂了一种胜过任何语言的无声赞赏和信任。

1978年恢复高考后，初中、高中语文课本增添了古汉语基础知识。为了加大文言文阅读量，提高同学们的学习阅读与理解能力，王老师利用大量的休息时间，油印了部分具有经典性的文言文资料，并分派我去他家帮助油印。

第一次去他家，记得是一天下午的自习课，从教室出来，经过一排教室，穿过一小片树林，往排球场方向走一段距离，一幢教师住的瓦房北面西数第三间就是王老师的家。

门开着，进屋打过招呼后，见王老师正腾地方搞油印，我打量了一下屋子，两间房子包括厨房不足40平方米，两张床一张写字台、一张小饭桌、一张躺椅，房子格外狭小，小饭桌与写字台的上方墙壁上挂满了相框，除了王老师夫妇的结婚照外，大多是亲人、同事、同学合影，有几张特别显眼的军人照，大盖帽下一张风华正茂、英俊帅气的脸笑容灿烂。原来王文甲老师举手投足都会自然而然显现出军人气质。

王老师调好油墨开始油印，我在一旁负责翻动印好的纸张。不一会儿，王老师的爱人回来，我立马起身，她朝我点头摆摆手示意我继续手里的事。然后从写字台的书夹拿出一本厚书，后脑朝外、面向内就着门外光亮，半躺在躺椅上，只见她戴一副高度近视眼镜，脸几乎贴着书，由上至下认真地看书。那种忘我的状态，不由得我既好奇又钦佩。

语文课教文言文枯燥难懂，针对同学们厌学的低落情绪，王老师用讲故事的方式，引起大家的兴趣。很快全班同学都喜欢上他的语文课。记得上文言文《廉颇蔺相如列传》一课，老师扮演廉颇，其他同学扮演秦王与赵王、蔺相如等众多人物角色。曲折的故事情节结合声情并茂的朗读，同学们的情感和想象完全被带入故事情节和人物内心世界。特别是老师扮演的老将廉颇在秦王面前表现出来的大无畏、视死如归的英雄气概淋漓尽致，沉浸在人物角色中的王老师就如真的老将廉颇一样，情绪亢奋时，眼里满是激情的泪水，携价值连城和氏璧完璧归赵的精彩表演给同学们留下深刻的印象。

王老师的情境式教学风格，在当时为我们打开了一个崭新的知识窗口。

（三）

临近毕业，高考进入倒计时，同学们都面临着前所未有的压力。由于学习基础差，又是恢复高考的第二年，为了在短时间里迅速提高同学们的文言文阅读能力与理解能力，王老师经常把油印好的文言文发给同学们，这些超出课本的基础知识，不仅让学生开阔视野，又增加了文言文阅读量。他总是不厌其烦地告诫我们，无论考上大学与否，都不要灰心丧气。让每一位同学受益匪浅。现在想起那段时光，老师的用心良苦无不令人感动。

1979年7月，我参加高考，一个多月后高考成绩出来，我落榜了，当时的我并没感到意外，只是觉得辜负了恩师教诲，无脸见班主任王文甲老师。

9月底，我们全家随父亲转业回到老家湖南。对于刚高中毕业的我，正处在人生的十字路口，父亲问过我的打算，我考虑再三，向父亲说出想法。要么参军，要么复读一年再参加高考。父亲听后面部表情微妙，许久才开口说："我当了二十七年兵，经历了人生风雨，可以说我把你要当兵的时间都当啦！还是现实一点，年底刚好有机会进工厂。"母亲见我沉默不语，一边打圆场说："一家八口，娘的工作尚未落实好，除了靠父亲和姐姐的工资养家糊口外，还得靠你早点参加工作减轻家里生活负担。"

　　父母亲怕我真的去当兵，第二天叫我随乡下来的堂哥带我回渣江父母的老家，那一年的冬天，久旱无雨，在二舅家与表哥、堂兄挑水淋了近一个月的油菜秧，直到11月底才回到县城。

　　12月初，我招工进县城氮肥厂当了一名工人。如今的我即将步入退休年龄，但至今难忘高中时期的同学与恩师，对于王老师我知之甚少，只知王文甲老师原来是军队里面的老师，1963年转业在抚州二中任教，1968年下放万坊，曾在万坊中学任教，后调入南城中学任教。他是由南京转业到江西，他的小儿子在南城一中工作，现已退休。

　　生命中与王文甲老师的短暂交集，成为我精神财富的重要组成部分。他的谆谆教诲、父辈般慈祥的关怀，以至于我以后的人生，时常想起恩师的音容笑貌，把恩师的人生观、价值观、世界观和对生活的乐观态度，做人做事为人师表的风范，慈善为怀、高尚的职业操守铭记于心！

　　平凡的人怀平常心，平凡的岗位做出平凡而伟大的事业，四十二年弹指一挥间，我怀着一颗感恩的心写下这段心迹，以怀念恩师——我们的文科班主任王文甲。人生最珍贵！最令人动情的是恩师难忘！

内蒙古作家王利田

【作者简介】

王利田，内蒙古卓资县旗下营人，系中华诗词学会会员、内蒙古诗词学会副会长，博物馆建造师，毕业于中国地质大学，任教 5 年后，入西北大学攻读硕士学位，后创办文化公司。他善于用细腻的文笔记录真实的生活，并能从中挖掘出深刻的文化内涵，曾荣获"中华文艺学会散文名家"荣誉称号，在 2019—2021 年，连续三次在全国文学大赛中获得散文类特等奖。其作品多次在全国获奖并被收入书刊。

中国年

每逢春节，地球表面最大规模的人口迁徙，就是中国人回家过年的脚步。

中国年是一项重要的仪式！我们需要这种仪式，它是忙乱中的秩序、多变中的统一、平淡中的高潮，它似信仰、如图腾。

过年是寒来暑往的转折，是记录事物时序的节点。正因有了过年，生命才有了旋律，生活才有了节奏，人生才有了意义，百姓才有了盼头。

回家过年，不论多远，都要赶在除夕之前，上上坟地，寻根问祖；拜谒老人，访访亲友；贴上红红的对联，标志着人家的存在；挂上大红的灯笼，昭示着家族的兴旺！这就是中国年所蕴含的"根文化"！

购置年货，储备食品，精制美食，喝酒品菜，以滋补辛劳一年的身躯消耗，并为来年积蓄体能，以投入开春后的劳作！

俗话说：有钱没钱剃头过年，抖落风尘，去除秽气，贴上窗花，粉刷墙壁，洗涤旧具，换上新衣，一切重新开始，欣欣然、美滋滋地憧憬着美好的明天。

燃起一堆"旺火"，邻里乡亲围着旺火烤了又烤，跳动的火苗照亮他们的脸庞，烟花此起彼伏闪亮星空；爆竹声声不息响彻云霄，这是辞旧迎新的典礼，这是国泰民安的欢呼！

吃年夜饭，子女为老人带来礼物，老人给孩子递上压岁钱，老人喜上眉梢，孩子眉开眼笑，敬上醇香的美酒，献上祝您长寿的问候！

儿孙满堂围坐在老人身旁，其乐融融，团团圆圆！

放长假啦！放下工作，剔除烦恼，和着一声声"过年好"的美好祝福，调理身躯，养心养颜，养精蓄锐，蓄势待发，备战来年。大年一过，精神好了，身体好了，皮肤好了，气色一个比一个好，幸福指数一项比一项高！

岁岁年年，有家可回，有根可寻，便有归属；有年可庆，更是动力，便是希望！

中国人过年，不仅是过一天，大年三十是序曲，初一只是开幕，正月十五闹元宵才把这中国年推向高潮，直到二月二才圆满落下帷幕。

正月十五正月正，正月十五挂红灯。圆圆满满、堂堂正正的天上之月与红红绿绿、亮亮闪闪的地上之灯彼此问候，相得益彰；镌刻星空的烟花焰火和纵横广场的九曲方阵，将天上、人间装点得分外妖娆。

扭秧歌、舞狮子、跑龙灯、划旱船、踩高跷、转九曲，自发组织，全民参与，自筹资金，自娱自乐，积极健康，欣喜若狂！

百姓既是演员又是观众，没有固定的舞台，走街串巷，运动中表演，没有固定的模式，随心所欲，自由中表现，放逐一份心情，还灵魂一份洒脱，让生命一路欢歌！啊！这是多么愉悦心身、积极向上的全民健身运动呀！

闹元宵主要是在传承中华民族精神，舞龙灯是不屈不挠之中国龙的精神传递；划旱船是与时俱进之中华风姿的展示！那雄狮起舞，威武震乾坤，这是中华民族傲视群雄之气魄！

九曲文化源自九曲十八湾的黄河，黄河是中华民族的摇篮，是生活在黄河流域的人民赖以生存的根本，所以黄河流域的人民热爱黄河、敬畏黄河，于是就把5464千米的黄河浓缩在一块空地和广场上，并以九曲阵的形式呈现，作为黄河的象征。转九曲的过程就是人们亲近黄河、祭祀黄河的过程，旨在体验黄河那百折不挠、勇往直前的精神，回味那"山穷水尽疑无路，柳暗花明又一村"的人生哲理。

闹元宵是老百姓欢呼天下太平、颂扬国家昌盛、享受幸福生活的过程。他们崇拜着自己的生产方式，欣赏着自己的生活方式，满足于现有的生活水平。他们或许去年遭遇了灾情，但依然把对美好生活的憧憬寄托于开春后的辛勤劳作上。他们的心态始终是平和的，他们的心地始终是善良的。看他们黝黑的脸庞堆满憨态可掬的笑容；再瞧，他们拿起筶帚，伴着唢呐声声："嘟嘟嘟，嗒嗒，嗒嗒嗒，嗒嗒！"踩着咚咚鼓点，走两步、退一步地扭了起来，并自言自语："扭一扭，一年顺；动一动，祛百病！"

百姓常说："红火不过个人看人。"这一天，这一刻，几乎所有的人都拥上街头，比肩接踵，人头攒动，共同欢呼，共同跳跃，追逐着时代的大步伐，追求着永恒的真善美；这一天，这一刻，将所有人的精神、意念聚焦在同一美好的事物上，形成共同的社会意识，似崇拜，如信仰！

正月十五这天，彩灯盏盏灿若星河，彩旗飘飘浪如春潮！过去，大门不出、二门不进的大家闺秀，如饥似渴地守望元宵节，因为这一天是她们的解放日！只见她们擦油抹粉，梳着狮子滚绣球的高傲发髻，欣喜若狂地奔出家门，没入滚滚人潮……

再看辛弃疾《青玉案·元夕》之景："蛾儿雪柳黄金缕，笑语盈盈暗香去。众里寻他千百度，蓦然回首，那人却在，灯火阑珊处。"

在中国宋代，只有元宵灯节这一天才允许闺女出游，她们着意妆饰，三五成群，衣香袭人，有说有笑，一阵阵从词人眼前掠过，但"众里寻他千百度"，词人怀着焦渴、望眼欲穿的心情等待的心上人却不在这些快乐的人群中间。词人苦苦搜寻，几近绝望，"蓦然回首，那人却在，灯火阑珊处"。只见自己的意中人正娉娉婷婷、淡泊安静地站在灯火稀少的地方！

可见，元宵节是一年内难得的男女约会、恋爱的美好日子，也是中国过去真正意义上的"情人节"！

更为巧妙的是，人们把元宵节的精神文化及情感凝结在状如月球的汤圆这一美食上，"小小的汤圆圆又圆，吃了汤圆好团圆"，内外两层紧紧包裹的汤圆象征着民族的团结！

十五过后，二月二到了，春回大地，万物复苏，传说中的龙在这一天醒了，龙是中华民族的图腾。二月二龙抬头，中国龙给人们带来了生机与希望，更坚定了人们的信念和意志。一年之计在于春，踔厉奋发，精神抖擞，朝气蓬勃，中国人昂首阔步地跨入新的征程！

中国年处处体现着中华文化独一无二的智慧、气度和崇尚自然的理念，时时传承着孝道、仁义与团圆和谐的意识，充分表达着老百姓对真、善、美的永恒追求，这一切增添了中国人民和中华民族内心深处的自豪感！展现出中华文化的自信，因而为中国年赋予了神奇的魅力。

中国年，一年又一年，周而复始；中国年，一代又一代地将中华民族的优秀文化传承，就这样保持了中华民族的本色！

江苏作家王丫丫

【作者简介】

王丫丫，江苏省南京市人，南京艺术学院本科大四学生。经典文学网签约诗人（作家）。喜爱用灵感抒发墨香的芳华，有数万字符散见于各类报刊网络。有参赛作品获多项奖励。

风光旖旎射阳河

"射阳河八十八道弯，弯弯都是金银滩。棉花白，稻穗黄，虾肥蟹壮鱼儿胖，更有那一望无际的马家荡……"一首民谣唱出了射阳河风光旖旎的富庶与祥和、绵延久远与丰富的历史文化。

独步于射阳河的水墨画中，是我向往已久的期盼。终于，在这美丽的秋日，我随着这缓缓东逝的流水，走进这水乡泽国，近距离品读她的神韵。

一下高架，她便迫不及待地将我拥入怀中。瞬间，一股暖流温润全身，真实地感受到人与自然和谐融合的喜悦。

此时，蓝天不惜沉入河底，满天的云朵在水中幻化出各种彩锦，夹道相迎。

岸边的芦苇枝繁叶茂，褪了色的身躯在略显混沌的流水中随风摆动着，满满地将一湖绿色的诗意铺展在眼前。灰色的芦花，似慈母迎风飞扬的白发，仿佛坚守着某种约定。看到这深情凝视，我一下子明白了许多。

水中的野鸭尽情嬉戏着，浅绿的水草缠着圆圆的石头，闹腾了一个激情的夏天，所有的热闹都已经搁下，只以浅浅的角度摆动着。

一切缓缓的，在不徐不疾的旋律里，她似故意一般，左支右拐，就在这些迂回里，环环相扣、湾湾相连。它既像一条柔软的丝带，又有丝带般的弯曲，这儿圈起，那儿又放下。两岸的景色，便是丝带上流动的风景，用悠闲刻着秋天的印记。

谈笑声中，水中的鱼儿"哗啦"一声，跃出水面，弄乱了一泓碧水。河荡边的树丛中鸟儿欢畅了，啭鸣声中箭一样冲天，抖落了一片片树叶，漂浮在水面，像一叶飞舟，漂向远方。

一切模糊了，辨不清哪儿是河，哪儿是天空。偏偏岸上的景物又纷纷斜插过来，使河水有了动感。

河岸上曾经的庙湾玲珑宝塔依然在。"长湖烟艇、大海风帆、旧河苇色、新丰酒帘、文峰春柳、祇园夜月、东望奇云、西营夕照"，明朝李长科的诗句见证了它的变迁，它将日新月异记录略显沧桑的身躯上。岁月催人，这宝塔也慢慢淡出了人们的视野。

河的西侧，有"朦胧衰而永兴起"之说的永兴镇，邑人汪春霖旧作《永兴十景》诗，每首冠以短序述景。景曰:桃花野渡、柳堤帆影、萧寺晨钟、断塔晴霞、文苑听潮、戍楼晚眺、岔河奇月、古亭风雨、荻港渔歌、高桥映雪。其中，岔河，河经永兴后转为南北流向，东塘河西端汇入，成丁字形。西岸水呈绿色，东岸水呈白色，泾渭分明。月明之夜，泛舟中流，有"一河二水流双月"之观。为行人遮蔽风雨待渡的古亭，见证了地域繁庶的历史沧桑。

漫步河岸的小城外滩移步成景，它与横卧在河上的拱形桥、景观桥等串了起来，以南国风情成为独特的风景。她慈母般地用臂弯把小城拢在怀里，用心滋润着。

向下漂去，在蓝天白云下的倒影中，一只小船在河水中似乎忘了行程，轻轻晃了一下后，打了个转又随着河水慢慢动了起来。鸬鹚站在小船里微闭着双眼，根本不把蚬蚌放在眼里。小小的银鱼、琵琶鱼又舍不得捉起，可那些已圆了脐的螃蟹挥舞着两只大螯，也让鸬鹚着实有些害怕，只能瞅着不敢擒拿。几只飞鸟从河面掠过，弄破了水中一幅幅精美的画卷，幻化出无穷的遐想。

"还歌彩菱曲，月出下回塘。"在波影轻微起伏里，河面上夕阳的余晖与淡淡的轻盈暮色遥相呼应。丛生的芦苇，叶片相互嵌合着，灰白色的苇穗茫茫一片，似白色的云朵偷偷落在河面依次排开的建筑群倒影中，像海市蜃楼在水中若隐若现，水面上的星星点点一闪一闪的，在娴静之中又生出空灵般的美丽。

此时，我的梦恰似在喧嚣中觅到一方净土，总感到这幅天下独步的水墨画卷只属于我。

登上缓缓启动的大巴，回眸这条水中彩锦，她又像一条恢复灵性的"水龙"，微眯着双眼，望着依依惜别的我，眼中闪光的泪珠折射出喧嚣冗繁后的欣慰与宁静。

江苏作家王璟

【作者简介】

王璟，江苏省盐城市人，中国人民大学法学本科、江苏广播电视大学信息管理与信息系统双本科毕业。国家级、部（省）级质量管理诊断师，微软认证 MCP（操作专家）、MCDBA（数据库专家）、MCSE（网络工程师），全国信息化计算机应用技术资格认证网络安全工程师。在从事质量管理工作的金色时光里，有数十万字符的作品散见于各类报刊网络，偶有作品获省部级奖项。

默念古镇话珠溪

一座久经沧桑的古镇、一条粉墙黛瓦的青石巷、一股绚丽多彩的古风、一腔魂牵梦萦的思乡情，融进了生活沧桑，儿时的喜怒哀乐经常在这里时隐时现……

古镇又称"珠溪"，虽然近在咫尺，但已有几十年没有亲近它。此刻我分明像是背着行囊的外来客，发际还浸润着市区的朝晖，脚底还沾着范公路高架上的云霞，古镇早就敞开胸怀，一把将我拥入怀中，一股暖流瞬间流遍全身。那是游子阔别乍归的感觉、亲人重逢的喜悦。

一下高架，古镇迫不及待地打开自己，满天的云朵幻化出各种美丽，夹道相迎。蓝天不惜沉入河底，来摩挲我掬水的手。绿色泼洒着绿色，鸟鸣追逐着鸟鸣，乱石泉涌，百壑争流。

穿街过巷，俯拾光景，从板桥口到南圈门，古镇的日历像一幅幅祥和精致的水墨画展现在眼前。

悄然推开青石巷的一扇门，珠溪街坊的往事，听风听雨听小桥流水前尘后世，乡音媚好。踮脚而入，居家的油盐酱醋茶和盘托出的别样风味，门前的灯笼忘情地拨弄古风的幽雅风韵。坐在石凳，倚着老树，日出日落，天上的太阳变成水底的月亮，留下一地匆匆脚印，将乡邻们的音容笑貌带走满满一个背囊。

读那周梦庄园，琅琅的书声搅动着水。水流去处，闻着了那份独特的油墨香。进了阁楼，细细回味曾经的文字，在惋惜中不禁唏嘘数十年的迟到。梦庄，如此优雅的名号让梦中的庄园顿时生动亲切，尤念彼时的学子捧卷耕读，及第天下，无愧乎这园中山水楼台亭榭孕育的灵华，让人顿悟翩翩才子佳人多自古镇的不老传说。

掬那波澜不惊的一泓碧水，它温婉地拥着珠溪，浩瀚如烟，平静地向过往游客表白，或深或浅，或浮或沉，有关鱼米衣被的生存生活，有关天上人间的益损得失，任由风云卷舒，时季轮回。一叶舟楫，扬帆而过，波澜荡漾，宛若昨夜的睡莲，拨动岸边的垂柳，重温珠溪空中的那轮明月，在范公堤上，在河畔景观带，人们的醉心邂逅如在梦中！

细品那新四军华中卫生学校旧址，分明是珠溪的华丽转身处，万斛泉、汇文桥、双园亭、厚德桥、方强烈士纪念碑、旱喷泉、紫藤长廊、名言灯箱等人文景点掩映在绿叶红花之中，皴染了珠溪水街古风的人文色彩。行走在阳光下，徜徉在绿荫里，听一听蝉的吟诵，嗅一嗅夏的气息，久违的明媚热烈地包围着。思绪仿佛跋涉千山万水，年少时莫名的萌动和胡乱的憧憬，有意无意间已深刻地结缘于此，欲罢不能。其实，人到了，心也靠港了。

漫步青石巷小路，远远近近地走着，一路过来，感慨万千。她却因为他而让人感到千年的牵手是多么不易。那双厚重温润的手，把一双双稚嫩的小手拉成了大手，聚拢在充满故事的珠溪边，让人们在这里生多了一页精彩。不论贫穷，还是富有，不管位高权重，抑或一介布衣，那份真挚和慈爱，穿透一道道心坎，于无声处召唤着一次次的回归。这些印记将定格在永恒中，尘封于一坛古酿里。

可当我华丽转身，觥筹交错的瞬间，并不黯然神伤。我深知那是湿地之都的名片，是百河之城血脉相连的兄弟姊妹。我满心欢喜地打量她，她正用旧城改造的三千秀色，擦亮珠溪这个古老而蕴满生机的招牌，照亮一条通往"两海两绿"、富民强市的振兴之路。

北京作家向笠

【作者简介】

向笠，中国传媒大学教授，新加坡南洋理工大学博士，中国首都首届优秀影视工作者、原中央电视台新闻主播。中国传媒大学播音主持学院艺术硕士，西北大学客座教授。北京市朝阳区第十届、十一届政协委员，中国艺术家主持人协会会员。新加坡南洋理工大学"陈六使中华语言文化教授基金"公开演讲、连氏学者论坛主持人，新加坡新传媒华文播音员主持人培训师。

玫瑰花卷

在厨房忙碌了一个晚上，女人终于做出了想要的玫瑰花卷；当双层蒸锅打开，随着袅袅升腾的热气，一朵朵粉色的玫瑰花盛开在蒸屉上，就像怀春少女的脸庞一样，散发着诱人的清香。

女人在面里加了紫薯粉，花朵的颜色呈淡淡的粉色，每一朵花的形状都不太一样，但是各有特色，尤其是带馅的六朵玫瑰花，格外丰满、暄腾，引人注目。

女人捏起一小朵玫瑰花卷尝了一下，又香又软味道也不错。于是把玫瑰花卷摆在盘子里扣在锅里，在锅上贴了一张粉色的字条：老公，生日快乐！知道你花粉过敏，特意做了玫瑰花卷，趁热尝一尝吧。整理好厨房，女人回卧室休息了……

时间已过了零点，夜归的男人终于推开了房门……

（接下来的故事会怎么样？）

情境一：

男人轻手轻脚走进房间，卧室里女人和孩子睡得很香甜，男人分别掖了掖被角之后不小心打了一个酒嗝，于是赶快离开卧室，进卫生间洗漱。

忙了一天工作，晚上又应酬了推不掉的宴席，回到家，此刻才是男人最为放松的状态。拿出一根香烟，男人走进厨房去抽。因为女人不喜欢烟味儿，男人每次都是在厨房打开抽油烟机或者是走到楼外偷着抽；其实烟味即便是刷牙洗脸依然会有残留，但人总是会有自欺欺人的时候。

香烟没有点燃，因为男人看到了祝自己生日快乐的字条，"她竟然记得今天是我的生日？！"打开蒸锅，六朵鲜嫩飘着肉香的玫瑰花卷映入了男人的眼帘。在氤氲的蒸汽中男人湿了眼睡，自从母亲去世后，总觉得这世界上不再有牵挂自己的人了，原来大大咧咧的女人还有这么心细如丝的一面，男人抓起一个，三口两口吃完了一朵玫瑰花卷。

离婚的念头随着客厅女人留给自己的一盏灯灭掉，分居了八年的男人主动爬上了女人的床。

情境二：

男人轻手轻脚走进房间，生怕吵醒女人和孩子，直接进了自己的卧室。打开手机：“我到家了，晚安，好梦。”发完信息，倒头便睡着了。

第二天一大早，男人被闹钟叫醒，起床为孩子做早餐，一进厨房便愣住了，她竟然记住了自己的生日？！打开蒸锅，里面的玫瑰花卷已经凉透、虚扁了。“这花卷怎么会是粉色的？是面粉发霉了吗？娶了这么一个蠢笨的女人真是倒了八辈子霉。”男人一边唠叨一边随手捏起一个闻了闻，没有怪味，看来不是面坏了，不过花卷的肉香味还是淡淡地飘进了男人的鼻孔。吃还是不吃？热一下看看再说，男人一边加热玫瑰花卷一边为孩子煮了一碗挂面。自从结婚后，男人就包揽了买菜、煮饭、擦地这些家务。不是女人不愿意做，而是在这个强势、自负的男人面前，女人干什么都不能让男人满意，只好什么也不做了。男人来自火星，女人来自金星，也许是对的吧。男人、女人的思维就是不在一条轨道上，也许就像这玫瑰花卷一样，好吃又好看的时候是刚出锅，可那时偏偏男人不在家。

像往常一样，女人把孩子上学用的一切准备妥当，让孩子坐在餐桌前等待吃早餐；男人把面条端到餐桌上对孩子说：“这个花卷颜色不对，不要吃了。”“爸爸，这是妈妈用紫薯面做的。”

小孩稚嫩的话语顿时让男人高大的形象矮了几分：紫薯面？还能蒸花卷？自己怎么没有想到。内心似乎觉得有些不自在，但碍于面子没说话径自出门开车去了。

女人从卧室走出来对孩子说："这是妈妈昨晚为爸爸生日准备的，一会儿上车告诉爸爸一声。你想不想先尝尝好不好吃？"小孩乖乖地拿起一朵玫瑰花卷咬了一口说："妈妈，好吃。"吃完背起书包上学去了。

盘子里的玫瑰花卷随着时间的推移变得又凉又硬，男人女人的冷战依然继续，就像冷掉的玫瑰花卷一样。

减肥心得

"一二三四、一二三四。"配合脚步和呼吸在默念，四步一呼，四步一吸，抬头、挺胸、小腹微收，甩开双手、快步前进，按照 Sam 的减肥心经，不吃晚饭空腹健走。"只有懒女人，没有丑女人"，失去爱情的丽萨决定开始自己的减肥行动。

夕阳下的 Chinese Garden 显得格外美丽多姿，湖畔健身人群中了多了一个娇小的身影，刚开始，丽萨两腿略显沉重，走过5000 步时似乎已不是自己的腿，像车轮不停地转动，咬牙、呼吸、迈步。"如果这点小事都不能坚持下来，还能做成什么事？"想起衣橱里挂着的昂贵的红裙子差一寸拉不上拉链，丽萨的信念更加坚定，加快步伐的频率，犹如脚下生风，在这种高强度的节奏中健走一万步轻松完成。

回到房间，一边擦汗一边走上体重秤，体重没有变化。不争气的肚子却"咕咕咕"叫起来，丽萨的大脑发出指令："不要叫我，去叫脂肪。"于是胃开始敲锣打鼓传达命令："脂肪起床！脂肪起床！脂肪起床！"此刻那些肥嘟嘟睡得正香的脂肪被这突如其来的叫喊吓了一跳，这一跳产生了巨大的反应，瞬间转化成能量，冲向身体需要的地方。"这一过程其实就是在十分钟完成的。""分子、原子、水分子、H_2O。"虽然对学化学材料专业的 Sam 的减肥经没有听太明白，但是，"每天坚持快走一万步，早饭吃得像皇帝，午饭吃得像大臣，晚饭则是乞丐，没有饭！"丽萨倒是记牢了，尤其是 Sam 的大肚腩不见了，英姿飒爽地出现在丽萨面前，这种说服力更胜过任何物理学原理。

午夜，躺在床上饥肠辘辘的丽萨仔细揣摩 Sam 的减肥经："减肥就是减身体内部的存储，健走就是燃烧身体多余的脂肪为运动提供所需。饿是生理指令，上一顿的食物消耗完了，请来新的。你不要听生理的指令反而去大量运动，等于给生理下指令：要新的食物没有！迫不得已，那些存储在体内的脂肪则开始工作，给身体进行供给，而脂肪的这些行为不就是为了身体的不时之需吗？"是呀，我现在就是不时之需，请我可爱的脂肪们赶快燃烧吧！

第二天清晨，丽萨满面笑容地从体重秤上下来，体重成功减掉一千克。一千克啊！多大一块肉呀！遥想美丽的红裙子，丽萨再次鼓励自己，世界上没有做不成的事情，只有做不成事的人。一定要相信自己：成功属于自己，爱情也一定会属于自己。

上寿老伴儿的爱情力量

好朋友李大姐和丈夫齐大哥都是新加坡南洋理工大学的理科专业的高才生，这些年来李大姐的父母李大叔和程阿姨一直与他们生活在一起。李大叔和程阿姨已经 90 多岁了，90 岁的老人我们常常称为"善寿"，也称"上寿"。两位老人从 20 多岁上大学开始，相识、相知、相恋、相伴，到现在已经近 70 年。一个学理一个学文，经常一起散步，一起看书、画画，相濡以沫，相敬如宾。

前几天程阿姨不小心摔了一跤，原以为没什么大事，李大姐便去德国讲学了。刚到德国，程阿姨便发起高烧来，而且不睁眼、不说话，基本处于昏迷状态，医院下了病危通知书，李大姐的会议没有开完，就匆匆从德国赶回了新加坡。

我得知这一消息，感觉事情可能比较严重。不像年轻人摔一跤爬起来掸掸身上的尘土继续走路那样简单；毕竟程阿姨是92岁高龄的老人了，身体虽然没有什么大毛病，但是自从去年病了一次好了之后一直胃口不太好；吃不下饭体重自然就越来越轻，近1.60米的身高还不到80斤，给人以似乎一阵风就能吹倒的感觉。虽然这个体重是我的很多学艺术、播音主持学生梦想的，但是对于老人，尤其是人到了老年，身体还是要胖一些才有抵抗力。

从接到李大姐电话，我的心就一直紧绷着，转发了一条关于药师佛的音乐给大姐。我不唯心，但从某种意义上来说，音乐可以抚平内心的急躁与不安；尤其是在不知所措的时候听听音乐，在悠扬的乐曲中仿佛瞬间便能五根清静、六神有主了。果然，早上我还没到医院便接到大姐微信留言：阿姨已经醒了。这简直是大好消息，我高兴得简直快要跳起来，举着精心挑选的一小瓶粉紫色的康乃馨奔向位于新加坡裕廊东 Ng Teng Fong General Hospital 的病房。

这里不愧是现代化的医院，干净整洁，路牌清晰可见，如果不是指示牌清晰地写着这是医院，恐怕没人会想到医院是这样的。咖啡厅、面包房、蛋糕房时不时飘出的馨香，超市、鲜花店以及旁边连成一片的商场忙碌而穿梭的人群，让人感觉不到一点医院的气息与药水味道。

第一次来的我没有走冤枉路，径直到了病房门口，一位服务员大叔很像五星级酒店的门童，笑眯眯地告诉我想要进去需要在旁边电脑上办理入门登记手续，并且细心叮嘱我12点钟才对公众开放，才可以进去。我连忙致谢，按照电脑程序要求，输入我的相关信息，这时一张字条打印出来，门童大叔告诉我，在门口的扫描仪上对准条形码就可以提前进去了。时间的指针很快指向12点钟，我也果然一路畅通进了医院的大楼，11楼的病房里超级安静，没有想象中小孩的哭叫和大人的叹息；放眼望去，病房是圆形的结构，在前面、左面、右面都有病床，弧形的设计，就像电视台的开放式演播厅。这里的设置比较细致周到，每一张床的房顶上都有布帘，如果不想让别人打扰或者看到就可以把帘子拉上。顺着数字标志我顺利找到了李阿姨的7号床，才发现床前已经站了一群人，每个人脸上都挂着笑意，我还未来得及一一辨认，李大姐愉快的声音就传过来了："向笠，你还真找到了啊？真不错！"原来李大姐正坐在床边给程阿姨揉脚。我说："这么清楚的指路信息当然能找到了！"

程阿姨的床边有95岁的李大叔、从美国赶过来的李大叔的长子李大哥，还有李大姐的老公齐大哥、在澳洲上学的外孙都聚在床前。

我摇了摇手里的康乃馨问："阿姨，看得见吗？好不好看？"程阿姨微笑着点点头说："看见了，好看！"我真是太开心了，连忙说："阿姨，还回沈阳吗？"阿姨还没来得及回答，大叔抢着说："明年回！"我说："嗯，那您就快点好起来了吧，我们陪您一起回去。"

阿姨点点头，要喝水，李大姐赶紧端来小茶杯像喂小婴儿一样，一小勺一小勺地把水喂到阿姨的嘴里，但是阿姨的吞咽有点困难，喂到嘴里的水流出一半来，此时齐大哥立刻用面巾纸接着，每流出一点都擦得干干净净。看着这对夫妻一个喂一个擦，我突然想起《三字经》来："首孝悌，次见闻"。多少人曾感叹：久病床前无孝子，而此情此景也堪称为天下所有儿女的楷模了。

喂了水，挂了吊针，程阿姨想要睡觉了，李大姐说那我们回去吃饭了，吃完饭再来看您啊！可能是舍不得大家走，程阿姨又觉得胳膊疼，一定是输的液含有钾刺激了血管，于是找来护士，把一个小时调为三个小时。如此几番，给阿姨盖好被子，告别了。在大家都准备离开的时候，阿姨突然又举起手来，我赶快说："大姐，阿姨要拉拉手。"李大姐说："不是要拉我的手。"真是知母莫若女呀！李大姐马上喊回大叔："爸爸，妈妈等你拉拉手再走呢！"一直坐在轮椅上不多言的叔叔听了，迅速把手杖放到一边，从轮椅上站起来，非常正式地握住阿姨的手大声说："你好好睡觉啊，我们回家吃饭了。"转而又趴在阿姨的耳朵旁耳语："我爱你……"尽管声音很小，但是站在不远处的我们还是真切地听到了，也看到了阿姨嘴角荡漾起的微笑和少女般的羞涩。

望着这对相濡以沫一辈子的老夫妻，我的眼眶忽地湿了，模糊成了一片，眼前现实的一幕变成了油画一般定格在心中，沉淀在脑海里。两鬓斑白、风风雨雨走过了 70 多年的老夫妻，依然保持着这份浪漫，依然保持着少男少女般的情怀，这是多少人梦寐以求的呀。此刻，相握的手传递的是爱情的力量，更是坚定的信念。

92 岁的程阿姨在 95 岁的李大叔心中依然是美丽动人、多才多艺的小姑娘，都说爱情是世间最好的药，有了这味药，这对"上寿"老人将会携手战胜一切病痛。

内蒙古作家索玉祥

【作者简介】

索玉祥，笔名祥云，内蒙卓资县人，现居呼和浩特市。中学教师，热爱教育，桃李无数。在近40载的数学教学中，倾注了全部心血。

现为北梅园诗社名誉社长、卓资县诗词学会会员、乌兰察布市诗词学会会员、内蒙古诗词学会会员、中华诗词学会会员。作品散见于《卓资报》《黑河情愫》《黑河行吟》等报纸杂志及中华诗词学会网站、内蒙古诗词学会网站等网络媒体。

百态莜面王

提到内蒙古，联想到内蒙古三件宝：莜面、山药、大皮袄。因内蒙古冬天寒冷，皮袄防寒。莜面、山药是大桩，内蒙古人最爱吃。

莜面是莜麦加工的面粉。从莜麦到入口的莜面须经过三生三熟，即生莜麦炒熟、生莜面滚水和熟、捏下的生莜面蒸熟。莜面营养元素多，有保健功效。"三十里莜面"耐饥，口感好，鲜香味美。

莜面捏法颇多。滚水和面还是冷水和面，并无定规。和面时，盆中加面倒水搅匀，再"降一降"。接着搋面，翻叠面团，双拳使劲挤压面团，搋到嘣嘣地放出面屁即好。

推窝窝技术性强，工具是推窝窝砖或坛盖。右手背上背块面团，手背向下在砖上挤压面团，食指与中指把挤到指根的面挟下个小面团，反手将小面团放砖上，揉圆，顺势右掌贴砖往前推搓，推出一块长条窝片，卷到左手食指上再码到笼内。推时用力要均匀，窝片左薄右厚，宽窄一样。经反复挤、挟、揉、推、卷、码，高低一致、薄而不倒的窝窝便推好了，形似蜂窝。窝窝也叫猫耳朵，还叫栲栳栳。

拌莜面可用山药丝，也可用豆芽、黄瓜、水萝卜丝。加辣椒油、香菜沫更爽。蘸冷汤、蘸热汤随人而定。当薄灵灵、热腾腾的窝窝端上桌，人们一起屁股挤一片子窝窝，挤上没完！饭后，有人喝碗母水（蒸饭水）才觉惬意。

鱼鱼不好搓。双手搓一根"老鼠尾巴"还行。搓两根有点难，易粘连。要用巧劲，应匀、细、不断，搓三根就更难了。有经验的好搓家，在案板上左右开弓相向而搓，可搓出七八根鱼鱼。"莜面细鱼鱼儿，羊肉馏汤汤儿"，那是神仙般的享受。

为图省事，可在胳膊上抹刨杂子，也叫拉橡皮（是光棍、懒汉饭）。还可做成扁鱼鱼、大扁片片、莜面面条、手捣窝窝、"楼楼粪"、圪团儿、莜面卜儿……农忙时，顾不上捏饭，便请"疤媳妇儿"（饸饹床）帮忙。压出的饸饹不光滑，有人又爱调耍水莜面，吃后胃泛酸。

莜面山药是绝配，最佳搭档。有人说没山药吃不饱饭。吃莜面总要馏点山药丝或山药键、山药片。过去穷，调莜面只用现化盐水、冷腌汤（腌酸菜水），腌菜水酸得牙根都痒痒。

为调剂口味，囤囤为首选。莜面团搓成棒状条，按扁，撒薄面擀成面皮。能擀出薄、匀、不黏、不烂的面皮方为高手。面皮上撒上淘尽粉子的山药丝丝，也可再加点泡好切碎的干菜叶。接着卷起来，切成半巴掌长的圪截子，竖码在笼内上锅蒸熟。囤囤别名：行李卷儿。若在擀开的面皮上铺上不淘粉子的山药片，折叠后切成扁指宽的条，称作老娃含柴。

山药鱼好做：山药焖熟、剥皮、捣碎，边捣边撒面。捣至不软不硬特筋道为止。再捏成厚扁鱼鱼，蒸熟后蘸蘑菇汤吃。

拿糕戏称为没牙卜儿饭。搅拿糕关键是“搅”，锅中放适量水，水开后，边撒面边用搅面棍搅，再用锅铲抿开糕中包裹的干面疙瘩。接着倒入粉面水，边倒边可劲地搅。“十拿九生”，最后还须加适量水，盖上锅盖，温火焖煮三五分钟。挟块熟拿糕，蘸上冷汤，入口不嚼，“莜面拿糕一骨碌就咽”“宁爬十里坡，不洗拿糕锅”。其实经慢火焙后，吃完可口的拿糕圪杂再洗锅特省事。

块垒是熟山药剥皮，扁眼擦子擦碎，撒面揉搓成细颗粒状。加适量盐，入锅翻炒，熟后便吃。

精致做法：生块垒过筛，摊入铺笼布的笼内，上锅蒸熟备用。锅中加适量胡麻油，炝葱花。熟块垒加盐入锅翻炒，放大气，出锅，开吃。哎呀，闯口闯口地唵着虚窝窝儿、油乎乎、香喷喷的块垒，再就上两瓣蒜，简直香得大脑门儿上都冒汗。

莜面、山药及其混做的美食数不胜数。焖鱼子、煮鱼子、焖片子、氽莜面、炕莜面、炒莜面、筋筋头、磨擦擦、山药饼子、莜面欻饼、莜面喀喀、莜面揉揉（凉皮）、莜面饺饺（莜面、细山药丝）、山粉饺子（莜面、粉面、肉馅）、玻璃饺子（山药筋泥、粉面、肉馅）、杂花片片、山药丸丸、凉拌莜面、莜面发糕、炒面糊糊、二莜面（加高粱面）、摩擦疙瘩、摩擦片片、尽莜面块垒、莜面山药拿糕、黄米面山药糕、熬糊糊、煮山药、拧炒面……

椽头饼子是近乎忘却的美食。莜面团揉成椽状的面棒，左手握面棒，取一根棉线，一头用牙咬紧，右手抓住线的另一头，在面棒头绕一圈，右手一扽，勒下个小薄饼，这样一片片地勒下，放锅内慢火烙熟焙干。以前白面缺，带上此饼出远门做干粮，走半月饼都不坏。橡头饼还有种用途：往死人袖筒里塞，唤名打狗饼。或许嫌不吉利，后人便不再吃橡头饼了。

至于孩童时永难忘怀的盐水炒红莜麦，是麦制品而非面制品。当然，红莜麦脆生生地确实好吃，想起都馋得流口水。

作为内蒙古女人不会做莜面饭，那真是枉为内蒙古人了。如果你"搓鱼鱼直断，擀囤囤直烂，包饺饺变绽，推窝窝带蛋，揭开笼盖一看——生饭！"那可就让人笑掉大牙了。

时过境迁，死蒸莜面、现化盐水的时代已不复存在。不起眼的莜面已登大雅之堂，莜面馆鳞次栉比：村姑莜面、半亩地莜面、莜面大王、莜面大全……即使在最繁华的大街旁，莜面馆都跻身于豪华的星级宾馆、摩天大楼之间，毫不逊色地展示着莜面的风韵与傲骨。制作莜面的技艺也在提高，且花样翻新、品种繁多，搭配莜面的菜肴也有了质的飞跃。逢年过节，请客赴宴，莜面已是一道不可或缺的美食。外地游客、商家、名人、大款每次来呼市都要慕名光顾莜面馆，品尝这一美味佳肴。

时至今日，莜面已不仅仅是美食了。它是一个品牌，更是一种底蕴深厚的文化。

第二部 "华语杯" 国际华人文学大赛获奖作品选

▶ 现代诗歌

江苏诗人胡光

【作者简介】

胡光，男，1962 年 8 月出生。1981 年 10 月入伍，2002 年 9 月转业到江苏省淮安市住房和城乡建设局工作。1989 年至今已发表诗歌、散文等近 200 首（篇），江苏省作家协会会员。

淮扬菜（组诗）

——写给世界美食之都淮安

1. 龙虾

被盱眙烧红
在大地飘香
一股红色旋风
席卷中国
占领整个夏天

在路边在公园

在星罗棋布的餐馆

小龙虾不甘寂寞

纵身一跃

投进淮扬菜的怀抱

登上世界美食之巅

十三香大紫大红

如贵妃醉酒倾国倾城

蒜泥味本土情怀

如家常菜经久不衰

清水虾返璞归真

如天女下凡裸浴人间

掀起红盖头

脱下大红袍

放下今世所有的矜持

让啤酒的豪爽

与龙虾的火热

演绎一场人生欢歌

2. 开洋蒲菜

从枚乘的《七发》走来

带着两汉风情

让雏牛之腴

变得鲜嫩味美

从顾达的乡思中走来

带着明朝的怀想
让一箸脆思
传遍故乡的大街小巷

从梁红玉的剑锋上走来
带着"抗金菜"的美誉
让饥饿的将士
吃饱了名菜打退了金兵

从历史的烟尘里走来
带着迢遥的馨香
让天妃宫白嫩的蒲菜
仙女般沐浴美食之都

注：天妃宫是淮安市淮安区一个特别的河塘，只有这里生长的蒲菜才是正宗的贡品。

3. 软兜长鱼

汹涌的沸水
穿入鲜活的生命
来不及疼痛
已成为千古绝唱

手握刀笔
让残忍
在链条般的脊椎上疾驰
不经意的瞬间

诠释了脱胎换骨

无论沸水
无论爆炒
抢鲜
以最快的速度死亡
保嫩
以最短的时间出锅

有锋利的牙齿
却不研究打斗
有强壮的体质
却失去了野性
是世界的凶险
还是长鱼的悲哀

没有了骨头
没有曲曲弯弯的挣扎
长鱼彻底服软
一双双霸凌的筷子
尽情品悦
一道惊魂的美味

4. 钦工肉圆

咚咚咚，咚咚咚
不是敲鼓
不是唱戏

红红火火的日子
从案板上开始

收起锋芒
用铁器的憨厚
击打新鲜
不刀斩斧砍
让纤维在欢乐的氛围
延伸，弥漫

火苗在欢笑
油锅在澎湃
次第潜入锅底
顺序浮出油面
一圈圈洁白的泡沫
诵读激情四射的生活

咚咚咚，咚咚咚
岁月已经走远
但快乐的节奏
和脆滑香嫩的滋味
依然是童年最美的牵挂

5. 平桥豆腐

利刃细嫩
把洁白无瑕的方块
削成无数菱形的美丽

勾芡汹涌
收藏色香味的喜悦
走进一片淳厚的世界

油封豪横
看起来冷若冰霜
亲一口热情似火

一碗豆腐
就是一段乡思
一片滚烫的心啊

6. 鼓楼茶徽

和面
揉一团缠绵的梦
梦里全是对游子的眷恋

亲情被搓揉
搓成遥远的记忆
乡愁被拉长
拉成细细的丝线

一圈一圈
绕在手上捆在心里
一匝一匝
漂在锅里香在天涯

多少年过去了
茶徽还是这么香甜
沧桑的白发
再也留不住岁月的脚步

一把茶徽
像一把金黄梳子
总是在团圆的节日
梳理海峡的思念

7. 文楼汤包

从古镇飘香
随运河流淌
如土生土长的神话
传向四面八方

皮包水
薄如蝉翼
多少人迷惑不解
多少人童趣大发

带着虔诚
带着西天取经的浪漫
到淮安
领略文楼独有的风景

每一道清晰的皱纹
都是岁月的馈赠
每一只汤包的额头
都捏一朵洁白的花

色相诱人
含"包"待放
打开一扇窗户吧
文楼等待一个深情的吻

注：1. "土生土长的神话"，《西游记》的作者吴承恩就出生在河下古镇，在这片神秘的土地上完成了鸿篇巨著。

2. "打开一扇窗户吧"，是指吃汤包时，要先在包子上打一个小孔，然后才能吸取汤汁。

8. 顺河百页

一沓百页
像一本泛黄的书
翻开童年的记忆

蒙上眼睛
不是做游戏
而是小毛驴
拉着半夜鸡叫
拉着晨昏交替
拉着乡村遥远的风俗

要么是梦里
乡亲们拐磨的身影
没有多余的语言
只有推拉和画圆
听磨盘低沉的呻吟
看豆浆飞旋汗水流淌

要么用机器
粉碎那些艰苦的岁月
村庄不再旋转
石磨不再痛苦
小毛驴重见天日
乡亲们不再牲口般劳作

豆浆出锅
似一场毕业典礼
大缸点卤
像庄严的成人仪式
从此豆浆升华
凝结最初的惊喜

舀一勺豆腐脑
叠一层浪漫的轻纱
在欢乐的节拍里
挤压水分
挤出香喷喷的早晨
垒起厚重的乡情

一沓百页
像一本传世的皇历
让时间翻阅岁月的清香

9. 朱桥甲鱼羹

看起来平常
就是一杯羹
与淮扬菜家谱中
那些大咖明星
攀不上什么血缘关系

闻起来诱人
尝一口就不肯放手
仿佛遇见久别的恋人
一定要把磨人的相思
变成婚姻的殿堂
开始全新的人生

做起来开心
烧开水抓王八
利刃手撕做美食
像一场车桥战役
打鬼子抓俘虏
芦苇荡里耍大刀
比整二两洋河大曲
都酣畅得意

想起来豪迈

粟裕师长一战成名

杀得鬼子闻风丧胆

淮安人民齐欢唱

美食献给新四军

从此甲鱼羹成为

一道响亮的抗日名菜

10. 活鱼锅贴

湖水煮湖鱼

生活从锅里鲜香

一圈又白又胖的锅贴

像一只游泳圈

浮起水上的生活

锅盖藏不住美味

把洁白的浪花

和迷人的月光

放在锅里煮沸

让岸上的日子失眠

路途挡不住诱惑

南来北往的人群

用假日和暇闲

拥抱碧水蓝天

品味不一样的人生

11. 春卷

洁白的面皮
包裹立春的喜悦
所有冬眠的日子
睁开了眼睛

尽管有雪花
但我已经闻到
春天淡淡的体香
尽管有冰冻
但我已经感觉
大地温暖的胸脯

金黄酥脆
编排幸福的模样
一盘吉祥如意
迎来春天的馨香

12. 季桥咸猪头

撒盐
把猪头
腌成一种富足

收藏
把冬天
埋入一种宁静

晾晒

把春天

挂成一种喜庆

烹饪

把猪头

做成一种佳肴

13. 小葱涨鸡蛋

打破禁锢

一枚鲜嫩的太阳

跳入惊喜的碗中

搅拌清新

碗筷写意

用音乐的节奏

畅谈美好生活

葱花的翠绿

鸡蛋的鲜香

勾芡和谐的世界

心中有经纬

锅铲就有了主张

一道道思路

划出金黄的田畴

任乡土风味
飘香苏北大地

打造名言
世上好菜千千万
不及小葱炒鸡蛋

14. 阳春面

一双筷子
挑起汉代风味
岁月的清香
被切成细长的面条
任时光煮沸

一碗祝福
把健康快乐
和长命百岁
端进每一个生日
妈妈的味道
或妻子的手艺
都是人生最美的回忆

一种风俗
从淮安出发
到南京到上海
到祖国的四面八方

15. 白袍虾仁

放下大刀
放下进攻的欲望
丢掉触须
丢掉所有的警觉
脱下铠甲
脱下最后的防护

大青虾瞪大眼睛
死死地盯着和谐的世界
大青虾不再蹦跶
鲜活的虾肉如我的心跳
大青虾被活剥以后
等待一场最后的洗礼

本来有一身武功
大刀好比核武
触须是信息化掌控
铠甲就像钢铁长城
在水中应大有作为
却沦为一粒鲜嫩的美味

也许是命运
没来得及大红大紫
就被筷子举起
就被酒杯夸奖

在生命的宴席
吃喝世上所有的赞美

16. 红烧马鞍桥

一段长鱼
在南北分界线上
刻出马鞍的造型
模仿拱桥的宏伟

像一场惊天决斗
赤膊上阵
手起刀落
血光喷射

经过血与火的洗礼
菜刀的寒光
也害怕不屈的灵魂
长鱼弓起脊梁
鲜艳的伤口更加倔强

把所有的伤痛
排成整齐的队伍
让色香味
爬上食欲的顶点

一道名菜
烧出历史的伤痕

让世界回味久远的往事
让世界咀嚼战场的硝烟

17. 洪泽湖大闸蟹

秋风扫落叶
小龙虾纷纷退场
大闸蟹凭借资历
横着走上舞台

大闸蟹味道鲜美
不仅能吃出品位
还能吃出一种文化
第一个吃螃蟹的人
已成为一种象征

大闸蟹出身名门
洪泽湖是它的老家
三河闸是家的大门
因为身价不菲
常被礼尚往来
但大闸蟹是干净的
廉洁的屁股下面
永远是洁白的底板

大闸蟹沉默寡言
每一次蜕变
都有大胆设想

打开圆圆的枷锁

放下七手八脚的牵扯

最危险的生命

迎接新的开始

大闸蟹是吉祥的

最后一次脱壳

在人们欣喜的餐桌上

注:"三河闸"在洪泽湖大堤东北方向,是我国最大的节制闸,
也是落实毛主席"一定要把淮河修好"的重大工程。

18. 淮安豆腐脑

点卤

就像朋友圈

一次小小的

点赞

不经意间

把豆浆的初心

凝成纯净的世界

小心翼翼

不敢鲁莽

因为稍有触碰

就怕有激动的泪水

打湿娇羞

弄翻内心的慌乱

在洁白的天地
撒上香菜的绿
撒上老卤大头菜
盐巴一样细碎的咸
还有辣椒酱的红
小磨麻油的香

用一种欣喜
尝一碗豆腐脑
娇嫩新鲜的滋味
仿佛走进
一场难忘的初恋

19. 清蒸白鱼

翘着嘴巴
像高傲的王子
在洪泽湖
在里下河的水系里
优雅地生活

在上层
追逐嬉戏的童年
追逐远方的浪花
在下层
在看不见的水底
突然冲出水面

制造优美的弧线
岸上惊起一片赞叹

一辈子
离不开水的欢乐
却因为蒸一次桑拿
成为人们舌尖上
裸奔的名菜

20. 松鼠鳜鱼

美丽的豹纹
斯文优雅
吸引小鱼的羡慕
吸引小虾的好奇

在水草下设伏
在云朵边悬停
凶狠的目光
搜索幼稚
搜索粗心大意
稍不留神
就完成一次绝杀

在刀光里灿烂
在残忍中剔骨
两边翻卷的鱼肉
像广袤的田野

一任刀锋纵横
一任惊恐驰骋

伤痕累累的心
被油炸定型后
像只可爱的松鼠
跳入洁白的盘中

北京诗人郑书晓

【作者简介】

郑书晓，女，现为中国诗歌学会会员、中国楹联学会会员、中华诗词学会会员。经典文学网2019年度"十佳文学精英"、2021年度"十佳精英诗人"。多首（篇）作品入编《参花》《散文诗》《绿风》《当代文学精选》《当代实力派作家文选》《当代文学百家》《中国诗歌范本》《"精英杯"文学大赛获奖作品精选》《"华语杯"国际华人文学大赛获奖作品精选》《"盛世中华杯"国际文学创作邀请赛作品精选》《"蝶恋花杯"国际华人文学大赛获奖作品精选》等书籍及杂志。著有诗文集《我的花园》《时光吟》《时光诗册》等。

诗歌6首

1. 秋天的心情

此刻，所有的心情
都似徐徐飘落的落叶

即使，秋天远未至枯萎

不然，一片小小的收获

本是细微无痕，却又为何

将回忆染成绚烂的金色

伸出手掌收割树林中的轻风

风来，叶子的起伏

就是指尖的过山车

一曲风吟，是有声的翅膀

将想念的弦音轻轻弹拨

风的音符或高或低

或呼号成深冷的寒冬

或揉成一曲低回的萧瑟

直至暗夜的火，从无边的沉默

剖开星辰的微光

锋利的隐喻，燃烧夜幕的真实

尘世的纸面，满是晨歌

当我在时光的窗前矗立

夜，开始散去锋芒

清晨的序曲

从一盏秋天的孤灯开始启程

于风中拉开帷幕

乘海浪的汹涌向前飞奔

直至海浪的平缓化为小小的浪花

它们落下、落下

眉间的风云，就此舒展成
天地间的从容

2. 心情的过渡

也许，只因为一缕愁绪
就能抹去夜空里的一颗星星
如此，黑夜就只剩下
纯粹的暗淡，无处诉说

不，不应如此
一定是忽略了一阵风
也能吹开桃花
忘记了还未散尽的灯火
会将一些熟悉的影子
从回忆的井中升起
仿佛昨日的路，从远方归来
暖阳，在海平面升腾

已不再计较
一株残荷的颤音
是否划开了夏天的尾声
雨，从缝隙洒落
不想再问被雨淹没的花瓣
是否是掩埋旧梦的阕歌

每一个人在夜里清醒
时间的飞度里，立于当下

张开明日的翅膀
深秋过境
而雨季，已不再来

3. 黄昏

太阳总会在落下时
将最后的暖意
印上透明的玻璃窗

站在窗前
不必刻意从冬天里找寻

时光的镜面如水
任万物的倒影来去自如
风景，穿过了时间
无处不在的
都是未曾遗失的断章

不必纠结黄昏被渐渐吞噬
如果还能接受夜晚
就会承认光与暖无处不在
比如：夜晚也会灯火通明
而路，也会因一盏灯
将夜影褪尽

所以，不再像感伤落花那样
惜别黄昏

时光的河流不可逆

每一场日落

和被翻过的季节

失去了，但也会以另一种方式

在时间转角处相遇

4．夜语

刻意地寻觅

只会让一间屋子更空

就像夜的倾泻，即使倒空了月光

也不一定会与一颗流星相逢

时光的静谧里，我需要一束火焰

去煮季节剩下的雨滴

就像雨水的余韵里

一滴水的独白

也曾是敲打在玻璃窗的

微小的心音

如果晨光

不曾被云层阻隔

夜路再远，也会被翻至昨天

而雨水，就此在光的倒影里消融

如此，就让一切自然地发生

不再问寂静的小屋

是否是光的穿梭

唤醒了尘埃的飞翔

心中的时光不曾被锁住
我在屋前驻足
聆听一个人的低唱离合

5. 冬夜探花

图片里的风信子像冰激凌
填满夜的橱窗
冬夜，因为寂静与寒冷
什么都可以联想到雪

雪落，无声
花落，无声
它们，那么相似

唯有多出来的颜色
隔着屏幕，是那么突兀
就像一幅图与真实的花朵
花的芬芳，隔着
认知与嗅觉的间距

当我在冬天想起不同的事物
我知，我的思绪已成为起伏的群山
抑或是，深海的浪花
它们，用一生的时间
绘了一幅四季的抽象图

6. 致父母

当亲情的温暖
延伸成诗篇
一场风雨
就会远去

光阴的起伏
是深海与浪花的舞蹈
而港湾，无处不在

如果寒冬必须是风雪的喧嚣
有了你们，我的冬天
就可以成为一首唯美的诗
我可以轻易飞越时间
把寒冬归隐于山林
将和煦的春
铺满心的原野

所有的记忆
都会有不结冰的河流
穿过人生
你们，就是我一生的绿洲

江西诗人张俊华

【作者简介】

张俊华，男，生于 1989 年 11 月 17 日，江西省丰城市杜市镇大屋场村人。中国诗歌学会会员。获经典文学网 2019—2021 年度"十佳精英诗人"荣誉称号，"盛世中华杯"国际文学创作大赛现代诗歌一等奖、"蝶恋花杯"国际华人文学大赛现代诗歌一等奖。多首（篇）作品入选《新时代诗人作家文选》《当代文学百家》《实力派诗人作家文选》《"盛世中华杯"国际文学创作邀请赛作品精选》《"当代影响力"诗人作家文选》《"蝶恋花杯"国际华人文学大赛获奖作品精选》《"经典杯"华人文学大赛作品精选》《中国当代优秀诗选》等几十部诗合集。著有个人诗集《春堂诗话》《青年之章》《诗艺》《丰华正茂》。

诗歌 11 首

1. 阳春白雪

半轮、夹弹、推拉等演奏技巧
花簇的旋律充满活力，效果独特有趣
摭分、板、泛音等演奏指法
使音乐时而轻盈流畅，时而铿锵有力

道院琴声，整段突出泛音

恰如"大珠小珠落玉盘"
晶莹四射，充满生命活力

东皋鹤鸣，动力再现
突慢后渐快的速度处理
强劲有力的扫弦技巧
音乐气氛异常热烈

活泼轻快的节奏，大地复苏
生机勃勃的初春景象
清新流畅的曲声，万物向荣
冬去春来的生动音律

万物知春，和风淡荡之意
深厚的阳春特立独行
凛然清洁，雪竹琳琅之音
韵味的白雪趣致高雅

曲高和寡
世间伟大的超凡者
思想和行为
往往不为普通人所理解

2. 宫商角徵羽

百病生于气，止于音
音乐舒神静性，颐养身心
音乐像药物一样有味

使人百病不生，健康长寿

五音疗疾的理论
涓涓山泉，汇成小溪
五音可调节五脏
流过峡谷，流过平原

广陵散，梅花三弄
那柔和温婉的音乐
熄去了烦忧的心灵之火
自在地悠游在山边水间

巍巍兮若高山，洋洋兮若流水
伯牙鼓琴，六马仰斜
少时之志在高山流水

梅为花之最清，琴为声之最清
以最清之声弄最清之物
一曲终了，病退人安

3. 百年之后

百年之后
我们没有置气
没有怨恨似海的场景
只有盼望中的宁静，看着安息

百年之后

我们没有流浪
没有血染黄昏的场景
只有希望中的云彩，看着大地

百年之后
彼此的缘分随风散去
这也许是我说过的真话

百年之后
彼此的墓碑相隔千里
这也许是我写下的咒语

孙子带着缅怀而来
我们已尘埃落定
曾孙带着天真而来
我们已盖棺定论

注：尘埃落定，比喻事情经过许多变化，终于有了结果。盖棺定论，意思是指一个人的是非功过到死后才能作出结论。

4. 九

数之大者，归而不隐
从不听凭命运的驱使
常行走在春天的阳光里
淳朴的生活在诗中亲切

生之闪耀，高而不骄

从不听凭诸神的召唤
常奔跑在希望的田野上
纯粹的灵魂在诗中游走

九经百家，各取所长
不一定能使自己辉煌
但一定能使自己自强
愿自己能获得光明的前程

九九归一，各有所志
不一定能使自己伟大
但一定能使自己无憾
愿自己能实现美好的梦想

心态好像一个头重脚轻的人
微微低着头沉思不语
非常发达的想象力，永恒之意

寓意好像一个无私奉献的人
渐渐昂起胸自强不息
非常满足的责任感，美德之意

将我们的眼界变得更加宏观
不再拘泥于儿女私情
人生更大的快乐是助人为乐
不再纠缠于个人名利

5. 悬崖之上

寒雪中涌起一阵悲戚
生死的恐惧时刻都在
冬风中燎起一丝杀气
敌人的陷阱时刻都在

走向光明的每一步都一丝不苟
雪夜中的对话，令人难以忘怀
走向胜利的每一步都谨言慎行
审讯中的宪臣，身体血肉飞溅

遭受非人的折磨
惊心动魄的黑暗终会迎来黎明
遭受皮肉的摧残
心中的信仰战胜了肉体的疼痛

如今的岁月静好
致敬舍命救国的英雄
如今的灿烂辉煌
致敬舍生忘死的忠魂

6. 芳华

共通在贫困户
共论诗道的布衣
忠义之人而无害人之心
我择友的要求不会太刻薄

同居在出租房
同甘共苦的爱情
心爱之人而无虚荣之心
我裁红的要求不会太苛刻

我曾辜负我的芳华，如一棵草
渴望有爱有尊严的活下去
渴望有激情燃烧的岁月
燃烧着我那不修边幅的故事

我曾辜负我的芳华，如一棵树
渴望有光有位置的活下去
渴望有福孙荫子的造化
燃烧着我那不辞劳苦的用心

7. 我不是原来的那个我

这个世界还是原来的世界
是非黑白，善恶有报
我不是原来的那个我
菩萨心肠已炼化金刚手段

我已融入自己的灵魂世界
谁来用真心把我从中救赎
此刻的孤寂将得于回报
而现实，可望而不可即

这个世界已是金钱的世界
爱慕虚荣，贪财逐利
我不是原来的那个我
青灯古佛已习惯晓风残月

我已融入自己的诗歌世界
谁来用真心把我从中挚爱
七年的心伤将得以解脱
而现实，可遇而不可求

经历九死一生而未孤之人
必有精神支柱
经历极度绝望而未疯之人
必有觉悟灵魂

8. 幸福的婚姻

幸福，是因为真心
是想拥有彼此的全部
一起实现着自我的价值
从而同甘共苦地成长

婚姻，是因为幸福
是想拥有忠贞的爱情
一起快乐着组建一个家
从而摆脱个人的孤寂

幸福是驱散孤寂的良药

是亿万人追求的一束光
是一瞬间
也是情到深处时

婚姻是消除无后的人言
是亿万人追求的天仙配
是一眼红
也是满脸笑容时

9. 守夜

不记得什么时候
您的话在我儿时，声如林茂
逝去的日子在夜空成为秘密
和蔼可亲之音成为永远

不记得什么时候
您的笑在我儿时，洪声绕梁
逝去的日子在夜空成为念想
宅心仁厚之相成为永远

风雨无阻的手足胼胝
成为生活的足迹
去吧，那里无忧
理想之城在天堂

八十余年的粗茶淡饭
成为一生的味道

去吧，那里无负
希望之光在天堂

10. 时间

时间被婚姻切成两半
一半用来幸福
一半用来痛苦
自愈之人以伤为师

时间被真心斩成两半
一半用来快乐
一半用来悲伤
自爱之人泥而不染

时间被财富揉成两半
一半用来消愁
一半用来积怨
自醒之人视如浮云

时间被权力割成两半
一半用来灭灾
一半用来累恨
自洁之人除恶扬善

11. 穷庐而来

我从穷庐而来，徒悲斩泪

爱与不爱，已不使我折节
晚秋与西风在追梦逐利
伤不误我的诗句添彩

千事磨心而行，苦痛随落
说与不说，已不使我屈服
残阳与孤影在纵思念情
经不起我的诗句作别

我从穷庐而来，无日不思之途
风水之说在众众俗子之口
谁来与我撞个满怀
不卑不亢，不矜不伐

我从穷庐而来，无坚不摧之志
脚踏之迹在重重困境之中
谁来与我话尽今宵
必将沾满书香，如花艳放

辽宁诗人赵明环

【作者简介】

赵明环，女，中国诗歌学会会员、辽宁省作家协会会员、沈阳市作家协会会员，《世界诗人》、经典文学网签约作家，著有国家级出版社出版的个人专集《赵明环诗文选》。获中华文艺 2017 年度十佳卓越作家、经典文学网 2018 年度十佳签约作家、经典文学网 2019 年度十佳签约作家、经典文学网 2020 年度十佳精英作家、经典文学网 2021 年度十佳精英作家。180 余篇作品选入 50 余部国家级出版社出版的书籍和发表在有关媒体刊物及微刊上。荣获过多种奖项和荣誉称号。

英魂归来兮，浩气长存（外1首）

1922 年 9 月 16—17 日，第 9 批在韩志愿军烈士遗骸回国安葬。2014—2022 年，已先后有 913 位从韩国迎接回国的志愿军烈士在沈阳抗美援朝烈士陵园安息。

——题记

出征少年身，归来捐躯骨。
英魂不泯灭，浩气贯长虹。
棺椁红旗盖，最高礼仪迎。
接英雄回家，国人目泪盈。
战友和亲友，百感交集涌。

天空下起雨，上苍亦动容。
漂泊七十载，终于回故土。

忠魂在述说，当年血与火。
抗美援朝战，保家卫祖国。
卧雪吃炒面，冲锋陷阵勇。
坑道筑长城，出奇制胜赢。
胸口堵枪眼，掩护战友攻。
"快向我开炮"，飞身炸敌营。
"人在阵地在"，无畏发誓言。
"熊团"被全歼，王牌惨败叹。
停战纸虎服，国威军威树。
战火硝烟没，英雄凯旋归。

鸭绿江兮碧水寒，
遥望朝鲜众青山。
197653位勇士兮，
从此一去不复还。
忠骨亲友泪，化作力无限。
人民永铭记，最可爱的人。
光辉同日月，精神感召人。
缅怀敬英烈，奋斗永向前。

祖国山河美，不忘英烈归。
与韩共协商，与韩达共识。
我国将接回，志愿军烈士。
中国专机往，战机迎护航。

英雄归故里，忠魂得安息。

盛世如所愿，含笑慰九泉。

生命化永恒，爱国薪火传。

喜看我家园，幸福花开遍。

红旗众手擎，复兴谱新篇！

注：“熊团”是指美军北极熊王牌团（曾因战功显赫打出威名，荣获“北极熊团”的称号），是志愿军在第二次战役里消灭的美军的一个整团，这是志愿军在付出大量伤亡下打出的辉煌战果，北极熊团指挥官在战斗中阵亡，北极熊团的团旗也被我军缴获，现陈列在中国人民革命军事博物馆里。

明月圆圆寄深情

中秋节，教师节

一日双节喜倍增

月圆花好合家乐

遥望千里寄深情

祝福民富国强盛

诸事圆满世太平

祝福恩师安康健

家人亲友乐融融

中秋之日心神往

游子乡愁思更浓

湖北诗人汤应权

【作者简介】

汤应权，湖北长阳人。诗歌作品散见于《文学报》《中国诗歌报》《青年文学家》《中国诗人》等报纸杂志。诗辑入《2021 年世界诗歌年鉴》《中国当代优秀诗选》《汉诗三百首鉴赏》等选本。诗歌曾获全国诗赛等级奖，诗集《鲸落》获第二届雁翼诗歌奖大雁奖。

水竹园纪事（组诗）

1. 赶鸭子回家

举着竹竿吆喝的农妇
在一群鸭子身后
始终舍不得将竹竿落下
一只白鹅领着一群鸭子
蹒跚着走向家的方向
收割后的稻茬深处
隐藏了三只掉队的小鸭
白鹅高亢的呼唤
替代农妇吆喝
红色的夕阳在天边
温暖地闪了一下

2. 割稻

金色阳光洒向稻田

饱满的谷粒

泛着熟稔气息

锋利中倒伏，在农人手中

成扎的稻谷在板桶中鲜活

每次碰撞的力度

都粘着泥土的厚重

一茬一茬，收割之后

稻草人站立田埂

圆锥似的指向天空

沉甸甸的梦想

向生活垂首谦卑之后

骤然延伸

3. 文化墙

水竹园一隅。文化墙向世人默默昭示

一片红色韵脚，平平仄仄起伏伏

曾经的沧桑和苦难，在一片绿色海洋里

绽放积淀已久的希望和光芒

清澈见底的溪水，绕着郁郁葱葱的竹林

义无反顾地奔向远方

4. 乡村舞台

霓虹灯下，摇曳的乡村舞台

演绎着村民的悲欢离合

古朴的农具，如数家珍
一件一件，在舞台上神气活现
犁铧、连枷、风斗……
这些农田中最后的守望者
依然不甘退守，它们
用悠久抵达现代
用呈现融入辉煌

5. 紫薇小街

紫薇小街很小，全长不足百米
这个小小的安置点
活跃着一些留守老人
他们在紫薇树下安详地晒着太阳
有一搭无一搭地聊着天
或者打打牌，下下棋
快递小哥的到来打破了宁静
远方子女邮来的包裹
在众目睽睽下打开
一阵风吹来，紫薇花簌簌落下
映红了老人混浊的双眼

重庆诗人李大军

【作者简介】

李大军，笔名李汶道，男，本科文化，重庆奉节县人，1964 年 1 月 29 日生，重庆市基督教两会牧师。现任重庆市基督教协会副会长，曾任《天韵》杂志主编，《重庆基督教》杂志责任编辑，重庆市九龙坡区第十届政协常委，重庆市铜梁区第八、第九、第十届政协委员，全国基督教两会第七届传媒事工委员会委员。

在《中国宗教》《天风》《活水江河》《天韵》《陕西基督教》《燕京神学志》《夔门报》《三峡诗刊》《重庆名人刘子如论文集》《"经典杯"国际华人文学大赛作品精选》等刊物和书籍，发表论文、诗歌、散文等共 100 余篇。创作基督教赞美诗歌《我是一颗露珠》（选入 2009 年全国基督教出版的《赞美诗补充本》），神学著作《差异神学》在《福音时报》发表。

走进圣者

寻找，叩门；寻找，叩门
静静地我走来了
祈盼圣者温柔的手
轻轻地敞开尘封的心灵

那绿茵枝头吐露的嫩芽
宛如初春天使的召唤

生命之泉在晨曦中流淌
汩汩地荡去我心底的尘埃

萦绕乡云圣者的呼唤
构成一串串渴求真生命的音律
似馨香之祭的乐章在星空中奏响
而我甘愿做一个小小的音符
渴求生命的祈祷
连同脉搏的跳动紧叩圣者的门
完全圣者的光辉
映照着苦苦寻求的身躯

揽拾过去的岁月
释放长年的困惑
忘记难以愈合的伤痛
敞开心底的真诚
茫茫的人生渐渐地光大晶莹

光光的我走进了
孕育新生命的母腹
悠悠然伫立于天地之间
终于，挥一挥手
脉搏和圣者一起跳动

湖南诗人童业斌

【作者简介】

童业斌，湖南平江人，笔名"好个秋"，县纪委退休干部。现为中国诗歌学会会员、中华诗词学会会员、中国楹联学会会员、湖南诗歌学会会员。被一些诗社和平台聘为签约诗人、作家，先后有 1500 多首诗歌刊发在《星星》《北方文学》《青年文学家》《中国教师》等报纸杂志和网络平台，被多本诗歌专集收录，多次在全国诗赛中获奖。

撞碑（外 1 首）

石
躺地为石，竖起为碑
碑上一旦刻字
碑因字而分贵卑

陈沟有碑，刻着李陵
叛国降敌后死，碑，常思自碎
杨继业老将军被围不降撞碑身亡
碑因英雄血染巍巍

老山前线烈士碑林
迎来一位白发老人，欲哭，早已无泪

以额撞碑，一下，两下，三下
"儿子啊，你可知道黑走白存的伤悲"

碑发出了声声悲鸣
比寺庙的钟声凄厉
传山山接，传水水应
山水间传递着"警惕""警惕""警惕"

薯丝坨

我不知道，那时候为什么非得男女同桌
庆幸能遇见你这个学哥
我家五姐妹，个个像叫花子
少衣，缺食，没喝

每天第二节课，就无力投头
你问为什么，回答一个字"饿"
翌日同时，你神秘地塞给我一个树叶子包
甜甜的薯丝坨

看到您手上的红条、青条
我知道那是因为什么
最让我痛心不已的
是你坐下时的一声"哎哟"

我曾好多次想拒绝
可生存的本能不允许我这样做
为摆脱贫困，拼命读书

挨过小学，苦熬中学，考上大学

大学刚毕业，心里揣着一团火
学哥啊，你等着
一个个薯丝坨曾免了我辍学之苦
苦难中结下的深情哟，决不言"辍"

江苏诗人储竞芬

【作者简介】

储竞芬，笔名懿煊，女，大专学历，江苏常州人。系中华诗词学会会员，作品散见于报纸杂志和网络媒体。

如诗的清秋（外1首）

如诗的清秋
是凝于指尖的墨香
在牵念的诗卷上
盈满了温馨

如诗的清秋
是流年里婉约的词行
走过岁月的长廊
感恩相遇的时光

如诗的清秋

是岁月里的诗歌

温润了爱意绵长

积淀了如梦的好时光

飞舞的雪花

飞舞的雪花

迎来了冬季的浪漫

飘飘洒洒地装饰树梢

红梅花苞傲娇绽放

飞舞的雪花

寒冷了岁月

轻挽风中跳动的音符

我挥动画笔描摹银川静美

飞舞的雪花

是冬日里的如烟往事

回忆中带着最美的微笑

怀揣我的梦想插上翅膀

飞舞的雪花

唯美了冬季

装点了祖国壮丽的河山

带上我的思念飞向远方

山东诗人牛霞

【作者简介】

牛霞，笔名梧桐，山东省临沂人，1981 年出生于沂水。现为临沂市作家协会会员，经典文学网签约作家、《齐鲁文学》《青年文学》签约作家。作品散见于《齐鲁文学》《乐安诗画》等报纸杂志，并入选《中国新时代诗人》《中国诗人诗选》《诗词楼阁》《新时代诗人作家文选》等书籍。

满身花雨（组诗）

1. 满身花雨

往事不堪回首

如烈酒一壶

你可揽星河入怀

我在红尘等你

从青丝变白

我望穿沧海

跨越千山而来

风雨不改

我在红尘等你

望着彼岸花开

我蹚过忘川一路走来

生死轮回

爱恨别离

落红遍地

你在彼岸刹那间回眸间

我早已满身花雨

2. 相思难度

菩提花开

佛度世人的苦

我是佛祖眼中的那一滴泪珠

世人的悲欢难过的情关

善恶有报谁生怜

佛也有难

一滴清泪洒人间

三生因果早注定忘却尘世

难难难

3. 赎罪

抛弃尘世爱,相思泪成海

忘川河中莲花雨中摆

总不见你归来

往日情话已成毒

恨到最深处

我跪在佛前赎我的罪

求佛成全我来生

下红尘还做青丝女

深情似海不错付

4. 满城烟雨

满城烟雨中
寻不见你身影
残花片片吹进相思梦
佛可救我
可来度我的心魔
为何这芳华蹉跎
佛可救我
待今生所有的眼泪流尽
缘已灭，佛啊佛
你可以为何

5. 榴花红

南边有片石榴坡
石榴开花红似火
单圈是你，双圈是我
哥哥有什么心事不妨对妹妹说说
早开口的花先落
晚开口的情意多
佳人玉簪上
又疑烧去翠云鬟
艳似朱砂，又胜红梅
清香随风东窗下
榴花如火看不尽

一丛千朵露娇容

绿水映出东南枝

浅浅情丝与谁知

6. 丁香的忧伤

红尘的酒谁喝都得醉

几抹胭脂红一树雪白萱

飘落一地的忧伤和思念

莫喜花开，莫悲花落

流年风霜，笑对日落

沧桑活着寂寞，流水伴着沉香

丁香花下，岁月安好，只是无你

江西诗人彭文海

【作者简介】

彭文海，男，网名朝天歌，1969 年出生，1989 年毕业于江西省永新师范学校，江西省莲花中等专业学校教师。喜好诗文，偶有诗歌在网络诗歌平台发表。希望能用诗歌点缀生活。

诗歌6首

1. 风

吹开春天
就找到了花的秘密
拥抱荷塘
就体会了莲的芳香

我追赶大雁
打听北方的消息
是因为每一片红叶
都见证了百年老树的沧桑

当苦寒入目，红梅傲雪
我忽然听见一句
慢走，邮差

2. 散步

迈开不再矫健的步伐
走进秋风里
听秋蝉唱晚
落叶触动了我的心事

秋色其实很美
采一片晚霞放进怀里
心中便有不落的太阳

3. 追狐

银狐化为人形
在大树下
等了千年

不管风里雨里
还是日出日落
没等到那张熟悉的脸
前尘往事却铺满来时路

她衣袂飘飘
站在失落的秋风里
夕阳中的背影
染红了我的梦
我在梦里飞奔
却怎么也追不到
宿命中的那只狐

我也在长夜里的大树下
苦苦等待
等待下一个轮回

4. 下象棋

每一步都可能是陷阱
每一声炮响都撬动将军沉重的心事
老兵眼里没有回家的路

5. 你呀你

有时像一缕春风
拂过心灵的伤口

有时像盛开的莲花
装点我的庭院

有时又像一轮秋月
漂在湖面上

我想抓住你的手
你却消失在我梦里

6. 数星星

牌桌的交锋
牵动每一根欲望的神经

酒桌的喧嚣
搅翻本就不安的脾胃

企图在电视里
寻找心灵的安慰
又怀疑尽是虚假的人生

还是走出大山去旅行吧
或许他山的灵石

能带给我点滴灵感

可熙熙攘攘的人群
搅乱了我的方寸

蓦然抬头
满天的星斗

儿时过后
又数过几回?

贵州诗人王长贵

【作者简介】

王长贵,男,在贵州省兴仁市从事行政工作。20世纪80年代在省、市纸刊上发表过诗歌作品,辍笔近20年,仍对诗歌刻骨铭心。

诗歌 7 首

1. 火把

——为彝族火把节歌唱

这是太阳与烈酒邂逅的佳期
相逢在七月的烟火红颜川流不息

盛装怒放在盛世的良辰里恣肆荡漾

我的阿妹戚托

宿命今生的梦中新娘原来是你

三重寨门把酒吟唱三千年荣辱与悲喜

爱情的传说在回家路上撒落悠悠轻唏

牧歌沉醉于长号和唢呐调的怀抱中如此忧伤美丽

如果真有来世的陈酿我还要执杯这里再醉一回

篝火彤红的笑靥是暗送彻夜欢歌的天意

远山魅影多娇

那些海浪般扭动的旋律

彝家少女潮湿的媚眼

犹如微风吹过安抚游子在异乡沸腾的呼吸

青竹火把点燃的往事花开花落

却无法风干我长亭送亲的刻骨泪水

今夜的宿醉和明日的清醒都已经无所谓

我的爱和被爱都留在了大野场

唯有诺言

被悄悄珍藏在遥远的星空和梦里

2. 映山红

翻过垭口

我又见到你如花的容颜

在四月的高原上纵情绽开

过往的风尘年复一年

我的梦被吹得更加遥远

那些曾经牵过的手

泪眼中舞动的红纱巾

一夜之间已经沧海桑田
天边的彩霞绯红
比彩霞更加荡漾的
是彝家少女的山歌
还有被你满山映红的缠绵

为什么季节总是如此短暂
让这些浅唱低吟
化成了风里的诗笺

花开的时候冷吗
反正花谢的时候很痛
我们的故事
在暮春里半醉半醒
这不是散场
而是纪念

3. 丽江帖

这不是一朵雪莲
是雪山脚下
从花蕊中飘扬的一瓣红颜
如约而来

陌巷烟花灯红酒绿
腊月里空气寒凉
咫尺之外
微语的荡漾四季如春

木屋窗口洞开
俗世的月亮星星恍若流年
血液疯长已悸动成河

哪一声叮咚
才是你和我命里的天机

这是一杯酒燃起的沸腾
你被蹂躏成火焰
时间被烧成灰烬
迷离交错的古巷里
是注定要迷失的前世与今生

万众的子夜忘川喧嚣
我却不想醒来
邂逅一场风花雪月的空城

把绕指的握别刻骨成千万里烟波
谁又能摆渡
这无边的梨花海

每一次风起时
你都伫立在十里长亭
下一站
又是哪里

4. 清明祭

——致母亲

四月的天空依然寒彻
野杜鹃花开了又谢
小雨淅淅沥沥
从天堂里流淌下来

一年一度
我必须在这里跪下
叩拜三个响头之后才有所明白
你一生的不易
比山路还泥泞
比石头更沧桑

母亲
这里门前大河汤汤
屋后山岗迤逦
天空无比辽阔
宁静与平坦刚刚好
安放下你的劳顿和牵挂

这些青烟里的纸钱
琳琅的祭品
可以洞穿泥土的冰凉吗
为你捎去
我未尽的孝道与温存

你带我来到这个世界

却又匆匆地西去

我甚至来不及记住你的生日

来不及为你戴上那只

刚买的新手镯

布谷鸟又叫了

雨也停了

母亲

在红尘的另一边

你一定要穿戴整齐，端坐堂前

——这是我唯一的心愿

可好

5. 普安红

贵州普安晴隆交界之间，云头大山深处，乃中国四球古茶籽化石源地。境内盛产茗品普安红，滋味浓强鲜爽，汤色红艳明亮。庶幸遇见，难以忘怀。

——题记

不管怎样

我和你的前世

注定是一壶尘缘

要不然

今生又如何能与你再次遇见

我不是水与火淬成的骨肉

却只为你曾经的红颜

一次又一次

在无尽的往事里续杯

在杯沿的倒影里独自徘徊

是谁把你明前青涩的韶华

揉捻成地北天南的沧桑

是谁把你的名字

相忘在红尘里发酵成茶

可是那些山岗微雨中的茗园

露水里依稀的因果

回首时已加持成禅

就算再有几个轮回

我注定也不能

吮尽你的一切

剩下的守望

是佛赐的光阴

还有多久能够衔杯执手

慢叙那段难以忘怀的青梅

江湖过往

风雨如旧

这些都将会成为

我们一饮而尽的往事吗

6. 歌手是谁

真正的歌手并不是我

我一只手轻摇着叮当的铜铃
另一只手却空空荡荡
在时光频频枯萎和倒下的大森林里
我两眼噙满受难的泪水
同时内心在吟唱着忧伤的歌谣

真正在一无所有的时候
我将赤条条地面对郊外的旷野
用处子般的目光去放牧天空
那一朵朵洁白的羊群
任骤起的大风
肆掠过我布满霹雳的额头
和疯长的黑发

谁知道
六月的不幸就像一场洪水
吞噬了母亲苦心经营的秋天
秋天的风八面萧瑟
透过母亲摇晃的脚印
我仿佛看见
那下面埋藏着一条苍老而干涸的河床
绝望的死鱼充满阿达瓦其间
那些来自古生代的魂灵

在我的身边久久地舞蹈
我在整个季节的等候里
铅一样沉了下去
觅找不到感觉的依托

醉里醒来正好是清早六点整的时候
墙上那座老式挂钟的指针
已硬邦邦地瞄准了混沌的大地和苍穹
真正的歌手是谁

最初的情人早已远嫁他乡
可我的马儿依旧停留在古代的酒肆之中
用破碎的酒杯斟酌着无边的沉寂

恋人啊　遥想起那阵阵沙哑的唢呐
曾经让所有的山路都变得坎坎坷坷
我的诗行就会莫名其妙地颤抖
并且深深地憔悴

山鹰的长唳撕碎了我的星光和月亮
憧憬的夜空停电了
黑夜猝然垂下幕帏
顺手摁灭了当年澎湃的豪情和梦

那么
就让远山的雄姿成为黑色的记忆吧
让迷蒙的冬季紧锁住我

承受这命中注定的一记冰凉

瘦长的黄昏似乎又不期而至
影子垂直地相随我
山那边
何处才是落日这只血鸟的归宿呢

我的鸟儿
你这最后一次殷红的回眸之后
还有谁的歌声
能为我再度点燃
那堆蓬勃的篝火

7. 放马坪，高原怀想

贵州兴仁市境，有 AAAA 级景区，谓放马坪。明末清初，河山始易，族怨堵淤。土司龙氏，窃为时势。招聚诸雄，仗势依险，震撼乡野，以谋宏业。犯卧榻忌者，必遭忌者剿。经事五六年，绝于放马坪。

——题记

（1）
高山之巅大风起兮
穹宇之下苍然漫坡
七月微凉
可是彝家子裔的酒气歌韵
依然如旧时悍烈

行者的路在脚下

我在放马坪

你在哪里

（2）

三百年故事

三千年咒语

三万亩气场

帝王传说的结局

让百里乡土变得诡异神秘

却被农夫用筷子

在拿起和放下之间

成为笑谈

阴阳大师武功盖世

把天下风水藏在嘴里

瞑眼也能

洞穿前后五百年的柴米油盐

和风云大事

唯一看不透

自己那双翻来覆去

又形影不离的掌纹

撒豆成兵的十八个柜子

只有打开了

马乃才知道

那就是欲望的底牌

命里的那朵石莲花

何时才开

（3）

古兵营

这些巨石与茅草

谁能见证今昔过往的轻与重

在头顶徘徊的山鹰

可否给远古的亡灵

捎去致慰与安息

如果有盛世和太平

又怎么会有这些山头

和刀光剑影的江湖

英雄迟暮把酒

美人憔悴当歌

那些最坚固的城池和意志

最后总是崩溃于方寸之内

在汉子的眼里

生死成败都是浮云

只有苏钢钵

你才是我最好的兄弟

（4）

一座传说中的坟

谁也没有见过的魅影

谗言在时光里斑驳褪色

就算世上有最好的阴阳地

你的守候

可有千年的耐心

（5）

大尖山上的雪

雪空上月儿轻清

那里面居住着谁的春梦仙女

和雪一样纯洁的爱情

所有的开始原本都很简单

因为山太高路太陡

人心和天气一样脆弱

结局才出乎我们的意料

当冰雪融化时

春天的风

又将抚摸哪一朵花蕊

（6）

洗马塘的水

巅峰上的一块甜心

我是马乃家真正的饮食男女

渴望幸福、和平与爱情

只要源头鲜活

哪怕在最高最贫瘠的山顶上

日出日落

我依然是你最美的那道风景

就算奔波是我的宿命

这一生

只要在你怀中洗礼一次

我的马儿就可以涅槃

就可以在天空中

翱翔不息

甘肃诗人訾文熙

【作者简介】

訾文熙，笔名麦心，1990年生，甘肃临夏人，本科为汉语言文学专业，现为一线教师。2014年自费出版第一本诗集《最后的笑声》。曾在《中国审计报》、《作家天地》、《劳动日报》、《民族日报》、中国诗歌网、中国作家网发表数十首诗歌。

清澈的爱，只为中国（外1首）

我语言的小溪
在你博大的胸怀间流淌
它并不满足于炽热的抒情
想要在诗歌的大海上
掀起一阵一阵的狂风巨浪

激情燃烧着我
就要洞穿我的胸膛
祖国啊，五千年的积淀中你豁然回眸
浩瀚的星辉、深邃地闪耀着的理智之光
还有烟花编织的和平与善良
在你的血液里寂静徜徉

五千年的热血挥洒
在我的诗歌里寂静开花
五千年你辛苦经历的探索
在我词语的小溪里悄然复活
它们在等待
一场山洪一样的暴发
共和国永久的光辉
在村庄柔媚的草叶上晶莹剔透
玉兔、空间站或者墨子号、北斗
它们一起
爆发出的宇宙之火灼烧着一切

寂静城市的晚灯

有如群山的缄默

蕴藏推平地球的浪涛

走过街道转角处的身影

映在了我明媚欢喜的溪波

如我的恋人走在春的光影中

祖国啊，我亲爱的祖国

大雪覆盖了寂静的山峦

明月与太阳架起烹煮雪的火锅

万里长城，东方明珠塔，巍峨的泰山、华山、衡山、嵩山

和黑夜里爬行的一只红蚂蚁

一起唱响红色的歌

祖国啊，我亲爱的祖国

麦子在地里倔强地燃烧

老黄牛，悠然地啃食青草

青藏铁路上奔跑着骄傲的铁牦牛

福建号划开了南海蔚蓝的海波

祖国啊，我亲爱的祖国

所有的歌喉都略显苍白

所有的赞美，都无法擦亮你真正的原色

我的灼热铮钹的小溪

又如何能一次性倾吐尽对你的赞美和爱恋

它只好对你，浅斟慢酌

祖国啊，我亲爱的祖国

听，时代在呼唤

每一粒寂静的麦子中心
喷发着火山一样炽热的爱和激情
它向着村庄绿色的原野匍匐
将生命之歌奏响在六月的黄昏中

如同每一位投入农村河流的建设者
村支书、驻村干部或者村庄本身
在热火朝天、昼夜兼程的追赶中博大地抒情
吐出芬芳的词语
如超自然的能力
用汗水和劳动，一点一点为乡村换血
绿树成荫，代替了流失的土壤、暴发的山洪
墙壁上俏皮的绘画，砌成的红砖墙和水泥屋顶
置换了土疙瘩墙壁、熏黑的灶台，贫穷的意蕴
也置换了村民们浅蓝色的忧郁的心情
尽管，这博大的置换充满了坚决的奉献和牺牲

星辰望着深夜里村委会的明灯
和踉踉跄跄归去的身影
太阳，炙烤着他们踏遍大山的足迹
锻造他们火热的激情
藏在了一个个挂在院子里
晾晒着心思的玉米籽粒中

听，时代在呼唤
伟大有如平静的海面上蕴蓄的骇浪

在热火朝天的岁月里
自上而下地平推着村庄，向着未来的模样

伟大的诗篇，以它热烈恢宏的词语
蜿蜒匍匐的水泥路、红砖水泥顶的新房
还有村民们喜悦的笑脸、银行卡里鼓起的幸福的风帆
一切脱贫攻坚和乡村振兴
书写出时代的脉搏，红色的旗帜
猎猎飞扬的，绿水青山和村庄的欣喜

呵
时代的血液，竟是沉埋幽深地底的
岩浆的喷发
每一个谛听者
每一个耳聪目明的诗人、民族的诗人、世界的诗人
都应该清清嗓子
雄浑地、博大地、优美地去赞颂它

吉林诗人王金龙

【作者简介】

王金龙，男，笔名思雨、逸尘，生于 1976 年，吉林德惠人，工作于吉林省德惠市卫生监督所。德惠作家协会会员。爱好文学，尤爱宋词，近几年作品散见于《中国风》《中国诗歌报临屏诗精华作品选》《德惠文苑》《德惠文化》《德惠作家》等。

茶语人生（外 1 首）

七月盛夏，品茶听雨
心不染尘，静观红尘纷繁
聆听一朵花开的声音
于尘世里盛放内心的安然

焚一炷香，掸落心上尘
平仄字句之间，怡然自得
一份淡然且知足常乐
皆是对生命感悟后的收获

仔细聆听，静静欣赏
思绪飘飞过，柔软了时光
馨香入怀，云淡风轻
以淡然的心面对人生风景

一季花开，一季花落
续写着生命的优雅与从容
总有一种美会不期而遇
心安，才可面对无常人生

素雅淡然，波澜不惊
又何尝不是对岁月的尊重
心境如水，心淡如茶
自在安宁，生命素雅如花

落雪为念

不知道下雪的时候
是否你会想念一个人
如果想念
就掬一捧素白的雪
轻轻地将它贴在脸颊

聆听，雪落的声音
让素静在灵魂中游走
感知距离与温度
这世间最美的遇见
恰如与雪深情地相拥

念一场雪，纯洁晶莹
荡涤心灵的尘埃
任思念肆意地疯长
攀缘我记忆的藤蔓
在漫长的冬夜里丰盈

牵一缕，时光的暖意
将失落的少年情怀
共舞于曼妙空灵
隔着季节你可曾读懂
那素简如雪的温情

安徽诗人李钊

【作者简介】

李钊，男，安徽省合肥市第五十五中学语文高级教师。从教 20 多年，工作勤恳，爱岗敬业，曾有学生考入清华大学和厦门大学。平时爱好文学，寄情诗歌。系中国诗歌学会、中华诗词学会、中国楹联学会会员。诗歌、小说、散文丛书《芙蓉国文汇》一期至八期均有小诗收录；诗歌小说刊物《参花》做过三期 "诗人专栏"；全国《中国风》大型诗歌散文杂志，做过三次 "每期一星"。一些零星诗稿收录在多部文学诗集中。

梦（外 1 首）

在梦和现实之间，我只能流泪
像迷途的孩子，眼望流光溢彩
而醒来，一切还是那座山那道水
能否那一瞬，与你相依的时刻
永恒锁定，让你的魂我的爱
不再飘零

雨滴

从小到大，还是从大到小
回顾里的电闪雷鸣，跌倒和爬起

从种子到虬树，撑起的千疮百孔
在泥泞中颤立

那飞天折落的鹰，那海底沉默的鱼
曾经壮志凌云的豪情万丈
熬成柴米油盐，弯腰折背
风劲吹，雨丝飞
那不是雨滴，那点点是心头泪

浙江诗人林尚岳

【作者简介】

林尚岳，网名星晔并辉，男，高级工程师，注册建造师，曾从事新闻、法律、工程管理工作。平时喜欢体验生活，偶尔写点人生感悟，以求共鸣。近年来，共发表诗作 200 余篇，散见各大网媒纸刊。系《中国爱情诗刊》"中国爱情诗社"在线诗人、现代诗歌网驻站诗人、"学雷锋家园"常驻作家。

诗歌 14 首

1. 人工湖

一湾碧水宛在湖中央
风起涟漪，亲吻着大地滚烫的胸膛
春心荡漾，醉开了睡莲

月光，悄悄躲到水底皱着一张苦脸

偶有几只飞鸟掠过眼前

嬉戏在恋人们卿卿我我呢喃的梦乡

岸边的柳树不时拨弄着长发

静候爱的誓言

悠远的舞曲撩拨着青春的骚动

路灯也知趣地埋下头，羞红了脸

是谁？偷走这天上人间

惹得嫦娥心烦意乱

泪湿衣襟，哭红了双眼

2. 眷念

绿唤醒沉睡生命

那一片黄，收获的不只是希望

还有根对绿叶的情义

醉美的季节哟

藏着黑土地的眷念，哪怕

多年的风也不曾吹散

多情的种子播撒心田

绕过年轮一圈又一圈

思念一直在发芽、疯长

3. 岗亭下的身影

——致时刻奋战在一线的交警朋友

一颗心，执着坚韧
希望能觉醒麻木、侥幸
哪怕是耗尽红尘
绝爱今生

风雨无阻
俨然把岗亭
站成一道
最亮丽的风景

无悔青春
将初心写满任性
拦截每一次肆意穿行
呵护幸福安宁

4. 遇见

（1）

过往的路口
一刻也未曾停留
邂逅在擦肩一眸

（2）

似曾相识的模样
萦绕心头，追想

前世与今生的梦

（3）
听闻岁月青葱
万物皆时空
且问此去何从

5. 缘

总在半醉半醒间
黯淡枯萎了时光
那被风儿悄悄吹散
不经意间撕下的小纸片
是否也曾带走你的快乐、我的孤单
浩荡星空下
可有一处红尘的梦乡
在来来往往的人群中
回眸张望

6. 最奢侈的梦想

几许，脚步匆匆
疲惫于忙碌的时光
如今成了最奢侈的梦想

闭户、静卧、休养
伴随带着滑轮的助行器和拐杖
重复着一天又一天

不时有一些事务需要处理

哪怕是在术后的第二天

网络普及的时代，一切尚能如心所愿

日常起居，只能依赖妻儿和爹娘

嘘寒问暖，左右相伴

享受着家的温馨

偶尔也鹦鹉学舌，写点岁月感想

陶醉在苦中作乐的无奈

看到一首首诗作上刊，乐开心怀

时有亲朋好友前来探望

股股暖流总是溢满心间

谁说物欲横流的年代没有真爱

或是没有太多匆忙

却有苦恼和心酸

谁也说不清，人世间到底有多少沧桑

何时能迈开双腿健步如前

打造自己的三分田

点燃新的希望

7. 发呆

看时光凝固

钟锤忘了摇摆

定格在瞬间

卸下一身伪装

静静发呆

抛开所有

五蕴尽皆空

置身万物之外

任风雨徘徊

无挂无碍

念去心归零

没有喧嚣纷扰

不再为是非烦恼

梦归自然

独享片刻安好

8. 秒钟

（1）

感觉不到你的存在

只是你过于低调

让人轻易忽略

（2）

谁都知道是你

曾经跳动的音符

伴随生命的过往

（3）

你每一个节拍

同步记下美好瞬间

成就人生的精彩

9. 道声晚安

（1）

夜幕罩柳影

碧草青青，双双行

惊落一片月光，慌了心

（2）

风拂波光粼

虫儿呢喃

湮没林间缓缓脚步声

（3）

花香惹人醉

芳踪何处寻

邂逅时光，问一处情深

10. 送你一把伞

（1）

雾知道山有多高

水知道海有多深

雨是否知道情有多长

（2）

无论风雨有多大

无论世间多炎凉

我都会为你守护遮挡

（3）

打开一扇心窗

撑起一片蓝天

可有痴情人为爱疗伤

11. 为你写首诗

（1）

时光总在不知不觉中流逝

每每想起便有一丝惆怅

为的是生命在不断枯萎消失

如果没有你

我便不会如此牵挂

也没有那么多的在意

我尝试着写首诗

记下我们的往事

记下生命中的点点滴滴

（2）

问世间情为何物

直教人生死相许

或许在悲欢离合之时

才有如此的感慨

才似乎懂得生活的真谛

在这缤纷多彩的世界

也应该有属于我们的故事

一个曾经也有过的梦想

而不是在柴米油盐中殆尽彼此

（3）

可记起，曾经的爱给了我们

对未来的向往和执着

也给了我们生活的激情和勇气

在渐行渐去的日子里

我们拥有了什么

还有什么值得惦记

其实，我们一辈子都在雾里看花

活在自己的梦里

一个永远解不开的心谜

12. 电力人，我为你骄傲

（1）

一群人，默默无闻

坚守在自己的岗位

干着平凡的工作

历经岁月沧桑

日复一日，年复一年

心如磐石，宁静淡泊

习惯了艰辛寂寞

只为内心的那份执着

没有朝九晚五的休闲

没有假期节日的浪漫

一根时刻绷紧的弦

响应着无时的召唤

内强素质，外树形象

在磨炼中不断成长

怀着同一个信念

奉献着自己的青春力量

（2）

摸爬滚打几十年

风雨无阻

每一寸土地，都留下

攻无不克的胜利荣光

你用智慧和双手

点燃岁月，打造江山

以气贯山河的豪迈

成就了电网的坚强

一座座铁塔

危峰耸立，凌空对望

一条条银线

横跨江河，穿越海洋

一根根电缆

纵横交错，携手相牵
望神州大地
一片灿烂

（3）
一次次飓风，闪电
一场场洪水，冰灾
考验着你内心的强悍
沉着应对，运筹帷幄
经受着最残酷的摧残
成就了一次又一次辉煌
你前仆后继，不畏艰难
筑成一道道铁壁铜墙

你是光明的使者
日夜守护着每一座城市村庄
灯火阑珊处，曾留下
你挥汗如雨的身影
不知不觉感动了多少人
可靠能源，可信服务
是你永远的追求
不变的誓言

（4）
你是时代的楷模
奋进的脚步从未停止
努力超越，追求卓越

"特高压"，一个响亮的名字
开创了电网发展的新纪元
智能电网，清洁能源
一次又一次吹响时代的号角
谱写日新月异的新篇章

不忘初心，砥砺前行
你始终鞠躬尽瘁
以优质服务为己任
以人民满意为宗旨
加快推进电力公平交易新进程
你不辱使命负重前行
"一带一路"闯天下
无怨无悔写人生

13. 美丽乡村行

黑黝黝的柏油路
蜿蜒伸向远方
每一个十字路口
都装着红绿灯，画上斑马线
穿过田野，翻过山岗
车来车往，风轻路宽心舒畅
左瞧瞧，右看看
农村和城里也没啥不一样

条条道路通四方
村村公路紧相连

如今的公交车
变了新模样
电动汽车新能源
没有噪声没有尾气
干净、清洁、低碳
环保又省钱

网络迎来新时尚
刷卡付钱真方便
打开微信支付宝
扫一扫
"嘀"的一声，车票已买好
不愁没零钱，不怕现钞不够了
一机在手
出门不用带钱包

一路逶迤前行
处处风光处处景
群山映绿水
乌龙绕青云
山庄安谧透灵气
田园静美醉夕阳
即使是溪旁岸边
也装满了春的遐想

庭前院后花似锦
红砖绿瓦窗几净

年轻人在外打拼闯天下

老人们守着老家安度晚年

一地方言一种风情

特产、风味小吃，深得人心

男女老少各得其乐

共享盛世太平

走过一村又一落

随处可见党建新成果

宣传墙，广告栏

政务公开，一目了然

心为民所想，情为民所系

工作讲成效，业绩凭数据

展风采，对标杆

不负韶华，乐在热火朝天

14. 生活是一首诗

有太阳升起的地方

就有情感的春天

路过的风景，未曾醒来的梦

无论快乐悲伤

都是人生的一个逗点

点点滴滴，滴滴点点

激情中孕育过希望

迷茫时流露出沮丧

平淡间历经着沉淀

挫折时见证了成长

每一个脚印，述说
生活的酸甜苦辣
每一次念想，拷问
人性的真善纯美
每一段时光，都是
一个难忘的往事
每一个瞬间，都是
一首动人的诗篇

河北诗人高东华

【作者简介】

高东华，女，河北省文安市人。文学爱好者，擅长诗歌创作。

诗歌 12 首

1. 请为

坐在深秋的落叶间
请为青春写一封长长的信
在夕阳下山前完成
不要涂掉那些错误、无知与狂妄
还原雪的洁白、藤蔓的柔软

还有心中海的汹涌和宁静

让我从镜子里出来

面对面前另一个我

不再逃避，打开

一张张纸的旧雨渍

默默流泪

2. 亲人

时光走了

你们没走

潜在记忆的刀锋上

光阴把你们挤到墙角

堆满灰尘

越积越厚，仿佛把你们埋掉

雨水冲开一道裂缝

像一道伤口

除了爱，还有痛

3. 老照片

我们站在黑白的老照片里

如五个手指一样大小不等

小手指头上竖起两个丫丫

我们又是悬在屋檐下的一窝燕子

先后飞走

老照片里我们衣服上
仿佛还散发着旧木柜里的樟脑味儿

4. 野花

不是星星
更叫不出名字
野地里努力地活着
举起小小笑颜
点点馨香，萦绕心底

如果你遇见
一定要赞美它

5. 娘亲

娘在哪里
家就在哪里
不管娘在故乡在异乡
千里万里奔了娘去
娘在哪里
电话就打到哪里
不管忙与不忙
不管在家里在路上

小时候我是娘的孩子
长大了，娘老了
我把娘当孩子

6. 给不了

——写给一个亲戚家的孤儿

假期的时候我和他在一起

我可以给他

牛肉干、汉堡、可乐、冰激凌

给他喜欢的玩具

给他漂亮的鞋子衣服

给他轻灵的单车

给他规范和命令

写作业背诗词

小小的孩子

我却给不了他父母的爱

也拿不走他心里空荡荡的孤独

7. 月亮

月亮是绿色的

被草汁染绿

被庄稼叶子染绿

被草棵里荆棘染绿

被小野花的清香染绿

被路边的树影染绿

月亮的梦是绿色的，连呼吸都是

风掠过田野

蛐蛐儿、蚂蚱、蝈蝈儿唱着浅绿的歌谣

月光为它们编织绿色的梦幻

打开窗户，月亮照着窗台
有镰刀收割思念
有玉米、南瓜、稻谷堆放的金黄
月光抚摸着它们
好像抚摸自己的孩子

8. 醉春风

春风来
花朵的杯子倾斜

村庄香了
空气香了

喜鹊在树枝上叫
带来欢喜

女人们走向田野
脚下的土块硌了一下脚

9. 悯农

汗滴沉甸甸的
稻谷沉甸甸的
收获沉甸甸的
大地沉甸甸的
我们沉甸甸的

开花结果
还要长出翅膀

10. 莲

莲在外
是我所向往的

莲在内
是我所养育的

心，是一个池塘
一朵朵莲开了
一个个结打开了

恍若莲
与尘世隔着一段距离

恍若莲
又融在尘世中

11. 乳名，小小的

乳名小小的，长不大
风一般，一群娃娃满村子跑
一下小雨，浑身都带着土腥味

乳名小小的、丑丑的

母亲撩起围裙，擦了擦手
给他们打上了永远的烙印
想抹也抹不掉

人长大了，飞了，老了
乳名长不大，也飞不走
他们在小村里扎了根
在乡亲们心里扎了根

12. 致

在这个寂静的午后
我想念你
那些如穗的日子
被时光的镰刀轻轻割走
在我不曾留意的时候

共同栽种的花朵
是一棵常青的植物
每当我想念你的时候
它们就会生机盎然
一如我们当初的一切

相别是那么容易
相聚又是遥不可及

人生路上因为你的存在
从未感到孤单

明天河流将以另外的方式流淌

安抚我们困顿的心

生长信念的土地

而此时

所有蛰伏的思念

开成灿烂的花朵

芬芳我的回忆

北京诗人王亮

【作者简介】

王亮，北京市人，老三届，下过乡。诗歌爱好者。

淮海路时光（外1首）

梧桐树叶光影斑驳洒落墙上

咖啡厅木格窗映着棕黄

有人哼着我要沿着这条细长的小路

栅栏后的红楼透露出往昔时光

米色太阳帽遮住了女孩乌黑秀发

小伙轻揽姑娘洁白的臂膀

微风轻拂奶奶的玫红纱巾

姗姗挽住爷爷的笔挺西装

哦，淮海路
你是上海人心中的玫瑰
你把时光留在了典雅端庄
夏天的夜色温馨炫丽
一路情浓香艳溢彩流光
秋日的晚霞深沉宁静
细雨红酒弥漫了路边花香
我的心被你的温情染醉
你的情在跳动的烛光里徜徉
我们踩着脚下的落叶漫步
这条路是多么绵长

哦，淮海路
你是上海人心中的骄傲
你把光影留在了馨香芬芳

五月之殇

四月在风中哭泣
不忍把五月拖入污泥

雨中的残花还在凋零
败柳尽失往昔的旖旎

五月的晴空艳阳辉映
少女们却瑟瑟地裹身如玉

街上行人匆匆漠漠

空气中沉寂着无奈和叹息

浙江诗人郑忠华

【作者简介】

郑忠华，笔名山人。1971年4月生，杭州建德人，中共党员。国家一级书法家、当代著名书法家、国礼艺术家、中国新时代诗人、培训师。名录互联网平台百度百科、360百科、互动百科、搜狗百科、中国书画家百科、中国名人录百科、名人词典、中国百科、美术百科、人物百科、大家查等。现为中国教育学会会员、中国书法家协会会员、中华诗词学会会员、中国楹联学会会员、中国诗歌学会会员、中国文化艺术发展促进会会员、中国传统文化促进会会员、中国红色文化研究院党史教育工作委员会委员、中华文化遗产研究会会员。

诗歌3首

1. 月亮

月亮里有父亲

满脸沧桑的皱纹

和一双长满老茧的手

月亮里有母亲

满头的白发和弯弯的身躯

月亮里有你
美丽而楚楚动人的身影

月亮里有永远不灭的梦想
月亮是一个古老的神话
我愿化作中秋的月亮
诉说我的每一个故事

2. 怀念父亲

过了天崩地裂般的那一天
我便学会了坐进黑夜
随着小院里的桂花日渐暗淡

再也没有泪流的日子
我就祈祷一场梦
祈祷听见父亲遥远的呼唤

3. 晨光

还是这个点，一声声鸡鸣
打碎了沉睡的夜
撩拨我睡梦中那根琴弦
唱响优美的晨歌

在同一个地方向东远眺
晨光冲出黑云呈现眼前
似云像海
宛如一幅绚丽多彩的图画

黑龙江诗人姚常平

【作者简介】

姚常平，黑龙江省牡丹江市人，中学地理高级教师。现为中国诗歌学会会员、中国音乐文学学会会员、黑龙江省音乐文学学会会员、哈尔滨市诗词楹联协会会员、哈尔滨市呼兰区作协会员。歌词代表作《妹妹你是水》。原创歌曲《百年红船》在词曲中国"2021"群众最喜欢原创词曲征集评选活动中获银奖。歌曲《美丽的山河》获2021年举杯邀明月电视中秋晚会原创歌曲网络大赛感动中国专家组评审优秀奖。原创歌曲《勐海之美》入选香港卫视文旅台，并在《世界华语原创音乐金曲榜》栏目原创歌曲MV征集活动中直播展播。原创歌曲《醉美的东宁》在感动中国喜迎二十大全国百首原创词曲征集活动中晋级制作出版。

诗观：喜欢用高考新课改思维方式用点扩充到集合综合体写作模式，愿通过文学交流提高自身的文学品质修养，在自然元音意境感悟中收获身心快乐。

歌词 3 首

1. 醉了，苹果梨红了

那年花开时牵你的手来到家园
洁白的花瓣泛着清香枝头摇曳
你一言我一语走进花海

羞红的脸蛋醉了俺的心窝

剪枝嫁接勤奋姿态
携手劳作绝美的情歌
回眸的眼神享受爱的滋味
一幕幕的画面换来丰收的硕果

今年深秋时回望我们的苹果梨
脆甜果肉沁人心脾满口爆汁
你一口我一口唇齿揉搓
适度的酸甜润了俺的脸色

视频推销新的操作
采摘装箱扫码到火热
丰收喜悦映红你我的心田
一场场温情诉说就在这果树坡

醉了醉了苹果梨红了
曾经有过的点滴收获
悄悄地收藏在这小康日子里
一个情字分享同一份香泽

2. 秋歌

你暗送秋波
我闪闪烁烁
让心中的希望结满累累硕果
丰收的田野都有自己的风格

幸福的日子同心同德

每一个角落都有咱们的山坡
高粱熟了秋季本色
每一次收割都是生活的诉说
激昂的旋律尽情放歌

你满山红叶
我蔬果多多
让手中的山丹在心灵炽热
凝聚的力量迎接新的抉择
穿梭的身影更美了

每一方热土都是祖国的花朵
美好的人生自由选择
每一首歌儿都是草木的爱河
幸福的路上求索洒脱

3. 又见玉米香

黑土地里又见新希望
玉米棒饱满清甜芳香
好风好雨好年新气象
农民的脸上挂满红光

十月里来秋风在荡漾
苞米胡须润红了脸庞
厚厚的手茧辛苦装扮

回望生产过程喜气洋洋

重现玉米丰收人拉肩扛
携手同行享受好政策
国家补贴是坚强后盾
收获了果实豁然开朗

红红的日子醉了心房
就把这玉米烧成佳酿
梦里梦外都是好年景
新农民生活心花怒放

山西诗人郭永刚

【作者简介】

郭永刚，笔名原野，祖籍山西寿阳，世界汉诗协会会员。曾在《中国作家》《散文诗》等刊物发表大量诗歌作品。作品入选《中国作家辞库全书》等50多种文集、年鉴。曾获"中国作家"等30多种奖项。出版诗集《记忆·相思挂满枝头》等。

记忆中的伊塞克湖

飞机从天山的顶上飞过
晶莹剔透的连绵起伏的山峦

谁知道这是哪里，又往哪里去

我在读着艾特玛托夫的白轮船，一日长于百年

还有这样宽阔的河流吗，还有这样逶迤的群山吗

伊塞克湖的微风吹来，教堂的钟声绕过远处飘来

廖廓寂静的梦幻，那是谁的灵魂在祈祷

东方的晨曦辽阔的湖碧波万顷

微颤的湖面葡萄藤倾斜向上

我因心灵的纯粹而激动

瞬间那群圣女带来微笑敬意赞语

内蒙古诗人张美林

【作者简介】

张美林，内蒙古人，现为众创诗社、中华诗词学会、内蒙古诗词学会、中国新时代诗人档案库、中国诗人作家档案库、中国诗歌网会员。作品散见于网络平台和书刊，曾有获奖。

冬雾里的路（外1首）

雾笼罩着路
不远处便成了谜

看不清来处
看不清去处

冬的寒凉沁在缭绕里

徐行在如梦如幻的时空中
感受着迷离的寒意
静一静
陪心慢慢亮丽

走过的路
淡去多少，无从数起
愈远愈模糊的轮廓
旖旎着最暖的记忆

前方的路
藏着掖着的
刚好可以边走边搜索诗意

历过春秋
尝过百味
路上
苍凉的迷雾又有何惧
拍拍风尘
送冬一脸洒脱的笑意

简约的深秋

走进深秋
路边的柳

正抖落着纤尘染过的风霜

枝上
曾经的种种
皆成了
秋风里枯干的退场

树下
越积越厚的过往
残留着被岁月无数次划破的伤
难以想象
过去的繁华
承受过多少风雨的捧打

是该放下了
负累久了
越来越忘了心之所向

瞧
一树简单的坚强
几片正待拂去的旧尘
深秋
如此简约

广东诗人李鉴光

【作者简介】

李鉴光，24岁，1998年生，广东佛山人，2022年毕业于广州美术学院（美术教育专业）。钟爱文学，对文史哲有广泛的爱好。曾在2019年获第三届广东省"书籍艺术设计双年展"入围探索奖（小组），在2021年"世界与世界——觉察与回忆"获优秀毕业论文，在2021年参与了王意迦导演的"文献剧场编创工作坊"、顾文浩导演的"觉察、行为与表演空间工作坊"，获校内毕业大戏"跨媒介非虚构剧场展演"《自有一山川》工作荣誉证书。

诗的名字是时间

我和你的相遇
是宇宙尘埃穿梭了亿万年的凝态结果
很少人察觉在这之前我们是怎样的
重力让我们相遇
时间促成了相遇的时机
我们彼此走来
直到碰触彼此的双手
直到此时此刻才认识到
我们曾远离彼此，亿万年甚至更久更久
一瞬间的感伤
终将消失于我们燃烧的双手和指缝间

我明白

我们不可避免地仍会一次又一次地离开

一次又一次在无垠的时间里做漫长的等待

当我们回到这里，回到忘却的记忆之外

回到这里，回到所有终结的起点上

我们会说话

会大喊，会歌唱，会嘶吼

会沙哑，会累，会停止，会休息

然后……

福建诗人赖好成

【作者简介】

赖好成，从医，喜文。曾用笔名赖文兴。曾在《散文诗世界》《闽南文学》《刺桐文学》《云南日报（周末版）》等发表多篇散文、诗歌、杂文、时评。

我把心交给流水（外3首）

我把心交给流水

流水对我说

大海才是我的疆土

我把目光投向月亮

月亮对我说

天空才是我的领域

可是我

我久居沙漠

我近视咫尺

我错落平原

我浅搁滩地

也许，明天

我会收拾行囊重新起程

如果荆棘满地无路可走

我会展开雪藏已久的双翅

叫去年的霜今年的雪明年的雨

通通后年再下

叫阳光再次灿烂

我会展露笑容

勇猛如初

也咏中秋

天上月是月，人间谁是谁。

你有憾中憾，她自圆中圆！

多少多情咏，无非无奈叹。

年年月相似，月月人惆怅！

南洋随笔

曾欲植杏千山深，敢教一壶轻万金。

治尽人间邪恶丑，再无天涯断肠人。

滇池夜饮

滇池自古一波平，谁人无端愁绪生？
万千尘世万千苦，自在天地自在人！

甘肃诗人章文强

【作者简介】

章文强，男，字牧心，笔名木头，1991 年 1 月 1 日生人，祖籍甘肃省东乡族自治县，中学教师，文学艺术，《芙蓉国文汇》签约作家，曾在全国文学大赛中多次获奖，荣获"百年新锐诗人"奖、首届十螺文学奖、长江文学奖等奖项。

麦田的孩子

1998 年，记忆的尾巴抖动
麦田炸裂，一个八岁小男孩的生命开始起舞
青草瘫在黄昏的影子里，麦浪翻滚
不羁的灵魂，被埋在黑土地里生根发芽
麦秆上的露珠晶莹剔透，正与太阳抗争
无边的绿色浪潮里，红领巾在涌动
千万具尸体附着在黑土地里，腐烂虚无
麦秆上的根须使劲颤抖，吸收着神的养料
小男孩的梦是金色的，那是金色麦田里

不变的图腾，连着我们古老民族的根

春天的大地带着神圣的使命来了，就藏在
老农虔诚的心坎里，而天空是蓝色的
生锈的拖拉机泣血般悲鸣，希望的种子埋下
干瘪的种子里流淌着
文明的血、老农的泪和无数生灵的命
被黄土地恩育了千年的人类，在麦地里
写下了万年的契约：忠诚、敬畏、臣服

在春雨洗礼过的蓝色河岸上
群山环绕着水波在光影里缓缓退去
远处的天际线逐渐昏沉，境空和煦而暗淡
奶奶的心揉碎在麦田里，和白夜光葬在一起
手臂上金黄色的铁锈渗进晨光里止不住地脱落
带着对大地无尽的爱和血脉里的誓言
她把心揉碎进春光里，在麦田里埋葬了十亿个春天
三月的晨光染亮了禾锄：湖光山色，麦苗嫩绿，风吹草动
亿万只蜜蜂涌入姹紫嫣红的樱花丛中，送来雨神的福音
远处的山谷芳香弥漫，无数个护花使者带着生命的宣言书来了
在春光倾泻的麦地里
我迎着风肆无忌惮地奔跑着，汗如雨下

云南诗人刘春林

【作者简介】

刘春林，男，笔名版纳大牛，热爱生活，喜欢文字，乐于赏玩奇石，钟情中华诗文。

秋啊，秋

秋，是曾经的繁华！看它柳丝弄波，看它绿肥红瘦。它的姿影、它的婆娑，令人浮想联翩。

秋，又是当下芳华后的点点斑驳。看它朽木沧波，看它另一番美丽！

心中有景，鸟语随行，花香身边。

秋啊秋，是一首流年的歌。

秋啊秋，是繁华落尽的释怀！

一叶知秋，告诉你叶子的平凡，平凡里有着一种无穷的魅力！

一叶知秋，告诉你轮回的意义，轮回里有着一种落叶归根的安然！

辽宁诗人奚志刚

【作者简介】

奚志刚，林泉诗社会员、沈北新区书法家协会会员。

棋盘山传说

棋盘岭神仙故事，
古宁来烂斧仙缘。
侯城城北山崖上，
拐李洞宾胜负悬。
磨盘象棋行如鸟，
仙道神术运若玄。
棋逢对手光阴快，
将遇良才天地旋。
胜负不于一局弈，
人生无过对弈诠。
两道大笑飘然去，
独樵空悲忘我观。
一日观棋未觉久，
百年返世才料酸。
道造棋盘众生智，
仙留沈岳神迹传。

安徽诗人方宗国

【作者简介】

方宗国，男，安徽省金寨县人。副主任中药师、执业中药师，2020年5月从医院退休后，被返聘于上海某大药房供职。

诗3首

1. 望故乡

少壮离家今外漂，
口操乡音世界小。
万千土房变楼宇，
千万平民成富豪。
小桥流水通村路，
绿荫丛林种百草。
民风淳朴人勤奋，
游子千里魂牵绕。

2. 秋思

千里遥外是故乡，
恶闻稻熟菊花黄。

年高亲邻随风去，
恍觉人生梦一场。

3. 风雨中的外卖小哥

暴雨倾盆水如注，
荡涤尘埃洗垢污。
外卖小哥风中立，
犹如佛陀度世苦。

河北诗人张须山

【作者简介】

张须山，笔名无我相，高中文化，喜欢文学与哲学。

还俗（外2首）

丘垒丈二许
伫立在离村百米处的路旁
是由烂砖朽木等出家之物
被大车运来堆积而成

一场雨又一场雨
阻断了男孩和狗儿的梦
一连数日都没有

会当凌绝顶的感觉了
脚印被水填满和冲掉
几根绿草不知觉中冒了出来
直立或半伏

我看着这乱草
多像一个人的头发
我从水坑处低头照见了自己
并从水坑里打捞出
一张纸币

喝酒

突然想喝酒了
决定一个人喝，影子放酒里

家乡的那条河放酒里
河两边的柳树放酒里
家乡的麦田放酒里
麦田里老婆和她的铁锹放酒里
女儿的学费儿子结婚的费用父母的病放酒里
明天上哪儿干活放酒里

太阳落下后月亮充当了太阳
呕吐的浊物中
面条、黄瓜、花生米还有血
一群蚂蚁正慢慢包围

又过了良久
他扶着月光起来了
跨过一道门槛
走进一间屋子

白天梦见媳妇

三天
她没回家了

一个感叹号躺在床上
后来摆成了一个大字
再后来就变成一个问号
捧着一本书睡着了

我做了一个白日梦
她正忙着分拣快件
她这回没有说我吃软饭
没有说我懒
相反她安慰我

听政府的话
安心憋在家里
不能喝酒
你就别喝酒

黑龙江诗人庄丽娟

【作者简介】

庄丽娟，笔名庄青禾，1983 年生人，现为中国音乐文学学会会员，黑龙江省音乐家协会音乐文学学会会员、歌曲创作协会会员，牡丹江市作家协会会员、儿童文学学会会员、诗词协会会员，东宁市作家协会理事。擅长歌词、散文、诗歌、报告文学、纪录片解说词创作。

我只愿冬天早日过去

当太阳的光芒直射在南回归线
将大地正式带入一年中最冷的时节
从带着寒意的睡梦中醒来
看到朋友圈被铺天盖地的各色饺子侵占
人们似乎在庆祝，在狂欢着一个节日
却忘记了这天过后便会带来的漫长的数九寒天

肆意地欢笑吧，在这冬天来临的时刻
让那些无知、羞耻、阴谋、罪恶
在无尽的寒冷中快些死去
尽情地歌唱吧，在这光芒四射的时刻
让那些睿智、正义、谋略、善良
在温暖的阳光中快些到来

当太阳的光辉再一次周而复返

我只愿在那些虚伪的祝福声中

冬天早日过去，春天早日到来

河北诗人付晓亮

【作者简介】

付晓亮，共产党员。1997 年 4 月出生于河北省武安市。爱好读书和文学创作，偶有作品在当地报刊发表。武安市民间文艺家协会会员，青年文学家杂志社理事会理事。

我爱你祖国

我是多么爱你

我的祖国

千山巍峨，绵延不绝

万水浩荡，奔涌不息

喜逢党的二十大

华夏儿女欢聚一堂

载歌载舞庆祝这盛世中国

我是多么爱你

我的祖国

我爱你每一寸历经千年风霜的大地

地大物博承载着中华腾飞的嘱托
奋斗路上也许充满荆棘坎坷
我仍会坚定着步履
背负着您的希望
高唱着雄壮的国歌

我是多么爱你
我的祖国
爱你每一夜见证百年梦想的星空
空前盛世洋溢着九州同圆的欢乐
探索途中尽管弥漫着黑夜悠长
我仍会顽强着拼搏
心怀着您的浩瀚
高举着胜利的烈火

我最亲爱的祖国
我深爱着你的每一条江河
不管是冰雪还是霜冻
在每一滴晶莹里都饱满着深情的诉说
我深爱着你的每一座山坡
不管贫瘠还是肥沃
在每一缕暖阳下都耕耘着幸福的温和

我是多么爱我的祖国
我爱你的雪域、盆地和沙漠
我爱你的海滩、丘陵和湖泊
爱你滋润出的每一束花朵

你看那鲜花肆意娇艳地绽放
铺就出民族复兴的灿烂星河

河南诗人高翔

【作者简介】

高翔，笔名子凡，河南省固始县人。忙时商海观潮，闲时写诗填词。浮萍半生，恍然一梦。诗词作品散见于《中国企业家诗选》《诗赋中华》《中国诗人生日大典》等诗刊书籍。生活的点滴与感动感恩铭记于心常付诸笔端，笔尖恰拨动那一根乡愁的心弦，余音系梦，滋味绵长！

一杯茶（外2首）

金贵最是明前茶
芽叶本来同根生
因何拆散
净土尘埃两相离分
芽入豪门
叶落俗尘

你醋然嗅着的初香
可是他山精灵的客串
而芽，正在玻璃房里舞动
立起的支支笔尖

在杯底写满不解与伤困

四月披着疲惫而来
桑田皱着眉
翻出箱底的那块花布
裁剪成一件花长袖
就这样眼花缭乱着
任岁月悠悠，衣衫不整

暮春

绿草萋萋
拴了几次的晃绳
前仰后合地跌落草坪
带坠一地的紫藤花

洗车少年锁着眉
低头把车穿了一身泡沫
如泣的水柱在玻璃前控诉
从没停止
不再相爱的马路牙子与车轮
扎破一个又一个童话

眺望郁郁葱葱的远山
布谷鸟轻吻着潺潺流水
还是原来的样子
凝望呆痴了眼眸
苍生抱恙

该别了
这个季节
因为如火的夏已在候场

失眠

摇曳的树影借着黑夜
请来杂乱的蛩声在舞台伴奏

烟头燃到了尽头
烫了昨晚端酒杯的右手

烟缸里一堆的残烟
堆满了曲曲折折的眷恋

黑龙江诗人赵珈莹

【作者简介】

赵珈莹，女，网名阿毛，2006 年 4 月 13 日出生于黑龙江庆安。曾在《当代作家》《中国诗卡》等发表诗歌作品。诗歌作品编入《赞颂新中国 70 周年诗歌锦集》《萌芽新蕾编织的花环》《2021 年中国年度诗歌排行榜》《海内外华语诗人名家典藏》等。诗歌作品获当代作家年度优秀作品奖、"2021 中国年度诗歌排行榜"优秀奖等。

纯粹（外1首）

他们都用纯净形容你
我却更愿形容我自己
狂舞的肆虐的你
冰冷得我没有余地

你只出现在冬季
无法在温暖中站立
你匆匆带走追忆
却不知唯留残垣断壁

那一阵一阵的心悸
就是最神圣的意义
虽然我们都毫无余力
但你给我留下独特的痕迹

不言而喻的一切道理
将我心灵冲洗，叫我不要放弃
寻找存在意义

心中不泛涟漪
想狂奔时却只能停在原地
冰城少年怎会流下泪滴

浣

虚无缥缈的触碰，也许是时空的裂缝

是我的思绪将你牵引，是你的灵魂将我捕捉

眼眸中的，暗黑的闪耀的热爱的
氛围里的，寂静的舞动的惦念的
汇聚又消散于我心中
一次又一次缠绵

异同当然明显，看万物的流转
求一梦的成全

四川诗人任映国

【作者简介】

任映国，1952 出生，四川绵阳人，从事医生职业。早年酷爱文学，著有《雪浪花》诗集。

淡泊（外3首）

老调重弹兴趣高，饮酒不醉非英豪。
迂腐之人重虚名，名缰利锁是心牢。
人生三万六千日，何为钱财受煎熬。
千年石碑空留名，万卷诗书当柴烧。
桃李不言自成蹊，雄鸡空鸣唱高调。
一生埋头做好事，手留余香品位高。

瀑布

万丈珠帘横天边，天河倾泻落人间。

雾马腾空冲天舞，飞珠溅玉浪吞天。

乘船瀑下观壮景，涛声如雷贯耳边。

紧抓栏杆腿发抖，水急浪高心胆寒。

天倾地摇千壑动，雷霆吼倒万重山。

江中飞鸟催人走，两岸游人闹翻天。

仲秋

月落三江半轮秋，嫦娥又在水中游。

明月有情抛玉镜，银河无意落绵州。

热浪退去好舒适，金风吻面凉悠悠。

脱下口罩饮清茶，月朗风清满目秋。

浮生缘

在平静的水面上，荡起一丝轻柔的波澜。

在光滑的石头上，长着一层清澈透明的苔藓。

月光的清辉，洒在你秀丽的银发上。

山谷里幽兰的芳香，在朦胧的夜色里弥漫。

啊！我亲爱的朋友，人间还有什么比这更美好？

离开繁华喧嚣的闹市，这里是瑶池仙山。

满山野花盛开，到处是潺潺清泉。

从大地深处流淌出温暖的泉水，似乎可以安抚心灵的创伤，似乎可以感受到人间爱的温暖。

只有扭曲执拗的灵魂，才尝不到泉水的甘甜。

来吧！这里有个鱼疗的池子。

池里有很多游来游去的鱼儿。

只要你把脚伸下去，它会偷偷地吻你的脚。

你那香甜细嫩的肌肤会引得成群的鱼儿嘴馋。

来吧！亲爱的朋友，把泉水当成美酒，让我们一醉方休。

明天的明天，我们将会老去，泉水还会在这儿慢慢流淌，可平静的水面上，再也看不到，那一丝轻柔的波澜。

▶ 古体诗词

四川诗人黄显德

【作者简介】

黄显德,笔名青山依旧、青山古韵风,四川富顺人,西南石油大学研究生毕业,中共党员,系中华诗词学会会员、中国楹联学会会员。

卜算子 10 首(新韵)

1. 卜算子·富顺回澜塔

一举彻云霄,几度惊风浪。
付与回澜千棹横,偏岸渔歌响。

寂寞落霞中,缱绻残崖上。
影断涵空孤雁啼,岁岁别深怅。

注:回澜塔位于富顺县邓井关镇大佛岩上,建于清朝道光年间,属于楼阁式汉化砖石塔,高 56 米,九层八角形,攒尖铜制宝珠顶。

2. 卜算子·古井咸泉

观井忆昔征，掘地及泉涌。
锅里煎出故事咸，道是人人懂。

何处万帆开，一味千年颂。
落日长歌叹梦回，怎奈江风弄。

注：古井咸泉指的是富世盐井，开凿于东汉初年，是富顺因盐设县和辉煌盐业文化的历史见证。

3. 卜算子·富顺西湖

台榭枕云霞，诗壁回烟棹。
一任莲歌两洞秋，西子何曾晓。

忍看画桥长，听取钟声老。
碧水横窗风月残，梦在湖心绕。

注：诗壁指富顺西湖诗歌墙，两洞指湖畔罗浮洞和读易硐，钟声指古县衙钟鼓楼之声。

4. 卜算子·富顺文庙

殿殿矗森严，处处彰钦敬。
文运天开才士多，芳誉驰如梦。

怅望泮池深，忍看瑶阶冷。
思去千年寂寞回，苦坐寒窗影。

5. 卜算子·富顺千佛寺

古寺半山藏，峭壁千佛会。
禅榻森森夜诵经，香火添新岁。

几处井泉石，一鉴云烟水。
聊寄幽岩钟鼓鸣，月下苍生慰。

注：富顺千佛寺，始建于晚唐，位于县城玛瑙山中岩，中岩形如半月，正对西湖。相传岩下有七井，宛如七星伴月，井泉甘冽。曾毁于兵燹，清初重建。现为川南佛教活动场所和旅游胜地。

6. 卜算子·富顺古县衙

赫赫步阶迟，凛凛衙门老。
击鼓升堂浑似昨，明镜犹高照。

新处遣情多，故迹遗风浩。
望向江流合暮云，倚对钟声杳。

注：古县衙位于富顺城中神龟山顶，山上钟鼓楼为古县城之地标，千里沱江穿城而过。

7. 卜算子·富顺玛瑙山

穷览水云环，俯瞰江城小。
横亘盘磅礴向北西，登顶当年少。

满目垒石残，望远烟尘渺。

烽火频频可奈何，日落雄关照。

8. 卜算子·龙硐传说

人曰断崖边，险在飞流处。
一硐幽深云气腾，龙啸穷峡舞。

烟火起何时，风雨酬千古。
化此传说月月新，喜作今朝赋。

注：相传在古老山硐里有一龙，护佑一方，消灾降福，风调雨顺。后来，人们在此建场，名曰龙硐场，现属富顺县龙万乡。

9. 卜算子·凭吊虎头山

拔地欲擎天，昂首狞如虎。
一啸关山满眼愁，悲壮风烟暮。

渺渺断崖深，冉冉残霞古。
碧水惊涛浩气长，但看兴亡处。

注：虎头山，是南宋时富顺一抗元据点。

10. 卜算子·沱江书怀

一路纳荒流，两岸兴烟火。
淘尽浮沙浊浪清，回首千秋过。

画角满江闻，古渡悲风锁。
举棹匆匆帆影残，待与斜阳卧。

浙江诗人龚旭

【作者简介】

龚旭，笔名朴素方正，浙江省宁波市人，现为中华诗词学会会员、中国楹联学会会员。有格律诗词作品在网络平台和纸媒发表。喜欢登高远足，写了不少山温水软之诗词，钟情于山水之间也。醉翁曰：山水之乐，得之心而寓之酒也。

词 10 首

1. 八声甘州·无处是清秋

眺云中桂子落平沙，无处是清秋。

正舫停南浦，竹摇北寺，月上西楼。

小苑黄花渐老，残败物淹休。

蓼岸凫鸥跃，帆影中流。

滚滚长江空阔，赏晚亭雨过，遥岫烟收。

问几回怅望，去国以迟留。

念亲朋、雁行千里，暮霜天、虚渺觅仙舟。

乡情尽、浑疑归梦，顿觉羁愁。

2. 秋霁·千里相思

千里相思，莫遣蔽浮云，满目秋色。
征雁联翩，蓼红掩映，凭高落霞飘逸。
寄书楚客，故园有道湘娥识。
共入画，题赋、自明相语付心迹。

霜花淡泊，露气栖迟，枕梦纷华，檐鸟幽寂。
利嘉禾、幽兰病骨，苍苔久旱被甘泽。
青嶂绕烟流水碧。
竹里归鹤，金铺一抹残阳，草间行车，乱山孤驿。

3. 秋夜雨·尘笼晚径熏香拂

尘笼晚径熏香拂，疏林叶密葱郁。
晓风吹竹里，暮角鼓、篱边残月。

云中桂子飘零雨，溯海溟、烟漫城阙。
天际清妙绝，汐涌阔、千堆晴雪。

4. 撼庭秋·梦回疏雨孤馆

梦回疏雨孤馆，正岁寒秋晚。
有情怜客，无言恨别，论心怀远。

茅檐露重，柴扉风细，杏村云暖。
去梁园诗和，芳华酒入，竹田平展。

5. 秋兰香·古渡舟横

古渡舟横，新草鹤立，东隅碧树云移。

田庐蓬此夕，衣履待相离。

又深羡、千里共遥知，不堪蟾月当时。

去南圃、藕风清韵，桂雨幽姿。

一骑绝尘荒野，正雾漫空山，日落京师。

妙声轻、水浅问衰迟。

蛩鸣认伊谁。临水越乡，寻菊陶篱。

向远处、枫丹霜染，絮白鸿飞。

6. 曲江秋·荷塘浪濯

荷塘浪濯，看鄂渚烟横，西山云薄。

驿路暮鸿，关山野树，城郭闻清角。

霜冷夜梦觉，入风色，听仙乐。

月晓雨晴，霞飞汐没，雁行尘浊。

雀跃，蜗庐独酌。眺天阔、岚浮海岳。

泛舟归客醉，江津目送，空远新诗琢。

叶染杏萧疏，华池蟾影人依约。

断桥外，箫吹悠扬，晚寺鼓钟零落。

7. 秋风清·清江流

清江流，帆远游。

草树歇鸣雁，星河难系舟。

蒹葭扬絮霜花落，海天绛雨秋香浮。

8. 惜秋华·桂子云飘

桂子云飘，逸天香、越地秋思怀远。

蓼埂鸳翔，樵风壑丘江晚。

沙鸥击浪幽闲，惜别意缠情缱绻。

风暖，顾横波、日照溪澜清浅。

琴抚宿筠馆。奏长铗歌残，席直箫书断。

散香草、连玉树，月光凌乱。

珠寒絮白芦洲，傍菊篱、叶丹枫岸。

堪叹，事烦心、凭谁裁剪。

9. 画屏秋色·江雁空飘逸

江雁空飘逸。桂雨飞、声漏晓屏遥识。

香粉澹浓，翠湖清浅，残蕊疏密。

眺丘壑云稀，夕阳光返倚紫陌。事使君、行倦客。

渡蓼岸矶头，石堤江口，几处港湾舟泊，海山相忆。

秋夕，枯枝湛碧，觅物华、晚梦吹律。

影娥如画，溪桐栖凤，远峰朗笛。

奏一曲求凰绿琴，千古传往迹。诵直赋、眠曲尺。

叹竹瘦书斋，丹青难绘蚌鹬，列嶂犹浮曙色。

10. 秋色横空·立秋

花藕含羞。正溪声入夜，草色逢秋。

吴门棹短行帆远，江涛去海横流。

新凉起，玉枕柔，看夕落、梧桐阶满留。

壁角蛩鸣散乱，蓼岸汀洲。

猿鹤怨啼不休，似才移吟阁，更上妆楼。
画屏淡泊苍天暮，听漏醉卧兰舟。
莲香逸，桂子幽。漫百里、乡遥归客愁。
拾雨露稀疏，烟浪拍浮。

河南诗人林英法

【作者简介】

林英法，河南籍，网名Linbaogui，系中华诗词学会会员、中国楹联学会会员、经典文学网签约诗人。2021年获第二届"经典杯"国际华人文学大赛诗词二等奖。200多首作品入选《新时代诗人作家文选》《"经典杯"华人文学大赛作品精选》等多部书籍。

诗词30首

1. 五绝·象山

桃水漓江汇，清泉洗铠装。
瘟霾冲刷净，吉象保安祥。

2. 五律·攀登武夷山

冒雨登峰顶，烟云锁碧天。

眼前岩岭路，身后骏眉田。
踏石大王啸，滋松九曲旋。
极舒千里目，胜境寓神仙。

3. 五律·吐鲁番暑日

烈日挂长空，群山火焰红。
天烘生物隐，地烙绿苗躬。
坎井清风爽，葡沟美味丰。
香馕温四海，骆队聚兴隆。

4. 七绝·牡丹

人间五月百花繁，满目芳菲秀可餐。
富贵天香西子到，恭迎首坐顶皇冠。

5. 七绝·核桃箐稻香谷

深根稳立红田下，五彩秧苗向碧空。
艳景迷盈南北客，秋来众乐赏华雄。

6. 七律·教师颂

园丁挥汗圃苗欢，剪削刀裁小树端。
一块讲台教万物，三平黑板解千难。
人才次第登梯上，智慧连绵入脑安。
青出于蓝奔四处，高肩之上可弹冠。

7. 七律·八一咏长城

万里岩墙北国横，黄龙圣体统山盟。
前观铁壁铜碉府，后见金汤钻盾城。
虎豹熊狼停犯界，彪军悍马止侵程。
排兵布阵安家院，未抢他人半盏羹。

8. 七律·东川红土地

赤绿黄蓝青橙紫，条条彩带舞祥风。
天生画板妆铜府，地造霓裳媚玉宫。
俏引东西南北客，情牵老少女男瞳。
山川特产三珍宝，伴醉勤诚水土红。

9. 七律·漓江泛舟

竹松翠柏缀千山，碧水悠闲过脚间。
骏马画屏腾跃去，人民币版发行还。
江拖动影随船走，河载游鱼伴峡弯。
养眼悦心仙气涌，滋秧润树跨穷关。

10. 七律·湘西夏暑

机停四面暑威嚣，宛若桑拿罩地烧。
树动风吹携暗火，人行汗洒化明潮。
骄阳烘烤千方避，黯夜清蒸万物憔。
稻黍适时丰壮体，珍珠满载慰湘潇。

11. 七律·咏荷

盘盘翠叶掩池塘，点点红花向碧苍。
艳色沉鱼宁绿水，娇容闭月灿星光。
呼鲜氧气馨环宇，去垢芙蓉靓四方。
万种风姿牵众爱，深怀玉藕遍身香。

12. 画堂春·秋香

天高气爽暖斜阳，巧云肆意梳妆。
菊容矜面桂花香，板栗飞扬。

肚满榴梨下树，腰肥稻黍归仓。
风甜酒馥笑声长，心醉神昂。

13. 醉思仙·福州

百花坛，瞰一方闹市、半块林园。
称东南福地，沿海奇观。
榕树盛，茉莉香，处处橘柑欢。
秀西湖，俏左海，路桥交错华繁。

临海瞻野阔，宇空清爽心宽。
见居家温乐，勤业开颜。
民气顺，政风通，社稷稳，世康安。
自强身，固防线，锁航福道朝前。

14. 西江月·深圳梅沙海滩

海惠亲容翠水，日贤爱抚银滩。

黑礁头顶雪花欢，青岭红妍相伴。

游客翔鸥戏浪，沙雕舞树欣天。
风和物善四方安，坐赏华云升展。

15. 阮郎归·洱海

清波万里碧连天，轻飘淡雾烟。
乖鱼俏跃戏游船，鸥狂乘客颠。

苍山护，下关连，古城大理圈。
施恩南诏润千年，旅居汇八仙。

16. 一剪梅·咏竹（新韵）

站势如松团聚和，风流身段，潇洒枝格。
清馨碧翠雅风幽，入地根深，通体高德。

处世安身求众谐，养眼形貌，欣意刚节。
材优广用美名扬，宁肯崩摧，不可挠折。

17. 八声甘州·鼓浪屿

赞不沉航母出汪洋，菩萨坐禅莲。
处厦门西屿，神州近岸，南海临边。
佛化日光岩石，笑傲数千年。
岛秀飞云慢，环水连天。

四季游人爆满，望砖红瓦亮，树俏花妍。

贺安居乐业，祥瑞伴平安。

护栏内、厉戈秣马，舰势威、虎视外来船。

繁华梦、兵强善打，定可能圆。

18. 清平乐·中秋节

群菊怒放，金桂浓香荡。

云巧天高秋气爽，稻浪奔腾前往。

板栗破壳辞山，瓜果月饼比圆。

曼舞嫦娥映地，干杯百姓邀天。

19. 浣溪沙·月牙泉

甘肃敦煌沙响山，环围宝玉月牙泉。

齐心合力举青天。

美女冲天风奏乐，英雄返地水除烟。

镜观日月耀飞船。

20. 忆江南·昆明

春城美，亮丽缀繁华。

四季常如三二月，寒冬无尽夏秋花。

馨暖万千家。

21. 捣练子·东山岛风动石

风啸响，浪推鸣，碧水蓝天白絮升。

拍岸雪花腾跃起，撼磐巨手动无形。

22. 疏影·无人区大海道

敦煌外眺，过阳关哈密，戈壁空浩。
数百方圆，沙砾连绵，人烟生物踪杳。
野营食宿携行去，油电绝、手机音渺。
日光亲、月冷星寒，风舞石沙鸣啸。

天设神工鬼斧，地波俏壁立，形态惟妙。
狗虎狮熊，鹤象猴龟，飞燕回眸一笑。
丝绸之路通商过，清净地、景奇颜傲。
过险滩、吐鲁番区，驼队踏宽朋道。

23. 天香·高原明珠滇池

坐落春城，飞来宝物，一湖圣水祥善。
五百方圆，八千往事，历尽春秋更变。
清风拂面，银花跳、碧波拍岸。
夏到暑天热涌，人鱼互戏消遣。

背靠金滩绿岸，仰观天、白云舒卷。
鹰舞筝翔比翼，艺高心坦，日月飞船臂挽。
耳边响、笙歌孔雀唤。义勇高扬，南疆大展。

24. 塞孤·嘉峪关

立边关，将士陪千万，放眼戈滩沙漫。
绕耳兽嚎尸骨现，天暗隐，鸡鸣见。
寒冬壮、泛豪情，炎暑挺、浮威面。
历营盘驻，官走兵换。

身处要塞区，背靠炎黄院，为国家横刀辩。

石壁铜门分进断，通睦道，拦狼窜。

朋友到、酒肴迎，豺狗闯、枪矛战。

固长城、铁打军殿。

25. 金人捧露盘·武定水城河

众山青，狮山武，象山荣。

赤磐艳、独石峰成。

葫芦洞内，老君丹就转工棚。

白云舒卷，笑迎那、紫气飘升。

泉流细，溪流浅，河流碧，瀑流明。

矿泉水、石上悠行。

悄声吟唱，舞姿飘逸向春城。

沿途施惠，泽万物、瑞洒民生。

26. 月上海棠·父爱如山

柔心育子撑家走，美吃穿、怀热暖冰手。

在家逗耍，外出背、伴随前后。

教自理，种地骑车习授。

学堂严禁分心溜，历苦累、方能胜出秀。

与人为善，不生事、否来争斗。

秉忠孝，少欲宽容泽后。

27. 暗香·端午赞歌

时移端午，伴艾馨扑面，糯香飘舞。

世上华人，无论身居在何处。

传统节临聚庆，挂艾蒿、龙舟飞渡。

歌安泰、一片升平，国壮共民富。

故楚，战国暮，敬大夫屈原，贤能升举。

建明法度，王室权臣造谣侮。

力主联齐被否，亡国后、跳江千古。

抗强敌、忧社稷，暗香粽护！

28. 踏歌·春晚荣年夜

电视，乐翻天、靓舞欢歌绮。

相声逗、小品琴书喜，更京腔豫剧黄梅戏。

院里，赞声欢、笑语时时起。

香茶酽、菜果香甜侍，伴酒醋守岁新年至。

明若昼、闹比市，城区沸、炮唱银花旎。

华夏共今宵，拜祖团圆际，庆丰年踏歌开始。

29. 新雁过妆楼·滇池观红嘴鸥

直面寒冲，看老友、南迁候鸟重逢。

自有春晚，来此躲避冰封。

日月如梭悠若雨，光阴似箭快于风。

几秋冬！海鸥数代，小伙成翁。

当年出师校院，恰风华正茂，血气方丰。

走南闯北，横刀报国书忠。

归田安于陋室，品一盏清茶酒两盅。

人鸥乐，愿民生安泰，国运亨通。

30．东风第一枝·梅花

腊月隆冬，寒烟弱日，生灵植物藏仁。

百芳匿迹销声，菊瓣成泥化土。

银装素裹，七分白，俏黄红露。

一段香，暗惹相思，岁友竹松生妒。

冰天地，送彩添趣，银世界，温心暖户。

游人踊跃观瞻，墨客倾心辞赋。

率先绽放，期改善，色单颜素。

再招邀，众伴迎春，蓄势冒芽花驻。

湖北诗人彭运国

【作者简介】

彭运国,笔名老树着花。曾经商海沉浮,现赋闲于山野之间。笔耕青绿,玩文弄字,怡情养性,悠度余生。现为中华诗词学会会员、中国楹联学会会员、经典文学网签约诗人。曾获"经典杯"华人文学大赛二等奖、"当代影响力诗人"称号。诗词200余首入编《黄浦江诗潮》《上海滩诗叶》《当代影响力诗人作家文选》《"经典杯"华人文学大赛作品精选》等书籍。

诗词30首

1. 一剪梅·践履峰林峡玻璃栈道

穷尽千山半倚阑,脚登绝壑,头顶钧天。
吁嗟一镜共浮云,大化嘘空,往事凝烟。

万斛秋风扫世喧,八荒虚泊,三白遑安。
吟颠弹指此生休,晚醉峰头,快意人间。

2. 清平乐·青龙峡乘览车

断山雄起,欲借烟云翅。
俯顾苍崖神魄悸,霄路鹤轩如坠。

回首才觉崎危，收拾杖履辞归。

放意何怜晚照，栖心更恋晨炊。

3. 八声甘州·猇亭古战场抒怀

问无风忽地起江涛，白浪傍危矶。

叹棋存残阵，露消堠火，霜裂门旗。

一怒鹰鸣九牧，金阙血成池。

又是黄昏也，见说残碑。

石寨狼烟未冷，又哀咽羯鼓，败陷轮蹄。

憾荆门失守，栈道换旌麾。

应西风、英魂安在，惜江山、怀古抱余悲。

苍天佑、列强环伺，伫盼王师。

4. 画堂春·题照杜小妹还乡草埠湖

未忘烟水稻粮庄，近乡情怯徊徨。

素光摇碧柳丝黄，昕夕横塘。

梦里胡麻旧景，儿时绿菽粗糠。

茨檐飞出状元郎，还恋爹娘。

注：茨檐，指草屋。

5. 阮郎归·赋诗不用借重阳

赋诗不用借重阳，茱萸老圃香。

离骚得句未花黄，月华照梓桑。

廉颇舞，少年狂，终归是有常。

欲凭秋雁问苏郎，携亲拜草堂。

6. 醉思仙·壬寅二度重阳

——受美蓉夫妇之约在滨江公园三度重阳有感

好秋风，又花残上苑，树号余葱。

但缃枝半爽，黛色偏浓。

霜未至，露先登，几处染丹枫。

竹藏烟，荷剩水，酒家幡舞幽丛。

借景生逸兴，携壶白发重逢。

感情牵席上，色养杯中。

前度缘，少时谊，好似昨，不成空。

谢亲朋，咏岁月，赋诗一盏瑶钟。

注：色养，指孝顺父母。

7. 西江月·清风崖上再重阳

——与忘年友冬雪等在江南清风崖再度重阳

把菊还思九月，登高又度重阳。

秋云欲渡借风航，落日逢迎青舫。

姹女忆春碧砌，衰翁怀故兰堂。

清风崖畔醉云乡，媚客横波潢漾。

8. 望远行·一柱峰

乱涧飞烟一柱寒，孤峰如剑插青天。
羊肠路小转千盘，嗟余鹰击兀回旋。

秋光泻，客程悬，拾云回首百忧宽。
松风吹袂度方山，心中无事一身闲。

9. 西江月·峡关孤猴

斜岸暮藏仄磴，断崖新耸云峰。
长凝落照唤秋风，千里江山与共。

一笑因为自在，千愁识放虚空。
石猴着意托飞鸿，也好天涯客梦。

10. 阮郎归·娘娘寨

玉人只瑟怨声凄，锁眉曷所悲。
胎仙关理薄情伊，枉留一寨痴。

三尺锦，一张机，青鬓已雪丝。
远鸿望断湿罗衣，相思知不知。

11. 阮郎归·五里天梯

紫霄倚汉路嵚崎，蹇行迥欲迷。
浮阶缥缈越危崖，扶摇绝凌巍。

憎铁嶂，恨天梯，寻幽寻路歧。
云泥同唱断肠词，心殇与子期。

12. 阮郎归·沧海桑田种琼芝

寒泉泹泹盼清晞，草长芠满陂。
桑田抱守种琼芝，横塘烟露滋。

听五稼，咏陈诗，遥思合卺时。
三更梦里觊容仪，孤枝何所依。

13. 阮郎归·夫妻对拜

青庐结发倚崔嵬，相依洪洞偎。
神光辉耀映容姿，合欢连理枝。

云女老，阮郎归，千年等一回。
攒些明媚待晨鸡，两重心字飞。

注：娘娘寨、五里天梯、沧海桑田、夫妻对拜，均为黄仙洞景区景观。

14. 阮郎归·莫愁村无莫愁女

莫愁女嫁莫愁村，羁愁问汉滨。
市朝八米少人巡，西风拂柜尘。

开晓月，祭秋旻，遗居供懿亲。
莫愁湖荡再招魂，笙歌荐若荪。

注：1. 莫愁女，传说生于钟祥莫愁湖畔的莫愁渔村，远嫁南京莫愁村。2. 若苏，传说莫愁女亲种的香草。

15. 阮郎归·游明显陵

御河九曲绕烟甍，壤歌讥显陵。
碑前车马少华缨，清风入槛棂。

明帝碣，古王城，曾经云吐英。
游魂有怨叹飘零，悲笳弗忍听。

16. 蓦山溪·重九野游

天施和露，不是繁华候。
篱边嗅寒英，醉西风、半壶浊酒。
霜摧桂晚，岂敢叹香尘，东神错，谁知否，
心比黄花瘦。

朱颜辞镜，万事堪回首。
一唱水云间，雁过了、参差难又。
烟愁染雪，羞面已先赪。
那枝菊，为君开，阆苑椿翁秀。

17. 望仙门·悼友

素屏颠坠落椿堂，列星殇。
昏灯黝黯夜更长，泪成行。

望断天涯处，招魂絮酒遥觞。

鹭官延路怨无常。怨无常，青竹挂中廊。

18. 解佩令·国庆逢秋虎

俄惊日色，恰逢国典，时不济、应寒又暖。

生计维艰，盼秋至、黄花空绽。

长亭外、素心长叹。

江城献媚，月眉挂影，看华灯、群仙舞扇。

愁付飞觞，买一醉、壶中上苑。

问天庭、世情如幻。

19. 秋霁·方山望远

终上层颠，瞰栈道浮云，九曲阡陌。

瑞气氤氲，仙韶缥缈，秋风栉掠重崤。

山横冷涩，几坡红叶争辉熠。

望八极，嗟叹、瀑飞千丈荡魂魄。

闲思羽客，偶遇幽人。怨咨尘嚣，贞静沉寂。

白藏里、迷山弄水，长亭野醉卧斜日。

因识碧山常得适。

雁唳声远，残阳谪坠催归，再借西风，更添行色。

注：1. 栈道，方山景区栈道6.8千米，号称亚洲之最。
2. 羽客，指神仙。3. 白藏，秋天的雅称。

20. 诉衷情·隔水铸丹青

于时晓雾锁寒星，椽燕起辞行。
丙申相思遥递，九叩诉衷情。

千岭近，万涛平，赖沧溟。
烟消怨散，隔海参商，同铸丹青。

21. 七律·风雨大峡谷

天公不懂游人意，溽暑遐思六月凉。
碎电后时催疾雨，天瓢先达落悬潢。
风欺客面掀山帽，漏泻春光袭素裳。
逃出峡关搔首望，依然仄隘挂斜阳。

22. 七律·红军树

高枝欲刺青云破，瘦骨嶙峋古道旁。
穷节好风歌已远，裂柯新绿萃方昌。
旌头辗转集群玉，佛手摩挲蕙百乡。
寿石心空魂自在，千年老树说沧桑。

23. 七律·探幽阳朔金水岩溶洞

遂愿碧莲山水约，寻源浚濑彻铮铩。
清风入洞度归梵，石笋临崖扣倒钟。
击磬悠悠虚有韵，逸舟疾疾静无踪。
浮光幸忝风尘客，一片幽思隐处浓。

24. 七律·乘排筏游漓江

穷览长滩千竿竹，镜光映翠走龙蛇。
无缘古瓦留人桂，可向轻波寄客槎。
游子烦襟亲细浪，漫天暑气息清笳。
强颜说笑惊秋迥，应惜归尘怯路赊。

25. 七律·访瞿家湾

阴魔祸本星霜乱，世短途穷起义兵。
浪击千篙殊跌宕，烟藏一水露峥嵘。
丹心磊落金戈奋，剑胆忠贞铁石铮。
埋骨何须桑梓地，青山处处是佳城。

26. 七律·洪湖荡舟

鸥伴飞舟烟水路，荷风好借采菱桡。
浪花乱舞绮罗湿，晞日残烧草木焦。
云恋滩头千苇荡，客赊柳外一湖潮。
诗骚未尽船舷别，再唱商声白纻谣。

27. 七律·石牌古镇

巡弋当年烟水渡，危舟古寨暮帆青。
孤峰石壁披新霁，一箭江流挟旧霆。
壮士留行添庙食，浮尘拂去读碑铭。
破旌斜立风前影，铁马金戈侧耳听。

28. 七律·虎牙咏怀

长驱万里过荆门，鸟瞰风烟落旧村。
十二碚盘南岸锁，三千甲破虎牙昏。
河津痛泣冤人血，野土悲嗟死士魂。
一别红尘身事了，广陵散尽共谁论。

29. 七律·只剩渔家傲

野渡横舟浪半空，犹闻狮虎角飙风。
南山鼓吼排迷阵，北岸鞯鸣射羿弓。
莫道短长非一论，但知烟雨浸孤篷。
江天只剩渔家傲，多少豪情遗恨中。

30. 七律·滩头望远

孤帆赊得西风便，锚定箫声落水间。
目断璇霄鸾影处，魂迷枳棘虎牙关。
昔曾渡口舟无迹，长坐滩头夕不还。
掇拾残英怀远客，有情总是没些闲。

浙江诗人祝建华

【作者简介】

祝建华，网名佳人如画，浙江省龙游县人，执业中药师。现为中国诗歌学会会员、中华诗词学会会员、中国楹联学会会员、中国文化艺术人才库入库人员。2018 年在新时代诗典"新时代杯"比赛上被评为新时代中国优秀诗人，在第七届中国文学艺术家年会上获新时代文学奖和新时代中国十佳诗人称号。经典文学网特聘签约诗人，获经典文学网百强诗人和 2018 十佳文学精英称号。2019 年歌词《中国刑警》获公安部刑侦局、《人民公安报》联合举办的全国征歌优秀奖。同年被中国文化艺术人才库评为 2018 年度杰出文艺工作者和 2018 年度艺术作品最具创作价值奖。获经典文学网 2019 年度"十佳签约诗人"称号。2021 年获第二届"蝶恋花杯"国际华人文学大奖赛一等奖。2022 年获第二届"经典杯"国际华人文学大奖赛一等奖。

荷之韵 12 首

1. 鹧鸪天·出水芙蓉淡淡香

一汪清水碧玉妆，红花黄蕊吐芬芳。
凌波仙子亭亭立，出水芙蓉淡淡香。

春归去，夏悠长，含羞静待探花郎。
两心相守如初见，一缕相思梦里藏。

2. 临江仙·观荷

闲来漫步长堤上，瑶池荷叶田田。

凌波仙子舞翩跹。碧空飞白鹭，绿水映娇颜。

红装点点明眸里，暗香浮动悠然。

骚人墨客自流连。清风吟雅韵，小字赋新篇。

3. 南乡一剪梅·观荷

初夏小池塘，阵阵蛙鸣响四方。

菡萏成花娇欲滴，晴也芬芳，雨也芬芳。

何处话衷肠？窈窕伊人在梦乡。

欲把相思来入韵，诗亦含香，词亦含香。

4. 西江月·荷花谣

碧伞一池荡漾，红装万点妖娆。

风吹雨打自逍遥，美景眸中叫好！

相识依稀昨日，欢娱就在今宵。

无边月色把人撩，她在水中含笑！

5. 鹧鸪天·荷花（通韵）

一池碧浪漾奇葩，琵琶遮面挽轻纱。

出淤不染仙中鹤，香远清心水上花。

朝饮露，暮依霞，娉婷少女是谁家？
含情脉脉微微笑，只想今生陪伴她。

6. 如梦令·荷塘蛙趣（通韵）

仲夏花红柳绿，一鉴方塘日煦。
荡漾起微波，原是伊人如玉。
蛙趣，蛙趣，知否亭西相聚？

7. 五律·夏日观荷（通韵）

遥望叶田田，亭亭立水间。
舒心迎夏日，碧浪映蓝天。
云淡依红蕊，风轻举玉盘。
馨香扑面至，雅客自悠闲。

8. 七绝·题荷花

碧叶红装俏美人，含苞待放沐清晨。
一枝独秀娉婷立，出水芙蓉不染尘。

9. 五绝·观荷

微风浮绿叶，黄蕊伴红装。
清水芙蓉俏，一池淡淡香。

10. 五绝·荷塘月色（通韵）

荷塘一朵莲，望月候千年。
只为君相遇，孤芳亦可怜。

11. 五绝·赠荷花（通韵）

红裙摇碧叶，窈窕水中仙。
问爱从何起？时光已万年。

12. 五绝·咏荷（通韵）

玉骨又冰清，馨香伴夏风。
谁家娇爱女？水上立娉婷。

江西诗人王忠森

【作者简介】

王忠森，号山水逸翁，江西省安福县人，系中华诗词学会会员。退休后在有关诗刊诗社和网络媒体等发表近千首诗词，荣获《诗颂中共百年华诞》特等奖，入编《中国作家书画家代表作》并获特等奖，以及获得多项诗词大赛金奖、一等奖。

诗词7首

1. 七律·贺诗乐苑开版

花开文苑艳娇姿，骚客风流奋笔驰。
山水云烟皆入句，鸟虫草木亦成诗。
怡神养性心胸阔，描景舒情意境奇。
似幻欲仙无极乐，感吟一曲最相宜。

2. 七律·缅怀歌词家乔羽先生

悠扬仙韵涌澜波，妙句华章入爱河。
水里云天摇画桨，曲中祖国驻心窝。
欣吟西夕红霞美，难忘今宵好戏多。
泰斗文词彰正气，流传千古主题歌。

注：第三、第四句分别写乔羽先生创作的《让我们荡起双桨》《我的祖国》，第五、第六句分别写乔羽先生创作的《夕阳红》《难忘今宵》。

3. 七律·风筝

昂首飞腾好似仙，乘风飘荡舞翩旋。
心随纸鸢追星月，梦寄春鸿逐昊天。
望远犹崇沧海阔，瞻高更仰白云妍。
任由豪气冲霄汉，还恋红尘被线牵。

注：纸鸢，是风筝的别称。

4. 七律·啖瓜吟

天赐奇珍外表华，绿皮红肉是西瓜。
汁浓甘美滋喉爽，瓤厚鲜香入口嘉。
解渴生津消暑气，除烦去躁逐氛邪。
午间常啖两三片，心火全无笑若花。

5．七律·儿童节遐思

如花岁月乐悠悠，烂漫天真勿识愁。
母爱温馨心里暖，师恩浩荡脑中浮。
追寻昔日情难了，感叹今生志未酬。
寄语少儿多努力，扬帆学海驾飞舟。

6．七律·吟姐妹峰

青尖石笋刺苍天，已阅沧桑百万年。
沐雨迎风听鸟语，披霜载雪伴松眠。
依临山涧瑶溪碧，贪恋林泉氧气鲜。
姐妹双峰居画境，远离尘世若神仙。

注：姐妹石笋峰，是指武功山羊狮慕景区的著名景点。

7．水调歌头·花好月圆夜（毛滂体）

花好月圆夜，欢乐满人间。
几多情侣，相会牵手爱缠绵。
倾诉曾经辛苦，憧憬未来甜美，山水证良缘。
起舞伴丝竹，同庆结双鸳。

赏明月，观歌舞，夜无眠。
因为有爱，携手何惧路途艰。
只望初心永固，但愿今生长守，快活比神仙。
不叹白头老，百岁共婵娟。

福建诗人黄玉明

【作者简介】

黄玉明，笔名遥想天涯，福建省泉州市惠安县人，惠安县人民调解员协会副会长、惠安县孝文化交流协会副秘书长兼办公室主任。喜欢旅游，爱好古体诗词，现为中华诗词学会会员、中国楹联学会会员、中国纪实文学研究会会员、福建省泉州市作家协会会员。经典文学网签约诗人，2015 年以来，在《伊人文学·古风》《诗文艺》《惠安文化》《惠安乡讯》《海韵》《莲馨诗抄》《华光诗抄》等发表诗词。16 首诗词参加 "经典杯" 国际华人文学大赛，获得诗词曲赋类二等奖，并入编《"经典杯" 华人文学大赛作品精选》，10 首诗入编《当代影响力诗人作家文选》，8 首诗词入选《中国诗文百家》，8 首诗词入选《当代文学典藏》，获得 2022 年 "雅文杯" 全国诗词大赛银奖。

七绝·河山览胜（14首）

1. 七绝·延安

红都久仰梦牵魂，黄土丰神有至尊。
岁月峥嵘多激越，巍然宝塔鼓雄浑。

2. 七绝·黄河

此身依倚母亲河，凝望江涛咆哮过。
寻梦情缘心振荡，岸边狂醉酒当歌。

3. 七绝·广西龙胜龙脊梯田

水光映绿层层韵，曲折天梯起浪花。
劳作辛酸谁与诉，炊烟飘处是人家。

4. 七绝·北京颐和园

荷艳柳飘山醉眠，昆明湖上过千船。
风花雪月场中戏，变幻凡尘又数年。

5. 七绝·庐山

匡庐已近心澎湃，缭绕朦胧画意多，
萦梦牵魂终一见，鄱湖浩瀚尽烟波。

6. 七绝·乌兰布统大草原

草原初遇动心眸，牛壮羊肥遍地游。
辽阔无边野花盛，马骑白桦最闲悠。

7. 七绝·大理双廊古镇

洱鸥逐浪似归闲，南诏迷情增倩颜。
朝暮如梭修静谧，品茶弄墨在人间。

8. 七绝·乌镇

宛然多韵好诗画，深巷人家传细声。
千载乌篷依旧渡，乡愁涌上泪涟盈。

9. 七绝·雁荡山

山川静候流烟伴，美丽深娴乐忘返。
迷乱双眉因碧泓，喧嚣置外念清婉。

10. 七绝·抚州汤显祖纪念馆

临川四梦至情铸，恬淡丰魂不逐流。
遗爱牡丹留万世，宗师一代耀春秋。

11. 七绝·武夷山

曲弯盘绕挥弦舞，相望谁谀玉女愁。
不惧崎岖攀险路，武夷风韵上天游。

12. 七绝·广东潮州古城

牌坊林立记骄郎，依旧风情古韵香。
街巷徜徉多快意，凝香淡墨在他乡。

13. 七绝·北戴河海滨

轻风细浪衬佳色，雁掠鸥翔天际边。
更爱沙滩无限意，戴河如练好扬鞭。

14. 七绝·贵州镇远古镇

时光变幻春几度，小镇如歌亦似诗。
迎面华灯初绚灿，舞阳河畔任遐思。

山东诗人崔洪华

【作者简介】

崔洪华，山东省东营市垦利区退休教师。现为垦利区诗词学会理事、中华诗词学会会员、中国楹联学会会员。作品散见于《东营日报》《黄河口晚刊》《红柳》及经典文学网、凤凰城文学等网络媒体。曾荣获 2021 年垦利区首届"宪法杯"诗词大赛优秀奖、2022 年山东省"献给母亲河"诗词大赛三等奖。

诗词 18 首

1. 七绝·玫瑰

友人传讯到莲塘，岸上飘来馥郁香。
满目玫瑰花似海，任凭美景饮三殇。

2. 七绝·慰忠魂

汨罗江水浪涛翻，粽叶飘香悼屈原。
一曲离骚传万代，龙舟齐发慰忠魂。

3. 七绝·华灯初上

塑胶跑道众人行，手托篮球说输赢。
体育公园三夏晚，华灯初上斗星明。

4. 七绝·七夕

璀璨银河星斗移，万千喜鸟聚瑶池。
牛郎织女鹊桥会，天上人间共此时。

5. 七绝·重阳

一年一度又重阳，雁字飞时百草黄。
欲与登高赏秋菊，佳人对镜正梳妆。

6. 七律·寄语莘莘学子

寒窗苦读夜更三，鏖战科场使命担。
落笔探星真凤女，行文追月好儿男。
赶超强国多奇志，立足寰球一笑谈。
华夏复兴成美梦，青春永驻碧天蓝。

7. 七律·八一抒怀

南昌鼓角东方亮，日映旌旗血染红。
万里长征成壮举，八年鏖战建奇功。
扬帆挥棹破天险，抗美援朝展国风。
维护主权担使命，神鹰腾起傲苍穹。

8. 七律·竹

几竿篁竹闹轻柔，青鸟望春立上头。
日暖一枝风里舞，岁寒三友雨中游。
心虚恐负凌云志，骨瘦频添报国愁。
苍翠多姿贞似铁，烟霞飘逸秀神州。

9. 七律·菊

秋风舞剑也疯狂，九月黄花独揽芳。
河岸柳残看叶醉，田园菊艳伴梅霜。
冰清玉洁真君子，雨润心平亦国香。
墨客情生歌一曲，佳人高亢唱重阳。

10. 七律·夏夜

冰轮初照映红墙，车马如龙闹市忙。
街道两行灯影闪，商场一片笑声扬。
佳人玉女品张裕，少妇郎君酌杜康。
琴曲悠悠歌盛世，又闻阵阵烤鱼香。

11. 七律·忠烈回家

鲲鹏呼啸长空醉，忠烈回家故土情。
千古芳名彪史册，一腔热血写人生。
青松肃穆英灵接，大地苍茫傲骨迎。
抗美援朝惊世界，丰碑筑起伴琴笙。

12. 东风第一枝·醉了桃花

醉了桃花，吹来柳絮，春天雨少风起。
公园漫步莲塘，石桥戏看锦鲤。
童男玉女，入幽径、欢言欣喜。
趁暖风、一梦红楼，惹起许多尘事。

从前也、岁月无悔，来日也、烟霞似水。

三筋酒醉谁家，一夜梦回故里。

同窗故友，却只得、焚香灵祭。

叹人生、风烛残年，仅留梦诗如此。

13. 雪梅香·雪花恋

雪飞舞，钢枪紧握望长空。

想当年兵役，黄花九月情浓。

维国戍边卧冰雪，舍家关塞沐寒风。

对天吟，一曲琵琶，千里飞鸿。

从容，念佳丽，竹马青梅，倩影梧桐。

岁月沧桑，彷徨几度朦胧。

数载同窗赋杨柳，几邀明月问青松。

春来也，满目花妍，峻岭山崇。

14. 沁园春·黄河口

大江东流，黄河入海，白浪淘沙。

望海滩湿地，翩翩翠鸟；河湾原野，郁郁黄花。

芦苇亭亭，红荆片片，环境优良第一拿。

黄三角，凭天蓝水碧，绽放光华。

蝉鸣鸟语奇葩，引无数游人拱手夸。

看辽东白鹤，凉衣展翅，晋南黑鹳，远树归家。

靓丽天鹅，高歌曲项，一任遨游逐彩霞。

黄河口，有涅槃神凤，伴尔天涯。

15. 新雁过妆楼 · 夏日黄河

夏日黄河，波涛涌，浊浪滚滚如歌。
两岸青青，杨柳曼舞婆娑。
几只黄莺藏柳影，一群黑鹳筑巢窠。
逐烟波，跃飞白鹭，惊起天鹅。

自然天成画卷，看黄河浩渺，浊水滂沱。
放浪走沙，新生土地多多。
遥望悬河入海，听鸟语声声风景和。
黄三角，引涅槃金凤，舒袖嫦娥。

16. 踏歌 · 端午抒怀

五月。艳阳天、柳翠藏双碟。
倚阑干、紫燕穿林樾。
又家家艾叶门前扎。

粽节。叹屈原、爱国成忠烈。
垂千古、一曲离骚绝。
引汨罗江里龙舟发。

书壮志，立傲骨。诗魂在、一任江河说。
可知路漫漫，更喜从头越。
看远山似雾如雪。

17. 凤凰台上忆吹箫 · 夏日抒怀

夏日风光，花香鸟语，吟诗亭上凭栏。

暮色里、蜻蜓点水，紫燕低旋。

惊起一行白鹭，凉亭下、鱼戏红莲。

画中画，江南水阁，北国花园。

神州莺歌燕舞，原野上，滔滔麦浪如烟。

放眼望、机车吼啸，麦粒狂欢。

漫步太平盛世，生足矣，亘古人寰。

金樽酒，举杯笑说丰年。

18. 解佩令·潇潇秋雨

潇潇秋雨，飒飒黄叶。雁南飞、重阳九月。

稻菽飘香，醉烟霞、枫红天阔。

老梧桐、随风似蝶。

江天似水，金秋如画。念郎君、执手一别。

常记重阳，趁良辰、相欢佳节。

这风情、向谁诉说。

浙江诗人罗永义

【作者简介】

罗永义，笔名阿罗诗，著名诗人，唐朝诗人罗隐第四十一代世孙，现居住并供职于浙江省温州市。系中华诗词学会会员、中国楹联学会会员、中国诗歌学会会员等。荣获"中国当代德艺双馨艺术家"等50余项荣誉称号。作品发表于《人民日报》等数十家媒体宣传报道，作品入选《共和国诗人》等近百部诗集，作品参加第一届"祖国颂·屈原杯"中外诗词等大赛多次获奖，著有诗集《肥州诗兵》《徽商诗想》《梦回诗代》，并被国家图书馆等收藏。

十二生肖组词

1. 卜算子·鼠

头小性机灵，尾细贼心胆。
莫笑污名目寸光，榜首生肖占。

此辈爱偷油，自古黎民患。
扭转乾坤祸害除，喊打人人赞。

2. 卜算子·牛

禾草口中粮，体壮犁黄土。
俯首前行耕作忙，无怨春秋度。

利角奋蹄坚，豪气满腔腹。
若是吹嘘皮一张，胀破谁能助？

3. 卜算子·虎

纹墨浅黄袍，利爪尖牙硬。
怒目圆睁百兽慌，谁敢林中动？

野岭乱山王，凶狠豺狼共。
一阵清风遍九州，打虎黎民颂。

4. 卜算子·兔

长耳脑机灵，短尾唇三瓣。
扑朔迷离雄与雌，窝草留遮掩。

故事寓言多，莫笑乌龟慢。
好自矜夸骄必输，是否闻嗟叹？

5. 卜算子·龙

江海雾云腾，叱咤长天啸。
鹿角蛇身凤爪形，寺观楹梁绕。

自古帝王称，未见神灵保。
堪笑千年那叶公，故弄玄虚跑。

6. 卜算子·蛇

柔软细长身，荒野丛林匿。
捕鼠捉蛙缠绕强，所向谁能敌？

无腿自蜿蜒，何必添足趣？
打草惊蛇起戒心，投影杯弓惧。

7. 卜算子·马

原野奋蹄奔，仰首长嘶展。
自古英豪征讨骑，老马识途远。

田忌苦衷思，伯乐缘何罕？
今日南山草木芳，莫忘当年战。

8. 卜算子·羊

慈目性温良，瘦骨攀岩跳。
替罪无言境界高，跪乳知恩报。

奉献肉皮毛，鲜奶浑身宝。
自幼纯洁不伪装，并否白须老。

9. 卜算子·猴

肢敏脑机灵，酷爱挠腮痒。

火眼金睛炯有神，一见香蕉抢。

大圣闯西天，"路在何方"唱。
今现街头铁链拴，耍戏吆喝响。

10. 卜算子·鸡

头戴凤冠红，五彩衣袍棒。
一步三摇翘尾高，却在乡村唱。

唤醒梦中人，举目晨曦望。
冉冉东方旭日升，万里山河亮。

11. 卜算子·狗

天赋嗅觉灵，贼胆闻风丧。
贫富不择名远扬，忠守门庭岗。

破案立奇功，食月民间赏。
耗子捉拿本为民，何不纷纷嚷?

12. 卜算子·猪

肥头大耳垂，摆尾嗷嗷叫。
能睡能吃未见贪，还被人嘲笑。

天宫犯律条，高老庄亲讨。
自古流传故事多，也怕出名扰。

山东诗人刘鹏

【作者简介】

刘鹏，字南山，1977 年出生，上海同济大学毕业，现居山东省济南市，目前就职于中化学交通建设集团有限公司，毕业以来曾从事于工程施工、经营投标、加油站管理、矿山开采、马术射箭俱乐部等，涉及行业颇多。业余爱好弹古琴、吹洞箫、打篮球等，闲暇时文学亦有涉猎，作品在第二届"经典杯"国际华人文学大赛中获得诗词曲赋类一等奖，在"蝶恋花杯"国际文学大赛中获得诗词曲赋一等奖，在"华语杯"国际华人文学大赛中获得诗词曲赋类二等奖，在"盛世中华杯"国际文学创作邀请赛中获得诗词曲赋类三等奖。并有多篇作品入编《第二届"经典杯"国际华人文学大赛获奖作品精选》《第二届"蝶恋花杯"国际华人文学大赛获奖作品精选》《"华语杯"国际华人文学大赛获奖作品精选》《"盛世中华杯"国际文学创作邀请赛作品精选》《实力派诗人作家文选》等书籍。

词 12 首

1. 莺啼序·人生叹

曾经少年烈烈，步青春炫舞。
凌云志、十载寒窗，拔得金奖无数。
灯如豆、悬梁伏案，葱葱岁月书中度。
念前程锦绣，满腔热血都付。

转眼青年，红纱帐里，对香腮轻语。

心心印、举案齐眉，姻缘神仙相妒。

面绯红、樱唇半启，羞含笑、几番云雨。

愿此生，把酒当歌，相携朝暮。

中年旋至，遍地伤痕，历历人生苦。

名与利、回首只若，花谢花开，叶茂枝繁，尽归尘土。

觥筹交错，推杯换盏，灯红酒绿房檐下，

望长空、多少雄心误。

斑纹渐渐，双眼浊泪盈盈，能向何人倾诉。

须臾年老，白发苍苍，叹一生如雾。

守孤夜、泪痕几许。眼已昏花，酒醉微微，拄杖移步。

柴门犬吠，蛙声连片，繁华落尽亭中坐，觅归程、不见来时路。

此生自问何如？戏闹红尘，悄然归去。

2. 踏莎行·心寒错怪西风故

昨夜冰霜，今朝雨露，当年岁月寻何处。

消愁觅酒欲长歌，醉狂哪觉斜阳暮。

误入凡尘，历经劫数，浮沉不见来时路。

举杯小酌却无人，心寒错怪西风故。

3. 醉思仙·夜微浓

夜微浓。望寒山倒影，碧水和风。

映谁家灯火，独照长空。

枝摇曳，花零落，看似有惊鸿。

醉醺醺，出户外，一人斜举残盅。

欲问心何处？回声只有鸣虫。

见银河渺渺，萤火匆匆。

亭台下，小溪旁，侧耳听、水淙淙。

忘前身，弃旧事，不应思绪重重。

4. 暗香·得趣

人生苦旅。叹曾经岁月，几番寒暑。

碌碌何为，斜靠囚窗沐风雨。

独自一杯浊酒，敬从前、书山横度。

到如今、半卷诗文，携梦尽归去。

日暮。小寒处。

见犬吠柴门，鸦鸣枯树。

与谁寄语？浮世休言薄情误。

陋室何妨长啸，弹素琴、古音今遇。

觅东坡、邀太白，亦曾得趣。

5. 梅弄影·寻

雨晴风乱。漫步寻芳岸。

山外柴门问遍。醉倚斜枝，碎摇花数瓣。

一生何恋。往复分飞燕。

莫道痴情难断。叶落莺啼，烟云疏忽散。

6. 八声甘州·叹人生如梦一黄粱

叹人生如梦一黄粱，由来奈何天。

望家村独立，枫林红遍，尽染孤山。

是处寒鸦戏水，只影对愁眠。

梦断知何处，野壁残垣。

秋后不应登眺，恐雨吹青帽，风透寒毡。

问何时得意，此事古难全。

历寒暑、谁人知道，宿风霜、闲处数云烟。

人生事、不应计较，何必强欢。

7. 水调歌头·持酒戏宫娥

高山藏旧路，湖水起微波。

江山无限，千里明月照东坡。

曾记竹林长啸，留下飘然衣袖，拔剑欲高歌。

莫问江湖远，莫怕险滩多。

骑骏马，穿幽谷，踏黄河。

人生在世，不忍岁月慢蹉跎。

对错何曾计较，功过自当随意，梦里再登科。

赴宴会天子，持酒戏宫娥。

8. 霜天晓角·琴箫三叠

一声长叹，忽云风吹散。

月下琴箫三叠，意切切、声声慢。

伏案，拭泪眼，洒落几多怨。
音尽方知情绝，莫回首、心尤乱。

9. 蝶恋花·窗外秋寒泥满路

窗外秋寒泥满路。叶挂枝头，一落萧萧舞。
瑟瑟满庭孤影杵。半杯浊酒惊风雨。

残梦醒来留几许。惆怅盈盈，何必逢人语。
易逝芳华君莫顾。余生历历随缘度。

10. 凤凰台上忆吹箫·忆

岁月悠悠，窗前苦读，历经寒暑无痕。
只为那、鲲游海际，鱼跃龙门。
记得当初高中，马蹄疾、捷报频频。
到今下，江山看遍，闲度晨昏。

仙居柴门有乐，山林处，繁华几缕烟云。
莫贪念、天宫玉液，尘世红唇。
今已苍颜鹤发，不再是、羽扇纶巾。
南柯梦，依稀又见佳人。

11. 月上海棠·月藏疏影凉亭后

月藏疏影凉亭后。小纤窗、轻纱暗香透。
几人低语，几人寻、几人消瘦。
清风过，尽惹相思满袖。

相思满袖何曾够？弄香囊、余温醉人又。

记得当初，送君行、斜阳依旧。

对双眸，十指长亭紧扣。

12. 江月晃重山·踏莎行

船上微风寂寂，水中凉月盈盈。

欲寻芳草踏莎行。流连处，倾耳有蛙鸣。

抿嘴羞含笑意，抬头轻问流萤。

何妨良夜共繁星？纤纤手，一路向长亭。

山东诗人张林渠

【作者简介】

张林渠，男，笔名东方、谭心，当代知名诗人，山东省东营市利津县人。现为中国诗歌学会会员、中华诗词学会会员、中国楹联学会会员、中国诗词研究会会员、中国网络作家协会会员、山东诗词学会会员、东营市诗词学会理事、东营市作家协会会员、利津县诗词学会会长。

诗词5首

1. 七律·春风

生机勃发阳春月，风拂鹅黄尽熠辉。

杨柳娉婷枝叶绿，杏桃婀娜蕾花肥。
神奇画笔赛龙舞，造化湖光弄蝶飞。
和煦扑香烟雨醉，便知蜂簇几时归。

2. 七律·夏雨

电闪雷鸣雨飞落，疾风鞭打树枝摇。
池塘水满荷盘乱，原野烟重杂草飘。
盛夏不饶途路者，天公岂顾渡河桥。
孩童脸面变颜快，哭闹未休还撒娇。

3. 七律·秋月

冰轮何故落黄河，巧遇湍流荡玉波。
渔父行舟抛大网，游人驻足咏新歌。
岸边秋气风凉爽，陌上月光银满坡。
恰是粮棉收获季，桂花香泽沃田多。

4. 七律·冬雪

昨夜北风寒冷天，琼英妙舞落窗前。
千丛杨柳千株玉，万朵飘花万亩田。
放眼东津原渡口，何时银粟没舟船。
不知玄序多奇事，但见雪梅争笑妍。

5. 满江红·国庆抒怀

橘绿橙黄，风光丽、千红万紫。
迎国庆、高山舞动，大河陶醉。

九域遍香花簇拥，中华儿女同欣喜。

颂祖国，咏盛世承平，民生惠。

丝绸路，通国际。乘高铁，凭添翅。

看嫦娥探月，蛟勘洋底。

北斗巡航联世界，飞船进驻天空里。

国富强，伟业更昌兴，酬宏志。

北京诗人郑书晓

【作者简介】

郑书晓，女，中国诗歌学会会员、中国楹联学会会员、中华诗词学会会员。经典文学网 2019 年度 "十佳文学精英"、2021 年度 "十佳精英诗人"。多首（篇）作品入编《参花》《散文诗》《绿风》《当代文学精选》《当代实力派作家文选》《当代文学百家》《中国诗歌范本》《"精英杯" 文学大赛获奖作品精选》《"华语杯" 国际华人文学大赛获奖作品精选》《"盛世中华杯" 国际文学创作邀请赛作品精选》《"蝶恋花杯" 国际华人文学大赛获奖作品精选》等书籍及杂志。著有诗文集《我的花园》《时光吟》《时光诗册》等。

诗词 10 首

1. 梅弄影·路荒灯暗

路荒灯暗，雨落秋湖畔。

疏影枯枝杂乱。只道风来，叶催花易散。

月沉云晚，一曲光阴漫。
夜似长河流远。伫立回廊，相思无处断。

2. 南歌子·冷秋

月冷云花淡，秋深草叶稀。
湖上又涟漪。雁飞归路远，叫声凄。

3. 忆江南·西风起

西风起，晨露缀寒霜。
秋锁残花枯叶落，雨催孤岛绿林荒。
长叹好时光。

4. 如梦令·常道时光深处

常道时光深处，回忆如云似雾。
往事意难平，却是无人相诉。
何故，何故，一曲红尘陌路。

5. 如梦令·昨夜狂风催树

昨夜狂风催树，今日愁云遮路。
不见暖晴天，却问蝶飞何处。
迟暮，迟暮，已是深秋寒雾。

6. 如梦令·才叹秋花何处

才叹秋花何处，又见寒霜满树。

试问晚归人，却道时光如故。

薄暮，薄暮，不觉沧桑几度。

7. 沁园春·雨洒轩窗（新韵）

雨洒轩窗，夜冷星稀，云薄梦残。

望远郊湖畔，高楼默默；近邻巷口，小径弯弯。

世路难知，乾坤莫测，何必纠结悲与欢。

微光处，任回廊私语，往事千帆。

当时枯叶飘然，似风泣呼号人未眠。

叹群花零落，水声呜咽；孤蝉寂灭，鸿雁呢喃。

由此独伤，皆心无助，只道原来看不穿。

岔路口，愿得失随意，挥洒河山。

8. 阮郎归·冬风吹落叶归尘（新韵）

冬风吹落叶归尘，残花不忍闻。

愁肠几许酒一斟，低头思故人。

雁南渡，月西沉，晚归轻叩门。

流年回首梦狂奔，不觉雪路深。

9. 清平乐·风舞叶落（新韵）

风舞叶落，蝶隐残荷破。

春远无人庭中坐，小径枯枝交错。

何故愁绪繁多，只道往事如梭。
一缕斜阳梦短，平湖又起烟波。

10. 踏莎行·夜雨初来（新韵）

夜雨初来，秋风乍起。孤灯映照轩窗里。
星残月凛路飘摇，故园深处情难觅。

花谢三分，愁生七尺。瓶中书信谁人寄。
不如就此醉红尘，一杯浊酒长相忆。

河南诗人牛俊杰

【作者简介】

牛俊杰，男，河南省郑州市人，退休公务员，现居湖北省潜江市。历任江汉石油管理局公安处处长、湖北省江汉油田公安局调研员，江汉油田诗词学会会员、中华诗词学会会员。荣获"经典杯"国际华人文学大赛三等奖。作品散见于《荆门日报》、潜江市《笔架山》、《返湾湖》和《江汉石油报》、《源流》等报纸杂志。

词 10 首

1. 江城子·读李白《春夜宴从弟桃花园序》偶感

春风细雨润无声。弟兄情，重深耕。
秉烛花间、作赋咏诗经。
捧酒抒怀觞醉月，何须虑，尽行令。

奇文百字气崇宏。笔锋盛，世人惊。
易逝光阴、关爱一家兴。
孝悌亲融和溢美，恒心定，久轻盈。

2. 江城子·读刘禹锡《陋室铭》偶感

名言警句字行间。著佳篇，永流传。
北往南来、未见享清闲。
广待高朋常聚首，吟诗赋，叙情缘。

假之陋室自修观。世纷繁，不随攀。
乐道安贫、进取百行端。
博古知今同此理，亏心事，莫沾边。

3. 江城子·读范仲淹《岳阳楼记》感怀

挥毫翰墨势惊天。灌江川，大无边。
碧水茫茫、宝殿绕云烟。
叙景抒情泉喷涌，巫峡秀，浪涛翻。

先忧后乐博名言。古今传，万人宣。

境界崇高、德美敬先贤。

远近文明皆适用，荣华夏，应承前。

4. 江城子·读欧阳修《醉翁亭记》偶感

滁州四面布青山。水流潺，彩云间。

百鸟欢歌、翠荫众人喧。

日暮斜阳叹日落，游宾散，渐安闲。

亭台摆酒醉翁先。腹非然，意难圆。

神笔飞檐、道道筑层峦。

字字珠玑织锦绣，创新作，史名篇。

5. 江城子·读杜牧《阿房宫赋》有感

鸿驰百里未沾尘。入青云，望飞邻。

斗势争雄、挥霍几多银。

俗语良邪终有报，心淫乱，掠黎民。

风清气正尽欢欣。念天恩，四时春。

腐败昏庸、自我毁乾坤。

勿忘初心常诫勉，频行善，惠儿孙。

6. 江城子·读苏轼《赤壁赋》偶感

泛舟赤壁拂风轻。夜徐行，水光明。

羽化成仙、把酒斗歌声。

桂棹兰桨龙起舞，心倾动，伴箫笙。

趁波逐浪话哀荣。物随形，意难应。
忆惜当年、火战胜连营。
此役三分天下定，功勋卓，玉晶莹。

7. 江城子·读苏轼《后赤壁赋》偶感

秋江月夜映银光。暗风凉，意迷茫。
老友随行、妙手著文章。
斗酒深藏情谊重，言家事，话沧桑。

泛游赏景笔才扬。字徜徉，墨留香。
梦醒吟诗、隽永铸长廊。
宾客骚人常眷顾，心如镜，诉衷肠。

8. 江城子·读王勃《滕王阁序》有感

浩然伟岸气吞虹。上苍龙，下青葱。
金碧辉煌、旷达胜天宫。
岳鹤齐驱同比翼，连烽火，露芳容。

引经据典俪文工。韵其中，藻无穷。
千古名篇、细品醉仙翁。
漫漫人生难料定，光阴转，梦常空。

注：岳鹤指岳阳楼、黄鹤楼。

9. 江城子·读王羲之《兰亭集序》偶感

相邀落座会稽山。尽欢言，咏诗篇。

翠绿层峦、携手步青川。

操翰成章之作序，情深远，意缠绵。

绝佳旷达绘斑斓。世人叹，古今传。

笔墨含香、云涌数千年。

忆念先贤勤逐梦，昌华夏，振轩辕。

10. 卜算子·粗读陶渊明《桃花源记》有感

顺水别洞天，空旷神清爽。

鱼戏鸳鸯果木香，恬静无风浪。

辞官隐田园，耕植其敔享。

捧酒吟诗尘世外，恍若云中扬。

浙江诗人方定中

【作者简介】

　　方定中，字林森，网名森林云烟，浙江省杭州人。从业于医药和矿山机械工作，质量管理工程师。设计试制成功"三相半控可控整流机床""半自动镗床"批量投产、"双面铣和端面铣"生产制造、"平面导规淬火机"制造等，负责电气设计。"综合评价工厂危险等级划分"等工作为负责人。曾编写职工培训教材《凿岩机组知识》《机电常识》。在省行业期刊发表《加强职工教育发展市场经济》等论文。喜爱散文、小说、诗词等创作，偶发表于书刊、报纸。作品归集在《花卉集》《紫荆集》。现为衢州市诗词楹联学会会员、衢州市柯城区诗词学会会员。创作《百花吟》共152篇。获2022年第二届"经典杯"国际华人文学大奖赛三等奖。

乡村情词9阕

1. 淡黄柳·恋乡邑

秋观黍稷，亲手灵山植，聚友开筵罗玉粒。
古树齐天屹立，来客盈门恋乡邑。

众思集，河川映春色，山花艳，旅西域。
奏长箫，鼓乐声如织。月满清潭，好风杯酒，欢庆讴吟泽国。

2. 淡黄柳·成新坝

滩头厌浥，沙岸生藜蒬。雨季苍茫湖水溢。
妙用囊皮硕石，成坝波花化仙秩。

漾春色，今朝累嘉绩。云梦泽，漫天碧。
绕垂杨，陌上扬新麦。栗果垂垂，岁新逢吉，文诰丰年尽悉。

3. 滴滴金·共前行

校门松柏覆葱郁。青苗茂，忆蓬勃。
劲草幽兰碧连天，怎知疾风烈。

尘飞何能江海竭，千山叠，必清澈。
大家牵手共前行，誓约声如铁。

4. 滴滴金·中秋切

桂秋金落关情切。鸿雁飞，惜人别。
相怜常伴倍真心，只缘慰人杰。

尊前有说君休说，笛声脆，玉壶缺。
举杯千里壮君行，正月圆时节。

5. 凤衔杯·江天曙（柳体）

稻菽千层盈仓庾。人潮涌，鹤归星聚。
战鼓震平川，万家灯火新辉煦。鸾比翼，时飞鹜。

上羲和，追龙驭。情志越，蹈滨之浒。
律规谨严行，满园春色倾寰宇。璧辉耀，江天曙。

6. 凤衔杯·人明晤（柳体）

落叶缤纷朝来雨，灯烛调，历经寒暑。
自俭作耕耘，陌田青壮连禾黍。跨骏马，山间路。

紫霞飞，霜天曙。乘东风，众山飞度。
纵时展丹青，勇迎涛浪横生柱。地筑宇，人明晤。

7. 凤衔杯·心宽裕（柳体）

举业开张天人助，群情动，犒劳春曙。
任越岱嵩崎，又迎沟壑松风度。奋日夜，情如注。

送行舟，咸来赴。朝阳升，凤龙相矗。

瑟箫嗅声幽，信湖清水明如许。众欢乐，心宽裕。

8. 凤衔杯·从陶铸（柳体）

雨里花枝冰雪贮，香依旧，感怀君赋。

峻峭涌泉流，警巡奋陟崎岖路。事满腹，壬人诉。

触时情，百思虑。传通达，有依时务。

抱膝苦思吟，撰文明理辞能举。付身冶，从陶铸。

9. 燕归梁·映朝阳

追梦常思百岁坊，采菱泳池塘。

掀开课业怎能忘，举蚕事，共耕桑。

神舟逾越，银河灿烂，北斗更辉煌。

村民立志万年强，山河丽，映朝阳。

湖北诗人文光清

【作者简介】

文光清，原湖北省宜昌市三峡广播电视总台编辑退休，副研究员职称，编撰多部专著出版发行。晚年咏诗田园，一批田园诗词收入专集出版发行，在各级文学刊物、网站发表。

诗词20首

1. 七绝·修脚妹

天使一搓脉络通，艾蒿香草显奇功。
笑颜素面温柔语，触手生春暖入胸。

2. 七绝·打工仔

寄住工棚梦已沉，忽闻台榭响歌琴。
高墙阻断红楼路，一枕南柯又到晨。

3. 七绝·村寨邻居

割谷插秧互换工，排忧解难胜亲兄。
家长里短田间事，老酒一壶话几盅。

4. 七绝·立冬吟

秋风吹尽雁影穷，霜染枫林寂寞红。
喜看农家忙种麦，腰包欲鼓始于冬。

5. 七绝·咏九月红

后皇嘉树长峡江，错季冬橙早泛黄。
果业扶贫恩蜀楚，俏销华夏誉八方。

注：九月红，是目前我国成熟最早的脐橙之一，屈原故里秭归是主产区。

6. 七绝·武陵峡口沐温泉

瑶台峡口涌温泉，薄雾霞光卷紫烟。
昔日桑麻乡下女，摇身池榭水中仙。

7. 七绝·探武陵峡口溶洞

神工鬼斧开奇洞，远古传说觅迹踪。
栈道悬崖曲径处，放飞想象乐其中。

注：武陵峡口溶洞，位于湖北远安洋坪镇镜内。

8. 七绝·石榴

张骞出使呈西汉，春夏花红野火燃。
胡汉融通结硕果，石榴籽紧抱成团。

9. 七绝·咏菊

白霜胭脂画容妆，明送秋波素雅香。
不与春花争妩媚，傲寒璀璨霸城乡。

10. 七绝·小花

开在山川野草丛，嫣红姹紫各玲珑。
悬崖无阻寻芳径，一缕幽香引蜜蜂。

11. 七绝·拜读《慈化村志》

慈化寺毓秀流芳，沮润田肥古道场。

百载风云集史志，文家才子墨池香。

注：《慈化村志》，由文光福先生主纂，三峡电子音像出版社出版。

12. 七绝·出席侄曾孙女农舍出阁宴

门前榴树果丰肥，孙女出阁喜上眉。
田舍凤凰今展翅，醉晕何要酒三杯。

注：曾孙女出阁宴，老家房族侄儿文宗元的孙女文莹茜与周谊超喜结良缘。女方在文家河置办出阁宴。

13. 七绝·登门拜会李华

功臣迟暮入厨房，熬得一锅好藕汤。
不恋棋牌云与雨，怡情烹饪菜羹香。

注：功臣，李华在任长航公安局宜昌公安分局治安大队大队长岗位上，曾荣立"公安系统一等功臣"。

14. 七绝·观光黄文华鱼塘

子龙村里天仙配，伉俪农渔夙夜随。
恩爱在心何畏苦？鱼塘柳岸照余晖。

注：伉俪农渔，同窗黄文华与爱妻彭华英在当阳子龙村，以养鱼捕鱼为业。

15. 七绝·咏《同学三辈亲》抒怀

同窗缘分百年修，苦短人生几度秋。
是是非非成故事，桑榆携手竞风流。

注：附聂德琼原诗《同学三辈亲》：人生能有几度春，一辈同学三辈亲。忘却人生苦与难，珍爱健康和知音。

16. 七绝·寻梦一碗水

一碗水醇醪美味，乡愁浓烈泪花飞。
同窗携手游金塔，只为今生醉此回。

注：一碗水，当阳金塔村鞍坡顶上天然泉眼，碗大的小水坑常年不干，因此得名。昔日，作者及上山砍柴的人常在此饮水。

17. 七绝·题和平广场同窗女生照

和平广场草茵茵，招展花枝五彩缤。
不见桃樱非杏李，闲观俏媪笑盈盈。

注：和平广场，当阳市金塔村和平岗广场。

18. 七绝·偕行习梅访金塔

古村金塔孕娇梅，伶俐丰润愧贵妃。
一曲天籁惊四座，桑榆绽放更芳菲。

注：金塔，当阳金塔村，同窗邹习梅老家。

19. 七绝·观黄瑛杨太珍舞《望月》

两只孔雀炫开屏，仙女凡尘望月奔。

河谷轻风摇细柳，娉婷曼舞寓情深。

注：黄瑛杨太珍，作者慈化中学同班同学。2022 年 11 月 26 日偕行重访金塔村，与该村绿韵表演队联欢时，表演双人舞《望月》。

20. 生查子·信步临沮公园

岸堤柳丝稠，鹭渚婷婷瘦。

白云浸水中，艒在云端走。

虹桥飞坝陵，长坂坡雄秀。

迟暮获知音，临沮会学友。

注：临沮公园，位于沮河城区段当阳一桥至二桥间。

福建诗人郑南耀

【作者简介】

郑南耀，曾经军旅，中共党员，参加 1979 年中越边境自卫还击战，退役后就职企业。作品散见于原福州军区《前线报》、原武汉军区《战斗报》、精英军旅《铁血军魂》、《中华文艺古诗词》、桂柳"今日头条"等。入编《当代作家文选》《当代文学精选》《中国草根作家》《"经典杯"华人文学大赛获奖作品精选》《"盛世中华杯" 国际文学创作邀请赛作品精选》等。曾多次参加大赛并获奖。

七律 8 首

1. 七律·游青秀山

游区曲径景中穿，空谷清泉阶下涓。
古树枝摇莺雀动，繁花蓓蕾竞娇妍。
凉台远看高楼立，篱落聆听鸟语传。
蝶趁芳丛知向晚，雨林嫩绿揽云烟。

2. 七律·赋万水千山总是情建群三周年

以诗会友仰高贤，赏叶题枫网络篇。
心慕群朋渊博识，思追佳作富华笺。
视频和韵情愉悦，链接传书越海川。
荏苒时光飞似箭，九州相聚共流年。

3. 七律·赋中共二十大

天耀中华赤帜扬，欣逢盛会谱新章。
深怀宗旨苍黎事，意切群英国是商。
功在千秋谋伟业，人民至上领康庄。
雄关漫道承先辈，万里征程再启航。

4. 七律·赋重庆救火英雄

山城烈焰卷林园，叠嶂纷葱炽热吞。

火势无情危社稷，消防负重险区奔。
疏星碧月遥相会，野岭浓烟薄气浑。
万众一心齐奋力，英豪列队凯旋门。

5. 七律·处暑渔港行

暑夜闲情海港行，秋风送爽渐身轻。
潮声依旧犹歌咏，渔火生辉浩瀚明。
漫步码头观闹市，靓颜商户买家迎。
车流大道穿南北，参演雄鹰阵势宏。

6. 七律·题九九坑引水工程

群山耸立彩云巅，碧水横流石涧穿。
九九清泉东海逝，和平月港岸蜿蜒。
先期定爆泥堤溃，今日钢筋铁壁坚。
造福苍黎湜鹭岛，拦洪筑坝厦漳连。

7. 七律·赋建军节

千沟万壑聚奇兵，叠嶂纡回赤帜擎。
北战南征图救世，防灾救险保苍生。
忠诚功业千秋颂，意切芳征万世荣。
百炼成钢扬浩气，军魂永驻守安宁。

8. 七律·登厦门双子塔

春游双塔染斜阳，直上璃台旷野望。
眼下金门浮浩瀚，霞间白鹭罩娇妆。

虹桥碧海连漳厦，空港银鹰跑道翔。

拨地秋千摇百仞，凭栏远影九龙长。

江苏诗人颜景泉

【作者简介】

颜景泉，男，1955年7月出生，中学英语高级教师。中华诗词学会会员。九洲诗词文学总社徐圩分社常务副社长兼主编。

诗词5首

1. 家乡美

水秀山清谱乐章，果香飘向洞深藏。

闲来空谷钓鱼乐，爱坐闲亭纳晚凉。

春雨绵绵滋万物，秋风缕缕沁千庄。

古村处处惹人爱，曲径通幽草木香。

2. 十月放歌

金秋十月菊花香，素裹红装友谊长。

仙境清风几碗酒，炎黄华夏九州光。

勤劳致富飘千户，玉露施恩洒八方。

喜悦丰收看不够，神州万里颂歌扬。

3. 如梦令·国庆抒怀（后唐庄宗体）

笑语踏歌游行，近日前来庆迎。
淡水绕城陪，敬畏倾怀传令。
立正，立正，诗赋曲章相竞。

4. 鹧鸪天·活水茶烹稀客临

活水茶烹稀客临，贵宾座上作诗吟。
饮余争述挣钱路，饭后追增致富金。

兴茶叶，降甘霖。声声吉语暖人心。
融和光景成谈叙，春夏清风送积霖。

5. 鹧鸪天·重阳登高

登望遥观雁奋翔，秋声秋色满重阳。
霓裳一曲传羌笛，云锦周围拥色光。

逢喜事，诉衷肠，黄昏痴醉调平扬。
风华正茂峥嵘过，韶岁天伦后半场。

浙江诗人吴焕宰

【作者简介】

吴焕宰，笔名蓝色天堂，浙江台州人，在上海经商多年，现定居上海，空闲时做些宗族传统文化事业。

爱好文学，20 世纪 80 年代初曾参加鲁迅文学院、《诗刊》组织的函授学习，时有诗歌、散文发表于期刊，作品也散见于经典文学、中国散文网、短文学等十几家文学平台，并与同好合集出版各类文集十多本。散文《岁月如刀，生死似梦》荣获经典文学网"当代精英杯"全国文学大赛一等奖，散文《吃大闸蟹有感》荣获中国散文网第六届"中华情杯"诗歌散文大赛一等奖，并荣获经典文学 2019 年度"十佳签约作家"。

格律诗 8 首

1. 七律·高迁古民居

灰砖黛瓦没炊烟，画栋雕梁合院连。
鹿鹤窗花新梦醒，神灵脊饰旧墟眠。
中堂喜报墨香暖，石径青苔草色鲜。
进士庠生今可在，民居古宅数高迁。

2. 七律·记忆中的高迁村居图

炊烟袅绕屋檐缘，暖燕含泥细雨绵。

傍水村墟鸡觅食，依门午困犬酣然。
晨昏互唤勤农事，耕读传承敬圣贤。
旧梦方醒新梦续，东来紫气近千年。

3. 七绝·驱车回沪路上有感

鸟巡千壑白云闲，满垄秋黄逐笑颜。
欲问驱车何处去，繁华闹市换人间。

4. 七绝·天台后岸秋山图

雾霭蒸腾万壑新，千峰出浴绝清尘。
谁人酒醉贪秋色，乱着明黄忘有春。

5. 七律·观钱塘江畔夜景有感

钱塘水曲万灯骄，恍若银河落九霄。
楼外高楼毗峙立，国家更国自丰饶。
林升旅店题诗恨，台海妖魔听炮嚣。
潮落潮平千古事，莺歌燕舞数今朝。

6. 七绝·雾锁山居

院门紧闭客来稀，雾锁村头贪睡迟。
都道山居修养好，四时冷暖自应知。

7. 七绝·傍晚回沪路上自嘲

清纯夜色落风尘，酒绿灯红气象新。
四处奔波谋活计，为图温饱几钱银。

8. 七律·陪友人游国清寺有感

古刹千年立世间，静修般若似清闲。
空明佛祖菩提释，坐对观音自在颜。
都说心经能度厄，谁知欲海有多艰。
来生不幸成牛犬，六道轮回往复还。

四川诗人姚文长

【作者简介】

姚文长，系中华文化旅游诗词学会荣誉理事、中华文艺学会理事、中辞网驻站作家。中华诗词学会、中华诗词家联谊会、大中华诗词学会、四川省诗词协会、四川省老年创作研究会、宜宾诗词楹联家协会等会会员。当代百强才子、当代实力派诗人、诗文名家、中华诗词文化杰出贡献者、全国德艺双馨诗词家、新时代优秀诗人、新时代爱国诗人、全国优秀诗词作者。中华诗词论坛、大中华诗词论坛、华夏诗词论坛、中华文艺、中华文学网、中国诗词文学论坛、四海艺文、天府诗词等网版主。香港诗词学会论坛贵宾、四季歌文学特邀嘉宾。作品散见于《中国当代散曲大典》《新世纪新新典》《中国当代散曲》《当代诗文精选》《第三届中国百诗百联大赛集》《中国现代诗人》《红船百年》《诗颂》等书籍，有《斗室斋诗词曲楹联集》出版。

诗词20首

1. 七律·咏长城（通韵）

山舞洪波雾似潮，巨龙昂首上重霄。
沧桑岁月风云变，亘古英姿胆气豪。
族魄民魂钢铁铸，窃贼悍旅猝急逃。
染松映日苍茫翠，青史垂名万世标。

2. 步月·赏故宫（通韵）

百尺廊阁，万排朱阙，自生祥气环中。
践登丹陛，总被紫阳烘。
画龙绕、凰飞凤旋，翼虎奔，花笑蝶拥。
皇家势，逼接昊宇，灵璧玉镶宫。

和雍。红雾罩，复檐庑殿顶，多角交融。
四梁八柱，依法古王踪。
建功赫、威加海内，缔构巍、疆固无穷。
归结也，荣华富贵转头空。

3. 华清引·八达岭长城吊古（通韵）

关山万里巨龙翔。朔气嚣张。
旷年垣土连漠，千秋堡堠苍。

颤悠岁月筑城长。几度叨赖边墙？
战酣胡虏至，前仰后援伤。

4. 八归·游颐和园（通韵）

日红水绿，遐临皇苑，宫御景致娱优。
泠波荡漾昆明浅，钩鱼引钓翁仙，泛酒飘悠。
远望承天清晏舫，建船妙、窗户玻修。
庆寿典、观戏专楼。此间觅沿流。

苏州。依湖边畔，江南街店，点心金玉丝绸。
遍通谐趣，宝云阁殿，曲道幽兴开头。
碧山苍柏掩，仿佛自在画中游。
眷留处、转身还看，翠涌千峰烟雾收。

5. 昼锦堂·观天坛（通韵）

丹陛云侵，皇乾雨漱，轻扣灵璧三音。
故宇圜丘祈谷，宝顶镏金。
天圆地方王家域，卓绝奇特罕稀闻。
无梁殿，砖券拱修，斋场戒所怡神。

倾忱。风水数，非妄定，九层寓意颐深。
内外坛墙精巧，构第平匀。
七十二煞连高厦，双环万寿练仁心。
公园景，遗筑成群文物，旷世国珍。

6. 十二时慢·游恭王府（通韵）

步闲游，锦霞园内，独乐峰蝠池侧。
夜晚到、吟香醉雪。小隐蝠厅连界。
秀丽鲜新，千花盛放，古木磐石列。

亭榭挺、水绕山环，路转廊回，追述如烟皇业。

规制高，琉璃绿瓦，广厦闪虹明灭。
朱裸彩描，云龙十色，绘爪均奇特。
摆样原状在，不多珍贵拍摄。

五开间，长窗落地，精致房梁雕刻。
祭祀场合，和珅修设，此座恭王舍。
半部清代史，急中泯绝年月。

7. 长相思慢·游十刹海（通韵）

蓄露增泉，成潭积雨，为凼结伴佛缘。
环周散座庙寺，观瞻独特，故道华轩。
好梦江南，望晨霞初起，抢坐争先。
晓雾巡边。脚踏舢、意趣频添。

自然景同看，秀丽闻名后海，远近哄传。
湖沿细柳，如黛西山，品韵摇船。
风光旖旎，贯三塘、一水相连。
泛轻舟、豪兴欢快，钟声古刹清恬。

8. 子夜歌·游雍和宫（通韵）

睹行宫、向南坐北，建筑每常独异。
选高手、璇题画艺，六丈圣容辉熠。
崇宇准模，陪楼奇丽，庆衍宏泽意。
镜驰光、花柳池台，昂首故园，近晚未曾归计。

五层殿、皇家院落，左右各型围地。
西藏文仪，结晶后果，福佑龙潜益。
向年施大法，金刚驱鬼神匿。
千百啰呵，木雕精湛，天道轮回第。
看今朝、黄瓦仍闲，赤墙完璧。

9. 寿楼春·逛北海公园（通韵）

一池三仙山。遍循坡造筑，规构通玄。
意境融合文采，式形浑然。
拍影写，祈民安。两建坊、堆云积泉。
但远望龙亭，须弥世界，旋步入西天。

延南爱，托承盘。觅青竹暖翠，曲路阴潜。
看景寻春迂僻，主柯庭前。
濠壁简、添增繁。画舫斋、环峦幽闲。
乐击棹漪涟，垂杨岸边潇洒缘。

10. 十月桃·览北京中山公园（通韵）

中山铜像，奉公民事业，永世流传。
沫若题书，字迹遒峻舒端。
祈求六谷丰盛，敲太稷、五色泥坚。
兰亭柱在，景自天成，别处延迁。

品宽松宜适名园。近饭馆餐庄，瀑布喷泉。
办展专区，造型丕显新鲜。

挨排古树挺劲，槐柏抱、有趣奇观。
迎晖水榭，药言移址，警句无残。

11. 云仙引·游景山公园看牡丹展图（通韵）

绮望楼高，先师位显，学生祭孔牌莹。
三山木，五方亭。
琉璃重昂斗拱，左右燎炉谐寿星。
亲丧寝庐，永思殿损，门院墙倾。

年常芳馥逢迎。牡丹卉、清香国色盈。
酒醉杨妃，洛神飞燕，雨过天晴。
南海沧波，二乔玛瑙，锦上添花霞彩明。
似荷莲贵，对新皇后，魏叹姚惊。

12. 归朝欢·香山公园游（通韵）

香透叶红尘雾冷，枫顶梢头云寂静。
面山霜雪卧碑承，背阴书笔乾隆命。
双清岚翠靖。野花芳远扬玄胜。
眼镜湖，潭澄冰碧，垂柳老槐并。

地势陡峭难登境。飞鸟形踪穿曲径。
初新续旧玉瑛装，时明即隐轻烟映。
风吹枝末净。荒郊霄岭成疏影。
鬼见愁，树高林密，流水潺荥泞。

13. 翻香令·登山海关（通韵）

长城关里上龙头。晚阳戍堡向人愁。
周秦垒，添新雪，燕赵阡、浩气劲风留。

朔烟胡鼓已全收。隼鹰鹄雁昊穹游。
大山亘，投鞭渺，远观潮、银浪赶飞鸥。

14. 翻香令·登居庸关（通韵）

居庸叠翠历沧桑。碧流径绕列崇芳。
云台靖，佛阁淡，事境迁、障雾朔风藏。

富隆原靠鼓角襄。守正曾奈戟戈帮。
入黄漠，临绝塞，战旗迎、功史有褒扬。

15. 翻香令·登紫荆关（通韵）

旌旗拔地显螭虬。百人守隘万夫愁。
高岑峻，燕山障，众镇中、历史最长悠。

重峰盘道旧幽州。峭岩崛壁固金瓯。
太行立，狼牙壮，荡倭夷、风骨亘千秋。

16. 翻香令·登雁门关（通韵）

刚坚雄峻雁门关。戍楼扼要守危难。
匈奴狼，胡人捍，有汉骑、纵马越燕山。

挽弓飞将李郎官。卫青拂剑凯歌还。

庙今在，残碑破，自元来、兴灭转身间。

17. 翻香令·登娘子关（通韵）

平阳公主筑坚围。苇泽水绕瀑泉飞。

城墙漫，旌旗卷，隘路弯、岭上望楼岿。

陇头防戍控边陲。驿尘青草映毡帷。

夙燕赵，悲歌壮，保家国、频数奏捷归。

18. 翻香令·登偏头关（通韵）

西偏东仰万峰苍。立威晋北镇边强。

雄姿俱，悬崖峭，战鼓酣、毅勇虎旗扬。

大河天堑怒涛狂。犯霄文笔景观长。

朔风起，白杨挺，外三关、掎角互襄帮。

19. 翻香令·登嘉峪关（通韵）

连陲边钥大奇观。远随草径翠云间。

原苍莽，风遒劲，塞上河、落日照常圆。

虏骑曾踏起兵端。帝师赓咏凯歌还。

治经贸，迁谪宦，贾丝绸、官道过天山。

20. 翻香令·登玉门关（通韵）

荒烟戈壁百禽疏。玉关险隘耸尘途。

云横岭，鸿难渡，忆往昔、岁月助羯胡。

断垣烽堠迹遗凸。古戎兵甲展陈铺。

汽笛响，机车奋，贸丝绸、沙漠绘兰图。

江苏诗人储竞芬

【作者简介】

储竞芬，笔名懿煊，女，大专学历，江苏常州人。系中华诗词学会会员。作品散见于报纸杂志和网络媒体。

格律诗一组

七绝·梅兰竹菊

梅

飘飘瑞雪映梅妆，寂寂山林依树芳。

遥望花开生画意，远游客醉韵书香。

兰

花开山岭自馨香，影动轻盈淡素妆。

莫叹幽兰居涧谷，且看柔蔓玉颜芳。

竹

仰观竹秀遍山川，永驻峰清拂壁烟。
景致翠微高气质，风光神韵品贞贤。

菊

秋来菊绽满庭芳，夏去花开千里香。
雨落清芬飘绿叶，风吹疏影傲寒霜。

七律·春夏秋冬

春

春风吹起草青苗，细雨来时烟白飘。
湖畔依依人影立，林间寂寂雁声骄。
蜜蜂飞舞吻花蕊，山鸟踏歌栖柳条。
念友近看心事想，思乡远望路途遥。

夏

阳春去后白云烟，盛夏来临赤日天。
河洛虽无蛙鼓唱，田园似有雀声传。
荷花雨润馨香馥，柳树风吹逸兴翩。
相约观光诗卷赋，欲归极目画山川。

秋

秋意苍茫山野塘，寒光萧瑟竹林庄。
几人回看登楼赏，千里遥望触景伤。

黄菊花开多感慨，红枫叶落倍凄凉。

知音远别难携手，故友思归苦断肠。

冬

飘飘瑞雪满天舞，处处飞花遍野荒。

亭畔梅梢清冷露，阶前松叶沐寒霜。

滔滔江海浮苔绿，莽莽山林枯草黄。

秋后登临崖怅望，冬来风景岭苍茫。

七律·秋思

（一）

漫游湖畔荻芦白，临赏亭前枫叶黄。

鸿雁南飞依草木，桂花北苑溢馨香。

江山如画览佳色，岁月是诗朝太阳。

犹忆往年回故里，相期来日慰高堂。

（二）

露滴东篱菊蕊黄，风吹南岭桂枝芳。

枫林叶落飘幽径，竹影霜飞舞霓裳。

湖畔溪流山水阔，寺前路涉庙堂房。

登高怀古寻归客，望远悲秋思故乡。

七律·国庆抒怀

（一）

金秋十月桂花香，玉露千峰鸿雁翔。

欢笑争传看画卷，歌声唱遍赋诗章。

旌旗将护迎风展，国泰民安喜雨旸。

盛世江山多富贵，中华锦绣路辉煌。

（二）

万民喜溢歌声唱，举国欢腾礼乐堂。

四海英雄多感慨，三军神武路辉煌。

山川锦绣清秋色，宇宙旌旗耀曙光。

盛世高吟望北斗，中华屹立在东方！

湖北诗人鲁文彦

【作者简介】

鲁文彦，笔名文言，网名三峡飞狐。湖北荆门市人，文学爱好者，多年来笔耕不辍，时有诗、词、散文、小说等作品见诸各媒体。人生信条：世界微尘里，吾宁爱与憎。

诗词52首

1. 七绝·昆仑关

绝塞邕关阻棣通，千年古道绿苔蒙。

忠魂十万诛倭寇，灏气盘桓岫壑中。

2. 七绝·自古金鳞多蹇厄

窗收皓月开书卷，棹荡寒灯照客心。
自古金鳞多蹇厄，终成凤鸟九霄吟。

3. 七绝·初夏夜雨

夏雨匆匆只影忙，寅时起作但蒸粮。
南邦夜市多纷糅，百味人生浊酒黄。

4. 七绝·紫竹梅

紫竹藏梅非达贵，陂陀僻壤寂寥生。
空招蛱蝶奚蜂恋，一片痴心报寸情。

5. 七绝·赠史钟如意兄台

自古民间藏魑魅，鹌鹑嗦里豆荄寻。
谁从鲍老讥长袖，豁达人生素月琴。

6. 七绝·贺唐宋诗词公益学院开学典礼

诗情画意描新貌，素韵清词秀古风。
设序开门传国粹，宽收弟子孔丘功。

7. 五绝·烈日下的劳动者

赤日悬中昊，劬劬举趾情。
躬身肌肉秀，劳动最光荣。

8. 七绝·立秋

蜩蝉树杪唱新愁，暑气吹开闭眼秋。
八月烧云凶似虎，乡间曲径喘耕牛。

9. 七绝·中元节随感

七星普照荡嗟忧，祭血祈穰稻稷收。
万盏荷灯怜返路，亡魂一岁一回头。

10. 七绝·母爱感怀

生儿未必缘防老，母爱非图因果报。
羖犬犹知跪乳情，怀恩屺岵修贤操。

11. 七绝·题丁慧敏老师手语舞

怅望婵娟戏一程，天宫故事总伤情。
心中纵绕千千阕，此刻无声胜有声。

12. 五绝·落叶

秋风惊落叶，暮雨怅归鸿。
阅尽伶俜事，繁华一树空。

13. 七律·端午赛事欢

又是荷风粽艾香，喧天急鼓过篱墙。
钓鱼要复安全问，绘画需将色料妆。
两对龙舟来劲舞，三千粉友露张狂。

和谐热闹人心聚，岁岁经营伴福祥。

注：钓鱼、绘画和赛龙舟为刚刚结束的迎端午三项赛事。

14. 七律·赞税务人

臂胛传承轩鼎梦，青春缀映蔚蓝边。
劬劳莫懈披残月，蹇困频征沐雨烟。
执法循章权责履，扶贫助企策文宣。
徽光闪灼澄如玉，特禀贞恒绘美篇。

15. 七律·赠别女退休员工

石火光阴逝作烟，悠悠往事复帘前。
丹心热血芳华洒，两鬓银丝职守坚。
苦辣酸甜成昨日，功名利禄散天边。
年逾五十从头起，再续青春第二篇。

16. 七律·瞻仰程思远故居

凤栖松岭涧淙潺，曦月留声翠竹湾。
投笔事戎平惯乱，执戈追义历时艰。
数劳青鸟欧罗会，终助先公梓里还。
星换斗移魂未改，赤诚忠信映苍山。

17. 七律·元旦抒怀

浩宇无声移北斗，寒梅吐蕊绽新年。
群星会唱多平仄，曲苑迎春尽律篇。

沥血刳肝思教授，焚膏继晷效先贤。
人生似梦常离散，萃聚龙凤旷世缘。

18. 七律·梦会豪杰

火驰风疾越潼关，千里轻骢士未还。
劳瘁莫辞披夜月，窘寒常忍踏冰山。
雪花飞舞辽河梦，羌管悲吟北海湾。
曹辈俊豪凌彩凤，盖天功业耀尘寰。

19. 七律·贺演讲比赛成功

槛外寒潮凛冽中，霆霖未掩报春融。
衷情四溢东堂彩，逸辩飞扬满座虹。
耿介高瞻擎使命，劬劳敬业建奇功。
维新守正休驰怠，谨记初心再远篷。

20. 辘轳体·香山叶正红

香山叶正红，浪起斗帆篷。
炮响南昌路，秋收定略攻。

宛变英雄在，香山叶正红。
全民诛稔寇，禹甸贯昭忠。

殷忧开圣哲，剪乱可兴融。
月洗寰瀛净，香山叶正红。

21. 七律·雨中巧遇老父亲

风狂雨急孤单影，讶起回头老父亲。
两鬓严霜眸暗淡，一弯偻背步艰辛。
曾经伟岸擎天柱，不觉颓衰塞厄身。
反哺还恩须及早，男儿误此枉为人。

22. 七律·夏日农庄

六月围城似火塘，郊虞石堰独知凉。
双泉碧水醺风拂，四面田禾夏果芳。
待客醪糟和雉兔，逢宾李橘与桃黄。
人间阆苑何从觅，此处安心是我乡。

23. 七律·纪念七七事变八十五周年

炮击卢沟烽火烈，东瀛铁骑踏中原。
同仇两党诛倭寇，爱国黎胞卫帝轩。
富逸犹思悲耻日，强军牢筑育深藩。
西方欲蹈殖民梦，但看铜墙哪敢掀。

24. 五律·入伏

晨昏侵暑气，昼夜复凶狂。
蛔躁鸣声急，人烦脸色茫。
深庭摇合扇，琐屑挂柔肠。
但得闲无事，心清自见凉。

25. 五律·张家界

危峰秀万千，博物汇华篇。
异兽丘山隐，奇花岫壑妍。
岩溶生佚貌，气象薄蓝天。
逸事流传广，游人化善缘。

26. 七律·伯俞泣杖

伯俞孝德誉闻扬，小错皆遭母叱堂。
恸泣鞭笞身渐弱，殷忧侍奉日难长。
膻根返跪双亲乳，老鸹回衔寸草忙。
卧榻跟前勤递水，犹多墓碣万支香。

27. 七律·尾生抱柱

尾生耿介邻居喜，淑女愆期守柱梁。
霁夜滔滔湍水绝，尘凡杳杳抱墩亡。
痴情故事垂铅泪，信义江湖著竹章。
曲阜春秋昭后世，骚人俗客各牵肠。

28. 七律·大暑三候

七月烘炉烤吊楼，田间野垄火坑游。
萤生腐草鳞光现，暑润沉泥潏气浮。
湿热交蒸勤稼穑，阴晴契合渥丰收。
荣华万物经风雨，四季轮回永不休。

29. 七律·暑凉

入伏南风衔火舌，畦园稻菽冒青烟。
蒲香未掩蜩声噪，柳影聊催尺鲤眠。
谁道凉深乘月夜，尤期日远挂斜川。
虚惊午梦敲窗雨，洗却尘间别样愆。

30. 七律·礼赞排雷英雄杜富国

绿色青春伍旅留，男儿志尚带吴钩。
身扬爆弹昆仑气，血染边陲五十丘。
一片忠心跟党迈，千行热泪感歌讴。
太平盛世谁环护，且看红星闪夜头。

31. 七排·祭宝祥

忽传噩耗泪如泉，往事凄凄在眼边。
甲伍归来多铁骨，年轻始得好人缘。
投躯公益终生志，辑录三江一代贤。
友视交情同日月，侠行义气薄云天。
偏孤俊艾君裁寿，早逝魂灵羽化禅。
茂士长辞遗素德，英名永驻耀山川。

32. 七律·七夕感怀

织女牛郎暌万年，童真故事伴无眠。
金簪怒划波涛隔，七夕重逢鹊栈牵。
星斗鸳情常诀别，人间白首也争妍。
天宫在轨鸾巢筑，从此寰瀛镜复圆。

33. 五排·中元节杂感

上古趋时祭，祈穰拜祖先。
阴阳循礼乐，七命复冥缘。
地谢黄穬米，秋偿百果筵。
阎官开半狱，众鬼睡无眠。
一盏荷灯绽，千门故魄怜。
追思宜慎懋，固本念源泉。

34. 七排·礼赞中共二十大召开

谨记南湖帆舶影，常经宿雨领初终。
横波斩浪掀陈序，做主当家颂日红。
改革维新民族路，强军富国史书丛。
扶村喜见除贫帽，反腐欢呼树德公。
勠力同心瘟疫灭，乘星揽月宇寰通。
妖婆绝岛遭钳制，"台独"阴谋闹窘穷。
党会条条良策献，神州处处煦春融。
蓝图绘就催人奋，再启征程势更雄。

35. 七律·南宁荆门商会中秋欢聚

当年孔雀翥南方，一路风尘汗作霜。
曲意低眉随处逐，披星戴月两头忙。
功成利遂圆槐梦，苦尽甘来坐碧堂。
玉桂飘茵通贾会，怀思缕缕寄家乡。

36. 七律·秋分

雷收物候蛰虫藏，玉兔孤伶白露凉。

甲子分秋均昼夜，阴阳合契共轩光。

江南稻浪丰登喜，豫北平畴播种忙。

两岸榕须多逦递，遥思宝岛早还乡。

37. 喝火令·春分

野径兰烟翠，溪滩细柳阴。

菜花翻浪溅罗衿。

蜂蝶羃飞云嶂，翮影咏知音。

井水煎嘉草，妍姝拂素琴。

醉风惊起晒帘心。

赶上春分，巧遇日濡霖。

正好杏园游宴，雾浅款情深。

38. 江城子·端午祭母

杜鹃啼血艾蒿长，冢园荒，夜风凉。

转瞬三年，天地两茫茫。

六畜纸幡皆烬灭，飞白蝶，断肝肠。

梦游北院拜萱堂，旧衣裳，语寒伤。

憔悴身枯，一碗孟婆汤。

最悔生前疏孝爱，羊跪乳，泪千行。

39. 卜算子·喜迎中共二十大

谨记赤船心，救世方针指。

横浪凌波覆旧朝，虎啸东风起。

开放革新篇，富国强军史。

再踏征程势焰宏，禹甸谁能比。

40. 后庭花·荆门园博园

楚荆新貌盘游苑。掇刀光显。

傍水依陂飞鹤殿，远碧霞粲。

灵川秀泊藏奇隽。德元明焕。

品质生活贻馐馔，秉烛申旦。

41. 忆秦娥·暮春

春已暮，乔峰含黛烟笼树。

烟笼树，红肥绿瘦，雨丝如赋。

劬劳新燕忘归路，多情紫杏花期误。

花期误，深闺泪断，那堪回顾。

42. 卜算子·农家乐

岭下旆旗招，杏雨斜篱落。

老板铜声疾步迎，犬吠惊枝鹊。

腊肉煮松茸，旧盏新醅酌。

酒过三巡万事抛，鄙野回归乐。

43. 清平乐·虎刺梅

俊名冠虎，羁魄潜陶土。

利剑虬枝开簇羽，含笑海棠媚妩。

贞简不问腴穷，苦寒未改初衷。

疏影暗香盈朵，胸怀济世奇功。

44. 忆江南·南乡初夏

晴空远，畴野麦翻香。

篱陌梅红榴火吐，千层稉稑梦丝扬。蚕月又迷狂。

天昧旦，布谷唤麻桑。

欣喜村头开社赛，俚歌喁唱断柔肠。人事几匆忙。

45. 卜算子·"七一"建党抒怀

五位总蓝图，绿色方针指。

八项新规吏政清，虎啸东风起。

翻过扶贫篇，改写强军史。

振奋中华使命崇，砥砺春光旖。

注：1. 五位，指"五位一体"总体布局。2. 绿色，指绿色新发展理念。

46. 如梦令·风吹麦浪

小满杜鹃声涨，畴野老农穿望。

雨霁送酣风，麦熟滚翻金浪。

新酿，新酿，槐下合家恬畅。

47. 减字木兰花·香山红叶

香山火起，斗丽争妍天染紫。

宦客如丝，岗岭陂陀接踵移。

镜心湖涘，鸿雁叫声催发徙。

枫叶千枝，掩映廊桥落日迟。

48. 西江月·冰雪燃情

冬奥京畿环梦，五洲健将芳春。

空前盛会喜迎邻，南北东西共进。

燕骋鹰驰妍影，龙吟凤啸冰轮。

群雄逐鹿夺金银，四海欢呼合顺。

49. 行香子·龙凤十期中级培训班毕业有感

平仄冥缘，雅韵遥同。唐潮宋雨沐昏蒙。

梁悬曲谱，雪映龙凤。

孔思周情，五经梦，暮更功。

杏坛春播，云中解惑，克勤唯待幼苗葱。

桃黄星灿，李熟枝空。

饲秣鸿恩，何以报，薄旻穹。

50. 临江仙·中秋（贺铸体）

邈廓无尘银汉远，云间仙籁清风。

苦刚伐桂复何穷。

独婵娟雅素，情窦若初衷。

万里秋浦轮玉镜，他乡槐梦归同。

菊香故道醉霞红。

莲心画月饼，举案乐其融。

注：苦刚，即吴刚。

51. 忆王孙·教师节感怀初中班主任丁老师（李重元体）

蒙懂岁月遇恩师，演习言传开洞知。

化雨春风毓白眉①。

鬓霜披，裴度②堂前花满池。

注：①《三国志·蜀志·马良传》言白眉为侪辈中的杰出者。②裴度，中唐时期杰出的政治家、文学家，白居易在《奉和令公绿野堂种花》歌颂他桃李满天下。

52. 秋风清·秋分（李白体）

金英荣，寒露生。客雁鬶人字，秋思千里行。

仓盈穜稑农家乐，恰逢盛世常澄明。

湖南诗人刘昌平

【作者简介】

刘昌平，笔名原禾，微信名昌盛升平，男，汉族，1957年2月出生，湖南华容人，中学高级教师，已退休。曾有数10首诗入编《中外诗歌散文精品集》《夕雅文集》《人生几味》《当代文学百家》《新时代诗人作家文选》《"经典杯"华人文学大赛作品精选》《"当代影响力"诗人作家文选》等。在"经典杯"国际华人文学大赛中，作品《我的祖国》荣获三等奖。曾荣获"二十一世纪诗人""新时代诗人""当代影响力诗人""国粹艺术名家"等荣誉称号。被聘为经典文学网、经典文学城微刊签约诗人（作家）。

格律诗4首

1. 七律·登南岳衡山

石径幽曲松遒劲，涧泉浅唱柳柔情。
玲珑汗水把衣浸，粗陋棍棒助俺行。
一路凉亭瞧志记，沿途胜景识马兵。
南天门外撩云霭，融祝峰巅揽月星。

注：融祝峰即祝融峰，因平仄之故而调换之。

2. 七律·山乡民宿

绿拥民宿温馨爽，馥绕庭院溢雅芳。
遍林鸡鸭溪水暖，满园果蔬稻花香。
夏凉休闲邀明月，冬暖栖息饮玉浆。
醉卧自然听鸟语，有缘到此赏鸾翔。

3. 七律·美丽乡村

水泥马路把天牵，院落别墅似玉殿。
乡里人景和洽处，公园歌舞璧珠联。
牛羊逸味鱼羹美，蔬果飘香稻米甜。
驿站健身凝悦乐，碧空净地爽心田。

注：景，指自然风景。

4. 五绝·日月感怀

月落西山尽，阳升东海来。
欲国强不败，唯有重人才。

内蒙古诗人吕云

【作者简介】

吕云，笔名云开日出，内蒙古包头市人，中共党员。系中华诗词学会会员，经典文学网、经典文学城微刊签约诗人（作家）。勤于创作，文学形式有格律诗词、现代诗、散文诗等，原创作品 1000 多篇（首），作品发表于多家刊物并流传于网络平台广受好评，部分作品入编《国际华人文学作品精选》《当代影响力诗人作家文选》《中国诗文百家》《中华诗词名人录》《军旅特刊》《黄土地》等。

诗词4首

1. 七绝·秋意

又入暮秋风乍紧，窗前垂柳作箫声。
苍山难挽晴时月，魂意汝怀谁会情。

2. 七绝·清旅

明月年年绕玉河，星辰如雨故愁多。
人间常演悲欢剧，胜似牛郎织女歌。

3. 七绝·秋雨

日闲云隙雨丝亮，晶体谱图天地祥。
常有雁翎游慢雾，秋来原野话金黄。

4. 凤凰台上忆吹箫·秋尾晨晴

秋尾晨晴、凄风缠露，遥瞻晚雁归袍。
山雪顶，萧疏露草，果艳层瑶，彩落北梁南岭。
寒渐近，金桂残苞，临君日，得意宿缘，情溢言豪。

何奈夏阳不等，辞别后，窗前蓬乱枯条。
仅残念，遗踪孟夏，风月相邀，应许春风会沐。
弄时日，料是今朝，又何必，孤寂冷夜相熬。

山东诗人刘卫东

【作者简介】

刘卫东，山东省莱阳人。莱阳某中学语文教师，中教高级职称。华东六省一市暨香港特别行政区优秀辅导教师。业余创作诗词千余首，作品散见于《中华诗词》《中华辞赋》等杂志。现为中华诗词学会会员、香港诗词学会会员。

诗词6首

1. 临江仙·胸襟

——贺祖国 73 岁华诞

五岳凌云三江远，含情经纬穿梭。

秦星汉月本来多。

版图七彩绘，家国众人驮。

受雨承风光明顶，攀登能与天摩。

万千气象可包罗。

东西倚博大，黑白就祥和。

2. 唐多令·懂秋

移步小桥东，将身近水中。

映天光、留影晴空。

拾景岸边随意处，听落木、看梧桐。

如若领秋容。灵犀一点通。

约清辉、择日重逢。

旧话再提难说懂，霜降后、叶才红。

3. 行香子·秋晨早行

身向云头，意到蓝边。让痴情、被晓风牵。

清辉剪影，斜照开颜。

予水中鱼，林中雀，画中田。

把篱菊接，将芬芳领，沁心脾、人在东园。

万枝缀满，七彩添全。

遇秋初匀，果初实，色初嫣。

4. 定风波·怀旧

忆里纯真一卷收，时光如水向东流。

雨雪阴晴能延续，终幅，暮辉晨色映门头。

年少只同莺蝶逐，情欲，为何偏又遇斑鸠？

试问绿荫桑梓地，谁赐？梨花院落卧黄牛。

5. 七律·有悟

积泉点滴汇成河，向海诚心受渐磨。

小棹乘风帆借力，层云助雨浪随波。

迷津欲解忧时少，彼岸思归喜日多。

暮色朝晖山水处，依翁学着唱渔歌。

6. 沁园春·旗袍

情系韶容，岁予精神，成就端庄。

在华灯亮处，辉同晚月；轻霞托后，彩共朝阳。

梦底知心，瑶台留影，已把清新四季长。

将时景，许这边独好，沉醉东方。

兼程走过苍茫。不变的、初衷天地旁。

算秋冬更替，菊梅竞秀；江河番代，龙凤呈祥。

万尺峰高，五千年远，领得风流溢古香。

如一日，就均分亮丽，携手徜徉。

安徽诗人李钊

【作者简介】

李钊，男，安徽省合肥市第五十五中学语文高级教师。从教20多年，工作勤恳，爱岗敬业，曾有学生考入清华大学和厦门大学。平时爱好文学，寄情诗歌。系中国诗歌学会、中华诗词学会、中国楹联学会会员。诗歌、小说、散文丛书《芙蓉国文汇》一期至八期均有小诗收录；诗歌小说刊物《参花》做过三期"诗人专栏"；全国《中国风》大型诗歌散文杂志，做过三次"每期一星"。一些零星诗稿收录在多部文学诗集中。

忆秦娥·醉

阴风晦，横空折翅青云坠。青云坠，
日月无光，肝胆皆碎。

牵衣断袖君行矣，雾蒙寒雨红尘醉，
红尘醉，水枯山裂，烛残星泪。

江苏诗人吴翔

【作者简介】

金陵盂夏，实名吴翔，近花甲，自号爱云僧。江苏南京秦淮人。学文从商，现退居城南老区侍耆父、读闲书。以旧体诗记录大隐晨昏，卧游山水之独乐。

咏菊50首

题记：傲骨自缘神气贵，孤心非是荣德贫。

富贵紫金·咏菊之一（代序）

紫金叠瓣独雍穆，不弃篱根向上人。
天赐荣华酬十月，身持富贵谢三神。
霜风过眼容颜峻，晴日分香意趣淳。
亦与陶公齐逸语，真能披雪傲冬春。

注：三神，指天神、地祇、山岳。

珠润玉滑·咏菊之二

笑含雍肃绮霞收，珠润冰清立静幽。
持放严寒霜雪日，此花何让百花羞？

金樽·咏菊之三

金樽频举忘斜阳，雅宴杯迟饮晚霜。
陶菊黄英无主客，醉吟秋圃满园香。

清白人间·咏菊之四

凌风抱朴弃玄真，丝瓣舒徐似里人。
清白世传呈玉骨，雪摧霜打更精神！

云鬓香·吟菊之五

玉丝金缕缀罗裳，纤指清颜添素妆。
曲落羽衣髻鬟散，美人舞罢鬓云香。

绿水秋波·咏菊之六

含波清眼略忧悲，秀舌含香欲语迟。
万绪千头谁作解，陶公心远忘归时。

桃腮红·咏菊之七

花期已至盼君来，独抱芳襟坐碧埃。
遥看陶公归欲近，桃腮挂泪笑颜开。

天光白·咏菊之八

云鬓梳齐面色新，晓妆初就天光白。
孤心瘦影无须怜，矜立婷婷俗事隔。

天鸟回春 · 咏菊之九

赤鸟梳翎出逸姿，金风带暖误春时。

秋情肃杀因花少，陶令教来送一枝。

玉翎 · 咏菊之十

何怜老将鬓毛垂，杖指犹当弹剑挥。

快马扬鬃奔雪色，任驰不借北风威。

注：玉翎，清高级武官顶戴白玉翎管（文官翡翠翎管）内插羽毛，以示品秩官位。

金泥黄 · 咏菊之十一

啖霜饮露慕金风，叠瓣香浓染酒红。

骚议落英添食色，南枝花下醉馋翁。

注：《离骚》"夕餐秋菊之落英"。落英有花瓣和花露旷世之争。

轻见飞鸟 · 咏菊之十二

昨夜陶公归太迟，日升仍旧醉酣微。

初开花蕊露霜好，轻鸟偷衔勾草飞。

紫云飞月 · 咏菊之十三

秋后梦多花梦鸟，夜时思远鸟思花。

紫云如幻如天籁，一曲霓裳向月华。

粉荷花·咏菊之十四

朱朱粉粉照曦阳，谁在秋园弄晓妆？
荷瓣重重含笑蕊，风来却是菊花香。

飞鸟美人·咏菊之十五

化身飞鸟宿秋凋，疏恨轻愁略寂寥。
月色泠泠林夜静，思人正适此清宵。

太平勾银月·咏菊之十六

笙竽独抱籁声漫，孤影寥寥彻夜寒。
月下谁人无念想，随心勾取有清欢。

粉旭桃·咏菊之十七

浅深清雾过篱围，花迎曦霞染日晖。
翠鸟迟来惊粉色，乱啼秋去早春归。

灰鸽·咏菊之十八

凌风过雨越沙尘，暂入秋林憩倦身。
带血羽翎霜露洗，嶙峋兀立辨星辰。

白松针·咏菊之十九

酒后扶篱醉眼猜，松针何作菊花开。
须眉苍皓学仙客，银发曾经白雪摧。

东海的月·咏菊之二十

徐福惮君言采药，避秦东渡去扶桑。
三千童稚望家国，每遇花开更念乡。

香山雏凤·咏菊之二十一

金风旷荡挂晨钟，雏凤声清绕几重。
菊在香山枫叶后，横生别趣满秋冬。

仙灵芝·咏菊之二十二

久传四皓避西秦，路遇山中采菊人。
曾问仙芝何处觅，始知花下隐真身。

红杏山庄·咏菊之二十三

风折霜摧百叶黄，红花渐次出篱墙。
疑寻夜月聊孤寂，不料芳心向艳阳。

白鸥逐波·咏菊之二十四

江洲晴日菊正开，煮蟹烹茶唤客陪。
清友酒酣人老迈，先教鸥鹭逐波来。

雪海·咏菊之二十五

望眼皑皑借雪光，忧心花压出僧房。
篱前深浅扶枝叶，手触凌寒染菊香。

龙吐珠·咏菊之二十六

妙生莲座紫云霞，幽奉禅心助物华。

龙吐宝珠传吉兆，行教秋让菊开花。

注：民谚有"秋分龙潜渊，好雨助丰年"之说。

金皇后·咏菊之二十七

安恬收放韵无穷，照灼明姿隐静宫。

不借金风添肆纵，唯消威肃助和融。

金红交辉·咏菊之二十八

鸟啼花放日纷纷，欲引红媒尽染熏。

笑透绣球真好看，勾留抛摘任诗君。

白牡丹·咏菊之二十九

淡泊清新本色真，心怀素志续芳尘。

牡丹若耐秋萧冷，除却娇柔更韵人。

紫光阁·咏菊之三十

带露含霜敛紫光，临风沐月掩心香。

花开似许千般愿，澄静无言兆瑞祥。

注：紫光阁，原指王公贵客宴请楼阁，后多附会为帝王圣贤或祥瑞之兆出现之处。

泉乡水长·咏菊之三十一

霜净无尘素瓣清，月光催动妙姿横。

潇然弹指舒勾下，一曲泉流畅远声。

钟声·咏菊之三十二

孤心独抱自从容，淡染霜尘逸兴浓。

坐看晴霞思望远，遥听山寺散晨钟。

银丝荷花·咏菊之三十三

满园秋色西风瘦，露染霜摧菊花秀。

疏卷银丝略敛收，如镌璞玉尤清透。

霞光四射·咏菊之三十四

霞光煜煜破霜晨，惊醒花红似晚春。

瑞鸟朝阳姿弄影，纷纷颜色散纤尘。

昆仑积雪·咏菊之三十五

空山雪雾夜风寒，虚掩柴门足印单。

采菊人怜孤烛冷，摘来一朵对成欢。

丝云缀雨·咏菊之三十六

秋花骨色太清寥，孤望何堪对碧霄。

风过闲庭云蔽月，客心缀雨更萧萧。

龙城飞将·咏菊之三十七

骨指轻弹暗劲遒，纶巾摘脱藐霜秋。

龙城飞将今虽老，但听琴声意志稠。

橙黄牡丹·咏菊之三十八

霜露清寒利瘦身，黄花舒卷近天真。

牡丹名盛不当借，本自神仙或隐沦。

注：隐沦，隐逸或埋没之人。汉《新论》：天下神人有五种：一曰神仙，二曰隐沦。

凌霜志士·咏菊之三十九

清寂生辉始见怜，丹心孤举倍幽妍。

凌霜志士擎高趣，俊逸风流乱世前。

唐字若无·咏菊之四十

点横撇捺露清逸，竖折弯钩写世情。

唐字若无收菊韵，怎传千古怎扬名？

桃花春水·咏菊之四十一

紫袖清泠玉指寒，疏林风冽瘦枝单。

菊花开出春时意，为让萧秋极尽欢。

金背大红·咏菊之四十二

朱冠弹落夜时霜，红若春桃向旭阳。
一岁荣枯终抱举，雍容淡定对平常。

龙飞凤舞·咏菊之四十三

十月金风生幻手，轻弹机妙出红云。
龙飞凤舞归山去，欲向桃源似逸君。

注：红云，传说仙人所居之处，常有红云盘绕。

凌波仙子·咏菊之四十四

玉面清虚脱俗尘，无机捻捏淡心神。
浮生已断凌波梦，先与仙花度早春。

注：凌波仙子，水仙别称。与菊花在古诗文中常喻高趣和
隐逸之人。

天香书香·咏菊之四十五

浅夜翻书半倚床，胆瓶插菊枕边香。
昏蒙老眼惊窗外，疑见黄鹂独傲霜。

雪中呻·咏菊之四十六

娇柔颜色仅堪春，佛手仪姿禅味真。
兀立冰寒仍自在，梅前先作雪中人。

八纮晴姿·咏菊之四十七

月白花黄照夜晴，谁勾舒影动轻轻？
杳然风过暗香静，听淡窗前滴露声。

注：八纮，九州之外极远之处。

草舍如篱·咏菊之四十八

雅俗皆知菊语殊，柴篱草舍守荒芜。
且无春闹争香艳，任卷任舒任落枯。

野菊·咏菊之四十九

僻地风疏漫碧埃，草泥弄暖菊花开。
一枝清梦谁催醒，缕缕香迷冷蝶米。

藤菊·咏菊之五十（代跋）

蹁跹衍曼妙无邻，风致清泠又出尘。
柔骨自缘神气贵，孤心非是德荣贫。
从来瘠土生高节，何慕深宫寄素身。
独写此花诗五十，全因擅解菊天真。

陕西诗人孙金彦

【作者简介】

孙金彦，男，1940年生，曾任中学校长，2017年获教育部、人力资源和社会保障部"从事乡村教育工作满三十年"荣誉证书。退休后，喜爱对联诗词，2021年获"全国首届现代好诗人奖"。2022年在《中华当代诗歌精品大辞典》全国作品征集中入选七首诗词，并获"优秀诗人"称号。

诗词9首

1. 红船颂（新韵）

——纪念建党一百周年

望志高天岁月寒，南湖水上聚英贤。

红船耀日迎新党，碧水回春举斧镰。

忠诚马列传初梦，厚爱人民挽巨澜。

剑影刀光酬锐志，腥风血雨战倭顽。

八年抗日得全胜，三载歼敌笑满颜。

镰斧生辉明玉宇，红旗招展耀人寰。

三山打倒惊天地，四海欢歌进乐园。

北斗飞船巡宇宙，南山翠柏漾溪潺。

前行砥砺除蝇虎，黎庶兴邦奏凯旋。

绝顶山河升旭日，红船破浪永直前。

注：中国共产党第一次全国代表大会于 1921 年 7 月 23 日至 8 月 3 日在上海望志路 106 号召开。因形势需要中途转至南湖一红船继续，毛泽东、李大钊等 13 名代表参加会议。大会标志着中国共产党正式诞生。

2. 韩城香山红叶（新韵）

香山十月气温寒，霜打黄栌变翠颜。
碧水妖娆人影在，红花凝景鸟音喧。
坡前枫叶红如火，岭后晶光绿似兰。
万里江山千古秀，诗囊词韵味齐含。

注：2019 年 10 月 30 日，庆嘉泽满月后，明芳、林芳、墩墩陪我们重游韩城香山。枫叶漫山红遍，层林尽染，令人心旷神怡，流连忘返。

3. 咏壶口瀑布（新韵）

龙门瀑布势惊天，幕布千条峭壁悬。
声动山河豪气在，冲出峡谷润中原。

注：龙门瀑布，又称壶口瀑布。地处晋陕大峡谷，号称"黄河奇观"。1988 年确定为国家重点名胜区，2016 年晋升为国家地质公园，系中国第二大黄色瀑布。其出"天门"，滋润中原大地。

4. 神道岭山泉（新韵）

通天大道有山泉，历越沧桑数万年。

伴岁穿石来悟道,携花润柳欲参禅。

潺潺流水乾坤净,朵朵飞花日月甜。

上善贮情长立志,就圆随器尽成缘。

清醇澄澈透衣袖,万里江河我是源。

注:陕西黄龙县的神道岭,景区以摘星台为中心,海拔
1783.5 米,是韩城黄龙宜川三县市制高点。山顶公路宽阔平坦,
名为通天大道。道旁有"天水"山泉,喷珠吐玉,方寸高鉴,
洁净古今。

5. 再赞航天英雄(古体)

神舟十四抵甘泉,历尽千辛不畏难。

宇宙家园追美梦,天宫并轨创奇缘。

同舟风雨开新路,共克时艰唱大千。

协力三杰天际外,苍穹问鼎任登攀。

注:2022 年 6 月 5 日,长征火箭在酒泉发射成功!陈冬、刘洋、
蔡旭哲搭乘神舟十四号飞船,在中国空间站开始了半年的科研
活动。这一行动将胜利完成几代人的航天梦!

酒泉:系专用名词,不合律,突破也无妨。

6. 玉兔登月

腾升火箭入高空,玉兔飞天已竣工。

嫦娥轻翩虹域里,吴刚曼步玉轮中。

追星探宝朝天笑,月壤传回寄近公。

月象从今名世界,银汉喜看翠花红。

注：2020 年 12 月 17 日，玉兔登月在内蒙古虹湾平安着陆。

7. 礼赞冬奥会

长城雪岭闪银晖，可爱冰墩唤春归。
健将精兵来问鼎，才情展尽显元魁。

注：元魁：古殿试第一名，即状元；北京冬奥会开幕日是
正月初四，此时巧遇二十四节气首节：立春。

8. 赞谷爱凌

英雄少女谷家凌，醉舞娴熟自信赢。
雪道滑翔形似鹞，金牌耀世第一名。

9. 鹧鸪天·重游龙门

龙门叠浪云里烟，壁立千仞百步宽。
三过家门而不入，四组标识亦尽然。

鲤鱼跃，商贾欢，四桥并列车快穿。
劈山导河九州惠，大禹精神万代传。

注：四组标识：指龙门的古迹、龙门的历史、龙门的文化、
龙门的精神。

禹凿龙门：传说禹率千人众，历时四年，完成这一水利工程。
而他三过家门而不入。

夏定"龙门"：亦称禹门，禹门口。

四桥：即钢索桥、公路桥、铁路桥、108 国道大桥。

山东诗人孙德鹏

【作者简介】

孙德鹏，山东省烟台市芝罘区人，现居蓬莱区。现为蓬莱区楹联诗词家协会会员、作协会员，烟台市诗词学会会员、楹联协会会员，山东诗词学会会员、山东诗人。作品散见于《今日蓬莱》《丹崖文学》《津林体育》《烟台晚报》《烟台诗词》《山海诗韵》《齐鲁文学》。多次在全国文学大赛中获奖。

诗词3首

七绝·夜钓（新韵）

风摇菡萏送馨清，宿鸟惊蝉凄切鸣。
醉卧星辰朝北斗，斜垂蟠饵钓南风。

七绝·忆儿时争读小人书（新韵）

九手争抢汗脸污，七头挤扁小人书。
童心欲把迷蒙弃，聚意凝神反复读。

渔歌子·依仿填张志和体（新韵）

放妥纶竿鲤鲫沉，西风着意藕香熏。
杨絮旧，苇花新，东扬入舸抚瑶琴。

广西诗人刘兴华

【作者简介】

刘兴华，系广西桂林市中山中学教师，桂林市老年书画协会会员、桂林市秀峰书画协会理事。

诗3首

七律·春游伏波山

伏波遏浪枕江流，三月阳春景更优。
碧水亭前浓雾绕，听涛阁外彩云浮。
千秋宝气还珠洞，十里烟花北泗洲。
鸟弄舌簧明照眼，无边诗兴涌心头。

七绝·神岭瀑布

巍巍神岭拔青松，飞瀑银丝细雨蒙。
花径雕栏楼阁秀，欢歌雅韵乐融融。

七绝·象山水月

神象临江碧岸青，涟波映洞景清明。
红帆绿艇轻漂荡，游客泛舟水月行。

内蒙古诗人张美林

【作者简介】

张美林，内蒙古人，现为众创诗社会员、中华诗词学会会员、内蒙古诗词学会会员、中国新时代诗人档案库会员、中国诗人作家档案库会员、中国诗歌网会员。作品散见于网络平台和书刊，曾有获奖。

七绝2首

七绝·春声

一隅小院任风裁，果树惺忪露嫩腮。
鸟雀结群枝上戏，春声阵阵入诗来。

七绝·秋菊

千红落尽菊弥香，竞放风中傲玉霜。
径畔盈盈花意暖，秋心不负醉时光。

宁夏诗人李辉春

【作者简介】

李辉春，笔名无名帅，宁夏西吉人，现为宁夏书画艺术发展促进会会员，建党百年献礼名家。

七律·居家抒怀（6首）

（一）

情怀祭祀早归乡，水畔庄前植树忙。
道路无尘生意美，沿村换骨好风光。
家家整洁文明境，户户通灵韵味香。
惠泽民安龙虎跃，人心思变定辉煌。

（二）

莫待清明细雨霏，千山万水满春晖。
农家早起勤耕种，客旅常怀报国归。
物欲横流眯眼乱，人生得意养神威。
花开遍野氤氲靆，草绿通天秀色飞。

（三）

春来遍野换容妆，众赞勤劳致富昌。
美化山川桃树造，贤明克己敬高堂。

今逢得意生机贵，昔慕闲居弄墨香。
感慨浮沉青锁道，清风快慰最徜徉。

（四）
红尘滚滚显英豪，把盏言欢醉夜宵。
老客温柔依旧在，佳人冷漠有谁邀。
精神矍铄从容定，德善情真意境超。
虎跃龙腾惊四海，诗成雅韵赞今朝。

（五）
昼夜平分有道航，随时触物赞家乡。
花明景秀惊雷动，柳换新枝喜日光。
燕语楼台聊自爱，蛙鸣涧壑诉忧伤。
人间最美耕耘造，遇事通融晓俗缰。

（六）
白古情仇岁月殇，身随聚散忌癫狂。
诗文雅韵才华众，舞墨题书意远香。
织女牛郎朝夕对，姮娥玉兔寄凄凉。
夤缘梦碎羞颜会，世故成规定有殃。
破旧推新功绩待，人生最念久安康。

黑龙江诗人殷波

【作者简介】

殷波，女，73周岁，高级教师，现已退休，黑龙江省讷河市拉哈镇人，现居佳木斯市。系中华诗词学会、齐齐哈尔市诗协会员，讷河作协、诗协、音协会员，佳木斯市作协、诗协、民协（歌舞、音协、秧歌协会）会员。作品散见于报纸杂志，并多次参赛获奖。

词2首

1. 满江红·歌颂毛主席（新韵）

出世横空，绽异彩、光耀九重。
文韬妙、治国兴盛，武略巅峰。
推倒三山惊世纪，雄风浩荡鬼神恭。
夜半筹、千载拓新程，瑰梦腾。

延安洞，飞彩虹；中南海，展雄风。
纬地经天业，万古称雄。
凤舞龙飞书壮志，妙诗皓气贯长空。
日理国情两袖清风，天地恒。

2. 沁园春·排局大师孙立及其书《百年悬案，双象难题》（新韵）

塞北横空，磊落超拔，虎啸龙翔。

砺飓风血雨，风花雪月，猖狂肆虐，豪放高昂。

铁骨侠肝，非同凡响。

枰场求实百战强，六十载，苦中积蓄厚，创世奇章。

融合形技双强，相辅助、克敌制胜煌。

赞百年悬案，一朝破解，神奇诡异，亘古无双。

精妙图文，纵横豁朗。彪炳中华锦绣光。

圆伟梦，撼世流传递，千古流芳！

云南诗人王凯

【作者简介】

王凯，云南人，中学教师，大中华诗词协会会员，2019年开始发表作品。

诗词9首

1. 五绝·闻杜鹃

春来啼饮恨，千遍越千山。

既与同天地，祈君共自然。

2. 五绝·端午

细洗菖蒲草，青柔动怆肠。
如今端午味，此物是原香。

3. 五绝·红军桥偶思

偶上桥头意，如临蓟北楼。
千山拦不往，浩气任谁留？

4. 乐府·志中华复兴

生涯虽短，事有永时。刑天躯殒，志存万年。
夸父化桃，芳曜千古。皇皇青史，赞遍英雄。
悠悠天地，不掩丰功。景仰先贤，流传美风。
炎黄后辈，风虎云龙。幸甚至哉，歌以咏势。

5. 七绝·彝寨

孤村隐在万山丛，不坐腰陲落半空。
闲里常邀三五聚，一坛清酒晕霞风。

6. 七绝·汉文帝

皆云汉武大雄才，我敬先前治世开。
万代相传皆美事，百金不忍造凉台。

7. 七律·悼烈士

自古英雄甘取义，从来烈士耻蜷身。

河山有羌哭忠骨，世序无良养佞人。

誓以初心除旧恶，唯期后辈做新民。

年年指望清明至，燕语捎来四海春。

8. 浪淘沙令·林则徐、左宗棠赞

林左两英雄，藐绝王公。曾言山小仰其峰。

壮举豪言今尚在，气似长虹。

伏虎与降熊，盖过谁功？百千陵寝葬毛虫。

往事今人犹记起，必浩其风。

9. 定风波·鄱阳湖大面积见底

渺渺鄱阳失碧波，洞庭湖底晒泥螺。

千载难逢湖见底，缘起？高楼对此罪嫌多。

治取无为方是妙，谁晓？勿违貌似不为何。

自大愚人轻德道，天报。心无敬畏引悲歌。

▶ 散文小说

福建作家张荣

【作者简介】

张荣，男，退休教师。近几年以写回忆录来打发时间，作品有《沧桑老人的童年故事》60篇，以及其他散文、小说40篇，其中有些参加过全国散文比赛获过大奖。

误会

平地起风波

也许是上苍的厚爱，让我在而立之年娶到了一个称心如意的妻子。她比我小十来岁，宛如一朵含苞待放的牡丹花，美而不妖，艳而不俗，浑身散发着温柔的气息。特别是，在她那柳叶似的眉毛下，镶嵌着一双能说会笑的大眼睛，让人有一种无法抗拒的美。她在我家乡桃花镇的银行储蓄所上班，由于人长得漂亮，而且待人热情，乡民们都亲昵地称之为"储蓄小姐"。

福与祸有如搓在一起的绳索。正当我陶然于美满的婚姻生活时，只因一个电话，一出人生悲剧的序幕便渐渐地拉开了。

那是一个周末的晚上，妻子接到母亲的电话。

"喂，小颖吗？"

"是的，妈，有什么事？"

"听说你和一个男人好上，要和阿榕离婚是吗？做人要有点良心，阿榕待你那么好，你忍心扔下丈夫和孩子吗？"

"没这回事，妈，你听谁说的？"

"桃花镇都已传遍了，你还把我们蒙在鼓里。"

"真没这回事，不信你可以去问问阿榕。"

"在电话里，我和你也说不清楚，明晚你们回来一趟。"母亲说完这句话，就气鼓鼓地把电话挂断了。妻子慢慢地放下话筒，一只手还摁在电话机上，愣住了。

"怎么啦？"我急切地问。妻子慢慢地走到我身边，一屁股坐在椅子上，两手抱着脑袋，趴在桌子上，像个孩子似的呜呜地哭了。在我的再三追问下，她才把母亲的话重复了一遍。母亲的电话犹如晴天霹雳，使我的心仿佛坠入了万丈深渊，感到了从未有过的孤独与无助。心思不能言，肠中车轮转："我们举案齐眉，感情甚笃，她怎么可能和我离婚呢？会不会是小镇上的人搬弄是非？""无风不起浪，母亲没有根据会乱说吗？妻子一定有什么不轨的行为被桃花人看到了。"……我百思不得其解。可真是平地起风波呀，搅得我心烦意乱，不知如何是好。就在这一夜，她陷入绯闻的旋涡，我被推进了痛苦的深渊。

阴云密布

第二天晚上，我携妻子、孩子回老家。一路上，总觉得桃花镇人都用很神秘的眼神看着我们，还有人指指点点。回到家里，婶婶把伯母叫到屋角，眼睛盯着我们，和伯母讲着悄悄话；父母一句话也不说，整个空气都快要凝固了。我小心翼翼地放下带去孝敬父母的苹果，并招呼妻子坐到饭桌旁。父亲叹了一口气说："好好的一个家庭，干吗要拆散呢？"妻子正欲辩解，身后传来了刺耳的责备声："桃花镇人都这么说，现在已传得沸沸扬扬。说你是第三者，破坏他人的家庭。我们张家人万万不能做这种缺德事啊！"伶牙俐齿的伯母扔下这句话，就愤愤地离开了。事情的真相如何？我不知道。那个男人是谁？我不知道。妻子怎么会伪装得天衣无缝？我不知道。这一系列的问题使我不再从容淡定了，便大声指责妻子"不守妇道"。妻子虽受多人的谴责，都不曾流泪，但听了我的责骂，她的眼泪"唰唰"地流了下来。那晚大家不欢而散了。

树欲静而风不止。我们回家后不久，母亲又打电话告诉我："听说那男的已和妻子离婚，现在正在积极准备和小颖结婚。"又说什么"小颖最近和那男人形影不离""小颖经常送东西到那男人的家里"云云。每当我提起桃花镇的这些传言，妻子就哭了。我们共同营造的甜蜜爱巢，就这样蒙上了一层阴影。妻子白天上班，晚上、节假日都不敢离家半步，整天愁眉不展，忧心忡忡，人消瘦了许多，那莹洁光滑的肌肤也黯然失色了。我看妻子变成了这副模样，担心会出什么意外，不敢太责怪她，只好用沉默来取代那些烦心事。

事实？痛苦！

桃花镇的十字路口，是退休老人聚集的地方。我的舅舅是那里的常客，知道的事情比较多，我背着妻子去找舅舅了解情况。当他讲到"小颖和那男人从他面前大摇大摆地走过，好像旁若无人的样子"时，气得嘴唇都发抖了，并大骂妻子"目中无人，六亲不认"。我从舅舅的谈话中得知，那个男子也是桃花镇人，但到底姓啥名什么，他也不很清楚。我想，舅舅该不会认错外甥媳妇吧？桃花镇的传言应该都是板上钉钉的事了。

打那以后我不再沉默了,也不用"可能是误传"来安慰自己,真想找机会和妻子大吵大闹一场,以解心头之恨。从前的那些"花前月下""轻歌曼舞"等美妙情景,都无法让我找到甜蜜的感觉,反而越想越觉得恐慌,使思绪乱成一团。脸是思想的荧光屏,因而我每天都板着脸,冷冰冰地,只要有机会,不是责备妻子,就是逼她说出那个男人的名字。妻子惶惶不可终日,被我逼紧了,她只是说:"我当储蓄员的,接触的人那么多,你到底要我说哪一个呢?"说着说着,她就哭起来了。那段时间,我又忙于工作,那个男人是谁,我也没弄清楚,只好任凭痛苦的折磨。

真相大白

两个月过去了。有一天,我接到同乡朋友陈信的结婚请柬,要我和小颖"务必光临"。在陈信喜结良缘的那天傍晚,我们避开熟人,绕道前往朋友家。一到门口,突然鞭炮声大作,一大群小孩子飞快地往房子里跑,并高声叫喊:"新娘子到了,新娘子到了……"随着小孩子的叫声,里面涌出一批想首睹新娘风采的人。妻子被这突如其来的场面弄蒙了,不知如何是好。我赶紧解释道:"误会,误会!我们也是来参加婚礼的。"他们也觉得有点蹊跷,按惯例接新娘,有轿子、有唢呐队、有伴娘,怎么会只有一个男的陪新娘步行而来呢?确认不是后,他们也都回到了大厅里。

大概过了一支烟的工夫,外面又响起了鞭炮声,很多人站起来,并异口同声地说:"这下子,真的新娘子到了。"他们边说边往外跑。我和妻子也走到不显眼的地方凑热闹。新娘在伴娘的搀扶下,拖着粉红色的长裙,款款而至。我定睛一瞧,惊呆了。天哪,新娘的长相和我妻子相貌简直是一个模样啊!与此同时,几乎所有的人都将目光从新娘身上移到了我妻子身上。

妻子尴尬极了，赶紧拉着我往后厅跑去。此时此刻，我的心像落下一块千斤石头，顿觉宽敞起来，一切都明白了。

原来，我这个长期在外面做电器生意的朋友，因资金短缺，经常回到家乡找我妻子洽谈贷款之事。桃花镇人常常在储蓄所的柜台前或门口见到他们在一起谈话。无巧不成书，他与妻子离婚后，新认识的女友时常在他家进出，由于她长得酷似我妻子，人们便张冠李戴，制造出妻子的绯闻。可真是谣言传十遍，竟能成事实的呀！

后记

世间好物不坚牢，彩云易散玻璃脆。妻子还不到四十岁，就因病撒手人寰了。虽说妻子已逝多年，但她的音容笑貌依然铭刻在我的心底里。每当我想起妻子被误会之事，我的心如同刀绞一般，眼泪立马模糊了眼睛，只好以不断默念"还好我处事冷静，没干什么蠢事让她难堪；还好我没有太为难她，给自己留下终生的愧疚"这两句话来安慰自己。

湖北作家梁春云

【作者简介】

梁春云，中国散文学会会员、中华诗词学会会员、中国楹联学会会员、湖北省作协会员、黑龙江省青年文学家作家理事会理事、百姓作家杂志社第一届理事会理事。已出版散文集4部，散文集《迎微背幽》已付梓，担任散文集丛书《东栏弄雪》主编，担任多部书籍副主编和特约编委，有诗歌和评论在学习强国发表，有散文被列为《高考作文范文》，作品在若干刊物和平台发表，并在全国和国际文学大赛中获各种奖项。

曾任经典文学网散文学院副院长，获得经典文学网授予的 2020 年度"十佳精英版主"和"每周一文"金牌教练称号，获得经典文学网授予的 2021 年度"十佳精英作家"称号。

拥抱自然阳光成长

——有感于一次特别的"亲子秋游"

我来南宁多年了，游览了一些景点，但位于南宁市江南区的良凤江国家森林公园，还是第一次去。这得益于我大孙女所在班级的家委一班人为了精心组织一次秋游，事前经过踏勘和周密准备，方才有了一次莅临良凤江天然福地的机缘。

十一长假结束后，持续的秋雨和萧瑟的秋风，驱走了南宁的暑热，也为绿城增添了厚厚的彩衣。那黄的、紫的、红的、粉的、白的花絮，高矮错落，有序重叠地绽放在通往目的地的主干道上。久不露面的太阳，今天却一个劲儿地蹦出云层，给了我们一个意外惊喜。我们一路跟随着阳光扫描的视角，与这一路华衣飘飘的绿植一样心旌荡漾。如此美景竟然难留佳人，因为我们的心早已飞向了那棵中国唯一由一对金童玉女相倚而立的天赐姻缘菩提圣树下，要去撩开那灵气氤氲的神秘面纱，要去聆听那美丽动人的传说故事，要去赴一场温馨、甜美，甚至挑战而刺激的"亲子约会"，那就是"东葛路小学 2019 级（6）班'拥抱自然，阳光成长'主题亲子活动"。

一辆辆大车小车疾驰而来，频频驶进菩提山庄的一排排翁翁郁郁的菩提古树下，温和的阳光穿林而至。驻足树下，一个仰视，一个凝眸，树叶清清爽爽，主干擎天直上，这不正是它壮阔的胸襟和恢宏高远的志向吗？那在根部的金童玉女相倚而立，不正是象征着它永恒的青春魅力吗？一阵儿一阵儿放歌的飞鸟，更增添了菩提的幽迷和空灵，打断了我的沉思。

一个个家长与孩子手挽手，脸上漾着幸福的花儿，行进在晃晃桥上，大胆地晃，尽情地晃。大家笑着，尖叫着："别晃！别晃！"又有人惊叫："前面是球馆，已经看到球馆旁边草坪上来了好多人了。"一群人动作轻快地如燕子般飞向草坪，扑向大自然的怀抱："我们来了！"

眼前这一片地势稍高的草坪，便是上午"亲子活动"的场地。家委成员黎爸浑厚而有磁性的中音在空中回响："集合了，集合了！孩子们站在前面两排，报数：1、2、3、4、5。请记住自己的数字，凡是每5人中对应的数字就是一队，共有5队。"于是便有了"闪电队""海洋队""飞毛腿""复仇者联盟""胜利队"5个队，且每个队都有一句响亮的口号："闪电队"闪电出现，奇迹再现；"海洋队"扬帆起航，长风破浪；"飞毛腿"快步流星，风驰电掣；"复仇者联盟"勇敢萌盟，干啥都能"盟"；"胜利队"锲而不舍，永不放弃。

5个队的队旗颜色各异，迎风飘扬着。

黎爸展示出教官的本领。家长紧紧排在学生后面。

根据黎爸发出"大风吹，吹什么？"的指令，找爸妈、找孩子，大家瞬时下蹲、站立，抱孩子或孩子抱父母；找相同颜色的鞋子，快速聚拢"头抵头"；找上身或下身相同颜色的衣服，迅速聚拢"背靠背"；找同年同月同日生的人"手拉手"……通过不断增加亲密度、增加热度、增加难度，考验着孩子们的随机应变能力，平常只在微信群里有交流的家长，此时彼此有了增进了解、相互认识的机会。一时，场上笑声、掌声、呼喊声此起彼伏。

将竹破开,锯成等长为盈尺,人手一截,家长孩子并排站立,将破开的竹凹面向上,一节一节由高到低,自上而下,又自下而上蜿蜒对接的趣味活动,需要注重平衡性、稳定性、专注力的有机结合,体现了注意力高度集中、各自协调配合的团队精神。

这项游戏活动,让我想到了曾经在登山时,看到山民用破开的楠竹延绵铺在山上,泉水自上而下流到农家的情景。这种引水的方式传统、原始,但这是山民智慧的结晶。那楠竹的口径当然比这个大多了。

黎爸讲解种子配对时,介绍他户外所到之处,必关注奇异花果,并采收多种成熟的种子带回。他说,南北地域不同,气温环境不同,种子的形状千差万别。他对大自然的痴迷可见一斑。他掏出这些形状奇特的种子,有扁圆,有长扁形,有长椭圆形,有球形,有三角形……他在现场一一展示,一一介绍其特点及属性时,激发了孩子们极大的兴趣。他将这些种子分发给孩子们仔细观察,一个个爱不释手。他还讲解了无忧果、臭花、紫荆花,以及世界上最臭美的花的构造,还有发财木、凤凰木、紫花油麻藤等植物的生长特性,令诸多家长啧啧称赞。

当他讲到香港市花紫荆花就是羊蹄甲花时,现场的孩子们和家长惊呼:"哇——"因为绿城南宁遍地可见羊蹄甲花。大家站立的草坪尽头,便有一株高高大大的羊蹄甲树,它向阳的一面,已经穿上了紫袍,紫气东来。未来的日子里,绿城将是姹紫嫣红,一派盎然生机的景象。

已近中午,头顶的秋阳如万道金光直射下来,直射到绿油油的草坪上,温热了一棵棵小草。几位家委成员面对成堆的草帽,却没有一人拿一顶草帽戴在自己的头上遮阳,因为这是"水果连连看"趣味活动的道具。他们将草帽按每20顶为一组,这一顶顶草帽就妥帖地、漂亮地趴在草坪上,与绿地相互映衬,形成了一道别致的景观。草帽下是 10 种水果，每一种水果有两个，一顶草帽下有一种水果，父子或母子要快速商量，在有限的时间内，迅速跑向自己选定的帽子，两人伸手掀开帽子的一刹那，若发现是一样的水果，则"配对"获胜。这样的活动，随机性、偶然性与趣味性并存，需要每组的每一对父子或母子注意观察、分析、睿智、快速反应。

最具挑战性的当数下午的攀树活动。森林里树木挺拔，直冲云霄，枝叶繁茂，视野开阔，成了天然的攀树场。四组攀树绳，还有攀树梯，被黎爸等教练提前吊挂在大树粗壮的枝丫上，距离地面 10 多米高。

黎爸从专业的角度，介绍了拴在身上的安全装备、头盔佩戴、安全绳打结的方法，不厌其烦地传授并演示了三种攀树方法。一是脚蹬发力，即上升时一手向上推动绳结、腰腿上倾带动脚蹬发力，牵引身体蹿向空中，下移时便要向下滑动绳结；二是双脚交替裹绳蹬绳，双手交替上升；三是完全由双臂用力，双腿在空中自然发力，就像荡秋千时双脚发力的自然状态。孩子们认真听、认真看，兴趣之高，一个个摩拳擦掌，跃跃欲试，最后都在教练"一对一"的指导下，对这项攀树竞技体育运动进行了尝试。

凤江绿野，草木森森，一处蕴藉灵气的宝地，到处弥漫清新的风儿，让人惬意。盈盈秋水，荡涤着岁月的尘埃，映照出一片蔚蓝的天空，太阳放射出银色的光芒，温暖着孩子们的心房，照耀他们苗壮成长……

最后引用一位家委成员的留言，作为本文的结束语：

今天的亲子活动，让我和孩子深切地感受到我们 6 班是一个团结的集体、有爱的集体。特别感谢黎爸及团队组织的丰富多彩的拓展活动，感谢懿爸对本次活动提供的奖品赞助，感谢宇妈同事为班级设计班徽班旗，感谢磊妈朋友为我们做的美味蛋糕，感谢家委及策划团队的精心安排，感谢全体家长和小伙伴们的积极参与。身为6班的一员，我和孩子都感到非常的骄傲！祝愿我们6班在以后的日子越来越好，我们的亲子活动越办越多、越办越好，给孩子们留下幸福和快乐的美好时光！

梦想庄园

——有感于一次劳动课

九月金风送爽，秋林皓露随行。

开学初的一个周末，在赵老师、部分家委、部分家长和部分同学的共同努力下，东葛路小学四（6）班的梦想庄园在校园里"落成"了。

"绿遍山原白满川，子规声里雨如烟。"这是宋代诗人翁卷描写江南乡村，葱绿满原野、河水映天光、烟雨山色丽、杜鹃催农事的盛景。

梦想庄园里虽然没有这样的盛景，但芹菜、空心菜、大蒜、儿菜、香葱、芫荽，却稳稳地扎入地下，露出了灿烂的笑脸。土豆、红薯、蒜瓣、南瓜等，也在此舒心地安家，待它们美美地睡上一觉，舒展一下筋骨，也会将脑袋伸出来，看一看美丽的校园，更会伸出一只只稚嫩的小手，与同学们拥抱。

校园九月师生到，才了瓜稻又植苗。

苏霍姆林斯基说："劳动，不仅仅意味着实际能力和技巧，而且首先意味着智力的发展，意味着思维和语言的修养。"马尼里乌斯也说："劳动本身就是一种享乐。"朗费罗又说："劳动才能给人以安乐。"

没有种过菜的同学们，手握高过自己身高的铁铲，用脚踩着铁铲右侧，翻土时着实费了一番工夫。因不能把握身体重心，不能将身体的力量传输下去，铁铲就会打漂，土坷垃就会飞溅，而久旱的土层，很板结。这就要猫着腰，将身体重心下沉，双手放在铲柄适当位置，由臂膀带动脚力的"巧劲"，后退着将土层翻动。犹如插秧，后退也是前进。

大家知道，文不厌改。《秋星阁诗话》曰："能改则瑕可为瑜，瓦砾可为珠玉。""作诗如食胡桃、宣栗，剥三层皮方有佳味。"这是说明写诗作文修改的重要性。而面对眼前一片黄土、硬土、瘦土，就要改良它，使它变成幼苗和种子喜欢的土壤，"瑕可为瑜"。如适量添加一些生物肥料，起到泡松土壤、改善土壤环境、增加土壤中的有机质的作用，既杀菌消毒，防止病虫害，又促进叶片生长和坐果。

同理，我们平时丢弃的芫荽根、葱蒜根、芹菜根等，根须发达，生命力旺盛，是能栽种的。还有儿菜芯、生菜芯等，在择菜清洗时，都扔掉了。其实，它们鲜嫩壮，易栽种，成活快。还有，我们生活中，会将开始发芽的土豆、红薯扔掉，而种在这里，均是"瓦砾可为珠玉"。

有的捡出硬石块，有的拿着小铲、刨子、叉子，有的直接用手……一遍遍翻、刨、刮，土壤妥帖了；有的拿着剪子、刀子、筷子……菜茎、菜根、块根，一一到位；有的拿着大小水壶，均匀地喷洒……

初秋的太阳，依然不减激情。同学们成天埋头学习，消耗脑力，此时抛洒汗水，活动四肢，是不是很愉悦？

同学们虽然不能完全体会农民伯伯"脸朝黄土背朝天"的辛苦，但至少在体会"与土壤相亲，与草木为友"的快乐，在感受"劳动的成果是所有果实中最甜美的"的至理箴言，在认识一饭一粥当思之不易,民以食为天,劳动创造世界的深刻含义和深远意义。

"劳动是财富之父,土地是财富之母。"我坚持数十载,在居室、阳台、院落,痴迷于植播花草,自得其乐。我每天在上班前,要为它们松土、浇水,而下班回家后的第一件事,就是去看它们,若是有新芽破土,或是有嫩叶长出,或是有花苞孕育,或是有花儿绽放,或是有小果呈现……我竟会兴奋得心跳加快,甚至惊讶得跳跃起来。若是出差几天,我总是惦记着它们,办完事情,便直奔家里。它们宛若我的家人、朋友,一一驻扎在我心里。当看到大家族里又多了一些成员时,我会异常高兴。

而养花与种菜互通,这次我作为四(6)班的"劳动顾问",能与学生们一同劳动,一同在梦想庄园创造点点滴滴,让我在幸福的晚年得到了"财富"的滋养,深感荣幸。

孔子曰:"知之者不如好之者,好之者不如乐之者。"我目睹了同学们对蔬菜种植的浓厚兴趣,敏而好学,不耻下问,以及踊跃参加劳动的快乐。

那个穿蓝色T恤的瘦高个男生,在翻土时总是感叹:"这土为什么这么硬啊!"那个穿黄色T恤的男生,手不离铲,想把硬土翻个遍,表现出小男子汉的气概。那个穿黄色T恤的男生,带着妹妹一起刨土:"种土豆和红薯,为什么要掏一条小沟啊?"那个戴眼镜的女生,嫌手握工具太麻烦,直接用手去刨土,她说:"手上沾满泥土的清香味呢!"那个身体略高的女生,总是认真地掏土、拢土,把菜根轻轻地放到小窝窝里,再压紧其根部。那个始终带着微笑的女生,总是围在栅栏处,时不时地猫腰,定睛观看、准位植下种苗。那个海拔最高的女生,发挥腿长、手长的优势,时而运水,时而递工具,时而递种苗……

"我也要种苗!""我也要种苗!"

几个小妹妹也忙不迭地挤到栅栏旁，甚至爬到泥土上，一点也不示弱。

一双双稚嫩的小手变黑了，一双双眼睛清澈了，一个个脑门上露出了汗珠，背部衣服汗透了，可他们看到自己亲手翻耕的土壤泡松了，亲手种下的菜兜、菜苗，绿了一片，都开心地笑了。当老师问道："你们累不累？"同学们异口同声地回答："不累！"

我见证了同学们在老师的精心呵护下，正在茁壮成长，也特别开心。特别是几位家长牺牲休息时间，全程参与购肥、购种、购工具，他们协力同心，热心支持班级的活动，令我感动。

老子曰："千里之行，始于足下。"蒲松龄也告诫道："书痴者文必工，艺痴者技必良。"就让我们在梦想庄园里，一一探索大自然的奥秘吧。

吉林作家伊永华

【作者简介】

伊永华，女，吉林省长春市人，中共党员，系中华诗词学会会员、中国楹联学会会员、长春市作家协会会员。在第二届"蝶恋花杯"国际华人文学大赛、第二届"经典杯"国际华人文学大赛中荣获一等奖；在"经典杯"华人文学大赛、"当代精英杯"全国文学大赛荣获二等奖；在第五、第六届"相约北京"全国文学艺术大赛中荣获一等奖、二等奖；在多次文学评选活动中，荣获"中国跨世纪作家""当代散文先锋人物""当代百强签约作家""二十一世纪作家、诗人"等称号；经典文学网、中华文艺微刊签约作家；2019—2021年度被评为经典文学网"十佳人物"。作品散见于报纸杂志,并入编《中国跨世纪作家大辞典》《当代文学先锋人物大典》《当代百强签约作家文选》《当代文学经典》《当代文学人物大典》等数十本书籍,由国家出版社出版。著有个人文集《琴声与倾诉》、散文集《永不言弃》。

醉在仲秋

八月,又是一季仲秋,与小妹相约到南湖公园赏秋。站在枫林中,沐浴霞光,不由得痴迷在如火的枫林中;迎着清风,朦胧在清冷含香的幽梦里。多少个这样的仲秋,岁月轮回,苍老了我的容颜;枫红,却依然让我的心陶醉。四季更替,不断逝去一路的风景。于今,我醉在仲秋,在花开花落的岁月中沉思,在云卷云舒的时光里漫步。

秋之枫叶是八月的梦幻,枫红浸染着天空中的湛蓝,白云在蓝天中缠绵着向远处缓缓飘荡。林中浓郁碧绿的底色早已涂抹了沧桑的痕迹,织就一幅天然图景,令我沉醉,令我痴迷……

秋之枫叶是一首诗,铺一纸笔墨,蘸一池绿色曼陀罗花语,撩动心底的柔软,涌动绵绵情思,吟诵出首首诗词。"今日云景好,水绿秋山明""自古逢秋悲寂寥,我言秋日胜春朝""停车坐爱枫林晚,霜叶红于二月花""未觉池塘春草梦,阶前梧叶已秋声"……

秋之枫叶是一首歌,秋虫的呢喃私语,总在秋的枝头唱起,含情脉脉飘飞在《爱在深秋》的歌声里。"如果命里早注定分手/无须为我假意挽留/如果情是永恒不朽/怎会分手/以后让我倚在深秋/回忆逝去的爱在心头/回忆记忆中的我……"乐曲声中,看那一树枫红让人心动,即或落尽了繁华,那季节的流光碎影早已轻轻浅浅浸入我的心底。

秋之枫叶是一幅画,无须彩笔绘制,那天边的流霞,装点出秋之浪漫,托起秋日红色的梦幻。看落叶在风中曼舞的身姿,听落叶飘落时的絮语；那漫天飞舞的枫叶，落叶声声，低唱着秋的离歌，尽显北国之秋的美丽景色。红叶，彰显着饱经风霜后的从容与淡定，是经历过的无私和生生不息的繁衍。

落叶如蝶为谁舞？那低诉的心语，是轻轻的思念，是淡淡的忧伤，是爱的眷恋，是生命的轮回……

那红叶，如霞，醉了红尘，横空铺笺写下一季的感动，砚墨命笔描绘了一世的沉浮；如火，燃烧着希望，我伫立凝思未完的清梦。

红叶，它奉献了一生的能量，最后选择回归大地，回到能量来源的起点，重新开始另一种方式的奉献。红叶，记载着它生命进程的历史，也记载着人类生命进程的岁月。

秋之枫叶赋予人们无尽的遐想。秋，是凋零、颓废与忧伤吗？哦！它给人间带来成熟的硕果与希望。我愿执笔，来续写未来的希冀，倾诉生命的恋歌。

登高远望，尽赏层林尽染的美画，当一切景色尽收眼底，将自己置身于空灵的天地。枫叶，它傲立于清霜冷雾中，展示风采之韵与静雅之美，寄托了心灵深处美好的向往与情怀。在红尘中，我寻觅着生命的热烈与忘我的超然，如红叶一般，把握真实的自己，珍惜拥有的一切。

与秋默然相对，体会那超越于悲秋、悯秋之外的永恒之美，感知出叶之成熟而悄然离去背后的超然释怀之美。由此，更加懂秋、惜秋、爱秋、恋秋……

秋，幽静、清冷和萧瑟。斜阳、枫红、霞光、秋水、飞雁……构成一幅绝美的画卷。

醉在斜阳，醉在枫红，醉在霞光，醉在秋水，醉在飞雁……我醉在仲秋！

浙江作家郑小良

【作者简介】

郑小良,男,1965年4月生,永电文联秘书长。现为中国楹联学会会员、中华诗词学会会员、温州市音乐家协会会员、温州市书法家协会会员、龙湾区作家协会会员。曾获"精英怀"全国文学大赛三等奖、罗峰奖全国非虚构散文大赛优秀奖等。

我爱大罗山

朋友,你去过大罗山吗?它是浙江省温州市东南部的一条山脉,绵延数百里,纵越于滔滔的瓯江与浩浩的飞云江之间,面对苍茫的东海,西接密布的湿地,海拔707米,长年云弥雾漫,乃海内仙山,也是温州城的"生态绿肺"。大罗山集儒、释、道于一体,素有"天下第二十六福地"之称,历史上曾有"七十二寺,三十六庵"之说,书院林立,是信士或高人修身养性、授业解惑著述之圣地,"永嘉学派"便孕育于此。

登临大罗山,你就会被它独特的花岗岩地貌所吸引。那里巧石奇秀,天下独绝,被誉为奇石博物馆。伏卧于石竹后山的龙脊,长眠于此有一亿多年了,传说是龙王三太子的化身,由24块天然石头排列而成,形象逼真,仿佛活生生的巨龙化石,叹为大罗山第一奇观。

大罗山怪石林立,数不胜数,屯山村南面的蘑菇岩、盘云谷外国山脊下的大象石、八水罗隐洞的蟒蛇壁、永嘉场求雨圣地南坑山龙王峡的龙头、茅田水库至十二桥水库道旁酣然入睡的猪头岩、让人不忍惊醒的瞌睡犬、夜来探首赏明月的乌龟石、双岙峡谷的鲳鱼石，还有猩猩石、蚂蚁抬头、外星人、擎天一柱、飞来石、如来神掌、朝天龟等，无不浑然天成，叹为观止。每一块石头都是一首诗、一支歌、一段历史、一个传奇。

大罗山韵律悠长，延续亿万年漫长的岁月，从厚重的固态中能够感受到它曲折流动的美。站在高高的哨子墩顶，观望东海气势如虹的日出，真可谓"初照平波万里空，霞光满目染山红。文人墨客仁贤聚，一唱雄鸡大将风"。在此欣赏温州满城灯火的浪漫夜色，不由感叹"倾城尽是树千光，楼阁霓虹月影霜。歌舞升平观夜色，心花怒放绪飞扬"。在这里搜寻五潭三瀑、高山平湖珍贵的自然景观，品味茶山柑橘、杨梅的特色奇珍，领略千佛塔、永昌堡、张璁祠的历史遗迹，游览天柱寺、百家尖、美人瀑的山光水色。无不惊异于它奇丽的景象和丰富的人文，无不惊叹于大自然的鬼斧神工。但我更钟爱于它冲击视觉、滋润心田、震撼灵魂的人文元素。

仙岩镇穗丰村后山发现的距今3000余年的古墓，出土有商周时期的铙、鼎、簋、戈、剑等青铜器、玉饰品。茶山山顶、山根鸡山背，徐岙马屿矶诸处也发现新石器时期的器物，可证早在四五千年前，先民已生活于大罗山上。仙岩梅雨潭、化成洞一带有历代诗文摩崖，茶山五美院、卧龙潭有明人摩崖字刻，瑶溪半山有"濯缨""龙冈"等名人摩崖石刻，横塘山有米芾"第一山"书法摩刻遗迹，还有新发现的宋代姜家坦文化遗迹、百步坑栈道遗迹诸处。一座大罗山，文物古迹随处可遇，覆盖率之高实为世间罕见。

大罗山不是一座山而是一座座山。大罗山上有"杨梅之乡"

的茶山、天下"第二十六福地"的仙岩山、"九狮之王"的雄狮山、拥有"千年茶树"的派岩山、"三皇五帝"修炼过的盘古山等,有"罗山第一峰"的百家尖、"东越王"安营扎寨的李王尖等,有北宋楞严遇安禅师广开法席的积翠峰、坐拥晋代古刹的天柱峰,有红枫古道老鼠梯、坳头岭和后京山岭,有"南昌齐柯鲍槐立"摩崖石刻的翠微岭,有"东南锁匙"和"入温咽喉"江防要塞的茅竹岭,有轩辕氏升天的升仙岩、岩底小洞里会流出米来的流米岩、神仙相聚下棋的棋盘岩等。

大罗山是一座洞山。山上有刘畿开凿、"广可布席,坐面飞泉"的通玄洞,有啸峰和尚开凿、中供观音大士像的观音洞,有唐代文学家罗横隐居处罗隐洞,有"古洞非开凿,天然造化成"的化成洞、明代进士礼尚书顾瑞屏隐居处顾公洞,等等。

大罗山是一座泉山。山上有楞严遇安禅师伏虎地——虎溪、"溪石皆玉色"的瑶溪,有"常若梅天细雨"的梅雨潭、"声如狮吼"的雷响潭、"龙须扯落"的龙须潭、"三姑听法"的三姑潭、"众泉枯竭,此泉不干"的卧龙潭等,有"响如洪钟"的金钟瀑、"如青颜白衫的曼妙女子"的美人瀑,有"神农取此水灌溉、女娲用此水造人、伏羲点此水画八卦"的三皇井、轩辕黄帝用此水炼丹的炼丹井,有"黄帝沐浴池""天外飞来,心静生凉"的天河平湖、"绿浪催幽兴,青莲合羽觞"的盘谷湖、宛如一块巨大的翡翠镶嵌在青山环抱之中的瑶湖,等等。

大罗山是一座云雾山。大罗山传说为玄门圣山,积聚一股鸿蒙元气。登大罗山,深入腹地,清幽秘静,令人陶醉。常逢云雾缭绕,山色朦胧,景色如隐,山风拂袖,衣袂飘飘,如入梦中,心旷神怡,神清气爽,在云雾中隐进显露,犹如仙境,美不胜收。

大罗山是一座植物山。山上生长着常绿阔叶林、松林、经济林、竹林、灌木丛和蕨类植物、裸子植物、被子植物、双子叶植物、单子叶植物及珍贵树种和药材。大罗山植被覆盖率达60%以上，森林覆盖率为21%，生长乔木、灌木1502种，重点保护珍稀树27种、药用植物400多种，其中生长于仙岩化成洞的一株金心茶花树，距今已有1200多年，号称"世界山茶花大王"。

大罗山是一座佛山。名刹古寺高僧不胜枚举，故有"浙南佛国""观音圣地"之美誉。唐时，永嘉大师玄觉创设禅宗道场，各地学僧聚集座下；慧通归一禅师住持仙岩圣寿禅寺，得宋真宗和宋神宗御赐"圣寿禅寺"和"昭德积庆禅院"匾额，名震宇外；传说宋楞严禅师曾于此讲经伏虎；茶山实际寺，明代高僧逆川在此觉悟经文，多次受朱元璋召见；卧龙寺和宝严寺，弘一法师曾在此修炼说法。

大罗山是一座书山。宋代陈傅良创办仙岩书院，开创永嘉学派之先河；明代王赞在双岙书院勤读苦研，终成大家；张璁创办的罗峰书院，开一代新书风，书院被嘉靖皇帝赐名为"贞义书院"；明代黄淮晚年在茶山南柳征庵别墅清闲自在，读书自娱，陶冶情操；王叔果与王叔杲筑瑶溪半山缭碧园，聚集诸友，读经吟诗，谈论理义。

大罗山是一座摩崖题刻山。大罗山摩崖题刻有35处，有文字题刻、石刻造像，主要分布在茶山五美园、茶山卧龙潭、仙岩梅雨潭、化成洞周边以及瑶溪半山。这些不同年代的摩崖题刻，穿越千年时空，或天然意趣，或气势恢宏，或咏唱山水之美，或表达生活感悟，或祈求国泰民安，或纪游记事，每一幅题刻背后，都连着许多历史人物和故事。

大罗山是一座诗山。山水寺鼻祖谢灵运曾诗写仙岩："弭棹向南郭，波波浸远天。拂鲦故出没，振鹭更澄鲜。遥岚疑鹫岭，近浪异鲸川。蹑屐梅潭上，冰雪冷心悬。低回轩辕氏，跨龙何处巅？仙踪不可即，活活自鸣泉。"南宋陈傅良赞梅雨潭："衮衮群山俱入海，堂堂背水若重闉。怒号悬瀑从天下，杰立苍崖夹道陈。"张璁写罗峰书院："卧龙潭下书院成，白鹿洞主惭齐名。松菊已变荒芜径，溪壑更添吾伊声。"王赞写大罗山势："庙门正对双溪开，河流亦自双溪来。东瓯海潮日吞吐，大罗山势常崔嵬。"王激写陶成洞："试览罗东胜，游筇喜共支。陶成存古洞，题咏有新诗。"明代洪武年间隐士谢德琦写天柱寺风景："绝壑松杉暗，幽栖药草香。悠悠望东海，吾欲倚扶桑。"自谢灵运踏迹大罗山后，历代诗人张又新、徐照等纷至沓来，留下无数名篇佳作，为山水之美增添灵趣风采。

从内心深处，我早已把自己当作大罗山人，它独特的魅力，深深打动着我，诱惑着我，感召着我，使我不禁自问，何以对大罗山如此崇拜？因为大罗山是人间仙境，是神圣福地。有古人赋诗为证："仙峰巅险，峻岭崔嵬。坡生瑞草，地长灵芝。根连地秀，顶接天齐。青松绿柳，紫菊红梅。碧桃银杏，火枣交梨。又曰：仙翁判画，隐者围棋。群仙谈道，静讲玄机。闻经怪兽，听法狐狸。彪熊剪尾，豹舞猿啼。龙吟虎啸，翠荟莺飞。犀牛望月，海马声嘶。异禽多变化，仙鸟世间稀。孔雀淡经句，仙童玉笛吹……"

大罗山与众不同，独树一帜——以岩石为背景，以瀑泉为衬托，以古寺为点缀。远处观之，山并不高大雄伟，也无特别之处。但深入之后，脑海中"山"的概念荡然无存，它分明是一块块密集叠垒的大石头，变得杂乱而有趣、雄伟而奇特。可以想象"山峦叠嶂若奔马，飞瀑雷声震断崖；一象九狮惊海角，五潭二井秀天涯"。站在高处眺望，林涛石浪，汹涌起伏，水库大坝一层叠上一层，那气势壮阔极了。你看通玄洞接着梅雨潭，顾公曲经悬着长坑瀑布，又见"平湖盘谷仰天镜，瑶水丰台西阁庵"。

大罗山的人文景观，一辈子都欣赏不完。我爱大罗山，我是大罗山人。

江苏作家王协忠

【作者简介】

王协忠，笔名诗言，江苏省盐城市人，毕业于长安大学。现为中国诗杂志签约诗人，中国企业信息交流中心特约信息员、采编。业余时间以安然娴静的心情，根植厚土傲苍穹，将身心浸润在墨香潮染的素笺上。有数百万字的作品散见于各类报纸杂志及网络媒体。偶见作品获全国文学艺术大赛一等奖和金奖。

灯火初上话旗袍

灯火初上，他常常想起那个身着旗袍抱琴弹唱的女子会在何处，到底是旗袍让她变得韵味十足，还是她使旗袍有了灵魂，得以尽显其妖媚与温婉？

她发髻斜坠，眉纤入鬓，款摆如风，清艳如花，沉静而又古典，尽显魅惑无比的春光，艳如一阕花间词。

是在"小楼一夜听春雨，深巷明朝卖杏花"的那声幽长而寂清的叫卖里，还是在细雨晨起翻开的《雨巷》里，又或是在古玩店中那些仿旧的玉簪、团扇、青花瓷瓶上？

或许，她低眉俯首的凄美哀怨、举手转身的贞静贤淑，早已在岁月的那一头如烟散去。

如今，隔着尘埃，回忆她的身影，摆动的旗袍在阳光斑驳的暮色里，更显岁月的苍凉与繁华。心里知道，她也有俗世，也有悍泼。但是，隔了漫长岁月的回望，一切都可体谅，除了娟娟静美，其余视而不见。只因，她不是生在旗袍兴起的那个年代。

细品如水流动的丝缎，她使那密密缝制的绝美绸缎有了灵魂，一种静止的旖旎和芬芳散去牵念的凄凉。止不住回望那墨黛底色，暗红而寂寞的花，穿过昏黄的时光，越过心灵之窗，在梦中，飘动洒脱，纯净水一样洁净无瑕，没有丝毫的杂质。她透明了，一个眼神、一个不经意的举止，泄露了她心中渴望激情的秘密，于是她让也渴望激情的他醉了，成了他眼里珍藏多年的甘醇佳酿，他情愿长醉在这里不复醒。

因为，在这惨烈厮杀的现代，谁还有心思在旗袍的缠绵细节中把冷暖自如地收放？要早起，要晚睡，要赶赴，要等候，要随时席地而坐，或者一脚跨过水坑。仅此于思念而已，权当是一个与自己有着距离的梦。这梦，是陷在水墨渐淡的画布里的静婉，是旧乐里那声细高的嗓音，是老街木格窗前的惊鸿一现。就因这一点，意想里有了更绝世的风情。

于是，他一人坐在黑暗的电影院里看一场画面怀旧的电影。情节模糊。但是，在透明而舒缓的音乐里，当木地板、老藤椅、留声机、精致的盘扣、细镂的丝缎重叠倾泻而来时，甘愿在这片刻里温软地沉沦，不复醒来。

音乐清凉如水泻了一地。幕上一件古色古香的旗袍，衬托出文静娴雅的她，执一支古老的画笔，体态幽微，着黑暗幽然浸染，是出岫的烟云、漫堤的飞絮，节微温延绵至无涯。这样温暖！在他微微的喘气声里，希望是天长地久。

若还惘然，他轻轻合上双眼。她缓缓穿尘而来，薄嗔微羞。

日长人静的院落里，她的高跟底在青石径上微微敲响，是花坠地的声音，也是风扣竹帘的声音，更是腕上细镯相撞的声音。

也许，风已悄悄吹散了额上的柔发，嘴角开始微微绽开笑意。此时，他倦了，终于侧头睡去。在午后的香樟树下，偶尔有叶子落在他的手背上，梦里，与她擦肩而过，转过头，轻轻地笑开。

她的笑容，像一朵刚盛开的玉兰，比栀子浅淡，比茉莉玉润。开在栅栏外，静静，脉脉。仿若心事万千，细探却又不着痕迹。走过了，想想，回头，隔着细长的雨，以为她会随风送过低语来。久候，却只剩一缕清风。

感悟之时，旗袍与她深深浅浅的秘密、零零星星的心绪，如花般缤纷着人世繁华落尽的苍凉与凄美，又将岁月的沧桑转身嬗变成经典与美丽。

此时，灯火初上，她身着旗袍，眸子里一片如水的温柔漫开，这一刻，她将最美。

新疆作家贾川疆

【作者简介】

贾川疆，男，《文学与艺术》签约作家。诗歌入选《"凯特杯"当代青年诗歌新人大赛作品精选》《"经典杯"国际华人文学大赛作品精选》等书籍，入选省级纯文学刊物《南方文艺》《三角洲》等杂志；国画作品《曲调未弹先有情》入选《华风书画精品赴日展》等。诗歌、散文、小说、书法、篆刻、版画、国画作品，散见于报刊和网络平台。

真挚的情感在漂泊

苦涩的风吹落了，那无奈的思绪。

在这个春回大地、一片翠绿的初春，我收拾好我的挚诚，起程去远方，到远方！到有幸福围绕的地方，到花开艳丽的地方。

我要跨过群山峻岭，看起伏跌宕奇美的山河，也看看那苍穹和大地，大地中那沟壑，深深的裂痕留下的是岁月痛苦的伤痕，像我的爱情，失去了她的芳踪。

我心中的伤痕也在徘徊，我是那般忧伤，心中的痛，如大地开裂的河谷，刺痛着我的芳心，挥不去！忘不了！痛得我无法自拔，怎样才能抹去这伤痛呢？也许随着时间的沉淀，伤口会慢慢地愈合。

很美的那一片白云，从每一次朝阳的照耀到每个黄昏无奈的落寞，我的情感，在痛苦地漂流，真想去问问那远去的风，你可知道？我怎么才能寻找到她的芳踪呢？

晨曦在每个瞬间的辉煌，都是美好的一天，心中总是充满对生活的执着、对幸福的渴望。

我要用步伐去丈量祖国的大地，踏遍五湖四海，到天涯，也去海角，寻找那梦境一般的乐土，姑娘，我要去寻找你的芳踪。

想当初情意绵绵的我，邂逅在浪漫的时节，姑娘你的温柔，温暖了我的寂寞，在花海中看到你，那苗条曼妙身姿，还散发着恋爱的芬芳，荡漾着爱的欢悦，让我心醉，情感激荡着我久违的心芳，涉足在你爱的世界，侃侃而谈，幸福开怀。

那羞涩的花朵，像你，每一片花瓣都透露着姑娘的芬芳四溢，你那回眸一笑，甜在了我的心坎里，瞬间让我对你动了情，我愿痴迷在你的娇羞里。

曾经的美好时光，完美演绎了我们的爱情，你那缠绵入骨的情感和少女般婀娜多姿的身影，暗香盈袖地牵动着我的心，那倾情般的香气，让我动了情，醉倒在你的心里，让我回味无穷。

我们彼此温柔含情的目光里，散发着爱意浓浓的情意，你清脆婉转的声音，总是回荡在我的心里，起了阵阵波澜，起伏的涟漪扰乱了我的心。

美好时光总是短暂，像时光不愿停留，如同那美丽动人的花朵。再美丽娇柔的花朵，也有失意凋零的时候，好花总是不常开，昙花一现的辉煌就落寞了，好景我们也留不住，那就让她随缘吧。

时光飞速流逝，我将全部的美好，放在思绪之中，当爱远去的那一瞬间，我真的落寞了，心中又起了涟漪，当无情的风吹去了爱情，我的世界是一片狼藉。

对你的牵挂，一日复一日，一年复一年，又一次看到那轮回的金秋季节，红叶羞红了整个世界，人们看到的是红叶的浪漫，却不知道那是红叶悲壮的一幕，那是用生命最后一次辉煌，艳丽了整个世界，片片落叶飘下去的全部是伤感。

思念占据着我的脑海，风雨兼程的人生轨迹，是那么曲折蜿蜒，在有风又有雨的路上，我们曾经携手同行，共同走过那一程。

自从你我在那繁华的街头走散，你的消息全无，又像那断了线的风筝，我慌了，我迷茫了，我寻不到你的芳踪了。

你离开了我之后，我远离了那喧闹的城市，躲进我的孤独中，将自己封闭在小屋，独自细数着你给的寂寞，那一年的冬特别寒冷，那一场漫天飘飞的大雪，是出了奇的猛。

而在我心中起的迷茫，自从你远离了，我的世界大雪也下个不停，好寒冷的冬天，又有谁来温暖我呢？

情感需要两个人的相互包容和理解呵护，你的不理解，把我置于苦海之中，我失望，我茫然，我落魄，如同在贫瘠的沙漠，在烈日当空下，我孤独地行走着，路在何方？

还记得你那一句绝情的话语，始终弥漫在我的脑海，挥之不去，让我置身于那寒冷的冰川之中，日复一日，年复一年。对于情感，我是那般呵护着我们的友情，又是那般珍惜，每一次相处的日子，我们相约在一起，肩并着肩，携手走向未来的幸福。

我不想再说，曾经的爱情，已痛之入骨，随着时间的沉浸，渐渐地抚平了伤口，也许终会有那么一天，我将释怀。

再甜美的爱情也抵挡不住那一场别离，别说什么天长地久，只能说它早已成尘埃。

我真挚的情感在漂泊。

让我如何不再牵挂

1

"猪头，你在哪里？说话！"一个小姑娘刚从外边回来，放下手中的小包，就急匆匆地在叫我。"我在屋顶。"我听到后慌忙回答。

她是我的女朋友，横着呢，古人云：唯小人和女子难养也，我是得罪不起她的。

今天的天气很晴朗，风轻柔地吹拂着杨柳，鸽子在天空中自由地飞翔，我在四合小院屋顶调有线电视信号。

她疑惑地微皱眉头问："你在屋顶干吗？"我一边忙着手中的活，一边回答道："我在屋顶调有线电视，信号不好，电视又不清楚了，我一会儿就调试好了。"她不满地说："调好了，你就立即给我从屋顶上下来！"

我刚从梯子上下来，一个扎着马尾辫的姑娘，上前就将我拦在了梯子边，她上前一步，贴我太近，我向后退了退。

她好像兴师问罪一般地说道："你是怎么回事？那个漂亮、娇滴滴的女孩是谁？"

她气鼓鼓地说着："为什么她上午来院子里找你？我问她找你干什么，她也不告诉我，我说我是你的女朋友，有话告诉我，我转告。她一听，啥话也没有说就走了。"

她继续唠叨着："她把我气得够呛，穿得花里胡哨的，戴着金银首饰，哼！有啥了不起的？长得漂亮，有啥牛的？我最看不惯的就是有几个臭钱摆阔。"她气鼓鼓地一口气说完，上前揪着我的耳朵，用力地揪着。

"哎呀，美女！你轻一点好不好吗！这可是肉长的。"我在嚷着。"她是谁？"她又使了一点劲，我也佯装很疼的样子，夸张地叫着："哎呀！再揪就揪掉了，就没法听声音了。"

她一听掩着嘴，"咯咯咯"地笑着又说："就你娇气，我还没有使劲呢，叫得跟杀猪似的。"我装作很无辜的样子："谁是谁呀！你说的我不知道，你在说什么女孩，找我？找我干吗？"

她沉默了一会儿说："猪头！还不承认吗？看得出她和你很熟。""承认什么呀？"我嘴上说不知道，心里实际上早已知道是谁来找我。"好吧！你不说，别让我抓住你在外面有别的女孩！让你吃不了兜着走。""我还要去银行办卡，现在没有时间和你扯淡，等我回来后再继续这话题，现在就暂停在这里。"说完她气鼓鼓地提着包走了。

2

我知道，我的女朋友所说的她，实际是我的前任女朋友，自从她出国到了澳洲后，我们就再也没有联系了，我们之间的关系也彻底结束，已经三年了。

很长时间，她都是我心中的痛，她抛弃了我，去澳洲追求她的钱去了，自从我们分手后，我想也许今生不会再见到她了。

如今她又回来了，我在想，她又何必再来找我呢？我的心里有些恼！我有些恨她，但是我骗不了我自己，我知道，我还爱着她，我很彷徨和矛盾，她此时的出现，打乱了我现在的平静。

今天上午，我就接到她的电话了，她说从同学莉莉那里，打听到了我的手机号才打给我的。

我接到她的电话时很意外，也很不平静，就如一颗巨石丢进了湖里激起的千层涟漪。

这么久了，没有她的消息，忽然她又出现了。

她说她这次回国主要是来看我。我不相信，要是想我，她早该来看我了，会等到现在吗？我迷茫了。

我坦白地告诉她："我已经有女朋友了，我们之间相处很融洽，我和她已到了谈婚论嫁的地步了。"她忧伤地说："我知道，同学莉莉已告诉我了，这次回国，我就应该想得到，我这次回来是抱着幻想和奢望，寻找曾经属于我的爱情，看来我要失望了。"

我面无表情地说："你还是那么争强好胜，我们之间的感情，如同被打碎的镜子，现在再黏合在一起，也会有裂纹的，何苦自寻烦恼呢？"

我忧郁地说："曾经属于你的爱，它已在你抛弃我的时候就消逝了，因为你没有用心去珍惜，它一去不复返了。""你知道吗？"她忧伤地继续说着，"我现在还是一个人，我的心里只有你一人，我去了澳洲也是不得已啊！我也有我的苦衷，这世界上你都理解不了我，又有谁能理解我呢？"

"当时我真的不知道，我会不会再回来，所以就没法给你承诺什么。""也许是想让你对我死心，希望你能找一个更喜欢你的女孩，在没有我的日子里能快乐地生活。"

她在电话中说了许多，我的心里有些痛，她是在揭开我的伤疤，这让我更加痛苦，我不想听她说这些让我伤心的事了。

我痛苦地说："你抛弃了我，三年之后，现在又对我说这些，有用吗？事实是你放弃了，你还说你爱我吗？"

"我现在有了一个深爱我的女孩，虽然她没有你长得漂亮，没有你的学历高，也没有你的家庭条件好，但是她对我好，她是真心爱我，她的毛病很多，任性、小心眼，可是我包容了她的一切。喜欢她的优点，我就要包容她的缺点，就像她包容我的缺点一样。"我动情地说。

"现在我已准备放弃你了，我历经了三年伤口才愈合，你又对我说你爱我，爱我还将我抛弃？我一直还是爱着你，我不否认，要是你，你会怎么想？你现在又回来干什么？我知道以你的性格，一定很风光的，一定有了很多的钱，因为当初你也是为了钱，抛弃了爱情和我。"我埋怨着她。

她再也忍不住地哭了："可是现在，我有了那么多的钱又有什么用呀！到现在我才知道，我真正需要的是什么，为了钱，我却失去了你，失去了我们的爱情。"

我说："过去的就让它过去吧，我们已不可能了，请别再打扰我，见到你，我会更加痛苦。"我有一些绝情，"相见不如怀念吧！"

她几乎带着哀求地说道："我只问你一句话，你还爱我吗？"我说："如果不爱你，这几年，我会这么痛苦吗？我一直都没有忘记你，你是知道的，不论怎样，我都是爱你的！"

我很激动地说："虽然你让我痛苦过，你也让我开心过，想起我俩牵手在一起的美好时光，我又怎么能忘怀呢？我又怎能将你忘怀呢？"

"可是我们真的不能在一起了，你不要再打扰我了，我要挂电话了，对不起，我会永远爱你！"我再也控制不住，眼泪悄悄地滑落。

没等她说什么，我匆匆地挂了电话，很久我的内心都无法平静下来。

3

我想她不会再打扰我了，我有点伤她的心了。我想不见面，也许对我们俩来说，会是更好的选择，相见不如怀念，见了面也许会更伤心。

实际上我是多么渴望再见到她，向她倾诉我的相思。

本想她不会再打扰我了，没想到她打听到了我住的地方。她的到来，还惹得玉儿不高兴，我思前想后的，我知道这么多年了，我是无法忘怀她的，她又出现，只会让我无奈而且更痛苦。

可是现在又有什么用呢？我该怎么办？我彷徨了、茫然了，想了想就关了两天的手机，也许是关了手机的缘故，她打电话找不到我，才问同学莉莉，打听到了我的住址。

我于是打开了手机，发现她留了许多短信，短信的内容无非就是，开机后见短信速联系，有急事！

我走出了家门，在一棵老树下的亭子里，坐在凳子上给她打电话，打通了。

她接到电话第一句就说："你是怎么搞的，关机了，躲着我吗？""没有躲？我只是想，我们不可能在一起了。""你说过，你还爱着我。"我说："但是……"她接过话说："你也别但是了，我想找你见个面好好谈一谈，你现在到我这里，我准备后天就回澳洲了。"

"我想和你好好谈谈。"听她说就要走，我觉得还是要见她一面，谁知今后再见面又是哪一年了？我也说着："我也想和你好好谈谈。""你在哪里？"我问道。"我在丽华大酒店 12 楼 22 室，你来吧，我等你。"

挂掉电话，我打了个出租车去找她了。

4

丽华大酒店离我住的小村庄，近两个小时的路程就可以到了。到了丽华大酒店后，我打了个电话说我已经到了。

"那你直接坐电梯，到 12 楼 22 室，我等你。"

这酒店我没有来过，刚进大厅，有一个女服务员就迎了上来。

她热情地说："先生住店，还是有事？我能帮助你吗？"我说："请问，电梯在哪边？我上楼找人，12 楼 22 室的米娜小姐。"

"电梯在左边，你上双层号电梯，到 12 层直接去找就可以了。"

"谢谢你！"我客气地说。"不客气，先生慢走，先生再见。"她笑着向我挥了挥手。

上了电梯，我在 12 层下了，在寻找 22 室。

我站在了 22 室门口，敲了一下门，门开了，她穿着个粉色的三点式，头发湿湿的，看来是刚洗完澡，开门后将我拉进了室内，挂出了"请勿打扰"的牌子，随手将门拧上。

看我在愣愣地看着她，她淡淡地一笑："又不是第一次看到我这样，干吗，还没有看够？""发什么愣呀！"她过来拉着我的手。

我有些慌张："娜，你别这样！别人看见我们这样不好，我们说不清楚的。""怕什么呀？还怕我一个姑娘家强奸你不成呀！呵呵！"她笑着说。

她掩嘴又笑着说："假正经,以前你可是老欺负我,现在怎么了?改邪归正了?""呵呵!别人不了解你,我可是了解你的,没有人的时候就抱着我,老婆、老婆的叫,嘴可甜了,是女孩都会被你叫得心动的。"

她说完这些话,让我有一些难堪、尴尬,我的脸上是一阵红、一阵白的,我觉得我的脸都成了红苹果了。

三年了,我们没有见面,毕竟还是有些疏远了,我没有她那样放得开。"没有搞错吧!口若悬河的帅哥,当年最会哄女孩的你,变得文雅了吗?"她笑着说。

我看着她,三年不见,她依然是那么漂亮,身材苗条,两个丰满的乳房骄傲地坚挺着,长长的秀发披在肩上,她依然是那么性感。

她随手将挂在浴室的薄衫披在了身上,一边说一边紧着腰带。

"三年不见,你还是老样子,帅帅地,我去找你了,那个不懂礼貌的小女孩是你的女朋友吧?有些缺少教养。"她皱着眉头说。

"她还小不懂事,高中毕业就在外面卖化妆品。"我接着她的话说道。"那难怪呢。"她好像知道答案似的说。"她是我的女朋友!"

"我知道!我也是女人,我去找你,她问我这、问我那的,就跟查户口的一样,我就猜到她是你的女朋友。"

"你的眼光有些降低了吧?不是我说你,记得在大学期间,你身边女孩很多,能让你看中的可没有几个哦,一般女孩子你都看不上的。"

"我可是大学里的校花,你追了我三个月,我才答应和你处男女朋友,后来我俩在一起了,别人都认为我俩很相配,是天生的一对。"

她有些伤感地说："不说了，说这些就让我伤心。"

"我这女朋友没你漂亮，但是她真的很爱我，你抛弃我之后，我的心情一直就不好，认识她时，是在我最失意的时候，她给了我爱。我那么爱你，你却为了钱抛弃我，那时的我是怎么过的你知道吗？我很痛苦。"

"你还在生我的气？"她直视着我的眼睛说着，"我知道，你还是爱我的！"她咄咄逼人。

我也很坦白地对她说："我不否认，我还是爱你的，可是你却抛下了我，自己远走到澳洲。你不会知道，你走后，我是怎么过的，我是那样爱你，每当一个人的时候，就想起你，很痛苦，你走了，把我的爱情和心也都带走了。

"你电话也没留就走了，现在我心里平静了，有个深爱我的女孩，她虽然在我心中永远也代替不了你在我心中的地位，可是她在我身边，让我开心了许多，我在努力地忘记你，也许我永远都忘不了你。

"我平静了许多，你却在这时出现了，我在想，命运又如何捉弄我呢？

"我最失意的时候是玉儿给了我爱。在我最需要你时，你独自飞到了澳洲。"

"帅哥，对不起。"她拉住我的手，"真对不起，在金钱和你的选择上，我选择了金钱，飞往澳洲时，我父亲让我帮他管理酒店。"

"我真的想带你一起走，可是你知道，我父亲对你有成见，他一直不喜欢我们在一起，我提过，他坚决不同意我带你一起到澳洲，我也很无奈。"

她说："我父亲一直认为，你没有上进心，怕我跟着你会受苦。"

我苦笑了一下："你父亲也没有说错呀！我现在还是个小职员，为了生活而奔波，就算你跟着我也不会幸福的。"

"你别这样说，会让我伤心的，我其实好后悔！"

我说："你应该如愿了，也许你抛弃我，现在看来你是对的，看你住的这套房少说一晚上也得两千元以上。你现在是有钱了，再也不会像大学时，我们在一起，为了省点钱，吃饭走了整条街去找便宜一点的饭馆。"

"唉！是有了些钱，却失去了你，有钱有什么用？又买不到幸福，如果让我从头选择，我会毫不犹豫地选择你。你又怎么知道我的心思呢？我也很痛苦，离开了你，我真的很难过。"

她继续说："我每天起早贪黑的，打理酒店的生意，忙起来我就会让自己充实点，看到街上的男男女女卿卿我我，就会想起和你在一起的时光，当夜深人静时就想起你，想起你我就会流泪。你又怎么会知道呢？到了这里，我专门来看你，来了一星期了，好不容易打听到你的消息，给你打电话，可是你那冷冰冰的话语，让我好伤心，后来你又关机了，不接我的电话。你对我这样冷漠，伤透我的心了。"说到动情处，触动伤心事，她的眼泪再也控制不住了，像珍珠一般断了线，从她美丽而水灵的眼睛流了下来。

听着她的诉说，我也很动情，我错怪她了，看着她落下了泪，我也好心痛。

她哭着说："你能不能像以前一样抱着我？就让我哭得像个泪人一般也不管我？"

我也很心痛，在一起时，每一次看她掉眼泪我都会心痛的。我上前抱住了她，说："你别哭了，你知道我不会哄女孩子，看到你流泪，我也很心痛，你知道的，我这人心软，听你打来电话时，你知道吗？我是多么高兴！对你所有的怨恨全都消失了，有的只是对你的爱，真的好想见见你。可是又赌气，不想见你，你知道我心软。"

她流着泪说："我真的好爱你，是我不懂得珍惜。"

我们相互诉说着离别的感情，化解了所有的矛盾，彼此心中的误解揭开了，使感情又更深了一层，回到了我们相恋时在一起的甜蜜时光，我们打破了那层隔阂。

她说："再抱紧一点好吗？我喜欢像以前那样，你将我紧紧抱住，生怕我跑了。"我又将她紧紧抱住。

"好幸福哟！"她又开心地笑了起来，她一笑很漂亮，当初就是她的漂亮和笑容迷住了我，也让我爱上了她。她的笑带着泪花，更加妩媚动人。

我轻轻擦去她的泪花，看着她。我再也忍不住俯下身子轻吻着她的唇，她闭上了眼睛，享受着瞬间的幸福时光。

爱在我们的心中燃烧……

5

送她的那一天，晴空万里，天空中飘着白云朵朵。

在机场候机室，我想起了邓丽君的歌曲《碎心花》：

"悄悄地离开了他，伤心地离开了他，虽然我心中不愿意不愿意离开他。啊！没有办法再留下，啊！我像碎心花。啊！碎心花……就这样成全了他，默默地成全了他，虽然我心中不愿意不愿意成全他，啊！没有办法再留下。啊！我像碎心花。啊！碎心花。"

她说："你好好珍惜你所得到的，那天去找你，我看得出她很在乎你，说明她爱你，如果你过得不好，我永远在澳洲等着你。"我说："你别这样说，你也该找一个男朋友了，你这样说给我的压力太大。"

"对感情我有些失望，现在不想再谈，一个人过也很好，以后再说吧！"

"好了，不多说了，飞机就要起飞了。"她上前抱了抱我，从她的包里拿出了一个信封，"我给你写了封信，等飞机起飞后，再拆开看。"

"再见！再见！"

她依然笑得那么甜，可是在转身时，泪水却流了下来……

目送着她的背影，直到她走进了机门，我的眼睛湿润了。我有一种很彷徨无助的感觉，脑海一片空白……

天哪！怎么又是那种被抛弃的感觉？命运又一次轮回，让我感受到爱的痛苦，看着飞机慢慢地爬升到了云端，巨大的轰鸣声也变得寂静……

这一切又恢复了平静。

我打开了她的信：

老公！见信好，请让我再一次这样叫你。谢谢你，让我感受到那已消失的爱，和你在一起真的好开心。可是我知道，我不得不走了，我很爱你，从前是，今后也是。我没有勇气对你说："你跟我走吧！让我们白头到老！"

我不能那么自私，我还是要走了。

永远爱你的娜

6

此后我们没有联系。一年后，在我们分手的那一天，我接到她的电话。

她告诉我，她生了个男孩。我说，你结婚了，祝福你。

她说："我没有结婚，我不打算结婚了，儿子是你的！谢谢你给我这个孩子。那天以后，我发现我怀孕了，我好高兴，就将孩子生下来了，儿子快两个月了，很可爱哟！"

我不知该说什么。许久，我说了句："你这是何苦呢？"

我茫然了。放手后，让我如何不再牵挂？

几天后，我登上了去澳洲的飞机。

新加坡作家周通泉

【作者简介】

周通泉，笔名乔舟人，祖籍重庆。重庆大学毕业，日本横滨国立大学工学博士，曾任日本清水建设公司研究员，首位拥有新加坡专业土木工程师执照的中国新移民，设计了世界上最大的海水淡化厂和新加坡最大的垃圾焚烧再生能源发电厂等。现任新加坡某土木工程顾问公司董事经理。

2015年以笔名乔舟人发表在新加坡出版的长篇纪实小说《野心蓝图：一个"工程大侠"的真情告白》，其经历与所获成就获新加坡《联合早报》大篇幅专题报道。该书也由中国大陆出版社用《重庆小子下南洋：一代"工程大侠"创赢新加坡》书名发布，在海内外流传，在中国大陆文章吧里颇获好评。两本书名均已被百度百科收录为词条。《野心蓝图》也被收录在新加坡新华文学大系长篇小说集内。部分作品入编《"经典杯"国际华人文学大赛获奖作品精选》。

妙用《天龙八部》全球最大海水淡化厂

美国《波士顿环球报》曾做出惊世骇俗的预测，说"第三次世界大战"将为争夺水资源而起。四面环海的新加坡如中东一般缺乏天然淡水资源，只能使用进口水、收集雨水、淡化海水及新生水，即所谓的国家的"四大水喉"，此创举让世界为之刮目。

水资源的压力也催生了新加坡海水淡化企业的迅速成长。凯水集团是该行业的龙头老大，他们的业务已经冲出亚洲，走向世界，在全球海水淡化技术管理方面有相当的影响力。所以我公司 2009 年收到凯水集团邀请投标他们的设计项目时非常兴奋，马上查谷歌资料库，得知这个即将在非洲北部最大国家阿尔及利亚建造的海水淡化厂，占地 17.4 公顷，建成投入使用后，预计每天可以提供 50 万立方米淡化水，这将是世界上最大的出水规模！

经历了三个国家，我虽属宠辱不惊、淡定自若类专业人士，但是偶尔也难免会有"无才可去补苍天，枉入红尘若许年"的些许惆怅。世界上最大型海水淡化厂设计招标邀请文件在手，难免见猎心喜，跃跃欲试，能问鼎世界最大规模的项目，是何其荣耀？赚钱多少反倒成了第二重要的事情了。于是我公司内部紧锣密鼓地准备着投标文件。万事俱备，只欠东风。

客户有个特别要求，除了正常的结构设计要求外，还定下了非常特别的"三规"，要求必须满足：

（一）要照阿尔及利亚的抗震规范来设计；

（二）要在规定的三个星期内交出设计；

（三）要采用阿尔及利亚规定的结构软件 SAP2000（该软件在新加坡并不常用）来做工程设计。

这么大型项目的设计，要在三周之内满足这么多不同角度的要求，基本上属于工程版的伊森·杭特的"不可能的使命"！

在填写标书设计费用栏目时，我不由自主地对新加坡顾问同行们有可能参与投标的行情进行了评估，知己知彼方能百战不殆嘛。

第一条抗震设计要求，已经"震掉"了大多数中小型设计公司。因为新加坡按当时的规范不用考虑地震，那么只有那些跨国顾问公司，在地震国也有业务经验，才可能参与投标。而我在日本取得的地震工学博士学位正好派上用场！

第二条关于三个星期期限的要求，对大型顾问公司又是个很大的挑战，因为船大难掉头呀。该项目有建筑规划设计、厂房结构设计及地下大管数千吨推挤反力墙设计三大块，即建筑师、上层结构工程师及地下结构工程师三方面不同专业技术人才需要紧密配合。大型公司应由三个不同部门的头脑来协调，这么短的时间内，他们肯定玩不转。反过来，我自诩"万金油式专家"，正好这三项都还行，用一个脑袋来指挥三方人马赶工就有可能行。

第三条关于用指定新软件在这么短时间内做工程设计，犹如给没驾驶过赛车的人一辆 F1 方程式赛车，就指望他能马上参加 F1 正式赛事还指望他问鼎夺冠一样，即使他有过多年的驾驶经验，也几乎不可能，大多数人也是如此！

刁钻古怪的压力激发天马行空般的创意。此时我依稀想起金庸武侠小说《天龙八部》里吐蕃国师大轮明王鸠摩智，用"小无相功"为基础，使出少林绝技"大金刚拳""般若掌""摩诃指"等挑战及震撼少林众僧的精彩情节。略加思索，便把怎样搞定这个几乎不可能的任务的妙计想出来了！

最后我公司击败各大型跨国顾问公司，脱颖而出，以中型公司的身份把世界最大海水淡化厂设计重任揽到手里了。

尽管凯水集团对我公司提供的投标方案很满意，但由于与我公司是初次合作，传奇式人物的凯水集团老板"水务女皇"让手下破天荒地逼我签了一张"生死状"，即如果客户对顾问服务不满意，客户有权在 7 天内以书面通知方式中断合约。基于对自己及团队的自信，我如荆轲易水别燕丹般毅然决然地签了这份非同凡响的"生死状"。

正所谓艺高人胆大，双方握手成交，谋定而动的设计开始了。按照特别的"三规"要求量身定做的方案三管齐下，齐头并进，就像非洲荒原上狼群有序地分工逐鹿一样，各个小组按各自的方向不停地追逐目标。

团队1：实际设计

资深工程师凭经验领队，用常用软件开始轻车熟路地设计、画图。地震设计最重要的基础剪刀系数是我的老本行，也最擅长，我亲自操刀给出估算值。

团队2：按需包装

英语特牛的印度籍工程师们上网下载非洲阿尔及利亚国降雨量、风力等资料及抗震设计规范，据此编写计算书概要说明书，保持与团队1协调互动。

团队3：按图索骥

十万火急地购来一套SAP2000，两位玩电脑长大的"80后"工程师一边学习，一边把团队1搞出的设计，用新软件重新建模计算，整理报告。

三个星期后，满足"三规"的设计如约交货，大功告成！

大数据究竟是何方神圣

这是一个新名词爆炸让人眼花缭乱的时代。

舟人读着维克托的《大数据时代》不由自主就穿越到留学生时代。

20年前的日本经济牛气冲天，连日本通产省（国家经贸部）也下设公司做数据分析。当时正在日本留学的舟人周末就去位于东京的虎之门的上述公司打临工——开发各种程序。

某一个周末，日本老板抱了一本厚厚的日本物价统计书和几张复印的某俄罗斯人的经济理论书给舟人下达任务：按照这个经济理论设计一个软件，当数据输入员把物价表全部输入进去存档后，经济分析员只要变化某一个价格，如汽油升高2角钱，就可推算出看似不相关的例如牙膏的价格会升或降几角几分钱。

创造出这套经济理论公式的人是天才，不佩服不行。照这个理论做出运用软件初型只需一个留学生业余电脑程序员一个周末的工作量而已。因为从数字分析角度看，只须建立一超多元代数方程式，用电脑求解数据逆矩阵而已。

这就是舟人对今时今日称为"大数据"的初体验，哈哈。可能今天的类似软件会有价格表即时自动网络更新功能且更快更大等，但基本原理应该还是一样。

这是一个写书人多于读书人的时代，这是一个语不惊人死不休的时代。文有郭敬明的《小时代》，理有维克托的《大数据时代》。真是一个"时代"很多的时代，哈哈。

当然，能够把各国和各大机构已在零零散散做的数据分析工作，老瓶装新酒式地整理成一个有板有眼的系统称之为"大数据时代"，弄得石破天惊让全世界接受，并引发新的商机，让全世界人民心甘情愿为之埋单也是天大的本事，这一块，欧美人真擅长。

来电未接

在马尔代夫小岛晒太阳的新加坡男人司马骏的手机上，显示出了来自新加坡的"美女侍者·蓝姐"的来电。"为什么她会打给我？"非重要电话嘛，度假中恕不应酬咯，呵呵，他边想边顺手按下预设信息："我不在新加坡，请后天与我联系，谢谢。"

两天后，玉树临风的司马骏在用PPT为一个重要客户做可行性报告陈述时，设为静音的电话上再次跳出了"美女侍者·蓝姐"的电话号码。陈述完毕后，在讨论时，他忙里偷闲传信息给太太道："亲，我在忙，我俩常去用餐那间'丝绸之路'的服务员蓝姐好像有事找我，你帮忙应酬一下好吗？"

司马太太用家里不显示来电号码的座机按下了蓝姐的八位数手机号码，铃声响了好几遍，没人接。想到有些人可能不喜欢接没显示来电号码的电话，司马太太发出了短信："蓝姐，我是司马的太太，司马正在忙，有什么事我可以帮忙吗？"

电波静静地消失在太空中无影无踪了，没任何反响……忙碌的司马夫妇，自然而然地把这件小事置之脑后了。

若干天后，司马夫妇习惯性地再次来到"丝绸之路"用餐，触景生情想起了蓝姐的电话事件，可是在此工作了多年的蓝姐却没再出现了，另一个来自中国的女服务员说："蓝姐上星期已辞职打道回国了。"

一道充满无数问号像六脉神剑般的秋波从半嗔半怨的司马太太美丽的眼中射向了风流倜傥的司马骏。

"天呀，蓝姐为什么摆下这道罗生门式的电话事件？难道她……"

足智多谋的司马骏，刚劲遒健的脸上浮现了一丝苦笑。

河北作家杨庆丰

【作者简介】

杨庆丰，笔名墨雨，河北省赤城县人，华夏精短文学学会会员、河北省文学艺术研究会会员。作品曾荣获第二届"蝶恋花杯"国际华人文学大赛优秀奖、第二届"经典杯"文学大赛二等奖。

海边奇遇

当艾尔先生再次来到海边时，被乔治太太拦住了去路。她反复地说着同一句话："我要飞起来！我要飞起来！"然后一阵风吹乱她的头发，露出一张忧郁的脸。乔治太太的举止，令艾尔先生感到很奇怪。"太太！"艾尔先生尊敬地称呼她。

此时的乔治太太扬着手帕、围巾，高声喊叫。仆人紧追在后面："太太，不要扔鞋子，不要脱衣服……"等到艾尔先生回头望去的时候，一件粉色的披肩被抛上了天空，一双拖鞋就像小船一样漂进了大海。艾尔先生跑了几步，伸手想抓住那件粉色的衣服，不料被一阵风卷走了。他恍恍惚惚地望着天空，不由得叹了口气，又缓缓地吐出。

乔治太太的话断断续续，但艾尔先生可以听明白："我的先生……迷路了……我要飞……我和他一起……"无奈之下，仆人将她拽了回来。"太太，你冷静一点儿……"艾尔先生不知说什么才好。痛苦地抽咽，使乔治太太的身体一阵微颤。

不知什么时候，一个闪着光亮的瓶子被海水冲洗得格外耀眼。乔治太太一低头，竟然发现了它。"瓶子，我要喝水。"她高兴地将瓶子揽在怀里，奇怪的是瓶子用塑料胶带封住了口。仆人走过来："太太，把这个没用的破烂玩意儿扔掉！"瓶子碎了。乔治太太脸色苍白，瞪着眼睛质问："你为什么把它扔掉？"等到乔治太太弯腰去捡那些碎片的时候，一种鲜红的东西漫过她的双手。

"太太，您怎么样？没事吧？"艾尔先生跑过去，乔治太太抓住他的胳膊大呼小叫，"信！信！照片！照片！"艾尔先生感到很意外，他惊讶地发现一封信。信的开头写道："亲爱的妻子，我将这封信装进瓶子扔进了大海，在你看到它的时候，我已经做好了牺牲的准备，希望你能坚强地活下去……"在信中乔治先生写道："我们的爱情，就像这海水一样散发着淡淡的芳香。"艾尔先生的心跳突然加快，他握住乔治太太的双手，低头一吻："太太，乔治先生已经到天堂里去了！""天堂？"忽然乔治太太的眼睛亮了起来，她摘下脖子上挂了很久的玉佩，想了想说："帮我把它寄到天堂里怎么样？""玉佩？"艾尔先生有些迷惑不解，但又不知道该如何问下去。他唯一能做的就是赶快去找会飞的鱼，或者气球之类的东西。

"哦！天使！太幸运了！"艾尔先生惊奇地发现海草丛中浮着一个气球，他大声嚷嚷："找到了，有办法了！"艾尔先生用力抓住乔治太太的手说，"可以了，太太，您的愿望实现了！"激动不已的艾尔先生，对着气球吹了口气，气球慢慢鼓起来，越吹越大。艾尔先生用一根绳子系住了口，对乔治太太说："把玉佩捆在气球上，寄到天堂里。"

乔治太太抬起头望着蓝色的天空，突然跳了起来："我们终于可以在一起了！我改变不了命运，只能让这块玉佩飞到你的身边。"

"哦，太太别激动。让气球带着玉佩为爱情飞一次吧！我相信上帝一定会见证我们的所作所为的。"

艾尔先生注视着乔治太太，眼前浮现出一幅美丽的画面……

湖南作家于成艳

【作者简介】

于成艳，女，笔名米薇蓉，湖南人。没有文字天赋，但偶尔与文字为伴。

落寞梧桐

今年比往年冷得早。往年 1 月 10 日左右，最低温度才到 0℃度。今年才到 11 月底，最低温度已到 –3℃，漫天的雪花已经飘起。

此时是周六晚上 10 点半，温芷青斜挎一个女式包，一手撑一把伞，另一手提一个红色的塑料材质的旅行包，匆匆走在县城的一条旧的街道上。她刚下火车，从市里回来。街道两边有几个店面还开着门，路灯有的亮着，有的坏掉没亮。一些光秃秃的梧桐树站在街边上。这些梧桐很快会不存在，因为明年这条路要重修，街两边将会移栽从广东那边来的树种。这些梧桐树，从小苗苗到粗壮大树，叶起叶落，已是几十年。它们曾是县城热闹与繁华的象征，如今却显得格外落寞。

芷青感觉一种落寞的心绪突然由心底升起，令她不知所措。好在很快到家，她把客厅的灯打开，心就觉明亮许多。放下包，洗好手，立马坐在烤火架边烤电火。刚才脸都冻僵，手仍然冷得生痛，但有电火，身上很快就暖和起来，只是那份落寞仍挥之不去。

是啊，分居十一年，这次去市里，他们拿证彻底分道扬镳。她已经放手，虽然她不愿意，但已经尽力。这些年，风风雨雨，令她从最初的震惊、困惑、痛楚、抱怨、哭诉、不甘，到最终的哀伤、麻木、纠结、放下、平和，真是一个漫长的过程啊！现在，她往后的日子又何尝不漫长？只是，她会擦干泪水，坚强地过日子。人生还有很多美好的事情去学习、去经历，一辈子远远不够！想到这些，她便开始制订起五年计划来，那份落寞，似乎得体地退场。

安徽作家汤苏文

【作者简介】

汤苏文，男，网名万水，安徽庐江人，文学爱好者，系安徽省散文家协会会员、合肥市作家协会会员，2001年开始写作，作品散见于报纸、杂志及网络。

老屋情怀（外1篇）

心情烦躁的时候，我就会情不自禁地想着要去老屋走走，一旦走近老屋，往日生活的情景便会油然地浮现在眼前。这里是我心中最为明亮和温暖的地方，这里承载了我儿时和青春时代所有的快乐和忧伤，见证了我坎坷曲折的成长。老屋里那些美丽温馨的画面能净化我的灵魂，老辈们吃苦耐劳的精神能激励我蹚过人生的风风雨雨。

老屋总共四间，土墙瓦顶，起先是盖草的，瓦是后来改造时盖的，据说当年初建的时候还是非常先进的，房屋面积挺大，一律的禾木桁条，而我的邻人们在许多年以后建房还有用毛竹桁条的。那时我的父亲做着基层干部，家境还算可以，可是后来，父母亲老了，姐妹出嫁了，我正落魄，这老屋就成了我落后和耻辱的象征。

老屋里缀满了太多的记忆，当年，祖母、父母亲都在世，加上我们兄弟姐妹四个，一家七口人，其乐融融。初春时节，阳光和煦，空气新鲜，老屋前后竹园里的春笋茁壮成长，老屋门前的各种花儿竞相吐艳，鸟儿在刚刚恢复生机的树梢上欢歌不停，一切都充满着新鲜和美好。盛夏的日子里，我们白天常会坐在村口的老槐树下，看村子里的大人们在田野里忙碌的情景。傍晚，我们一家人围坐在门前空地的竹床上吃晚饭，如果偶尔家里人从村前的堰坝或田野里捕获了鲜鱼，奶奶将它们清蒸好端上来，那个傍晚便充满了无限的情趣，以至那种清香就连现在想起来也觉得诱人。入夜了，奶奶会在繁星闪烁的夜空下，摇着麦草扇，哼着眠歌或者讲着故事，为我们驱赶着蚊虫，将我们带入一个个梦境。金秋季节是凉爽的季节、收获的季节，一家人忙完三秋，天气也就渐渐变凉了。严寒的冬日，记忆中最深的是厚厚的积雪，屋檐上长久不化的冰凌，还有困难的日子里贫寒简单的生活。一年四季之中，无论是什么时间，只要父亲熟悉、亲切的身影出现在西边路口的时候，我们的心中就会立刻充满了一种无限的温暖和喜悦。每年腊月三十，一家人从上午就开始忙着过年，主要是忙些好吃的，我负责贴春联、年画和打扫卫生，那是一年之中最开心愉快的时光……

如今，老屋里的一切都静谧了，岁月将老屋刻满了沧桑，每一个角落都显得格外古朴，那个光溜溜的泡菜坛子静卧在墙角里，然而母亲已经不在，这坛子也就早已空空如也了。老锅台的痕迹还异常清晰地残留着，我仿佛又看到了老屋烟囱冉冉的炊烟，听到了祖母均匀和谐的推拉风箱声，甚至闻到了祖母烧好的饭菜香味。老屋里储存了我无数的成长印痕，写满了父母的艰辛，也浸透了我的汗水、我的甘甜，还有我的许多刻骨铭心的感怀。在这里，我曾早晚忙于担水劈柴，在这里哭过，在这里笑过，在这里做过愚蠢的书生梦，在这里偷看过天上的云。

老屋的东边是一块老场基，这里烙印着我多少深刻的记忆啊，我成了一名普通的农人之后，每当农忙开始，整场基，挑水润场基，打场基，在场基上打麦、堆油菜、打油菜，挑稻把子、打稻。炎炎的烈日下，翻稻、晒草，天变了暴雨将至，我们会不顾一切地抢场。有时夜里打稻，边打稻边打瞌睡……秋凉了，我们扬清了稻谷，堆好了草垛，清理了场基，算是一年的农活结束了，告一段落以后，我们又在风霜雨雪中期待着下一年。年复一年，我们重复地做着，总是没有尽头，可是岁月无情，事务未改，时光却带走了许多，也改变了许多。姐妹出嫁，喜庆中饱含着淡淡的离愁。老屋送走了奶奶和妈妈，伤痛中更多的是生离死别的悲壮与凄凉。

老屋里的一切都已经成为历史了，随着岁月的流逝、风雨的剥蚀，老屋也会渐渐老去的，会有那么一天，老屋也会如同一个生命体一样苍老以终，倒塌甚至了无痕迹。但是，老屋连同老屋里的那些无法忘怀的情景将会永远留在我的记忆深处，永远都会鲜活在我的精神家园里。

走进柯坦

走进柯坦，走进一片山水孕育的诗行。

山有牛王寨、百花寨、果园山、龙池山，山峦起伏，峰峦叠嶂。水有虎洞、果园山、板桥河等大小十几座水库，碧水如镜，明丽清澈。千年古镇，群峰环抱，绿水环绕，村庄农舍，邻山傍水，山水相依。山因水而富有灵气，水因山而充满了柔情。山水承载着古镇悠久厚重的历史，山水孕育出了新时代七彩斑斓的诗章。

俗话说，靠山吃山，靠水吃水。柯坦山高雾重，林深境幽，水清地肥，勤劳智慧的柯坦人，充分利用本地的山水资源，在山区种茶，在水乡养鸭，不经意间，"生态柯坦、美丽茶乡、蛋鸭之乡"声名远扬。庐江出好茗，好茗在柯坦。柯坦三件宝，水芹、绿茶、蛋鸭好。连绵的大别山余脉，山峦起伏的自然环境，形成了柯坦镇得天独厚的山水风光，造就了这片土地上独具魅力的丰富宝藏。

绿水青山就是金山银山，天然的环境为林业、园林、苗木花卉、优质稻米产业的发展，为经果林开发及旅游业创造了条件。在乡村振兴的过程中，柯坦的建设者们依托资源优势，按照"绿茶之乡、蛋鸭重镇、生态柯坦"的总体思路，全力铸造生态经济升级版，做活绿色山水大文章，大力发展苗木花卉和旅游服务业，努力生产优质稻米，发展生态农业，变资源优势为产业优势，既保住了青山绿水，又发展了生态经济。全面整治山色掩映的村庄，打造宜居宜业宜游的美丽乡村。千年古镇，山水宜人，茶香四溢，鸭语蜂忙。大汉塘，水清如镜，绿树成墙。画里代庄，小桥流水，青山掩映，诗情荡漾。苗木花卉让秋季、冬季依然充满了春光。一年四季都有美景，一年四季都有收获与希望。

　　灵山秀水不仅滋养了一方热土，更造就了许许多多的神奇，大城畈三千年古舒国遗址、庐江郡两千年古城址遗风，见证了几千年来柯坦镇的历史变迁。柯坦老街的浑厚、木榨油坊的悠久、郑家庄园的沧桑，都展示了柯坦镇独一无二的地方韵味。城池埂、饮马池、大汉塘、黄帝埠、香茶岭、白兔山、王井等，一个地名就是一个故事；牛王寨、百花寨、张飞岭、灯笼岭、白马岭、龙池山、甘泉寺、观音洞、曹王河，一个景点就有一个美丽的传说，都书写着柯坦镇古往今来文化的灿烂与不朽。

　　柯坦河，令柯坦人心旌摇曳的家乡河，在不舍昼夜的轮回中，带走的是艰辛的岁月，迎来的是幸福的欢欣。为打造文化旅游品牌，镇政府不仅鼓励农民大力发展土特珍稀农产品和苗木花卉的种植，还通过各种途径广泛推介柯坦镇的自然人文风光，以"政府牵头、企业搭台、文化唱戏"的形式，成功举办了"采茶节"、"登山节"和"鸭司令趣味狂欢节"，一场场活动，让山水增色，令古镇生辉。

　　走进柯坦，我们有理由相信：因为山水，因为生态，因为发展和超越，因为博大的胸怀和高远的眼光，柯坦的明天一定会更加灿烂辉煌。

浙江作家林尚岳

【作者简介】

林尚岳，网名星晔并辉，男，汉族，高级工程师、注册建造师，曾从事新闻、法律、工程管理工作。平时喜欢体验生活，偶尔写点人生感悟，以求共鸣。近年来，共发表诗作200余篇，散见于各大网媒纸刊。系《中国爱情诗刊》"中国爱情诗社"在线诗人、现代诗歌网驻站诗人、"学雷锋家园"常驻作家。

小鱼"复活"了

（上）

儿子今年上小学三年级，为了完成课外作业，我连夜给他买了两条小金鱼。

找来瓶子装上水，把小金鱼轻轻地放了进去，儿子很兴奋，跟前跟后地，同时也深刻领悟了"如鱼得水"的情景。

老师说要观察小金鱼的生活习性，写一篇观察日记。

儿子格外积极，可能担心水少小鱼玩得不开心，偷偷地往瓶子里加满了水。

看着鱼儿在水中自由自在地嬉戏玩耍，看得出来他很开心，带着甜甜的笑，渐渐地进入梦乡。

清晨，闹钟准时响起，儿子顾不上穿衣服，就迫不及待地去看小金鱼。

咦？奇怪！明明是两条小金鱼怎么会变成一条？

原来，一条小鱼不知什么时候跑到地板上了，直挺挺地躺着。

儿子连忙小心翼翼地把它重新放回小瓶子里。

可是，放进水里后，那条小鱼还是静静地漂着，一动也不动。我隐隐约约地听到，儿子从被窝里传来的阵阵哭泣声。

儿子伤心又满怀期待地问："爸爸，眼泪能把小鱼救活吗？"

我顿时无语了，一时不知怎么回答好。

看得出来，虽然就短短的不到半个小时的相处，他已经对小鱼融入了深深的感情。

我说："你是不是很舍不得小金鱼？"他一边无声地流着眼泪，一边很真诚地点着头。

"要不我们找个地方把它埋了吧，以后你想它时，我们可以经常去看看它。"

他无奈地点着头。

早餐，他吃得很少，看得出他还没有走出伤心的情绪。

今天是星期天，我送他去学校，因为是每周一次的篮球兴趣课。顺便带着那条小金鱼。

我自作主张地想，在上课前，途经公园时，和儿子一起找个地方，把小鱼埋了。

到了公园，儿子却要把小鱼埋在小区屋顶的花园，他说这样就可以天天去看它。

儿子练球时，我坐在大树下，一边用手机写小小说，一边被儿子纯真的童心深深打动了。

突然，我有一种让小鱼活过来的想法，尽管是个非常可笑的想法，但我还是想尝试着做点什么。

于是，我收起了手机，来到了卫生间门口的洗脸盆前，把小鱼放进水中，随着自来水的极速流动，小鱼上下翻滚，好像真的活了过来。

我明知道这是天方夜谭，心里却始终在等着奇迹的出现。

一边在默默地祈祷着，一边在按摩着小金鱼的肚子给它做人工呼吸。

不是什么事都心诚则灵的，我只好接受这个现实，再说了，这一开始就是不可能的事。

担心儿子幼小的心灵受到伤害，过早地承受原本这个年龄不应该承受的精神负担，我心里油然而生了一种想法。

带着小金鱼，我来到了昨晚光顾过的小店，重新选了一条和那条一样的小金鱼。除此以外，又买了几条不同颜色的更小的小鱼和鱼饲料，还不忘请教了饲养小鱼的知识和注意事项。

店里的老板很小心地把鱼装进了塑料袋，还打足了氧气，扎紧了袋子。

返回的途中，我把原先那条装在矿泉水瓶子里的小金鱼，悄悄地放进了河里，也许这里是它最好的归宿。

但愿它回归自然后，能够真的活过来，自由自在地生活着。

回到学校几分钟后，篮球课结束了，看到儿子往我这边走来，我迫不及待地跟他说："小鱼活过来了。"

他将信将疑地问："怎么回事？"

我说："因为小鱼缺氧睡着了，卖鱼的叔叔给它输了氧，然后它就醒了过来。"

他开心极了！高兴又惊奇地叫着："我的小鱼活过来了！我的小鱼活过来了！"心里乐开了花。

回家的路上，儿子滔滔不绝地说着小鱼的事，好像变了一个人，找不到之前的伤感的痕迹。

一进家门，他迫不及待地对着妈妈喊着："妈妈，小鱼复活了。"

儿子还很认真地说:"我要把原来观察日记的题目《眼泪能把小鱼救活吗》改成《小鱼"复活"了》!"

他还特别强调说:"复活这两个字要加上双引号,因为小鱼本来就没死,只是一直在睡觉,现在醒过来了!"

(下)

在随后的一两天里,小鱼儿们一切如常,相安无事。

小小的鱼缸,便成了它们快乐的家园。

有时,在嬉戏玩耍;有时,又各自在发呆。

一有空,儿子就围着鱼缸,前后左右看上大半天。

有时还会投点鱼食,引来小鱼儿东窜西跳。

记得卖鱼的叔叔说过,鱼没有饿死的,只有撑死的。

于是,他总是一边小心又专注地拨弄着鱼食,一边轻轻地数着数,每次只投上很少的几颗。

有一次,儿子好像发现了新大陆,惊讶地对我说:"小鱼好像从来都不用睡觉呢。"

可是,令人揪心的事,又来了。

在后来的几天里,又有小鱼陆陆续续地翻白着肚皮,漂浮在水面,一动也不动。

每当这样的时候,儿子总是很焦急地说:"爸爸快来,快来救救小鱼吧!"

我并非神仙,哪有让小鱼起死回生的本事?

适者生存,一切只好随缘了。

也许是,小鱼太小了,身体不够强壮,不能适应没有"养尊处优"的环境。

因为我们家的小鱼缸,并没有和店里的鱼缸一样,时刻都冒着氧气。

生、老、病、死乃生命的规律，又有谁能力挽狂澜，永生在世！

有一天，儿子无意翻看我的朋友圈，他终于发现了一个秘密。

他说："爸爸骗人！你之前明明是买了一条一模一样的小鱼，却跟我说小鱼复活了。"

我静静地看着他，微笑着无语。

看来，儿子已经长大了，他不但有自己的认知，还有了较强的判断力。

紧接着，他又问道："那条小鱼去哪里了？"

我说："我把它放进了河里，让它回归自然，也许它还活着，活得自由自在。"

他没有再问什么，没有像之前那样伤心落泪，也没有让人感觉到他有多少孤独无助。

看来，他已渐渐地接受了小鱼的"离去"。

或许，他正在默默承受着内心痛苦的煎熬。

有一天，他突然很认真地问："妈妈，人可以重新活一次吗？"

我开玩笑地对他说："难道你想时间倒退十年，重新回到你妈妈的肚子里呀！"

人生如戏，岁月如歌。

儿子啊，你现在已经慢慢地在长大，人生才刚刚开始，以后的路还很长很长……

江苏作家吴春华

【作者简介】

吴春华，江苏省镇江市作协会员，供职于政府机关。有文发表于《服饰文化》《中国水利报》《镇江日报》《扬州晚报》《京江晚报》《扬中日报》等报纸杂志。2017 年由江苏凤凰文艺出版社出版个人文集《裙袂飘飘》。

美溪行

小雨绵绵，我们的车在山间一路疾驰。当赶到这个位于黄山西麓的名为"美溪"的乡村时，已近傍晚。

山里人家渐次飘起了炊烟。夜宿山下竹林人家。翌日，雨后新晴，空气十分清新。屋旁幽篁修竹，清幽洁净，远处群山连绵，云雾缭绕。无论从哪个角度看，美溪都俨如一卷卷天然山水画。

听说打鼓岭风景优美，来美溪而不上打鼓岭，犹入宝山而空手归来。这是多么诱人的劝告！我们早餐后即去登打鼓岭。

五月的阳光格外明媚。但有山风穿过，还是沁凉沁凉的。昨天的一场春雨，栈道上湿润异常，不知名的白色小花落满了一段段的鲜有人走过的山间栈道，美得如梦如幻，让我们不忍踩踏。

沿山径而行，不时有溪水潺潺的声音传来，从未想到溪声会那样清越。行到水源地，沿石阶而下，溪水透莹，溪中石头、小鱼、小草清晰可见，忍不住掬起一捧。美溪，真是"景如其名"的好名字，与汉字组合创造的自然之境如此契合，它是山巅水涯一句清新直白的诗啊。

继续前行，山花朵朵，松风阵阵，这山中一切的美都远超我的想象。忽闻"哗哗"较大水声，循声寻去，一道白练在峭壁悬崖间飞珠溅玉，原来是瀑布。瀑布很急，其色如霜。人立在丈外，仍能感到细细的水珠不断溅来。我曾见过很长很宽的瀑布，此处的瀑布并不算壮观，但秀气精致，带着江南少女般水灵灵的气质，似乎只能在前人的山水画中一见。右侧竖有一站牌，上书"小银河瀑布"。

行走不远，又观到"三叠瀑"，"飞泉挂碧峰"，同样秀拔的气象。据说人字瀑、双龙戏珠瀑也都分布在此岭，这里是华东最大瀑布群，千姿百态，堪称"华东一绝"。

从"三叠瀑"返回，拾级而上观瀑亭眺望，山景愈加清晰。目光所及之处，抹云烟，绿树浓，青峰远。这里可以鸟瞰整个美溪，黛瓦白墙的徽派村舍和山野田园风光相融得均匀和谐，它们装点了美溪的静的美。

鸟声、风声，淙淙的瀑声、潺潺的溪水声，配合日丽山青、树翠松苍，它们交织成美溪的声色之美。

在美溪，你的一双眼睛怎么也不够用。

美溪四时之景不同，春来百花艳，夏来绿满山，秋到层林染……黟县"小桂林"之称名不虚传。

山水山水，都有山有水，美溪也许并无二致，但美溪的美，更在那一片未凿的天真。它是古黟旅游后续发展基地，它的美即在于那天然的无一丝污染的山峦、树木、花草、溪流、瀑布，而这是多么美好的产业！

我们在溪边掬水，把裙边都弄湿了，我们在石块之间跳跃，山风吹竖起我们的头发，我们相视而笑，十分快乐。人，真该回到自然、融入自然中去。

归途中，美溪的景色仍不绝地在眼底里翻映……

原生态的好山好水是令人思念一个地方的缘由，虽然此次只能做暂游的武陵人，但若能茶酒一壶，与美溪长久相伴，享受丰乐和平、日长如年的山中岁月，何妨做山中渔人、水边樵夫？

美溪，我还会再访。

河南作家韩长文

【作者简介】

韩长文，女，网名云想衣裳、碧潭飘雪。南阳市人，16岁开始写作，在网上发表诗歌、散文和短篇小说百万字，曾获得全国人文地理散文大赛三等奖、蒲松龄文学奖等。南阳市宛城区作家协会会员，南阳市作家协会会员。

老娘心

老李五十多岁，新近买了房子，样式很旧，格局也不太好，他却十分喜欢。因为八十多岁的老母亲得了病，记性不好，唯一清晰的记忆便是农村老家的院子，和门前的几棵树了。为了母亲能更好地安度晚年，他才在邻近郊区的地方买下这处住所，是一楼，门外刚好有几棵树。老李很得意，这样一来，老母亲就不会再十分惦记那个她生活了一辈子的老家了。何况老父亲的腿在去年摔了一跤，住了半年院，如今走起路来仍是一拐一瘸的。其他兄弟们也会放心了，老人一直想单独回乡下住，总说他们住的楼层太高，上下楼太难了。

老李将屋子简单收拾了一下，就迫不及待地将两个老人都接了过来。天气已经很热了，入了伏更是热得要命。老李特意在老人的房间里装了空调，免得老人受罪。可是老娘偏偏不用，每天中午吃饭时眼看着老人汗珠子不停地往下掉，有时老父亲的脊梁都被汗湿了，老李看着心疼，便将空调开了。老娘却是一脸不悦，瞪着眼不吭声，再过一会儿就非要关不可，嘴里含混不清地解释着什么，手还不断地比画着。尽管她也是满头大汗，而且身上还散发着一股难闻的味道。老李虽然不理解，但还是关了。日子久了，他才明白，老娘不怕热，怕费电。而且老娘的腿脚很好，哪天不高兴了还会说跑就跑，还相当麻利，根本不顾忌艳阳如火。跑了几回，又被家人找回，不仅没中暑，相反精神很好。追在她后面的儿媳张艳却被晒得头晕眼花，差点生病。妻子在背后对老李抱怨说："这分明是在整人！哪里是在散步！"

有一次，因为十几岁的小孙女调皮地冲老人笑笑，跑开了，老人没弄清楚啥意思，琢磨了半天，心里窝火，便对老头子"告状"说这孩子笑她。母亲冲着儿媳叽里咕噜地骂了一顿，又赌气跑了。害得张艳一肚子苦水没处倒，在老李面前又没少诉苦。

老李只好安慰她说："老娘这是病态，不跑心里着急，闷得慌！大夫早就说过了，得了这种病的人好多记忆都丧失了，脑子都萎缩了，能保留的一部分一定是很在心的。何况这病一得上，就活不了几年了，顶多三五年。以前有个熟人的母亲也是这病，才活了一年多就没了。说白了，她现在就是个老糊涂了，何必跟她计较呢！"

有一天中午，老李吃过饭，热得浑身是汗，只好洗了个澡，换了衣服，一看外面阳光极好极热，顺便将刚换下来的大短裤和背心丢在水盆里泡了泡洗了。门外的几棵树上有人拴了一根粗绳子，邻居们常用来晒被子、晾衣服。这会儿晌午头正热却没人晒东西，老李将洗好的衣服晾在上面。随后接了一个电话，说有急事，匆匆走了。

老母亲跟着走了出来，看着儿子远去的背影，皱了皱眉头。又朝外面看了看，无意间看到了晒在绳子上的衣服，神色凝重起来。转身进了屋，提了一个老式的木椅子出来，另一只手拿了把扇子，慢吞吞地走出来。

儿媳张艳有点奇怪，外面热得像个烤箱，谁都懒得动弹，这老太太是咋了，还专门到外面晒太阳不成？

她走出来一看，老太太正端坐在树荫下，手里不紧不慢地摇着塑料扇子，目光十分坚定地盯着前方，好像很专注的样子。环视了一下，太阳热辣辣的，像盆火一样，院子里别说人了，连只鸟都没有。这老太太是怎么了？她要是一直坐下去，万一晒出病可怎么办？

张艳只好走过去，带着笑劝她回屋里去凉快，怕老人不明白，边说边用手指了指天，又指了指屋里。

谁知老太太不但不动，还很生气，眼里放着凶光。还使劲地咬咬牙，腮帮一鼓一鼓的，嘴角还抽搐了几下，看样子很恼火。张艳又喊来公公劝说，老娘同样十分恼火，不但不听，还皱起眉头噘起了嘴，骂了几句。只见腮帮的皱纹吃力地抽动着，两根细细的眉毛像两条细蛇般弯弯曲曲地蠕动着，那样子有点狰狞可怕。他们不敢再劝了，张艳早就听说老太太脾气坏，没人敢惹。用别人的话说，这叫老虎屁股摸不得。既然老公不在家，她只负责老娘吃美喝好就行，只要不跑丢不出意外就好。其他的愿干啥干啥，随她去吧！

可是张艳一进屋又发起愁来，想午休一会儿又不敢，生怕一不小心，老娘又坐够了，再一声不吭地跑了。只得躺下一会儿再起来，再躺下一会儿再起来，时不时地出去看一下老太太，生怕她丢了。没想到老人一直端坐着不动，好像一口钟一样，又像在完成神圣的使命一样认真。真琢磨不透，这老人葫芦里到底卖的啥药。张艳擦了一把汗又回屋了。如此几回，似乎惊动了老太太，她撇着嘴用眼睛狠狠地剜了她一眼。张艳想，老太太可能怀疑监视她了。也不敢出声，又悄悄地进屋了。等到快5点的时候，依旧闷热无比。当张艳再次出来时，却意外地发现，老太太一把扯下了绳子上的衣服，抓起扇子，另一只手拎起椅子朝屋里走过来。

这时，张艳才恍然大悟。

晚上，张艳责备老李说："以后可不许再把衣服晾在外面了！"

老李一脸纳闷，质问："为啥哩？外面太阳地儿那么好？"

张艳审视着他说："老太太都为你看衣服看了一个下午了！这不是活受罪吗？"

老李苦笑了一下，不以为然地说："老娘都快九十岁的人了，就算没病脑子也清醒不到哪儿去。真真老糊涂虫！这都洗得发白的破烂衣服了，扔到大路上都没人捡，谁还会来偷！亏她还要看。"

张艳有些动怒了，指责他说："你咋能这样说话呢！早两天，我的新衣服晒在外面她也不去看，专看你的衣服，你还不承情！"

老李皱起了眉头，意味深长地笑了笑，长叹一声："我的老娘啊！"这时候才明白，老娘虽然老糊涂了，对于儿子的爱却永不糊涂。

陕西作家程曙霞

【作者简介】

程曙霞，笔名水滴。人生学无止境，奋斗永不停歇，喜欢挑战自我，勇于开拓创新。热爱生活，喜文学、制作纯手工艺品及一切美好的事物。热爱大自然，喜欢旅游，自由主义者，奋勇追逐梦想。

麻花辫

父亲因思念母亲，特意放大一张母亲年轻时两条又粗又长的美丽麻花辫黑白照，摆放至床头。

而我对麻花辫妈妈的记忆，尤为深刻。幼时的我，曾因不见了当初那对漂亮的麻花辫，而久久站立门口不肯上前去相认母亲。

20世纪70年代，家里贫困窘迫。父亲又大病一场，母亲一人顾及不周，被迫将我们兄妹四人分开散养。我和大哥，自然送到乡下的爷爷奶奶家。白天哥哥上学，而我天马行空！

每当想妈妈的时候，爬上中国农村特色超大炕，踮起脚尖、仰望高挂在墙上的"一排排照片"，仔细寻找美丽麻花辫的身影，定神呆望，放空思绪……

20世纪火红年代的照片儿，老百姓家基本都是黑白色。偶尔有一两张彩色照片，那可真是奢侈品。最小一寸，最大集体照、全家福。一个大家庭的照片，都整整齐齐排列，分别有二三十个大相框，高高悬挂在自家的主卧——窑洞一面墙上。特有的年代感，全国家庭统一陈设。相框、奖状、荣誉证书等均"一"字形上墙，一排、两排、三四排。这"展示墙"，就如一个家族的脸面，让人赞叹不已。

而我，人小个矮，想从左边一直看到右面。可炕再大，也延伸不到最后的相框位置。"不中断、连续看，想怎么看就怎么看。"是幼时的留守儿童思念妈妈的快乐源泉。"搭桥"一座目光能触及母亲的心灵之桥，无时无刻、随时随刻。将家中所有高木凳，一个一个沿炕边靠墙，间距摆放成一排。长时间地仰望发呆，来回踱步凝望，跨越时空的思念。明亮的眼睛、甜甜的笑容，扎着两条又黑又粗又长的美丽麻花辫儿，永远和蔼可亲。母亲或蹲或站，或怀里抱着小小的我。一瞬间的定格，装载着美好的回忆和对未来的向往。

突然有一天，听说爸爸妈妈坐飞机回来了，要接我们回家。待我半信半疑飞奔回去，真正站到门口看着朝思暮想、出现在眼前的父母时，却一步也不肯迈进。妈妈变了，不一样了？那又黑又粗又长的大辫子呢？为什么是短发呢？一连串的大问号，这是我的妈妈吗？我只紧紧地抓住门框，远远地看着妈妈，一动不动。

因妈妈那美丽的麻花辫，印记于心。长大后的我，也悄悄留起了长发。不烫、不染、不吹，百般呵护。千金临上大学时，父亲看着母亲年轻时的黑白照片，抚摸着千金的头，意味深长地说："把头发留长。"

那美丽的麻花辫，连接着一代代人的血脉、一丝丝温暖的柔情！

花花世界

最喜我的另一方天地，花花世界！

不知是深受父母爱花的影响，还是经不起"花花世界"的诱惑，我独喜欢属于自己的这片纯净、天然花世界。

每当拿着喷壶向眼前的花花草草们，尽情地淋浴我对她们的爱意时，水滴落叶，淋淋洒洒，似娇羞的少女露水出芙蓉般迷幻、醉美，惹人更渗出几分怜惜与喜悦之心。

悄悄靠近，静赏幸福树米黄色树叶轻轻飘落下来，零星覆盖花盆，便将一片片落叶小心翼翼轻拾拿捏于掌心，均匀埋入幸福树的周围。正如"落叶归根"，既自我安全回归故土尘埃，又是促进新一轮生命的上好营养基肥。每每此时，都会有种"黛玉葬花"的仪式感！

若一不留神小忙几日，无暇顾及我的花花世界，定会心神不安、自责一番。归家第一时间，快速前来一一探望，摸一摸叶片硬度，掌握各自湿度与长势情况。遇"土地干涸"网状结块，立刻松土。由外向内轻轻、慢慢地疏松，主要是为了避免破坏、损伤无处不在的"小精灵们"的根系。因扎根深入泥土的细小支系如毛细血管般作用，是输送给每一株发财树、榕树、绿植的清新血液和养分。最后，适当喷淋些经阳光晒过的补钙水助力其成长。

发财树，是母亲走后第三天淘回来的两株连体"相思树"。特意配一金黄条纹大陶瓷盆，因它喜阴，置于转角斜阳处。待它生根安家，"一阴一阳"长势旺盛似夫妻。一株，树叶娇小可爱、顺势依偎着如妻；另一株，树干却高大、挺拔，威猛似顶天立地的汉子，无私"为妻"遮风挡雨。

最早从市场淘来的榕树，是置房后的第一棵"安家树"。由小苗儿几经换至最喜欢的天蓝色的陶瓷盆中，现如今已成为一米多高的"参天大树"。其因根奇特的天然造型，而深受我的宠爱。便童心泛滥，利用千金幼儿时的玩具随意装点一番。将各式五彩恐龙、一只丛林猛虎，点缀于榕树周围的落叶隐蔽处；既时而警惕，又时刻具有领地威严的气势。我突发奇想，精心编制一带爬梯小树屋，置树丫上；请进一只漂亮伶俐、金黄色的长耳兔做小主人；她不时地向下窥探整片森林，坚定地守护着自己的家园。哈哈，一幅生动、原始复古、和谐共处的大自然奇妙场景……

而眼前的这株金钱树，正是苗壮成长期，叶厚碧绿，四季常青。它可是之前因太旺盛又超大，且占地无处安置而连盆送友人的"金钱树妈妈"身上折取的一小枝儿。自己亲手从"小不点"养了几年的花儿，给予不了它更大的发展空间，不舍送人时很是伤感。似待嫁"新娘"般，一再嘱咐朋友要善待它。

闲暇时，会坐在离窗吧椅上细细品尝普洱，美美享受这一方天地。养花、赏花、看世界，感受"闲看花开花落，静观云卷云舒"的意境。

无论是这郁郁葱葱的绿植带给我一所"天然氧吧"，还是各式芬芳馥郁的干花因永久凝固绽放，花花世界，不仅营造了一个赏心悦目的一叶一世界，更为自己点亮了生命中每一天的好心情！

陕西作家骆荣君

【作者简介】

骆荣君，笔名岭南居士。现为中国散文学会、中国现代作家协会、南国作家学会、天津散文研究会、中华山水田园诗研究会等会员。《青年作家》《飞卢中文》《诗文艺》《当代作家》杂志等签约作家。《中国乡村》杂志散文室编辑、《青年文学家》杂志理事、《南国文学》理事。在各级报刊和公众号发表诗歌、散文、小说、论文数百篇首，多次荣获全国征文奖。

在西安看 "后海"

今天适逢国庆，看疫情通报，外出旅行已不可能，就让女儿在家周边找个安全的区域，可以让我们亲近一下大自然，呼吸几口自然的空气，看看自然草木荣枯的秋天。因为，几年来，疫情肆虐，人们已经习惯了憋在家里度假，慢慢地就形成了宅在家里不见天日的生活。特别是年轻人，手机比爹妈还亲，比儿女还重要，只要一机在手，心自安然，房塌地陷勿扰。我不希望自己的孩子也宅在家里程式化了，一有时间就会想着法让他们走出家门，融入大自然中。

"到后海去，这是一个在西安能看海的地方！" 女儿冷不丁地说。

"后海！" 那不是北京的皇家园林吗？西安啥时间也建起了 "后海"？建起了一所皇家园林？我心里嘀咕着——这个 "后海"

到底是什么样子呢？

任何景点亲临其境了，才知道是否优美。北京的"后海"我是不止一次地游历过——亭台楼榭、锦鲤荷塘，对称有对称的美，不对称有不对称的和谐，一石一草、一花一木都有其存在的必然，而且是恰到好处，多一分嫌多，少一分嫌少，就连冬日里一群冬泳爱好者在冰碴漂浮的湖里游泳，也是一幅极尽之乐的画面。我听到有海看非常高兴，我对海非常渴望。我喜欢大海，大海在我心中就是容纳百川的圣人。我们立即设置了导航，刻不容缓地向"后海"奔去。

行驶近一个小时，终于到了"后海"。停车河堤之上，我终于明白了，这个"后海"是在灞河上修筑大坝，拦灞河水为湖，称之为"后海"。沿河两岸修有几处观景平台，混浊的水域浩浩渺渺，波浪翻滚，不时有几艘游船从湖中疾驰而过，掀起阵阵波浪，倒也有几分海的雄阔。沿湖的公园也很考究，乔灌草高低成趣，各色叶子巧妙搭配，各种图案错综组合，极目所及，湖天一色，绿树碧草环抱，时有白鹭翔于湖面，鱼鹰疾潜水底，细雨蒙蒙，烟波浩渺，人来熙往，行走其中身心俱爽，颇具游历北京"后海"皇家园林的豪奢。

走在河堤之上，薄雾犹如纱帐，把"后海"笼罩其中，更显几分神秘。站在东岸桥头，看着宽阔壮丽的大桥，人头攒动，车水马龙，天堑变通途，似乎回归了万国来朝的盛唐。迈步上桥，三五个垂钓客正襟危坐，目不斜视地盯着鱼漂的动向。我一时兴致盎然，立足垂问高空垂钓者的感受，或说聊咋咧，或说玩吗，或说刺激。总之，每一个人的脸都是微笑的，语言都是和善的，心情都是愉悦的。

及至西岸，下方有一个很大的景观台，足以容纳三五百人，有垂钓的，有唱歌的，有卖小吃的小推车。每一个人都处在自己占住的位置上，相互之间和睦相处，互赠有无，你递我鱼饵，我为你点烟；你帮我泡面，我替你收烤红薯的钱。

我胡乱走着，一会儿看看小商贩，一会儿听听拍抖音的歌唱者。更多的时候是观看钓鱼者。因为，我也喜欢钓鱼，但是我没在"后海"钓过，不知道这里的讲究。虽然都是钓鱼，各地有各地鱼情，各地有各地的钓法，各地的鱼口味不尽不同，用的饵料也就不同。就像人生活在什么地方，一出生他就遗传了家乡的味道，不论他走到哪里，家乡的味道是改变不了的，特别是妈妈菜的味道更是改不了的。

顺着灞河向下游走去，垂钓者一个挨着一个，排排坐吃果果就是这个形状。他们抛下鱼饵静等贪吃的鱼儿上钩。我是第一次看到这么壮观的垂钓现场。

及至大坝，坝高十五六米。奔涌而来的灞水飞奔而下，飞溅流萤，形成了二百余米宽的瀑布，煞是壮观。对岸高楼耸立，犹如钢铁巨人站立在灞水东岸。暮霭压在楼顶，水天连为一体，秋雾朦胧，秋雨欲来，混沌一片。坝沿上数十只白鹭或驻足，或行走，悠然自得，无暇他顾。

坝下，滚滚灞河之水从坝顶飞泻直下，注入自然的河道，翻滚起欢快的浪花，蒸腾起阵阵的烟雾，携带着关中大地的风土人情和泥土无拘无束地向着渭河，向着黄河奔流而去。

安徽作家梁厚俊

【作者简介】

梁厚俊，笔名梁达，安徽省作家协会会员、滁州市散文家协会副主席，长期从事文字工作，作品在《人民日报》《安徽日报》《中国乡村》《中国报告文学》《安徽大时代》等报纸杂志刊发，部分作品获奖。

跑外勤

早在20世纪八九十年代，农村人管跑供销的叫跑外勤，主要是指跑推销工作的一群人，我的理解，就是在外面要勤快些才能有生意。想当初，乡村企业创办初期，跑外勤对于一个乡村企业来讲是非常重要的，以销才能定产嘛，没有销路哪来效益呢！当时流行"四千四万"精神，是指踏遍千山万水、吃尽千辛万苦、说尽千言万语、历经千难万险。小赵也算是最早从机关事业单位"下海"的一大批外勤人员中的一员。原先他的职业是一名中学历史老师。在大办企业的年代，他所在的学校也顺应潮流办起了医院用的一次性输液器厂。校办厂一度在几个"有本事"的领导下发展势头很好，企业先后有几个品牌成为"国字号"呢。

校长老胡平时抓校办厂马马虎虎，一度时期只注重产品研发，创品牌效应，追求规模，对产品如何销售、资金何时回笼重视不够，力不从心。用农村话说，瞎子放毛驴，走到哪里算哪里。

有个外勤常年推销产品,业务订单还可以,就是资金回笼不上来。校办厂最高峰时三角债达到100多万元,山东有一家医院拖欠款就有20多万元,而且有三年多没有回笼。面对这样的困境,老校长动起了脑筋集思广益,决定向全体老师选贤任能。小赵在众多老师中脱颖而出,被校长看中。小赵保留教师岗位,跑起了外勤。

小赵当时年龄也在四十挂零,正是年轻力壮,老校长亲自找小赵谈话,给他指点迷津,几个同事还在当地有点名气的饭店举行了小聚会。小赵有点酒量,但是在同事们一片好意中喝高了。回家和漂亮妻子一夜温存后,第二天小赵精神抖擞地走马上任了。小赵跑外勤的消息在整个学校像下课铃声一样,传遍了全校每个角落。有人表示祝贺的,说他人尽其才,一张嘴说破天,适合这个岗位,也有人说风凉话,不务正业,会出纰漏的,也有人怀疑小赵想发财都想疯了。面对各种流言蜚语,小赵也有自己的想法,既然校长看中了我,我就试试。不行就回归干老本行,继续教书育人嘛。

起初,按照老校长的"旨意",先帮助催要校办厂在外面的债务,当个"讨债鬼"。不错,旗开得胜,全凭三寸不烂之舌,三年多的20多万元债务顺利追回来了。老校长高兴得破例在上档次的饭店开了一瓶五粮液,宴请小赵,小赵又醉了。老校长对小赵说:"你是块跑外勤的料儿,好好干。"按照工作分工,由小赵负责东北片。那时跑外勤一出门就要一两个月甚至半年,小赵身上带一点钱物出发了,目的地是东北。平生第一次出远门,顺道看看祖国的北方风景。山外青山楼外楼。太美了,牡丹江、黑龙江、八达岭、通河……美不胜收,令人流连忘返。要说小赵跑外勤成功的秘诀,还得从一只打火机说起。南方产品要比北方产品更新快一二十年,当时防风打火机在南方已经十分流行，一个价格在 20 多元，而北方人抽烟一般用火柴。防风打火机在风沙大的北方很有市场。小赵喜欢抽烟，自然打火机少不了。某医院负责产品销售的李科长被小赵盯上了，小赵像牛皮糖黏着手中有权的李科长，而李科长也好抽一口烟。一来二去，感情不断加深，成了朋友，但是，李科长一直没有给小赵订单机会。有一次他们俩在一起吃饭时，李科长看到小赵用的防风打火机很是羡慕。小赵没有在意，随手就送给了李科长。

跑了几次的小赵有点灰心了，身上的路费快要花光了，只能心里空空地打道回府了。一晃，一个多月后，小赵突然接到通知，是李科长的电话，告诉他医院需要一次性 2 万只的订单。在那个年代，一次订单达到 2 万只，算是大的业务。事成之后，小赵才知道，小小防风打火机成就了这笔业务。此后，小赵出差有个习惯，包里多带几个防风打火机，各式各样的都有。小赵外勤业务越来越好，东北好几家大医院都有业务。由于小赵外勤跑得多，资金回笼又快，老校长破例晋升他的职称……

斗转星移，老校长退休了，而小赵也因长期不在教师岗位上"吃空饷"而离开了学校，从事名酒销售了……

湖北作家吴顺法

【作者简介】

吴顺法，男，1961 年 12 月出生，汉族，湖北省枝江市人，中南财经政法大学法学本科学历，文学爱好者。1997 年 3 月参加工作，工作于湖北省枝江市马家店法律服务所。

过年

儿童盼过年，大人盼种田。

那年我十几岁，学校在腊月十六就放年假了，掰着指头数天数，盼过年，对我来说，过年可以有好多好吃的，炒花生、蛋心圆、花生黏、红薯锅、核桃等，有新衣服穿、新鞋穿，还有压岁钱。

腊月二十四是小年，我起得早，母亲早早就煮了鸡蛋、汤圆，盛两碗递到我和哥哥手上，叫我趁热吃。"今天是过小年！"说着妈妈就去厨屋了。汤圆很烫，我边吹边往嘴里送，一会儿就吃完了，把碗拿到厨屋时，看见妈爸没吃，而是呆呆地站在那里看着我们，见我就说："吃好了没有？还有汤圆呢。"

我说："好吃啊！你们怎么没吃？"

妈妈微笑着道："这是儿们吃的，你们吃了长个儿的，妈让你们吃，是让你们快点长大，长大就能做大事儿，有出息，好做父母的好帮手。"

"不！"我不高兴地说，"你们早贪黑地拉扯我们长大，过节都不吃，我们不想你们这样对我们，我们已长大了！"

"好！好！我们吃，我们吃！行了吧！"妈妈高兴地说。

晚上，爸爸把灶台打扫干净，在灶台烧纸敬"灶王爷"，嘴里默默祈祷着。当时年纪小看着好奇，多年后我才从宋代范成大的《祭灶诗》里了解这项风俗，诗云：古传腊月二十四，灶君朝天欲言事。云车风马小留连，家有杯盘丰典祀。猪头烂热双鱼鲜，豆沙甘松粉饵团。男儿酌献女儿避，酹酒烧钱灶君喜。婢子斗争君莫闻，猫犬角秽君莫嗔。送君醉饱登天门，杓长杓短勿复云，乞取利市归来分。

几天过去终于到年三十，也就是真正地过年。早晨，妈妈煮好鸡蛋、汤圆一家人同吃。妈是做年饭菜的好手，做起年饭来，屋里到处飘满酒肉香味。等饭菜做好了，鸡、鸭、肉、鱼、蔬菜，摆了满满一大桌子，我和爸在门前也贴好了写着"欢欢喜喜辞旧岁，高高兴兴过新年"的红红对联，堂屋贴好向往未来的年画。团圆饭就在鞭炮声中拉开序幕。按规矩，堂屋的供桌上点着蜡烛，燃着香，摆放着供品。妈妈、哥哥和我站在两边，爸爸站中间恭敬地拜了又拜。礼后一家人围坐在餐桌前，开始享用这丰盛的大餐。爸爸、哥哥互相敬酒，互相祝福，妈妈则高兴地看着我吃。看着爸爸和哥哥喝酒，一家人面带幸福的笑容享用着团圆盛宴。

大年初一，我和哥哥穿上了新衣服，还有妈妈亲手缝制的新布鞋。妈妈给我们每人一元压岁钱，虽是一元钱，但在那个年代，在我们农村可是天文数字。我能感觉到爸妈对我们无限的期望，我快乐极了，向妈妈低声说："过年真好！"

妈妈慈祥地说："儿们过年必须穿新衣、穿新鞋，这是对新年美好的愿望。父母给你们的压岁钱，是希望你们在新的一年里能平平安安、健健康康的，我们也就放心了。"

"哦！那您咋不穿新衣服呢？"我惊讶地问。

"我们大人不能穿，都是给儿们穿的。"妈妈回答。

我的脸开始红了，红得并不自在。怪自己年纪小，不懂事，不知道家里的家境。爸爸妈妈很辛苦，忙碌一年都不舍得给自己添件新衣，把好吃的好穿的都留给我们，其实爸妈何尝不想穿新衣，何尝不想体面一点？只是我们哥儿俩天天在成长，花费也是越来越多。在父母心里，他们盼的是年年都有好收成，收成好了，我们的生活就好了。我的脸红着红着眼泪就禁不住地流了下来，滴到新衣上。

后来听年纪大的老人讲：过年穿新衣，是有讲究的，儿们过年穿新衣，是增加年味，是把美好的祝福、憧憬寄托在孩子身上，是辟邪降吉祥。大人过年也要穿新衣，大人穿新衣，是盼孩儿在新的一年里，平平安安。长辈给晚辈压岁钱，是压住邪祟，是盼望新的一年农耕五谷丰登。过新年放鞭炮，是喜庆的寓意，有破旧立新之意，除夕夜点灯长明（农村那时没有电，只有油灯）是把一切邪瘟病疫照跑驱走，期待着新的一年吉祥如意。

"新年穿新衣，父老孩儿吉。避邪又平安，新年安康意！"那个时候，我就发誓：长大后我一定要在每年春节，都给爸爸妈妈添新衣、新鞋，要让他们体会到过年穿新衣、穿新鞋的年趣和幸福！

四川作家张嘉乐

【作者简介】

张嘉乐，女，汉族，2002年7月5日出生于四川省巴中市。目前就读于上海立信会计金融学院法学专业。热爱文学创作，尤其小说与散文。

时光的朝圣

坐在轿车的后座看窗外，寒气凝固成霜，藏在玻璃和黑夜里。西北的夜晚静悄悄，一簇闪烁不定的彩灯挂在半山腰，在没有路灯的山道上显得是那样不真切。

暖气吹得叫人犯困，眼皮不停打架，直到在车胎经过一摊石子时额头撞上天花板，我才从昏昏沉沉中解脱出来。

高原就像无人区，离近了是一眼望不到边的草绒，走远了是连绵起伏的高山。悬崖峭壁，灌木层层攀上去，穿过干涸的石壁，顶头覆盖着终年不化的积雪。

"快到了，我们就在前面那个镇休息。"

说完这句话后，父亲就闭上了嘴。我在后视镜里碰上他的眼睛，原来我们怀揣着各不相同的疲倦。

于我而言，每一场旅行都是一次迷惘的斗争。捉着日历册的边角，眼看着时间从指缝间流逝。因此，在整个童年时代，旅行都没有什么美好的寓意。万般景象都是眼前匆匆褪色的过往云烟，是交出去的油费的附属品，是比不过画卷的树木与大山。我们都被裹进时间的洪流里，哪有空自百忙之中出逃到荒山野岭？

于是一路上，我不断露出怨恨的神色。

可他只打开音响，先是沙哑的广播声，随后是十年前流行的曲子，潮水般涌进了我的回忆中。

年幼的时候，父亲开着旧车送我去学校，道完别后就匆忙地走了。那时的音响还不够"聪明"，光碟一放久，暗黄屏幕上总会跳出令人费解的字符。每当这时，我会朝前台伸出手指，下一曲刚放出半秒前奏，就飞快切过。这是我童年上学途中为数不多的快乐，但如今却不知那是因何而快乐。

雨渐渐大起来，我们赶在电闪雷鸣前进了城镇。藏区的建筑还保留着不知哪朝哪代的风格，这可不是什么宽慰的称赞，这边是与西南大相径庭的。南方古城总是有着温馨的光景：火盆燃烧时蹦起的火星；一位老妇人把打满井水的木桶拎到桌上，发出沉闷的一声响。十里炊烟袅袅,古街熙熙攘攘。可看看这里，雨水叠着风尘，我险些装上两条泥腿，只好裹了厚羽绒在寒风中瑟缩。回过头,父亲却拍拍我后背,笑得畅快。

我的上一辈出生在勉强维系温饱的年代,我们之间隔着无法言说的鸿沟。或许对他们来说,在群山间自由奔跑要比蜷缩在房屋角落要好得多。他不愿我和我的姊妹们做他困苦岁月的战友,就只是这么笑着告诉我:给你们讲一个故事。

那是父亲一个人的站台,他独自行过五十年的旅程,在他的年代孤独地往前走着,在某一年某一刻方才诞生我。我终归是明白的,有时候他想告诉我的无非是:我这一生能做的是那样少,可我想做的是那样多。但他不懂我谜语般的心里话,只推搡我继续朝前走。

在这个时代,年轻的灵魂是没有办法停下脚步的。譬如一夜回到西边的故乡,一夜跨向东边的成长。站台是记忆被流放的地方,这里往往住着别人,他们隔着时间的纱窗张望着。

草原也一样遍布着站台,是那些白昼里路旁随处可见的白帐篷和五彩旗。牧民赶着牦牛穿过高速公路,父亲不得不把车停下来,叫我去看这些新奇事儿。牦牛们的皮毛难免沾了青草跟泥土,你却只会觉得大自然就该是这般随性邂逅的。

也许有人酷爱欣赏沿途的景色,擦净窗户后,用心灵响应光明的呼唤。我不爱这样,拉下窗帘吧,这样的话再经过一方小山包时,高原的阳光就不会照得眼睛生疼。

也许有人一生都在逃避尘世喧嚣,从众说纷纭里打听到哪处能算作人类精神的净土,好寻个机会去某座雪山朝圣。我不爱这样,群山总是令我渺小到自惭形秽。

最后,我只能顶着他人异样的眼光宽慰自己道:人总归需要休息,旅行未尝不是最好的办法。

如今时光又翻过几年,但我依然记得那些低矮的、不太结实的土墙,那些沉默的村庄、沉默的旷野、沉默的河。它们无意打扰我的心事，于是不被打扰成了我感伤的根源。有些关于成长的往事说不出口，但终究会在心头铭刻。

我终于有了向前迈步的勇气，跳进格桑花点缀的山河中。草原有一种不可思议的味道，尽管我仍试图叫嚣着我的不情不愿，可它还是和蔼地安抚了我。

远离城市的车水马龙，一切恍若隔世。黑色的轿车在路旁独自沉睡，仿佛见证着昨日忙碌的光影：有时乘着载具飞驰，有时沿着路标提示狂奔，人的一生都在时间的催促下被不知什么力量拖拽着前行。时代进步得飞快，我也走得飞快，当回过头去时，原先站在那里的人却消失在地平线那端，不留痕迹。

我忽然察觉到，有些自觉卑微的念头被遗忘了名字，散落在岁月的角落里。年轻的理想如火焰般熊熊燃烧，照亮无边旷野，在时代的洪流中发光，而我正驾着车向没有终点的终点驶去。故人的手挥动着道别，我的手则紧握着方向盘，它们都和我的心一样滚烫。

在旅途中，我停歇，敞开车门，徐徐走向繁盛的浅绿枯黄。羊群露出尖尖两角，触碰着头顶的蓝天。草原上零星散布着雨季或积雪融化留下的溪水，浸泡得泥土松软，而我也甘愿陷入大地。大地中埋葬着不知何起的感伤，埋葬着不知何起的快乐，埋葬着我与故人在昏暗中点燃的烛火。

在寂寞的原野上，水面漂浮出一缕没有颜色的烟。我接住它，碾碎细细灰丝后摊开手掌。尘埃散落，至此消融。我见它顺着掌心的纹路蔓延，如这时光一般悲哀地笼罩了我。

——是的，它碾过困苦碾过暮色碾过沉默的湖泊与小小一方池水，令我顿足令我躲闪令我徐徐弯下腰身拾起遗落在灰水间流离失所的石子，投掷于永无归路的朝圣途中。

湖北作家李祚忠

【作者简介】

李祚忠，男，笔名昭君屈子，教师，2013 年 10 月开始文学创作，2015 年加入县作协，2016 年加入市作协，多家知名文学网站会员、签约作家，书刊、网站发表作品多篇，入驻中国散文网作家文学馆专栏，创作词条入编《新中国七十周年文艺名家名典》。2018 年 8 月出版散文集《真情似水》，2020 年 8 月出版短篇小说选《苍天有眼》，2022 年 8 月出版诗歌集《雨中漫步》。

乱石坪

一对婆媳好得不得了，大家都说她们有缘，在乱石坪传为佳话。

俗话说："好事不出门，坏事传千里。"没想到这对婆媳的佳话在山里传开了，实属罕见。

婆婆叫王邹燕，没上过学，早年丧偶，拉扯儿子成人，付出的心血难以言表。儿子走出了大山，在外地当老总，潇洒帅气。一个乡村的寡妇能够有如此的作品问世的确很不简单了，所以在她成了典型的空巢老人后，一想到这就一点儿也不孤独了。能说会道的她，身体好，在家种柑橘、养生猪，风调雨顺，硕果累累。她从未向儿子要过一分钱，因为她觉得那样有损母亲的形象。她悄悄地给孙子存着钱，已经有了六位数。

儿子史料权和媳妇白杨在外省的一个城市里工作，有房有车，孩子在“贵族小学”接受优质教育。过年回家总是开着“路虎”“宝马”“奔驰”等不一样的豪车，都是山里人没见过的。每次回来都要给乱石坪的乡亲辞年，前年给每家送的是两箱苹果，去年是两箱香梨，今年是两条鲇鱼。每年都变换花样，21户人家108个老少没有一个不说“在外面混就要像史料权”。

儿子告诉母亲：“媳妇双一流大学毕业，工资高，属‘白领’阶层。”母亲对这样的媳妇自然非常满意，常说：“我的白杨能够嫁到我们穷家小户来，这是我们权儿上辈子修来的福气。上得厅堂，下得厨房，人又贤惠。”还说：“过年回来，我的白杨总是陪我聊天，陪我到亲戚家转。亲戚来拜年，饭菜全是我的白杨一人做的。晚上睡在我的脚头，她知道我怕冷，总是把我的脚抱得紧紧的。”

听她一讲，再想想辞年的事情，乱石坪的人，都对白杨刮目相看。有人到乱石坪走亲戚，总要去看看这对婆媳。

乱石坪的人对外面的世界知之不多，也不想知道。他们只晓得穿着洋气开着好看的轿车回家过年的史料权混得不错，他们只晓得王邹燕养了个好儿子讨了个好儿媳，他们只晓得史家祖坟“冒了烟儿”。

去年腊月的一天，王邹燕把自己最大的心愿告诉了儿子媳妇。她语重心长地说：“我们史家在乱石坪已经生活了几百年，现在仅有我们一家在这里，这里地灵人杰，风清气正，是个养老的好地方。祖宅一定要保存好，有人出300万元，我都没卖。外地的亲戚来上坟，也有一个歇脚的地方。”儿子知道母亲怕去世后没人给她上坟，在阴间孤单，眼里噙满了泪水。白杨没有多想，立马就答应下来，王邹燕高兴极了。

今年6月，王邹燕回光返照，知道自己大限已到，叫儿媳速回，特意强调要把孙子浩儿带上。

那是一个皓月当空的晚上，孙子睡了，婆媳二人在院子里看风景聊天，老人对媳妇说："我的料权是个忠厚人，只知道拼命挣钱，连回来的工夫也没有。史家的事交给你，我放心。"

"妈，您尽管放心，我和料权会按照您的意思处理好的。"

"这是我给浩儿存的 10 万块钱，今天我郑重地交给你。"老人把存单双手递给媳妇，并说了密码。

"这是您的辛苦钱，按说我们不能要。但您是真心给浩儿的，我就替他们父子先谢谢您了。"

媳妇的话深深打动了老人，在这个即将远走的时刻，王邹燕不得不告诉白杨一个天大的秘密。

原来，料权的幺太爷是晚清的一个知府，搜刮民财，弄了不少金银财宝。1900年八国联军打进北京，他发现大清气数已尽，辞官回到大山深处的乱世坪安度余生。他把财宝藏在一个山洞里，临终时将秘密传给了史料权的爷爷，爷爷传给了料权的爸爸，爸爸临终前告诉了可靠的妻子王邹燕。王邹燕悄悄地去过那个山洞，也取过三根金条，悄悄地卖给了收古董的贩子，装修了祖宅。

"目前这秘密不能告诉任何人，包括丈夫料权。将来某一天必要的时候，你才能告诉他或浩儿或浩儿的媳妇。切记，切记！"

"那山洞在哪儿？"白杨瞪着一双好奇的眼睛问道。

"就在那个岩洞里。洞有两间屋大，里面东北方一个口朝上的不起眼的小洞，就是了。"王邹燕站到桂花树旁指了指那个岩洞。

"岩洞那么高，怎样上去呢？"

"用梯子上。"

"哦，难道没有人发现宝贝？"

"你想，你的幺太爷是什么人？"

"三年清知府，十万白花银。"

"对，他是个贪官，所以藏宝很有一套。这些财宝一定能助浩儿长大后出人头地。"

"妈，我的好妈妈，您的确看到了浩儿的未来！"

第二天，白杨走时，浩儿亲了奶奶，并悄悄地对着奶奶的耳朵说："奶奶，谢谢您，再见！"

王邹燕看着儿媳和孙子远去的背影，流下了幸福的眼泪。

一月后，王邹燕去世，回来奔丧的唯有史料权，大家一头雾水。

安葬了王邹燕，史料权变成了疯子。

原来，白杨和浩儿是史料权租的一对母子，那轿车也是租的，老总、学历、高薪都是编的。

一对母子把一个贪官的财宝神不知鬼不觉地弄跑后不知去向，这前世今生，因果报应，成了乱石坪永远难解的谜。

内蒙古作家张美林

【作者简介】

张美林，内蒙古人，现为众创诗社、中华诗词学会、内蒙古诗词学会、中国新时代诗人档案库、中国诗人作家档案库、中国诗歌网会员。作品散见于网络平台和书刊，曾获奖。

见马忆马

说起马，人们总会联想到驰骋沙场的战马，联想到草原上快意奔驰的骏马，而如我眼前的马，它们零星在城镇中，成了上班族可遇不可求的存在。

第一眼看到它们，仿佛看到了童年的影子，惊喜之余，匆匆靠近，生怕慢了节拍，赶不上它们在我镜头里的精彩。

我想用镜头留下它们，确切地说，是想要唤醒一个久未重温的童年。童年的牧马情节慢慢浮现在眼前，清幽的草香、马儿咀嚼青草的声音还是那样鲜活地留在记忆中。骑着马爬山、过河、回家……成了我与马过往种种剪不断的情。

第一次有关马的记忆，是在我小得只有零星记忆的年龄。一次家人去田里干活，带着我，那也是我去农田的第一个记忆，模糊地记不清怎样去的，但是却清晰地记着怎么回到了家。

那时已是暮色沉沉，大人们干完活，把我放在马背，让马带我回家，没有家人的陪伴，只有一匹马、一条缰绳和一个紧紧趴在马背上不敢乱动的我一路回家。马走得很慢很小心，似乎明白路上怎么照顾好小主人。不记得走了多久，不记得路上的风景，只记得有节奏的马蹄声把我带回了家。马驮着我走进了马厩，直到家人回来，笑着把我从马背上扶下。

第一次独自牧马，马驮着我，我们一路走来，相安无事，走到半山腰的田边，马忍不住低头想吃路边的草，我急了，生怕马误吃了田里的庄稼，急忙行使主人的权力，拽着缰绳催促马快走，拽了几次，马闹起了情绪，撒欢跑了起来，一不留神，我骑到了马脖子上，上不去也下不来。没有马鞍，年龄又小，骑马出现这样的意外也很正常。如果当时马突然低头吃草，我一定会摔得很惨，但是它没有那样做，而是停了下来，仰着头，静静地站着，等待我爬上马背，我努力了很久，终是没有成功，后来还是聪明的马慢慢地低下了头，我轻轻地滑落到地上，没有摔倒更没有受伤。万物有灵，马的灵性只有养马人能真切地体会到。

记得每次去野外牧马，马吃草的时候，我总喜欢拔一些茂盛的青草喂它，马似乎格外喜欢吃我拔来的草，咀嚼得津津有味。我看着，笑着，双手满是青草的味道。太阳暖暖地照着，风轻柔地拂着我们带着草香的快乐时光。

回家时会过一条小河，我喜欢牵着马，一块一块踏着鹅卵石，马会走进河里。当我的脚站不稳的时候，它高大的身躯便成了我的"保护伞"。那时它常会低头尽情地喝水，我会用眼睛到处搜寻，希望找到一条潜在水里的鱼。清澈的河水，倒映着我们一人一马和谐的身影。

在马的心里，我们应该就如它的亲人吧。记得有一次爷爷外出了，回来时，刚走进院子，马看到了，兴奋地第一时间冲到爷爷面前，头在爷爷身上蹭啊蹭，欢快地叫啊叫，那热乎劲儿，把跑出来迎接爷爷的我逗乐了。

人们常说马通人性，我与马的故事尽管只在童年，但是它留给我的，是暖得能融化时光的记忆！

广东作家牟航

【作者简介】

牟航，华南师范大学编辑出版学在读生，《南方都市报》实习记者，风筝之都原住民，孤风中一匹狼，熬夜剪视频倒数第一名，唯唯诺诺打工人，励志为编辑出版社正名。

他是如何走向消亡的

"要我帮你盛饭吗？"

"好啊，谢谢。"

他用食指和中指捏起一个轻巧的白色小瓷碗向前递去，瓷碗向她的方向倾斜，摇摇欲坠的样子。她将衬衫的袖子挽起，一只手接过瓷碗，嘴角微微抬了一下，接着快速恢复平静，如果没有仔细观察，是很不容易发现的。但他貌似也没有看到，只是依旧故作深沉地笑着看她。

"你一直都这么会照顾人吗？"他好像在用夸奖的语气对她说，但语调起伏并不大。"呃，你不主动只能我主动呗。"她回想起刚刚服务员上完菜以后，他没有说任何话，只是静静地看着她，仿佛想说什么或者在暗示什么，足足有一分钟，她都处在无比尴尬之中，脚指头已经抠出了几座魔仙堡。她实在是忍受不了了，才主动打破了尴尬。

"你多大了？"

"我 1997 年的。"

"哦，比我小一岁，我妈妈说应该找比我大一点的女朋友，这样的女生成熟一点，会照顾人，但我看你就挺会照顾人的。你知道吗？刚刚我其实是在故意考验你，我喜欢被照顾的感觉。"

"哦，是吗？"她礼貌性地微笑了一下，嘴巴拉得很长，看得出口红很均匀，但眼里没有任何起伏，还暗淡了下来，心里冷笑了一声，要不是奶奶求着自己出来相一次亲，她才不会浪费宝贵的时间呢。

"那你对找什么样的女朋友没有自己的想法吗？什么都听你母亲的吗？"

"我觉得我妈妈说得对啊，事实也确实是这样。既然……"

"噔噔噔噔……"一段熟悉的旋律响起，是他的电话铃声响了，"喂，妈妈……"他迅速背过身去接起电话，连一句解释也没有，但他瘦弱的身子竟扫起了一阵风，像有人在她边上百米冲刺一样。

她知道这是他母亲的电话，但她没怎么听清讲了什么，只是被他衣服背后的图案吸引了。黑色的短袖上印了一个滑稽的小丑，却被框在一个精致的金色边框里，那小丑顶着乱糟糟的红色头发，着五颜六色拼接起来的肥大服装，手中拿着一个拐杖，鼻子上戴着红色的球，眼睛是四角星的形状，又像是泪珠中泛起的泪花，嘴巴撑得很大。无可厚非的卡通小丑形象，却在带着十分精致花纹的金色边框的衬托下，显得十分滑稽又啼笑皆非了。

她渐渐走神了。像是想到了什么而陷了进去，她嗅到了那金框小丑弥漫出来的霉气和潮气，像是整整一个世纪都没有见过阳光了。餐厅里的光暗淡了下来，她感觉到有什么东西出没在她的周围，但她说不上来，只是隐隐感觉被什么东西拽着。

餐桌边的窗户开了一条缝，外面的风忽然呼呼地往里灌，她赶紧起身去关窗子但已经晚了，餐桌下的角落里像是有什么东西，一下子被吹了起来，紧紧地贴在她的小腿上，她恍惚间看到了那好像是一叠厚厚的信纸。风带起的沙砾打在纸上，她看见了中世纪壁画般的扭曲人物泛着年陈日久的绿光，傲慢又严厉的样子，发出哀叫又似在哭，哭声响着绝望的音调。猛烈的风继续敲打着昏暗的餐馆，敲打声惹得她满心苦闷。

"不好意思，我妈妈打电话说让我早点回去。"一句人声将她拉回现实，她回过神来。她上下打量了他一番，金丝的窄眼镜框夹在矮鼻梁上，端正的坐姿给人十分正经的感觉。"听说你家庭条件挺好啊，你们这种人还需要相亲吗？"她夹了一口菜，小心翼翼地问道，怕会冒犯到他。

"我的条件的话，有房有车，我自己没什么正式工作，但家里可以保证衣食无忧。"他好像并没有觉得有什么冒犯，反而很坦率又有些义正词严地回答。

听到他理直气壮的样子，她尖锐地反问道："那你自己没有什么别的追求吗？别人不会说你不求上进吗？"

"我觉得现在过得就挺好啊，我是一个很容易满足的人，上进不就是为了快乐吗？我现在就很快乐啊。还有我想说如果以后结婚了，你能不能不工作了？因为我觉得你很会照顾人，我对你印象也不错，我妈妈也说你很不错……"外面好像下起了雨，雷声一声接一声，但他好像什么都没有听见，依旧端正地坐在那里，喋喋地讲着什么。但雨声实在是越来越大，她只能勉强听到些东西了。

她打断了他："所以主要都是你母亲告诉你的对吗？你没有自己的主见吗？还有我以后就想自己独立赚钱，我是不会依靠你们一分钱的，我是不会不工作的。"她有些不耐烦了。

"我妈妈觉得你很不错，我肯定是相信的，我妈妈总不会骗我吧，而且她说女孩子嘛，就是要多顾家，照顾孩子老人、做家务什么的。而且我们家也不会缺你什么的……"

风又把窗户吹开了，这次不再是一条缝了，而是一整扇玻璃都被狠狠地砸在墙上，"咣啷"一声，她不确定玻璃有没有碎，于是伸手去缓缓地拉窗子。但他好像还在不停地讲着什么，只是她再也听不清了……

她说了一声"再见"，头也不回地走向了门口，一只手提着包推玻璃门，一只手撑起一把大黑伞，尽管她的胳膊纤细而且白得发光，但一点也不柔弱。想着刚刚单位发来消息，说今晚有人在树下触了电，务必今晚就将稿子赶完，明天一早发早间新闻警示民众，她便又加快了脚步。虽然刚刚连饭也没怎么吃好，但她还是被一种使命感一样的东西吸引着前进。

走出了街角的这家餐厅，踩着高跟鞋走向了繁华的方向，高跟鞋踩在水中发出清脆的响声，街灯把她的影子拉得很长很长。

他在餐厅发了一会儿呆，想着刚刚自己的言语，应该有打动到她吧！想着毕竟自己的条件还挺不错，应该没有女生会拒绝吧？想到这里，他不禁笑了起来。邻桌的一对夫妇看到他傻笑的样子悄悄地议论了起来，不过他好像完全没有发现，只是在那里回想着什么。

许久，他扶了扶眼镜，慢慢地起身，整理了一下坐皱了的白色西装裤，又用手掸了掸快磨破的红色运动鞋，走出了餐厅。街角的灯不知道何时变暗了，雨变小了，他尽可能慢慢地沿着街角不被淋湿，向她的反方向走去。有些旧的运动鞋踩在地上几乎发不出任何声音，他慢慢地向前，渐渐被黑暗吞噬了，再也看不见他的身影，渺小得像是从来没有来过这个世界一样。

湖南作家万芷若

【作者简介】

万芷若，女，汉族，2004年3月生，湖南衡阳人，现就读于河南省郑州大学生命科学专业。已先后获市县以上征文奖3次，有两篇文章发表于省级刊物。

月上的朋友（外1篇）

我曾无数次想象过这样的画面：牵着小十七，听着电台，在家附近的小河边与夕阳的余晖告别。就在中秋节这一天傍晚，这个愿望实现了，随着一人一狗的身影踏过最后一瓣黄昏，一轮圆圆的皎洁与温柔已经在天边统治地球。我踮着脚尖，睁大了眼睛，直到觅得月上那个忽隐忽现的影子，嘴角微微地勾起："老朋友，好久不见。"

那是二年级的秋季，周末放假，我爸背着电脑健步地走回家，一把拉起"葛优躺在沙发上"看电视的我："你姑姑家的黑子生了四个小土狗，说要送给你一只。"我从沙发上跳起来又坐下来："真的？可妈妈不让在家里养狗。"看着我噘着的小嘴，老爸凑近我耳朵，给我支了一招：把小狗养在乡下奶奶家。

我在姑姑家左挑右选都不知道要哪只小狗，"一母生四子，连子五个样"，可我当时哪懂变异，"这是亲生的吗？"我只能点兵点将，最后抱着一只浑身雪白的小可爱同狗妈妈告别了。

我唤它小白，小白初来乍到非常内向。它爱躲躲藏藏，我总能找到它并小心翼翼地抱起来；它不好好吃饭，我会寻来葡萄糖喂它；它看着天空想家，我蹲在一旁轻轻地抚摸。后来，由于要上学，爸爸每周六要上班，我就约定和老爸星期天上午去看看小白。那个小朋友啊，我看着它从巴掌大的模样成长为一个活泼懂事的大姑娘，大到我抱不动了。夏天，它伸着舌头向我要水喝；冬天，它把窝搬得离我的板凳很近；春天，它领着我在田野奔跑，会时不时地停下来，等总跑不过它的我；秋天，在满山的橘树下，我摘下野菊插在它耳朵上。我每次坐着老爸的摩托车离开，它都要追着送别，一跑便是从这个村口到另一个村口。

四年级夏天，我从未如此心碎过，我这个特殊的朋友再也找不到了。爸爸指着月亮，说小白飞到月亮上去了。嫦娥姐姐会照顾好它吗？我的眼泪浸湿了被子。后来，我才得知，我的小白，是被村里的癞子猎去了狗肉店。

世间因为一个生命的消失而多一份遗憾。愿每一个可爱的生命都被珍视，愿我那位月上的朋友安好。

下一次再……

"等下一次有机会再……"我删去了打字框里的文字，微微作叹。

六岁那年，在一家商场的橱窗里，我的眼神似胶水一般黏在一辆价值几千的红色酷炫儿童汽车上，父母拉着我的手离去："下一次再买。"那时候，我怎会懂得家里的经济负担？等了很多个下一次，以眼泪告终。

后来，果真有一辆黄色的儿童小汽车常驻在我家，但那已经是上了初中后妹妹的玩具了，然其所之既倦，情随事迁，向之所欣，皆为陈迹。再后来，我给自己画了一次次的大饼，"等下一次调好心态""等下一次好好休息""等下一次来吃好吃的""等下一次，去青海踏浪水天一色，去内蒙古踩青随风而舞，去西安拾古穿梭时空，和最要好的闺密"……

而这一个暑假，因为诸多事情，我又把"下一次"挂在嘴边，与朋友道下一次再聚，同亲戚说下一次奔赴，以至于曾经计划好的想去的地方想见的人都未完成，徒增太多失望。我们好像有说不完的下一次，而下一次永远在路上，直到那些缀满星星点点的画面成为脑海中枯黄的废纸。

别等下一次了，总有许多沟壑需要跨越，有许多遗憾需要弥补，暂时丢下行装，安排好时间，在重新上路之前，不让每个人缺席、每件事落空。

"时光的河入海流，终于我们分头走，没有哪个港口是永远的停留。"我边哼唱着《凤凰花开的路口》边若有所思地在电脑屏幕上打下几段话……

重庆作家罗燕

【作者简介】

罗燕，女，文学爱好者。热爱生活，感知生活，做个生活的有心人才是写作的目的。只要有心在，灵魂就在。

暮色观影

玉米的叶子越来越绿，近乎硬朗为墨绿色，泛青的日子我没有见着她，可能是一茬接一茬的雨模糊了视线，拉远了时空；也许只是因为尘世的繁忙，无暇顾及，眼睛到不了的地方就是空白。因为要托起玉米棒子的负重，成熟到了顶峰的植物是一群中年大军的姿态矗立，无论骄阳或雷雨，都直愣愣地看不见喘息。而黄桷兰是诗意的存在，看不见深深的叶子似乎永远和乳白的花相映衬，只会和黄桷兰的伸展和卷曲随风飘散她的芬芳。

水杉的嫩芽针刺样的粉嫩像极了宫斗中的佳丽，黄昏中有种白花的错觉。风云变幻、狂风暴雨又有何妨？她们天生就是乐在其中，挂着的露珠不是眼泪。

城外蛙声鸟鸣，蜿蜒的溪流在碎石上拍打，击成碎片，又汇集成流。锯锯藤在野地里疯狂地蔓延，偶尔散落的南瓜藤蔓努力在这一统的天地里寻求生存的起伏，它也是曾经人烟的遗迹。

齐密的草是人工的努力，微风拂过，风吹草低见牛羊在内陆是难以成形的图画，见的只是碎石泥藻和偶尔散步的人。

看不见的远方，偶尔会在心里留恋，而眼前何尝不是苟且和三餐四季？常常讨论居于城市和乡下，可能不同的人会喜欢不同的地方。只是自己开心就好。